HEYNE <

DIANE COOK

DIE NEUE WILDNIS

Roman

Aus dem Amerikanischen
übersetzt von Astrid Finke

WILHELM HEYNE VERLAG
MÜNCHEN

Titel der Originalausgabe
THE NEW WILDERNESS

FSC
www.fsc.org
MIX
Papier aus verantwortungsvollen Quellen
FSC® C083411

Penguin Random House Verlagsgruppe FSC® N001967

Deutsche Erstausgabe 05/2022
Redaktion: Bettina Spangler

Printed in Germany
Umschlaggestaltung: DAS ILLUSTRAT, München,
unter Verwendung eines Motivs
von Shutterstock.com / Vectortwins
Satz: Schaber Datentechnik, Austria
Druck und Bindung: CPI books GmbH, Leck

ISBN 978-3-453-32158-8

www.diezukunft.de

Für meine Mutter Linda
und meine Tochter Cazadora,
und für Jorge

»Ich bin froh, dass ich nie jung sein werde ohne wildes Land, in dem man jung sein darf. Was nützen vierzig Freiheiten ohne einen weißen Fleck auf der Landkarte?«

– ALDO LEOPOLD

»Get me out of here, get me out of here
I hate it here, get me out of here.«

– ALEX CHILTON

ERSTER TEIL

Die Ballade von Beatrice

DAS BABY GLITT IN DER FARBE eines Blutergusses heraus. Bea sengte die Nabelschnur durch und wickelte sie von dem zarten Hals des Mädchens ab, und obwohl sie wusste, dass es sinnlos war, hob sie ihre Tochter hoch, tippte auf ihre weiche Brust und blies ein paar flache Atemzüge in ihren verschleimten Mund.

Um sie herum dehnte sich der eigenartige Gesang von Grillen aus. Beas Haut prickelte vor Hitze. Schweiß trocknete auf ihrem Rücken und Gesicht. Die Sonne hatte ihren Höchststand erreicht und würde, schneller, als richtig erschien, wieder sinken. Von der Stelle aus, an der Bea kniete, sah sie ihr Tal, seine geheimen Gräser und Sträucher. In der Ferne standen einsame Kuppen und etwas näher Erdhügel, die aussahen wie den Weg nach irgendwo weisende Steinmännchen. Am Horizont zeichnete sich klar und weiß die Caldera ab.

Bea grub mit einem Stock in dem harten Boden, dann mit einem Stein, schließlich schaufelte und glättete sie mit den Händen. Sie schob die Plazenta hinein. Danach das Mädchen. Das Loch war nicht tief, und der Bauch ihres Babys ragte heraus. An dem kleinen, von der Geburt nassen Körper hafteten grober Sand und winzige goldene Knospen, die durch die Sonnenhitze von ihren

Stängeln gebröselt waren. Bea streute dem Säugling noch mehr Erde auf die Stirn, holte mehrere welke grüne Blätter aus ihrem Hirschlederbeutel und legte sie darauf. Von den Beifuß-Sträuchern um sich herum brach sie spröde Äste ab, deckte damit den aufgeblähten Bauch ab, die absurd schmalen Schultern. Das Baby war ein unförmiges Hügelchen aus Pflanzengrün, rostrotem Blut, einem trüb violetten Aderngeflecht unter feuchter Seidenpapierhaut.

Jetzt kamen die Tiere, die es gewittert hatten, allmählich näher. Am Himmel sank ein Zyklon von Bussarden herab, wie um die Fortschritte zu prüfen, und stieg dann mit einer Thermik wieder auf. Bea hörte den weichen Schritt von Kojoten. Sie schlängelten sich durch den blühenden Beifuß. Eine Mutter mit drei mageren Jungtieren tauchte im schartig geworfenen Schatten auf. Ein Jaulen sickerte aus ihrem teilnahmslosen Gähnen heraus. Sie konnten warten.

Wind regte sich, und Bea atmete die staubige Hitze ein. Sie vermisste den muffigen Geruch des Krankenhauszimmers, in dem sie Agnes vor mittlerweile wohl acht Jahren auf die Welt gebracht hatte. Das kratzige OP-Hemd, das sich über ihre Brust spannte und verwickelte, wenn sie versuchte, sich auf die eine oder andere Seite zu drehen. Die kühle Luft um ihre Hüften, zwischen ihren Beinen, wohin Arzt und Schwestern starrten, wo sie herumtasteten und Agnes aus ihr herauszogen. Damals hatte Bea das Gefühl gehasst. So exponiert, benutzt, tierhaft. Hier aber war alles Staub und heiße Luft. Hier hatte sie den kleinen Körper – war sie im fünften Monat gewesen? Im sechsten? Siebten? – mit einer Hand herausgeleiten müssen, während sie mit der anderen eine herabstoßende Elster abwehrte. Sie hatte allein sein wollen. Doch was hätte sie nicht für eine tastende Hand in einem Gummihandschuh gegeben, für umgewälzte Luft, brummende Apparate, ein frisches Laken statt dem Wüstenstaub. Etwas sterilen Trost.

Was hätte sie nicht für ihre Mutter gegeben.

»Haut ab«, zischte sie die Kojoten an und warf mit der Erde und den Steinchen nach ihnen, die sie gerade ausgegraben hatte. Aber sie legten nur die Ohren an, das Muttertier setzte sich, und die Jungen schnappten nach ihrer Schnauze, ärgerten sie. Wahrscheinlich hatte sie sich vom Rest des Rudels weggestohlen, um ihrem Nachwuchs einen Extrabissen zu verschaffen, oder um mit ihnen Aasfressen zu üben, Überleben zu üben. Das machten Mütter so.

Bea verscheuchte eine Fliege von den Augen des Babys, die anfangs erschrocken gewirkt hatten, es nicht geschafft zu haben, jetzt aber vorwurfsvoll. In Wahrheit hatte Bea das Kind nicht gewollt. Nicht hier. Es war falsch, es auf diese Welt zu bringen. Das hatte sie die ganze Zeit so empfunden. Doch was, wenn das Mädchen Beas Angst gespürt hatte und daran gestorben war, nicht gewollt zu sein?

Beas Kehle schnürte sich zu. »Es ist besser so«, sagte sie. Die Augen des Mädchens verdunkelten sich von den Wolken, die über ihnen herzogen.

Während einer Nachtwanderung, damals, als sie noch eine Taschenlampe und auch Batterien gehabt hatte, um sie zum Leuchten zu bringen, hatte sie einmal zwei Augen im Lichtkegel schimmern sehen. Sie hatte in die Hände geklatscht, um die Augen zu erschrecken, doch die senkten sich nur. Das Tier war groß, kauerte aber oder saß, und Bea befürchtete, es wollte sie angreifen. Ihr Herzschlag beschleunigte sich, sie wartete auf das kalte Grauen, das sie zu dem Zeitpunkt schon mehrmals empfunden hatte. Ihren Sinn für Gefahr. Doch das Gefühl blieb aus. Sie ging näher. Wieder wurde der Blick gesenkt, flehentlich, wie bei einem gehorsamen Hund, nur gehörte er nicht zu einem Hund. Bea musste noch näher heran, ehe sie erkennen konnte, dass es ein Hirsch war, mit dem schrägen Rücken, den gespitzten Ohren, dem ergebenen Schwanzwedeln. Dann entdeckte sie ein weiteres Auge, klein, nicht auf sie gerichtet, sondern flackernd, wackelig. Der Hirsch hievte sich auf, und daraufhin taumelte auch das flackernde Auge hoch. Es war ein glänzendes Kälbchen auf zittrigen Zahnstocherbeinen. Bea hatte unwissentlich eine Geburt miterlebt. Lautlos in der Dunkelheit. Verstohlen wie ein Raubtier hatte sie sich an die Mutter angeschlichen. Und die Hirschkuh hatte in dem Moment nichts tun können, als ihren Kopf zu senken, als bäte sie darum, verschont zu werden.

Es gab nur weniges, was Bea sich in diesen Tagen zu bedauern gestattete, diesen unberechenbaren Tagen, ausgefüllt mit so schlichtem und brutalem Überlebenskampf. Doch sie wünschte, sie hätte in jener Nacht einen anderen Weg genommen, hätte nicht die Augen in ihrem Lichtstrahl gefunden, damit die Hirschkuh hätte gebären, das Junge beschnuppern und sauber lecken können, damit sie die Chance gehabt hätte, ihrem Kalb eine erste makellose Nacht zu schenken, bevor die Arbeit des Überlebens begann. Stattdessen war die Hirschkuh erschöpft weggetapst, das Kalb orientierungslos hinter ihr herstolpernd, und das hatte den Beginn ihres gemeinsamen Lebens dargestellt. Deshalb hatte Bea vor Tagen, als sie die Tritte und den Schluckauf und die Regungen nicht mehr gespürt und daher gewusst hatte, dass das Baby gestorben war, beschlossen, zur Geburt allein zu sein. Es war ihr einziger gemeinsamer Moment. Den wollte sie nicht teilen. Sie wollte nicht, dass jemand ihre eigene komplizierte Version von Trauer beobachtete.

Bea spähte zu der Kojotenmutter hinüber. »Du verstehst das, oder?«

Das Kojotenweibchen sprang ungeduldig auf und leckte sich die gelben Zähne.

Von einem weit entfernten niedrigen Grat, einem Ausläufer eines Gebirgsausläufers, ertönte ein freudloses Heulen; ein aufmerksamer Wolf hatte die Aasvögel entdeckt, signalisierte Beute.

Sie musste gehen. Die Sonne verschwand. Und jetzt wussten die Wölfe Bescheid. Bea hatte beobachtet, wie ihr eigener Schatten lang und schmal wurde, ein Anblick, der sie immer traurig machte, als sähe sie ihren eigenen Hungertod vor sich. Sie stand auf, streckte die sandigen Knie durch, wischte sich die Wüste von der Haut und dem zerlumpten Kleid. Sie kam sich dumm vor, weil sie versucht hatte wiederzubeleben, was doch eindeutig tot war. Dabei hatte sie geglaubt, die Wildnis hätte ihr jegliche Sentimentalität geraubt. Sie würde niemandem von diesem Moment erzählen. Nicht Glen, von dem sie glaubte, dass er sich ein eigenes Kind stärker wünschte, als er je zugäbe. Auch nicht Agnes, obwohl sie vermutlich gern mehr über diese Schwester, aus der nichts geworden war, erfahren hätte, gern ihre Mutter in all ihren geheimen Einzelheiten verstehen würde. Nein, sie bliebe bei der einfachen Geschichte.

Das Baby hatte nicht überlebt. So viele andere ebenfalls nicht. Also ging das Leben eben weiter.

Ohne einen weiteren Blick auf dieses Mädchen, das sie Madeline hatte nennen wollen, machte Bea kehrt. Der Kojotenmutter gab sie noch einen kräftigen Tritt in die deutlich sichtbaren Rippen. Das Tier jaulte, zog den Schwanz ein, knurrte, aber es hatte drängendere Sorgen, als sich mit einer Menschenbeleidigung herumzuschlagen.

Bea hörte das Rangeln und Winseln hinter sich. Und obwohl die wachsende Erregung der Kojoten dem Schrei eines Neugeborenen ähnelte, wusste Bea, dass es nur der Klang von Hunger war.

EIN UNVERKENNBARER SCHATTEN eines Wegs führte zum Lager. Es war schwer zu sagen, ob er von ihrer Gruppe herrührte oder von Tieren, die ihre eigenen Pfade schufen, oder ob er ein Überbleibsel all dessen darstellte, was diese Gegend gewesen war, bevor sie zum Wildnis-Staat wurde. Vielleicht hatte Bea ihn auch ganz allein getreten. Jene Stelle suchte sie auf, so oft sie konnte, wann immer sie durch das Tal zogen. Deshalb hatte sie sie für Madeline ausgewählt. Die Aussicht von dort hatte etwas Verhaltenes, ließ das Tal wie verborgen wirken. Da die Senke aus grünen Gräsern und struppigen Büschen etwas niedriger lag als das Gelände darum herum, bot sie einen geheimen Blick auf den Horizont und den pechschwarzen Gebirgshöcker davor. Alles, was man sehen konnte, bildete ein Mosaik aus verschwommenen, gedämpften Farben. Es war hübsch und still und ungestört, dachte Bea. Ein Ort, den man nicht verlassen wollte. Wieder spürte sie eine flüchtige Erleichterung, Madeline an diesen Platz gebracht zu haben, anstatt sich mit ihr einer unerforschlichen Landschaft zu stellen, als Mutter, die sich nicht in der Lage fühlte, würdevoll damit umzugehen.

Bea konnte die Stimmen der anderen im Lager hören. Sie hallten über das ebene, freie Land und fielen ihr vor die Füße. Aber sie wollte nicht zu ihnen und ihren Fragen oder, noch schlimmer vielleicht, ihrem Schweigen zurückkehren. Also wandte sie sich ab und kletterte die Felsen hinauf zu der niedrigen Höhle, in der ihre Familie sich gern aufhielt. Ihrem Geheimplatz. Über sich sah sie ihren Mann Glen und ihre Tochter Agnes auf der Erde knien, auf sie warten.

Glens Stirn war vor Konzentration gefurcht, während er ein Blatt an seinem Stängel drehte, es aus jedem Blickwinkel betrachtete, Agnes etwas an der grünen Mittelrippe zeigte, sie auf ein beachtenswertes Detail an seiner Form aufmerksam machte. Beide beugten sich mit entzückter Miene dichter über das Blatt, als erzählte es ihnen seine Geheimnisse.

Als Glen Bea näher kommen sah, winkte er sie zu sich. Agnes schloss sich an, ein ausladendes und unbeholfenes Wedeln mit dem Arm, und grinste dabei mit ihrem neuerdings abgebrochenen Zahn, den sie sich an einem Stein angeschlagen hatte. *Warum konnte es kein Milchzahn sein?,* hatte Bea gedacht, als sie den Kopf ihrer Tochter zwischen die Hände nahm und den Schaden unter ihrer hellen, blutigen Lippe begutachtete. Agnes hielt ganz still, während eine Träne aus ihrem Auge kullerte und durch den Schmutz auf ihrem Gesicht rann. Nur daran erkannte Bea, dass der Unfall sie erschreckt hatte. Wie ein Tier erstarrte Agnes, wenn sie Angst hatte, und rannte bei Gefahr weg. Bea stellte sich vor, dass sich das ändern würde, wenn Agnes größer wurde. Möglicherweise fühlte sie sich dann weniger wie Beute und mehr wie ein Raubtier. Das Lächeln ihrer Tochter enthielt etwas, ein nicht zu benennendes Wissen. Es war das Lächeln eines Mädchens, das auf den richtigen Moment wartete.

»Das hier ist Erle«, sagte Glen gerade, als Bea bei ihnen ankam. Er nahm ihre Hand, küsste sie sanft, hielt sie fest, bis Bea sie ihm entwand. Sie sah ihn nach ihrem Bauch schielen und das Gesicht verziehen.

Er hatte heißes Wasser in der groben Holzschale bereitgestellt, das mittlerweile die Temperatur der Luft angenommen hatte. Bea hockte sich neben ihn, hob ihr Kleid hoch, spreizte die Knie. Behutsam wusch sie sich zwischen den Beinen, die gedehnten, ausgeleierten Falten, die beschmierten Oberschenkel. Sie fühlte sich wund, aber sie spürte, dass sie nicht gerissen war.

Agnes nahm die gleiche Haltung ein, machte die dünnen Froschbeine breit, bespritzte sich mit nicht vorhandenem Wasser, beobachtete Bea eingehend. Sie schien darauf bedacht, nicht an die Stelle zu sehen, wo das Baby gewesen war.

Agnes befand sich in einer Art Mimikry-Phase. Bea sah das bei Tieren. Sie hatte es bei anderen Kindern erlebt. Aber bei Agnes hatte es etwas Entwaffnendes. Bis vor Kurzem hatte sie Agnes verstanden. Ungefähr um die Zeit, als das Laub zum letzten Mal die Farbe gewechselt hatte, war Agnes ihr fremd geworden. Bea wusste nicht, ob dieser Riss einfach immer eintrat bei Eltern und ihren Kindern, oder bei Müttern und ihren Töchtern, oder ob es eine besondere Strapaze war, die Agnes und sie ertragen mussten. Hier draußen fiel es Bea schwer, Dinge als normal abzutun, weil jeder Aspekt ihres Lebens alles andere als normal war. Verhielt Agnes sich normal für ihr Alter, oder war es möglich, dass sie sich für einen Wolf hielt?

Agnes war gerade acht geworden, wusste es aber nicht. Sie zählten Geburtstage nicht mehr, weil sie Tage nicht mehr zählten. Bei ihrer Ankunft hier waren Bea allerdings gewisse Blumen aufgefallen. Damals war Agnes fünf geworden. Auf dem Kalender war April gewesen. Während der ersten Tage auf Wanderschaft hatte Bea eine Veilchenwiese bemerkt. Als sie das nächste Mal Veilchen entdeckte, schien es ihr wahrscheinlich, dass ein Jahr vergangen war: Sie hatten die Sommerhitze gespürt, das Laub sich verfärben sehen und in den verschneiten Bergen gefroren. Der Schnee war wieder weggeschmolzen gewesen. Mittlerweile hatte sie vier Mal Veilchen gesehen. Vier Geburtstage. Agnes' achter Geburtstag musste irgendwann nach dem letzten Vollmond stattgefunden haben, denn da hatte Bea auf einem Fleckchen Wiese in der Nähe ihres letzten Lagers Veilchen gefunden. Bei ihrer Ankunft hier war Agnes so schwer krank, dass Bea nicht sicher gewesen war, ob sie noch einmal mit ihrer Tochter Veilchen sähe. Doch da standen die Blumen nun, und Agnes hüpfte darin herum.

Bea kroch zur Rückwand der flachen Höhle. Hinter einem Felsen zog sie aus einer Kuhle, die sie ausgeschabt hatte, als sie zum ersten Mal hier ihr Lager aufschlugen, ein Sofakissen und eine Zeitschrift für Design und Architektur heraus. Darin war eine von ihr gestaltete Inneneinrichtung abgedruckt. Es war eine landesweit erscheinende Zeitschrift und die Fotostrecke ein Wendepunkt in ihrer beruflichen Laufbahn gewesen, wobei sie nicht lange nach der Veröffentlichung in die Wildnis aufgebrochen war. Dies hier waren ihre geheimen Schätze, hereingeschmuggelt aus der Stadt, und statt sie von Ort zu Ort zu tragen, die Verachtung der anderen und eine Beschädigung durch die Elemente zu riskieren, versteckte Bea sie, ein krasser Verstoß gegen die im Handbuch dargelegten Vorschriften. Wenn die Gemeinschaft durch das Tal zog, was mehrmals pro Jahr geschah, grub Bea ihre Schätze aus, um sich ein bisschen mehr wie sie selbst zu fühlen.

Sie setzte sich neben Glen und drückte ihr Kissen an sich. Dann blätterte sie durch ihren Artikel, erinnerte sich an die Gegenstände, die sie damals ausgewählt hatte, und warum. Erinnerte sich an das Gefühl, ein Heim zu haben.

»Wenn die Ranger die Sachen finden, kriegen wir Ärger«, sagte Glen, wie üblich, wenn sie ihre Schätze herausholte, immer so um die Vorschriften besorgt.

Sie zog die Augenbrauen zusammen. »Was sollen sie denn machen? Uns wegen einem Kissen rausschmeißen?«

»Vielleicht.« Glen zuckte die Achseln.

»Entspann dich. Die finden das Zeug niemals. Und ich brauche es. Ich muss mich erinnern, was ein Kissen ist.«

»Bin ich als Kissen nicht gut genug?« Das sagte er so lieb.

Bea betrachtete ihn. Er war nur Haut und Knochen. Sie beide. Selbst ihr Bauch, der sich mit dem Baby nur wenig abgezeichnet hatte, war sofort wieder eingesunken. Als sie zu Glen aufsah, verzog er den Mund zu einem schwachen, gebrochenen Lächeln. Sie nickte. Er nickte ebenfalls. Dann führte er ein langes, lautes, lustvolles Gähnen vor, mit Seitenblick auf Agnes. Agnes' Gähnen folgte prompt, begleitet von einem ausgiebigen Strecken mit geballten Fäusten.

»Großer Tag morgen«, sagte er. »Es geht auf zum Mittelposten. Und wir dürfen unterwegs deinen Lieblingsfluss überqueren.«

»Können wir auch schwimmen?«

»Wir müssen ja rein, um ihn zu überqueren, also verlass dich drauf.«

»Wann?«

»Wahrscheinlich sind wir in ein paar Tagen da.«

»Wie viele sind ein paar?«

Glen zuckte die Achseln. »Fünf? Zehn? Mehrere?«

Agnes schnaubte. »Das ist keine Antwort!«

Glen kitzelte sie und lachte. »Wir sind da, wenn wir da sind.« Wenn Agnes ärgerlich war, sah sie genau wie ihre Mutter aus.

»Ist alles gepackt?«, fragte Bea.

»Mehr oder weniger. Du brauchst dir keine Gedanken zu machen.«

Bea quetschte das Kissen auf ihrem Schoß ganz fest. Es war feucht und roch herb, aber das störte sie nicht. Sie vergrub das Gesicht darin, stellte sich vor, sie könnte Liebe auf ihr kleines Baby übertragen. Mit einem Seufzen blickte sie auf.

Agnes beobachtete sie, umarmte die Luft, tat, als hätte sie ein eigenes Kissen oder vielleicht ein eigenes Baby, und lächelte das gleiche traurige Lächeln, das Bea zweifellos gerade auf den Lippen gehabt hatte.

Der geschäftige und von Eulenrufen erfüllte Abend wurde nach und nach stiller.

Im Lager saßen ein paar andere Mitglieder der Gemeinschaft noch am Feuer, die meisten aber atmeten leise in dem Kreis, in dem alle schliefen. Bea und Glen deckten sich mit ihrem Elchfell zu. Agnes legte sich, wie sie es immer tat, an ihre Füße. Ihre Hand schlang sich um Beas Knöchel wie eine Ranke.

»Vielleicht warten am Posten ein paar gute Päckchen«, murmelte Glen. »Eine schöne Schokolade oder so.«

Bea machte *hmmm*, obwohl sie so etwas eigentlich nicht mehr essen konnte, ohne krank zu werden, da ihr Körper überfordert war von dem, wonach er in ihrem alten Leben gelechzt hatte.

Statt Schokolade wünschte sie sich, dass Glen von dem Kind spräche, das sie gerade begraben hatte. Oder sie glaubte, sich das zu wünschen. Was würde sie sagen? Was konnte sie sagen, was er nicht schon wusste? Und wollte sie wirklich darüber reden? Nein. Das wusste er auch.

Sie wandte sich Glen zu und sah im Feuerschein einen Ausdruck von Hoffnung in seiner Miene flackern. Er wusste, dass Schokolade eine solche Verstörtheit nicht lindern konnte, aber vielleicht konnte die Erwähnung erreichen, was die Schokolade erreichen sollte. Sie schmiegte sich in seine Arme. »Ja, ein bisschen Schokolade wäre nett«, log sie.

Überall um sich herum hörte Bea die Geräusche der Tierwelt. Das Gurren von Kaninchenkäuzen, ein Kreischen. Das Gleiten nächtlicher Flieger zwischen Himmel und Sternen. Während das Lagerfeuer sich in den Schlaf zischte, hörte sie die Letzten der Gemeinschaft vorsichtig und blind von den hellen Flammen zu ihren Betten laufen und sich einkuscheln. Jemand sagte: »Gute Nacht allerseits.«

An ihrem Knöchel spürte Bea Agnes' Blut durch ihre heiße, klammernde Hand pochen. Sie atmete in seinem Rhythmus ein und aus, und das half ihr, sich zu konzentrieren. *Ich habe eine Tochter,* dachte sie, *und keine Zeit zum Grübeln.* Sie wurde hier und jetzt von jemandem gebraucht. Sie gelobte, schnell damit abzuschließen. Das wollte sie. Das musste sie. So lebten sie jetzt.

FLUSS 9 FLOSS SCHNELL und wogte an seine Ufer, und für die Gemeinschaft wirkte er wie ein völlig fremder Fluss. So fremd, dass sie noch einmal die Karte zurate gezogen hatten, um die Symbole mit dem in Einklang zu bringen, was jetzt da war und was ihrem Gedächtnis nach da zu sein hatte. Seit ihrer Ankunft im Wildnis-Staat hatten sie den Fluss viele Male überquert. Nach ihren Begegnungen mit ihm anderswo hatten sie ihn sogar als träge eingeschätzt, weil er sich in engen Kurven durch Felsen und Erde von den Gebirgsausläufern quer durch die Beifuß-Ebene schlängelte. Aber es sah aus, als hätte ein Unwetter das Ufer verändert und das Inselchen überschwemmt, auf dem sie normalerweise Rast machten, bevor sie sich weiter zum gegenüberliegenden Ufer wagten. Es war ein sehr hilfreiches Inselchen gewesen. Jetzt war es nicht mehr da, und sie konnten nicht mit Sicherheit feststellen, wo genau sich die Furt befand. Vielleicht hatte dasselbe Unwetter, das sie seit dem letzten Sommer auf der anderen Seite des Gebirges festgehalten hatte, auch diesen Fluss umgeformt.

Über einen kleinen Felsvorsprung ließen sie erst sich und danach die Kinder auf das fast nicht vorhandene Ufer hinunter, wo Grün wuchs, eine Farbe, die man praktisch ausschließlich an Flüssen fand. Die Gräser, Moose, die aufstrebenden Bäume, so dünn, dass man sie mit zwei Fingern umknicken konnte, das neue Frühlingslaub ein Beben von zartem Grün. Sie reichten ihr zusammengerolltes Bettzeug hinunter, die Beutel mit geräuchertem und getrocknetem Fleisch, mit Pemmikan, Pinyon-Nüssen, kostbaren Eicheln, wildem Weizen, einer Handvoll wilder Zwiebeln, das zerlegte Räucherzelt, ihre eigenen Taschen, die Jagdbogen und Pfeile, den Sack mit den Essschalen und die Holz- und Steinsplitter, die sie als Werkzeuge benutzten, das wertvolle Kästchen mit den wertvollen Messern, die Büchertasche, das Gusseisen, das Handbuch und die Tüten mit ihrem Müll, die sie von den Rangern am Posten wiegen und entsorgen lassen mussten.

Im Wasser hüpfte ein Baumstamm ohne Rinde und Äste vorbei, obwohl die nähere Umgebung baumlos war. Der Stamm musste aus dem Vorgebirge kommen und von dem ungewöhnlich reißenden Wasser weitergetragen worden sein. Auf einem trägeren Fluss, oder auch einem trägeren Abschnitt dieses Flusses, hätte sich ein Baumstamm längst in einem Strudel verfangen oder wäre sogar ans Ufer geschoben worden. Hier kreiselte er in den Stromschnellen. Stromschnellen, die sie bei bisherigen Überquerungen nicht einmal bemerkt hatten, weil das Wasser tief stand und höchstens die Steine im Fluss kleine Hütchen aus Schaum trugen. Ein weiterer Stamm überschlug sich der Länge nach. Caroline machte einen ersten zaghaften Schritt ins Wasser.

Caroline war ihre Fluss-Kundschafterin. Sie war am trittsichersten. Hatte den niedrigsten Schwerpunkt. Ihre Zehen konnten zugreifen wie Finger. Wunderschöne

Zehen, in der Stadt jahrelang durch Einquetschen in Schuhe vergeudet. Caroline hatte am meisten über das Verhalten von Wasser gelernt. Sie konnte gut Dinge erfassen, die unberechenbar erschienen.

»Okay«, überbrüllte Caroline das Tosen, die Füße fest ins kniehohe Wasser gesetzt, um den Sog zu testen, sich zu entscheiden, ob sie weiterging. »Seil.«

Carl und Juan reichten ihr ein Seilende, das sie sich umwickelte, und schlangen sich dann das andere jeweils einmal um die Taille, Carl hinter Juan. Die Kinder und die anderen Erwachsenen traten so weit zurück, wie sie konnten.

Sie hatten schon an zwei anderen Stellen durchzuwaten versucht, aber beide Male war Caroline, entweder dicht am Ufer oder schon hüfttief im Wasser, zurück an Land gekommen. »Zu tief« oder »zu schnell« oder »Seht ihr die kleine Welle dort? Da ist irgendwo eine Vertiefung, die uns unter Wasser ziehen wird«.

An dieser, der dritten Stelle, watete Caroline bis zur Mitte. Vom Ufer aus machte es einen vielversprechenden Eindruck. Sie blieb stehen, den Kopf leicht schief gelegt, wie ein Kojote, der auf die Rufe der Wildnis horchte – *Freund oder Feind, Freund oder Feind*. Ihre Hände schwebten über dem schäumenden Wasser, es teilte sich um ihren Körper herum und floss hinter ihr wieder zusammen. Caroline drehte den Kopf zu ihnen herum, gefolgt von den Schultern, eine Hand mit der Innenfläche nach oben gehalten, im Begriff, ihnen ein Zeichen zu geben. Genau, als sie den Mund zum Sprechen öffnete, tauchte neben ihr die Spitze eines Baumstamms auf, und mit einem furchtbaren Klatschen und Spritzen war Caroline weg.

Dann riss der Fluss wie ein aufgewachter Bär am Seil, und Juan ging ebenfalls unter. Er versuchte, sich einzustemmen. Er brüllte, als das Seil seinen Bauch einschnürte. Carl zerrte an seinem Abschnitt des Seils, nicht um Juan zu helfen, sondern um es zu lockern, um nicht in die gleiche extrem schmerzhafte Lage wie er zu geraten.

Bea stand mit den anderen da, die Hand um Agnes' Schultern gekrallt. Vor langer Zeit hatten sie immer jemanden mit einem Messer neben die Seilhalter gestellt, um es in einem Fall wie diesem durchzuschneiden. Aber der Fall war nie eingetreten, und Carl und Juan hatten verkündet, dass sie stark genug für eine solche Katastrophe waren. Außerdem wollte ohnehin niemand derjenige sein, der das Seil durchtrennte. Dennoch waren an jedem Fluss langwierige Debatten geführt worden, ob ein Seilschneider erforderlich war oder nicht. Wenn sie dann unweigerlich beschlossen hatten, dass ja, sie einen brauchten, hatte sich niemand freiwillig gemeldet, also hatten sie losen müssen, und dann hatte sich derjenige, der verlor, die ganze Zeit in die Hose gemacht. Und da nie etwas schiefgegangen war, hatte es ihnen um die ganze überflüssige Sorge und Mühe leidgetan. Also hatten sie schließlich entschieden, und zwar vor gar nicht so langer Zeit, auf einen Seilschneider zu verzichten.

Das war eindeutig die falsche Entscheidung gewesen.

Blitzschnell griff Bea nach Carls Messer an seinem Gürtel, machte einen Satz nach vorn und zerschnitt das Seil vor Juan, sodass er sich ans Ufer werfen konnte, wo er zusammenbrach und vor Erleichterung aufheulte. Carl wurde fluchend rückwärts auf die anderen geschleudert, und dann lagen alle durcheinander im Gestrüpp.

Caroline, vermutlich immer noch am Seil und so gut wie sicher tot, rauschte flussabwärts.

Carl rappelte sich auf. »Was sollte das denn?«, schrie er.

»Es ging nicht anders.« Bea steckte ihm das Messer zurück in die Halterung.

»Aber ich hatte es im Griff. Scheiße, ich hatte es im Griff.«

»Nein, hattest du nicht.«

»Doch.«

»Nein.«

Carl stotterte: »Aber das war unser bestes Seil.«

»Wir haben noch andere.«

»Nicht so eins. Es war unser Fluss-Seil!«

»Wir können uns ein anderes besorgen.«

»Wo denn?«, schrie Carl. Theatralisch raufte er sich die Haare und sah sich in der leeren Wildnis um. Aber das Gefühl war echt. Er kochte vor Wut.

Bea gab keine Antwort. Vielleicht konnte sie einen Ranger dazu breitschlagen, ihnen ein genauso gutes zu geben, genauso lang und dick. Aber sie machte besser keine Versprechungen. Ihr fiel auf, dass zwar niemand Carls Partei ergriff, aber auch niemand sie verteidigte. Alle waren anderweitig beschäftigt – inspizierten ihre Beutel, zupften einem anderen etwas aus den Haaren, aßen eine Ameise –, bis der Moment verstrichen war. Außer Agnes, die das Ganze mit verstörender Neutralität beobachtete.

Bea half Juan auf, und Dr. Harold beeilte sich, eine Salbe auf die vom Seil aufgeriebenen Stellen an Juans Bauch und Händen zu schmieren. Sie würde nicht viel helfen. Keine von Dr. Harolds Salben half viel.

Debra und Val rannten am Ufer entlang, um zu sehen, ob Caroline wieder aufgetaucht war. Das war sie, ungefähr einhundert Meter flussabwärts, die Haare in den Zweigen eines weiteren Baumstamms verfangen, das Gesicht im Wasser, der Körper schlaff. Ihre Leiche und der Stamm blieben kurz an etwas hängen und rissen sich dann frei, rasten erneut den Fluss hinab. Das Seil war unmöglich zu bergen. Und für Caroline nicht viel zu tun.

Sie nahmen sich einen Moment Zeit, um zu sich zu kommen, Wasser zu trinken, einen Beutel Dörrfleisch herumzureichen. Debra sagte etwas Nettes über Caroline, dass sie als Fluss-Kundschafterin unentbehrlich für ihr Überleben gewesen sei und man sie vermissen werde. »Sie hat mir so viel über Wasser beigebracht.« Debra wirkte ziemlich erschüttert. Sie und Caroline hatten sich nahegestanden. Bea betrachtete die Gesichter der Gruppe, um ihnen ihre Gefühle von den Mienen abzulesen. Sie persönlich hatte Caroline als spröde empfunden, was sie allerdings für sich behielt. Ungeduldig kaute sie auf einem Fingerknöchel, während sie auf das Ende der ritualisierten Schweigeminute wartete.

Im Anschluss stritten sie sich über Carolines letzte Absicht. Sie hatte sich umgedreht und den Mund geöffnet, um ihnen etwas über die Furt mitzuteilen. Aber was? Hatte sie den Daumen nach oben oder nach unten strecken wollen, bevor der Stamm sie traf? Was für einen Ausdruck hatte ihr Gesicht gehabt, bevor sie es in schmerzlicher Überraschung verzog? Am Ende entschieden sie, dass die Stelle immer noch die vielversprechendste für eine Überquerung war, trotz Carolines Tod. Juan übernahm als Fluss-Kundschafter und wagte sich ohne Seil hinein. Kurz vor der Mitte drehte er sich um und reckte den Daumen nach oben. Im Gänsemarsch wateten sie los, Kinder an die Rücken von Erwachsenen geklammert. Die Stelle erwies sich als ziemlich gut, und wäre dieser Baumstamm nicht gewesen, hätten sie alle problemlos das andere Ufer erreicht. Arme Caroline. Sie hatte einfach Pech gehabt, befand Bea.

Als die Kinder an Land waren, bildeten die Erwachsenen eine Kette durch den Fluss und reichten die schweren und unhandlichen Gegenstände weiter, das Handbuch, das Gusseisen, die Büchertasche, den Müll, das Bettzeug, das zerlegte Räucherzelt, die Proviantsäcke, die Holzschalen und Werkzeuge, dann sämtliche Taschen, ein Stück nach dem anderen, von Ufer zu Ufer. Und als sie ihre ganze Ausrüstung wieder aufgehoben und verschnürt und festgezurrt hatten, wanderten sie weiter. Die Sonne trocknete sie sofort. Sie spuckten die von ihren Füßen aufgeworfene schlammige Erde aus. Ihre Haut wurde schmutzig und glitschig davon. Ein Nasenloch zugehalten, schnaubten sie Rotz in den Staub und stapften durch die Beifuß-Ebene, die sich wie ein Meer um sie herum ausbreitete.

ALS DER WEG VOM MONDLICHT beschienen wurde, hielten sie zum Übernachten an. Ein kleines Feuer wurde angezündet, und sie legten sich im Kreis darum herum auf den Boden. Keine Felle wurden ausgerollt, keine Pelze ausgepackt. Der Schlaf wäre die Mühe nicht wert. Im Morgengrauen zogen sie weiter. Wenn sie schnell vorankommen wollten, machten sie das so.

Am Horizont sah Bea den leuchtenden Punkt einer Außenlampe, die am Mittelposten brannte. Es war nicht mehr weit.

Juan sagte: »Nur ein, zwei schnelle Geschichten« und setzte gähnend zu einer aus dem *Großen Märchenbuch* an, das sie früher in der Büchertasche mitgeschleppt hatten, das aber vor einiger Zeit einer Sturzflut zum Opfer gefallen war. Alle Geschichten waren mittlerweile so oft erzählt worden, dass sie sie auswendig kannten.

Die Kinder schliefen als kleine Hügel am Feuer. Außer Agnes, die darauf beharrte, als ältestes Kind der Gemeinschaft mit den Erwachsenen aufbleiben und über Entscheidungen, die die Jüngsten betreffen könnten, berichten zu müssen. Abends am Feuer wurden nie solche Entscheidungen gefällt. Sie blieb einfach gern länger auf. Bea ließ sie. Sie genoss Agnes' Ruhelosigkeit. Sie konnte die Zeit nicht vergessen, als Agnes ein schmächtiges, schwächliches Mädchen gewesen war, zu krank, um die Augen offen zu halten.

Bea kauerte sich neben Glen, der mit einem Grunzen von seiner Tätigkeit aufsah.

»Wie läuft es mit den Pfeilen?«, fragte sie und stupste ihn an der Schulter an.

»Pfeilspitzen«, murmelte er. »Gut.« Er war abgelenkt, so bemüht, sie schön spitz zu machen. Bea spähte ihm über die Schulter. Sie waren zu nichts zu gebrauchen. Er hatte zu viel abgeschlagen. Bea lächelte aufmunternd. Glen war ein miserabler Jäger. Das wusste er. Und sie wusste, dass er darüber enttäuscht war. Carl war der wahre Jäger der Gemeinschaft und beschaffte einen großen Teil ihres Fleischs. Also versuchte Glen, die Werkzeugherstellung zu meistern, weil er sich auf eine Art und Weise nützlich machen wollte, die er sich immer erträumt hatte. Natürlich war Carl auch ein Meister in der Steinbearbeitung, und sie hatten bereits reichlich perfekte Pfeilspitzen. Aber darauf wollte sie Glen nicht aufmerksam machen.

Glens Stirn war in äußerster Konzentration gefurcht. Trotz seiner Unzulänglichkeiten genoss er das Leben hier in vollen Zügen. Als Junge hatte er nichts als Bücher über primitive Kulturen gelesen. Die Höhlenmenschengeschichten seiner Kindheit waren das Einzige, wofür er sich je richtig interessiert hatte. Inzwischen war er Professor, Spezialist für die Entwicklung des Menschen von den ersten aufrechten Schritten bis zum Rad. Er kannte das grundlegende Wesen der Menschheit, und er kannte das Wie und Warum des Ansturms der Zivilisation. Doch im echten primitiven Leben war er überraschend glücklos.

Sie hatten sich in der Stadt kennengelernt. Bea hatte den Auftrag bekommen, die Universitätswohnung einzurichten, die Glen nach dem Ende seiner ersten Ehe bezog. Im Vergleich zu anderen Wohnungen war sie unanständig groß, und Bea begriff, dass er wichtig sein musste. Als sie ihm Muster zeigte und beschrieb, wohin sie welches Stück stellen wollte, erklärte er ihr den Ursprung jedes Objekts, das sie ausgesucht hatte. Es verlieh ihrer Arbeit eine Bedeutung, als wäre sie eine Verwalterin von Geschichte, von Brauchbarkeit. Sie heirateten. Er benahm sich väterlich gegenüber Agnes, deren leiblicher Vater ein Arbeiter auf Wochenendausflug aus der riesigen Industriezone vor der Stadt gewesen war. Bea mochte damals die Männer, die nur auf Urlaub waren, weil sie gute Hände hatten und nicht lange blieben, denn sie mochte ihr Leben so, wie es war. Und sie liebte Agnes hingebungsvoll, obwohl die Mutterschaft ihr vorkam wie ein schwerer Mantel, den sie jeden Tag anzuziehen hatte, egal bei welchem Wetter.

Glen war eine angenehme Abwechslung. Als er auf der Bildfläche erschien, war sie bereit für ihn. Sie hoffte, dass er ihr Leben unerwartet verändern würde, hätte sich allerdings niemals vorstellen können, wie sehr.

Glen wusste von der Studie, die Menschen in den Wildnis-Staat schicken wollte. Als die Lage in der Stadt schlimmer wurde und Agnes' Gesundheit sich massiv verschlechterte wie die so vieler Kinder, war Glen derjenige, der den Forschern seine Hilfe anbot, im Tausch gegen drei Plätze: für sich, Bea und Agnes. Beas Ahnung hatte sie nicht getrogen – Glen war wirklich wichtig an der Universität, und die Forscher willigten ohne Zögern ein.

Dennoch mussten sie ein Jahr arbeiten und warten, bis sie die Genehmigung bekamen, Menschen in eine Region zu setzen, die im Grunde ein Schutzgebiet für Tiere darstellte, als letzte verbliebene Wildnis, und bis sie die nötigen Gelder aufgetrieben und andere Teilnehmer gefunden hatten. Zwanzig sachkundige Freiwillige mit Kenntnissen in Flora und Fauna, Biologie und Meteorologie hatten sie sich gewünscht. Einen echten Arzt oder Krankenpfleger, nicht nur einen Amateur-Kräuterkundler. Selbst ein richtiger Koch wäre nett gewesen, doch letzten Endes mussten sie die Gruppe mit den Leuten auffüllen, die schlicht und einfach mitzumachen bereit waren. Es klinge riskant, hieß es. Es war riskant. Es war unbehaglich fremd. Es war eine extreme Idee und eine noch extremere Realität. Extremer als

Selbstmord, wandte eine Mutter aus Beas Haus damals ein. Es war schwer vermittelbar. Unterdessen wurde Agnes kränker.

Während dieser Zeit fragte Bea sich manchmal, wenn sie ihre schlafende Tochter auf dem Schoß hielt, was sie täte, wenn Glens Plan nicht oder zu spät aufging. Ihr fiel keine andere Möglichkeit ein, um Agnes zu retten. Die Medikamente waren nicht mehr stark genug. Jedes Husten färbte sich rosa vor Blut. »Was dieses Kind braucht«, sagte die Ärztin bedauernd, »ist andere Luft«. Da es keine andere Luft gab, empfahl sie Palliativpflege, und Bea war endgültig voll und ganz auf Glen und seine blöde Idee angewiesen. Gegen Ende der Wartezeit, kurz bevor sie die Genehmigung bekamen – das hatte sie nie jemandem erzählt, und es blieb auch so –, fing sie bereits an vorauszudenken, an ein Leben ohne Agnes. Sie fing an, sich zu verabschieden. Es lag ein schrecklicher Trost darin, diesen Punkt zu erreichen. Und dann, mit sehr wenig Vorbereitungszeit, wurden die Studie und die zwanzigköpfige Gruppe genehmigt, und es wurden Armeekleidung anprobiert, Arzttermine absolviert, Urinproben abgegeben, Aufnahmegespräche durchgeführt, Habseligkeiten gepackt, letzte Dinge erledigt und dann, ohne großes Trara, aufgebrochen. Bea war fassungslos über die Kehrtwende und die Veränderung, unsicher, ob das alles real war, selbst als die ersten kalten Nächte in der Wildnis auf sie alle herabsanken und sie auf einmal alle Hände voll damit zu tun hatte, Agnes auf eine neue Art zu beschützen.

Es kam ihr wie ein Spiel vor, sogar an jenem ersten Abend, als die Sonne plötzlich unterging, bevor sie ein Feuer angezündet hatten. Sogar als ihr Magen sich von minderwertiger Nahrung verkrampfte oder bald schon von zu wenig Nahrung. Sogar als ihr Lager zum ersten Mal von einem hungrigen Bären geplündert wurde. Dann starb der Erste, an Unterkühlung. Ein anderer an einem falsch bestimmten Pilz. Und ein weiterer an bei einem Pumaangriff erlittenen Wunden. Ein Kletterunfall. Es war, als wären sie einem Ungeheuer entkommen, indem sie sich in einem Schrank versteckten, nur um dort zwischen den Kleiderbügeln ein weiteres zu finden, mit gezückten Klauen. Sie konnten unmöglich dort bleiben, oder? Es kam ihr unwirklich vor. Ein gemeiner Trick.

Jeden Moment rechnete sie damit, dass Glen sie am Handgelenk packte und sie und Agnes zurück zum Grenzzaun brachte, zurück zur Zivilisation. Aber das passierte nicht. Irgendwann begriff Bea, dass der Boden, auf dem sie müde Tag für Tag dahintrotteten, endlos war. Und falls, erkannte sie nun, sie ein Ende fänden, eine Grenze, einen Zaun, eine Granitmauer, würden sie einfach kehrtmachen. Wie konnten sie je in die Stadt zurückkehren? Agnes war wie ein Fohlen, übermütig, neugierig. Und zum ersten Mal in ihrem kurzen Leben gesund. Zum ersten Mal gestattete Bea sich zu glauben, dass Agnes doch eine Zukunft hatte. Und Bea hatte überlebt, während andere umgekommen waren, Stärkere als sie. Es hatte ihre Angst gemildert, ihrem Ego geschmeichelt. Womöglich konnte sie das mit diesem Überleben ja. *Vielleicht war es die richtige Entscheidung. Vielleicht wird alles gut. Vielleicht sind wir nicht verrückt.* Es war ihr Mantra. Sie dachte es beinahe täglich. Sie dachte es jetzt.

Sie betrachtete den Kreis der vom tanzenden Feuerschein wahnsinnig wirkenden Gesichter. Ihrem Empfinden nach lag seit Fluss 9 eine Bedrücktheit auf der

Gruppe. Seit dem Seil. Seit Caroline. Niemand wollte Bea ansehen. Der Dörrfleischbeutel war ihr kommentarlos gereicht und zu schnell wieder abgenommen worden. Die Bedrücktheit schien gegen sie gerichtet. Was ihrer Meinung nach absurd war. Es waren schon andere wichtige Dinge verloren gegangen, und niemand war deshalb geschnitten worden.

Zum Beispiel die Teetasse, die sie in feierlichen Momenten bei den schon früh für die unterschiedlichen Meilensteine ihres Lebens erfundenen Ritualen benutzt hatten.

Die Teetasse hatte Caroline gehört, durch Generationen hindurch an sie vererbt von Vorfahren, die zu den frühen Siedlern in der Neuen Welt gehört hatten. Ein absurder Gegenstand für die Wildnis, aber sie war edel und hübsch, mit einem angeschlagenen Goldrand und dem bunten Wappen des Ortes, aus dem diese Verwandten geflüchtet waren. Es gab dazu ein eigenes Transportkästchen aus Holz, ausgekleidet mit brüchigem altem Samt, in dem sie fest und sicher saß, bis sie gebraucht wurde. Albern, aber die Tasse war ihnen lieb und teuer. Dort hinein gossen sie dann einen Tee aus Blüten oder Wurzeln oder Knochen, je nach Ritual oder Jahreszeit, und reichten sie am Feuer herum. Sie fühlte sich wunderschön in ihren Händen an, und obwohl es in der Wildnis vieles gab, was zart aussah, war es das eigentlich nicht. Hohle Vogelknochen? Hauchdünne Spinnweben? Filigran wirkende Flechten? Die waren robust, widerstandsfähig. Die Teetasse dagegen war wahrlich zart, und sie machte jeden von ihnen zart, in dessen Besitz sie gelangte. Und dieses Gefühl war eine Art Geschenk, weil sie ansonsten hart sein mussten.

Sie war bei dem Kletterunfall verloren gegangen. Die Gemeinschaft wollte über den Winter in die Berge, weil die Jahreszeit im Tiefland zu streng und nahrungsarm war, während die Höhlen und der aufgetürmte Bergschnee gute Unterkünfte boten, wo im Frühling jeder Hinweis auf sie wegschmolz, was einem spurlosen Verschwinden gleichkam. Thomas trug die Teetasse in seinem Beutel. Beim Klettern verlor er den Halt und fiel rückwärts von einem Vorsprung, den alle anderen problemlos überwunden hatten. Er stürzte ab, und der Beutelinhalt verstreute sich über die darunterliegenden Felsen. Als sie das Kästchen gegen einen Stein prallen und aufklappen sahen, schrien sie leise auf, obwohl niemand einen Ton von sich gab, als Thomas abstürzte. Keiner stand ihm besonders nah, außer Caroline, seiner Frau. Er war nie mit der Gemeinschaft warm geworden. Er sei kein Gruppentyp, hatte er freundlich erklärt, als sie alle einander zum ersten Mal begegneten.

Die Teetasse flog aus ihrem schützenden Samtbett in die Luft hinaus, mit in der Sonne funkelndem Goldrand, und ein paar von ihnen, die nah genug standen, versuchten, sie aufzufangen. Selbst Thomas griff im Fallen danach statt nach etwas, woran er sich festhalten konnte.

Die Tasse zerbrach, Porzellanstaub rieselte wie Knochenasche auf den Stein. Einige sammelten kleine Scherben auf und steckten sie sich als neues Andenken in den Lederbeutel. Doch an diesen Splittern schnitten sie sich, wenn sie nach etwas wühlten, und nach einer Weile wurden sie diskret in der Landschaft deponiert, die sie durchwanderten, klein genug, um im Staub zu verschwinden.

Selbstverständlich war der arme Thomas weiter abgestürzt und vermutlich gestorben. Mehrere Leute kletterten ein Stück hinunter, konnten ihn aber nicht entdecken, und er reagierte nicht auf ihre Rufe. Also hatte die Gemeinschaft einen Moment innegehalten, um etwas Nettes über ihn zu sagen und Caroline zu trösten, und war dann weitergelaufen. Sie führten jetzt nicht mehr viele Rituale durch, hauptsächlich, weil die Teetasse weg war. Es stimmte, dass Rituale Zeit und Mühe kosteten, und je länger sie sich in der Wildnis aufhielten, desto weniger war ihnen nach Feiern. Anfangs war jede Flussdurchquerung beachtenswert gewesen, inzwischen aber hatten sie kaum noch Lust, den Jahresbeginn zu begehen. Trotz allem wusste Bea, dass sich ohne die Teetasse einfach kein feierliches Gefühl einstellte. Ohne die Tasse tranken sie einfach nur Tee. Trotzdem, niemand sprach hinterher schlecht von Thomas. Hätte er überlebt, hätten sie ihn nicht am Feuer angeschwiegen. Niemand hatte ihm die Schuld gegeben, zumindest nicht laut. Bea wünschte, sie würden sich daran jetzt erinnern.

Über das Feuer hinweg versuchte sie, Debras Blick aufzufangen, aber Debra sah demonstrativ an ihr vorbei. Ihr Mund war unbewegt, ihre Miene streng. Sie hatte Carolines Tasche neben sich und strich über den weichen Lederriemen. Schlagartig begriff Bea, dass die beiden mehr als nur ein enges Verhältnis gehabt haben mussten. Debra war mit einer viel jüngeren Ehefrau angekommen und Caroline mit einem viel älteren Mann. Beide Gefährten waren mittlerweile weg, eine desertiert, der andere tot. Eine Paarung der beiden war wohl naheliegend, dachte Bea. Wobei das relativ neu gewesen sein musste. Debra und Caroline hatten zwar im Schlafkreis nebeneinander gelegen, aber nicht zusammen. Was auch immer gelaufen war, sie hatten es für sich behalten. Gar nicht so einfach innerhalb der Gemeinschaft.

Dr. Harold war emsig dabei, eine neue Salbe in ein ausgehöhltes Holzstück zu quetschen. Selbst im Feuerschein konnte Bea seine Wangen rot aufleuchten sehen, als sie ihn durchdringend anstarrte, um von ihm beachtet zu werden. Carl konnte sich nicht verkneifen, sie anzusehen, einfach um den Mund böse zu verziehen und ihr zu zeigen, dass er immer noch verärgert wegen des Seils war. Bei Val, die sie hasste und umgekehrt, probierte sie es gar nicht erst. Überrascht war sie von Juan, der, während er die Geschichte erzählte, mit jedem am Feuer nacheinander einen Moment Blickkontakt hielt. Nur über Bea hüpften seine Augen nervös, wütend vielleicht, hinweg. *Ich hab dir doch das Leben gerettet,* wollte sie schreien.

Die Einzige, die ihr Beachtung schenkte, war Agnes, die sie genau beobachtete und ihr alles nachmachte. Wenn Bea sich am Knöchel kratzte, kratzte Agnes sich am Knöchel. Bea sagte lautlos *hör auf damit,* und Agnes sagte lautlos *hör auf damit.* Bea schüttelte den Kopf und verdrehte die Augen. Und Agnes ebenfalls, übertrieben, als wollte sie sich lustig machen. Dann, als Bea wütend wurde, legte Agnes ihr eine Hand aufs Knie wie ein Erwachsener, der einen anderen tröstete, und grinste dabei mit ihrem abgebrochenen Zahn. Unter dem schiefen Grinsen ihrer Tochter und der Wärme ihrer Hand schmolz Bea dahin. Sie wünschte sich, dass jemand nett zu ihr war. Sie wünschte sich etwas bedingungslose Liebe. Sie streckte die Hand aus, um Agnes in den Arm zu nehmen, aber sprunghaft, wie sie war, entwand sie sich. Bea probierte es mit einer neuen Taktik. Sie gähnte, damit Agnes gähnen musste. Sie reckte die Arme, damit Agnes die Arme reckte. Sie lehnte sich zurück und versuchte, Agnes mit sich zum Schlafen hinunterzuziehen. Aber Agnes ließ sich nicht überlisten. Sie wollte nicht schlafen. Sie klemmte die Arme an die Brust, unterdrückte ein echtes Gähnen und rutschte näher zu Glen, drückte eine neugierige Fingerspitze auf die Feuersteinsplitter zu seinen Füßen. Niedergeschlagen stand Bea auf, schon in der kleinen Entfernung vom Feuer fröstelnd. Sie wollte nicht im gleichen Kreis wie diese Leute schlafen. Weit weg, hinter einem Hügel, kläfften Kojoten einander zu, *Freund, Freund, Freund,* und Bea fühlte sich beim Klang solcher Zwiesprache einsam.

Was sie wahrnehmen konnte, war Sternenlicht und Geruch zu verdanken. Sie erschnüffelte Glens Tasche mit ihrem Bettzeug. Es war durchdrungen von ihrem Duft. In einigem Abstand zum Feuer rollte sie es aus. Als sie hinter sich ein Knirschen hörte, verkrampfte sie sich kurz, bis sie Glens Hände ihre Schultern kneten spürte.

»Harter Tag«, murmelte er an ihrem Hals. Sie merkte ihm an, dass er ein schlechtes Gewissen hatte, weil er sie am Feuer ignoriert hatte.

»Du hättest das Seil auch durchgeschnitten, oder?«

»Natürlich.« Sie spürte seine Lippen sich zu einem Lächeln verziehen, als er ihr einen Kuss auf die Schläfe gab.

»Aber?«

»Ich hätte vielleicht eine Spur länger gewartet.«

»Ach, Scheiße, Glen. Hab ich gerade Caroline umgebracht?«

»Aber nein, nein, nein«, sagte er geduldig und zog sie auf ihr Bettzeug hinunter. »Caroline war sofort tot, als der Stamm sie gerammt hat.«

»Was spielt das Timing dann für eine Rolle?«

Glen zuckte die Achseln. »Wahrscheinlich gar keine. Aber wenn sie sowieso schon tot war, warum dann die Eile?«

»Wegen Juan.«

Glen winkte ab. »Juan wäre nichts passiert.«

Sie stampfte mit dem Fuß auf, und Glen legte ihr wieder die Hände auf die Schultern. »Hör mal, Juan ging es gut. Caroline war verloren. Aber das Seil nicht. Erst, als du es durchgeschnitten hast. Die anderen brauchen einfach einen Moment.« Er schwieg kurz und zuckte noch einmal die Achseln. »Es war ein echt gutes Seil.«

Agnes schlich sich in dem Moment an, als Bea und Glen ohnehin am Ende ihres Gesprächs verstummten, nahm es aber persönlich. »Ihr müsst nicht aufhören zu reden«, lispelte sie ärgerlich. »Ich weiß viel. Ich bin schon erwachsen.«

Glen packte Agnes am Bauch und drehte sie auf den Kopf. »Wir waren schon fertig«, sang er, während er sie zwei Zentimeter über den Boden hielt, bis ihr beleidigtes Schnauben zu widerstrebendem Lachen, dann zu entzücktem Kreischen wurde. Er setzte sie sanft auf dem Bett ab, und sie nahm ihren üblichen Platz zu ihren Füßen ein.

Glen und Bea legten sich unter die Decke, und in der folgenden Stille schweiften Beas Gedanken zu dem Himmel ab, der gleißend weiß über ihr geleuchtet hatte, als sie Madeline zur Welt brachte, weshalb sie dankbar für die Ablenkung war, als Agnes leise vom Fußende sagte: »Ich bin traurig wegen Caroline.«

»Ehrlich?« Bea merkte an Agnes' lautem Einatmen, dass sie erstaunt über das Erstaunen ihrer Mutter war.

»Ja«, sagte Agnes, obwohl es jetzt eher wie eine Frage klang.

»Na ja«, sagte Bea. »Caroline war immer nett zu dir.« Wenn Bea ganz ehrlich war, hatte sie Caroline für noch spröder als Thomas gehalten und sie eigentlich überhaupt nicht gemocht. Das hieß nicht, dass sie froh über ihren Tod war. Es machte ihr nur nicht besonders viel aus, sie verloren zu haben, und das Ausmaß an Trauer, das da vor sich ging, war ihr unangenehm. Es war schlimm genug, die Schuld für das Seil zugeschoben zu bekommen, ohne dass alle auch noch wegen Caroline herumjammerten. Sie verdrehte im Dunklen die Augen. Sie war nie sicher, welches die bessere Erziehungsmethode war – Mitgefühl vorleben oder einfach ehrlich sein. Agnes war so nett zu jedem, selbst wenn sie nicht immer sehr nett zu ihrer Mutter war. Also behielt Bea ihre Empfindungen Caroline gegenüber wieder einmal für sich. »Sie war ziemlich lustig«, sagte sie mit einem Nicken.

»Es ist nur«, meinte Agnes zaghaft, »dass ich wirklich wünschte, wir hätten sie retten können.«

Selbst ihre Tochter glaubte, sie hätte das Seil zu schnell gekappt. »Du auch?«, blaffte Bea. »Und wahrscheinlich vermisst du das Seil auch total?«

»Schon gut, schon gut.« Glen legte einen Arm um Bea und wuschelte Agnes durch die Haare. »Wir müssen schlafen.« In der Dunkelheit sah Bea Agnes' Zähne, als sie Glen und Bea angrinste, und erkannte, dass sie auf den Arm genommen wurde. Natürlich hatte Agnes genug von ihrem Gespräch mit Glen gehört, um zu wissen oder ausprobieren zu wollen, wie diese Bemerkung bei Bea ankäme. Damit experimentierte Agnes in letzter Zeit herum – stichelnde Kommentare, wissende Blicke. Testete Grenzen aus wie als Kleinkind. Jetzt aber hatte sie dabei etwas Schneidendes an sich, etwas Bissiges. Neuerdings experimentierte Agnes mit vielem herum, und Bea hatte das Gefühl, kaum mithalten zu können.

Agnes kroch unter die Felle und schloss wie jede Nacht die Hand fest um Beas Knöchel. Bea kämpfte gegen den Drang an, ihn wegzuziehen. Sie selbst versuchte, sich in Glens Arme zu schmiegen, aber sie war noch aufgebracht und fühlte sich gefesselt statt umarmt.

Agnes fiel sofort in einen unbekümmerten Schlaf, ihre Atemzüge klangen wie über den Boden schleifende schwere Vorhänge. Selbstverständlich hatte sie sie gehört, dachte Bea. Agnes lauschte immer. Und sie hatte recht. Dem Anschein nach wusste sie wirklich alles. Und wirkte tatsächlich älter, erwachsener, als sie war. Bea hatte das Kleinkind, das Agnes gewesen war, völlig aus dem Blick verloren. Konnte kaum glauben, dass ihre Tochter je etwas anderes als dieser komplizierte Mensch zu ihren Füßen gewesen war. Sie war klein, aber robust, als wäre sie schon voll entwickelt. Viel robuster als die anderen Kinder. Glen gab ihr immer mehr Fleisch als sich selbst. Wie aufs Stichwort fiel Glen in Agnes' Schlafgeräusche ein. Bea starrte mit weit offenen Augen in die dunkle Nacht.

AM MORGEN RASTE STAUB SPUCKEND ein Pick-up auf sie zu. Weit dahinter glitzerte die Sonne auf dem Dach des Mittelpostens. Als der Wagen anhielt, erkannten sie Ranger Gabe. Er war der Sohn eines hohen Tiers in der Regierung, hatte er ihnen einmal erzählt, als wäre es eine Drohung. Er war nicht besonders beliebt.

Manche Ranger waren gern draußen in der Natur und unterhielten sich mit der Gemeinschaft. Aber nicht Ranger Gabe. Er wirkte ihnen gegenüber und der Erde, auf der er lief, skeptisch. Seine Uniform war immer blitzsauber und frisch gebügelt, und er bewegte sich vorsichtig, als hasste er, sich schmutzig zu machen.

Er stellte den Motor ab, blieb einen Moment sitzen, drückte dann lange auf die Hupe. Die bis dahin in den Büschen versteckten Vögel zerstoben in einer Wolke. Das Blöken der Hupe wurde von einem weit entfernten Hügel als Echo zurückgeworfen.

Die Gemeinschaft, Gepäck umgehängt und abmarschbereit, versammelte sich um den Wagen herum.

»Für euch liegen neue Handbuchseiten am Unterposten.«

»Aber wir sind fast am Mittelposten«, erklärte Bea. »Es hieß, dort sind die Seiten.«

»Und die Post«, sagte Debra. Sie hatte sich ausführlich darüber geäußert, seit Langem keinen Brief von ihrer betagten Mutter erhalten zu haben. Sie war unsicher, was es bedeutete, nichts gehört zu haben.

»Tja«, sagte er gedehnt und trat dabei wiederholt mit der Ferse gegen die Seitenwand des Pick-ups. »Ich weiß nicht, was ich euch sagen soll. Ich weiß nur, dass es am

Mittelposten nichts für euch gibt. Gar nichts. Ihr müsst zum Unterposten.« Er blinzelte gen Horizont wie ein Entdecker.

»Aber der Mittelposten ist doch gleich da.« Bea zeigte auf das in der Sonne glühende Dach.

»Da gibt's nichts für euch.«

»Aber ...«

»Ihr müsst zum Unterposten. Und ihr wisst, wo ich meine, oder? Der ist zwar unten, aber nicht nur.«

Sie sahen ihn verständnislos an.

Mit finsterer Miene holte er eine grob gezeichnete Karte aller Posten-Standorte heraus. Deutete auf die Stelle, die er meinte, ein X ganz unten auf dem Blatt.

Carl brummte. »Unterer Mittelposten? Warum denn bis da runter?«

»Nicht *Unterer* Mittelposten. *Unter*posten.«

»Aber der ist genau hier in der Mitte« – Carl zeigte darauf –, »und er ist unten.«

»Jetzt pass mal auf, der heißt Unterposten. Und da müsst ihr hin. Alles andere ist egal.«

»Aber warum?«

»Warum?« Ranger Gabe kratzte sich spöttisch am Kopf. »*Warum?* Weil ihr euer letztes Lager wie ein totales Dreckloch hinterlassen habt, darum.«

»Das stimmt nicht«, sagte Bea. Sie führten immer Mikromüll-Suchen durch. Dabei hatten sie auch nicht mehr gefunden als sonst irgendwo nach jedem beliebigen Zeitraum.

»Es sah aus, als wärt ihr ewig da gewesen. Die Vegetation war völlig kaputt. Das dauert Jahre, vielleicht ein ganzes Leben, bis sie sich wieder erholt. Wenn überhaupt.« Spucke hing in Ranger Gabes Bart.

Bea sah, dass Carl sich allmählich aufregte. Sie lächelte einnehmend. »Das überrascht mich. Ich hatte das Gefühl, wir hätten kaum ausgepackt, so kurz waren wir da.« Das war gelogen. Sie waren viel länger geblieben, als sie durften. Alle wussten das. Ranger Gabe wusste es. Es war ein Tanz, den sie häufig aufführten, die Ranger und die Gemeinschaft. Bea schätzte, dass sie ungefähr eine halbe Jahreszeit – ein skandalös langer Zeitraum für ein und denselben Ort – dort verbracht hatten, und sie waren nur weitergezogen, weil sie sich von den Gedanken an Madeline ablenken wollte. Und weil die anderen ihre Post wollten. Eigentlich durften sie nur Rast machen, um zu jagen, zu sammeln und ihre Ausbeute weiterzuverarbeiten. Laut Handbuch mussten sie sich auf sieben Tage an einer Stelle beschränken. Aber das befolgten sie praktisch nie. Es war schwer, sich wieder in Bewegung zu setzen, wenn man einmal angehalten hatte. Alles so zu packen, dass es auf absehbare Zeit relativ einfach zu tragen war. Das Räucherzelt war empfindlich, und unmittelbar nach einer Jagd hatten sie das Fleisch dabei. Im Prinzip etwas Gutes, aber viel mehr Gewicht.

»Ach, bitte«, sagte Ranger Gabe. »Hier ist alles durcheinander. Wie lange wart ihr denn hier?«

»Eine Nacht.«

Er schüttelte den Kopf. »Unfassbar. Na ja, vielleicht kann man Umwelteinwirkungen einfach nicht vermeiden, wenn man eine so große Gruppe ist. Das fand ich schon immer. Ich hab gleich gesagt, dass es keinen Grund dafür gibt. Dass eine Gruppe hier ist. Ich hab gesagt, dass sie euch nicht reinlassen sollen. Hatte ich das schon mal erwähnt?«

»Ja«, sagte Bea.

»Tja, ich bin nicht der Einzige, der das so sieht.« Das sagte er mit einem schiefen, zufriedenen Grinsen.

»Wenn es ein Trost ist, wir sind nur noch halb so viele wie früher«, sagte Bea mit gespielter Liebenswürdigkeit und dachte dabei an die Toten.

Er sah sie böse an.

Größtenteils mochte sie die Ranger, selbst die unfreundlichen. Es machte Spaß, mit ihnen herumzualbern, weshalb sie sich auch freiwillig als Sprecherin der Gemeinschaft gemeldet hatte. Ihrer Erfahrung nach konnte man sie durch ein kleines Lächeln leicht entwaffnen. Sie waren jung und wirkten immer neu, egal, wie lange sie schon dabei waren. Für Bea blieben sie immer Welpen mit weichen Öhrchen. Außer Ranger Bob am Mittelposten, der älter war, mit einigem Grau an den Schläfen und im Schnurrbart. Er war ein Ebenbürtiger. Sie würde so weit gehen, ihn als Freund zu bezeichnen. Als guten sogar. Aber diese Jungs waren Spaß für sie.

»Außerdem möchte ich hinzufügen, dass ihr zu oft in dem Lager wart«, sagte Ranger Gabe ausdruckslos. Er konnte es nicht gut sein lassen. Carl tigerte auf und ab, schnaubend. Er konnte sich sicher nicht mehr lange beherrschen.

»Ich dachte, die Vorschriften beziehen sich nur auf Zeitdauer«, sagte Bea ausweichend.

»Nein. Es geht um die Anwesenheit insgesamt. Ihr behindert die Entwicklung der Natur, indem ihr ständig zurückkommt und zu lange bleibt. Kein Tier will sich irgendwo aufhalten, während ihr da rumtrampelt.«

»Nein, es geht nicht um Anwesenheit insgesamt«, platzte Carl heraus und suchte wütend nach dem Handbuch, um zu beweisen, dass er recht hatte.

Der Ranger grinste, und Bea seufzte. Sie hatte das Gefühl gehabt, dieses nicht näher bestimmte Spiel zu gewinnen, aber jetzt hatte Carl alles zunichtegemacht.

Ranger Gabe legte eine schwere Hand auf Carls Schulter. »Macht euch keine Mühe. Ich habe alles gesehen, was ich sehen muss. Entscheidend sind die Auswirkungen auf die Natur. Und eure sind heftig. Das habe ich schon ausführlich in meinem Bericht aufgelistet, und den werde ich ganz nach oben schicken, mit dem Vermerk *DRINGEND*. Für Verstöße wie den hier könnt ihr rausgeworfen werden.« Sein Blick war so streng wie seine feste Stimme. Es lag keine Großzügigkeit darin. »Was ihr zu tun habt, ist, euch auf den Weg zum Unterposten zu machen.« Er deutete irgendwo in die Ferne, in eine Richtung, in der sie noch nie gewesen waren. »Wie befohlen.«

Umdirigiert worden waren sie schon vorher, zweimal, um genau zu sein. Einmal wegen eines bewusst gelegten Feuers (wäre es ein natürlicher Brand gewesen, hatten die Ranger betont, wären sie nicht umgeleitet worden, gemäß Handbuch). Ein anderes Mal wegen des übergelaufenen Klärtanks am Oberposten. Damals hatte man ihnen den am günstigsten gelegenen Posten für ihre Erledigungen zugewiesen. Aber diese Anweisung jetzt erschien unnötig, eine Aufgabe, die dazu gedacht war, sie zu gefährden. Sie sahen auf die Karte. Der Unterposten lag weiter weg als alle Orte, an denen sie je gewesen waren. Es war als Strafe gemeint. Eine Aufforderung zu einem Gewaltmarsch.

Glen schob Carl sanft zurück, weg von Ranger Gabes Hand und außer Reichweite, falls Carl sich entschloss zuzuschlagen.

»Also«, sagte Glen, »wir dachten, wir hätten gründlich gearbeitet bei der Müllsuche und Renaturierung, aber beim nächsten Mal achten wir noch stärker darauf.«

»Wenn es ein nächstes Mal gibt«, blaffte der Ranger. Dann sackte er leicht in sich zusammen. Er wusste, dass die Begegnung ihrem Ende entgegenging, und wirkte bedauernd. Vielleicht hatte Bea die Sache falsch eingeschätzt. Die Gemeinschaft hier zu haben, gab den Rangern möglicherweise etwas zu tun.

»Gut, haben wir verstanden«, sagte Glen. »Und jetzt zum Unterposten, richtig?«

»Genau.«

»Super. Wir packen heute neu – für so eine Strecke muss man richtig packen –, aber dann machen wir uns sofort auf den Weg.«

Die Gemeinschaft seufzte.

Glen lächelte. »Leute, ich persönlich kann es kaum erwarten. Wer weiß, was für erstaunliche Dinge wir erleben werden?«

Nur Agnes jubelte.

»So mag ich das.« Glen strahlte sie dankbar an.

Agnes strahlte zurück.

Ranger Gabe stieg wieder in seinen Pick-up und fuhr los. Er sah sie mit zusammengekniffenen Augen im Rückspiegel an. Glen lächelte und lächelte, bis der Wagen einen flachen Hügel erklomm und verschwand. Dann sackten Glens Gesichtszüge herab. Er massierte sich die Wangen.

»Also«, sagte Debra, während sie ihr Gepäck aufsetzte. »Ich kehre nicht um. Nicht so nah am Mittelposten.« Sie machte ein paar Schritte auf das funkelnde Dach zu.

Glen hob die Hand. »Warte.«

»Sag nicht, dass wir das diskutieren müssen«, sagte Juan.

»Natürlich müssen wir das diskutieren. Wir brauchen Konsens«, sagte Glen.

Alle stöhnten.

»Wir sind doch fast da.« Debras Füße zuckten.

»Tja, manche von uns gehen nicht gern zum Posten und würden es vorziehen, das zu vermeiden, wenn möglich«, meinte Val. Das sagte sie nur, um Carl zu gefallen, der es hasste, sich am Posten zu melden.

»Aber unsere Briefe!«, rief Debra.

»Debra, unsere Briefe werden doch gar nicht da sein«, herrschte Carl sie an.

Debra ruderte mit den Armen. »Aber es ist doch gleich da vorn.«

»Erstens mal ist der Konsens auf deinem Mist gewachsen, also beschwer dich nicht«, sagte Carl.

Debra verzog böse das Gesicht. Eigentlich liebte sie das Konsensprinzip. Sie war diejenige, die der Gemeinschaft das Verfahren vorgeschlagen hatte.

»Zweitens ist dir schon klar, dass sie das extra machen, damit wir nicht gehorchen und sie wieder einen Bericht schreiben und uns vielleicht rauswerfen können«, warnte Carl.

»Seit wann bist du so an den Vorschriften interessiert?«, fauchte Debra.

Carl errötete wütend. Er hasste die Vorschriften, besonders, wenn sie seinen Wünschen entsprachen.

»Hört mal, Leute, die machen das, damit wir woanders hingehen. Sie behaupten, wir waren faul«, sagte Glen. »Meiner Ansicht nach ist das eine berechtigte Kritik.«

Die Verlockung, jedes Jahr dieselbe Route zu nehmen, war groß. Wenn sie die Strecke kannten, wussten sie, was sie erwartete. Diese Pflanzen wuchsen um diese Jahreszeit, und sie wuchsen hier. Jene Beeren reiften hinter dem Berg dort. Sie hatten gelernt, das Gelände zu deuten und zu bestimmen, wohin ein Schneehuhn sein Nest verlegt hatte, nachdem sie das erste gefunden hatten. Sie hatten gelernt, wie man in diesem Quadranten der Karte überlebte. Würde das Gelernte ihnen ermöglichen, anderswo zu überleben? Überall? Sie hatten die Beschwernisse des Lernens in den Anfangstagen schon erfahren und überstanden. Das wollten sie nicht alles noch einmal durchmachen.

»Aber was, wenn wir gar nicht zurückkommen sollen?« Dr. Harold hatte sich von der Gruppe entfernt und stapfte auf und ab. Er war so weit weg, dass seine Frage kaum zu hören war. Ein Flüstern, ein Geheimnis nur für ihn selbst.

»Sei nicht paranoid, Doc«, sagte Glen freundlich, und Dr. Harold wirkte erschrocken, im Mittelpunkt zu stehen.

»Bin ich nicht. Aber seht mal.« Er zeigte auf die Karte. »Der Unterposten ist nicht mal der nächste. Es ist nur irgendein Ort, ein sehr weit von hier entfernter Ort, hinter einem neuen Gebirge. Das da sind Dünen. Das da ausgetrocknete Seen. Und hier.« Er fuhr es mit dem Finger nach. »Hier ist der einzige Fluss, den ich entdecken kann.«

»Oh nein«, sagte Debra.

»Damit meine ich nicht unbedingt, dass es sonst keine gibt«, sagte er hastig. »Aber wir wissen es nicht. Wir wissen nicht, was sinnvoll ist, wenn wir ankommen.

Vielleicht ist es unsinnig, von da, wo wir landen, jemals zurückzukommen.«

Dieser Gedanke ernüchterte alle.

Val sagte zaghaft: »Na ja, vielleicht sollten wir doch am Mittelposten nachfragen, nur zur Sicherheit.«

Ein paar weitere murmelten ihre Zustimmung.

»Vielleicht sollten wir Ranger Bob fragen.«

»Vielleicht stimmt es nicht, was Ranger Gabe sagt.«

Plötzlich rief Dr. Harold: »Wer ist dieser Ranger Gabe überhaupt?«

»Okay, okay«, unterbrach Glen. »Wir regen uns hier über so was Albernes wie das Unbekannte auf. Vergesst nicht, es ist alles nur Land.«

Carl schaltete sich ein. »Und wir sind Menschen, die vom Land leben. Wir wandern durch das Land. Wir *kennen* das Land. Wir gehen, wohin wir wollen, wann wir wollen. Und wir können hierher zurückkommen, wann immer es uns passt. Es gibt keinen Grund zur Sorge. Also, ich sage, wir probieren mal was Neues. Auf zum Unterposten.«

»Aber hier sind wir angekommen«, sagte Juan. »Wer weiß, wann wir wieder hier sind?«

Carl schlug sich auf die Stirn. »Wir sind wieder hier, wenn wir wieder hier sein wollen. Hast du mich das nicht gerade sagen hören? Wir bestimmen über unsere eigene Erfahrung. Also, kehren wir um.«

Der Gedanke, nie wieder hier zu sein, war Bea noch gar nicht gekommen. Es schien unmöglich. Sie konnte sich nicht vorstellen, in der Wildnis zu leben ohne ihr wunderschönes verborgenes Tal und die Ausflüge zum Mittelposten. Nicht zu wissen, welches Tier einen morgen jagte, war die eine Sache. Nicht zu wissen, in welcher Höhle man sich dann versteckte, eine ganz andere. Eine Beklommenheit kroch ihr in die Kehle, sodass sie krächzte, als sie sagte: »Ich würde mich gern von Bob verabschieden.«

Carl riss die Hände hoch. »Keiner hört mir zu.« Val wollte ihm die Schulter tätscheln, aber er riss sie weg.

Glen lächelte Bea an. »Dann gehen wir zum Mittelposten.« Er nickte den Erwachsenen im Kreis nacheinander zu, bis jeder die Geste erwiderte. Carl, der Letzte, starrte ihn wütend an, bevor er ebenfalls knapp nickte. »Gut gemacht, Leute.« Wieder richtete Glen den Blick auf den Horizont, um sich zu vergewissern, dass Ranger Gabe wirklich weg war und sich der Staub seiner Reifen gelegt hatte. Dann pfiff er und ließ den Finger kreiseln, und sie liefen los.

SIE ERREICHTEN DEN POSTEN, als die Sonne zu sinken begann. Das rosa Licht wurde vom Dach reflektiert, von den zahlreichen Fenstern und von Ranger Bobs Pick-up, in den Ranger Bob gerade einstieg.

Als er sie bemerkte, sprang er wieder heraus. »Na so was.« Er grinste. »Ihr solltet eigentlich nicht hier sein, aber ich freue mich trotzdem.«

Ein paar lächelten. Bea strahlte. Agnes winkte schüchtern hinter dem Rücken ihrer Mutter. Carl schlenderte zu dem kleinen, ordentlichen Gebäude und pinkelte hoch an die Mauer.

Ranger Bob drehte sich schwungvoll zu Bea herum, die Hände ausgebreitet, wie um sie zu umarmen. Dann schlug er sie zu einem lauten Klatschen zusammen, das Lächeln unter dem buschigen Schnurrbart breit. Er war ein bisschen ein Cowboy, aber kein wilder. Eher einer, wie man ihn für einen Kindergeburtstag mietete.

»Ihr wisst ja, wie es läuft«, sagte er. »Wiegt euren Abfall und einigt euch auf euren Bericht. Ich warte drinnen auf euch.«

Ranger Bob machte kehrt und hielt Glen die erhobene Hand hin, der erschrocken über sich selbst wirkte, als er ihn instinktiv abklatschte. Dann trabte Ranger Bob ins Haus. Als er die Lampen anknipste, konnte Bea das neue Neonröhren-Summen neben dem leiseren Summen der Steppengrillen hören.

Val und zwei der Kinder, Schwester und Bruder, wogen den Abfall, und andere sortierten ihn im Anschluss. Das Gusseisen und andere Gefäße wurden unter dem Wasserhahn abgespült, der aus dem kleinen beigen Bau ragte. Debra stieg aus ihren völlig durchgelaufenen Mokassins und trat genüsslich auf das ungleichmäßige Gras, das einen grünen Kreis um das Haus bildete. Wieder und wieder krümmte sie die Zehen um die Halme.

Das Neonlicht blendete Bea vorübergehend, als sie eintrat. Sie bedeckte die Augen mit den Händen und spreizte langsam die Finger, bis sie aushalten konnte, Ranger Bob hinter seiner glänzenden Theke anzusehen.

»Wir haben euch dieses Frühjahr vermisst«, sagte er.

»Wir hingen wegen dem Unwetter hinter den Bergen fest. Es schien einfach vernünftiger, dort zu jagen und zu sammeln. Auf der Seite war es so ruhig.«

»Ja, krasses Unwetter. Die kommen immer früher.«

»Stimmt. Und dann war es auf einmal Frühling, es gibt viel Wild, die Knollen kann man sich auch kaum entgehen lassen.«

»Natürlich.« Er strich sich nachdenklich den Schnurrbart glatt. »Aber ich muss dir nicht erklären, wie wichtig es ist, dass ihr zu den vereinbarten Zeiten zum Posten kommt.«

»Ich weiß. Entschuldigung. Es ging einfach nicht.«

Ranger Bob lächelte. »Tja, beim nächsten Mal kommt ihr hoffentlich.«

Er drohte ihnen nie. Das war eine von vielen Eigenschaften, die Bea an ihm mochte. Dennoch, es schwang eine Ernsthaftigkeit in seinen Worten, die sie als Warnung auffasste. »Machen wir. Versprochen.«

Er räusperte sich. »Ihr wisst, dass ihr eigentlich zum Unterposten sollt, oder?«

Ihr Herz geriet kurz aus dem Takt. Sie hatte das Gefühl, dass sie alles falsch machten. »Haben wir gehört. Aber wir waren schon so nah. Es schien unsinnig umzukehren. Und wir hatten Angst, dass es vielleicht ein Fehler war.« Sie verstummte.

»Es war kein Fehler«, sagte er mit einer Strenge, die sie überraschte. »Zugegeben, Ranger Gabe hätte euch früher abfangen sollen. Aber es gab ein paar unerwartete Ereignisse, um die wir uns kümmern mussten.«

»Nämlich?«

»Also. Hmm.« Er verzog den Mund. »Das darf ich nicht sagen.«

»Ehrlich?« Warum, wusste Bea nicht genau, aber es fiel ihr schwer zu glauben, dass es Dinge geben sollte, die sie nicht erfahren durften über diesen Ort, an dem sie aßen, tranken, schliefen und schissen.

»Es ist ein großes Gebiet. Du kannst nicht alles wissen, was hier passiert.« Er zwinkerte. Seine Lockerheit kehrte zurück. »Jedenfalls ist es echt wichtig, dass ihr gleich morgen früh zum Unterposten aufbrecht. Aber wo ihr schon mal hier seid, können wir genauso gut erledigen, was ansteht. Wie viele Personen?«

»Elf. Vier verloren, eine neu dazu.«

Er schlug einen Ordner mit der Aufschrift *Wildnis-Staat, Studiendaten* auf. »Okay, Zugänge. Name?«

»Kiefernzapfen.«

»Der ist mal interessant. Geburtsjahreszeit?«

»Vergangener Frühling.«

»Also ungefähr um diese Zeit letztes Jahr?«

Bea zuckte die Achseln.

Er notierte etwas. »Gut. Mutter?«

»Becky.«

»Vater?«

»Dan.«

»Das ist schön. Nur der eine Neuzugang, richtig?«

Bea nickte und dachte dabei an Madeline.

»Also dann, jetzt zu dem Teil, den ich hasse. Verluste. Namen und Ursachen?«

»Becky. Puma.«

Ranger Bob machte *ts, ts,* während er schrieb. »Das ist schade. Nächster?«

»Dan. Felsrutsch.«

»Und er ist tot?«

»Sein Becken war zertrümmert.«

»Und er ist tot.«

»Nehmen wir an.« Bea stockte. »Ich meine, wir mussten ihn zurücklassen.«

Mit hochgezogenen Augenbrauen starrte Ranger Bob angestrengt auf das Blatt vor sich. Er sagte nichts. Aber sie konnte sehen, wie fest er den Stift in das Papier drückte. Sie hoffte, es war nur, um die Information in dreifacher Ausführung zu notieren. Ranger Bob gehörte zu den verständnisvolleren Rangern, mit denen sie zu tun hatten. Bea wusste nicht, was sie täte, wenn auch er die Gruppe zu kritisieren begann. Sie hatten viel Tod erlebt. Sie waren abgehärtet dagegen. Nicht nur wegen der Mitglieder der Gemeinschaft, die auf grausige oder banale Art und Weise umgekommen waren. Sondern weil überall um sie herum alles offen starb. Sterben war so normal wie Leben. Sie sorgten sich umeinander, natürlich, aber wenn einer von ihnen aus welchem Grund auch immer zu überleben aufhörte, schlossen sie die Reihen und steckten ihre Energie in das, was weiter lebendig blieb. Das war ein unvorhergesehenes Resultat des Lebens in der Wildnis, aber es war schnell und sauber eingetreten. Früher einmal, in einer Ära vor Beas Geburt, hatte es eine kulturelle Überzeugung gegeben, dass eine enge Bindung zur Natur einen zu einem besseren Menschen machte. Und anfangs in der Wildnis hatten sie sich vorgestellt, dort zu leben würde sie vielleicht zu mitfühlenderen, besseren, bewussteren Menschen machen. Doch nach und nach hatten sie begriffen, dass es ein großes Missverständnis hinsichtlich der Bedeutung von *besser* gegeben hatte. Unter Umständen hieß es schlichtweg besser im Menschlichsein, wobei die Definition des Wortes *menschlich* offenblieb. Es hätte auch einfach bedeuten können *besser im Überleben*, egal wo, mit allen Mitteln. In der Hinsicht, dachte Bea, unterschied sich das Leben in der Wildnis nicht so sehr vom Leben in der Stadt.

Ranger Bob hustete und sagte: »Du liebe Güte. Das ist echt Pech für« – er warf einen Blick auf sein Formular – »für Kiefernzapfen. Wer kümmert sich um ihn?«

»Wir«, sagte Bea etwas schnippisch. Hitze stieg in ihren Wangen auf. Sie konnte nicht sagen, ob aus Scham oder Wut.

Ranger Bob sah auf. »Na, selbstverständlich ihr.« Er lächelte. »Wer noch?«

»Caroline. Wir haben sie in Fluss 9 verloren.«

»Wann?«

»Gestern.«

Sein Stift verharrte. »Seid ihr da ganz sicher? Denn sie könnte nicht weit von hier gerade vorbeiflitzen.«

»Wir sind sicher.«

»Fluss 9 ist nämlich gerade schnell, aber nicht allzu kalt. Und weiter unten wird er wieder langsam.«

»Es war ein Baumstamm. Sie ist definitiv tot.«

»Ach, das ist aber schade. Ich mochte sie.«

Bea konnte nicht fassen, schon wieder über Caroline sprechen zu müssen. Erbost schlug sie auf die Theke. »Im Ernst jetzt?«

Erschrocken trat Ranger Bob einen Schritt zurück. »Was denn?«

»Ich hab's satt, von Caroline zu hören«, grunzte sie.

Ranger Bobs Unterkiefer klappte herunter.

»Ich meine, warum reden wir überhaupt noch von der?« Abwesend kaute sie auf einem Finger. Sie schüttelte empört den Kopf. *Caroline?* Ehrlich, scheiß auf Caroline.

Ranger Bob musterte sie wie ein wildes Tier. Vorsichtig sagte er: »Na ja, sie ist erst, also, gestern gestorben, ja?« Genauso gut hätte er sagen können *ruhig, Bär, ruhig*, um eine Bestie zu besänftigen.

Bea blinzelte und versuchte, ihre Wut herunterzuschlucken. »Ja, natürlich.« Sie richtete sich auf. »Sie ist erst gestern gestorben.« Langsam stieß sie den Atem aus. »Tut mir leid, dass ich die Beherrschung verloren habe.« Ihre Wangen wurden wieder heiß.

»Tja, ich hoffe, du verzeihst mir, aber ich mochte Caroline und werde sie vermissen.« Er grinste.

Bea hielt sich die Hände vors Gesicht. Er sollte nicht sehen, dass sie rot wurde. »Entschuldigung.«

Er hielt eine Hand hoch, als verstünde er schon. Er konnte anscheinend alles so gut verstehen. Wieder dachte sie an den Unterposten und empfand echte Traurigkeit. Was würde sie ohne Ranger Bob tun? Würde er sie auch vermissen?

Er beugte sich vor. »Jetzt kann ich ihr Geheimnis wohl verraten, ich hab sie nämlich immer an die Kommode da hinten gelassen. Meine Frau stellt da ein Schälchen Duftmischung auf. Caroline meinte, sie mag den Geruch.« Er kicherte. »Es sind die kleinen Dinge. Okay, Caroline ist abgehakt, möge sie in Frieden ruhen. Wie viel Müll?«

»Moment«, krächzte Bea. »Noch einer. Madeline. Totgeburt.« Ihr Gesicht glühte. Etwas wackelig sagte sie: »Ich wusste nicht, ob das zählt.«

Ranger Bob sah sie einen Moment lang eindringlich an, dann zurück auf sein Formular, das er hin und her wendete. »Sieht aus, als würde es nicht zählen. Gut zu wissen. Dann schreiben wir einfach drei, einverstanden?« Er radierte die Vier in der Spalte *Gesamtzahl Todesfälle* aus, mit einem Bürgermeisterlächeln, verkniffen, nur Lippen.

Bea stimmte ihm stotternd zu, damit sie nicht wimmern musste. Ihr kleines unfertiges Mädchen war nicht fertig genug gewesen, um zu zählen. Lag darin ein gewisser Trost, oder machte es den Verlust noch niederschmetternder? Schlagartig empfand sie gar nichts.

»Wie viel Müll?«, fragte er noch einmal.

»Zehn Kilo«, flüsterte sie.

Ranger Bob pfiff. »Oha. So viel?«

Am liebsten wäre Bea auf den Boden gesunken. Wie ungeheuerlich sie klingen mussten. Ein totes Baby und jetzt noch zu viel Müll.

Sie sagte: »Weil wir nicht zum Posten gekommen sind.«

»Aha, aha.« Er nickte. »Das leuchtet ein. Wie viele Tüten sind das jetzt?«

»Drei von denen, die wir beim letzten Mal hier mitgenommen haben.«

»Ach, diese Tüten sind furchtbar.«

»Und wie. Ich kann nicht glauben, dass sie nicht aufgeplatzt sind.«

»Tja, weil ihr diese genialen Schutzhüllen dafür gemacht habt.«

»Das war Debra.«

»Sie kann ganz schön gut nähen.«

»Ja, stimmt.«

Er prüfte eine Checkliste. »Also, ich kann euch die neuen Handbuchseiten geben, kann aber nicht versprechen, dass es die neueste Version ist. Und wenn ihr schon alle da seid, können wir genauso gut Fragebogen ausfüllen. Vielleicht freuen die sich über ein paar neue Daten. Ist ja schon ein Weilchen her.«

»Blut und Urin auch?«

»Nein, die Gerätschaften haben wir zum Unterposten geschickt.« Wieder warf er ihr einen Blick zu. »Weil ihr ja eigentlich dorthin solltet.«

»Gehen wir auch.«

»Natürlich. Das wollt ihr doch sicher, ich hab nämlich eure gesamte Post da runtergeschickt.« Er zwinkerte erneut. Doch sein Tonfall klang müde. »Außerdem müsst ihr.«

Bea beugte sich vor. »Bob, ich hab's kapiert«, flötete sie und bemerkte zu ihrem Entzücken, dass eine leichte Röte in seine Wangen stieg.

»Okay, okay«, sagte er verlegen.

»Wir waren noch nie am Unterposten.« Sie bemühte sich, aufgeregt zu klingen, hörte aber ihre eigene Angst heraus.

»Das hätte mich auch überrascht. Man kommt da nicht so leicht hin.« Er zählte Fragebogen ab. Ein Ausdruck von Besorgnis huschte über seine Miene, den er mit einem kurzen Ruck seines Kopfs löschte. »Betrachtet es als Abenteuer.« Er reichte ihr die Zettel. »Ich muss jetzt los, sonst wird meine bessere Hälfte sauer. Werft die hier doch einfach in den Briefschlitz, wenn ihr fertig seid.«

Mit einem Nicken nahm Bea die Formulare entgegen, und dann streckte er ihr jungenhaft die Hand hin.

»Also, viel Glück euch allen!«

Sie schüttelte die Hand. »Ich hoffe, wir sehen dich bald wieder.«

Beide ließen lange nicht los, als wäre das nicht so sicher.

Schließlich drehte Bea sich zur Tür um und versuchte, sich möglichst viel einzuprägen. Den speziellen abgestandenen Chemiegeruch, die hoch summenden Lampen, das leise Surren einer Maschine, die hier immer lief, am Oberen Mittelposten aber nie, wo sie manchmal im Winter haltmachten. Ranger Bob benutzte ein

Frauen-Deodorant, da war sie sich sicher. Oder vielleicht schüttete er sich Babypuder in die Socken, damit er keine Blasen bekam. Ihre Mutter hatte das manchmal getan, wenn sie ihre schicken Schuhe anzog, die ihr die Füße einquetschten. Allerdings trug Ranger Bob vorschriftsmäßig vernünftiges Schuhwerk. Was war seine Ausrede? Sie malte sich aus, dass seine Haut dadurch weich blieb und dass er und seine Frau im Bett die Füße aneinanderrieben, unter sauberer weißer Bettwäsche, mit dem warmen und treuen Hund am Fußende. Sie spürte ein Verlangen nach diesem Bett, dieser Häuslichkeit. Ranger Bobs Ehering funkelte unter dem Neonlicht, und kurz hasste Bea Mrs. Ranger Bob, wer auch immer sie sein mochte.

Unvermittelt blieb sie stehen. »Ach, fast vergessen. Hast du vielleicht ein gutes dickes Seil, das du uns schenken könntest?«

Ranger Bob runzelte die Stirn. »Bea, du weißt doch, dass ich so was nicht rausgeben darf.«

Bea nickte, beschämt und ärgerlich, überhaupt gefragt zu haben. Scheiß auf alle und ihr Seil.

»Aber ...«, sprach Ranger Bob weiter. »Ich sollte zwar nicht ...« Er wedelte mit einem leuchtend grünen Lolli. »Gib den deinem süßen Mädchen«, sagte er. »Ich weiß, wie sehr sie die liebt. Aber nicht verraten.« Dann legte er den Kopf schief und zückte mit einem schelmischen Grinsen noch einen Lutscher. »Der ist für dich. Du siehst aus, als könntest du ihn gebrauchen.« Sein Grinsen verschwand.

DIE ROUTE, die sie zum Unterposten wählten, führte absichtlich durch das Tal, in das zurückzukehren man ihnen gerade untersagt hatte. Sie hatten gehofft, Ranger Bob würde ihnen mitteilen, das Ganze sei ein Fehler gewesen und sie dürften sich eine Route aussuchen, wo auch immer sie hinführte. Nun, da klar war, dass sie zum Unterposten zu gehen hatten, wollten sie sich von dem Tal verabschieden. Nur für alle Fälle.

Ihr altes Lager war mit gelbem Flatterband abgesperrt. Um das gesamte Gelände herum waren Schilder aufgestellt, *Renaturierungszone, Betreten verboten.*

»Für wen soll das denn sein?« Carl trat sinnlos nach einem Stück Flatterband. Es riss und baumelte herunter.

»Uns«, sagte Bea.

»Die Einzigen, die hier Umweltschäden hinterlassen, sind die Ranger«, schimpfte er.

»Geht euch alle verabschieden«, sagte Glen mit einem Anflug von Melancholie.

»Und hey«, sagte Carl. »Wenn ihr irgendwas versteckt habt, holt es besser.« Das sagte er direkt an Bea gerichtet, die Oberlippe hochgezogen.

Bea sah sich gespielt ahnungslos um, als wollte sie fragen: *Von wem redet er denn?* Als sie Dr. Harolds Blick auffing, nickte sie verständnisvoll. Er senkte beschämt die Augen. Eigentlich hatte sie von sich ablenken wollen, aber vielleicht hatte sie ein Geheimnis aufgedeckt. Der Doc versteckte auch Sachen! Mehrere, stellte sie fest, starrten auf ihre Füße oder in die Ferne zu einer Baumgruppe oder kleinen Felsnase, idealen Plätzen, um geheime Habseligkeiten unterzubringen. Carl hielt hochmütig die Arme verschränkt. Natürlich würde er nie etwas verstecken. Vals Miene allerdings schwankte zwischen entrüstet und betreten, und als alle sich zerstreuten, schlich auch sie sich davon. Carl durfte gern wütend über das beharrliche Festhalten der Gemeinschaft an ihrer Vergangenheit, an ihren Geheimnissen sein, aber Bea munterte es auf, dass all diese Menschen, mit denen sie geschissen, gepinkelt und gehungert, denen sie beim Sex zugehört, mit denen sie endlos debattiert hatte, es trotz allem geschafft haben könnten, etwas für sich zu behalten. Die Wildnis, und ihre Bewohner, schien wieder interessant.

Auf dem Weg zu ihrer Höhle zerkaute Bea beide Lollis. Das Letzte, was Agnes brauchte, war, sich an Zucker zu erinnern. Bea sah die anderen sich zu ihren Lieblingsplätzen stehlen. Wie dumm von ihr zu glauben, sie wäre die Einzige, die an der Vergangenheit hing.

Beas Blut rauschte von dem grünen Zucker. Ihr Herz flatterte. Sie hatte das Gefühl, kilometerweit rennen zu können. Ausgelassen hüpfte sie zu ihrem Versteck und stellte fest, dass ihr Kissen und die Zeitschrift weg waren und stattdessen Flatterband dort klebte. Die Zuckerfreude wurde schlagartig von einem Kopfschmerz abgelöst. Das gelbe Band war wie eine Ohrfeige. Wie hatten sie ihr Geheimlager gefunden? Sie fühlte sich beobachtet. Im Höhleneingang kauerte sie sich hin und umschlang fest ihre Knie, versuchte, ganz reglos zu werden, um sich an die Landschaft anzupassen. Es war eine Form von Schutz, wie die Umgebung und die Tiere, die sich darin versteckten, zu werden. Betrauerten die anderen stumm ihre Verluste? Fühlten sie sich so gefangen wie sie, Bea?

Von ihrem Platz aus beobachtete sie Glen, der zügig zu der Stelle ging, an der Madeline gelegen hatte. Im

Lager entdeckte sie Agnes, die Carl mit einem abgerissenen Stück Flatterband umkreiste. Sie standen mitten auf dem abgesperrten Fleck. Agnes trampelte und kreischte, und Carl tat, als wäre er an einen Pfahl gefesselt, der Tod durch Hinrichtung eine Gewissheit. Sein Flehen um sein Leben wehte zu Bea hinauf, ein leises Flüstern in ihrem Ohr, und sie wandte sich wieder Glen zu.

Er hatte den Kopf gesenkt, stieß etwas mit dem Zeh an, kniete sich hin, um es zu untersuchen. Er blieb in der Hocke, strich mit den Händen über Sträucher, über die Erde, betrachtete den Ausblick, den Bea für Madeline gewählt hatte. Sie hatte geglaubt, die Stelle wäre von der Höhle aus nicht erkennbar. Vielleicht war er am falschen Platz, nicht weit genug gegangen. Oder vielleicht war sie selbst nicht weit genug gegangen, um außer Sicht zu sein. In dem Fall hatte Glen sie ihre Tochter begraben sehen, während sie glaubte, sie wäre ganz für sich.

Wieder drehte Bea sich zum Lager um, suchte nach Agnes. Ihrer kleinen Kämpfernatur. Ihrer seltsamen, quicklebendigen Tochter. Gerade stürzte sie sich mit einem Stock auf Carl. Er ächzte, hielt sich den Bauch, tat, als würde er erstochen. Bei ihrer letzten Attacke fiel er auf die Knie.

»Ich sterbe«, rief er theatralisch, seine Stimme ein Geisterstöhnen, die Hände erhoben, schwankend.

Agnes legte den Kopf schief angesichts dieses beflissenen, fröhlichen, sterbenden Mannes. Sie wurde kurz ganz still, bevor sie schrie: »Dann stirb!« Sie spuckte vor ihm auf den Boden.

Carl brüllte auf, kippte um und starb.

Agnes kicherte entzückt, während sie pantomimisch darstellte, ihm den Bauch aufzuschlitzen und die Gedärme herauszuzerren.

Beas Blick huschte zum Horizont zurück, auf der Suche nach Glen, aber sie fand ihn nicht. Er hatte nichts versteckt, da war sie sicher.

Sie bemerkte, dass sie nervös die Finger in die Erde bohrte und die Kuppen jetzt wund waren, glatt von feinem Staub. Sie lutschte sie sauber und spuckte Braun. Sofort steckten sie wieder im Boden.

Die Gemeinschaft hatte schon früher lange Wanderungen absolviert, Wanderungen, von denen sie damals glaubten, sie würden unerreicht bleiben. Eine in ihrem ersten Jahr hatte jemanden veranlasst zurückzugehen. Aber obwohl sie fast immer wanderten, Tag um Tag, hatten sie noch nie den Quadranten verlassen. Sie hatten erst drei Posten besucht, die drei an der östlichen Grenze der Karte.

Ihre erste Karte hatten sie unmittelbar nach der Orientierungsphase erhalten, als sie für ihren offiziellen Einzug in die Wildnis packten. Ranger Corey war vorgefahren und hatte sie aus dem Fenster seines Pick-ups geworfen. Es war ein merkwürdiges Machwerk, ohne jeglichen erkennbaren Maßstab. Alles war mit Symbolen übersät, durch die sie aussah wie von einem Kind ausgedacht.

»Was sind das für schwarze Kreise?«, fragten sie Ranger Corey.

»Da dürft ihr nicht hin«, antwortete er mit einem selbstgefälligen Grinsen. Er gab sich knallhart und amüsiert, war aber jung und unerfahren.

Sie zeigten auf einen Tafelberg und ein oranges Fähnchen, unordentlich gezeichnet und ausgemalt. Es war ein Posten. »Wie weit ist das weg?«, fragten sie.

Ranger Corey lachte. »Keine Ahnung, wissen wir noch nicht.« Er wühlte in der Hosentasche und holte eine silberne Scheibe ungefähr in der Größe seiner Handfläche heraus. »Wer ist hier der Anführer?«

»Wir werden keinen haben«, sagte Glen stolz.

Ranger Corey verdrehte übertrieben die Augen. Dann musterte er ihre Gesichter. »Du da.« Er streckte Carl die Scheibe hin.

Carl nahm sie an und straffte die Schultern, konzentriert, froh, als Anführer identifiziert worden zu sein.

»Was darf ich damit machen?« Er drehte den Gegenstand hin und her, drückte einen Knopf an der Seite, und es klickte. Er drückte erneut. *Klick*. Drück. *Klick*.

»Gebt uns Bescheid, wie viele Schritte es von hier bis zum Posten sind«, sagte Ranger Corey. »Ein Klick pro Schritt.«

Carl geriet sofort in Rage. »Ist das euer Scheißernst?«

Ranger Corey tat überrascht, war es aber nicht. »Aber ja. Das ist mein Scheißernst. Hast du ein Problem damit? Denn dann kannst du gern ausprobieren, wie viele Schritte es bis zum nächsten Ausgang sind.«

Carl quetschte den Schrittzähler, versuchte, ihn zu zerbrechen, und machte einen Satz auf den Ranger zu. Doch der zog hastig den Kopf in seinen Wagen und fuhr das Fenster bis auf einen Spalt hoch. »Ein Klick pro Schritt«, rief er, ließ den Motor aufheulen und fuhr los.

Zweifelsfrei verfügten die Ranger über weit bessere Techniken, um Entfernungen zu bestimmen. Der Zähler war Beschäftigungstherapie, eine Methode, um eine schöne Wanderung in eine Schinderei zu verwandeln. Um ihr Leben ein kleines bisschen weniger frei zu machen, als sie es nach Einschätzung der Ranger gern hätten.

Sie suchten sich eine Richtung aus, liefen los und landeten innerhalb von Tagen in einem weiten Grasland voller Gabelantilopen, die mit anmutig unter den Körper geklemmten oder seitlich angezogenen Beinen auf dem Boden lagen. An manchen Stellen war das Gras so hoch, dass Bea über der wogenden Fläche nur ihre aufgestellten und sich hin und her drehenden Ohren sehen konnte. Ein paar Falken saßen in den Bäumen, segelten nicht auf der angenehmen Brise eines ungewöhnlich warmen und sonnigen Tages. Einige energiegeladene Antilopen erhoben sich und rasten wild im Kreis, wie von Reue gejagt. Die Gemeinschaft ging einfach weiter. Sie waren damals noch so neu, dass sie nicht verstanden: Dies waren Warnzeichen. Gleich passierte etwas. Hätten sie sich umgedreht, hätten sie die Gräser sich auf den Boden drücken und nach vorn recken sehen, als wollte jeder einzelne Halm um sein Leben rennen. Als die Gemeinschaft schutzlos mitten in der ausgedörrten Ebene stand, trafen Hagel und Wind sie unvermittelt, als hätte das Wetter sich gegen eine Tür gestemmt, die nun geöffnet worden war.

Hastig kauerten sie sich hin, rissen sich ihr Gepäck über den Kopf und klammerten sich aneinander und am Boden fest, wie um das flach liegende Gras zu imitieren. Spinnweben glitzerten vor ihren Nasen, schaukelten nur leicht, weil diese menschlichen Körper den schlimmsten Wind abhielten.

Um sich herum hörten sie das klägliche Heulen der Antilopen, die sich gegenseitig Zeichen gaben, bis der brüllende Sturm sie übertönte. Und sie hörten das Splittern und Krachen einiger umknickender Pappeln in der Nähe.

Der Hagel dauerte nur kurz, der Wind aber blieb. Die Sonne sank bereits. Dass das Schlimmste vorbei war, verstanden sie, als die Falken sich wieder in die Luft erhoben, die flachen Flügel gegen die Böen gestrafft. Es war ein Spiel. Ein Prahlen für einen künftigen Partner oder die Herausforderung eines Rivalen. Sie flogen eine Weile zitternd gegen den starken Wind an, drehten bei und sausten mit ihm davon. Dann hielten sie an und schwebten am Himmel wie gemalt, während Bea unten auf dem Boden kaum aufrecht stehen konnte.

Es war ihr erstes großes Unwetter. Vor lauter Schreck blieben sie so lange sitzen, bis eine Ranger-Drohne schließlich eintraf, um sie herauszulocken. Desorientiert und benommen trotteten sie los, trauten sich kaum, einen Fuß vor den anderen zu setzen. Am Ziel trat Carl vor dem Büro-Ranger auf den Schrittzähler und zertrümmerte ihn, aber erst, als er das widerwillig gezählte Ergebnis gemeldet hatte.

Das war in ihrem ersten Jahr passiert, als viele von ihnen noch Schuhe hatten, Schlafsäcke, als es manchen von ihnen noch vorkam wie einer dieser Camping-Urlaube, von denen ihre Großeltern erzählt hatten, ein Ausflug, von dem sie bald nach Hause zurückkehren, den sie von sich abwaschen könnten. Es war ihr erstes Unwetter, aber auch ihre erste lange Wanderung in der Wildnis gewesen. Noch mehrere Jahreszeiten lang sprachen sie in epischer Breite am Lagerfeuer davon. Es war ihre Entstehungsgeschichte, wie sie endlich ein Teil dieser Landschaft geworden waren. Es hatte sich angefühlt, als hätten sie etwas Unmögliches geleistet. Als hätten sie eine neue Welt entdeckt. Bea erinnerte sich, ihre Familie betrachtet zu haben, ihre Blasen, den eingebüßten Zehennagel, und Stolz zu empfinden. Alles in allem hatte der Weg fast acht Wochen gedauert. Ein paar von ihnen hatten noch Armbanduhren, die Zeit und Datum anzeigten. Damals hatte es ihnen Ehrfurcht eingeflößt, so lange in eine Richtung laufen zu können, ohne in einer Sackgasse zu landen. Sie hatten noch nicht begriffen, wie viel Land es zu durchstreifen gab.

Jetzt, in der Höhle kauernd, rief Bea sich die Karte ins Gedächtnis zurück. Die vor ihnen liegende Wanderung würde viel, viel länger dauern als jene. Drei Reihen auf dem Kopf stehende W gab es zu überqueren. Drei Gebirgszüge. Beas Zehen und Finger prickelten kalt vor Grauen. Sie kratzte sich im Nacken, versuchte, die Angst zu vertreiben.

Der Großteil der Gemeinschaft hatte sich schon wieder versammelt, sah sie jetzt. Sie standen um das Flatterband herum. Sicher wollten sie bald aufbrechen. Bea hörte einen Fuß auf lockerem Gestein ausrutschen, ein Ächzen, und unter ihr tauchte Glens Kopf auf, dann sein Gesicht, schief grinsend, und schließlich seine Hände, mit denen er sich beim Klettern an den Felsen festhielt.

»Wo warst du denn, Fremder?«, fragte sie, obwohl sie es wusste.

»Hab mich ein bisschen umgesehen, mich verabschiedet. Falls wir nicht zurückkommen.«

Sie lächelte. »Weißt du, wir könnten auch einfach zurück zum Mittelposten gehen.«

»Ach ja?« Glen setzte sich neben sie, etwas verblüfft, weil er glaubte, sie meinte das ernst.

»Aber klar! Ranger Bob hat ein Gästezimmer. Er hat uns eingeladen, wann immer wir wollen.«

»Ehrlich?« Er kratzte sich am Kopf.

»Nein.« Bea seufzte. Sie tat nur so. Es war eine ihrer Methoden, um einen Tag unter dem erbarmungslosen Himmel zu überstehen. »Stimmt nicht.« Sie rechnete damit, dass damit ihr Spiel beendet wäre – mit Glens fragendem Blick –, aber überraschenderweise lachte er.

»Ach, klar, verstehe«, sagte er. »Hey, Ranger Bob! Mrs. Ranger Bob!«

Bea setzte sich auf. »Dürften wir vielleicht mal unter eure Dusche springen?«

»Handtücher bräuchten wir auch. Ach, und Seife. Und ich würde mich wahnsinnig gern mal rasieren. Hey, Bob – darf ich dich Bob nennen? –, hättest du einen Rasierer für mich?«

»Hallo, Mrs. Bob, was läuft gerade Gutes im Kino?«

»Ooooh, sind das etwa Chips?«

Sie kicherten, ihre Schultern bebten gemeinsam. Glen erträumte sich nie – oder vermisste auch nur – die Gemütlichkeit ihres alten Lebens, jegliche Form von Zivilisation. Sie war dankbar dafür, nicht allein mit der bitteren, einsamen Sehnsucht sein zu müssen, die sie jetzt nach all dem empfand.

»Weißt du, ich habe nachgedacht«, sagte sie. »Vielleicht hätten wir lieber in die Privatzone ziehen sollen.« Sie versuchte, den Witz weiterzuspinnen, aber ihre Stimme wurde leiser, und sie konnte nicht so darüber lachen, wie sie vorgehabt hatte. Es war ein guter Witz, denn die Privatzone war, wenn man Bea fragte, ein Fantasieort. Ein fantastischer Ort, von dem schon geraunt wurde, solange sie sich erinnerte. Ein Ort, wo das Leben besser war, leicht und angenehm, so wie es angeblich früher gewesen war. Ein geheimer Ort für die Reichen und Mächtigen, wo sie eigene Grundstücke besaßen und tun und lassen durften, was sie wollten. Die Privatzone war das Gegenteil der Stadt und verfügte über all die Freiheiten, die die Stadt nicht mehr bieten konnte, und man glaubte entweder daran oder nicht. Auf Bea hatte es immer den Eindruck gemacht, als wüchse die Anzahl der Menschen, die daran glaubten, proportional dazu, wie schlimm die Stadt wurde. Eine ihrer Tanten war jetzt davon überzeugt und schickte ihr immer noch manchmal Zeitungsartikel, geheime Landkarten mit Wegbeschreibungen. Ihre Mutter hatte Bea immer aufgefordert, so etwas wegzuwerfen. »Du darfst nicht einfach glauben, was dir jemand erzählt«, sagte sie. »Nicht ohne guten Grund.« Der Mann ihrer Tante hatte ihr das eingeredet, und jetzt war sie mürrisch und nervös. Vorher war sie lieb und lustig gewesen. Hatte ein sehr enges Verhältnis zu Beas Mutter gehabt. »Ach, früher war sie superwitzig«, hatte ihre Mutter oft geseufzt.

Glen klemmte ihr den Arm um den Nacken und zog sie an sich. »Komm schon«, murmelte er. »Das wird ein Spaß.«

Sie wusste, dass Glen das wirklich irgendwie glaubte. Sie allerdings überhaupt nicht. Wieder rief sie sich die Landkarte vor Augen, dieses ganze unbekannte Terrain, diese hellbraune Leere, dieses viele Nichts. Jenseits davon wären sie verändert, so viel stand fest. Nicht zu wissen, auf welche Weise verändert, gehörte zu den Dingen, die Bea Angst machten.

ZWEITER TEIL

Am Anfang

AM ANFANG WAREN ES ZWANZIG. Offiziell hielten diese zwanzig sich als Teil eines Experiments im Wildnis-Staat auf, um zu erforschen, wie Menschen mit der Natur interagierten, denn da die gesamte Landfläche mittlerweile für Ressourcen – Öl, Gas, Mineralien, Wasser, Holz, Nahrungsmittel – oder für Lagerung – Abfall, Server, Giftmüll – genutzt wurde, waren solche Interaktionen der Vergessenheit anheimgefallen.

Aber die meisten der zwanzig wussten nicht viel über Wissenschaft, und viele von ihnen interessierten sich nicht einmal für die Natur. Diese zwanzig hatten dieselben Gründe, die Menschen immer dafür hatten, alles Bekannte hinter sich zu lassen und sich an einen fremden Ort zu wagen: Sie gingen in den Wildnis-Staat, weil sie nirgends sonst hinkonnten.

Sie wollten der Stadt entfliehen, wo die Luft für Kinder Gift war, die Straßen überfüllt, verdreckt, wo Hochhausreihen sich bis zum Horizont und darüber hinaus erstreckten. Und da alle Flächen, die nicht der Stadt einverleibt worden waren, jetzt zu ihrer Versorgung genutzt wurden, schien mittlerweile jeder dort zu wohnen. Ob er wollte oder nicht. Während also ein paar wenige von diesen zwanzig die Wildnis aus Abenteuerlust gewählt hatten und der ein oder andere aus Wissensdurst, waren die meisten dort, weil sie glaubten, dass in irgendeiner Weise ihr Leben davon abhing.

Am Anfang hatten sie Schuhe und Armeeschlafsäcke, Zelte, superleichtes Titan-Kochgeschirr, ergonomische Rucksäcke, Planen, Seile, Gewehre, Munition, Stirnlampen, Salz, Eier, Mehl und mehr. Sie wanderten in den Wildnis-Staat, schlugen ihr Lager auf, und am ersten Morgen machten sie sich Pancakes. Sie streuten Zucker darauf. Ihre Eintöpfe würzten sie mit Speck. Nichts von alledem hielt allerdings lange vor. Jener erste Tag fühlte sich an wie Urlaub an einem wundersamen neuen Ort. Diese Empfindung hielt ebenfalls nicht lange vor.

Am Anfang ähnelte ihre Hautfarbe der von Holzpappe, Flussbettsand, feuchten Baumwurzeln, der schweren Unterseite von Moosen. Ihre Augen waren braun. Ihre Haare dunkel. Sie hatten alle zehn Finger und Zehen. Ihre Haut war narbenlos. Die Gefahren der Stadt hatten nie in Kratzern und Platzwunden bestanden.

Am Anfang wurde über sie geschrieben und berichtet. Eine Gruppe, die der Zivilisation entsagte, um in der Wildnis zu leben? Warum sollte man so etwas tun? Auf den Meinungsseiten der Zeitungen fragte man sich, was mit ihnen geschehen würde. Mainstream-Journalisten fragten, wovor sie wegliefen. Alternative Medien fragten, ob sie etwas wussten, was alle anderen nicht wussten. Normale Leute schickten ihnen CARE-Pakete mit selbst gebackenen Keksen, Kaffee, Hotdogs, in der Regel ungenießbar, wenn sie schließlich bei ihnen eintrafen. Batterien, Zahnbürsten, Kulis. Nutzlose Gegenstände, wenn man versuchte, ursprünglich zu leben. Jemand sandte ihnen einen zwanzig Kilo schweren gusseisernen Topf. Er sei ein Familienerbstück. Seit Jahren habe er in seinem Schrank gestanden, schrieb der Mann dazu auf einer Karte. Er könne sich nicht überwinden, ihn wegzuwerfen. Er hoffe, sie hätten Verwendung dafür. Die Ranger machten ein Foto von ihnen, auf dem sie taten, als könnten sie ihn kaum hochheben. Sie grinsten oder verzogen schmerzhaft das Gesicht. Das Bild schickten sie als eine Art Dankeschön zurück. Aber auch, um dem Spender zu vermitteln, was für ein absurdes Geschenk es für Menschen war, die jeden Tag wanderten und alles mit sich trugen, was sie besaßen. Ohne große Diskussion stimmten sie dafür, ihn zurückzulassen. Die Entscheidung lag auf der Hand. Doch an jenem Abend kochten sie darin. Und seitdem hatten sie das Gusseisen immer dabei.

Am Anfang duldeten sie Blutabnahmen, Wangenabstriche, Urinproben, Blutdruckmessungen, füllten jedes Mal, wenn sie zum Posten kamen, Fragebogen aus, um festzustellen, wie sie auf die Natur einwirkten und wie die Natur auf sie einwirkte. Ihre Tage waren Daten für jemanden, obwohl sie nicht glaubten, dass die Daten allzu wichtig sein konnten.

Am Anfang befolgten sie alle Anweisungen im Handbuch, den geschriebenen Gesetzen des Wildnis-Staats, aus Angst, sonst nach Hause geschickt zu werden. Sie kampierten nie zweimal an derselben Stelle. Sie hoben sämtlichen Müll auf, und sogar Müll, der ihrer Meinung nach nicht von ihnen sein konnte. Sie vergruben ihre Knochen. Sie maßen die Tiefe und den richtigen Abstand ihrer Toilettengruben zu Frischwasser aus. Sie bauten ihre Feuerstellen so zurück, dass der Untergrund wieder unberührt aussah. Wo sie wanderten, hätte man kaum wahrnehmen können, dass zwanzig Leute durchmarschiert waren. Sie hinterließen keine Spuren. Sie tranken schlechtes Wasser, weil sie nicht immer gutes fanden, und sie zahlten den Preis dafür.

Doch das war alles am Anfang.

Im Laufe der Zeit gingen Gewehre und Zelte und Schlafsäcke kaputt. Also lernten sie, Tierhäute zu gerben, mit Sehnen zu nähen, mit selbst gebastelten Bogen zu jagen, bequem auf dem Boden und im Freien zu schlafen. Was am längsten hielt, war das Salz. Und nachdem es aufgebraucht war, stellten sie fest, dass echtes Essen nach Erde, Wasser und Anstrengung schmeckte.

Im Laufe der Zeit wurden sie sonnengebräunter, dunkler auf die Art, wie alles dunkler wurde, wenn es Regen aufsaugte. Ihre dunklen Haare hellten sich auf. Ihre Augen waren immer noch braun, aber trocken, verkrustet und ebenfalls sonnenverbrannt.

Im Laufe der Zeit lernten sie, wann sie sich verstecken mussten, indem sie nach den Vögeln horchten. Sie lernten Vorsicht, indem sie auf die Hirsche achteten. Sie glaubten zu lernen, wagemutig zu sein, indem sie ein Wolfsrudel beim Reißen eines gesunden Elchs beobachteten. Doch dann lernten sie, das beinahe unmerkliche Humpeln wahrzunehmen, das ein gesund wirkender Elch verbarg. Sie lernten, die Jahreszeiten nicht an ihren in den ersten Monaten stehen gebliebenen Armbanduhren zu erkennen oder dem Kalender, den sie schon früh verbrannt hatten, als ein Kälteeinbruch Finger bedrohte, sondern daran, was schlüpfte, was klein war und wie lange es brauchte, um zu wachsen. Sie lernten, das Alter nicht an der Größe, sondern an Farbe und Glanz des Fells eines Tieres zu bestimmen.

Sie lernten, Richtung Berge zu ziehen, wenn sie den Brunftschrei eines Elchs hörten. Und wenn sie ein Weibchen sahen, das so breit wie lang war, selbst wenn der Schnee noch hoch lag, wussten sie, dass es Frühling und Zeit war, wieder ins Flachland zurückzustapfen. Sie kannten die unterschiedlichen Geschmäcker von Blättern je nach Jahreszeit; kannten die geheime Süße der rötlichen Gräser im Herbst und die Bitterkeit der Gräser des vergangenen Jahrs, vergraben unter Winterschnee, aber immer noch grün, so wie giftige Pilze verführerische Farben hatten. Diese Farben lockten nur Dummköpfe an. Farben waren Warnungen. Auch das lernten sie. Sie lernten, was essbar war, indem sie die Tiere beim Fressen beobachteten.

Im Laufe der Zeit wusste jeder von ihnen von einem Haargummi, einer Gabelzinke, einem ausgefransten Seil oder einsamen Ohrring, die verloren und bei keiner Mikromüllsuche gefunden worden waren. Sie gruben ihre Toilettenlöcher an den falschen Stellen und nicht tief genug. Sie lagerten immer wieder an den gleichen Plätzen, weil sie sich an diesen Plätzen zu Hause fühlten. Und sie entdeckten Wasserhähne, die aus Quellen oder grundwasserführenden Schichten ragten. Wasserhähne, die von den Rangern vielleicht installiert worden waren, um Brände zu bekämpfen. Wasserhähne, die sie nicht benutzen durften. Wann immer es ging, holten sie ihr Wasser dort, weil es sauber war und sie sich keine Sorgen machen mussten, wie sie sich am Anfang Sorgen gemacht hatten.

Selbst die Studie schien im Laufe der Zeit ins Stocken zu geraten. Sie versäumten ihre vorgesehenen Postenbesuche wegen Unwettern. Und wenn sie endlich eintrafen, funktionierten die Gerätschaften nicht. Oder die Krankenschwester war nicht da. Die Fragebogen waren nicht aktualisiert. Die Wissenschaftler waren nicht zu erreichen. Vielleicht untersuchten sie einfach gerade einen anderen Aspekt, für den man keine Blutproben benötigte, hofften sie. Oder die Forscher hatten die Studie möglicherweise beendet und vergessen, jemandem Bescheid zu geben. Was wäre dann? Müssten sie dann zurück? Doch immer auf dem Gipfel ihrer Nervosität tauchte eine Krankenschwester mit Handschuhen und Spritzen am Posten auf, und die Fragebogen waren wie immer zu aufdringlich und persönlich, und alles wurde wieder normal. Beziehungsweise so normal wie möglich.

Im Laufe der Zeit wandten sich die Medien und die Städter gegen sie. Nachdem die Nachricht vom ersten Tod (Tim an Unterkühlung) endlich dort eingetroffen war, nannten die Meinungsseiten sie selbstsüchtig, Heiden, Mörder gar, und hofften, sie würden umkommen. Die Ranger teilten ihnen das mit und waren nicht erfreut über den entstandenen Eindruck. Sie wollten, dass die Gemeinschaft Schadensbegrenzung betrieb. Also schrieb Juan einen Leserbrief, um zu erklären, wie ihr Leben war und was sie über den Tod gelernt hatten. Darin erzählte er die Geschichte, dass sie eines Abends, früh in ihrem ersten Jahr, zufällig auf ein Hirschkälbchen gestoßen waren, das sich unter einer Baumgruppe eingerollt hatte, den schlanken Kopf auf die glänzenden schwarzen Hufe gelegt. Am Morgen war es weg. An drei unterschiedlichen Abenden fanden sie es. Es lief nie weg. Es blickte nur zu ihnen auf und senkte den Kopf dann wieder. Sie nahmen an, dass es von seiner Mutter dort abgelegt worden war, damit es auf ihre

Rückkehr wartete, wie Hirsche das taten. Am vierten Abend aber sahen sie es aus den Gräsern kommen, wackelig auf unsicheren Beinchen, auf die Bäume zu. Allein.

Ein großes Hirschrudel verbrachte seine Abende ganz in der Nähe. Und obwohl dieses kleine, verwaiste Kalb dicht bei ihnen blieb, gesellte es sich nie zu ihnen. Es gehörte nicht zu dem Rudel, aus Gründen, die nur sie kannten. Dennoch suchte es ihre Nähe, sein Selbsterhaltungstrieb in Konflikt mit seinem Instinkt für Sozialordnung.

In jener vierten Nacht sackte die Temperatur ab, und am Morgen erwachte die Gemeinschaft umgeben von vor Frost glitzerndem Gras. Einige hasteten zu den Bäumen und sahen zu ihrer Erleichterung, dass das Kälbchen nicht mehr da war. Dann entdeckten sie es in den ersten hohen Gräsern hinter den Bäumen. Es lag erfroren da, den Hals gereckt, als ränge es nach Luft, die Vorderbeine gebeugt, als wäre es erst vor Erschöpfung auf die Knie gegangen, bevor es starb. Blut rann aus seinem anmutigen Ohr. Die anderen Hirsche, einige nur wenige Meter von dem toten Kalb entfernt, leckten ungerührt den Frost von den Grasspitzen. Die Gemeinschaft war erbost und angewidert. Sie bewarfen die Hirsche mit Steinen. »Warum habt ihr euch nicht um dieses hier gekümmert?«, rief jemand. »Es war auch ein Hirsch.«

Erst, als sie Tim an jene bitterkalte Nacht verloren, begriffen sie. Natürlich unterschieden sie sich von Hirschen. Aber nicht so stark, wie sie sich immer vorgestellt hatten. In jener Nacht wussten sie, dass Tim litt, doch alle litten. Und in dem Moment schaltete sich etwas Angeborenes ein. Es überraschte sie, wie einfach es war, einen Hilfeschrei misszuverstehen. Sogar zu ignorieren.

Als der Brief abgedruckt wurde, waren die Menschen in der Stadt empört. Und bald darauf schilderten all die Meinungsseiten die schrecklichen Tode, die sie der Gemeinschaft im Wildnis-Staat wünschten – in einem Waldbrand verbrennen, von einem Puma zerfleischt werden, an unkontrollierbarem Durchfall dahinsiechen. Die Ranger berichteten ihnen das alles ausführlich, schadenfroh, wie es schien. Und tatsächlich starben mehrere von ihnen genau so. Mit der Zeit schrumpfte ihre Zahl auf elf. Es war nicht so, als wären diese Verluste nicht schwierig. Nur dass Verlust jetzt zu ihrem Alltag gehörte, wie so viele neue Dinge.

Deshalb war es so ermutigend für sie, ein älteres Tier zu sehen, beispielsweise einen Elch mit ergrautem Maul und leichtem Hinken, einem Hinken, das auffälliger wäre, wenn er es nicht zu verbergen gelernt hätte. Eine gute Mutter und Herde hatten ihn beschützt, als er wehrlos war. Notlagen waren von der Herde überstanden worden. Brände, die über die Steppe rasten. Überschwemmungen und Felsrutsche. Krankheiten, die von Elch zu Elch übersprangen. Dürren oder Bevölkerungsexplosionen, die einen Kampf um die verfügbare Nahrung zur Folge hatten. Vergnügungen waren entdeckt worden. In seiner Jugend mit anderen Kälbern in Bocksprüngen einen Hügel hinuntertollen. Das entrückte Hochgefühl des ersten Schwimmens. Der erste Schnee auf seinen Hufen musste ein wundersames neues Gefühl gewesen sein. Erst später hatte er wohl die Unruhe der Herde wahrgenommen, die unter dem weißen Pulver schnüffelte, auf der Suche nach Nahrung.

Falls es sich um einen männlichen Elch handelte, hatten Kämpfe stattgefunden. Wie viele Harems hatte er verteidigt? Wie viele blutige Striemen hatten sich auf seinem mächtigen Körper zu Narben entwickelt? Falls es sich um ein Weibchen handelte, waren Kälber aufgezogen worden. Hatte es sie gesund und munter wegspazieren sehen? Oder hatte es mit ansehen müssen, wie das Schwächste einem Wolfsrudel zum Opfer fiel, flehentlich nach der Mutter wimmernd? Wenn es das dominante Weibchen war, die Matriarchin, hatte sie je Sorge, dass ihre Entscheidungen falsch waren? Oder fühlte sich nicht gut genug gerüstet, um das Rudel zu führen?

Und doch legte sich dieses Tier jeden Abend unter flüsternden Bäumen schlafen, auf totem Laub oder im Gras unter dem Mond und den Sternen, lauschte dem Schwatzen der Eulen, den vorsichtigen Schritten der Nachttiere, einer gänzlich neuen, ihm ziemlich fremden Welt außer in diesen stillen Augenblicken, ohne Trost außer dem der Gruppe und dem, einen weiteren Tag überstanden zu haben. Keine Garantie für morgen.

Für die Gemeinschaft war es nicht so unterschiedlich. Sie führten dasselbe wilde Leben. Natürlich konnten sie die Tiere immer überlisten.

Na ja, fast immer. Der Überlebenstrieb war stark. Selbst das primitivste Geschöpf konnte schlau sein, wenn das einen weiteren Morgen unter dem kühlen Sonnenlicht des Wildnis-Staats bedeutete, der die letzte Wildnis war.

Natürlich gibt es den inzwischen nicht mehr. Aber sprechen wir davon jetzt noch nicht.

DRITTER TEIL

Die Große Wanderung

DIE BEZEICHNUNG GROSSE WANDERUNG bürgerte sich ein, weil sie eine gesamte Jahreszeit und einen Teil der nächsten brauchten, um auch nur die Ausläufer des ersten der drei Gebirgszüge zu erreichen, die zu überqueren waren.

Auf der Großen Wanderung kamen sie durch vollkommen neue Regionen. Taumelten über Grasland, das nach einem Regen nach Muskat roch. Brunftige Elche füllten Täler mit Lauten einer verlorenen Welt. Das tierische Äquivalent eines gespenstischen, einsamen Pfeiftons aus den Raffinerien vor der Stadt. Sie durchzogen Gegenden mit niedrigen, eigenartigen Bergen, eine Mischung aus schroffen Gipfeln und sanften Hügeln mit roten Kuppen. Aus der Ferne ragten manche auf wie mehrstöckige Hochzeitstorten. Von Nahem sah man, dass sie einst kompakt gewesen waren, jetzt aber zerbröckelten. Dazwischen lagen Wiesen mit vereinzelten Wacholdersträuchern und Pinyon-Kiefern.

Nachts pulsierten die Sterne so dicht nebeneinander, dass ihre Lichtwolke den gesamten Himmel bedeckte. So viel wohliger als die schmale Umarmung der Milchstraße.

Sie durchquerten neue Beifuß-Meere, wo es nichts als regnete. Ob es an der Jahreszeit oder dem Klima lag, wussten sie nicht. Nass roch der Beifuß am besten nach sich selbst. Besser noch als von der Sonne ausgedörrt. Er roch sauber und seifig und machte die Luft klebrig. Die Hirsche, denen sie begegneten, rannten und rannten und rannten und rannten, dann blieben sie stehen und drehten sich um. Und als sie die Gemeinschaft immer noch sahen, rannten und rannten und rannten die Hirsche noch etwas weiter. Der Horizont war unerreichbar.

Sie fanden die echte Wüste, zumindest kam es ihnen so vor. Der weiche alkalische Sand, in dem sich ihre Spuren verloren, während die Sonne über ihren Köpfen dahinzog, die Beschaffenheit des Geländes durch ihr Licht veränderte. Die lehmigen, ausgetrockneten Seen, Playas, rochen nach Pilzen, nach dunklen Körperspalten. Der heiße Horizont waberte vor ihren Augen wie ein Fluss aus Gold.

Tagelang liefen sie durch kniehohe Pflanzen und an Natronseen entlang, ausgetrocknet und weiß und glasiert und rissig. Lange, flache Hänge hinauf, dann hinunter, und der Blick immer der gleiche: eine weite Fläche von windgepeitschtem, braun-grünem Beifuß und weißen Grasbüscheln, jede Pflanze alleinstehend und um sich und nur sich gekrümmt. Sie konnten zwischen den Büschen durchgehen, ohne einen zu berühren. Es war eine einsame Landschaft.

Manchmal stand ein Baum verkümmert, aber weithin sichtbar da, und Bea dachte, *Du Armer*.

Die Hänge, auf denen sie liefen, sahen aus, als hätte ein Riese die Vorderkante der Erde angehoben. Landplatten stiegen sachte an und fielen am Ende schroff ab. Am Scheitelpunkt eines jeden davon kletterten die

Wanderer den Steilhang zu einem weiteren Talboden hinab, der so flach wie ein Blatt Papier wirkte. Erst wenn sich ihre Waden strafften, merkten sie, dass es wieder bergauf ging.

Manchmal war der Steilhang hoch, und sie kletterten, rutschten oder stolperten endlose Höhenmeter über raues Gelände hinab; manchmal waren es nur ein- oder zweihundert Meter, aber es schien, als verlören sie dadurch das wieder, was sie gerade an Höhe gewonnen hatten. Eine Nullsummenlandschaft. Doch jeden Abend wurde die Luft auf die für höhere Lagen typische Art kühler, und daher wussten sie, dass sie langsam in ein neues Gebirge aufstiegen.

Sie liefen meistens schweigend, beklommen wegen der Ungewissheit ihres Ziels und der Seltsamkeit des Geländes, das sie dorthin führte. Mit jedem Hügel, den sie hinter sich brachten, wurde die Vegetation spärlicher, und Bea bekam den Eindruck, dass sich die Landschaft nicht unbedingt veränderte, sondern vielmehr einfach unter ihr verschwand, und sie schon bald auf nichts laufen würde, nahezu nichts. Der Beifuß und die Gräser lichteten sich, der Sand wurde lockerer, verwehte im Wind. Von jeder Anhöhe aus wirkte der gesamte Talboden wie angefüllt mit Geisterschlangen, die zwischen den Pflanzen umherglitten. In der Unermesslichkeit des Landes nahmen ihre unzulänglichen Augen Bewegung wahr statt der Reglosigkeit, die tatsächlich da war. Nachts, wenn sie Rast machten, schliefen sie schlechter unter dem von Lichtern übersäten, aufgeladenen Himmel.

AM ENDE EINES LANGEN Aufstiegs-Tages erreichten sie den Gipfel und blickten über das nächste Tal. Weit rechts entdeckten sie eine Staubwolke. An ihrer Spitze galoppierten Pferde, ungefähr ein Dutzend, schnell und gemeinsam über den Talboden.

»Muss Wasser sein«, sagte Glen.

»Warten wir hier ab, ob sie anhalten«, sagte Carl. »Wasser brauchen wir immer, aber wir müssen dafür nicht sieben Tage in die falsche Richtung laufen.«

Sie setzten sich. Manche ließen die Füße über die Kante baumeln, andere legten sich zwischen die Sträucher. Über ihnen schrien Falken, jammerten *haut ab, haut ab*. Carl und Glen blieben stehen, die Augen mit den Händen abgeschirmt, und beobachteten die Pferde.

Kurz vor dem Ende ihres Sichtfelds hielt die Wolke an, und der Staub setzte sich. Carl hielt sich das Fernglas vor das Auge und sah durch die zerbrochene Linse. »Da ist es grün.« Er zeigte auf einen Punkt am Horizont, wo die Schatten ganz leicht dunkler wirkten als die Umgebung. »Das ist nicht allzu weit.« Er reichte das Fernrohr an Glen weiter.

Unten im Tal angekommen, folgten sie der Spur der Pferde und fanden einen Tag später einen kompakten Sumpf, der eine tröpfelnde Quelle umgab. Bea hatte unbedingt die Tiere wiehern hören oder übermütig miteinander tollen sehen oder sogar von ihnen mit diesem typisch herablassenden Blick betrachtet werden wollen, doch jetzt waren sie fort. Wo sie gestanden hatten, waren die kümmerlichen Grashalme umgeknickt oder zertreten. Der Boden ließ die Abdrücke ihrer wilden Hufe nicht los.

»Nehmt nur aus der Mündung der Quelle«, warnte Val. »Diese blöden Pferde scheißen alles voll.«

Bea fand nur den Kot eines Tiers, auf trockenem Boden und ein gutes Stück vom Wasser entfernt. Dennoch trat Val wütend Erdklumpen weg, als wären es Pferdeäpfel.

Bea nahm Agnes bei der Hand und führte sie auf die andere Seite des kleinen, aber aufstrebenden Sumpfs. Sie stiegen über dünne Rinnsale, die irgendwohin zu fließen versuchten, aber trockneten, bevor sie ankamen. Ein Frosch sprang ihnen aus dem Weg, und sie lachten beide überrascht auf.

»Ein Frosch«, rief Bea den anderen zu, aber niemand hörte sie. Er platschte voran, quakte nach der Gesellschaft der anderen Frösche, verlor sich dann in dem Sumpf, der am Rand grün und durch den gespiegelten Himmel in der Mitte blau war.

»Wo kam der denn her?«, fragte Agnes.

Bea ließ den Blick über die dicken Grasbüschel und Beifußsträucher, widerspenstig und abweisend, schweifen.

»Ich glaube, der muss schon immer hier gewesen sein«, sagte sie.

Die Gruppe watete durch knöcheltiefen Matsch, wodurch sich das Wasser braun färbte, und reichte Flaschen, Trinkbeutel und ein paar große, gemeinschaftlich genutzte Schläuche und Krüge nach vorn, um sie an der Quelle zu füllen. Sie tranken, füllten nach und ernteten dann Brunnenkresse, die um den Rand herum wuchs. Durch die plötzliche Feuchtigkeit fühlten sie sich vollgesaugt und verträumt, und bald legten sie sich nur wenige Hundert Meter entfernt schlafen.

Nachts hörte Bea eine Prozession von Tieren. Das Huschen von Nagern. Das sachte Tapsen von Kojoten und leise Mahlen von Antilopenhufen auf der Erde. Bea war sicher, dass eine Antilope in ihr Lager getreten und überrascht zurückgeschreckt war. Sie hörte das sanfte Schwappen von Schnauzen und Zungen, die ins Wasser gereckt wurden. Als sie sich aufsetzte, konnte sie Umrisse und ein schwaches Leuchten von Augen um das im Halbdunkel schimmernde Wasser erkennen. Ein Halbmond ging gerade auf und warf eine Lichtstraße auf die Ebene. Einen feuerhellen Streifen. Es schien nicht möglich, dass er so viel erhellte. Aber sie konnte Tiere zum Wasser gehen, konnte sogar bei manchen die Fellzeichnung sehen.

Dann hörte sie ein scharfes Schnalzen, ein Pfeifen neben ihrem Ohr, und eine Sekunde später rannten die Antilopen weg, kehrten in die Dunkelheit zurück. Sie drehte sich um und bemerkte Carl, aufrecht sitzend, den Jagdbogen senkend.

Mit schwerer Zunge und schläfrig sagte er zu Bea: »Träume ich?«

»Du hättest mich fast getroffen«, zischte sie und fasste sich ans Ohr, ob nicht vielleicht doch.

Carl rieb sich die Augen und spähte in die Dunkelheit. »Hab ich eine erwischt?«

»Natürlich nicht«, blaffte sie.

»Ach, mach dich locker.« Er schüttelte seine Müdigkeit ab. »Ist ja nichts passiert.«

Zu Beas Füßen regte sich Agnes. Sie war wach. Wahrscheinlich war sie die ganze Zeit wach gewesen, denn es schien, als wäre Agnes immer wach, aufmerksam, konzentriert. Bea stupste sie fest mit dem Fuß an. »Selbst Tiere schlafen, du kleine Spionin«, sagte sie unter die Decke. Agnes stellte sich tot. Bea legte sich wieder hin und rollte sich ein, zog sich von ihrer Tochter zurück, von Glen, der das Ganze verschlafen hatte.

Carl flüsterte: »Ich gehe nachsehen, ob ich eine gekriegt habe.«

Sie hörte ihn vorsichtig Richtung Wasser gehen. Sie hörte ihn zurückkommen, pfeifend.

Raschelnd legte er sich wieder ins Bett. »Hey, Bea«, zischte er. »Ich hab keine erwischt.« Als sie nicht antwortete, zischte er noch einmal: »Hast du mich gehö…«

»Halt die Klappe.«

Er kicherte, zufrieden, dass er sie geärgert hatte.

Agnes rutschte an eine Stelle, an der sie wieder ihre Mutter berührte.

Bea schloss die Augen. Sie hörte das Summen von Insekten, lebhaft jetzt im Schutz der Dunkelheit. Sie horchte nach den Schritten weiterer Tiere, die zum Wasserloch zurückkehrten, aber da war nichts. Der Halbmond schien auf ihre Augenlider. Dann sauste ein Schatten vorbei, die Insekten verstummten, und Bea wusste, dass der Schatten nicht von einer verirrten Wolke stammte, sondern von einem Nachtvogel auf der Jagd, dessen Anwesenheit vom Mondlicht verraten worden war. Sie stellte sich vor, dass der Mond eine Art Pakt mit all den potenziellen Beutetieren in der Ebene geschlossen hatte und dass alle Beutetiere der Ebene ihrem Schutzmond Dank und kleine Opfergaben darbrachten. Dann stellte sie sich den Nachtvogel vor, allein im Flug, wie er den Mond und das Licht und die dankbaren Geschöpfe unter sich verfluchte und ihnen allen Rache schwor.

NACH TAGELANGEM WANDERN in diesem zunehmend kargen Gelände erreichten sie kurz vor Sonnenuntergang den Gipfel einer Anhöhe. Jenseits des Tals unter ihnen lag eine Playa, ein riesiger weiß ausgetrockneter See, dessen Ufer sie nicht sehen konnten. Dahinter erhob sich ein mit Schnee bestäubter Gebirgszug. Dieser Gebirgszug bestand aus einer Reihe von knollenförmigen Kuppen, so glatt rund, wie man es in natürlichen Landschaften selten erlebte. Jetzt, im Schatten, waren die Kuppen kohlschwarz, und wahrscheinlich bei Tageslicht auch. Doch die feine Schneedecke nahm ihnen die Strenge, und Bea erinnerten sie an alte Fotos von Walen, die den Rücken wölbten, bevor sie in die Tiefen des Meeres abtauchten.

»Da hinten muss der Posten sein«, sagte Glen.

Aber sie konnten keinerlei Gebäude erkennen.

»Morgen früh spiegelt sich die Sonne auf dem Dach, dann wissen wir Bescheid«, sagte Juan.

»Machen wir Feuer, essen was und gehen schlafen. Dann können wir nach dem Aufwachen endlich diesen grauenhaften Marsch hinter uns bringen«, sagte Val.

Sie sammelten ein, was sie an Windbruch finden konnten – abgebrochene und getrocknete Äste, viele der kleineren von seltsamen orangefarbenen Flechten überzogen –, und mischten sie mit Anzündholz, das sie immer dabeizuhaben versuchten. Das Feuer roch nach Medizin und qualmte mehr, als es flackerte. Sie formten Eichelküchlein und erhitzten ein paar Stücke Hirsch, was das Fleisch beinahe saftig machte.

Als der letzte Rest Sonnenlicht verschwand, rief Carl alle ans Feuer. Er ging in die Hocke und malte mit einem

Stock auf die Erde. »Es könnte sein, dass wir uns irgendwann aufteilen müssen«, sagte er.

»Warum das denn?«, wollte Bea wissen.

»Ich meinte das als Möglichkeit. Ich finde es gut, alle Eventualitäten zu durchdenken.« Carl schleuderte seinen Stock in die Flammen, aber er flog auf die andere Seite und traf Dr. Harold.

»Aua«, sagte Dr. Harold.

»Sorry«, meinte Carl. »Bea, hast du Einwände dagegen?«

»Nicht unbedingt.«

»Gut. Jetzt ziehen wir als Gruppe weiter, aber wir sollten ein Buddy-System haben wie am Anfang.«

»Können wir nicht einfach unsere Buddys vom Anfang nehmen?«, fragte Debra.

»Manche von unseren Buddys sind tot«, sagte Juan, dessen Buddy tot war.

»Außerdem macht mir Sorgen, dass unterschiedliche Leute unterschiedliche Rollen übernommen haben und nicht jeder von uns weiß, wie er für sich selbst sorgt.«

»Na ja, wir sind eine Gruppe«, sagte Glen. »Was schadet es also, wie eine Gruppe zu denken?«

»Weil wir vielleicht nicht immer eine Gruppe sein werden«, sagte Carl. »Und wissen wir, wie wir ohne die anderen für uns sorgen können? Zum Beispiel bestimmen Debra und Dr. Harold meistens das giftige Zeug, Pflanzen, Pilze, Käfer *et cetera*.«

Dr. Harold sagte: »Carl, ich glaube wirklich nicht ...«

»Was, wenn du allein und am Verhungern bist? Was, wenn es nur eine Pflanze gibt, die du noch nie gesehen hast? Was, wenn du eine Wasserstelle findest – weißt du, woran du erkennst, ob es sauber ist?«

Niemand antwortete. Nicht, weil sie es nicht wussten, sondern weil ihnen Carls Tonfall nicht gefiel. Es war ein Schimpfen, und sie waren erschöpft und wollten schlafen.

»Wie prüft man die Trinkbarkeit einer Wasserstelle?«, fiel Val ein, überheblich und ungeduldig, um zu verschleiern, dass sie vermutlich selbst keine Ahnung hatte.

»Fragt die Tiere«, sagte Agnes.

Manche der Erwachsenen gluckst en.

Debra krähte: »Wie niedlich.«

Agnes runzelte die Stirn. »Fragt die Tiere«, wiederholte sie und senkte dabei die Stimme, als wollte sie ein Gefühl von Ernsthaftigkeit erzeugen. »Fragt: *Wo trinkt ihr?* Und dann geht dahin, wo sie trinken. Wenn ich was zu essen probieren will, dann gebe ich es ihnen zuerst. Wenn sie es fressen, esse ich es auch. Wenn nicht, dann nicht. Fragt: *Wo geht ihr hin?* Und sie sagen es euch, indem sie hingehen.«

»Das ist ein guter Ansatz«, sagte Carl zu Agnes. »Aber es ist nur eine allgemeine Regel, keine Lebensweise.« Bea sah Agnes bei der Korrektur ärgerlich das Gesicht verziehen.

Carl fuhr fort. »Wir haben andere Bedürfnisse und andere Werkzeuge als die Tiere. Wir haben Feuer, deshalb können wir andere Sachen verdauen. Wir haben Daumen, deshalb können wir besser jagen. Wir haben andere Mikroben im Darm, deshalb können wir aus mehr Flüssen trinken.«

»Genauer gesagt«, warf Glen ein, »können wir aus weniger Flüssen trinken wegen unseren Mikroben.«

»Also *ich* kann aus mehr Flüssen trinken«, bellte Carl. »Ich weiß ja nicht, was mit deinen Mikroben nicht stimmt.« Im flackernden Feuerschein schien er die Zähne zu fletschen.

Agnes schniefte, als weinte sie, und Bea zog sie hoch und von dem Kreis weg. Glen zuckte die Achseln in ihre Richtung, als sie an ihm vorbeigingen.

Sie setzten sich auf ihr Fellbett.

»Bist du traurig?«, fragte Bea ihre Tochter.

»Nein, ich hatte Qualm in der Nase.«

Das war genauso wahrscheinlich, wenn nicht sogar wahrscheinlicher als emotionale Tränen, dachte Bea. Sie fand die Bürste in ihrem Beutel und strich damit durch Agnes' Haare. »Die sind völlig verfilzt. Wir müssen das öfter machen.«

»Ich mag es nicht.«

»Würdest du, wenn wir es öfter machen würden. Die meisten Mädchen lassen sich gern die Haare bürsten.« Agnes' Haare waren kraus und sonnengebleicht. Farnhaare.

»Kann Carl wirklich aus mehr Flüssen trinken?«, fragte Agnes.

»Nein.«

»Warum sagt er das dann?«

»Weil Carl manchmal Sachen sagt, die nicht stimmen.«

»Aber selbst als Glen gesagt hat, dass es falsch ist, hat er behauptet, dass er recht hat.«

»Hör auf keinen von beiden.« Bea machte eine kurze Pause. »Na ja, auf Glen solltest du hören, weil er zur Familie gehört. Und weil er ein kluger Mann ist.«

»Und Carl nicht?«, fragte Agnes, ganz Unschuld.

»Tja«, sagte Bea.

»Ich glaube, dass sie beide unrecht haben.«

»Ach ja?« Bea lächelte in der Dunkelheit.

»Ja. Die Tiere haben immer recht, und wenn ich mache, was sie machen, passiert nichts Schlimmes.«

»Wenn wir das nächste Mal Hunger oder Durst oder uns verlaufen haben, folge ich dir.«

»Okay.« Agnes straffte die Schultern. Sie wirkte stolz.

»Könnte sein, dass wir dir die Haare abschneiden müssen.«

»Nein«, sagte Agnes.

»Kurze Haare verfilzen nicht. Und irgendwas müssen wir gegen diese Nester unternehmen.« Bea hielt eine dicke Strähne dicht am Kopf fest und versuchte, die Bürste bis zu den Spitzen durchzuziehen. »Im Zweifelsfall hörst du auf Glen«, sagte sie. »Der Unterschied ist nämlich, dass Glen dich liebt und Carl nicht.«

»Doch, Carl liebt mich. Das hat er gesagt.«

Ein Knoten löste sich, und Agnes' Kopf flog nach hinten.

»Aua.« Vorsichtig tastete sie nach der Stelle an ihrem Kopf. »Carl hat gesagt, dass er mich liebt und dich«, sprach sie weiter.

»Aha«, sagte Bea. Sie wollte nicht mehr darüber hören, wen Carl liebte. Sie war nicht sicher, ob Carl irgendjemanden außer sich selbst liebte.

Sie schwiegen.

»Liebst du mich?«, fragte Agnes.

»Natürlich.«

»Sogar wenn du sauer bist?«

»Ich bin nie sauer«, log Bea. Sie wollte nicht, dass Agnes sie so sah. Und es war doch besser, wenn alles, was Bea tat, als Liebe galt, oder? Sie riss die Bürste wieder nach unten, und Agnes wimmerte »Mama«, und das war ein so einsames Geräusch, dass Bea stockte. Agnes' Haare waren oben auf dem Kopf weich und glatt und endeten in einem Nest von Knoten.

Jetzt nahm Agnes die Bürste und machte unter Jammern selbst weiter. »Vielleicht könnte ich mir Schmalz in die Haare schmieren, und dann würde es leichter gehen?«, sagte sie hoffnungsvoll.

»Klar, könntest du, und ehe du dich's versiehst, fressen die Kojoten deine Haare.«

Agnes grinste trotz der Schmerzen. »Das machen die nicht«, sagte sie fast schüchtern und verzog das Gesicht, weil sie sich offenbar ausmalte, von Kojoten beschnuppert zu werden.

»Vielleicht doch.« Bea lachte. Aber sie hielt es tatsächlich für möglich.

Jetzt standen die Erwachsenen auf, liefen herum, löschten das Feuer. Die Besprechung war vorbei, und bald gingen alle schlafen.

Bea gähnte theatralisch. »Zeit fürs Bett.« Obwohl Agnes dagegen ankämpfte, sich von dem Gähnen anstecken zu lassen, öffnete sich ganz langsam ihr Mund. Sie legten sich hin, Agnes an Beas Fuß. Bea wünschte, sie würde nach oben kommen und in ihrem Arm schlafen wie früher als kleines Kind, aber sie wollte nicht fragen, weil sie nicht wollte, dass Agnes Nein sagte. Also wartete sie auf den kalten Luftstoß, wenn Glen sich zu ihnen legte, und schlief schon, bevor sie ihn kommen spürte.

SIE KONNTEN SEHEN, dass diese trockene Landschaft an dem Gebirge endete, und wie Häftlinge, die sich an ein Leben in Gefangenschaft gewöhnt hatten, fürchteten sie sich allmählich davor, nicht mehr dort zu sein, an diesem Ort, dem sie so unbedingt hatten entfliehen wollen. Bea drehte sich genauso oft um, wie sie die hohen Bergkuppen vor sich betrachtete. Sie wusste, dass jenseits davon eine vollkommen andere Welt lag. Ihrer Einschätzung nach musste es die Grenze zu den Minen sein. Das Land wurde größtenteils wirtschaftlich genutzt, und die Abläufe waren automatisiert, aber Bea wusste, dass es für die wenigen Arbeiter, die noch gebraucht wurden, Unterkünfte gab. Diese Arbeiter waren in der Regel jene Menschen, die sich nicht einmal die kleinste Wohnung in der Stadt leisten konnten. Die verdrängt, vor Generationen durch die hohen Preise vertrieben worden waren. Jetzt hatten sie billige Unterkünfte oder Mietskasernen für ihr verschuldetes Leben. Was außerhalb der Stadt vor sich ging, war für Bea immer etwas mysteriös gewesen. Ein Mann aus der Industriezone, mit dem sie Sex gehabt hatte, hatte ihr erzählt, er wohne kostenlos, was beinahe nicht zu glauben war. Sie war beeindruckt gewesen. Er hatte stolz auf sie gewirkt.

Gerade als sie den Rand der Playa erreichten, kam ein wilder Wind auf, also schlugen sie ihr Nachtlager auf. Immer noch war von dem Posten oder anderen Gebäuden nichts zu sehen. Aber sie entdeckten Anzeichen von Zivilisation. Metallschrott und ein paar hölzerne Strommasten, längst ohne Kabel, auf denen die Falken bei der Jagd hockten. Ein umgekippter Picknicktisch. Er war fast weiß verwittert und von Nabelflechten überwachsen, die sie abschälten und aßen.

Bea setzte sich ans Ufer der Playa und beobachtete, wie der feine Sand des ausgetrockneten Sees zu kurzlebigen Staubteufeln aufwirbelte, zuerst begeistert und dann wieder nachlassend, als hätten sie gemerkt, dass es keinen Grund zur Begeisterung gab. Rechts von ihr ragte der Gebirgszug auf, und in der Ebene schmiegte sich eine braune Wolkenbank an den Horizont. Staubstürme. Sie waren so weit entfernt, dass Bea die einzelnen Stürme voneinander unterscheiden konnte. Insgesamt drei. Ihre Spitze reckte sich nach vorn wie eine Schlangenzunge, schnellte hastig vor und zurück, als wollten sie erkunden, wo sie waren. Das jeweils hintere Ende schleifte über den Boden wie ein Sandsack.

Hinter sich hörte sie Agnes mit den in den Sträuchern versteckten Vögeln sprechen. Agnes sprach immer mit den Tieren, die sich versteckten, obwohl Bea ihr mehrfach erklärt hatte, dass sie sich vor ihr versteckten, *weil* sie mit ihnen sprach. »Sie möchten glauben, dass du nicht weißt, wo sie sind.«

»Aber sie sollen doch wissen, dass ich sie sehen kann. Damit sie kapieren, dass sie sich besser verstecken müssen.«

Gegen diese Logik konnte man wenig einwenden.

Agnes sauste im Gestrüpp herum, redete dabei wie ein Wasserfall und fuchtelte mit den Armen, während die Vögel, die durch das manische Verhalten ihrer Tochter in der Falle saßen, sich mit hohem Zwitschern beschwerten. Unglaublich. Bea erinnerte sich an eine Zeit, als Agnes nicht den Kopf von ihrem blutbefleckten Kissen heben konnte. Diese vielen hektischen Besuche bei der Privatärztin, die in ihrem Haus wohnte, die Notfälle zu gesalzenen Preisen annahm. All die Nächte, in denen Bea neben Agnes' Bett auf dem Boden lag, ihrem Atem lauschte, in denen ihr kurz das Herz stehen blieb, wenn er stockte. Die zahllosen Male, in denen ihre Augen sich in den zu langen Pausen zwischen den mühsamen Atemzügen ihrer Tochter mit Tränen füllten. Es war ein unhaltbarer Zustand gewesen.

Nie würde sie jenes Gespräch mit Glen vergessen.

Als sie nach einem weiteren Notfall-Arztbesuch an dem kleinen runden Esstisch saßen, die Weingläser halb voll, das Essen praktisch unangerührt, Spaghetti noch um die Gabel gewickelt, die klirrend auf den Tisch gefallen war bei diesem Rufen, »Mama«, mitten im Husten. Die Musik lief noch, leise. Agnes schlief nun. Gerettet. Glen hielt einen kurzen Geschichtsvortrag über die Sanatoriumsbewegung, die einst weit verbreitet gewesen, aber völlig in Vergessenheit geraten war. Über die Heilanstalten, über Menschen, die an abgelegene Orte geflüchtet waren, um gesund zu werden. Um Luftkuren zu absolvieren. Um Genesung fern von dem Ort zu finden, der sie krank machte. »Was hat das denn damit zu tun?«, hatte sie geblafft, nur mit halbem Ohr bei ihm, weil sie gleichzeitig nach Geräuschen aus Agnes' Zimmer horchte. Er und Bea waren noch nicht verheiratet, wussten aber schon, dass sie das wollten. Er war bereits in Agnes vernarrt. Und als er daraufhin ausführlich die Studie und seine Idee erklärte, sagte Bea: »Kommt mir verrückt vor.«

»Ist es ja auch«, sagte er. »Aber wenn wir bleiben, stirbt sie.«

Das kam so kategorisch, so unmissverständlich, dass sie sich fühlte wie geohrfeigt. Stumm starrten sie einander an. Bea glaubte, es müssten Stunden vergangen sein.

Sie wünschte, ihr würden bessere Gedanken durch den Kopf gehen. Gedanken wie: *Darüber muss ich gar nicht nachdenken, natürlich machen wir das.* Wie: *Ich bin dabei, egal was.* Doch tatsächlich dachte sie: *Also müssen wir alle unser Leben riskieren, nur um ihres zu retten? Ist das Vorschrift, oder habe ich eine Wahl?* Glen hatte diesen entschlossenen Blick. Den Blick, der sagte: *Es gibt keine andere Lösung.* Und Bea wusste, dass ihre Augen hin und her schnellten, verwirrt. Sie dachte daran, wie sehr sie sich darauf gefreut hatte, zu dritt als Familie hier in dieser gemütlichen Wohnung zu sein. Sie dachte an die Projekte, die sie jetzt nicht mehr ausführen konnte. Große Aufträge, die ihr nach dem Zeitungsartikel angeboten worden waren. Ein Karrieresprung. Sie dachte an ihre eigene Mutter, die sie dann verlassen musste. Bea wusste schon, dass ihre Mutter niemals mitkäme. Sie brauchte ihre Mutter noch. Oder? Spielten ihre Bedürfnisse keine Rolle mehr? Ihr eigenes kaltes Herz jagte Bea einen Schauer über den Rücken. Sie schlug sich an den Kopf, um ihre Menschlichkeit frei zu rütteln. Ihre Tochter an erste Stelle zu setzen. Sie merkte gar nicht, dass sie sich immer wieder schlug, bis Glen ihr Handgelenk packte, fest nach unten drückte und sie in den Arm nahm und sie auf einmal die bitteren Tränen auf ihrem Gesicht spürte. Sie schluchzte unterdrückt an seiner Schulter. *Das ist Mutterschaft?,* hatte sie gedacht, wütend und verzweifelt, während sie versuchte, sich selbst loszulassen, damit sie die Arme frei hatte, um Agnes festzuhalten.

Die Staubteufel auf der Playa tanzten jetzt länger und höher und näher an der Stelle, an der Bea saß. Sie roch Erde in der Luft. Als sie durch den Mund atmete, um den Geruch zu vermeiden, knirschte feiner, muffiger Sand zwischen ihren Zähnen. Sie sah sich um. Offenbar herrschte Nebel, oder dämmerte es schon? Blinzelnd suchte sie nach der Sonne und fand ihren dunstigen Abdruck hoch am Himmel. Bea wandte sich den weit verteilten Staubstürmen zu, doch jetzt gab es nur noch einen großen. Die suchende Zunge hatte sich zu einer am Horizont schwebenden Wolke geballt. Nur dass jetzt die Wolke der ganze Horizont und der Horizont sehr nah war.

Bea stand auf.

Hinter sich hörte sie Debra und Juan beim Kochen scheppern. Der Rest war Anzündholz und Wasser holen gegangen. Hastig machte Bea kehrt, um zum Lager zu laufen, und da stand Agnes hinter ihr, hypnotisiert von der Wolke, die Hände an den Seiten zu Fäusten geballt. Bea rannte zu ihr, packte ihre Fäuste und schleifte sie hinter sich her Richtung Lager. Als Agnes stolperte, sah Bea ihre Tochter an. Ihr Mund bewegte sich, und Bea begriff, dass sie nur noch ein Dröhnen hören konnte, das so leise angefangen und sich so allmählich gesteigert hatte, dass sie lediglich einen wachsenden Druck in den Ohren wahrgenommen hatte. Sie schrie Debra und Juan etwas zu, konnte aber ihre eigene Stimme nicht hören. Die beiden rannten schon. Sie hob sich Agnes auf den Rücken und lief in die Richtung, in die einige zum Wasserholen gegangen waren. Um nicht zu stürzen, achtete sie auf nichts außer dem Boden unmittelbar vor ihren Füßen, und die Sträucher kratzten ihr die Beine auf. Agnes drückte das Gesicht in ihren Nacken, den Mund so nah an Beas Ohr, dass sie sie endlich hörte. Sie weinte. Bea spürte heiße Tränen und Speichel an ihrem Hals. Und dann konnte sie nichts mehr sehen und nicht aufrecht stehen, und ihre Haut brannte von tausend Nadelstichen und dem heftigen Aufprall von Steinchen. Sie fiel über einen Beifußstrauch auf die Knie, und Agnes flog ihr über die Schulter, und ihr Gesicht war ein einziger hohler Schrei, der den Schrei des Windes nicht übertönte. Bea kroch über den Boden, blind nach ihrer Tochter tastend, bis sie ihre Füße fand. Sie zog Agnes an sich und bedeckte ihren eingerollten, zitternden Körper mit ihrem eigenen.

Zweige und Erde und Steine peitschten gegen Bea, und das Dröhnen klang gedämpfter, weshalb sie glaubte, ihre Ohren mussten sich mit Sand gefüllt haben. Sie krümmte sich so, dass ihr Rücken ihrer beider Köpfe abschirmte, und sie hatte das Gefühl, um sie herum läge ein Berg von Schutt, der sie zudeckte, als würden sie lebendig begraben. Sie umschlang Agnes noch enger und biss die Zähne gegen den Sturm zusammen. Und dann spürte sie zum Glück überhaupt nichts mehr.

BEA HÖRTE DAS LEISE ZWITSCHERN eines Vogels neben ihrem Kopf. Tief aus ihrer Umschlingung mit Agnes roch sie Urin. Eine von ihnen hatte sich in die Hose gemacht.

Mühsam öffnete sie ein verklebtes Auge. Eine Grundammer stand nervös vor ihr, betrachtete sie mit einem schwarzen, forschenden Auge. Sie hüpfte und plusterte sich auf, und eine kleine Staubwolke stieg aus ihren Federn in die Luft auf. Bea hob den Kopf und stöhnte. Der Vogel flog weg.

Als sie sich aufstützte, spürte sie Gegenstände von sich herunterkullern. Hinter ihr brach eine ganze Sandmauer zusammen. Sie war ein unerwartetes Geschenk des Sturms gewesen, hatte sie davor bewahrt, gesteinigt zu werden.

Sie spürte Agnes unter sich zappeln.

»Du hast Pipi gemacht«, ertönte vorwurfsvoll die Stimme des Mädchens.

Bea rollte sich zur Seite, um ihre Tochter aufstehen zu lassen. Unbeholfen kam Agnes auf die Füße und klopfte sich ab. Aber als sie aufsah, riss sie die Augen auf und erstarrte.

Mit einem schnellen Sprung stellte Bea sich vor Agnes, in der Annahme, dort wäre eine Bedrohung, eine Bisonherde, die sie gleich zertrampeln würde. Doch Agnes betrachtete die Erde und den Himmel.

Die Sonne war hinter dem Gebirge versunken, und das Tageslicht zog sich rasch zurück. Am Himmel ging träge ein liegender Halbmond auf, rosa und perlmuttschimmernd. Er wirkte so groß, dass er aussah wie die Hälfte einer weiteren Erde. Um sie herum lagen Sandhaufen, durch die sich verzweifelt Beifußäste reckten. Das Gelände vor ihnen, wo die Playa gewesen war, wo die zerklüftete Strauchebene gewesen war, sah jetzt mehr wie die Oberfläche des Mondes aus, eines Mondes, auf dem büschelförmige Pflanzenspitzen herumlagen wie Kronen. Die neuen Dünen dämpften den Klang der Welt. Sie horchten nach dem Knacken der Käfer der Dämmerung, nach dem Trillern einer Ammer, nach den Geräuschen ihrer Gefährten, aber sie hörten nichts, nicht einmal den Sturm, dessen Rücken Bea am Horizont erkennen konnte, mit zum Abschied wedelndem Schwanz.

Gegen den Protest des Mädchens untersuchte sie Agnes. Ihre Tochter schien unversehrt, während ihr eigener Körper sich wie durchlöchert anfühlte.

Sie liefen mit langsamen, übertriebenen Schritten, als wären sie auf dem Mond, ihre Füße wirbelten den Sand auf. Und als sie einen festen Untergrund erreichten, jenseits der Reichweite des Sturms, schossen sie plötzlich mit einer Leichtigkeit voran, als wären sie vorher festgehalten worden.

Sie kamen an die Stelle, wo Debra und Juan gekocht hatten, doch da lagen nur noch das umgekippte Gusseisen, Holzschalen, verdorbenes Essen.

Bea suchte nach dem Teich, zu dem die anderen gegangen waren, konnte aber keinen Hinweis darauf entdecken. Dann sah sie zwei kleine Umrisse tief am Himmel absinken und schließlich in nicht allzu weiter Ferne landen. Sie flatterten und hoben den Kopf und streckten die Beine aus, bevor sie außer Sicht verschwanden, und Bea führte Agnes in ihre Richtung, in der Hoffnung auf Wasser.

Sie gingen eine Weile, bis sie das Schreien einer Gans hörten. Und dann standen sie davor: ein Teich am Fuß einer niedrigen Abbruchkante. Es war nicht der Teich, an dem sie vorbeigewandert waren. Der war lediglich eine aufgeblähte, von Schilf und Seidenpflanzen umwachsene Quelle gewesen. Diesen Teich hätten sie niemals entdeckt; er lag unterhalb des Horizonts. Er war klein, ein fast perfekter Kreis, trüb und bräunlich von Mineralien und Verwesung, aber zwei Gänse und zwei Enten und mehrere Bindentaucher planschten darauf herum. Bea konnte die Spuren der Tiere am Ufer erkennen. Der See wirkte geheim, geschützt, obwohl nichts in der Wildnis das jemals war.

Sie sah Agnes an.

»Du bist furchtbar schmutzig«, sagte sie. Agnes' sonnengebleichte Haare waren jetzt vom Dreck verfilzt. Ihre Haut schimmerte, weil der feine Sand überall auf ihr das Licht einfing.

Agnes grinste scheu, um ihr Lachen zu verbergen. »Selber schmutzig.« Durch ihren abgebrochenen Zahn wurde das Grinsen so unfassbar niedlich, dass auch Beas Herz brach.

»Komm, wir suchen uns was zum Feuermachen, und dann springen wir ins Wasser, bevor die Sonne weg ist«, sagte Bea und nahm Agnes bei der Hand.

BIBBERND LIESSEN SIE SICH an der Luft trocknen, und Bea gestand sich insgeheim ein, dass das Schwimmen möglicherweise nicht ihre beste Idee gewesen war. Wie dumm es wäre, einen heftigen Staubsturm zu überleben und sich dann zu Tode zu baden.

Sie hatten Zweige und Gras für ein Feuer gesammelt und suchten jetzt nach etwas, das sie darauf rösten konnten. Bea wünschte sich Fleisch und Fett, um die Kälte abzuwehren, die sie in der Luft roch. Die Gänse pickten um den Teich herum, und sie und Agnes kauerten mit ihrer Steinschleuder im hohen Ufergras. Um sie herum quakten Frösche, und im schlimmsten Fall, dachte Bea, fingen sie sich ein paar davon, brieten sie und knabberten ihre Beine und ihre breiigen Bäuche ab. Agnes war in einer nachdenklichen Stimmung, also konzentrierte Bea sich nur auf die Gänse, lernte sie kennen, bevor sie aus der Deckung kam. Vom Schwimmen hatten sie sich nicht verscheuchen lassen. Ein gutes Zeichen. Aber wenn sie sich jetzt erschreckten und wegflogen, blieben Agnes und sie hungrig.

Plötzlich schnellte Agnes' Kopf hoch. Bea dachte, sie musste etwas Bedrohliches gehört haben, doch Agnes fragte mit großen Augen: »War das Carl?«

»War Carl was?«

»Hat er den Wind gemacht?«

»Schätzchen, natürlich nicht. Wie kommst du denn darauf?«

»Weil er gesagt hat, dass wir uns eines Tages trennen müssen. Jetzt sind wir getrennt.«

Verblüffend, wie ernsthaft sie wirkt, dachte Bea. *Als ob sie glaubt, dass Carl den Wind beherrscht.* Dann schauderte sie. Es war kein so absurder Gedanke. Es hatte etwas Verstörendes, wozu Carl fähig war. Wie nützlich er sich gemacht hatte. Für ein Kind könnte so jemand vielleicht zu allem fähig sein.

»Nein, Süße«, sagte Bea. »Das war er nicht. Es war nur ein Zufall.«

»Was ist das?«

»Na ja, das ist, wenn Dinge passieren, die einen Zusammenhang zu haben scheinen, aber keinen haben.«

»Das ist komisch. Hängt nicht alles zusammen?«

»Nein, nicht alles.«

Agnes sagte halblaut: »Doch, alles.«

»Das musst du natürlich glauben, weil es hier diesen Eindruck macht. Aber verlass dich drauf. Wo ich herkomme, hängt nicht alles zusammen. Und manchmal passieren Dinge einfach.« Sie nickte, um den Gedanken abzuschließen. Doch sie war verunsichert. Die Vorstellung, dass gerade etwas geschah, was größer als sie alle war, kroch ihr unter die Haut.

Sie schwiegen, lauschten zwei Fröschen, die einander im Wasser fanden.

»Hat Oma in einem Haus gewohnt?«

»Als sie jung war, ja.«

»Ich wünschte, ich könnte in einem Haus wohnen.«

Bea zog die Augenbrauen zusammen. »Wirklich?«

»Die sind schön.« Das sagte Agnes forsch, bekräftigte damit dieses neue Gefühl, recht zu haben.

»Woher weißt du das?« Sie glaubte nicht, dass Agnes jemals ein Haus gesehen hatte. Vielleicht dachte sie, die Posten wären Häuser? Aber die waren nicht sehr schön.

»Aus der Zeitschrift«, sagte Agnes verwegen, weil sie in Beas versteckten Schätzen herumgeschnüffelt hatte.

In der Zeitschrift waren neue Design-Trends und moderne, durchgestylte Wohnungen abgebildet gewesen; was sie aber zu einem der beliebtesten Magazine im Umlauf machte, waren die jeden Monat darin abgedruckten Fotostrecken. Bilder aus den Archiven. Aus vergangenen Zeiten. Alte Anwesen, weitläufige Penthousewohnungen, rustikale Bauernhöfe, Veranden, Rasenflächen und sogar himmelblaue Pools, Ansichten von malerischen Landschaften, von Dachböden, von Häusern bei unterschiedlichstem Wetter. Diese Fotos brachten sie jetzt zum Staunen. So etwas existierte nicht mehr.

»Du hast recht, diese Häuser waren schön. Aber die gibt es nicht mehr.«

»Warum nicht?«

»Das ist eine schwere Frage.«

»Und?«

»Gibt es einfach nicht mehr. Diese Orte liegen jetzt alle in der Stadt, und du erinnerst dich ja, dass es da überhaupt nicht so aussieht.«

»Aber wie war es früher?«

»Wo Oma gewohnt hat?«

»Ja, als sie klein war.«

Geschichten aus der Kindheit ihrer Mutter schoben sich wie ein traumähnliches Bild vor Beas geistiges Auge, eher eine Abfolge von Schnappschüssen als Filme. Bea klammerte sich daran fest, vielleicht, weil sie so weit weg und so fremd waren. So unerreichbar. Als ihre Mutter in einer von Eichen gesäumten Straße voller Einfamilienhäuser aufwuchs, war die Welt eine andere gewesen. Man hatte sich in der Mitte einer Zeitachse befunden statt an deren jähem Ende. Dadurch bekamen die Erinnerungen etwas Liebliches. Es waren nette Märchen. Sie bemühte sich, Agnes nicht mit Geschichten aus der Stadt zu verwöhnen, obwohl ihre Tochter oft darum bat. Denn Bea wollte die Stadt nicht zu einem Mythos machen. Sie lebten hier und jetzt, und Agnes sollte sich keine Gedanken über ein Leben irgendwo anders machen. Aber diese Beschreibungen von Häusern in einer Welt, in der es keine Häuser mehr gab, waren wie gern gehörte Gutenachtgeschichten, die Farben ausgeblichen, die Seiten abgegriffen. Etwas für die Fantasie. Harmlos, dachte sie.

»Setz dich zu mir«, sagte sie.

Agnes rutschte näher.

»Deine Oma hat mir alles darüber erzählt. Es war schön, wie du dir schon dachtest. Die Häuser waren alt, und die Türen und Decken waren mit hübschen Gegenständen verziert. Es gab etwas, das Kamin hieß, und darin machte man im Haus Feuer.«

»Das ist ja komisch.«

»Stimmt. Aber es war sehr angenehm. Die Häuser hatten große Gärten, und die Menschen, die dort wohnten, pflanzten Blumen und hübsche Sträucher und Bäume, und im Frühling roch alles gut. Und Vögel und Bienen kamen, und Skunks spazierten aus den Büschen und erschreckten deine Oma, und Eichhörnchen plapperten sie an, wenn sie an ihrem Baum vorbeiging.«

»Wie hier.« Agnes war verwundert.

»Ganz ähnlich wie hier. Das ist natürlich schon lange her. Oma ging immer in einen Park am Ende der Straße, und da gab es einen großen Teich, auf dem Gänse lebten, und die beobachtete sie.«

»Ganz nah von dort, wo sie geschlafen hat?«

»Ja, am Ende ihrer Straße. Und sie beobachtete die Gänse und dachte, was für ein Glück sie doch hatten, so einen hübschen Teich zu haben, so friedlich. Manchmal ging sie frühmorgens hin, und es lag ein Dunst über dem Wasser, und die Seerosenblätter schimmerten in dem Licht silbern.« Es war, als beschriebe sie ein Bild oder etwas, das sie selbst erlebt hatte. Bea wusste nicht, wo die Erinnerungen ihrer Mutter aufhörten und ihre eigenen anfingen.

»Das haben wir hier schon gesehen.« Agnes klang leicht gereizt. Sie versuchte, nicht beeindruckt zu sein.

»Stimmt. Wir haben viel Schönes gesehen. Genau darum geht es mir. Ich sehe diese Gänse und den Ausblick, den sie haben. So gewaltig, so einzigartig. Sie müssen glauben, Glück zu haben. Sie müssen wissen, dass andere Gänse es nicht so gut haben. Meinst du nicht?«

»Weiß ich nicht.«

»Dann rate.«

»Gibt es Gänse anderswo?«

Bea war davon ausgegangen, dass es anderswo Gänse geben musste, nur nicht in der Stadt. Jetzt war sie allerdings nicht sicher. Was war mit den anderen bewirtschafteten Regionen? Den Treibhausstädten, den ausgedehnten Deponien, dem Meer von Windrädern, den Forstbetrieben, den Serverfarmen. Was war mit den Gegenden, die schon lange aufgegeben worden waren? Dem Hitzegürtel, der Brache, der Neuen Küste. War es möglich, dass sie gewaltig und einzigartig waren? Viele waren es früher gewesen. Es war schwer zu glauben, dass sie es noch sein konnten. Bea hasste es, an diese Orte zu denken, an das, was sie einst waren, was sie jetzt waren. Sie zuckte die Achseln. »Ich weiß nur von den Gänsen da.« Sie zeigte darauf. »Und der einzige Unterschied ist, dass die Gänse in Omas Teich sicher waren. Sie haben sich dumm benommen. Sind auf dem Rasen der Leute rumgewatschelt, auf dem Bürgersteig. Haben ihre Küken über die Straße geführt. Lastwagen mussten ihretwegen bremsen. Sie hatten keine Angst. Wo sie lebten, gab es keine Raubtiere, und die Menschen beschützten Tiere normalerweise. Ich glaube, die Gänse wussten das. Hier sind sie vorsichtig, weil sie Fressfeinde haben, und wir gehören dazu.«

»Was ist aus dem Teich geworden?«

»Er wurde aufgefüllt, und die Gänse sind weggezogen und Oma bald danach auch.«

»Bevor du geboren wurdest?«

»Lange, bevor ich geboren wurde.«

»Wohin sind die Gänse gezogen?«

»Weiß ich nicht. Nirgendwohin. Sie konnten nirgends hin. Vielleicht hier. Vielleicht sind sie das.«

»Dann wären sie alt.«

»Kann sein.«

»Ob Oma sie wohl erkennen könnte, wenn sie hier wäre?«

Plötzlich wurde Bea wütend auf ihre Mutter, weil sie nicht da war. So hatte sie noch nie empfunden. *Mütter gehören zu ihren Kindern,* schimpfte eine Stimme in ihrem Kopf. Ja, sie war erwachsen, aber was sonst hatten sie außer einander, der Familie, dieser weiblichen Linie? Beas Mutter hatte sehr darunter gelitten, dass ihre Mutter anfangs nicht mit in die Stadt gekommen war. Dass ein gemeinsames Leben in der Stadt Beas Großmutter nicht lebenswert erschienen war. Und jetzt war sie, Bea, mit Agnes hier. Das hatte sie so nicht gewollt, aber sie fügte sich. Ihre Mutter, dachte Bea zum ersten Mal, den Kiefer gestrafft, sollte hier sein.

Bea hob die Schleuder und legte einen guten Stein in die Schlinge. Die beiden Gänse waren so entzückt vom Ausblick und voneinander, dass sie nicht einmal das Schnalzen hörten. Erst, als eine Federwolke eine von beiden umgab, sprang sie mit einem bekümmerten Schrei in die Luft, jetzt allein.

Agnes watete ins Wasser, um den Vogel zu holen.

»Machst du mir ein Kissen?«, fragte sie, als sie zurückkam, und strich die Federn glatt, verschmierte dabei das Blut.

Bea nahm ihr die Gans ab, schlitzte ihr den Hals auf, um sicherzugehen, dass sie auch wirklich tot war, und ließ das Blut abfließen.

»Ich mache dir das allerweichste Kissen, mein Liebling.«

ALS SIE SICH DIE FINGER ABLECKTEN, sah Bea Agnes zittern. Die Nacht würde kalt, und Bea hatte nicht alle Felle, unter denen sie normalerweise schliefen, in ihrer Tasche. Der Großteil ihrer Ausrüstung wurde von Glen getragen. Das Feuer hielt die Kälte nicht mehr fern.

Bea sagte: »Vielleicht sollten wir probieren, die anderen zu finden?«

Agnes schüttelte den Kopf. »Mir gefällt es hier mit dir.«

Beas Herz machte einen Satz. Sie suchte nach größeren Steinen und legte sie ins Feuer, um damit ihr Bett zu wärmen.

»Warum haben wir in der Stadt gewohnt, wenn es so schlimm ist?«

»Weil jeder dort gewohnt hat.«

»Außer deiner Oma.«

»Na ja, meine Oma hat dort gelebt, als sie aus ihrem Haus ausziehen musste. Sie hat eine Weile bei uns gewohnt. Bis sie gestorben ist.«

Der erste Stern funkelte am Himmel. Der Mond kroch weiter aus seinem Schlupfwinkel heraus.

»Magst du die Stadt?«, fragte Agnes.

»Manchmal.«

»Was magst du daran?«

»Ach, die spaßigen Sachen.«

»Nämlich?«

»Das Essen. Essen ist anders in der Stadt. Mehr Vergnügen als Energielieferant. Wobei sich das jetzt natürlich alles ändert, aber als ich so alt war wie du jetzt, war Essen das ultimative Vergnügen.«

Agnes sah auf ihre Hände, und Bea fiel ein, dass ihre Tochter vielleicht gar nicht wusste, was Vergnügen war.

Oder sie wusste es, aber ihr fehlte die Sprache dafür. So vieles im Alltag der Gemeinschaft war einfach das Leben. Sie fassten es nicht in Worte.

»Du weißt, was Vergnügen ist.« Sie zog sie an sich und rieb ihr den Rücken. Agnes schloss die Augen. »Siehst du, wie angenehm das ist? Ich wette, du fühlst dich warm und geborgen. Das ist eine Form von Vergnügen.« Langsam schob Bea die Hand unter Agnes' Arm und kitzelte sie. Agnes quiekte, rammte Bea spielerisch, lachte. »Dieses alberne Gefühl ist auch Vergnügen.«

Agnes ließ den Kopf auf Beas Bauch liegen und schlang die dünnen Arme um ihre Taille. Bea spürte ihre flachen heißen Atemzüge durch ihre Kleidung auf der Haut. »Es gibt alle möglichen Arten von Vergnügen, von Wohlbehagen bis Aufregung.« Sie drückte ihre Tochter. »Essen kann beides sein.«

»Was hast du am liebsten gegessen?«

»Tja, das hängt wohl davon ab. Wenn du mich in deinem Alter gefragt hättest, hätte ich Pizza gesagt. Erinnerst du dich an Pizza?«

Agnes schüttelte den Kopf.

»Die sind groß und rund, warm, Teig mit geschmolzenem Käse. Erinnerst du dich an Käse? Und mit einer Tomatensoße drauf? Erinnerst du dich an Tomaten?«

Agnes lächelte. Jetzt fiel es ihr wieder ein.

»Aber jetzt vermisse ich Gemüse, glaube ich.«

»Welches Gemüse?«

»Alles. Hier finden wir wildes Blattgemüse und Knollen. Aber du kannst dir nicht vorstellen, was wir früher alles hatten. Alle möglichen Farben, wobei mir das grüne am meisten fehlt. Jetzt gerade würde ich einiges für einen Teller Gemüse geben.«

»Ich auch.«

»Und Bratkartoffeln. Und alles, was cremig ist. Ich vermisse Sahne. Ich vermisse Milch. Ein Glas Milch wäre wunderbar. Früher hast du Milch geliebt. Weißt du noch?«

»Ja. Ich habe Eismilch geliebt.«

»Du liebst Eiscreme.«

Agnes biss sich auf die Lippe und schwieg wieder kurz. »Warum wohnen wir nicht dort?«

»Es hat dich krank gemacht.«

»Jetzt bin ich nicht mehr krank.«

»Stimmt.«

»Ist das der einzige Grund, warum wir hier leben?«

»Nein.«

»Warum sonst noch?«

»Tja, Glen wollte sehr gern hier sein. Das Ganze war seine Idee.«

»Wolltest du auch hier sein?«

Ohne es zu wollen, lachte Bea.

»Warum lachst du?«

»Weil das eine große Frage ist.«

»Gibt es auch kleine Fragen?«

»Es gibt große Fragen und kleine. Und große Antworten und kleine. Und das ist eine große Frage mit einer großen Antwort.«

»Heißt das, du wirst es mir nicht sagen?«

Bea lächelte. *Meine scharfsinnige Tochter,* dachte sie. »Du musstest hierher, und ich muss bei dir sein. Also bin ich hier.« Das war ihre kleine Antwort. Die große war komplizierter. Und wahrscheinlich unwichtig.

Agnes runzelte die Stirn. »Aber wenn es mir jetzt besser geht, heißt das, du gehst weg?«

Bea runzelte ebenfalls die Stirn. »Natürlich nicht.«

»Vermisst du die Stadt denn nicht?«

»Wie gesagt, manchmal.« Bea wusste, dass das nicht befriedigend war, aber was sonst konnte sie sagen? »Möchtest du denn hier leben?«

Agnes zuckte die Achseln. Es war eine so ehrliche Geste. Wie konnte sie dazu auch nur annähernd eine Meinung haben?

»Was gefällt dir am Leben hier?«, fragte Bea.

Wieder zuckte Agnes die Achseln, dieses Mal allerdings war es weniger ehrlich. Sie hatte Antworten darauf, wusste aber nicht einmal ansatzweise, wie sie es erklären sollte.

»Versuchen wir es mal so. Was gefällt dir nicht am Leben hier?«

Agnes dachte nach. »Ich mochte den Puma nicht.«

»Den Puma mochte ich auch nicht.«

»Und Schlangen mag ich auch nicht.«

»Alle oder nur die Klapperschlangen?«

»Alle«, flüsterte sie, als hätte sie Angst, sie würden es hören.

»Tja, in der Stadt gibt es keine Schlangen.« Als Bea das gesagt hatte, fragte sie sich, wie um alles in der Welt das wahr sein konnte. Wie unwahrscheinlich es schien, dass es einen Ort ohne Schlangen geben konnte, wo sie doch jetzt all die geheimen Plätze kannte, an denen sie lebten.

Agnes wirkte ungerührt von dieser Information. Sie wusste, dass Schlangen eine kleine Antwort auf eine große Frage waren.

»Wir sollten schlafen, finde ich«, sagte Bea. »Es ist so kalt, und du zitterst.«

Agnes nickte. »Mir ist kalt.«

Bea holte die Steine aus dem Feuer und wickelte sie in zwei Beutel, die sie ausgeleert hatte. »Heiß«, sagte sie.

Sie schlüpften unter das einzige Fell, das sie hatten, Bea krümmte sich um Agnes und beide hielten sich einen heißen Stein an die Brust.

In der Nacht wachte Bea mehrmals auf, wenn der Mond eine neue Position einnahm. Er schien zu rufen, von ihr bemerkt werden zu wollen. *Schau, jetzt bin ich hier drüben.*

Inmitten ihres unruhigen Schlafs zuckten ihre Augenlider nach oben, und sie war schlagartig hellwach. Sie lauschte und hörte dann erneut ganz klar, was sie in ihrem Dämmerzustand wahrgenommen hatte. Eine Bewegung in der Nähe. Etwas Großes. Sie dachte: *Bär vielleicht. Das ist schlimm. Puma. Noch schlimmer, aber einen Puma würde ich nicht hören, oder? Wenn es ein Bison ist, will er uns wenigstens nicht fressen, aber er könnte uns tottrampeln. Was auch immer es sein mag, es ist groß.* Wieder ein Schritt, und sie dachte: *Doch nicht so groß. Wolf vielleicht? Elch?*

Sie spannte sich an und bereitete sich innerlich darauf vor, Agnes zu schnappen und loszurennen oder sich über das schlafende Mädchen zu werfen.

Dann hörte sie ein Knacken und: »Aua.«

»Wer ist da?«, flüsterte sie.

»Bea?«

»Carl?«

Er taumelte auf sie zu und trat beinahe in die Asche ihres Feuers.

»Halt.« Sie hielt die Hand hoch, damit er nicht auf sie trat. Er ergriff die Hand, beugte sich vor und blinzelte.

»Du bist es wirklich«, sagte er erleichtert.

»Hast du gedacht, ich wäre ein Bär, der weiß, wie du heißt?«

»Nach heute ...«, setzte er an, beendete den Satz aber nicht. Bea verstand.

Jetzt konnte sie erkennen, dass er sein Gepäckbündel dabeihatte. Sie stand auf und nahm es ihm ab. Darin war ein größeres, wärmeres Fell. »Oh, danke.« Sie breitete es über Agnes.

»Zu essen habe ich nichts«, sagte er, und sie hörte unendliche Müdigkeit aus seiner Stimme heraus.

»Warum hast du dich nicht irgendwo hingelegt?«

»Ich hatte ein kleines Problem.«

»Was für ein Problem?«

»Weiß nicht genau, irgendwas war mir auf der Fährte.«

»Und da kommst du hierher?« Ihre Stimme wurde lauter, instinktiv kauerte sie sich wieder zu Agnes.

»Es ist jetzt okay, aber ich durfte nicht anhalten, und dann wusste ich einfach nicht, wohin. Ich hab eine Gans auffliegen sehen, deshalb habe ich zu finden versucht, wo sie herkam.«

Ächzend setzte er sich.

»Bist du verletzt?«

»Nicht so richtig, aber ich glaube, beim durch die Dunkelheit Stolpern hab ich mir ein paar Kratzer geholt.«

»Wo ist Val?«

»Weiß ich nicht. Ich hab ihr gesagt, sie soll bei mir bleiben, aber ist sie natürlich nicht.«

Er zerbrach einen Ast in kleine Stücke und warf sie in den Feuerkreis, und kurz darauf züngelten kleine Flammen auf, wo noch Glut in der Kohle verborgen war.

»Na ja, sie wollte bestimmt«, sagte Bea.

Er lachte kurz und scharf auf. »Ja, wollte, hat es aber nicht hingekriegt.« Er schüttelte den Kopf, und Bea prustete überrascht, dass er seine Verbündete kritisierte, und noch dazu so treffend. Schnell legte sie sich die Hand auf den Mund und schielte nach Agnes, die tatsächlich zu schlafen schien, den entspannten Atemzügen nach zu urteilen. Das war das erste Mal, dass sie Carl und Val so betrachtete. Sie waren ein Paar, das schon, vor allem aber waren sie Verbündete, und der Unterschied erschien ihr wichtig.

»Wie verrückt das war.« Carl klang erschreckt von dem, was sie erlebt hatten.

»Ich hatte Todesangst.«

»Bea, ich auch. Noch nie in meinem Leben hatte ich solche Angst«, sagte er stockend. »Andererseits war es so unglaublich. Die Landschaft war völlig verändert.«

Der Mond brach durch die Wolken.

Bea betrachtete Carls silbrig beleuchtetes Gesicht. Er hatte zwei blutige Striemen auf der Stirn. Sie widerstand dem Drang, die Hand danach auszustrecken, sie zu berühren, zu verarzten. »Jemand muss verletzt sein«, sagte sie. »Oder Schlimmeres.«

Er nickte. »Machst du dir Sorgen um Glen?«

»Ja. Machst du dir Sorgen um Val?«

Er setzte sich aufrecht hin. »Eigentlich nicht.« Und Bea dachte, dass das alles Mögliche bedeuten konnte.

Sie schwiegen. Bea lauschte dem kehligen Quaken des Froschs am Teichufer. Er schien mit seiner Größe zu prahlen, jeder Ruf noch lauter als der letzte. Seine Partnerin von vorhin schien verschwunden.

»Weißt du, Agnes dachte, du hättest ihn verursacht.«

»Wen verursacht?«

»Den Staubsturm. Weil du gesagt hast, wir sollen uns darauf vorbereiten, uns zu trennen, und dann mussten wir uns trennen.«

Carl lachte erfreut. »Ich hoffe, du hast ihr gesagt, dass das stimmt.«

Bea kicherte.

Dann sprach er mit ernsthaftem Tonfall. »Habe ich natürlich nicht«, stellte er klar.

»Weiß ich.«

Weitere Enten landeten auf dem Teich, und Bea stellte sich vor, wie ihr Landungs-V die Wasseroberfläche durchbrach.

»Bea?«

»Ja?«

»Du magst mich nicht besonders, oder?« Er klang betroffen und verletzt, aber auch sicher.

Was sollte sie sagen? Sie mochte ihn nicht besonders. Und sie war überzeugt, dass er sie ebenfalls nicht mochte. Normalerweise hatte er etwas Verschlagenes an sich, heute Nacht aber schien das beiseitegeschoben. Heute Nacht war alles anders, als gäbe es neue Vorschriften beziehungsweise keine Vorschriften. Sie holte Luft, um zu sprechen.

»Wie wär's, wenn du das nicht beantwortest«, fiel Carl ihr ins Wort. »Ich möchte nur sagen, egal, was du glaubst – oder wie wär's mit: Was auch immer ich getan habe –, ich bin kein schlechter Kerl.«

»Dafür halte ich dich auch nicht«, sagte sie. Er war kein schlechter Kerl. Er war ein Kind, ein Rüpel, beschränkt in jeder Hinsicht außer dem Überleben, und deshalb war er hier ein Ass, weil Überleben Trumpf war.

Es ärgerte Bea, dass unterschiedliche Menschen an unterschiedlichen Orten glänzten. Es ärgerte sie, dass Glen, der dieses Leben romantisierte und seine Entwicklungsgeschichte kannte, nicht sonderlich gut darin war, es zu führen. Wenn er anfälliger für Enttäuschung wäre, würde er vielleicht aufgeben. Agnes war nicht mehr krank. Also könnten sie nach Hause. Wenn Zuhause überhaupt noch nach einer guten Idee klang. Gute Ideen waren so relativ und in der Dunkelheit schwer zu unterscheiden, mit in ihrem Bauch gluckerndem Gänseblut, einer Tierhaut, die ihre eigene wärmte.

»Das freut mich. Ich bewundere dich und was du hier draußen mit deiner Tochter machst. Du bist hier sehr wichtig.«

»Na, ich weiß ja nicht.« Sie lachte leise.

»Ich schon.« Seine Ernsthaftigkeit ließ sie verstummen.

Der Mond hatte sich weiterbewegt und sah jetzt aus, als ergösse er sich in den Himmel. Als flössen die Sterne aus ihm heraus.

»Aber es ist verdammt kalt«, beendete Carl ein Gespräch laut, das er im Kopf geführt hatte.

Bea betrachtete Agnes und dachte an die Wärme, die ihr kleiner, pulsierender Körper unter der neuen Decke erzeugte.

»Wir sollten schlafen«, sagte sie. »An dem Baum da haben wir eine Gans aufgehängt, die wir gefangen und gebraten haben. Da sollten ein paar anständige Fleischstücke für dich dran sein.«

»Sag ich doch, du bist die Beste hier draußen.« Falsche Schmeichelei schwang überdeutlich in seiner Stimme. Das war der Carl, den sie nicht so ernst nahm. Der immer Hintergedanken hatte. Der ihre Unterstützung in einer Fantasieabstimmung wollte.

Sie legte sich hin und hörte ihn vorsichtig zu dem Baum gehen. Der Klang seiner Schritte war jetzt so unverkennbar. *Wie albern zu glauben, er wäre ein Tier, das uns fressen will,* dachte sie. Er klang so eindeutig nach Mensch. Komisch, dass das hier draußen ein Trost war. Sie stellte sich vor, in der Stadt aufzuwachen, weil ein Mensch ungebeten da herumschlich, wo sie schlief. Wie relativ doch Schrecken war.

Die Wolken über ihnen waren dünn gezogen, überkreuzten sich wirr wie verhedderte Stromleitungen.

Carl kam zurück und kroch mit unter das Fell, das er in seinem Beutel gehabt hatte. Es war so groß, dass er sich damit zudecken konnte, ohne Bea zu berühren.

Sie hörte seine Zähne klappern und merkte, dass er versuchte, sie ruhig zu halten, damit man ihn nicht hörte. Aber sein Zittern brachte die Felle zum Beben. Und dann spürte sie die schleichende Wärme, die er zu ihrer Welt unter den Decken beitrug und fühlte sich etwas besänftigt. Sie drehte sich gerade genug von Agnes weg, um Carl am Arm zu fassen und an sich zu ziehen. Schnell rutschte er zu ihr, schlang einen Arm um sie und Agnes und legte den anderen um Beas Kopf, fürsorglich und zärtlich. Sie spürte seine Finger und dachte, er würde sie vielleicht vertraulich in ihre Haare schieben, was aber nicht geschah. Er umfing nur ihren Kopf damit wie ein Kissen. Die Finger rochen nach Gänsefett und nach Carl.

»Es war verdammt kalt.« Er seufzte in ihre Haare. Und so lagen sie dort, bauten Hitze unter der Decke auf, wie eine kleine verlorene Familie. Bea wusste nicht mehr, wann ihr das letzte Mal so warm gewesen war.

ALS BEA AM MORGEN die Augen aufschlug, starrte Agnes sie an, voller Verachtung und diverser anderer, weniger klar zu deutender Emotionen. Carls Arme lagen immer noch um Bea, aber weil Agnes aufgestanden war, wirkte die Szene, die sich letzte Nacht noch freundschaftlich angefühlt hatte, jetzt anstößig. Doch so unkompliziert war Agnes' Geringschätzung nicht. Bea wünschte, es wäre so. Bei diesem Blick schlug ihr Magen Purzelbäume, und kurz dachte sie, sie musste etwas Schlimmeres angestellt haben. Viel schlimmer.

Carl, noch mitten im Traum, drückte sie fester an sich und kuschelte sich an ihren Hals. Es war so warm unter der Decke, dass sie jetzt beide schwitzten, und Bea hatte das Gefühl, an ihm festzukleben. So schnell sie konnte, entwand sie sich.

»Hast du Carl gestern Nacht kommen hören?«, fragte sie Agnes zu fröhlich.

Agnes kniff die Augen zusammen. »Nein.« Aber Bea merkte ihr an, dass sie log.

»Tja, er hatte dieses warme Fell dabei, also haben wir alle drunter geschlafen.«

»Ist das so ein Zufall?«

»Wie bitte?«

Agnes trat gegen einen Stein und blieb stumm.

»Werd mir bloß nicht patzig, Fräulein.«

»Was ist patzig?«

»Freche Antworten zu geben.« Obwohl Bea nie solche Dinge zu ihrer Tochter sagte, zuckte Agnes zusammen, was Bea verriet, dass ihre Wut bemerkt worden war. Die Botschaft war klar. Der Zauber ihres gemeinsamen Abends war zerstört, und Beas Ärger darüber, dass Carl überhaupt gekommen war, verdarb die Erinnerung daran.

»Guten Morgen«, trällerte er zufrieden unter dem Fell. »Hast du mich gestern Nacht kommen hören, Agnes? Ich muss einen ganz schönen Krach gemacht haben. Und deine Mama und ich haben geredet und geredet …«

Agnes ging weg.

»Hör auf«, sagte Bea zu ihm.

»Womit denn?« Carl zog ein langes Gesicht, als wären seine Gefühle verletzt. Oder vielleicht machte er sich lustig über sie. Wusste er denn nicht genau, was seine Ankunft angerichtet hatte? Der Gedanke war so paranoid wie möglicherweise zutreffend.

Von oben hörte Bea ein Vogelzwitschern. Ein Vogelzwitschern, das klang, als käme es von einem Mann. Dann eines von einer Frau. Die Gemeinschaft gab sich Zeichen. Auf einem Plateau über dem Teich funkelte etwas, der gesprungene Spiegel, den sie beim Jagen benutzten, der praktisch sein sollte, wenn sie getrennt wurden, was bisher noch nie passiert war. Bea zwitscherte zurück, und dann heulte Agnes hinter ihr »Papa!«, als würde sie entführt. Normalerweise nannte sie ihn Glen.

»Agnes?«, ertönte seine beunruhigte Stimme.

»Es geht ihr gut!«, schrie Bea, um jegliches Drama ihrer Wiedervereinigung im Keim zu ersticken.

»Bea!«, brüllte Glen erleichtert.

»Hier unten gibt's Wasser!«, rief Carl.

»Carl?« In Glens ansteigendem Tonfall lagen gleich mehrere Fragezeichen.

Bea sah ihn an der Kante erscheinen. Er stand sehr aufrecht, bis er sie alle entdeckte; dann ließ er die Schultern hängen und kratzte sich am Kopf. Sie winkte überschwänglich.

»Wir haben hier Wasser gesucht«, schrie sie aufgeregt, in der Hoffnung, ihm damit die Version in den Kopf zu setzen, dass sie gerade angekommen war, Wasser und Carl gefunden hatte und es daher keinen Grund zur Besorgnis gab, all das mit ihrem fuchtelnden Arm und ihrer schrillen Stimme.

Glen winkte aus dem Ellbogen, der an seine Seite geklemmt blieb.

Neben ihm tauchte Val auf, die Augen abgeschirmt, um besser zu sehen. Beim Anblick der drei dort unten zusammen zerknautschte sie das Gesicht und drehte sich zu Glen um, der die Achseln zuckte. Da trat der Rest der Gemeinschaft an die Kante und jubelte.

»Wasser!«, schrien alle und kletterten hinunter.

Als sie wieder vereint waren, blieben Glens Umarmungen verkrampft, und nach mehreren unbeholfenen Versuchen führte Bea ihn weg, fort von der Gemeinschaft, zu einer Stelle hinter hohen Grasbüscheln, legte ihn auf den Boden und streichelte ihn. Anfangs schmollte er noch, schlug ihre Hände weg. Aber er behielt die Beine locker, sodass sie problemlos zwischen sie greifen konnte, wenn er sich gerade nicht wehrte, und bald schon entstanden größere Pausen in seinem Widerstand. Er kniff die Augen zusammen, als wäre ihm gleichgültig, was ihre Hand tat, verzog unmutig das Gesicht, um ein aufsteigendes Stöhnen zu unterdrücken, und schlug dann wieder nach ihr. Es war ein Spiel, und es war seine Belohnung, und sie fasste immer wieder nach ihm als eine Art Buße für etwas, über das sie nie sprechen würden, bis er schließlich steif war und lächelte und sie auf sich zog. Und dann wiegte sie sich rittlings auf ihm, bis er entspannt war und sie auch.

»Du musst ein schlechtes Gewissen haben«, sagte er, aber er war glücklich, und sie hörte keine Verstimmtheit, keinen Vorwurf heraus.

»Nein, habe ich nicht. Aber du hast ein zartes.«

Sie hatte tatsächlich ein schlechtes Gewissen, aber nicht Glen gegenüber. Es war nichts passiert. Es war nur Überleben. Agnes war es, die sie verunsicherte. Sie hatte geglaubt, dass Agnes besser verstünde, worum es beim Überleben ging. Wäre Agnes so entrüstet, wenn die Situation eine andere gewesen wäre? Was, wenn sie hungrig, frierend, ohne Decken herumgelaufen und zufällig auf Carl gestoßen wären? Was, wenn Carl nicht so großzügig gestimmt gewesen wäre? Obwohl er seine lüsterne Art nie auslebte, traute Bea ihm alles zu. Was, wenn sie etwas hätte tun müssen, was sie nicht wollte, um für ihre Tochter zu sorgen, für sich selbst? Sie tat das doch jetzt gerade, hier unter dem leeren Himmel in einem entlegenen Landstrich, oder nicht?

Sie entschieden, an dem Teich zu übernachten. Carl, Glen und Juan gingen zurück Richtung Gebirge, um etwas Fleisch aufzutreiben. Bea sah ihnen nach, sah Glen Abstand zu Carl halten, mit Juan sprechen, der dann wiederum mit Carl sprach. Aber als sie mit drei Hasen zurückkamen, jeder der Männer einen locker in der Hand schlenkernd, lachten Glen und Carl ausgelassen, und Bea konnte sich nicht erinnern, wann die beiden zum letzten Mal zusammen gelacht hatten. Hier draußen vergaß sie häufig, dass Glen früher einmal Carls Mentor gewesen war. Carl schien sich so oft über die Anerkennung zu ärgern, die Glen von anderen bekam. Jetzt aber nicht, dachte sie, als Carl Glen auf den Rücken klopfte, wie irre über etwas lachte, was Glen gesagt hatte. Glen strahlte ihn an, fast als wäre er der Schüler, der nach Bestärkung suchte und so froh war, sie gefunden zu haben. Sie setzten sich und legten Carl ihre Hasen vor die Füße. Bea empfand ein Kribbeln im Rücken, und sie kniff die Augen zusammen, genau in dem Moment, als Carl aufsah und ihren Blick auffing. Immer noch kichernd zwinkerte er ihr zu, zog ein Messer hinter seinem Rücken hervor und schlitzte seinen Hasen der Länge nach auf.

Sie nahmen die Tiere aus, während Debra und Val Feuer machten, und brieten das Fleisch am Spieß. Es war nicht viel, aber es tat gut, frischen, heißen Hasen zu essen, und zum Sättigen reichten sie im Anschluss noch Dörrfleisch herum.

An der Stelle, wo der Sturm sie getroffen hatte, fanden sie das Gusseisen und andere Küchenutensilien. Alle hatten immerhin ihre persönlichen Habseligkeiten festhalten können, Bettzeug und Felle, das, was sie am Körper getragen hatten. Nach ein paar Minuten Suchen wurde die Büchertasche entdeckt und ausgegraben. Auch das Handbuch. Die Mülltüten, die sie seit dem Mittelposten gefüllt hatten, waren weg.

»Wenn diese Dünen jemals verwehen, kriegen wir ein fettes Bußgeld für den Müll«, sagte Debra. Sie machte *ts, ts*, als wäre jemand schuld.

»Vielleicht wird der Sand ihn für immer begraben«, meinte Dr. Harold.

»In hundert Jahren wird ein Wissenschaftler diese Dünen erforschen und sich fragen, was für eine fantastische Zivilisation es hier gab.« Val riss durchgedreht die Augen auf, als malte sie sich aus, dabei zu sein.

»Als wenn das hier in hundert Jahren noch da wäre«, sagte Bea und presste dann hastig die Lippen zusammen. Sie hatte nicht so verbittert klingen wollen. Auf der anderen Seite des Kreises hockte Agnes, die ja immer an der Diskussion teilnehmen wollte. Ihr kleiner Mund klappte überrascht auf, und Bea fühlte sich schlecht. *Mach das hier nicht kaputt für sie,* schalt sie sich.

»Bea.« Vals Miene war verwirrt und verständnislos. »Was meinst du denn damit?«

Dumme Val. Ihre Einfältigkeit verstärkte Beas Zynismus noch, und sie vergaß sofort wieder, dass Agnes anwesend war. »Jetzt ist das hier ein Wildnis-Staat. Vorher war es eine Ansammlung von Kleinstädten und Alfalfa-Farmen. Davor war es Weideland. Und davor – soll ich weitermachen? Es wird was anderes werden. Wart's nur ab.« Darüber hatte sie noch nicht viel nachgedacht. Aber plötzlich sagte ihr Bauch ihr, dass es diesen Ort nicht lange über ihren eigenen Tod hinaus geben würde. Dass es ihn überhaupt noch *bis* zu ihrem Tod gab, war schon eine absurde Vorstellung. Vorausgesetzt ihr Tod stand nicht unmittelbar bevor.

»Das ist doch lächerlich. Das hier ist die letzte Wildnis. Es gibt strenge Gesetze.«

»Glaubst du nicht, es gab auch Gesetze für diese anderen Wildnisse? Wieso glaubst du, das hier muss die letzte sein?«

»Ja, es gibt Gesetze, aber die können umgeschrieben werden«, sagte Glen.

»Ach, halt die Klappe, Glen«, sagte Carl. *»Es gibt Gesetze«,* äffte er Glen nach.

Glen machte ein gequältes Gesicht. »Ich habe nur festgestellt, dass es Gesetze gab ...«

»Es gibt strenge Gesetze, und trotzdem haben sie uns reingelassen.« Bea zuckte die Achseln. »Und was jetzt, wir haben gerade unseren Müll überall verteilt. Glaubt ihr, dagegen gibt es ein Gesetz?«

»Mit Sicherheit eine Scheißvorschrift«, brummelte Glen.

Val wirkte betroffen. »Na ja«, quengelte sie, hatte aber sonst nichts anzubieten. Zweifellos war das Gespräch zu schnell für sie gegangen, dachte Bea. Dieser Moment hatte sich rapide entwickelt. Sie mussten alle angespannt sein von dem Sturm, vom Getrenntwerden. Auch wenn sie einander nicht immer mochten, funktionierten sie normalerweise gut zusammen.

»Ach, hört schon auf«, schaltete Debra sich ein. »Es geht doch darum, dass eines Tages ein Wissenschaftler – oder vielleicht auch ein Bauarbeiter, Bea – einen Haufen Müll von uns ausbuddeln wird.«

»Und wenn er ihn durchsucht, wird er Vals gebrauchte Tampons finden«, sagte Juan. Sie lachten, froh, einen Streit abgewendet zu haben.

Val machte ein finsteres Gesicht. »Ich hab euch doch gesagt, dass ich nichts anderes benutzen kann.«

»Ich kann nicht fassen, dass du immer noch deine Periode kriegst«, sagte Debra.

»Ich bin jung«, kreischte Val.

Debra zog die Augenbrauen hoch.

»Ich bin dafür, dass Val das Bußgeld zahlt, wenn sie je unseren Müll finden«, sagte Carl.

Alle warteten darauf, dass er lachte, um zu zeigen, dass das ein Witz gewesen war, aber er lachte nicht. Sein Blick war wütend und starr ins Feuer gerichtet.

»Carl«, jammerte Val leise, als versuchte sie, den Zwist privat zu halten.

»Was?«, blaffte Carl. »Wenn du dich nicht anpassen kannst, sollte das Konsequenzen haben.«

Val blieb der Mund offen stehen. Bea zuckte um ihretwillen zusammen. Das war eindeutig Verrat.

Val erhob sich und ging, erhobenen Hauptes, wütend und in der Erwartung, Carl werde ihr folgen. Doch er blieb sitzen. Nach und nach verschwand Val aus dem Feuerschein. Ihre Gestalt verwandelte sich von Farbe zu Grau zu dunklen Punkten und verschmolz schließlich mit der Dunkelheit. Als Bea sich wieder zu Carl umdrehte, sah sie, dass er sie beobachtete. Er grinste sie über die Flammen hinweg an, als wollte er mit ihr über den Witz lachen. Sie tastete nach Glens Hand, und obwohl sie dicht am Feuer saßen, fühlte er sich kalt an. Dann suchte sie Agnes, aber sie war nicht mehr da. Sie hatte sich fortgeschlichen. Wieder tat Bea ihr eigener Zynismus leid. Sie hoffte, sie hatte Agnes nicht beunruhigt. Sie sollte die Wildnis für geschützt halten dürfen. Auch wenn Bea, stellte sie in dem Moment fest, sie mehr als Erlebnispark betrachtete. Der wahrscheinlich früher oder später eine Mülldeponie oder etwas anderes Notwendiges wurde.

Niemand lief Val nach. Alle saugten am Feuer Wärme auf und gingen dann einer nach dem anderen, Familie nach Familie, schlafen. Nach einer Weile stürmte

Val zurück, als die Flammen gerade von Dr. Harold ausgepinkelt wurden. Er war meistens als Letzter auf, weil er niemanden hatte, mit dem er das Bett teilen konnte.

»Da ist sie wieder«, verkündete er, schüttelte seinen Penis ab und steckte ihn in die Hose zurück.

Schnurstracks rannte Val in die Mitte des Kreises, den die Gemeinschaft bildete, vorbei an Bea und Glen, die sich gerade hingelegt hatten. Sie marschierte ohne Umweg zu Carl, der auf seinem Bettzeug lag, den Arm unter den Kopf geklemmt, und tat, als betrachtete er träumerisch die Sterne. Alle machten sich auf einen Streit gefasst, auf Vals Kreischen und Carls selbstgefällige, knappe Entgegnungen, vielleicht ein paar Tritte in seine Rippen. Ihr übliches Gezänk, bei dem Carl sich gewollt souverän gab und Val unter die Gürtellinie zielte. Stattdessen jedoch raffte Val ihr Kleid und setzte sich rittlings auf ihn, in einer einzigen schnellen Bewegung, die Bea an eine angreifende Raubkatze erinnerte. Val würgte Carl und begann ihn gleichzeitig zu ficken. Zu seinem Röcheln und Knurren schrie sie Unflätigkeiten. Nach ein paar Sekunden riss Carl ihre Hände von seiner Kehle, packte sie an den Haaren und zog so heftig ihren Kopf nach hinten, dass alle im Schlafkreis die Wirbel aufeinanderschlagen und sie erschrocken, erregt nach Luft schnappen hörten. Mit wütendem Grunzen umfasste Carl ihre Hüften und stieß sie grob vor und zurück, während sie ihm die Brust zerkratzte. Ihr Sex war so laut und aggressiv, dass Bea Agnes schon die Ohren zuhalten wollte, bis ihr erleichtert einfiel, dass Agnes sich davongestohlen hatte und das Ganze, soweit sie wusste, nicht miterlebte.

Alle versuchten, nicht auf Carls und Vals wild rammelnde Umrisse zu starren, auf etwas anderes als ihre Tierlaute und Schreie zu horchen. Aber es war schwer zu ignorieren. Bea hörte einige andere ihre eigenen Geräusche unterdrücken, als sie sich selbst anfassten. Glen tastete nach Bea und drückte seine Erektion an sie, aber sie schob ihn weg, obwohl sie selbst ein Pochen spürte. Enttäuscht legte er sich die Hand auf den Schritt und wich vor ihr zurück. Beide lagen sie wach, beklommen unter den Sternen.

SIE NAHMEN AN, dass der Posten hinter der Playa lag, die jetzt von Dünen bedeckt war. Aber die Playa war groß. Größer, als sie gedacht hatten. Sie mussten durch den lockeren Sand stapfen. Sie kamen nur langsam voran.

Nach einem Tag glaubten sie, Gebäude zu erkennen. Und sie hatten mehr menschlichen Abfall gesehen, die Art von Müll, die am Wegesrand landete, wenn ein Mensch auf dem Heimweg war und nachlässig wurde: Kaugummipapier, ein vergilbter, früher mal blauer Plastik-Kulideckel. Sie waren sicher, vor sich Hausdächer schimmern zu sehen.

Nachdem die Sonne hinter dem Gebirgszug versunken war, hielten sie an und bereiteten das Essen und sich auf die Dunkelheit vor. Die Berge wurden steinfarben.

Eine Schlange bildete sich vor dem Gusseisen, aber Val drängelte sich vor und rief: »Ich brauche mehr, weil ich für zwei esse!«

Debra und Juan, die im Topf rührten, sahen einander fragend an, dann die anderen, die auf ihre Portion warteten. Schließlich Carl, der nickte. Sie gaben ihr mehr. Bea schüttelte den Kopf. Val dachte oft, sie wäre schwanger. Bea war dankbar, dass sie nie recht behielt. Schon einzeln waren Carl und Val schwer zu verkraften. Zweifellos wünschte Val sich ein Kind, um diese Verbindung und diese Macht zu festigen. Die beiden genossen es zu sehr, an der Spitze zu stehen. Bei jeder sich bietenden Gelegenheit versuchten sie, eine Gemeinschafts-Entscheidung zu unterlaufen und ihre eigenen Vorstellungen durchzusetzen, und triumphierten, wenn es klappte. Eine Führungsrolle sollte man nicht genießen, sagte sich Bea. Sondern, wie Glen es formulierte, man sollte sie auf sich nehmen, weil man sich verpflichtet fühlte.

Mit ihrer Holzschale voller Haseneintopf sah Bea sich nach einem geeigneten Sitzplatz um. Glen war nirgends zu entdecken. Agnes hockte dicht neben Val auf einem Baumstamm. So dicht, dass Bea noch mit auf den kleinen Stamm gepasst hätte. Während Agnes Vals Geplapper zuhörte, hob sie den Kopf und bemerkte Bea. Sofort rutschte sie von Val weg und spreizte die Knie, um den freien Platz zu besetzen. Bea musste sich ein Lachen verkneifen, wie kindisch grausam ihr Kind sein konnte.

In ungefähr hundert Metern Entfernung lief Juan im Kreis. Offenbar führte er Selbstgespräche, mit einer Hand wie ein Redner gestikulierend, in der anderen seine Essensschale haltend. Dr. Harold saß auf der Erde und betrachtete missmutig Debra, die mit Kiefernzapfen, Schwester und Bruder aß.

Schließlich fiel Beas Blick auf Carl, der sie bereits beobachtete. Er saß allein auf einem Baumstamm und klopfte jetzt auf den freien Platz neben sich. Wo war Glen?

Bea wollte nicht neben Carl sitzen. Sie musste andauernd an den Abend denken, an dem sie sich aneinandergekuschelt hatten. Ein, wie sie sich zu dem Zeitpunkt eingeredet hatte, notwendiges Verhalten hatte sich zu einem peinlichen Vergehen gewandelt. Jetzt allerdings den Platz neben ihm nicht anzunehmen kam nicht infrage. Wohin sollte sie sich sonst setzen? Allein auf eine Sanddüne? Eine Ablehnung wäre zu offensichtlich. Carl suchte in ihrer Miene nach einem Anflug von Scham. Sie wollte sich keine anmerken lassen. Sie ging zu ihm.

»Hallo«, sagte sie freundlich.

Er nickte mit vollem Mund, ohne etwas zu sagen. Warum hatte sie geglaubt, sich neben Carl zu setzen, bedeutete etwas? Er hatte einfach nur auf einen freien Platz gezeigt. Sie fühlte sich leicht gedemütigt und unsicher, warum.

Ihr gegenüber, auf der anderen Seite des Feuers, ließ Agnes jetzt die Schultern hängen und wirkte gelangweilt, während Val einen Monolog hielt, eine Hand auf ihrem Bauch und mit der anderen Agnes' Haare streichelnd, was Agnes hasste, und Bea hasste, dass sie es sich gefallen ließ. Sie fragte sich, wann ihre Tochter aufhören würde, so launenhaft zu sein. Würde sie jemals wieder ein lebhaftes Mädchen, unternehmungslustig und fröhlich wie als kleines Kind, bevor sie krank geworden war? Oder wie bei ihrer Ankunft hier, als sie sich langsam aufrappelte, mit munteren Augen, unermüdlichen Füßen? Die verlorene Zeit nachholte, die sie ans Bett gefesselt gewesen war? Dieses kleine Mädchen war sie nicht mehr, ob krank oder gesund.

Bea dachte an all die Gründe, aus denen sie ursprünglich in diese seltsame Wildnis gekommen waren. Hatte jeder inzwischen andere Motive, hier zu sein, oder klammerten sie sich immer noch an Abenteuer, Gesundheit, Gelegenheit? Gelegenheit zu was? Was war mit ihr selbst? Beim Anblick von Agnes' finsterer Miene musste Bea über ihr eigenes Motiv lachen: *Damit es meiner Tochter gut geht.* Es war eine Liebeserklärung an ein Mädchen, das solche Erklärungen mittlerweile zu verabscheuen schien. Sie fragte sich, ob es auch eine Märtyrererklärung war. Man konnte nicht rein aus selbstlosen Gründen so leben. Aber nichts kam ihr noch wahr vor. Reichte Angst um ihre Tochter aus?

Sie wünschte, mit ihrer Mutter darüber reden zu können. Sie nahm sich vor, einen Brief zu schreiben und am Posten abzuschicken. Obwohl es genau die Art von Frage war, die ihre Mutter auskosten würde. Ihre Antwort lautete mit Sicherheit: *Nein! Also komm nach Hause!* Doch Bea glaubte, es so formulieren zu können, dass ihre Botschaft klar war. Ihre Mutter konnte ein praktischer Mensch sein, aber sie konnte auch nett sein, selbst wenn es hieß, nicht ganz aufrichtig zu sein. Das hatte Bea nicht von ihr geerbt.

In ihrer Kindheit war ihre Mutter eine unentspannte Versorgerin in einer veränderten, für sie fast nicht wiederzuerkennenden Welt gewesen. Als Bea zu einer jungen Frau wurde, war ihre Mutter eine ratlose Freundin, die Beas Entscheidungen anzweifelte, obwohl es häufig die Entscheidungen waren, die sie selbst getroffen hatte. Und jetzt ähnelte ihre Mutter am meisten einer Mutter. In einem Alter, in dem sie nicht damit gerechnet hatte, noch eine Mutter zu brauchen, sehnte sich

Bea mehr als je zuvor nach ihrer. In jedem Brief, selbst jenen, in denen ihre Mutter Beas Mission akzeptiert zu haben schien, bettelte sie trotzdem um ihre Rückkehr. *Wir stehen uns inzwischen so nahe, dadurch vermisse ich dich noch stärker.*

Sie starrte schon eine Weile Agnes an und Agnes sie, als der Blick ihrer Tochter zu dem Gebirge über ihnen schnellte. Aber Bea sah nichts. Als Agnes sich umdrehte, lief Bea ein Urschauer über den Rücken, und wieder suchte sie die Berge ab, was dort oben sie möglicherweise beobachtete. Wo war Glen? Allmählich machte sie sich Sorgen. Aus Reflex stand sie auf und ließ den Blick über das Gelände schweifen. Als sie sich wieder dem Feuer zuwandte, war Agnes nicht mehr da. Bea sah sie auf den Schlafkreis zulaufen. Dort war Glen und schüttelte ihr Bettzeug aus. Agnes half ihm. *Meine komische Familie,* dachte Bea, und ihr wurde leicht ums Herz vor Liebe und zugleich schwer vor Bedauern um was auch immer es war, das Menschen dazu brachte, einander auf Abstand zu halten. Es war ein tiefes, menschliches, instinktives Bedauern. Aber es war auch persönlich.

Als die Gemeinschaft aufräumte und ihre Betten machte, entdeckte Bea zu ihrer Überraschung ein Licht, das in der Ferne aufblinkte. Das Licht schien sich zu bewegen. Carl hielt sich die Hand hinters Ohr, um besser zu hören.

»Das ist ein Auto«, sagte er, und die Vermutung erklärte ihnen das seltsam fremde Brummen, das ihre Wüstenstille gestört hatte.

»Ein Ranger-Auto?«, fragte Val.

»Nein, ein Laster.«

»Wir müssen in der Nähe der Grenzstraße sein.« Glen holte die Landkarte.

Angeblich führte eine grob asphaltierte, vom Frost aufgebrochene Straße um den gesamten Wildnis-Staat herum, die die Posten miteinander verband und den Rangern Zugang zu unterschiedlichen Regionen gab, ohne die entlegene und urwüchsige Mitte stören zu müssen. Bisher hatten sie nur den Abschnitt zwischen den weiter östlich gelegenen Posten gesehen. Dort war nie jemand, hier draußen aber, wo es ihnen eigentlich leerer vorkam, sahen sie noch ein Paar Scheinwerfer aufleuchten. Und weiter vorne noch eines. Dann die roten Rücklichter eines Fahrzeugs in der Gegenrichtung.

Bea stellte sich ein Stückchen weiter auf die Playa hinaus. Nicht, dass sie nie andere Menschen oder Gebäude sahen. Sie mussten sich regelmäßig an den Posten melden. Sie trafen Ranger im Wald, in der Ebene. Ranger fuhren sogar mit Pick-ups zu ihnen. Diese Autos und Lichter jedoch überforderten sie, und sie spürte, wie einsam sie geworden war. Wer waren all diese Leute, und wohin wollten sie? Gab es einen Ort, nicht weit von hier? Bei dem Gedanken raste ihr Herz.

Sie hörte Schritte hinter sich, ein leises Knirschen, etwas verstohlen. Eindeutig zweibeinig. Sie drehte sich nicht um.

Carl tauchte neben ihr auf.

»Letztens hab ich mich mal wieder mit Glen unterhalten können«, sagte er.

»Ja.«

»War ein Weilchen her, dass wir einfach geredet haben.«

»Mhm.«

»Super Typ.«

»Super Typ?«

»Ja.« Carl wirkte überrascht. »Das ist er.«

»Seit Jahren lebst du mit ihm zusammen, schläfst neben ihm, scheißt in dasselbe Loch wie er. Und davor war er dein Mentor. Und jetzt erst fällt dir auf, dass er ein super Typ ist?«

Carl zog die Augenbrauen zusammen. »Nein, das wusste ich schon. Ich sage es nur. Ist schon länger her, dass ich es ausgesprochen habe. Darf ich es nicht einfach sagen?«

Ihr Knie begann zu wippen, ein Tick, der sich seit Jahren nicht bemerkbar gemacht hatte. Sie seufzte. »Natürlich. Er ist ja ein super Typ«, stimmte sie ihm zu.

»Er kann gut mit den Rangern umgehen«, stellte Carl fest.

»Er respektiert sie.«

»Kann ich nicht nachvollziehen.« Seine typische Gereiztheit machte sich langsam in seinem Tonfall bemerkbar.

»Ich glaube«, sagte Bea, wohl wissend, dass sie das möglicherweise besser für sich behielt, »er wäre gern selbst einer.«

Glen hatte einmal zu ihr gesagt, dass die Ranger es am besten hatten. Die Freiheit, durch die Landschaft zu streifen, und trotzdem ein Bett, ein warmes Haus mit elektrischem Licht, um die dunkelste Dunkelheit abzuwehren. In ihrem ersten Jahr lagen sie in einer kalten Nacht unter einem Fell. Obwohl sie viel erlebt hatten, was ihnen Angst einjagte, machte es ihnen auch Mut, so weit gekommen zu sein, besonders, da andere es nicht geschafft hatten. Doch in jener Nacht hielt Glen sie fester, und vielleicht war er ehrlich, weil er erschöpft war.

Er flüsterte: »Stell dir vor, den Komfort modernen Lebens zu haben und gleichzeitig Zugang zu dieser weiten, wunderschönen Gegend. Sie zu kennen wie deine Westentasche, weil du sie Jahre und Jahre und Jahre durchwandert hast …« Mit einem Gähnen verstummte er.

»Aber das trifft doch jetzt auf uns zu, oder?«, fragte Bea.

»Ja und nein. Wir werden nie alles sehen, fürchte ich.«

Bea lächelte, weil sie begriff, dass das für ihn wahrscheinlich eine echte Angst war.

»Aber ein Ranger schon«, fuhr Glen fort. »Er sieht alles immer wieder.«

»Trotzdem wird er es nicht so kennenlernen wie wir.«

»Da bin ich nicht sicher. Ich wette, ein Ranger könnte. Ich würde, wenn ich einer wäre.« Er seufzte. »Wieso wusste ich nicht, dass man das werden kann?«, jammerte er. »Auf den Berufslisten hab ich das nie gelesen, du?«

»Nein, ich glaube nicht. Vielleicht habe ich andere Listen gekriegt.« Bea hätte nicht Ranger werden wollen, nicht, als sie jung war und solche Entscheidungen traf, und sie vermutete, Glen ebenfalls nicht. Selbst damals war die Welt noch so anders gewesen. Wer hätte sich vorstellen können, dass die Ranger einmal die Glückspilze wären? »Vielleicht hast du die Liste mit *Ranger* nicht bekommen, weil du alt bist«, neckte sie ihn. »Wahrscheinlich war es damals kein so guter Job. Bestimmt gefällt er ihnen nicht mal.«

»Doch, natürlich!«, rief Glen.

»Pst. Das kannst du nicht wissen. Manchmal wirken sie kaputt und genervt.«

»Weil sie sich mit Carl rumschlagen müssen.«

Beide lachten.

Dann hatte Glen sie an sich gedrückt, und erst beim Einschlafen hatte sein Griff sich nach und nach gelockert, widerstrebend.

Hinter der Playa tauchte ein neues Auto auf. Es wirkte näher. Von ihrer Stelle aus klang das Heulen des Motors anfangs wie ein junger Kojote, der aus dem Gebirge rief.

»Darf ich dir ein Geheimnis erzählen?«, fragte Carl.

Innerlich stöhnte Bea. Sie wollte kein Mülleimer für ihn sein. Ihrer Einschätzung nach brachte es keinen Vorteil, seine Vertraute zu sein. Sie machte leise *hmmm* und ließ es ihn übersetzen, wie er wollte.

Er preschte vor. »Ich hab mal versucht, Ranger zu werden.«

Bea schnaubte überrascht, stellte dann allerdings fest, dass sie gar nicht überrascht war. »Na klar.« Sie fragte sich, ob es so abfällig geklungen hatte, wie sie es meinte. Aber Carl kicherte, zufrieden mit sich und ihrer Reaktion.

»Leider waren sie der Meinung, dass ich nicht das Zeug dazu habe.«

»Hast du dich noch mal beworben?«

»Man darf sich nur einmal bewerben. Ich hätte es eine Million Mal gemacht. Es war das Einzige, was ich wollte.«

»Weißt du, warum?«

»Warum was?«

»Warum sie dich nicht genommen haben?«

Carl verzog das Gesicht, dachte konzentriert nach, als wäre er noch nie auf die Idee gekommen, sich das zu fragen. »Ich bin davon ausgegangen, dass es daran lag, dass mir der Gedanke, ihre ganzen Vorschriften durchzusetzen, nicht so behagte.«

»Leuchtet ein.«

»Die Ranger waren immer so richtige Jasager. Die sind einfach Polizisten in grünen Uniformen. Ich wollte Ranger werden, um hier sein zu dürfen. Was anderes hat mich nicht interessiert. Vorschriften durchzusetzen hat mich nicht interessiert.«

»Lass mich raten, das hast du ihnen auch gesagt.«

»Wahrscheinlich«, gestand Carl ein, verlegen.

Sie spürte eine Vertrautheit aufkommen, wie in jener Nacht. Als wären sie zwei Menschen, die sich unterhalten, sich Dinge erzählen konnten, was sie vorher nie geglaubt hatte.

Sie schlang die Arme um sich selbst, als Barriere. »Also«, sagte sie betont munter. »Dann hast du ja endlich, was du wolltest. Du musst froh sein.«

»Genau das ist es ja, Bea.« Er streifte sie mit einem Blick. »Jetzt, wo ich habe, was ich wollte, fühle ich mich irgendwie befreit. Frei, mehr zu wollen, ohne Zögern zu wollen. Ich glaube, Wollen ist der Naturzustand eines Mannes. *Wollen* ist jetzt was Unersättliches in mir. Es tut fast weh, wie sehr ich will, was ich will.«

Er sah Bea durchdringend an.

Sie räusperte sich. »Ich glaube, du hast gerade beschrieben, wie ein Kind ist.« Sie lächelte unschuldig, versuchte, seine Energie abzulenken.

Er grinste über ihre Bemerkung, aber sein Blick blieb unverwandt.

Sie lachte. »Warum starrst du mich an?«

»Das weißt du.«

»Versuchst du, mir was mitzuteilen?«

»Ich versuche nicht, ich *teile* dir was mit.« Sein Grinsen übertünchte eine Schärfe in seinem Tonfall. Als wäre sein Wollen gefährlich.

»Okay«, sagte sie.

»Was okay?«

»Okay«, fauchte sie. Jetzt fühlte sie sich wie ein Kind. »Ich hab's kapiert. Du willst mich vögeln.« In diesem Kontext fühlte sich das Wort in ihrem Mund wie Erde an.

»Natürlich, aber darum geht es nicht. Ich will alle vögeln. Das liegt an dem Ort hier. Wie gesagt, er befreit mich.«

»Was dann?«

»Eines Tages höre ich auf, brav zu sein«, sagte er.

»Ach, du bist jetzt brav?«

»Du kannst mich nicht beleidigen, das weißt du, oder?«

Sie blinzelte. Ja, das wusste sie. Seine Direktheit war wie eine Ohrfeige.

»Bea, ich glaube, du hast Macht. Und ich glaube, zusammen könnten wir viel Macht haben.«

»Was ist mit Val?«

»Was *ist* mit Val?«

Bea zog die Augenbrauen hoch.

»Hör mal, Val ist Val. Aber sie kann dir nicht das Wasser reichen.« Das sagte er ohne Schmeichelei. Stellte es einfach nüchtern fest, wie eine Tatsache. Bea bekam ein schlechtes Gewissen gegenüber Val, auch wenn sie sie hasste. »Die Leute folgen dir. Du führst an, ohne es überhaupt zu bemerken.«

»Aber Carl«, sagte Bea. »Keiner von uns ist Anführer. Wir alle treffen die Entscheidungen. Gemeinsam.«

Carl kicherte. Es war ein jungenhaftes Kichern, durch das sie sich dumm fühlen sollte, und es funktionierte. »Du glaubst nicht, dass manche Leute Einfluss ausüben, um ihren Willen durchzusetzen? Sie bekommen, was sie wollen, und nennen es Konsens. Und niemand kriegt es mit. Das sind diejenigen, die anführen.«

»Ich schätze mal, einer von diesen Leuten bist du.«

»Selbstverständlich.«

Sie nickte.

»Und einer davon bist meiner Ansicht nach du.«

»Da täuschst du dich.«

»Kann sein. Oder auch nicht. Trotzdem, dieses versteckte Anführen wird nicht ewig weitergehen. Und ich sage dir, wenn du schlau bist, akzeptierst du, dass wir ein Team sein sollten, du und ich. Nicht das, was auch immer wir jetzt sind.« Das klang etwas traurig, etwas verbittert. Ungeduldig. Er legte die Hand auf ihre Schulter, und sie zuckte zusammen – unter seiner Berührung, der Vorstellung, dass er glaubte, sie wären gemeinsam etwas, was es auch sei. »Verstehst du, was ich dir sage?«

»Nicht so richtig«, sagte sie ausweichend. Aber sie spürte ein Pochen hinter den Augen, und ihr Blick wurde unscharf, sodass der dunkle Horizont zu einer Leere wurde.

»Stell dich nicht dumm«, warnte er. »Das ist unter deiner Würde.« Unsanft nahm er ihr Kinn in die Hand und riss sie aus ihrer Trance. Sie musste schlucken, als sie seine Finger auf ihrem Kinn spürte, ihrem Hals.

»Eines Tages wirst du mich brauchen«, sagte er ruhig. »Mich. Nicht Juan. Nicht Debra.« Er machte eine kurze

Pause. »Nicht Glen. Du wirst *mich* brauchen. Du wirst *mich* wollen. Und ich werde für dich da sein.« Dann war seine Hand weg, und sie spürte, dass auch er weg war. Doch sie konnte ihn immer noch in der Anspannung zwischen ihren Schultern lauern fühlen. Bildete sich ein, seinen Atem zu hören, seine Schritte auf der Salzkruste, seine Augen auf sich zu spüren. Sie drehte sich um. Er stand am Rand des Lagers, mit dem Gesicht zu ihr. Hinter ihm sah sie Val, die sie ebenfalls beobachtete. Und hinter Val, wie ein Kind hinter dem Rock einer Mutter versteckt, war Agnes.

Bea wandte sich wieder der dunklen Straße zu.

Innerhalb eines Abends war eine bis dahin unkomplizierte Situation erdrückend und verfahren geworden. Zum ersten Mal war Bea nicht sicher, wer was über sie wusste oder dachte, und das erschreckte sie. Diese Menschen, mit denen sie so lange so primitiv zusammengelebt hatte, kamen ihr wie Fremde vor. Es behagte ihr nicht, dass ihr Verhältnis zueinander sich verschob. Wahrscheinlich war das sogar schon eine ganze Zeit der Fall. Es gab ihr ein Gefühl von Kontrollverlust, und durch dieses Gefühl wurde ihr bewusst, wie viel Kontrolle sie seit ihrer Ankunft gehabt hatte. Sie war jemand gewesen, dem andere sich fügten oder folgten, und sie hatte es nicht einmal bemerkt. Sie hatte es nicht bemerkt, weil es ihr gleichgültig gewesen war. Warum? Vielleicht weil ihr alles gleichgültig gewesen war, das ganze Experiment. Es war ein Spiel gewesen. Jetzt wünschte sie sich zu verschwinden, zu sich zu kommen, ihre Rolle hier neu zu bewerten. Doch bei dem Gedanken, allein loszuziehen, bebte sie vor Angst.

Na gut, dann hol Agnes und Glen, dachte sie. *Weck sie nachts und schleich dich weg, zurück zum Posten, zurück in die Stadt. Führe dieses Leben wieder, mit allen Risiken, die es beinhaltet.* Aber nein, das Hirngespinst war sofort wieder verworfen. Sie würden niemals gehen. Der Kloß in ihrem Hals nahm ihr den Atem.

Es war nicht, als hätte sie Carl nicht so gesehen, wie er war. Als sie jetzt allerdings damit konfrontiert war, roch sie die Fäulnis, die Galle. Also drängte sie diese kalte, bange Empfindung in ihren Bauch zurück und quetschte sie zusammen, bis sie hart und kompakt war, ein neuer Teil von ihr.

Der Mond stieg langsam zum Gebirge auf, wodurch die vorgelagerten Hügel und die Flanke aufleuchteten. *Hübsch ist das,* dachte Bea. Die Berge waren hoch, und es waren echte Berge, gekrönt von einem zerklüfteten und stolzen Grat. Ihrer Einschätzung nach ragte der höchste Punkt fast zweitausend Meter über ihnen auf. Beim Aufsteigen würden sie erfahren, wie abgestuft und lang das Vorgebirge war. Tagsüber hatte sie kaum eine Tiefe bemerkt, im Nachmittagslicht hatte es wie eine flache Mauer ausgesehen. Jetzt erkannte sie, dass man möglicherweise viele, viele Kilometer leicht bergauf wandern musste, bevor man den letzten steilen Anstieg zum Gipfel erreichte. Es waren Berge zu überwinden vor diesem Grat.

Sie hörte keine Autos und sah keine Scheinwerfer mehr. Und in deren Abwesenheit wurde dieses Gebirge gewaltig. Schlagartig löste es in ihr eine düstere Vorahnung aus. Jetzt, da sie wusste, wie endlos weit alles war. Befanden sie sich überhaupt in der Nähe des Postens? Ihre Beine wurden wackelig. Sie fühlte sich erschöpft und ausgebrannt. Würde sie erfrieren, wenn sie genau hier schlief? Sie spürte ein solches Grauen im Herzen, dass sie nicht sicher war, ob ihre Füße gehorchen und sie zurück ins Lager tragen würden.

Hinter sich hörte sie ein »Pst«.

»Hey, mein Käferchen.« Es war Glen. Er war da und legte ihr einen Pelz um die Schultern. Erst da bemerkte sie, wie stark sie gezittert hatte. »Käferchen«, sagte er leise und wiegte sich mit ihr auf der Stelle. »Ich dachte, Käferchen mögen keine Kälte«, flüsterte er ihr ins Ohr.

Ihr Zittern ließ nach, als er und die Decke sie wärmten. Sie begriff, dass er sie aufrecht hielt. Ihre Knie waren weich und kreisten über ihren Füßen.

»Möchtest du gern ins Bett kommen?«

Sie nickte und spürte Tränen aus ihren Augenwinkeln rinnen.

»Darf ich dir helfen?«

Wieder nickte sie. Ihr war verziehen worden. »Bring mich nach Hause«, sagte sie, und er hob sie hoch und trug sie ins Bett.

EIN FAHRER DRÜCKTE AUF DIE HUPE, als sein Auto langsam vorbeirollte. Die Handfläche mitten auf dem Lenkrad, ein ausgedehntes Johlen. Mit der anderen Hand reckte er den Mittelfinger. Hinter den Reifen spritzten die Überreste eines seltenen Regengusses auf, die sich in den Furchen des Asphalts gesammelt hatten. Nachdem der Wagen vorbeigequietscht war, brannten die Abgase in ihren Nasen. Die Kinder husteten, als wären sie zurück in der Stadt, das Gesicht ins Kissen gedreht.

Sie waren in Pfützen aufgewacht, da die trockene Erde nicht daran gewöhnt war, irgendwelches Wasser aufzusaugen. Sie konnten sich gar nicht erinnern, wann sie das letzte Mal Regen gespürt hatten, und waren ärgerlich, dass er gefallen war, während sie schliefen, und sie ihn somit nicht gesammelt oder sich darin gewaschen hatten. Jetzt war ihr Bettzeug nass. Ihre Kleider klebten an ihren verdreckten Körpern.

Sie liefen auf der Straße, weil der unbefestigte Seitenstreifen verschlammt war, genau wie die Playa. »Auto«, riefen sie durch die Reihe nach hinten. »Auto, Auto, Auto«, und dann ein Waten durch den Matsch, bis die Gefahr vorüber war.

Die Wolken hingen am Himmel wie schmutzige Baumwollkugeln. Eine Stunde, nachdem sie aufgebrochen waren, begann es erneut zu regnen.

Das funkelnde Dach, das sie aus der Ferne erspäht hatten, gehörte lediglich zu einer Ansammlung verlassener Gebäude, einem alten Posten, der jetzt von einem misstrauischen Virginia-Uhu und mehreren Familien leicht reizbarer Krähen bewohnt wurde. Eine Pferdekoppel voller getrockneter Äpfel, aber ohne Pferde. Ein Wassertrog mit nichts als einer verschrumpelten toten Buschratte darin. An die Tür eines Gebäudes war ein splitteriges Brett mit einer aufgemalten Nachricht genagelt: *Wir sind umgezogen!* Ein Pfeil zeigte nach links. Sie trotteten zu dem Wasserhahn, und alles, was herauskam, war eine Rostwolke. Mit hängenden Schultern marschierten sie weiter.

Hinter sich hörten sie ein lautes Donnern, als würde gleich ein Flugzeug so dicht vorbeifliegen, dass es ihre Haare zerzausen würde. Sie sahen sich um, und es war ein Laster, immer noch kilometerweit entfernt. Als er näher kam, blendete er auf, und sie räumten die Straße. »Laster«, riefen sie und traten zur Seite.

Der Sattelschlepper wackelte vor Anstrengung. Sein silberner Anstrich war matt vor festgeklebtem, sicher nicht so bald abbröckelndem Dreck. Jetzt ging der Fahrer vom Gas und hupte. Es klang freundlich, trotzdem versteckten sich alle Kinder außer Agnes hinter den Erwachsenen.

Obwohl er nicht schnell fuhr, schaukelte der Laster, als die Bremse griff, und scherte hinten aus. »Hoppla«, sagte der Fahrer, als er neben ihnen anhielt. »Das Ungeheuer hier ist nicht an Regen gewöhnt.« Er lächelte mit absurd weißen Zähnen. »Seid ihr die Leute, von denen ich gelesen habe?«

Carl trat vor die Gemeinschaft und blähte die Brust. »Ja, sind wir.«

»Ist ja 'n Ding. Maureen wird es nicht glauben.« Er fummelte an etwas auf seinem Schoß. »Ich mach mal schnell ein Foto«, sagte er und hob ein schimmerndes Rechteck hoch.

»Uns wäre es lieber, wenn Sie das lassen«, sagte Carl, aber der Mann tippte schon darauf und sagte: »Also gut, jetzt alle mal dicht zusammen«, und instinktiv gehorchten sie. Die Kamera funkelte genau wie die Pistolen an den Gürteln der Ranger und gab bei jeder Berührung ein lautes Zwitschern von sich wie ein Robotervogel. Schwester, Bruder und Kiefernzapfen fingen zu weinen an, erst leise, dann laut und hemmungslos.

Der Mann ließ den Apparat sinken. »Aber, aber, warum weinen die denn?«, fragte er.

»Sie haben ihnen Angst gemacht«, sagte Debra. »Sie haben noch nie eine Kamera gesehen.«

»Ach.« Der Mann wirkte aufrichtig betrübt. »Das tut mir leid.« Er ließ die Schultern hängen und sah unverwandt auf seinen Schoß. Dann erhellte sich seine Miene.

»Hey, ich kann es wiedergutmachen. Wollt ihr ein Stück mitfahren?« Er deutete mit dem Kopf auf die Ladefläche des Lasters, umgeben von Stahlgittern, um eine Ladung festzuhalten. Aber da war keine Ladung. Die Fläche war lang, leer und nass. »Trocken bleibt ihr nicht, aber immerhin seid ihr weniger lang nass. Bitte hört auf zu weinen, ihr Kleinen.« Aber das hatten sie bereits.

Alle sahen einander an, dann drängten sie sich zusammen.

»Dürfen wir das?« Debra sprach die Bedenken der Gemeinschaft laut aus.

»Wen interessiert, ob wir das dürfen«, sagte Carl. »Die Frage ist: *Wollen wir das?*«

»Tja, mich interessiert es, ob wir dürfen, weil ich keinen Ärger will«, flüsterte Debra, als hätte sie Angst, jemand außer ihnen hörte sie.

»Na wenn schon, dann kriegen wir eben Ärger«, sagte Carl.

»Aber gegen so eine Vorschrift zu verstoßen, kommt mir ziemlich heftig vor, falls es überhaupt eine ist. Ich will nicht rausfliegen.«

»Wir fliegen nicht raus.«

»Woher willst du das wissen?«, fragte Dr. Harold.

»Wir fliegen nicht raus. Das steht nicht im Handbuch.«

»Wir können definitiv rausfliegen bei bestimmten Verstößen.«

»Aber das hier gehört nicht dazu.«

»Bist du da sicher?«, fragte Dr. Harold. »Bist du sicher, dass darüber nichts im Handbuch steht?« Beflissen schielte er zu Debra. Er versuchte eindeutig, sie zu verteidigen.

Carl seufzte. »Ich meine, also ja, glaube schon. Weiß nicht.« Seine herabsinkenden Schultern und Gesichtszüge drückten eine überhebliche Verzweiflung darüber aus, solche blöden Fragen abwehren zu müssen.

Der Lkw-Fahrer pfiff, dann rief er: »Da ist reichlich Platz für euch alle, falls das das Problem ist.«

»Eine Sekunde bitte«, rief Glen.

»Seit wann bist du so ängstlich, Debra?«, sagte Val mit mitleidigem Tonfall. Sie berührte sie kurz am Arm, tröstend. Aber Debra sollte sich dadurch dumm vorkommen. Debra sah Val böse an, und Val grinste.

Bea hob eine Hand. »Ich kann mich wirklich nicht erinnern, dass es eine Vorschrift über Mitfahren gab, Debra.« Sie machte eine Pause.

Und Carl platzte heraus: »Genau, das ist albern.«

»Ich bin noch nicht fertig, Carl«, sagte Bea. Er zog eine enttäuschte Miene. Er wusste, dass er einen Köder geschluckt hatte. Debra freute sich. Bea fuhr fort: »Aber natürlich können wir im Handbuch nachschlagen.« Das sagte sie ruhig, obwohl sie es für ein idiotisches Unterfangen hielt. *Steigt schon einfach auf den beschissenen Laster,* hätte sie am liebsten geschrien. Aber sie hasste Carl und Vals übergriffige Art noch viel mehr als diese Zeitverschwendung. Wenn jemand im Handbuch nachschlagen musste, um sich wohlzufühlen, dann schlugen sie eben nach. So gingen sie immer vor. Carl und Val wurden immer übellauniger gegenüber anderer Leute Bedürfnisse, und das ließ Bea nicht durchgehen. »Ist das okay für alle?«, fragte sie liebenswürdig.

Alle nickten, außer Carl und Val und, bemerkte Bea, Agnes, die aufmerksam die Vorgänge beobachtete, statt mit Schwester und Bruder Schattenfangen zu spielen.

Val trug das Handbuch, und einen Moment lang gab sie es nicht heraus und fletschte drohend die Zähne. Doch letztlich holte sie es doch aus der Tasche, und dazu den Ordner mit den ganzen Addenda, die sich im Laufe ihrer Jahre auf Wanderschaft angesammelt hatten, Ergebnis neu von der Regierung ausgegebener Regelungen und immer engerer Interpretationen von *Wildheit* und *Wildnis*.

Als sie gerade den Umschlag aufklappen wollte, rief der Lkw-Fahrer, jetzt merklich gereizt: »So schwierig wollte ich es gar nicht machen. Wollt ihr jetzt mit oder nicht? Ich muss mal weiter.«

Sie sahen einander an, dann das Handbuch, das so groß und sperrig wirkte, schließlich Debra, die mit gerunzelter Stirn sehnsüchtig den Laster betrachtete. »Ich will ja nur nicht rausfliegen«, sagte sie noch, als alle schon hastig zum Sattelschlepper liefen.

Dann halfen sie einander auf die große Ladefläche, hievten Proviantbeutel, Bettzeug, Räucherzelt, Müll, Handbuch, Gusseisen, Büchertasche, sämtliche Habseligkeiten hinauf. Benommen saßen sie da, als der Lkw sich mühsam in Bewegung setzte. Bea lehnte sich an und legte die Füße hoch. Sie wusste nicht mehr, wann sie das letzte Mal die Füße hochgelegt hatte. Alles in ihrem Körper schwappte hin und her, schaukelte sich in ein unbekanntes Behagen ein. Der Wind in ihren Haaren war so anders, als wenn er einfach über die Ebene blies. Dieser Wind war weich wie behutsame Finger. Nach einer Weile, als der Laster Fahrt aufnahm, wehte er wilder, und sie versuchten, sich die Haare aus den Augen zu streichen.

Der Lkw-Fahrer schob das Rückfenster auf, um sich mit ihnen unterhalten zu können. Früher habe er in der Industriezone gearbeitet, erzählte er. »Aber das ist ein einsames Leben. *Bliep, blup, bliep, blup.*« Also habe er einen Job im Frachtsektor angenommen, und jetzt bekomme er ein wenig von diesem verrückten Land zu sehen.

Ihre Gesellschaft schien ihm neuen Schwung zu verleihen. Er holte kaum Luft vor dem nächsten Satz über einen Fisch, den er in einem Fluss neben der Straße gefangen hatte. »Na ja, nicht im engeren Sinne gefangen.

Er ist einfach irgendwie aus dem Wasser auf die Straße gehüpft. Der Fluss hatte wohl Hochwasser, alles war überschwemmt. Und da hat er rumgezappelt. Also hab ich ihn geschnappt.«

Sie sahen sich an. Was er da beschrieb, verstieß gegen die Vorschriften, aber das sagten sie ihm bestimmt nicht. Also nickten sie nur.

»Natürlich«, fuhr er fort, »hatte ich keinen blassen Schimmer, wie man den zubereitet. Für euch wäre das wahrscheinlich ein Festmahl gewesen. Aber ich hab ihn einfach zurückgeschmissen. Mann, hat der sich komisch angefühlt. Glitschig und scharfkantig. Gerochen hat er auch. Und er sah aus, als hätte er Todesangst. Was auch ein Grund dafür ist, dass ich ihn wieder reingeworfen habe. Ich finde es furchtbar, irgendjemandem Angst zu machen.« Er rieb sich über seine Bartstoppeln. Das Geräusch konnte Bea trotz des dröhnenden Motors hören. »Ich hab keinen Fisch mehr gesehen, seit ...« Er stockte. »Einen lebendigen noch nie. Ehrlich gesagt fand ich ihn ein bisschen eklig.«

Er drehte sich um, während der Laster weiterrumpelte. »Noch mal Entschuldigung, dass ich euch Angst gemacht hab, Kinder.«

Bea verzog das Gesicht, besorgt, er würde etwas rammen, wenn er nicht nach vorn sah. Aber was gab es zu rammen? Die Straße ging in die Playa über.

»Sind hier immer so viele Autos?«, rief Bea.

»Wie, was heißt das? Ich hab keine gesehen.«

»Wir schon, viele.«

»Tja.« Wieder rieb er sich den Dreitagebart, und es lief Bea auf eine lang vergessene Art kalt über den Rücken, wie quietschende Kreide. Er sagte: »Es ist ein Feiertagswochenende. Deshalb sind vielleicht Leute unterwegs. Hauptsächlich wohl die Familien von Rangern, vielleicht ein paar aus den Minen.«

»Gibt es eine größere Stadt in der Nähe?«

»In der Nähe? Nicht so richtig. Aber einigermaßen nah.«

»Und die Leute in dieser Stadt dürfen einfach so durch die Gegend fahren?«

»Oh nein, nur über diesen Straßenabschnitt. Und man braucht einen Passierschein. Das ist ein Knast. Komplett abgeriegelt.«

Die Tropfen fielen jetzt vereinzelt. Draußen am Rande der Playa konnte man die Wolken aufbrechen sehen. Ein Morgenregen, keine ganztägige Sintflut. Dampf stieg vom Boden auf, die Mischung von heiß und kalt und nass bildete einen dünnen Vorhang vor ihren Augen.

Der Fahrer schielte im Rückspiegel nach ihnen. »Verrückt, was ihr da macht, also echt«, sagte er leise, fast zu sich selbst. Aber Bea hörte ihn.

Er räusperte sich. »Wo wollt ihr denn hin?«

»Zum nächsten Posten«, sagte Carl.

»Ach ja? Und was macht ihr da?«

Carl seufzte und schwieg. Er machte auf mysteriös.

»Papierkram«, sagte Bea.

Der Fahrer lachte schallend, bis er husten musste, und es wirkte wie ein echtes Lachen. Sicher war sie allerdings nicht. »Das ist ja köstlich.« Er kicherte noch einmal und wiederholte das Wort. »Papierkram.«

Bea sagte: »Ja, dem entkommt wohl keiner. Unser Papierkram, eure Passierscheine.«

»Ja«, sagte der Mann etwas wehmütig.

»Es gibt viele Vorschriften einzuhalten.« Sie genoss diese banale Unterhaltung sehr.

»Für alle außer den Rangern«, sagte der Fahrer mit einem freudlosen Lachen.

»Ach, was. Die haben bestimmt auch Vorschriften. Jeder hat die.« Sie wusste aus sicherer Quelle, dass die Ranger Vorschriften befolgten, weil sie und Ranger Bob sich über ihr gemeinsames Interesse am Befolgen von Vorschriften angefreundet hatten.

»Nicht jeder, und nicht die Ranger.« Der Fahrer klang jetzt ernst. »Nein, die Ranger können so ungefähr machen, was sie wollen, wann sie wollen, wo sie wollen. Die haben hier in der Gegend das Sagen.«

Ein Bedauern erfasste Bea. Warum musste Glen so alt sein? Wäre er in Carls Alter, hätte er vielleicht von den Rangern gewusst. Carl hatten sie nicht genommen, weil er ein Mistkerl war, aber war Glen nicht genau, wonach sie suchten? Wäre Glen Ranger geworden, wäre Agnes nicht krank geworden. Sie hätten hier in einem richtigen Haus wohnen können. Ein Heim gehabt. Seufzend stellte sie fest, dass sie wirklich ihr Bett vermisste. Wie absurd, jetzt, über fünf – sechs? sieben? – Jahre später. Sie sah Glen an. Er betrachtete den Himmel, ein glückliches Lächeln auf den Lippen. Natürlich hätte sie Glen gar nicht kennengelernt, wenn er Ranger wäre. Sie hätte Agnes nicht bekommen, wenn sie die Frau eines Rangers gewesen wäre. Sie hätte ein anderes Kind bekommen. Bea drehte sich zu Carl um und sah, dass er ihrem Gespräch mit dem Fahrer zugehört hatte. Sein Kinn war vorgeschoben, eine Röte stieg in seinem Gesicht auf. Sie konnte seine Gedanken lesen. Ein Leben ohne Vorschriften war ihm entgangen, weil er irgendwie nicht verstanden hatte, dass die Leute, die Vorschriften durchsetzten, sie nicht befolgen mussten. Es war zu viel. Wie war es zu dieser Tragödie gekommen?

Mit einem Stöhnen legte Bea sich hin. Ihr wurde übel von dem Vibrieren auf dem Straßenbelag und der Kraft des Sattelschleppers.

Unter dem Dreck und Schlamm auf der hölzernen Ladefläche konnte sie lila Farbstriche erkennen, die etwas über dieses Fahrzeug aussagten, möglicherweise etwas Wichtiges. Oder etwas, das vor Jahren wichtig gewesen war. Vielleicht war es auch nichts.

Agnes sah sie mit feuchten Augen an. Sie berührte die Ladefläche.

»Ist das nicht hübsch, Mama?« Sie leckte über das rostige Metall des Gitters, erforschte es gründlich. Bea dachte daran, wie Agnes Hasen nachlief oder auf Bäume kletterte. Natürlich war sie nicht mehr krank. Das war nicht das Problem. Das Problem war, dass es in der Stadt nichts für sie gab. Schulen waren Kaderschmieden für Arbeitsstellen, die besetzt werden mussten. Auf den Dächern gab es keine Pfade, Blumen, Gemüsegärten. Dort gab es Regenwassersammelbehälter, Solarzellen, Funkmasten und Stacheldraht, um all das zu bewachen. Niemand hielt sich je im Freien auf, wenn er nicht gerade von einem Gebäude zum anderen ging. Ein paar Straßen von ihrem Wohnblock entfernt hatte ein Baum gestanden, eingezäunt, damit niemand ihn anfassen konnte. Dennoch blühte er jedes Jahr, und die Menschen kamen von überallher, um seine hauchzarten rosa Blüten zu sehen. Und wenn später die Blütenblätter abfielen, drängten sich die Leute um den Zaun, um eines von denen aufzufangen, die vom Wind verweht wurden. Der Rest verfaulte um den Stamm herum. Es war einer von zehn Bäumen, die in der Stadt noch übrig gewesen waren. Sie hatten Glück gehabt, in der Nähe zu wohnen.

Gerade sagte der Fahrer etwas über Häuser. »Neue Gebäude. Alles gerade erst fertig geworden. Das ist der neue Posten, weil der alte nicht funktioniert hat.«

»Warum hat er nicht funktioniert?«, fragte Glen, immer wissensdurstig.

Der Fahrer beantwortete die Frage nicht.

»An diesem Posten gibt es eine heiße Quelle. Und die alten Cowboys haben eine kleine Hütte drübergebaut, sodass sie ein Echo macht.«

»Welche alten Cowboys?«

Der Mann redete ungebremst weiter. »Manchmal ist sie zu heiß. Also, irgendwas Furchtbares drückt von unten hoch. Dann kann man nicht rein. Das versengt einem die Haut. Aber ich hoffe, ich kann mich ein Weilchen reinlegen. Mein Rücken. Dieser Sitz.«

»Woher weiß man, ob sie zu heiß ist?«, fragte Debra.

»Man schmeißt ein Stück Fleisch rein«, sagte der Fahrer.

Dr. Harold stupste Debra mit dem Ellbogen an. »Das haben wir auch schon gemacht«, flüsterte er den anderen laut zu, als wüssten sie es nicht. Ohne Kommentar wandte Debra sich ab.

»Der ist echt nett«, sagte der Fahrer über den Posten. »Ihr werdet begeistert sein.«

Als sie den Gipfel einer Anhöhe erreichten, die sie gar nicht bemerkt hatten, sahen sie vor sich den Unterposten. Dahinter ein Grenzgebirge mit einer zerklüfteten Oberfläche, die unmöglich künstlich nachzuahmen zu sein schien. Ein Beifußteppich breitete sich um sie herum aus. Sie hatten die Playa endlich hinter sich gelassen.

Der Laster raste über die Straße, das Tempo jetzt, da es einen visuellen Orientierungspunkt gab, deutlich erkennbar. Der Posten wirkte zwar im Vergleich zu allem anderen winzig: im Vergleich zu dem weiten Land, dem unendlichen Himmel, den gedrungenen Schultern des Grenzgebirges. Aber der Unterposten war menschengemacht und daher in Beas Empfinden größer als alles um ihn herum.

Natürlich war er verlassen.

»Ihr wisst ja, Feiertagswochenende.« Der Fahrer schaltete herunter und kam langsam auf einem leeren Parkplatz zum Stehen. »Und auch noch ein langes. Die machen erst Montag wieder auf.«

»Was ist heute für ein Tag?«

»Donnerstag. Abend. Und ihr wisst, was das bedeutet.« Das sang er, während er aus dem Führerhäuschen sprang und sich ein Handtuch um den Hals warf. »Badezeit«, trällerte er und trabte zu einer Hütte etwas abseits des engen Kreises von Gebäuden. Das Metalldach der Hütte bebte vor dem Horizont, durch den Dampf wandelte er vor ihren Augen die Gestalt.

Sie kletterten so unbeholfen von dem Laster, wie sie heraufgeklettert waren, Hintern in der Luft, Füße baumelnd, sich schwerfällig über das Gitter schiebend, ungeschickt schwere Gegenstände nach unten reichend. Eingeklemmte Finger und zwei zerbrochene Raufußhuhneier.

Dieser Posten war die lebendige Version des letzten. Die Gebäude waren intakt und frisch gestrichen. Die

Metalldächer glänzten. Sie waren neu, rostfrei, königsblau. Wellblech. Carl warf einen Stein, und er schepperte auf dem Dach, hohl und hell, rutschte die Schräge hinunter und fiel ihm in die Hand zurück. Er warf Bruder den Stein zu. Die Kinder betrieben das neue Spiel ernsthaft.

Die Erwachsenen spazierten die Gebäude ab.

Debra pfiff. »Scheiße noch mal, das ist ja ein Riesen-Posten.«

Drei größere Bauten versteckten sich hinter dem Halbkreis aus Hauptgebäuden. Sie sahen alle gleich aus, mit gleich angeordneten Fenstern, manche mit Vorhängen, in denen noch die Faltkniffe lagen, andere mit Milchglasscheiben. In einem ging eine Neonröhre an und aus. Es mussten Schlafsäle oder Unterkünfte sein.

Der innere Kreis von Gebäuden machte einen offiziellen Eindruck, mit offiziellen Beschriftungen. Büro, Garage, Pferdestall, Waffenkammer. *Waffenkammer?,* dachte Bea.

Abgesehen von dem flackernden Licht in einem Waschraum war der Posten dunkel und wurde noch dunkler, als die Sonne unterging. Selbst jetzt, nach all den Jahren wurde Bea vom Einbruch der Dunkelheit immer noch überrascht. Die Tage kamen ihr nie vor, als würden sie aufhören. Der Himmel war zu groß und von Licht erfüllt bis kurz vor dem bitteren Ende. Manchmal erlosch die Sonne so plötzlich wie eine ausgeknipste Lampe. Aber ihr war aufgefallen, vor langer Zeit, im ersten Jahr, dass der Schlüssel zur Abenddämmerung die Wolken waren, falls an dem Tag welche am Himmel hingen. Wenn die Zeit kam, färbte sich die Unterseite der Wolken schwarz. Sie spiegelten die dunkle Welt darunter, ehe Bea überhaupt wahrnahm, dass die Dunkelheit eingesetzt hatte. Die Wolken offenbarten, was alles andere sich zu akzeptieren weigerte. Die Wolken waren die Warnung: *Mach Feuer und schlag dein Lager auf. Es wird Nacht.* Jetzt war die Unterseite der Wolken kohlschwarz.

Alle entrollten Fellunterlagen und Bettzeug. Manche gingen Anzündholz holen, wobei das Gelände des Postens so säuberlich gepflegt war, dass es nicht viel gab und sie weit laufen mussten, um abgestorbene Beifußzweige zu finden.

Carl und Val errichteten ein Lagerfeuer, das qualmte und zischte und die dürren Ästchen zu Asche verkohlte. Es roch nach dem, was aus ihrem Leben geworden war. Unter heißer Sonne oder am Feuer in einer kalten Nacht, ihre Welt klebte vor Beifuß.

Als sie ihre Kochutensilien auspackten, hörten sie den Motor des Sattelschleppers anspringen und die Reifen knirschen. Der Fahrer hatte sein Bad beendet, und jetzt war er jemand, den sie nie wiedersähen. Seine roten Rücklichter wurden zu Pünktchen, dann waren sie verschwunden. Sie suchten die Straße bis zum Horizont nach weiteren Lichtern ab, aber es gab keine. Der Verkehr war vorbei. Der Feiertag hatte begonnen, und wahrscheinlich kam bis zum Sonntag niemand. Bea zählte an ihren Fingern ab, nannte die Namen der Wochentage zum ersten Mal seit Jahren laut, als wären es Wörter einer Fremdsprache. Vier Tage. Trübsinnig betrachtete sie die Ansammlung von Gebäuden und stellte fest, dass sie vom Leben in der Wüste bereits gealtert waren. Im Nirgendwo sah alles einsam aus, und alles Einsame sah heruntergekommen aus.

»Morgen gehen wir auf die Jagd«, sagte Carl. »Wir bleiben hier, bis wir alles verarbeitet haben. Bis dahin wissen wir auch, warum zum Henker wir hier sind.«

Sie bereiteten Eichelküchlein zu und verteilten etwas Fleisch. Bis jetzt war es eine mondlose Nacht, und wenn man nicht direkt am Feuer saß, konnte man die Hand nicht vor Augen sehen. Weit entfernt hörten sie das Geräusch von Pferden, deren Lippen gegen die Dunkelheit anzitterten. Vielleicht waren es die aus dem Pferdestall, dachte Bea, als sie dem leisen Knabbern von Gras lauschte, dem Aneinanderreiben von Hälsen. Sie bemerkte, dass die Dunkelheit eine Stille über die Gemeinschaft brachte. Sie räumten auf. Sie gingen ins Bett. Das Schweigen war drückend, als schmollten sie nach einem Streit.

AM NÄCHSTEN TAG STANDEN zwei Pferde auf der Koppel zwischen den Gebäuden und beobachteten die Gemeinschaft mit dem Anschein nach verächtlicher Miene. Die Jäger brachen im Morgengrauen auf, und der Rest betrat zaghaft die dampfende baufällige Hütte. Es war ein Gefühl wie in uralten Zeiten. Ein Gebäude aus ferner Vergangenheit, aus unerfindlichen Gründen erhalten geblieben, obwohl das Land renaturiert worden war.

Kondenswasser tropfte von der Decke, das Echo hüpfte zwischen dem Metall und dem Becken hin und her. In die weichen Holzwände waren Namen und Zeichnungen eingeritzt. Ein Pferd sah aus wie ein Zeichen, das die Anwesenheit von Pferden in der Nähe vermitteln sollte. Aber das war jüngere Geschichte. Aus den Tagen, als Jugendliche aus der Gegend vielleicht hierherfuhren, um sich vor ihren Eltern zu verstecken, sich vorzustellen, sie wären erwachsen und frei. Jetzt, für die Gemeinschaft, fühlte es sich an wie Erlösung, wie es sich wahrscheinlich auch für jeden vor ihnen angefühlt hatte.

Als Bea langsam in das warme Wasser stieg, war es fast zu heiß, und anfangs zog sich ihre Haut zusammen. Bald schon aber durchströmte sie ein Wohlbehagen, das sie sich nicht erinnern konnte, je empfunden zu haben. Sie alle weinten ein wenig, bevor sie lachten. Die heiße Quelle füllte eine alte Betonwanne ungefähr in der Größe der Laster-Ladefläche, auf der sie mitgefahren waren. Sie brauchten ein oder zwei Züge, um die andere Seite zu erreichen. Das mineralhaltige Wasser war schleimig, sirupartig, und sie planschten in die Mitte, dann zum Rand zurück, wagten sich immer wieder hinaus, platschten zwischen den löchrigen Betonwänden hin und her wie Kinder, die schwimmen lernten. Bea tauchte unter und lauschte ihrem Herzschlag. Langsam wippte sie mit den Ohren unter Wasser, dann heraus, herunter, heraus, lebendig, tot, lebendig, tot. Der Schwefel würde tagelang auf ihrer Haut haften. Er war wie ein Elixier.

Bea sah sich nach Agnes um. Sie steckte gerade vorsichtig einen Zeh ins Wasser, zog ihn heraus. Sie wiederholte es, mit verzogenem Gesicht. Ihr letztes Bad war lange her. Soweit ihr Gedächtnis reichte, waren es nur kalte Bergbäche gewesen. Bea schwamm zu ihr und streckte die Hände nach ihr aus. Agnes schüttelte den Kopf, aber Bea senkte die Arme nicht, und schließlich ließ Agnes sich hineinsinken, und Bea zog sie behutsam ins Becken und drehte sie um. Durch den Auftrieb des mineralhaltigen Wassers war Agnes ganz leicht. Sie lehnte den Kopf an die Schulter ihrer Mutter und entspannte sich spürbar. Die Art, wie ihre Tochter sich an sie klammerte, versetzte Bea in ihre Wohnung zurück, als sie sich verzweifelt an das Mädchen geklammert hatte, fest davon überzeugt, dass sie jeden Moment ihren letzten Atemzug tun würde. In dieses Angstgefühl zurückzugleiten, dauerte nur Sekunden, und unter Wasser begann ihr Herz zu pochen. *Aber nein,* sagte Bea sich. *Es geht ihr gut. Sie ist gesund. Sie ist in Sicherheit. Nicht nur das, sie ist etwas Besonderes. Du hast es geschafft.* Sie nickte vor sich hin, aber das weckte nur ein wehmütiges Gefühl.

Die Jäger kehrten mit einem Hirsch und zwei Hasen zurück, und an jenem Abend machten sie das Feuer groß und breit und daneben noch ein kleineres. Die ganze Gemeinschaft musste bei der Zerlegung mithelfen. Grassammler zogen los. Ganze abgestorbene Beifußsträucher wurden ins Lager geschleift. Das Räucherzelt war groß, aber ein Hirsch passte nicht im Ganzen hinein. Das Tier wurde gehäutet, dann durchgeteilt und die erste Hälfte in lange, dünne Fleischstreifen geschnitten und auf das Trockengestell gelegt, das sie Jahre zuvor aus einem umgestürzten Ahorn gebaut hatten und bei Bedarf mit biegsamen Stückchen von kleineren grünen Büschen oder Bäumen ausbesserten, die sie unterwegs fanden. Es war eine fast tägliche Aufgabe, nach Material zu suchen, um das Trockengestell funktionstüchtig zu halten. Aber es war der möglicherweise wichtigste Gegenstand, den sie besaßen. Der Ahorn hatte sich als unglaublich robust erwiesen, und er gab auch einen guten Geschmack ab. Auf all ihren Wanderungen hatten sie nie wieder einen Ahorn gesehen. Es war, als hätten die Ranger ihn extra für sie dort abgelegt, um zu studieren, was sie damit anfingen.

Das Zerlegen dauerte die ganze Nacht. Sie wechselten sich mit der Betreuung des Räucherzelts ab. Die gesamte Atmosphäre fühlte sich wie Feuer an. Sie machten ein größeres Lagerfeuer, um alles trocken und heiß zu halten, damit das kleine im Zelt seine kleine Arbeit tun konnte. Rauch und gerade genug Hitze erzeugen. So hatten sie das Verfahren entwickelt.

Kurz vor Morgengrauen hatten sie alles erledigt, und viele legten sich zu einem leichten Schlaf hin, wo sie gestanden hatten.

Ihrer Zählung nach war es Samstag.

Allmählich machten sie sich Sorgen.

»Glaubt ihr, die kommen alle morgen früh zurück?«

»Vielleicht fahren sie schon heute Abend, um nicht in den Stau zu kommen.«

»Welchen Stau?«

»Was ist Stau?«, fragten die Kinder.

»Wir haben alle Türen probiert, oder?«, meinte Debra.

»Ja. Sogar die Garage. Und die Sicherheitstür zur Waffenkammer«, sagte Dr. Harold.

»Warum hat die Waffenkammer überhaupt so eine Tür? Rechnen sie damit, dass jemand den Posten stürmt und ihre Pistolen klaut?«, fragte Val. Sie trat gegen die Erde.

»Warum gibt es überhaupt eine Waffenkammer?«

»Vielleicht lauert hinter dem Gebirge da eine Miliz, die sie überfallen will«, sagte Dr. Harold.

»Es ist absurd, dass sie Lkw-Fahrer reinlassen«, wechselte Val das Thema. »Er hatte nur einen Passierschein.

Hat er wahrscheinlich durch Bestechung gekriegt. Ach was, wahrscheinlich war der gefälscht.«

Carl zuckte die Achseln. »Wie gesagt, der Handel regiert die Welt.«

Bea lachte. »Wann hast du das denn gesagt?« Sie sah Debra an und verdrehte dabei die Augen.

Aber Debra runzelte die Stirn. Bea drehte sich um und stellte fest, dass niemand sie beachtete. Alle sahen Carl an und nickten. Waren jetzt alle auf Carls Seite? Sie suchte nach Glen. Er war weggegangen, kauerte auf dem Boden und wischte etwas losen Sand weg, betrachtete eingehend etwas. Ein Fossil, dachte sie. Es war so typisch Glen. Er interessierte sich nur für die Vergangenheit. Kurz war sie wütend auf ihn.

»Und wir warten hier. Worauf? Dass unsere Aufpasser uns unsere Befehle geben?« Val spuckte auf die Erde, in die sie gerade getreten hatte.

»Ja, wir sollten sofort abhauen«, sagte Juan. Er stand sogar aus der Hocke auf, als wollte er einfach gehen, dehnte dann aber nur seine schlimme Hüfte, die nach dem Sturz in einem Felsenmeer in ihrem zweiten Winter nie richtig verheilt war.

»Das Land gehört uns, so sehe ich das«, fuhr er fort. »Wir wurden eingeladen. Wir sind Gäste, und unsere unhöflichen Gastgeber sind nicht mal hier, um uns einen Platz zum Ausruhen anzubieten oder eine Gelegenheit, uns zu waschen, zu duschen.«

Schwester fragte: »Was ist duschen?«

»Das machen sie doch nie«, sagte Debra. »Warum soll es bei diesem Posten anders sein?«

»Ist es eben«, schaltete sich Carl mit einer unechten Professorenstimme ein. Er war nie Professor gewesen.

»Die haben uns herbestellt. Ohne Grund. Es ist nicht in Ordnung, dass sie nicht hier sind.« Seine ruhige Fassade bröckelte und gab seine eigentliche Aufgebrachtheit preis. »Es müsste wenigstens jemand da sein, um uns reinzulassen und unsere Scheißpost zu geben.«

»Na ja«, sagte Bea. »Sie wussten ja nicht unbedingt, wann wir auftauchen. Und es ist Feiertag ...« Sie verstummte. Dieses Spielchen »Wir gegen die Ranger«, das Carl und Val und jetzt Juan anfangen wollten, machte ihr keinen Spaß. Es gab der Situation, in der sie sich befanden, etwas Prekäres. Obwohl auch sie sich fragte, wo zum Henker jemand, jeder war.

Carl warf Bea einen strengen Blick zu, als er aufsprang und trotzig zum Büro marschierte.

Alle folgten ihm.

Sie spähten durch die Scheibe in der Tür.

Das Büro wurde durch die Fenster von der Sonne erhellt. Ein verspielter Strahl tanzte über alles hinweg. Den Hefter, Computer, Posteingangs- und Postausgangskorb auf dem Tresen. Den PVC-Boden in Ranger-Grün. Eine Flagge mit dem Emblem des Wildnis-Staats. Sie sahen den Schreibtisch, der dem Leiter dieses Postens gehören musste, weil darauf ein Kaffeebecher mit der Aufschrift *Porque yo soy el jefe* stand. Und auf einem anderen Schreibtisch entdeckten sie einen Pappkarton, der vor Post überquoll. Päckchen ragten oben heraus. Briefe klemmten in allen Ritzen. Sie drückten die Nasen an die Fenster, versuchten angestrengt, die Namen in dieser uralten Schreibschrift zu entziffern.

»Okay, was machen wir?«, fragte Val.

»Debra«, sagte Carl in einem rührseligen Tonfall. »Hättest du irgendwas dagegen, dass ich diese Tür öffne?

Wahrscheinlich steht dazu eine Vorschrift im Handbuch.«

»Ach, scheiß auf das Handbuch.« Debra rüttelte am Knauf. »Ich will meine blöde Post«, schrie sie.

Carl wickelte sich einen Pelz um den Ellbogen und rammte ihn mitten durch die Scheibe. Scherben rieselten nach innen und außen. Er griff durch das Loch, um das Schloss zu drehen, schaffte es aber nicht.

»Eins der Kinder«, befahl Carl.

Debra streckte die Arme aus wie Äste, und die Kinder huschten hinter sie. »Auf gar keinen Fall.« Sie beäugte die Glasscherben.

Carl versuchte, die Kante zu glätten, aber sie wurde nur noch schartiger, und die Kinder drängten sich noch dichter hinter Debra.

Da hörten sie ein lautes Krachen und ein Grunzen. Glen hatte sich gegen die Tür geworfen. Mit einem Schrei nahm er erneut Anlauf. Dann trat er gegen den Knauf. Die Laute, die er von sich gab, waren kehlig, zwangsläufig, als wären sie eben die Geräusche, die entstanden, wenn ein Körper gegen eine Tür prallte. Immer wieder trat er zu, bis der Knauf herunterbaumelte. Schließlich warf er sich mit einem Brüllen ein letztes Mal dagegen und flog durch, donnerte auf den Boden und rutschte noch ein, zwei Meter weiter. Er strahlte die anderen an, dann Bea, die sich neben ihn kniete und ihm die Haare streichelte.

»Gut gemacht, Schatz«, sagte Bea.

Alle schwärmten zum Tisch mit der Post. Val und Debra rangen um den Karton.

»Halt, wartet«, rief Glen, und alle drehten sich zu ihm um, Val und Debra mit dem Karton zwischen ihnen.

Glen grinste über seinen Sieg. »Wir brauchen ein System.«

Bei dem Wort *System* stöhnte Carl. Aber, bemerkte Bea zufrieden, niemand schenkte ihm Beachtung. Sie warteten nur darauf, dass Glen erklärte.

Sein System, stellte sich heraus, war ganz einfach. Zwei sollten die Post sortieren. Und niemand bekam seine, bis alles fertig zugeteilt war. Debra und Val wurden als Sortierer bestimmt, und Val genoss die Aufgabe sichtlich. Jedes Mal, wenn sie einen Namen vorlas, betrachtete sie gedankenvoll die zugehörige Person und legte dann den Brief feierlich auf deren Stapel. Die beiden gingen bedächtig und planvoll vor, und alle beobachteten das Geschehen gierig. Die Stapel lagen auf dem Kundentresen. Möglicherweise wurde er zum ersten Mal benutzt. Was für Kunden sollten jemals hier anfragen? Andere Ranger? Sonst gab es niemanden. Das Büro war ausgestattet wie ein Besucherzentrum aus lang vergangenen Zeiten. In der Ecke stand sogar eine Informationstafel über Bodenerosion.

Bea spazierte durch das Büro, öffnete Türen, während die anderen sich so dicht um den Posttisch herumdrückten, wie sie durften.

Sie fand eine Toilette und wusch sich übermütig die Hände. Dann hob sie ihr Kleid hoch, hielt eine Handvoll Papierhandtücher unter den Wasserhahn und schrubbte sich zwischen den Beinen. Danach waren die braunen Handtücher noch brauner. Das Papier fusselte, und sie begriff bestürzt, dass sie die nächsten Tage überall, wo sie pinkelte, winzige Papierkügelchen hinterlassen würde. Oder die Fetzchen würden in ihrem Schamhaar hängen bleiben, sodass es verfilzte und verklumpte. Also setzte sie sich auf den Toilettendeckel und spreizte die Schenkel, um das Ganze zu inspizieren. Sie tastete nach den Papierresten und zupfte sie einzeln heraus, als wären sie Ungeziefer oder Schlimmeres. Das kühle Porzellan fühlte sich gut auf ihrer Haut an. So glatt und sauber. Als sie aufstand, hinterließ sie einen entfernt herzförmigen Schmutzrand auf dem Deckel. Sie wischte ihn mit weiteren Papierhandtüchern ab. Schließlich wusch sie sich noch einmal die Hände und spritzte sich Wasser aufs Gesicht, bis es sauber herunterrann. Dabei fiel ihr ein Spiegel an der Tür auf, der teilweise von einem alten, steifen Handtuch verdeckt wurde. Sie hielt den Atem an und schloss die Augen, als sie das Handtuch abnahm. Dann öffnete sie sie.

Ihre Haut war in der Sonne runzlig geworden. Ihre Augenwinkel zeigten nach unten, genau wie ihr Mund. Sie sah viele Jahre älter aus, als sie sollte. Zum ersten Mal, seit sie ein Kind war, hatte sie Sommersprossen. Und dass die einmal da gewesen waren, wusste sie nur von Fotos. Sie hatte keine Erinnerung mehr an ihr junges Gesicht. Außer, dass sie hin und wieder etwas an Agnes entdeckte, das schmerzlich vertraut wirkte, und glaubte, es musste daran liegen, dass sie es als Mädchen jeden Tag angesehen, untersucht, befühlt haben musste. Oder es war, weil Agnes eine Grimasse schnitt, die ihre eigene Mutter auch schnitt. Oder auf die gleiche Art wie ihre Mutter lachte. In solchen Momenten schien die genetische Abstammung das Einzige, was im gesamten Leben eine Rolle spielte. Was irgendetwas bewies. Sie dachte daran, was man in der Stadt von Kindern hielt. Es gab einfach ohnehin schon zu viele Menschen. Noch mehr zu machen wurde nicht ermutigt. Niemand wurde mehr Frauenarzt. Bea hatte Glück gehabt, auf gutem Fuß mit einem in einer der letzten Geburtskliniken zu stehen, als Agnes kam. Sonst nur noch Hausgeburten jetzt. Hinter verschlossenen Türen. Ohne Hilfe, wenn etwas schiefging. Niemand spezialisierte sich auf neues Leben.

Auf altes Leben spezialisiert sich auch niemand, sagte sie sich und zog ihre Mundwinkel nach oben, bis ein Ausdruck entstand, der als Lächeln durchgehen konnte.

Ihre Haare waren von der Sonne gebleicht, wie die von Agnes; der frühere Schwarzton war zur Farbe von feuchtem Sand geworden. Es sah aus, als hätte jemand Eichelmehl auf ihre Schläfen und in Streifen auf ihren Kopf gestreut. Sie wirkte wie ein anderer Mensch.

»Nein, du siehst aus wie du«, sagte Bea zu ihrem Gesicht im Spiegel. »Ich hab dich nur länger nicht gesehen.« Sie betrachtete sich noch einen Moment länger. Mit einer flachen Hand beschrieb sie einen Bogen vor sich. »Hallo du«, sagte sie und zwang sich zu einem Fotolächeln. Die Sehnen in ihrem Hals traten hervor, und eine dicke Ader pochte auf ihrer Stirn. Mit gerunzelter Stirn verhängte sie den Spiegel wieder mit dem Handtuch. Das musste niemand sehen.

Im nächsten Raum fand sie stapelweise Papier, einen verstaubten Drucker, der offenbar kaputt war. Glühbirnen in Regalen. Schwämme, Papierhandtuchpakete. Einen Eimer und Mopp, Staubsauger, weiteres Reinigungsgerät, und sie fragte sich, wer wohl diese Arbeit machte. Die Ranger? Oder kam eine Putzkolonne von auswärts? Verdiente jemandes Ehefrau sich damit zusätzlich Geld? Brauchten Ranger-Haushalte zusätzlich Geld? Brauchten sie überhaupt Geld?

Noch an keinem Posten hatten sie darüber nachgedacht. Sie hatte nie hinter die Kulissen geschaut. Die Vorstellung, dass all diese Leute in diesem Büro umherliefen, aufräumten, angenehmen Duft verbreiteten, Staub vom Boden aufsaugten, brachte sie vor Sehnsucht zum Schwitzen. Was sie nicht dafür gegeben hätte, hier die Putzfrau zu sein. Ein schmales, sauberes Bett, das sie jeden Morgen ordentlich machen konnte, dann sich am Ende des Tages in das raue, zu oft gewaschene Bettzeug legen. Sie würde überall Sachen aufheben, sie abwischen, zurück an den perfekten Platz stellen. Sie würde die Toilette mit Chlorreiniger schrubben. Bei der Erinnerung an den Geruch brannte ihre Nase. Aber warum Zeit mit Erinnerungen vergeuden, dachte sie, holte eine Flasche Chlorreiniger aus dem Regal und schraubte sie auf. Als sie tief einatmete, bekam sie einen Hustenkrampf und verschüttete den Reiniger auf ihre Hände und den Fußboden. Sie hielt sich einen nassen Finger vor den Mund und berührte ihn zaghaft mit der Zunge. Ihr lief das Wasser im Mund zusammen.

Im Nebenzimmer fand sie einen Tisch, eine abgewetzte Couch voller Flecke. An den Wänden standen Küchenschränke, eine Mikrowelle, ein Tischbackofen und eine Kaffeemaschine, deren Glaskanne mit verbranntem Kaffee verkrustet war. Bea schnüffelte. Es roch vergammelt. Eine Mischung von abgestandenem Sumpf und Aas an einem heißen Tag. Allmählich bekam sie den Eindruck, als wäre dieser Posten auch nicht mehr in Betrieb.

Auf der anderen Seite des Raums standen ein Kühlschrank und ein Snackautomat. Bea schwebte zu dem Apparat wie von einem Magneten angezogen. Er war halb voll. Die guten Sachen waren weg. Es gab noch Müsliriegel, obstförmige Gummis, eine Kartoffelchipsmarke, die sie nicht erkannte, bei deren Geschmacksrichtung sich ihr aber der Magen umdrehte. Rindfleischeintopf. Aber nach wessen Rindfleischeintopf schmeckten sie? Bea dachte an ein Gericht, das ihre Großmutter früher kochte. Als die Menschen noch frei reisen durften, hatte ihre Großmutter Geschmack an interessanten Gewürzen gefunden. Diese Chips konnten unmöglich wie der Rindfleischeintopf ihrer Großmutter schmecken.

Sie öffnete den Kühlschrank und fand den Ursprung des Geruchs. Ein unverpacktes altes Truthahnsandwich und, in der Gemüseschublade, ein fauliger Kopfsalat. Was für eine überraschende Verschwendung. Kostbarer Salat. Wie konnten die Ranger ihn einfach vergessen haben? Sie fragte sich, ob das Leben eines Rangers sogar noch glamouröser war, als sie oder Glen sich ausgemalt hatten. Sie arbeiteten für die Regierung. Vielleicht hatten diejenigen, die das Sagen hatten, andere Waren, Lebensmittelgeschäfte, eine andere Auswahl, niedrigere Preise, Sonderangebote. Sonderangebote! Das wurde in den Gerüchten über die Privatzone behauptet. Dass die Leute dort alles hatten, was man sich nur wünschen konnte. Alles, was man früher als selbstverständlich betrachtet hatte. Wie zum Beispiel Sonderangebote. Aus unerfindlichen Gründen machte der Anblick eines vollen Putzmittelschranks und vergammelter Lebensmittel Bea plötzlich viel empfänglicher für die Vorstellung, dass eine Privatzone existierte.

Weiterhin im Kühlschrank: Milchpulver und Joghurt, ein großes Stück Schweineschmalz, Fertigreis, Orangenlimo, etwas in weißes Butterbrotpapier gewickeltes FLEISCH®. Sie roch daran. Es roch überhaupt nicht wie das Fleisch, das sie jetzt aß, aber ihr Speichelfluss verriet ihr, was es war. Speck. Wo hatten Ranger Speck aufgetrieben? Sie klemmte ihn sich unter den Arm. Jetzt brauchte sie noch ein Werkzeug oder Hilfe, um an die Sachen im Automaten zu kommen. Juan konnte sehr gut mit Draht Süßigkeiten abstauben. Und Speck würde sie umhauen. Carl würde möglicherweise sogar weinen. Sie musste darüber lächeln, wie glücklich Carl wäre. Hastig verdrängte sie die Empfindung mit finsterer Miene.

Hinter der letzten Tür fand sie einen Wandschrank mit Lumpen, zum Putzen, nahm sie an. Ein paar Stromkabel. Und zwei Fünfzig-Kilo-Säcke Sand. Ein Sammelsurium. Dann fiel ihr ein Stapel Decken ins Auge. Sie holte sie heraus und schmiegte ihre Wange in eine, die sie, früher in ihrem Leben, als kratzig beschrieben hätte. Jetzt fühlte sie sich wie flauschige Baumwolle an. Es gab Weicheres auf der Welt - Felle, Pelze, frisches Gras, Moos -, aber dass sie menschengemacht war, ließ sie sorgfältig wirken, zart. Heute Nacht schlief sie unter dieser Decke, beschloss sie.

Durch das Flurfenster sah sie Schwester und Bruder draußen einen Stein in die Luft werfen. Dann hörte sie ihn auf das Metalldach scheppern. Immer wieder. Sie bekamen nie Post, und ihre Mutter hatte, als sie noch lebte, auch nie Post bekommen. Wie schrecklich es für sie gewesen sein musste, von niemandem vermisst zu werden. Die Kinder warfen weiter den Stein. *Schepper.* Bea bekam ein schlechtes Gewissen. Sie nahm die anderen Kinder kaum wahr. Debra und Juan kümmerten sich um alle.

Die Gemeinschaft drängte sich jetzt so dicht um den Tresen, dass ihre Hände beinahe die Poststapel berührten, und sie schubsten sich gegenseitig, um ihren Platz zu behalten. Kiefernzapfen rannte wild herum, prallte von einer Wand zur anderen, und Agnes saß auf dem Boden und kratzte mit dem Finger Figuren in das PVC. Glen hielt sich ebenfalls zurück, beobachtete das Geschehen mit einem Lächeln, schimpfte diejenigen, die ihre Post anzufassen versuchten.

»Noch nicht«, sagte er. »Erst, wenn alles ...«

In dem Moment sah Val, nachdem sie den letzten Brief mit großer Andacht platziert hatte, zu den anderen auf.

»Der Karton ist leer«, verkündete sie.

Alle machten einen Satz nach vorn.

Glen brüllte »Langsam, langsam, vorsichtig, vorsichtig« in dem Trubel, als alle sich auf ihre Post stürzten und sich hektisch ein Fleckchen suchten, um sie ungestört zu öffnen, in Ruhe ihre Gefühle zu fühlen und ihre altbackenen Kekse zu essen.

Juan lief auf und ab, klopfte sich mit einem neuen Satz Farben auf die Brust und seufzte *»Mamá«*. Wenn sie an Flüssen waren, malte er gern die Steine an und wusch sie dann ab. *Keine Spuren hinterlassen,* sagte er immer und küsste den sauberen Stein. So lebe er seine künstlerische Seite aus, sagte er.

Agnes hatte einen kleinen Karton vor sich. Sie kaute auf etwas herum, das aussah wie ein jetzt steinharter Brownie, von einem dieser Brieffreundschaftsprojekte, die manche Schulen organisierten. Gelegentlich bekamen sie Post von fremden Kindern, sorgsam ausgearbeitet, Rechtschreibung von einem Elternteil überprüft, in denen gefragt wurde, wie denn die Natur war und warum sie dort lebten, und um Antwort gebettelt wurde. Anfangs, als Briefe, immer kostbar, das noch viel mehr gewesen waren, hatten einige zurückgeschrieben. Jetzt hielten sie sich möglichst kurz an den Posten auf, wo es die Stifte und das Papier gab. Die Zeit dort wurde genutzt, um an die Verwandtschaft zu schreiben. Es war eine inoffizielle Regel geworden. Und selbst diese Briefe wurden weniger.

Früher hatten sie Papier und Stifte bei sich gehabt, aber das Papier wurde nass und die Kulis zerbrachen und liefen aus. Ein Ranger verhängte ein Bußgeld gegen sie, weil er angeblich blaue Tinte auf einem Felsbrocken gefunden hatte. Ein unentfernbarer Fleck, hatte er behauptet, obwohl er im nächsten Regen abgewaschen worden war.

Ihnen fiel auch nichts mehr zu sagen ein, wenn sie auf Wanderschaft waren. Es fehlte die Zeit, um etwas Wichtiges zu schreiben. Die Briefe, die sie erhielten, empfanden sie als bedeutsam und reich an Informationen. Doch welche Informationen konnten sie ihren Familien in der Stadt mitteilen? Nach all der Zeit – wie viele Sonnenuntergänge konnten sie noch beschreiben? Und häufig stieß, was auch immer sie anboten, auf Ablehnung: *Ich kapiere überhaupt nicht, wo du bist oder, offen gestanden, warum du dort bist. Weshalb kommst du nicht nach Hause?*

Jetzt schrieben sie am Posten Briefe, die schlicht waren, nicht zu beanstanden: *Nicht viel Neues zu berichten. Wir ziehen in die Berge, bevor es schneit. Alles Liebe.* Sie hatten angefangen, die Postkarten zu verwenden, die es an allen Posten gab, mit einer hübschen Ansicht des Wildnis-Staats. Sie lagen für Besucher aus, aber was für Besucher? Die Karten waren viel besser geeignet, den Menschen in der Stadt etwas zu vermitteln. Wobei niemand in den Antwortbriefen jemals auf die Bilder einging. Es war, als würfen sie nicht einmal einen Blick darauf oder als glaubten sie, es handelte sich lediglich um ein Agenturfoto ohne Bezug zu dem Leben der Gemeinschaft und nicht um den echten Ort, an den sie Briefe schickten oder von dem sie welche bekamen. Doch es war der echte. Es war der Canyon, durch den sie in ihrem ersten Jahr eine Zeit lang gewandert waren. Dort hatten sie Jane und Sam verloren. Sie hatten das Räuchern von Fleisch perfektioniert. Sie hatten herausgefunden, dass sie Wasser, wenn es schnell floss, ohne die Jodtabletten trinken konnten, dank des Versuchskaninchens Dr. Harold. Sie hatten erfahren, dass Dr. Harold gern Versuchskaninchen war. Sie hatten allmählich gelernt, sich an den Sternen zu orientieren, und in dem Canyon hatte Debra begonnen, ihre Kleidung aus Tierfellen mit von Carl bearbeiteten Sehnen zu nähen. Der Ort war für sie bedeutungsvoll, nur konnten sie die Leute, an die sie schrieben, davon nicht überzeugen. Es kam ihnen absurd vor zu sagen: *Genau in diesem Canyon wurde Jane von einer Sturzflut mitgerissen, zusammen mit unserem besten Messer.* Die Leute, an die sie schrieben, hätten niemals verstanden, dass es, obwohl sie traurig gewesen waren, Jane zu verlieren, weil sie gut singen konnte, dieses Messer war, das sie bis heute schmerzlich vermissten.

Das Foto zeigte die sich zum Horizont windenden, zerklüfteten roten Talflanken und die grün belaubten Pappeln, die am Fluss entlang wuchsen, dem Fluss, der kalt und sauber war und an manchen Stellen so flach über Kalksteinflächen floss, dass sie kilometerweit darin laufen konnten und ihnen das Wasser nur bis zum Schienbein reichte. Ja, sie hatten Jane und Sam dort verloren, aber in dem Canyon waren sie glücklich gewesen.

Bea sah Glen mit einem Stapel Umschläge, die offensichtlich von der Universität waren, und beim Lesen wurde er aufgebracht. Ihm wurden immer noch die Protokolle der Fakultätssitzungen geschickt, und die Entscheidungen, die in seiner Abwesenheit getroffen wurden, machten ihn wahnsinnig. »Lies sie doch nicht«, hatte Bea einmal gesagt. »Aber es ist Post«, hatte er entgegnet, die Nase in die Seiten gesteckt.

Auf dem Tresen lag ein kleiner Stapel noch nicht abgeholter Umschläge. Wahrscheinlich waren sie von ihrer Mutter, gesammelte Zeitungsartikel über Kuriositäten des Lebens in der Stadt, Klatsch aus ihrem Bridge-Klub, eine tränenfleckige Karte, in der sie Bea anflehte zurückzukommen. Sie war noch nicht bereit, das zu lesen.

Sie sprach Juan an und führte ihn zu dem Automaten. Er bastelte eine Schlange aus Kreppband und aufgerollten Glühbirnenschachteln und holte Müsliriegel so leicht heraus wie aus einem offenen Karton.

»Du bist ein Zauberer«, sagte Bea, während sie die Müsliriegel in der Vordertasche ihres Kleids verstaute.

Juan grinste. »*Mamá* wäre stolz«, sagte er.

Sie verteilten die Riegel an die Gemeinschaft. Ein paar hatten bereits CARE-Pakete geplündert, lagen herum und hielten sich die Bäuche von den ranzigen Backwaren. Andere, die keine Pakete bekommen hatten, schnappten sich gleich mehrere Riegel und stopften sie sich aggressiv in den Mund. Sie saßen und lagen überall im

Raum verteilt, erschöpft, als hätten sie alle gerade Streit oder Sex gehabt.

»Wie wollen wir die Tür verstecken?«, fragte Val, den Mund voll Müsliriegel.

Alle drehten sich zu Glen um, ihrem furchtlosen Anführer, zumindest an diesem Tag, dem Mann, der all das ermöglicht hatte.

Glen erstarrte. »Äh, super Frage. Wir sollten darüber reden und einen Konsens finden.« Er setzte sich auf, bereit, die Diskussion zu leiten.

Carl erhob sich. »Wir verstecken sie nicht«, sagte er. »Wir erklären einfach, was passiert ist. Dass sie, als wir kamen, schon so war. Und was können sie dagegen machen?« Er grinste.

»Genau«, schrie Debra. »Scheiß auf die und scheiß auf ihre Tür.«

»Eben, Debra«, sagte Carl. »Scheiß auf die und scheiß auf ihre Tür. Und scheiß auf ihre Vorschriften.«

Die Diskussion war vorbei. Carl hatte die Zügel in die Hand genommen, um sie in den Stall zu führen, und sie waren mit Freuden mitgegangen. Bea sah Glens Brustkorb einsinken.

SIE SORTIERTEN das Verpackungsmaterial zum Recyceln, füllten ihre Wasserflaschen, gingen auf die Toilette und verließen dann das Büro. Sie gingen zurück zu ihrem Bettkreis. Die Pferde von vorher waren weg.

»Ich habe beschlossen, dass diese Pferde Arschlöcher sind«, sagte Dr. Harold, einen Arm um seinen Bauch gelegt. Er hatte eine Exfrau, die ihm treu Pakete schickte. Sie backte seltsame Süßigkeiten, wie gelbe Macarons und Schweinsohren. Einmal einen Schokoladenkuchen ohne Mehl, der mit Puderzucker bestäubt war. Es war wunderschönes Gebäck, kunstvoll, professionell aussehend, wie aus alten Zeitschriften, durch die Bea früher geblättert hatte, um sich inspirieren zu lassen. Es musste einen ganzen Tag dauern, sie herzustellen. Aber sie hielten sich überhaupt nicht gut. Er aß sie trotzdem. Bea fand es merkwürdig, dass die Frau sich so viel Mühe für einen Ex machte. Und manchmal fragte sie sich, ob sie wirklich eine Ex war oder ob Dr. Harold eine Rolle spielte – den einsamen Geschiedenen –, um Aufmerksamkeit von Debra zu bekommen. Falls ja, funktionierte es nicht. Wer auch immer diese Frau war, sie liebte Dr. Harold eindeutig noch. Ob er also die Ehe verlassen hatte oder einfach nur seine Frau, Bea verstand nicht, warum. Hier wurde er nicht sonderlich zu schätzen gewusst. Vielleicht war er der Typ Mann, der Herzschmerz brauchte. Vielleicht hasste er sie. Jetzt ging Dr. Harold zum Trog der Pferde und kippte ihn um, sodass das wenige Wasser herausfloss, Wasser, das sie den Pferden angeboten hatten und sie offenbar nicht brauchten.

Debra schnalzte mit der Zunge. »Warum verschwendest du denn gutes Wasser?«

Dr. Harold wirkte beschämt. »Die haben es doch selber verschwendet«, murmelte er, bereute aber sichtlich, was er getan hatte. Wahrscheinlich hatte er Debra beeindrucken wollen. Sie schüttelte nur den Kopf.

Alle gruppierten sich um das zischende Feuer, fachten es weiter an, stocherten in ihren Zähnen, weil die klebrigen Körner der Müsliriegel dazwischen klemmten. Bea breitete ihre Decke auf der Erde aus. Agnes kniete neben ihr und strich mit den Händen über die Wolle.

»Kratzig«, sagte sie. Aber sie hörte nicht auf. Dann beugte sie sich vor und roch daran, rieb ihre Wange darüber, legte sich schließlich hin und rollte sich fest zusammen, wie sie es auf einem Fell nie tat.

»Kratzig«, sagte Bea und streichelte ihrer Tochter den Rücken, mit der flachen Hand, bis ihr der Platz ausging, dann hoch auf den Fingerspitzen, dann wieder von vorn.

Die Stimme von der Decke gedämpft, sagte Agnes: »Lies deine Briefe.«

»Mach ich«, sagte Bea munter, doch ihr graute davor. Der oberste war von ihrer Mutter, und sie konnte sich ungefähr ausmalen, was für ein schlechtes Gewissen sie Bea darin machte. Und heute, nachdem sie in Schränken gewühlt und Stadt-Lebensmittel gegessen hatte, war ihre Widerstandskraft gegenüber den Wünschen ihrer Mutter geschwächt.

Als sie sich das letzte Mal gesehen hatten, hatten sie sich gestritten. Ihre Mutter war auf ihre Bitte hin vorbeigekommen. Bea teilte ihr mit, sie brächen noch in derselben Woche in den Wildnis-Staat auf. Agnes stand neben ihr, ernsthaft, aufmerksam, ihr Stoff-Einhorn fest in der Hand. Beas Mutter kniff die Augen zusammen, sah sich in der Wohnung um, beäugte das Gepäck. Die angefangenen Kleidungsstapel. Obwohl ihre Mutter der Idee skeptisch gegenüberstand, hatte sie bis dahin respektvoll darüber gesprochen. Daher war es ein Schock für Bea, als sie zu einer wütenden und fassungslosen Tirade ansetzte. Sie habe nicht geglaubt, dass Bea es *tatsächlich* durchzöge. Sie habe nicht geglaubt, dass Bea *tatsächlich* weggehe. *Wie dumm von mir,* dachte Bea, während sich das Gesicht ihrer Mutter vor hemmungsloser Emotion verzerrte. Ihre Mutter nannte den Plan schwachsinnig. Sie drohte, Agnes mitzunehmen und vor Bea zu verstecken, damit sie bleiben musste. Sie streckte sogar den Arm nach dem Kind aus, unter Tränen der Wut und Frustration. »Du wirst sie umbringen«, schrie sie. Beas Herz wurde zu Stein. Wie konnte ihre Mutter so etwas glauben? Bea versuchte, Agnes zu retten. Sie drängte ihre Mutter in den Flur hinaus. Im Türrahmen holte ihre Mutter scharf Luft und sagte bitter: »Du darfst nicht ...« Und Bea schlug ihr die Tür vor der Nase zu. Durch den Spion beobachtete Bea sie, als sie die Stirn an die Tür legte und schluchzte. Der Rücken ihrer Mutter wirkte durch das Fischauge langgezogen, in den Hausflur projiziert, bebend und gekrümmt. Bea ließ sie dort stehen und packte hastig fertig. Sie schlief nicht. Am nächsten Tag ging sie mit Agnes in Glens Wohnung, die er behalten hatte, um seine Papiere, Bücher, Sachen aufzubewahren, für die bei Bea kein Platz war. Dort schlossen sie ihre Vorbereitungen ab und brachen ohne ein weiteres Wort zu irgendjemandem auf. Es war eine so unnormale Auseinandersetzung gewesen. Sie und ihre Mutter stritten selten. Bea war Einzelkind, ihr Vater ein Fremder, genau wie Agnes' Vater. Nicht, dass sie und ihre Mutter ein so enges Verhältnis gehabt hätten, aber es waren sie beide gewesen, zusammen.

Der Brief, den Bea sechs Monate nach diesem Streit erhielt, war tränenverschmiert und einfach gewesen: *Ich mache mir solche Sorgen. Ich kann nichts essen. Ich kann nicht schlafen. Ich habe einen richtigen Arzt für Agnes gefunden. Ich kann dir versprechen, dass sie gesund wird. Bitte komm nach Hause!*

Es war die erste Post, die Bea im Wildnis-Staat erhielt. Sie fühlte sich unendlich einsam. Und das Bild ihrer Mutter, die ihretwegen weinte, brachte sie beinahe so weit, zur Grenze zu rennen. Wie hatte sie sie einfach so verlassen können? Was hatte sie sich dabei gedacht? Ein schrecklicher Fehler war gemacht worden. Diese Gedanken kreisten ihr jetzt wieder durch den Kopf, als sie den Brief ihrer Mutter berührte. Das passierte oft.

Beas Antwort damals hatte erneut Erklärungen für ihre Entscheidung enthalten. Und die Reaktion ihrer Mutter kam schnell und ausführlich, immer noch nicht einlenkend, aber Bea erkannte ein aufrichtiges Bemühen um Verständnis. Danach korrespondierten sie, als wäre es ihr Job. An jedem Posten wurden zahlreiche Briefe erhalten und verschickt. Gedanken über die Wildnis, über die Stadt, hauptsächlich aber über Agnes' Versorgung. Denn darum ging es doch, oder? Der Kommentar zu Agnes' Eigenartigkeit: *Klingt wie du in dem Alter.* Ihre vergessene Geschichte für sie erschlossen.

Jetzt nahm Bea diesen neuesten Brief in die Hand. Das Rücksendedatum war sechs Monate alt, und sie vermutete, dass ein weiterer unterwegs sein musste, wenn nicht schon angekommen war, an irgendeinem Posten, unsortiert, nicht zugestellt. Der andere Umschlag kam von der Anwaltskanzlei, die sich in ihrer Abwesenheit um ihre Finanzen und Angelegenheiten kümmerte. Im Laufe der Jahre hatte sie viele Briefe von ihr bekommen, und es handelte sich immer um Benachrichtigungen über eine Änderung der Höhe der Untermiete für ihre Wohnung, oder Steuerunterlagen, obwohl sie keine Arbeit hatte, die besteuert werden musste. Dieser Brief war leichter zu öffnen. Also schob Bea den Finger unter die Klappe und riss ihn auf.

Hiermit erbitten wir Ihre Anwesenheit bei der Eröffnung des Testaments Ihrer Mutter am 17. März diesen Jahres. In Teilen betrifft der Nachlass Sie und erfordert Ihre Mitwirkung.

Wir hoffen, dass Ihnen die Wichtigkeit Ihrer Anwesenheit bei dieser Testamentseröffnung bewusst ist.

Beas Wangen brannten. Sie hörte das Rauschen eines kräftigen Winds, spürte aber auf der Haut nichts als die kräftige Sonne.

»Nein«, flüsterte sie und riss den Brief ihrer Mutter auf.

Mein Schatz, hast du meinen letzten Brief nicht bekommen? Ich hab auch angerufen und mit einem netten Ranger gesprochen, der meinte, er richtet es aus. Tja, ich hatte jemanden gefunden, der mich behandeln wollte, und dachte natürlich, was für ein Glück ich habe. Aber leider hat die Behandlung nicht angeschlagen. Der Krebs ist unheilbar. Es ist nur eine Frage der Zeit, hat man mir gesagt. Also flehe ich dich noch einmal an, bitte komm nach Hause, damit ich meine wunderbare Tochter noch einmal ansehen kann. Und bring Agnes mit. Wie wunderbar es doch wäre, wenn wir drei wieder zusammen wären. Ich würde gern sehen, wie ähnlich sie dir jetzt ist. Vielleicht sogar mir? Alles Liebe, Mama.

Ihre Mutter war tot.

Ihre Mutter hatte sich krank gefühlt, eine Diagnose erhalten, war erfolglos behandelt worden und gestorben, alles, ohne dass Bea etwas davon ahnte.

Und hatte sich die ganze Zeit gefragt, warum Bea nicht bei ihr war.

Bea spürte eine warme, kleine, tastende Hand an ihrem Bein und hörte »Mama«. Als sie aufsah, stellte sie fest, dass alle am Feuer sie anstarrten, die Arme an den Seiten hängend. Erst da bemerkte sie, dass sie schluchzte, kaum Luft bekam. Sie schmeckte salzige Tränen und Rotz und wusste, dass sie schon eine ganze Weile weinen musste. Wie lange, hatte sie keine Ahnung.

Sie ließ die Hände sinken. Der Brief wackelte in ihren Fingern. »Meine Mutter ist tot.«

Glen machte ein aufrichtig trauriges Gesicht. Carl machte ein künstlich trauriges Gesicht. Val sah die Männer an und versuchte, irgendein trauriges Gesicht zu machen. Sie griff nach Beas Schulter, aber Bea zog sie weg. Keiner dieser Menschen hier kannte ihre Mutter. Keiner dieser Menschen, begriff sie, kannte sie wirklich. Nicht wie ihre Mutter. Sie spürte, dass ihre Miene sich zu Abscheu wandelte. Die Gesichter um sie herum wandten sich nervös ab.

Als sie ein Wimmern hörte, senkte sie den Blick. Agnes hatte Tränen in den Augen, aber ihr Wimmern war absichtlich, gespielt. Sie ahmte ihre Mutter nach. Versuchte, Zugang zu den Gefühlen zu bekommen, die sie in ihr sah.

»Nana ist tot«, verkündete sie an Bea gerichtet, mit theatralisch bebender Lippe. Und das erboste Bea, als wollte Agnes diesen Schmerz für sich vereinnahmen, diese Beziehung. Diese wichtige Beziehung, die Bea aufgegeben hatte, um sich um ihre eigene Tochter zu kümmern, ihre eigene Tochter, die seltsam war und affektiert lächelte, die offenbar nicht wusste, was Liebe war, die zu verwildert war, um es zu wissen, die jetzt Aufmerksamkeit wollte, die sie vorher kaum gesucht hatte und jetzt nicht verdiente.

Ganz kurz blieb Beas Herz stehen. Ihre gerade noch brennenden Wangen wurden eisig. Zu Agnes vorgebeugt, deutete sie sich auf die eigene pochende Brust und sagte mit kaltem Nachdruck: »*Meine* Mutter ist tot. Meine.«

Na also. Sie spürte ihre Trauer zurück in ihre eigenen Arme kriechen und war so gewärmt und getröstet davon, dass sie beinahe lächeln musste. Ihre Mutter war wieder bei ihr, geborgen, wo sie hingehörte.

Bea schmeckte etwas Metallisches. Sie hatte sich in die Wange gebissen, dass es blutete. Sie spuckte auf die Decke. Agnes berührte den Tropfen mit einem Finger, als wollte sie testen, ob er echt war, dieser blutige und tränennasse Schleim, und musterte Bea mit Neugier und etwas Angst.

Da ertönte ein brüllendes Hupen, und Bea und Agnes wurden beide erschrocken zurück in ihre Umgebung gerissen.

Auf der Straße bremste kreischend ein Tanklaster. Bea sah, dass die Hälfte der Gemeinschaft bereits zum Straßenrand lief, um ihn zu begrüßen. Wann war er aufgetaucht? Er wirkte wie eine Erscheinung, aber sie sah den echten Staub, den er hinter sich aufwirbelte. Die Gestalten der anderen vor dem riesigen Laster machten Bea bewusst, wie durch und durch hungrig sie aussahen. Sie bemerkte, wie wild sie sich bewegten. Vielleicht würden sie den Laster plündern. Vielleicht würden sie dem Fahrer die Kehle aufschlitzen, den Wagen stehlen und weit weg von hier fahren.

Bea richtete sich auf. Strich sich die Haare mit Spucke glatt. »Ich muss los«, erklärte sie und lief mechanisch, automatisch auf den Laster zu. Als wäre er ein Magnet, der all ihre Mineralien und Metalle anzog.

»Bea«, hörte sie Glen sagen, etwas Warnendes im Tonfall. Aber nein, sie sah sich auf keinen Fall um.

Der Fahrer hielt neben der Gruppe und lehnte sich zum offenen Fenster der Beifahrerseite. »Ich soll euch sagen, dass ihr hierbleiben und auf Anweisungen warten müsst.«

»Bea«, rief Glen noch einmal. Aber nein, sie sah sich auf keinen Fall um.

»Was haben Sie gesagt?«, fragte Debra den Fahrer.

»Ihr sollt auf Anweisungen warten.«

»Was für Anweisungen?«

»Weiß ich doch nicht, Mann«, sagte er zu Debra. »Ich gebe das nur weiter.«

»Wo fahren Sie hin?«

»Benzin, zum Mittelposten.«

Bei dem Wort *Mittelposten* beschleunigte Bea ihren Schritt.

»Wann kriegen wir die Anweisungen?«

Der Mann zuckte so heftig die Achseln, dass Bea ihn im dunklen Führerhäuschen erkennen konnte. »Bleibt hier«, wiederholte er und ließ den Motor aufheulen.

Bea begann zu rennen.

»Bea!«, brüllte Glen, die Stimme hoch und erschrocken. Sie hörte seine Schritte hinter sich.

Nein, nein, nein, nein, nein, sie blieb nicht hier.

Der Laster fuhr an und beschleunigte langsam, und Bea rannte in einem Bogen um ihn herum zur Fahrerseite. Sie sprang auf das Trittbrett.

»Hey«, brüllte der Mann und trat heftig auf die Bremse.

Bea hängte sich an die Tür und zog sie auf.

»Hol mich« – keuchte sie – »hier raus.«

Er sah aus, als hätte er Angst vor ihr, und sie fühlte sich selbst gefährlich, weil sie in dem Moment alles getan hätte, um von dort wegzukommen.

Er nickte, und benommen hievte sie sich über seinen Schoß auf den Beifahrersitz und ließ sich ans Fenster sinken. Sie hörte ihn wegen ihres Geruchs würgen. Draußen wurde ihr Name geschrien.

»Bist du in Schwierigkeiten?«, flüsterte der Fahrer.

Sie schüttelte den Kopf. »Fahr, fahr, fahr«, rief sie und trommelte auf das Armaturenbrett. Sie war wie hypnotisiert, rieb sich die Augen, versuchte, aus ihrem tranceartigen Zustand aufzuwachen. Der Laster setzte sich schaukelnd in Bewegung.

Erst da kam sie wieder zu sich.

Durch das Fenster betrachtete sie die Gemeinschaft, manche wütend, andere entgeistert. Sie fand Glen, Panik in der Miene. *Er schafft das schon.* Eine Welle der Erleichterung durchströmte sie. Und dann sah sie, dass seine Hände die Schultern ihrer Tochter umklammerten, die mit offenem Mund dastand, zwischen Verwirrung und Zorn schwankend, als ihre Mutter wegfuhr.

Bea bekam keine Luft. Sie kauerte sich auf dem heißen Plastiksitz zusammen und legte sich die Hände vors Gesicht.

»Los, los, los, los, los.«

VIERTER TEIL

Die Ballade von Agnes

ALS AGNES AUFWACHTE, sah sie den Präriehund, der ihr die ganze Nacht Wiegenlieder ins Ohr gesungen hatte und sie jetzt mit fragender Miene beobachtete.

Sie rieb sich die Augen, und das Tier wich zurück, stellte aber weiterhin die Frage.

»Ich bin Agnes«, antwortete sie. »Und ja, ich gehöre hierher.«

Der Präriehund legte den Kopf schief. Zog die Schnauze kraus.

»Doch, ich gehöre hierher.« Mit ihrem knochigen Finger schnippte sie einen Stein in seine Richtung, woraufhin er protestierend das Gesicht zerknautschte und in seinem Loch verschwand.

Die Wiegenlieder hatten ihre Träume heimsuchen und sie verjagen sollen, das kapierte ja jeder Dummkopf. Trällern und zwitschern, um eine Träumende glauben zu machen, etwas Furchtbares im Ohr zu haben. Sie zu verunsichern. Agnes aber hatten sie getröstet. Es waren Geräusche, die sie verstand. Sie waren eine Schutzschicht zum Abhalten von Gedanken an ihre gemeine Mutter, die weggelaufen war. Die gemeinste von allen. Vielleicht war sie immer nur eine gemeine Mutter gewesen, und jeder Kuss war grausam gewesen, hatte letztendlich Schmerz durch sein späteres Fehlen verursachen sollen. Agnes sprang aus dem Bett. Im Lager herrschte schon Betrieb.

Agnes hatte nicht geglaubt, dass ihre Mutter gegangen war. Zuerst nicht. Hatte es nicht geglaubt, als sie ihre Mutter über diesen doofen Fahrer klettern sah, der kreischte und sich benahm, als würde ihn eine wilde Bestie anfallen. Hatte geglaubt, der Laster würde ein paar Meter weiter anhalten, umkehren, oder die Tür vielleicht auffliegen und ihre Mutter auf allen vieren zu ihr rennen, so unbedingt zu ihr zurückwollen, dass sie sich zu ihrem wahren Ich entwickelte. Schnüffelte und schnaubte, den Duft ihrer Familie zu wittern versuchte.

Agnes glaubte nicht, dass ihre Mutter weg war, bis der Staub hinter dem Laster sich legte und sie sah, dass die Straße leer war. Und es dauerte lange, bis der Staub sich legte. Sie wusste nicht, wie lange. Vielleicht dauerte es Tage. Der Staub hatte ihr das Zeitgefühl geraubt. Und in manchen Nächten, im Schlaf am Fußende ihres Betts, hatte sie sich vielleicht eingebildet, dass die Decke zurückgezogen wurde und ihre Mutter das Bett wärmte, wie niemand sonst es konnte, Agnes ihren Fuß zuschob, damit sie ihn zur sicheren Aufbewahrung umklammern konnte. Und hatte doch beim Aufwachen nur Luft in der Hand gehabt.

Jetzt aber wusste sie, dass ihre Mutter weg war und nicht zurückkam. Na und? Das war es, was ihr eingefallen war, nachdem sie das Wort *weg* in ihren Kopf gelassen hatte. Es waren andere Mütter verfügbar. Sie füllten sofort die Lücke und bemutterten sie mehr als ihre gemeine Mutter jemals. Zumindest sah sie das damals so.

Aber dieser Laster. Dieser Laster mit dem silbernen Tank, Kratzspuren aus schwarzer Farbe darauf, mit Scheinwerfern wie die auf ihrem besten Messer glitzernde Sonne, einem Metallbauch, der so trüb und hart war wie ein schlimmes Gewitter im Anzug. Und sein Staubauswurf. So viel Staub. Dieser Laster verfolgte sie in ihre Träume. Unmittelbar vor dem Aufwachen hatte er den Präriehund überfahren, der ihr ins Ohr gesungen hatte. Innereien auf dem aufgebrochenen Asphalt verteilt. Carl, der die Reste abschabte und sie ihr und den anderen Kindern zum Abendessen gab. Agnes hatte das Singen gefallen, deshalb hatte sie ihn nicht essen wollen. Sie hatten versucht, sie zu zwingen. Aber sie war aufgewacht, bevor sie ihr eine winzige Keule durch die zusammengepressten Lippen schieben konnten.

Das Frühstück wurde von Debra gemacht, und sie machte das beste Frühstück. Agnes suchte sich eine Schale aus dem Beutel heraus. Die sie so gern mochte, wegen des Astlochs, in das sie ihren Finger einhaken konnte. Niemand sonst benutzte diese Schale, weil sie wussten, dass Agnes sie mochte. Mit der Schale ging sie jetzt zu Debra, die Grütze hineinlöffelte und dann, einen Finger an die Lippen gelegt – *Geheimnis* – eine Prise darüberstreute.

»Was Besonderes«, sagte sie.

Da war nichts. Da war nie etwas. Debra streute immer nichts, weil es nichts zu streuen gab. Das wusste Agnes. Sie wusste aber auch, dass es ohne diese Prise weniger gut schmecken würde, obwohl das Einzige, was Debra hinzufügte, Luft war und vielleicht ein wenig Dreck von ihren Händen. Agnes hatte keine Ahnung, was es zu streuen geben könnte, Debra allerdings schon. Etwas aus einer anderen Zeit und von einem anderen Ort. Debra war die Älteste und hatte mehr Weltläufe erlebt als jeder andere von ihnen. Mit Sicherheit kannte sie die ein oder andere Prise.

»Mmm«, machte Agnes beim ersten Bissen. Und Debra gackerte, als wäre sie bei einem Streich nicht erwischt worden.

Agnes hockte sich neben Glen und legte ihm zur Begrüßung kurz den Kopf aufs Knie.

»Hallo, Kurze.« Sein Gesicht rundete sich einen Moment lang, als er lächelte, dann wurde es wieder lang. Sein Blick war auf den Horizont gerichtet.

Bald verließen sie diesen Platz, und Agnes war froh. Bald war der Horizont, den Glen anstarrte, ein neuer, und er hielt nicht nach ihrer Mutter Ausschau. Glen hatte nicht wie sie einen Ersatz für ihre Mutter.

Sie verschlang ihr Frühstück, leckte die Schale aus und räumte sie zurück in die Tasche. Den Löffel lutschte sie ab und steckte ihn in ihren Beutel. Sie rollte das Bettzeug auf und band es an Glens Trageschlinge fest. Ihre eigene Decke befestigte sie an ihrem Gepäck. Früher hatten ihre Mutter und Glen alles gemeinsam getragen, jetzt musste sie eben helfen. Sie war froh. Endlich konnte sie zeigen, wie stark sie war. Ein Blitzstrahl von Glückseligkeit durchfuhr sie, dass ihre Mutter nicht mehr da war. Hinter ihr tauchte Glen auf, die Arme untätig an den Seiten.

»Ich mach das schon«, sagte sie und gestattete ihm, einfach nur dort zu stehen. Sie fegte über den Boden, legte ein paar Steine um. Trat zurück, um zu begutachten. Schließlich warf sie noch einen Beifußzweig in die Mitte.

»Perfekt.« Sie klatschte in die Hände. Der Präriehund steckte den Kopf heraus und tat seine Meinung kund, bevor er wieder abtauchte.

Agnes beugte sich tief über das Loch. »Ist es DOCH!«, schrie sie.

Glen fasste sie an den Schultern. »Ist gut, er hat dich gehört«, sagte er und richtete sie auf. Sie hängte sich ihre Trageschlinge um. Sie war schwer, aber Agnes war fest entschlossen, sich nichts anmerken zu lassen. Glen hatte sichtlich mit dem Gewicht ihres ganzen Bettzeugs zu kämpfen, und sie nahm sich vor, beim nächsten Mal noch mehr bei sich selbst einzupacken.

Sie versammelten sich und führten die Feuerstelle und den Küchenbereich wieder in ihren Urzustand zurück. Verkohltes Holz vergruben sie, und so viel wie möglich zermahlten sie zu Pulver, um es unter die Erde zu mischen. Dr. Harold bewahrte gute Knochen separat vom reinen Müll auf. Er kochte Brühe daraus. Alle hassten seine Brühe.

Carl hob Agnes' Trageschlinge etwas von ihrer Schulter hoch. »Aua«, sagte er. »Ganz schön schwer. Was machst du da? Trägst du Glens ganzes Zeug?« Er lachte und grinste Glen an.

Agnes riss sich los, stolz und böse, dass Carl ihr Geheimnis verraten hatte. Glen bekam wieder das lange Gesicht. Hastig lief sie los, und die anderen folgten. Als sie sich umsah, war Glen klein und machte gerade die ersten Schritte. Er bewegte sich langsam, als wollte er nicht weggehen. Agnes lief schneller.

Sie konnte es gar nicht erwarten, diesen Ort zu verlassen. Sie wollte so unbedingt weg, dass sie ihn aus ihrem Gedächtnis verdrängte. Vor ihrem geistigen Auge sah sie den Laster, mit dem ihre Mutter geflohen war, in einem Feuerball explodieren und vom Horizont verschwinden. Das war einmal in einem Film vorgekommen, den sie sich heimlich nachts, als ihre Mutter schlief, in ihrer Wohnung in der Stadt angesehen hatte. Etwas Ähnliches hatte sie erlebt, als ein Blitz genau mitten in einen verdorrten Baum eingeschlagen hatte. Sie schätzte sich glücklich, in ihrem kurzen Leben zwei Feuerbälle gesehen zu haben. Und jetzt konnte sie sich vorstellen, dass ihre Mutter in einen geraten war.

Sie klatschte in die Hände. Abgehakt, aus und vorbei.

KEIN RANGER LIESS SICH je am Unterposten blicken. Es war, als wäre die Gemeinschaft einfach nur dort hingeschickt worden, um sie Kilometer und Kilometer und Kilometer vom Mittelposten zu entfernen, von ihrem wunderschönen versteckten Tal, der hoch aufragenden Caldera. Nach einer oder auch acht Wochen wurde eine neue Anweisung aus einer Drohne abgeworfen. Ein abgerissener Zettel mit Koordinaten für einen neuen Posten an einer anderen weit abgelegenen Stelle auf ihrer Landkarte, neben dem Text: *Neuer Abholungspunkt.* Carl zischte: »Was denn abholen?« Eine weitere Gegend, in der sie noch nie gewesen waren. Zwischen ihrem Aufenthaltsort und dem neuen Posten lagen sieben auf dem Kopf stehende W. Berge. Viele.

Es gab reichlich andere Berge auf der Karte. Darin hatten sie überwintert. Darin hatten sie übersommert. Berge waren für sie angenehme Gegenden. Aber der Blick auf die Karte zeigte, dass die Berge, in denen sie sich bisher aufgehalten hatten, durch zwei auf dem Kopf stehende W dargestellt wurden, oder vier auf dem Kopf stehende V. Diese sieben neuen W waren übereinander gemalt, als stünden sie für ein riesiges Gebirgsgebiet. Wenn die Gemeinschaft zum Horizont blickte, sah sie nur Flachheit. Hinter diesen neuen Bergen war auf der Karte nichts eingezeichnet bis zu den X, die die Grenze des Wildnis-Staats symbolisierten. Den felsigen Höhenzügen, den menschengemachten Wällen, wie sie annahmen. Oder vielleicht einer anderen Form von Grenze. Aber es war seltsam, dass dazwischen nichts war.

Obwohl die Sonne tief stand, brannte sie immer noch heiß auf ihren Gesichtern, bis sie gänzlich außer Sicht war. Kurz bevor sie verschwand, färbte der Himmel sich lila, ein grünes Funkeln, als der letzte leuchtende Streifen versank, eine Sinnestäuschung oder optische Täuschung. Das hatten sie schon öfter beobachtet, und Agnes hatte es den Zauberer getauft. Daran erinnerte Carl sie jetzt. Agnes machte ein böses Gesicht.

»Ist doch nur Licht.« Sie war nicht mehr das dumme kleine Mädchen.

Keine Mutter zu haben, bedeutete, dass sie jetzt erwachsen war. Sie lief aufrechter und hoffte, die anderen bemerkten, dass sie wichtig war. Sie führte die Gemeinschaft über die Ebene, und es war ganz leicht. Sie ging schnell und sicher. Manchmal war sie so weit voraus, dass die anderen ihr zuriefen, sie solle warten.

Am Feuer an jenem Abend kauerte Val sich neben sie.

»Ich weiß, dass du jetzt erwachsen bist und so weiter«, sagte Val. »Aber du musst bei der Gruppe bleiben.«

Agnes errötete, und ihr Herz geriet kurz aus dem Takt bei diesem Kompliment und Tadel in einem.

»Das ist gefährlich«, fuhr Val fort. »Und wenn dir was passieren würde, wären wir alle sehr traurig.«

»Ihr seid zu langsam.«

»Du bist zu schnell. Bleib bei mir, und wir können im gleichen Tempo laufen.«

»Ganz vorne?«

»Ja, von mir aus. Ich kann auch Glen fragen, ob er bei uns mitgehen will.«

»Nein«, sagte Agnes so schnell, dass Val überrascht wirkte. »Er will hinten laufen. Das weiß ich.«

Val zuckte die Achseln. »Ist gut. Ich vertraue dir.« Das sagte sie beiläufig, aber Agnes verstand es als bedeutungsvolles Angebot. Denn *Vertrauen* war ein Erwachsenenwort. Und hier draußen war nichts beiläufig.

Sie blieben ein paar Sonnenaufgänge am selben Ort, packten dann und zogen weiter. Bald bekam der Horizont etwas Verwaschenes, war nicht mehr die scharfe Linie, an die sie sich gewöhnt hatten. Die braune Landschaft vor ihnen wandelte sich zu weißen, grauen und schwarzen Hügeln, die mit jedem Tag höher wurden. Das Ziehen in ihren Waden nahm zu, Anzeichen dafür, dass es bergauf ging.

Der Untergrund veränderte sich von Staub und lehmigem Sand zu Steinen und Erdklumpen, die unter ihren Füßen zerbrachen. Im Gehen hob Agnes sie mit ihren kleinen Händen auf und zerbröckelte sie, spürte die kühle Erde zwischen ihren Fingern durchgleiten und schwer zu Boden fallen. Völlig anders als der feine Staub, der in der Wüste in der Luft hing. Sie atmete leichter. Ihre Schultern lockerten sich. Der Staub, erkannte sie, hatte sie nervös gemacht. Dieser Sturm, in dem sie kaum hatten atmen können. Der ihre Mutter in einen Geist verwandelt hatte. Und dann, bei diesem Laster, war der Staub ein Vorhang gewesen, hinter dem ihre Mutter verschwunden war. Jetzt, da der Staub hinter Agnes lag, wusste sie, dass auch unwillkommene Überraschungen hinter ihr lagen.

Bald tauchten verwachsene Wacholderbäume auf und mit ihnen abendliche Regengüsse, die das Land abkühlten und die Luft durch die ätherischen Öle dieser Bäume würzig, süß, sauer und stickig machten. Ihre Lagerfeuer rochen gut, und den Pflanzensaft trugen sie nach der morgendlichen Reinigung ihres Lagerplatzes mit sich herum, wenn sie das verbrannte Holz aufräumten oder zertraten und der Saft dabei an ihren Mokassins haften blieb oder zwischen den Fingern, weil sie vergeblich einzelne Stöckchen wegzuschleudern versuchten. Die Mischung aus Hitze und Feuchtigkeit brachte die Bäume zum Weinen, und einen Stamm zu streifen bedeutete klebrige Kleidung, bis sie durch eine Schmutzschicht stumpf geworden war.

An einem Abend, als sie am Rand eines Wacholderwalds lagerten, schmierte Agnes sich den Pflanzensaft in die Hände und fasste sich überall am Körper so oft an, bis die Stellen zu kleben aufhörten. Sie umarmte die triefenden Bäume und hatte Mühe, sich wieder von ihnen zu lösen.

Als sie sich gerade von einem Wacholder losmachte, stellten sich Schwester, Bruder und Kiefernzapfen zu ihr.

»Was machst du da?«, fragte Schwester.

»Kleber spielen.«

»Dürfen wir mitmachen?«

Agnes wandte sich an Schwester und sagte Ja. Dann wandte sie sich an Bruder und sagte Ja. Als Kiefernzapfen an der Reihe war, sah er mit seiner kleinen Hirschlederkrawatte, die er unbedingt tragen wollte, so albern aus, dass sie unwillkürlich zögerte.

Sofort traten ihm Tränen in die Augen. »Warum magst du mich nicht?«, fragte er auf seine zittrige Art.

»Es stimmt nicht, dass ich dich nicht mag«, log Agnes.

»Du willst nicht mit mir spielen.«

»Mir gefallen deine Spiele nicht.«

»Ich hab keine Spiele.«

»Du willst immer Kaufmannsladen spielen.«

»Nein! Ich mag Kaufmannsladen gar nicht!«

»Lüg nicht, Kiefernzapfen«, sagten Schwester und Bruder wie aus einem Mund.

Kiefernzapfen war in der Wildnis geboren, trotzdem wollte er immer nur so tun, als arbeitete er an einer Registrierkasse. Er hatte einmal jemanden davon reden hören. Dass derjenige etwas gekauft und der Verkäufer unhöflich gewesen sei, vor langer Zeit in seinem alten Leben in der Stadt. Daraufhin hatte Kiefernzapfen die gesamte Gemeinschaft gebeten, unterschiedliche Geschäfte zu beschreiben und wie eine Kasse funktionierte. Es war albern, aber er beschäftigte sich so viel damit, dass die Erwachsenen alle anderen dazu ermunterten, mit ihm zu spielen. Selbst die Erwachsenen mussten so tun, als kauften sie Steine und Beifußzweige.

»Kaufmannsladen ist das einzige Spiel, das du magst.«

»Ich spiele eure Spiele.«

»Aber meine gefallen dir nicht.«

»Doch.«

»Okay, was ist mit Bären und Kojoten?«

Kiefernzapfen biss sich auf die Lippe.

»Oder Stöckchenfangen.«

Kiefernzapfen erschauerte. »Die Spiele mag ich nicht.«

Agnes stöhnte. »Siehst du? Du heißt Kiefernzapfen. Du solltest so was mögen.«

»Was hat das mit meinem Namen zu tun?«

»Du heißt Kiefernzapfen!«

»Ich weiß!«

»Es ist ein Name von hier. Aus deiner Heimat. Ich wünschte, mein Name käme aus der Natur, so was wie Raubvogel oder Wassermolch.«

»Aber du heißt Agnes.«

»Ich weiß selber, wie ich heiße.«

»Was bedeutet das?«

»Keine Ahnung. Das ist Tradition in unserer Familie.«

»Agnes klingt wie Angst«, sagte Schwester.

»Und was für ein Name soll *Schwester* sein, Schwester?«

»*Mein* Name.« Schwester schniefte. Dann reckte sie triumphierend das Kinn. »Dein Name passt zu dir.« Sie verzog das Gesicht, als hätte sie Angst, ihre Lippen bebten, ihre Augen waren aufgerissen und schnellten hin und her. »Agnes«, zischte sie.

Agnes runzelte die Stirn. Sie wollte sich nicht mit Schwester oder Bruder streiten. Nicht einmal mit Kiefernzapfen eigentlich. Sie hasste es, die Erwachsenen streiten zu sehen. So eine Erwachsene wollte sie nicht sein. »Schon gut. Ich meinte ja nur, dass ich wünschte, ich hätte einen Namen aus der Wildnis. Ich würde töten für einen wie Blitz oder Kondor. Oder sogar Kiefernzapfen.«

»Spielen wir doch Namentöten«, sagte Kiefernzapfen.

»Wie geht das?«

»Weiß ich nicht. So tun, als würden wir für unseren Namen töten?«

»Was töten?«

»Uns gegenseitig?«

Agnes zuckte die Achseln. »Von mir aus.«

Das Spiel dauerte nicht lange, aber es machte Spaß, und hinterher war sie ihm etwas freundlicher gesinnt. Er lernte dazu. Eines Tages würde sie ihm diese Krawatte klauen, die Debra ihm hatte nähen müssen. Wo er jemals eine Krawatte gesehen hatte, war unklar. Aber er liebte sie, hockte sich oft damit auf den Boden und ließ sie hin und her schwingen wie das Pendel einer Standuhr.

Sie gingen wieder dazu über, die Wacholderbäume zu umarmen. Und dann erfand Agnes ein neues Spiel, bei dem sie sich die Haare mit Pflanzensaft zurückstreichen und dann mit Erde beschmieren mussten, damit sie nicht mehr klebten. Agnes nannte es Nasser Kopf, nur hörte der Saft in ihren Haaren leider nie auf zu kleben.

Schließlich rief Debra sie alle zusammen. Die Haare der Kinder standen verfilzt in alle Richtungen ab, sodass sie aussahen wie Bergkatzen bei Sturm. Debra schüttelte den Kopf.

»Ich kann euch die Köpfe ganz dick mit Erde einpacken oder euch die Haare abschneiden. Sucht es euch aus.«

Abends am Lagerfeuer bekamen die Kinder ohne große Sorgfalt die Haare gestutzt, und Agnes wurde geschoren.

Debra schnalzte mit der Zunge. »Selbst auf der Haut hast du das Zeug.« Sie streute Erde darüber und klopfte die klebrigen Stellen ab, bis sie glatt waren. »Was hast du dir denn dabei gedacht?«

Immer wieder tastete Agnes nach den klebrigen Stellen, fand noch einige weiche, kurze Strähnchen oder längere, die eingerollt auf ihrem Kopf lagen. Die abgeschnittenen Haare klebte sie mit weiterem Pflanzensaft zu einem dicken, langen Schwanz zusammen.

»Willst du den für deine Mama aufheben?«, fragte Debra.

Agnes klatschte sich die Haare in die Handfläche und zuckte unter der überraschenden Wucht zusammen. »Geht nicht«, sagte sie.

»Warum nicht?«

»Weil sie tot ist.« Erneut schlug Agnes sich den Schwanz auf die Hand. Sie sprang auf und ließ ihn johlend um ihren Kopf kreisen, und die anderen Kinder wollten es ihr nachmachen. Aber Agnes' Haare waren die längsten gewesen und ihr Schwanz daher der imposanteste, also hüpften sie nur hinter ihr herum und ahmten ihre Bewegungen nach. Sie war die Älteste. Ihre neue Frisur die krasseste. Sie wusste, dass sie das zu ihrer Anführerin machte. Sie tanzte und wand sich und sah, dass die anderen Kinder es nicht schafften, ihre Einzigartigkeit zu kopieren. Doch dann bemerkte sie beim Herumspringen, dass die Erwachsenen Blicke wechselten, die sie als Missfallen deutete, und blieb abrupt stehen, wissend, dass die Kinder ebenfalls aufhören würden. Sie warf ihren Schwanz ins Feuer und marschierte ins Bett. Die Kinder folgten. Ihre Haare verbrannten mit dem Wacholdersaft, und der Geruch war so schrecklich, dass alle anderen auch ins Bett gingen.

DAS GELÄNDE WURDE ALLMÄHLICH steiler und tückischer. Schartiger, spröder Felsen, der sich eher wie harte Erde verhielt. Er zerbröckelte ihnen beim Aufsteigen unter den Füßen oder in den Händen. Danach folgte wieder Hügelland, hohe Wiesen, wo sie ein paar Nächte lagerten und die vor ihnen liegende Gegend erkundeten.

Auf Tagesausflügen zur Jagd oder Beschaffung von Proviant stellten sie fest, dass die Tiere anders waren. Die Eichhörnchen waren rot, nicht grau oder braun. Die Hirsche hatten buschige schwarze Schwänze, die einen halben Meter in die Luft ragten, wenn sie vor ihnen flohen. Ihr Geweihbast war ebenfalls dicht und schwarz. Und sie waren klein im Vergleich zu den Hirschen des Tieflands. Die Wölfe waren größer, und der eine Bär, den Agnes sah, war braun, nicht schwarz. Es gab Kondore mit Flügelspannweiten, so lang wie drei Menschen, die die Sonne verdeckten, wenn sie über einem hinwegflogen. All die Neuheit verlieh dem Land eine neue Gefährlichkeit.

Und doch hatten sie in das Gelände gekerbte Furchen gefunden, die offenbar in die Berge führten. Als wären einst, vor langer Zeit, Menschen und ihre Fahrzeuge so lange und mit solchen Auswirkungen hier durchgezogen, dass man es nicht mehr zurückführen oder renaturieren konnte, ohne die gesamte Bergflanke herauszureißen. Es war, als würde ihnen der Weg vorwärts ins Ohr geflüstert.

Agnes fand die Furchen. Anfangs im Vorgebirge war die Gemeinschaft an einem Fluss entlanggelaufen, aber Agnes war einfach abgebogen und die Gruppe ihr blind gefolgt. Bald merkten sie, dass ihre Füße bequem auf dem ausgewalzten Untergrund aufsetzten.

»Hast du die gesehen, Agnes?«, fragte Carl, um zu ergründen, ob es Glück oder Können gewesen war.

Agnes schüttelte den Kopf. »Hier drüben werden mehr Hirsche sein, siehst du die Bäume da? Und wir wollen Hirsche, also hab ich uns hergebracht.«

»Aber bist du absichtlich diesen Spurrillen gefolgt?«

Agnes verstand nicht. »Warum sollten wir ihnen nicht folgen? Es ist viel angenehmer zu gehen.«

Zuerst hatte die Abweichung einige nervös gemacht. Es war riskant. Juan schlug vor, zu dem Fluss zurückzukehren. Wenn es einen Fluss gab, hielten sie sich immer daran.

Andere aber ergriffen Agnes' Partei. Carl sagte: »Wir haben hier eine vielversprechende Fährtenleserin an der Hand.«

Als sie ihr Lager aufgeschlagen hatten, schickten sie einen Trupp los, um einen Tag lang dem Fluss zu folgen. Er entsprang etwas höher im Gebirge in einem eisblauen See. Vom Schnee gespeist. Vielleicht auch von einer Quelle. Umgeben von einer hufeisenförmigen Felswand. Ohne sichtbaren Durchgang. Der Trupp kehrte zurück und berichtete von der Sackgasse.

Agnes lächelte schüchtern, als ihr von mehreren auf die Schultern geklopft wurde. Val rieb ihr über den Kopf, auf dem neue Haare in kleinen Büscheln nachwuchsen.

»Unsere furchtlose Anführerin«, sagte Val.

Agnes wusste, dass sie Mitleid mit ihr hatten. Mutterlos auf die Art, wie sie mutterlos geworden war. Aber Agnes hatte immer auf die kleinen Dinge hier geachtet. Auf die Tiere. Ihr war aufgefallen, dass eine Mutter immer nur eine Zeit lang Mutter war und dann etwas anderes sein wollte. Keine Mutter, die sie hier je beobachtet hatte, blieb es ewig. Ohne es zu wissen, war Agnes bereit für diese Situation gewesen. Sie hatte nicht ein einziges Mal geweint, und das musste bedeuten, dass sie bereit war. Sie war kein Bärenjunges mehr, sondern eine Halbwüchsige auf der Suche nach ihrem eigenen Platz in der Welt. Als also Val sie eine furchtlose Anführerin nannte, glaubte Agnes ihr. Val betrachtete sie als das, was sie jetzt war. Ebenbürtig.

An jenem Abend am Feuer rutschte Agnes näher an die Erwachsenen heran, während sie den Abbau des Lagers und den Plan für den nächsten Tag besprachen. Die Kinder gähnten und zerquetschten Wacholderbeeren zwischen den Zehen. Lachten und schielten zu Agnes, ob sie ihre Faxen beobachtete. Aber sie hielt den Blick unbewegt auf die Erwachsenen gerichtet und lauschte ihrem Gespräch, damit sie genau wusste, was am nächsten Morgen von ihr erwartet wurde. Immerhin war sie ihre furchtlose Anführerin. Sie hatte den Pfad in die Berge gefunden. Und sie musste dafür sorgen, dass sie darauf auf die andere Seite gelangten.

INDEM SIE DIESEN FURCHEN FOLGTEN, vermieden sie die hohen weißen Gipfel. Jedes Mal, wenn sie an einen Punkt kamen, an dem der Weg unmöglich steil oder zerklüftet schien, führten die Spurrillen sie durch ein sanfteres Gelände, vorbei am ewigen Hoch, Hoch, Hoch. Entlang an Flüssen und Bächen. Im Bogen um jähe Felswände herum. Es gab einige Kletterei. Die gab es immer. Aber sie fragten sich, ob die Ranger von den Furchen wussten. Ob sie die Gemeinschaft absichtlich darauf gestoßen hatten. Oder ob sie einfach nur Glück gehabt hatten, sie zu finden. Sie liefen zwischen riesigen Bäumen herum, deren Wipfel sie nicht einmal sehen konnten. Die Rinde wechselte Farbe und Beschaffenheit. Glatt weiß mit knorrigen Astlöchern, orange und schuppig, dann dunkel, fast schwarz, wie die Kohlen eines erloschenen Feuers. Hin und wieder liefen sie über harten Schnee, wo ihre Füße in den Mokassins die Eisdecke durchbrachen, saubere Löcher in dem flachen Weiß hinterließen. Tagelang wanderten sie durch ein abschmelzendes Schneefeld, das unheimlich wirkte durch einen Brand vor langer Zeit. Geblieben waren nackte schwarze Stämme, scharfkantig wie Klingen, die sich aus dem Schnee dem farblosen Himmel entgegenreckten. Hinter dem Feld wiesen die Furchen ihnen den Weg zu einem Pass, von dem sie in Gelbkiefer-Wälder abstiegen, deren Wurzeln von einem Bodenfeuer geschwärzt waren, das sich nicht richtig hatte ausbreiten können. Einen Bergsommer lang zogen sie durch diesen sauberen Wald. Dann verdichtete er sich, und bald schon war er neblig, dunkel und feucht. So dunkel und feucht, dass sich in den Härchen ihrer Felle Tautropfen sammelten. Hier kamen sie nur langsam voran. Der Untergrund war uneben von dicken, unter Moosteppich verborgenen Wurzeln. Alles kühlte ab. Eine düstere Stimmung legte sich auf die Gruppe.

Ab einem bestimmten Punkt hatten sie das Gefühl, es ginge nur bergab. Die Furchen waren mal zu erkennen und mal nicht oder waren von Moosen verdeckt, von Bergrutschen. Das Rauschen von Flüssen vervielfachte sich, bis sie von herabstürzendem Wasser umringt schienen. Die Luft wechselte von schneidend zu kühl zu nass, und ihre Kleidung fühlte sich nie trocken an. Kleine Schimmelsporen besiedelten ihre Kleidung.

Als sie weitergingen, wurde das Brausen von Wasser zu einem Tosen, dann dem Brüllen eines offenbar breiten, gewaltigen Flusses gerade außer Sicht. Sie nannten ihn den Unsichtbaren Fluss, weil es klang, als flösse er genau unter ihren Füßen, sie aber keine Spur davon entdecken konnten. Der Wald war mittlerweile so dicht und üppig von durchtränktem Grün, dass sie die Furchen nicht mehr erkennen konnten. Sie hatten die Orientierung verloren, und manche äußerten lautstark ihr Bedauern, überzeugt davon, dass der Pfad schon vor einer Weile in eine andere Richtung abgebogen war und sie niemals durch diesen halbdunklen Dschungel hätten wandern dürfen.

Aber Agnes marschierte weiter, sicher, die Spurrillen unter ihren Füßen zu spüren. Sie nahm sie wahr wie eine Eule vielleicht eine Maus unter Laub oder einer Schneedecke. Und selbst wenn nicht, wusste sie, dass es ein guter Weg war, weil sie, trotz aller eindrucksvollen Dunkelheit, das Funkeln von Tieraugen gesehen hatte. Sie spürte deren Gelassenheit. Dieser Korridor war ungefährlich für sie. Ihre hellen Augen zuckten nicht. Sie beobachteten nicht aus Angst, sondern aus Trägheit. Die Ohren drehten sich mechanisch hin und her, folgten den Geräuschen unaufgeregt. Agnes fühlte sich sicher. Und sie versuchte, durch ihre lockeren Schultern und ihr fröhliches Pfeifen den anderen ebenfalls dieses Gefühl zu geben.

Dann eines Tages, so plötzlich, wie die Dunkelheit sie eingehüllt hatte, traten sie aus ihr heraus, an einer Felskante, so unvermittelt, dass Agnes vielleicht abgestürzt wäre, hätte Carl sie nicht an ihrem Hemd festgehalten.

Der Wald war einem Nichts gewichen. Der weiche Boden bröckelte zu einer Wasserfläche hinunter, die sich weit, weit, weit bis zu einem anderen, von Farnen grün glitzernden Steilhang erstreckte. Noch nie hatten sie so viel Wasser gesehen. Der Unsichtbare Fluss war ein Ungetüm.

Über dem farngeschmückten Hang stiegen endlose Tannenwipfel immer höher zu neuen weißen Bergspitzen auf. Und vor dem Ganzen ein hoher Stahlzaun, offenbar unter Strom. Eine Grenze. Sie zogen ihre Karte zurate. Was war das für eine Gegend? Die Forstbetriebe? Wo waren dann die Fabriken und der Qualm? Der Fluss schien annähernd zwei Kilometer breit. Aber er war nicht eingezeichnet. Hatten sie sich verlaufen?

Dieser Fluss war nicht zu überqueren. Der Zaun sah aus, als setzte er das Wasser unter Strom. Agnes glaubte, das Brummen von Motoren zu hören, wenn sie sich auch nicht mehr sicher war, wie das klang und inwiefern es sich von tosendem Wasser unterschied. Oder einem Insektenschwarm. Es war alles Lärm. Sie hielt sich die Finger an die Ohren und stellte fest, dass sie vibrierten.

Agnes scharrte in dem weichen Untergrund, tastete nach den Furchen. Sie spürte nichts als Wurzeln und Stein. Sie sah auf den Fluss hinab. Der Abhang verlief leicht schräg, und abgebrochene Baumstämme ragten aus der felsigen Erde. Durch die Mokassins hindurch krallte sie ihre Zehen in den lockeren Boden. Der Abhang hatte nicht immer an dieser Stelle begonnen.

Links von ihr lichteten sich die Bäume, und eine Landzunge ragte auf. Dort sah Agnes die Furchen das Gelände durchschneiden und sich gen Himmel winden. Sie zupfte an Carls Hand und zeigte.

»Da lang«, sagte Carl zu den anderen.

Agnes lächelte. Er hatte getan, was sie wollte, und sie hatte nicht einmal sprechen müssen. Sie fühlte sich wie ein Tier von wenigen Worten, aber unentbehrlicher Arbeit. Sie fühlte sich wie das Alphaweibchen. Auf ein Nicken oder Schnauben folgte die Herde. Wie lange noch, bis sie ihr einfach nur folgten, weil sie sich in Bewegung setzte?

Sie schlängelten sich durch ein letztes Dickicht dunkler Bäume und traten hinaus in hohe grüne Gräser, die sich im Wind bogen, dem Wind, der sie jetzt, wo sie nicht mehr von den Bäumen abgeschirmt wurden, durchrüttelte. Ihre Haut straffte und spannte sich, als die Feuchtigkeit, die sie im Wald angesammelt hatten, von der sonnentrockenen Luft geraubt wurde. Sofort waren sie durstig und müde. Am höchsten Punkt der Landzunge konnten sie die Furchen abwärts, abwärts, abwärts führen sehen, wo der Fluss sich viele Kilometer weiter offenbar in eine Schwemmebene ergoss. Die Steilhänge flachten zu sanfteren Hügeln und Inselchen ab, die je nach Wasserstand verschluckt oder freigelegt wurden. Und weit, weit, weit draußen entdeckten sie Schaumkronen in der Nähe der Flussmündung und fragten sich, ob das vielleicht das Meer sein konnte. Der Blick auf die Karte zeigte nur eine durch X gekennzeichnete Grenze. Keine weiteren Symbole. Sie hatten immer angenommen, dass es ewig so weiterginge. Wüste. Grasland. Berge. Sie atmeten tief ein. Salzluft. Speichel sammelte sich in ihrem Mund. Es musste das Meer sein. Hier musste ein Fehler vorliegen.

Der neuerdings sichtbare Fluss verbreiterte sich nach und nach, und der imposante Zaun auf der anderen Seite schwenkte von ihnen ab, bis er ziemlich klein aussah. Gehörte der Fluss ihnen?

Die Furchen brachten sie zum Ufer, und sie wanderten weiter an dem riesigen Strom entlang. Das Wasser bewegte sich so schnell, dass es den Eindruck machte, sich fast gar nicht zu bewegen.

Jetzt, von Nahem, konnten sie sehen, dass das Ufer voller Müll war. Alte, verzogene Holzbretter. Motoren großer Maschinen. Reifen, größer als sechs Menschen im Kreis mit ausgestreckten Armen. Verrostete Blätter von großen Baumsägen. Und Möbel. Sofas, die früher einmal kariert gewesen waren. Sessel mit vollgesaugten Waldmotiv-Polstern. Eine komplette, intakte Seite einer kleinen Blockhütte.

Carl ging zu einem Haufen aus Stoffen, Holz und Matsch und zerrte eine verrostete Krebsreuse heraus. Ein Stück weiter fand er eine Angelrute und eine Rolle. Er probierte die Kurbel aus, und die Spule drehte sich. Eine Schnur gab es nicht. Er legte sich die Rute über die Schulter und lief weiter.

Der Sonnenuntergang überrumpelte sie. So viel von ihrem Tageslauf hatte sich im Nebelwald abgespielt. Sie schlugen ein minimales Lager nahe am Ufer auf. Eine schnelle Dörrfleisch-Mahlzeit, und dann warfen Carl und Dr. Harold die Reuse ins Wasser. Die schwere, salzige Luft machte sie müde, und sie schliefen, bevor der Himmel richtig dunkel war.

Am Morgen wurden sie davon geweckt, dass das Hochwasser auf ihren Beinen brannte. Ein großer Mond versank hinter dem schäumenden Horizont an der Flussmündung. Eine andere Mondphase, und sie wären vielleicht trocken geblieben. Zuerst dachten sie, das Brennen käme von der Kälte des Wassers. Dann allerdings entdeckten sie einen Ausschlag an den Stellen, die davon berührt worden waren.

Vier wurden mit dem Gusseisen ausgesandt, um Frischwasser zum Waschen zu suchen. Sie kehrten mit kühlem Mooswasser und Torfmoos zurück, und alle rieben sich damit ab. Das Brennen ließ nach.

Als Carl die Reuse herauszog, achtete er darauf, die nasse Schnur nicht mit der bloßen Hand anzufassen. In dem Korb waren nur Schlamm, zwei rotschalige Muscheln und ein gelblicher Krebs mit einem Auge und viel zu vielen Gliedmaßen.

Der Unsichtbare Fluss war ein vergifteter Fluss. Eine saubere Version hätte ihnen so viel Nahrung zur Verfügung gestellt, wie sie sich nur wünschen konnten. In einer anderen Zeit wären sie an einem solchen Fluss vielleicht möglichst lange geblieben. Sie hätten gefischt. Pilze gesucht oder was es sonst noch zu sammeln gab. Sie hätten Gebäude errichtet und Räucherhäuser für Lachs und Forellen und Hirsche und Elche und Bären. Sie hätten eine neue Zivilisation gegründet an einem solchen Fluss, wenn er sauber und gesund gewesen wäre. Die Ranger hätten sie mit Gewalt vertreiben müssen.

Jetzt aber war der Vergiftete Fluss ein Geisterfluss, kaum eine Spezies gedieh darin, nur Schlammfresser am Grund. Bisher war ihnen bei dem Lärm des tosenden Wassers kaum aufgefallen, dass keine Vögel zwitscherten, keine Frösche im Matsch quakten. Die Tiere blieben in dem dunklen, schützenden Wald, und man konnte ihnen nicht verübeln, dass sie sich von diesem vergifteten Ufer fernhielten. Immerhin fand die Gemeinschaft wilde Weinreben und harte Strandpflaumen, deren zähe Haut ihre Scheiße lila einfärbte. Abgesehen davon war es eine tote Landschaft.

»Können wir jetzt endlich umkehren?«, fragte Debra.

»Nein, wir haben den Posten noch nicht erreicht«, sagte Glen.

»Glaubst du echt, dass es hier in der Gegend einen Posten gibt? Sonst hat auf der Karte auch nichts gestimmt.« Dr. Harold, immer bemüht, Debra zu unterstützen.

»Ich glaube, die wollen uns umbringen«, sagte Val. »Wenn der Zaun nicht wäre, hätten wir garantiert versucht, den Fluss zu überqueren. Dann würden wir bei lebendigem Leib in dem giftigen Wasser verbrennen.«

»Eben deshalb haben sie ja einen Zaun aufgestellt, um uns davon abzuhalten«, sagte Glen. »Zäune sollen keinen Anreiz darstellen.«

»Für mich ist ein Zaun immer ein Anreiz«, sagte Val. »Eine Herausforderung.« Als Carl zustimmend nickte, grinste sie.

»Tja, Val, im Allgemeinen sind Zäune ein Zeichen wegzubleiben«, sagte Glen. »Keine Herausforderung. Ein Zaun ist eine Vorschrift.«

Carl schnaubte. »Wenn du ein *Betreten verboten*-Schild sehen würdest, was würdest du machen?«

»Nicht betreten«, sagte Glen.

»Das ist doch verrückt.«

»Und was würdest du tun?«

»Natürlich betreten! Land ist nicht dazu gedacht, jemandem zu gehören.«

»Aber alles Land gehört jemandem.«

»Das hier nicht.«

»Doch, es gehört der Regierung. Du hast gewartet, bis du die Erlaubnis hattest, bevor du dieses Land betreten hast. Du hast dich nicht heimlich reingeschlichen.«

Val sagte: »Das ist ein blödes Gespräch. Es klingt, als wäre unser Leben so langweilig.«

»Es ist ja auch langweilig«, sagte Glen. »Ist das nicht irgendwie der Witz daran?«

Carls Kinnlade klappte herunter.

Agnes konnte mit dieser Diskussion nichts anfangen. Wen interessierte schon das Warum oder Wie? Wen interessierte *würde* oder *würde nicht*? Sie hatte noch nie begriffen, warum die Erwachsenen immer über diese Wörter debattierten. Sollen und nicht sollen. Dürfen und nicht dürfen. »Sein und machen«, murmelte sie vor sich hin. Das war das Einzige, was zählte. *Sein* und *machen*. Jetzt in diesem Moment und kurz danach.

Agnes lief an den Bäumen entlang, weg vom Uferbereich und dem Vergifteten Fluss. Die Furchen waren wieder verschwunden. Sie versuchte, sich eine Zeit vorzustellen, als dieser Fluss sauber war, einladend für Watvögel und Adler. Es waren vielleicht so viele Fische darin gewesen, dass sie das Wasser aufgewühlt, Agnes mit ihren Schwänzen nass gespritzt hätten. Das hatte sie aus einem Buch, das einer von ihnen mitgebracht hatte. Über eine andere Art von Pionieren, die, wenn sie an einer Küste landeten, zuerst von Horden neugieriger Tiere begrüßt wurden. Jene Gewässer strudelten vor Leben. Und an Land wimmelte es vor Vierbeinern, trotzdem gab es genug für alle. Es war eine der Geschichten, die sie sich abends am Feuer erzählten. Eine, die für Agnes besonders schwer vorzustellen und zu glauben war. Sie versuchte, sie alle zu glauben. Das hatte ihre Mutter ihr beigebracht.

Ihre Mutter war die beste Erzählerin der Gemeinschaft gewesen, obwohl sie am seltensten erzählte. Aber sie kannte die Magie des Unerwarteten, ob in Geschichtenform oder im echten Leben. Agnes erinnerte sich noch an ihren letzten Geburtstag in der Stadt. Sie war in der Dämmerung aufgewacht, als die verbannte Sonne um den Rand der zugezogenen Vorhänge lugte. Mit verschlafenen Augen sah sie etwas auf ihrem Nachttischchen schimmern. Ein schlichtes weißes Schächtelchen. Darin ein kleiner Anhänger auf einem Baumwollkissen. Es war ein orange-brauner Schmetterling, in Gelbgold eingefasst. Schmetterlinge gab es nicht mehr, aber sie kannte sie aus alten Büchern, die ihre Mutter ihr gezeigt hatte. Er war das Eleganteste, was sie je gesehen hatte, was sie jedoch faszinierte, war, dass er wie hergezaubert aufgetaucht war. Tief drinnen wusste sie, dass ihre Mutter ihn in tiefster Nacht heimlich hingelegt haben musste, damit er schon da war, wenn Agnes aufwachte. Aber als sie aus ihrem Zimmer kam, bedankte sie sich nicht, und ihre Mutter sprach sie nicht darauf an. Erwähnte mit keinem Wort, dass er an ihrem Hals glitzerte. Ihre Mutter machte stillschweigend mit bei diesem Spiel, das Agnes begonnen hatte, in dem ein Schmuckstück so besonders war, so wichtig, dass es nicht einmal gesehen werden durfte. Nur an ihrem Hals gefühlt. So lange sie den Anhänger besaß, tat sie, als wäre er ein Geschenk aus einer anderen Sphäre gewesen. Von einem Ort, an dem alles hübsch und märchenhaft und zart war. Und ihre Mutter ließ sie.

Als sie die Schmetterlingskette in der Wildnis verlor, bedeutete das die erste Ordnungsstrafe für die Gemeinschaft.

AM UFER, ALS SIE UM DIE LANDSPITZEN herumwanderten, stießen sie auf mehrere alte Sessel, die im Kreis um etwas herum angeordnet waren, was einmal eine Feuerstelle gewesen sein musste. Da war eine Mulde, ein paar Steine lagen herum, aber es hatte schon lange kein Feuer mehr darin gebrannt. Blechdosen waren um den Kreis herum verstreut, und die Kinder hoben sie auf, drehten sie hin und her, ohne sich des Rosts oder der gefährlichen Kanten bewusst zu sein. Die Erwachsenen hatten diese Dinge ebenfalls vergessen, bis Bruder sich in den Finger schnitt und die Kinder ihr neues Spielzeug fallen lassen mussten. Wie lange lagen die Sachen schon dort, und wer hatte sie hinterlassen? Verantwortungslose Ranger? War dieses Fleckchen bei der Renaturierung vergessen worden? Geflüchtete Arbeiter aus den Forstbetrieben? Es konnte unmöglich jemand über den Vergifteten Fluss entkommen sein. Das war nicht zu schaffen, oder?

»Manchmal hat man das Gefühl, die Zivilisation ist nur einen halben Tagesmarsch entfernt«, sagte Debra mit Blick auf den Zaun. Die Erwachsenen nickten ernsthaft. So empfand auch ihre Mutter, wusste Agnes. *Warum sind wir überhaupt hier? Was soll das Ganze?* Die Kinder hörte sie nie solche Fragen stellen. Die Antworten waren überall.

Hinter dem Sesselkreis fanden sie eine alte Babyschale, wie eine Mutter oder ein Vater sie vielleicht in der Ellbogenbeuge geschaukelt oder in einem Auto eingerastet hatten, als Autos noch einen Nutzen hatten. »Ein Kindersitz«, erinnerte Debra sich. An den Griff war eine Nachricht gebunden, Filzstift auf Kärtchen in Plastikhülle, verwittert, aber lesbar: *Sie heißt Rachel. Bitte kümmern Sie sich um sie.* Es gab keine Rachel mehr. Die Schultern der Gemeinschaft sackten wieder ab, niedergedrückt von der großen, weiten Welt.

Agnes sträubten sich die Nackenhaare, und sie hob die Augen, die Nase, lief im Kreis, erkundete, was sie konnte. Die anderen stellten sich stumm um dieses leere Omen herum, als fragten sie sich, wohin sie eigentlich gingen und was auf sie wartete.

»Na, ahoi auch!«, rief eine Stimme.

Über ihnen, auf dem höchsten Punkt der nächsten Landzunge, stand breitbeinig ein Mann mit einem dunkelblauen Trainingsanzug, einer Safariweste, vollgestopft mit Gegenständen wie Fernglas, Messern, Vogelbuch und einem aus einer Tasche hängenden Poncho, und einem angelegten Gewehr, Hahn gespannt und entsichert. Er hob eine Hand zum Gruß, das Auge immer noch an das Zielfernrohr gepresst.

»Die ganze Bande ist hier«, sagte er. »Wir sind gleich hinter dem Hügel.«

Die Hände der Gemeinschaft lagen auf ihren Messern, kampfbereit. Sie hatten nicht einmal Zeit gehabt, nach Luft zu schnappen.

Jetzt senkte der Mann sein Gewehr und zog die Augenbrauen hoch. »Uns wurde gesagt, dass wir uns hier mit euch treffen.«

Langsam ließen alle ihre Messer los und drehten sich zu Carl um, dessen Mund sich zu einem dünnen, rasiermesserscharfen Strich verzogen hatte.

»Wir sind die Neuen, die ihr abholt«, sagte der Mann.

Sie blinzelten.

Juan murmelte: »Abholungspunkt.« Er schüttelte den Kopf. »Abholungspunkt?« Er wurde wütend. »Abholen hieß *Leute* abholen?«

»Scheiße, ich dachte, sie schenken uns ein bisschen Reis«, sagte Debra.

»Sie hätten definitiv ein bisschen konkreter sein können«, sagte Glen.

»Scheiße«, sagte auch Val.

Agnes musterte Carl, der überraschend ruhig blieb. Er sah zu dem Mann hinauf und strich sich über das Kinn.

Der Mann in dem Trainingsanzug legte sich eine Hand über die Augen, um sie besser erkennen zu können. Dann klatschte er fröhlich in die Hände. »Na, wer hätte das gedacht!«, rief er. »Ihr habt ja den gusseisernen Topf, den ich geschickt habe!«

UND DA WAREN SIE WIEDER ZWANZIG.

Die Neuankömmlinge waren von der Warteliste. Einer Warteliste, von der die Gemeinschaft noch nie gehört hatte. Einer Warteliste, die im Laufe der Jahre von ein paar wenigen Namen auf Hunderte angewachsen war, auf Tausende, auf Zehntausende, auf Hunderttausende. Vielleicht mehr. Das behaupteten die Neuen.

Sie erzählten auch, sie seien ursprünglich zu einem anderen Eingang gefahren worden, irgendetwas mit »Unter«, auf einer Strecke, die durch ein Streifchen Minengebiet geführt habe, dort habe es aber irgendwelche Unruhen gegeben, und sie hätten abrupt umkehren müssen.

Nach einer weiteren langen Busfahrt seien sie an einem verlassenen Pier abgesetzt und mit verbundenen Augen in einem kleinen Motorboot ans Ufer gebracht worden, und erst, als das Gurgeln des Bootes nicht mehr zu hören gewesen sei, hätten sie die Binde abnehmen dürfen.

Sie seien nun schon seit einiger Zeit an diesem Strand. Möglicherweise Monate. Anfangs hätten sie einen Kalender gehabt.

»Aber den habt ihr verbrannt«, sagte Carl.

»Stimmt«, sagte der Mann in dem Trainingsanzug. Dieser Mann, der ihnen vor Jahren das Gusseisen geschickt hatte. Sein Name sei Frank, sagte er.

Als man sie hergebracht habe, hätten sie auch Armbanduhren gehabt, berichteten sie.

»Aber die sind kaputtgegangen«, sagte Carl.

Frank nickte, offenbar beruhigt, dass jemand die merkwürdigen Gegebenheiten ihres neuen Lebens nachvollziehen konnte.

Frank sah sich in seiner Gruppe um und sagte bedauernd: »Am Anfang waren wir zwei mehr.«

»Aber die sind gestorben.« Carl winkte ab. »Keine Sorge, das kommt vor.«

»Macht euch keine Vorwürfe«, ergänzte Glen mit einem mitfühlenden Lächeln.

Carl verdrehte die Augen.

»Sollen wir erzählen, was mit ihnen passiert ist?«, fragte eine der Frauen. Sie trug einen zerrissenen Rock mit Tierprint und Glitzersandalen.

Carl runzelte die Stirn. »Nö.«

Die Neuankömmlinge wirkten gleichzeitig erleichtert und noch bedrückter, froh, dass man ihnen keine Schuld gab, aber allein und unsicher, wohin mit ihrer Trauer. Die Gemeinschaft beäugte sie argwöhnisch. Sie hatten nicht nach neuen Mitgliedern mit neuen Komplexen gesucht. Neuem Kummer. Sie waren nur gegangen, wohin man sie geschickt hatte. Jetzt war alles anders.

Agnes betrachtete diese fremden Menschen eingehend, während sich alle einander vorstellten. Wie sie aussahen, war sowohl seltsam als auch vertraut. Unauffällig schob sie sich an den Schuh eines Mädchens heran, nur um daran zu riechen. Er war weiß und weich, wie Baumwolle. Mit den Ösen und der Zunge sah er aus wie eine Eidechse. Es fehlten die Schnürsenkel. Agnes hatte gedacht, alle Schuhe hätten Schnürsenkel. Sie besaß eine deutliche Erinnerung daran, einen Schrank zu öffnen und einen Geruch darin zu erschnuppern. Diesen Geruch hätte der Schuh, da war sie sicher. Doch sie kam zu nahe, und das Mädchen mit dem Schuh, älter als Agnes, trat nach ihr. Es hatte sie beobachtet. Jetzt fletschte es die Zähne, woraufhin die Frau daneben ihm auf den Arm schlug und das Mädchen theatralisch aufheulte.

»Pass doch mal auf, Patty«, blaffte die Frau. Sie war eindeutig die Mutter des Mädchens, dachte Agnes, oder anderweitig verwandt, da sie beide dieselbe skeptische Stirn hatten.

Das Mädchen rieb sich den Arm und sah Agnes böse an, weil es ihr die Schuld an allem gab. Es versuchte, den Fuß irgendwie näher an den Körper zu ziehen, weg von Agnes. Aber Agnes war bereits zurückgewichen.

Die Mutter hieß Patricia, erklärte sie, und das sei ihre Tochter, Patty.

»Ihr heißt beide Patricia?«, fragte Debra.

»Ich bin Patty«, quengelte das Mädchen. »Einfach nur Patty.«

»Und ich bin einfach nur Patricia.« Pattys Mutter verdrehte die Augen.

Es gab ein weiteres Mädchen, das ungefähr so alt wie Patty schien und Celeste hieß. Celeste hatte einen blauen Streifen in den Haaren und trug Springerstiefel, was in Agnes' Augen zum vernünftigsten Schuhwerk in der neuen Gruppe zählte. Ihre Mutter Helen trug den zerrissenen Rock und die Riemchensandalen und hatte sich die Zehennägel funkelnd golden lackiert. Der Mutter schien ihre Tochter peinlich zu sein, denn sie stand neben ihr und hielt gleichzeitig Abstand, schlang die Arme um sich, als wäre ihr kalt. Der Tochter ging es offenbar ähnlich, sie lehnte sich zur Seite, zu Patty hin. Agnes bemerkte, dass die Hände der beiden Mädchen sich kurz solidarisch streiften.

Pattys Vater war Frank. Er war derjenige, der weitgehend das Reden für seine Gruppe übernahm.

Darüber hinaus gab es noch zwei Kinder, einen Jungen und ein Mädchen, beide noch klein, mit ihrer Mutter. Die Mutter hieß Linda, die Kinder Joven und Dolores. Die beiden wirkten überwältigt von der Entfernung des Horizonts und hielten den Blick gesenkt. Manchmal hielt Dolores sich die Nase zu, als hätte sie sich noch nicht an den Geruch gewöhnt, obwohl sie seit Wochen, möglicherweise Monaten da waren. Er war so nass und faulig. So salzig. Als sie kurz den Kopf hob, fing Agnes ihren Blick auf und rümpfte verständnisvoll die Nase. Dolores lächelte scheu und sah knapp an Agnes vorbei, als könnten ihre Augen mehr nicht aushalten. Joven trug eine Brille und einen Bürstenschnitt, durch den seine Haare aussahen wie eine Samtmütze. Dolores hatte Zöpfe, auf jeder Seite einen, und ehemals weiße Socken mit umgeklapptem Bündchen und Spitzenkante. Die Socken waren jetzt dunkelbraun vor Schmutz, das Bündchen aber immer noch unfassbar ordentlich umgeklappt, als wäre es festgenäht. Dolores erinnerte Agnes an sich selbst als kleines Mädchen in der Wildnis. Obwohl Agnes vermutlich froher gewesen war, als Dolores wirkte. Andererseits täuschte ihr Gedächtnis sie vielleicht. Es konnte gut sein, dass sie damals genauso verängstigt gewesen war, bei all den neuen Anblicken und Geräuschen und Gerüchen, genauso überfordert von ihrer neuen Umgebung. Doch daran erinnerte sie sich nicht mehr. Sie erinnerte sich nur an sich, wie sie jetzt war. Sie nahm sich vor, Glen zu fragen.

»Das ist Jake«, sagte Frank. »Er gehört auch zu uns.« Damit zeigte er auf einen Jungen, dessen Pony ihm die Augen verdeckte und genau wie ein Vorhang aussah, den Agnes und ihre Mutter früher in ihrer Wohnung gehabt hatten, einen, der durch einen Haken an der Seite gehalten wurde. Jakes Ohr sollte als Haken dienen und den Pony an der Seite festklemmen. Aber es leistete schlechte Arbeit, weshalb Jake immer wieder den Kopf nach hinten riss, um sich die Haare aus der Stirn zu werfen. Es schien Absicht, dass seine Augen verdeckt waren, trotzdem hatte Agnes auch den Eindruck, dass er sehen wollte. Das leuchtete ihr nicht ein. Sie starrte ihn an, überlegte, auf welche Arten er hier mit solchen Haaren zu Tode kommen konnte. Da warf er sich wieder den Pony aus dem Gesicht und lächelte sie an. Sie begriff, dass er sie beobachtet hatte. Ihre Miene während ihrer ganzen Gedanken über seine Frisur beobachtet hatte. Sie hatte es nicht bemerkt, weil er seine Augen vor ihr versteckt, sie ausgetrickst hatte. Es war eine Falle gewesen, so effektiv wie die Schlagbaumfallen, die sie für kleine Tiere aufstellten. Und jetzt konnte Agnes erkennen, dass sein Lächeln mehr ein Grinsen war. Ein wissender Blick. Er hatte einen guten Instinkt. Sie empfand plötzlich Respekt vor ihm und errötete.

Die Neuankömmlinge hatten ein Lager aus Zelten aufgeschlagen und um die Zelte herum mehrere nutzlose Schuppen gebaut. Die Bretter hatten sie gefunden und die Nägel entweder aus diesem unerwarteten Fundus von Zivilisationsmüll erbeutet oder selbst mitgebracht. So oder so, sie schienen mittlerweile ziemlich an ihren illegalen Bauten zu hängen. Die Gemeinschaft hingegen betrachtete sie lediglich als verletzte Vorschrift, für die sie wahrscheinlich bestraft wurden. Um das gesamte Lager herum lagen lila Kackhaufen mit Schalenstückchen darin. Sie hatten sich von den harten Strandpflaumen und dem wilden Wein ernährt und sich nicht die Mühe gemacht, eine Toilettengrube auszuheben. Irgendjemand musste nun jedes Klümpchen aufsammeln und vergraben.

Carl fragte, ob sie etwas über den Kindersitz und das fehlende Baby, Rachel, wussten. Die Neuankömmlinge verneinten, und es war leicht, ihnen zu glauben. Sie hatten keine Ahnung, was ihnen bevorstand. Mit ihren Cargo-Shorts und Slippern, Röcken und Oberhemden. Den nicht zerbrochenen Gummisohlen ihrer Schuhe. Sie sahen aus, als würden sie nicht lange durchhalten. Mit ihren dicken Bäuchen und Oberschenkeln. Die Haut so weich und nicht von der Sonne verdorrt. Sie hatten all ihre Zehennägel. All ihre Zehen. Ihre Haare waren glatt und nicht brüchig und glänzten in der Sonne. Agnes konnte sich kaum erinnern, wann sie selbst so dick und appetitlich gewesen waren. Aber sie wusste, dass sie das gewesen waren. Ein Speichelfaden tropfte ihr aus dem Mund in den Sand.

»Also gut, wir haben jetzt eine große Gemeinschaft«, sagte Carl. »Wir müssen ein paar Tage hierbleiben, Vorräte anlegen. Diesen Neulingen erklären, was wir wie machen. Morgen reißen wir als Allererstes mal diese Schuppen ein.«

»Warum?«, schrien die Neulinge.

»Weil man hier nichts bauen darf.«

»Warum nicht?«

»Ist das euer Ernst?« Carl schnappte sich das Handbuch und warf es ihnen zu. Es landete vor ihren bunt bekleideten Füßen.

»Das solltet ihr inzwischen kennen«, sagte er. »Was habt ihr in den ganzen Bussen getrieben? Filme geglotzt?«

Sie wechselten verlegene Blicke.

»Nennt mir eine Vorschrift.«

»Hmmm.« Frank überlegte. *»Keine Spuren hinterlassen?«*

»Und was bedeutet das?«

Alle starrten auf ihre Füße.

»Wollt ihr mir erzählen, dass ihr keine einzige der Vorschriften kennt?« Carl regte sich langsam auf, was Agnes zum Kichern brachte. Carl hasste Vorschriften. Aber das hätte man ihm jetzt nicht angemerkt, als er die Neulinge ungläubig musterte. Kopfschüttelnd, mit vor übertriebener Enttäuschung hängenden Schultern. Als glaubte er, die Vorschriften wären das Einzige, was zählte.

»Wir hatten nicht viel Zeit«, rief Frank. »Auf einmal kam ein Anruf, und jetzt sind wir hier.« Die anderen nickten.

Helen sagte: »Wir hatten eine Woche Zeit, alles zu packen. Es war irre. Das Handbuch haben wir im Bus gekriegt, aber ...«

Carl seufzte. »Tja, ich weiß gar nicht, was ich sagen soll. Ehrlich.« Wieder schüttelte er geknickt den Kopf. »Uns bleibt nicht viel Zeit, das nachzuholen. Und unser

Erfolg hängt davon ab, dass wir alle diese Vorschriften befolgen.« Er machte eine kurze Pause, während der er nachdrücklich nickte. »Diese sehr wichtigen Vorschriften. Ihr werdet euch sehr eng an mich halten müssen, um zu überleben.«

Die Neulinge sahen Carl an, als könnte er sie retten. Gerade noch allerdings hatten sie gar nicht den Eindruck gemacht, gerettet werden zu müssen. Davon hatte Carl sie schnell überzeugt. Er hatte sie so eingeschüchtert, dass sie ihm alles glaubten. Genau so verhielt Carl sich, wenn er und Agnes *Gejagt!* spielten. Wenn er der Jäger war, hielt er gern lange Reden über Gnade und Mitgefühl und ließ sie mehrfach wieder frei, bevor er sie tötete. Wenn sie die Jägerin war, tötete sie ihn einfach sofort. Während er dann gespielt tot auf dem Boden lag, flüsterte Carl immer: »Du sollst doch ein bisschen mit deiner Beute spielen, das ist das Beste daran.« Er mochte die Dramatik. Sie dagegen begriff nicht, wozu das gut sein sollte.

Die Sonne ging langsam unter, und die Fledermäuse kamen, klackerten um ihre Köpfe herum, um zu erkunden, ob sie essbar waren, und flatterten dann weiter zu schmackhafterer Beute. Die Gemeinschaft legte ihre Fellbetten in einem großen Kreis um den Zeltring der Neulinge herum. Zu ihrem Schutz, sagten sie, aber Agnes wusste, dass es zu ihrer Bewachung war.

Die Gemeinschaft machte Feuer, und Carl setzte die Neulinge darum herum und ließ sie Abschnitte aus dem Handbuch vorlesen. Agnes drückte sich in der Nähe herum und lauschte.

Sie sprangen hin und her, lasen Abschnitt 2 bis 2.18, Abschnitt 4d, 4e, 4f und 4g. Die Kapitel über Mikromüll und Jagdobergrenzen, die über regelmäßige Meldung am Posten und Abfallwiegen, und worüber sie in ihren Briefen schreiben durften. Sie lasen Vorschriften vor, die die Gemeinschaft nicht einmal mehr einhielt, nicht zuletzt die, in keinem Lager länger als sieben Tage zu bleiben.

Sie reichten es herum wie ein Buch mit Gutenachtgeschichten. Joven und Dolores lehnten an ihrer Mutter. Sie schliefen. Das Handbuch war eine langweilige Geschichte.

Agnes erinnerte sich an die Anfangstage, als sie einander am Feuer aus den Büchern vorlasen. Aber nie aus dem Handbuch. Das mussten nur die Erwachsenen lesen. Es war nicht lustig, und es kamen keine Menschen oder Tiere darin vor und es passierte eigentlich nichts. Nur viele Zeilen und Punkte und Zahlen und Symbole. Nicht wie das *Große Märchenbuch*. Das war ihr Lieblingsbuch gewesen, und es war einer Sturzflut zum Opfer gefallen. Agnes wäre beinahe ebenfalls der Sturzflut zum Opfer gefallen. Sie hatte am Flussufer gelesen, die Zehen im kalten, nassen Sand, ganz vertieft in die Beschreibung eines tiefen, dunklen Walds, durch den ein Mädchen allein lief, als sie von hinten hochgerissen wurde und vor Schreck das Buch fallen ließ, genau als eine große braune Welle vorbeischwappte, breit und trüb und unvermittelt, wie eine hervorschnellende Froschzunge, nur dass sie nicht wieder eingezogen wurde. Glen hatte Agnes gepackt. Mit den Füßen sicher auf der trockenen Böschung regte sich eine traumähnliche Erinnerung daran, dass ihr Name eindringlich wieder und wieder gerufen wurde, irgendwo im Hintergrund des Märchens über das dumme, leichtsinnige Mädchen und diesen missverstandenen Wolf.

Als sie auf ihre Hände sah und merkte, dass das Buch weg war, brach sie in Tränen aus. »Weil«, sagte sie zu Glen und ihrer Mutter, die mit feuchten, schaurig aufgerissenen Augen angerannt kam, »ich jetzt nicht weiß, was mit dem Wolf passiert ist.« Daraufhin, wusste sie noch, begann ihre Mutter zu weinen, und dann begann Glen zu weinen, und beide umarmten Agnes ganz fest, und alle weinten wegen dieses Buchs, das weggespült worden war. Eine Woche später sollten sie es finden, als sie flussabwärts von Ufer zu Ufer wateten. Es war an Steinen zerrissen oder für Nestmaterial geplündert worden. Was noch übrig war, war aufgequollen, die Farben und der schwarze Text über die Seiten verschmiert. Als Agnes es aufhob, zerbrach der Einband. Die schweren Hälften fielen ihr aus der Hand. Dieses Mal jedoch weinte sie nicht. Sie empfand überhaupt keine Traurigkeit, was sie ins Grübeln brachte, warum sie alle anfangs so betroffen gewesen waren. War Kummer so kurzlebig?

Nach dem Verlust des *Großen Märchenbuchs* hatten sie angefangen, einander eigene Geschichten am Feuer zu erzählen. Es machte jeden Tag interessant, selbst wenn es einer gewesen war, der nur von der weißen Sonne oder von einem Himmel mit einer einzigen flachen Wolke geprägt gewesen war. Einem Tag, an dem kein Tier sich gerührt und kaum jemand gesprochen hatte, außer um zu sagen, wann anzuhalten und wann weiterzugehen war. Eine Geschichte rettete einen solchen Tag.

Agnes sah Glen auf das Feuer zugehen. Er blieb stehen und lauschte eine Weile, bis die Neulinge zu lesen aufhörten und ihn anstarrten.

»Macht ruhig weiter«, sagte Glen. »Ich wollte nur zuhören.«

»Warum?«, fragte Patricia.

»Kennst du das nicht alles schon?«, fragte Frank. Offenbar wurden sie nicht gern beobachtet.

Glen geriet ins Stottern. »Doch, schon, ich habe nur …« Etwas zögerlich setzte er sich. »Ich habe nur eine Frage.«

»Nämlich?« Frank zog die Augenbrauen hoch.

»Ich weiß, dass wir jetzt alle hier sind und uns aufs Überleben konzentrieren sollten und so weiter, aber rein aus Neugier: Könnt ihr ein bisschen mehr darüber erzählen, wie schlimm es in der Stadt ist?«

»Was meinst du damit?«, fragte Helen.

»Also, ihr alle habt einfließen lassen, dass es wegen der Zustände eine ungewöhnlich lange Warteliste gibt. Und mein Eindruck ist, dass ihr nicht alle Wissenschaftler oder Abenteurer oder Leute mit kranken Kindern seid. Das war so die Klientel bei uns. Deshalb würde mich interessieren, ob ihr mir ein bisschen Kontext geben könnt, wie schlimm es ist. Denn wir haben damals nur mit Mühe die ursprünglichen zwanzig zusammengekriegt. Weshalb mich erstaunt, dass jemand jetzt hierherwill.«

Agnes hatte Glen noch nie so viel auf einmal reden hören. Er wirkte nervös. Sie musterte die Neulinge und ihre zusammengekniffenen Augen. Benahm er sich irgendwie unhöflich?

»Wenn du sagst, *wir* konnten niemanden finden, wer ist wir?«, fragte Frank.

»Meine Frau und ich. Wir haben dieses Experiment mehr oder weniger in Gang gebracht.«

Die Neulinge sahen sich an.

»Ich dachte, das wäre Carl gewesen«, sagte Linda.

Glen wirkte bestürzt. Lächelte aber. »Äh, nein. Carl war vor langer Zeit Student bei mir. Und er hat auf jeden Fall mitgeholfen. Aber nein, es waren Bea und Agnes und ich. Wir waren die ersten Teilnehmer.« Er legte Agnes die Hand auf den Kopf, und sie errötete.

»Wer ist Bea?«, fragte Patricia.

Glen wirkte verblüfft, als ihm klar wurde, dass sie sie nicht kannten. Natürlich konnten sie Bea nicht kennen. Sie war ja nicht hier. Er stammelte: »Meine Frau. Agnes' Mutter.«

»Ist sie gestorben?«

»Nein, nein, nein.« Er schüttelte heftig den Kopf. »Sie musste zurück in die Stadt.«

Einige schnappten hörbar nach Luft.

»Warum denn?«, rief Helen.

»Ihre Mutter ist gestorben. Sie musste sich darum kümmern.«

»Worum kümmern?« Helen war verwirrt.

»Um die Angelegenheiten ihrer Mutter.«

»Aber ihre Mutter war tot«, sagte Frank.

»Genau.«

»Warum musste sie dann zurück? Wenn sie im Sterben lag, das verstehe ich, aber sie war ja schon tot, richtig?«

Glen nickte stumm.

»Ausgeschlossen, dass sie darum zurückgegangen ist«, meinte Frank.

»Wie bitte?«

»Niemand würde jemals absichtlich zurück in die Stadt gehen. Alle wollen weg.«

»Übertreib nicht so, Frank«, sagte Patricia. »Nicht alle wollen weg. Es gibt viele Leute, die du gar nicht kennst.«

»Tja, aber es gibt viele Leute, die ich eben schon kenne, Patricia«, blaffte Frank. »Viel mehr als du.« Sein Tonfall überraschte Agnes. Bisher hatte er so nett gewirkt.

Glen schob die Lippen vor, wie er es oft tat, wenn er sich ärgerte. Wenn er Post von seiner Fakultät bekam. Wenn Carl eine Rede hielt. Agnes legte ihm die Hand auf den Arm, und er atmete tief durch.

»Sorry, Patricia«, sagte Helen. »Aber ich muss Frank zustimmen.« Sie wandte sich an Glen. »In die Stadt geht man nicht zurück. Bea ist garantiert woanders.«

»Nein«, sagte Glen ruhig. »Sie ist in der Stadt.«

»Wahrscheinlich ist sie in der Privatzone«, sagte Linda.

Die Neulinge machten Geräusche, *ts* und *hmm* und *ooh*, kritische Geräusche, verständnisvolle Geräusche, mitleidige Geräusche.

»Bestimmt ist sie da«, sagte Frank.

»Glückspilz«, sagte Patricia.

»Aber dich hat sie einfach hiergelassen?« Helen berührte Agnes an der Wange, und Agnes schreckte zurück.

»Das reicht jetzt«, rief Glen, und das gesamte Lager verstummte. »Ich wollte nur mehr über die Stadt erfahren. Meine Frau ist dort. Und ich mache mir Sorgen um sie.«

Agnes hörte seine Stimme beben und schluckte verblüfft. Wie konnte er sich Sorgen um sie machen, wenn sie sich eindeutig keine um ihn gemacht hatte? Und das wussten auch diese ganzen Leute. Hatte er Helen nicht gehört? *Sie hat uns verlassen.*

Helen seufzte genervt. »Was willst du denn sonst noch wissen? Es ist schlimm. Wir sind abgehauen, und viele andere versuchen es.«

Wieder drückten die Neulinge ohne Worte ihr Mitleid aus, und Glen ging mit hängenden Schultern weg.

Jetzt machten die Neulinge leisere Geräusche, klackerten vor sich hin, als übermittelten sie einander persönliche Gedanken und Vorstellungen und Gefühle, die niemand sonst deuten konnte, wie eine Fledermauskolonie. Sie waren eine eingeschworene Gruppe, und zum ersten Mal dachte Agnes, dass sie vielleicht nicht so bedauernswert waren, wie sie wirkten.

Sie wandte sich um.

»Hey.« Ein Flüstern drang aus der Dunkelheit.

Knapp außerhalb des Feuerscheins saßen die beiden Mädchen Patty und Celeste und der Junge Jake. Sie starrten alle in die Flammen, und Agnes konnte ihre Miene nicht deuten, wenn sie ihr auch nicht gänzlich fremd war. Ihr Blick war eigenartig ausdruckslos.

Dann sah Celeste sie von der Seite an. »Was ist mit deinen Haaren los?«

Agnes fasste sich an die weichen Stoppeln. »Sie sind kurz.«

Die beiden Mädchen verdrehten gemeinschaftlich die Augen. »Was du nicht sagst«, meinte Celeste.

Patty fragte: »Wie alt bist du?«

»Weiß ich nicht«, sagte Agnes. »Wahrscheinlich so zwanzig.«

Die Mädchen lachten schallend.

»Auf keinen Fall«, sagte Patty. »Wir sind vierzehn.« Dabei deutete sie auf sie drei. Der Junge hatte bisher geschwiegen, aber er beobachtete Agnes hinter seinem

Wasserfall-Pony. Sie malte sich einen Puma aus, der ihn von oben ansprang. Er würde nichts ahnen, bis der Aufprall des Tiers ihm die Haare beiseite wehte und er endlich sah. Oh, dann würde er sehen. Aber es wäre zu spät. Was für ein trauriges Ende. Was für eine überflüssige Behinderung.

Celeste bemerkte Agnes' forschenden Blick. »Ich weiß, was du denkst«, sagte sie.

»Ach ja?«, fragte Agnes.

»Du denkst, dass wir uns total ähnlich sehen.« Sie deutete auf sich und Patty. Agnes hatte die beiden gar nicht beachtet.

»Wir sind Zwillinge«, sagte Patty.

Sie sahen einander überhaupt nicht ähnlich. Eine hatte die Farbe von trockenem Sand, die andere von nasser Erde. Eine schien sogar ein, zwei Jahre älter. Und sie hatten verschiedene Mütter. Aber Agnes nickte.

»Jake ist mein Cousin.« Patty zeigte mit dem Daumen auf ihn.

Mit zusammengekniffenen Augen fragte Agnes: »Stimmt das?«

»Ja«, sagte er. Seine Stimme war tiefer, als sie erwartet hatte. Er hatte keine Gesichtsbehaarung, klang aber wie ein Mann. Seine Stimme war nicht duldsam, wie seine Schultern es waren. Er wich ihrem Blick nicht aus.

»Ich hab eine tote Schwester«, sagte Agnes.

»Igitt«, sagte Celeste.

»Sag mal«, meinte Patty, »ist deine Mutter echt zurück in der Stadt?«

»Ja. Und das hat sie umgebracht.«

»Also ist sie auch tot?«

»Ja.«

»Warum hat dein Vater dann gesagt, dass er sich Sorgen um sie macht?«, fragte Celeste.

»Glen? Er will nicht akzeptieren, dass sie weg ist.«

»Das ist so traurig«, murmelten die Zwillinge.

»Ich sage ihm immer, dass sie nicht zurückkommt und dass wir gut ohne sie fertigwerden.« Das hatte Agnes noch nie laut zu ihm gesagt. Sie sprachen nicht oft über ihre Mutter. Aber falls er jemals fragte, würde sie ihm genau das sagen. Sie glaubte, dass es leichter für ihn wäre, wenn er das wüsste. Für sie jedenfalls war es leichter, seit sie beschlossen hatte, dass das die Geschichte ihrer Mutter war.

Die Zwillinge nickten, Jake hingegen machte eine skeptische Miene.

»Wie ist sie denn gestorben?«, fragte er halblaut.

Agnes blinzelte. »Hab ich doch gesagt. Die Stadt hat sie umgebracht.«

»Ja, aber wie?«

»Weiß ich nicht.«

»Woher weißt du dann, dass sie tot ist?«

»Weiß ich eben«, blaffte Agnes.

Die Zwillinge wechselten einen Blick, der so bedeutungsvoll war, dass Agnes sich vorstellte, sie hatten einander gerade alles anvertraut, was sie jemals gedacht hatten.

»Also, wenn sie wirklich von der Stadt gestorben ist, überrascht mich das nicht.« Celeste schüttelte den Kopf, wie Agnes es vorher bei ihrer Mutter Helen erlebt hatte. »Ich glaube ehrlich nicht, dass man von hier zurück in die Stadt könnte und überleben. Weil, die Luft würde einen auf der Stelle umbringen.«

»Total«, sagte Patty.

»Kann schon sein«, sagte Jake.

»Gibt es noch viele kranke Kinder dort?«

»Und wie«, platzte Celeste heraus.

»Wart ihr krank?«, fragte Agnes.

Celeste schüttelte den Kopf. »Als ich kleiner war. Später nicht mehr.«

»Aber wir haben trotzdem das Recht, hier zu sein«, rief Patty.

»Hey«, meinte Jake leise, besänftigend. »Ganz ruhig, Patty.«

Patty schnaubte wie ein Hirsch in Gefahr, und sie schielte mit einem verächtlichen Grinsen nach Agnes.

Sie verstummten und hörten dem Handbuchtext zu. Es war der Teil über den Bußgeldkatalog des Wildnis-Staats. Bußgelder für Müll, Bußgelder für das Betreten von Sperrgebieten. In Agnes' Augen die absurdeste war die saftige Strafe für Sterben. Sie bezweifelte, dass die Neulinge beim Lesen überhaupt richtig verstanden, was das bedeutete, so seltsam war es. Carl hatte es ihr eines Tages erklärt, als sie Steine auf dem Fluss springen ließen. Dass, auch wenn die Leiche hoffentlich von Aasfressern beseitigt wurde, Kleidung und Habseligkeiten abgeholt werden mussten, um die Auswirkungen auf die Natur zu verringern, und dass das normalerweise eine Bergungsaktion erforderte, für die die Angehörigen des Toten aufzukommen hatten. »Noch ein Grund, am Leben zu bleiben«, hatte Carl gesagt.

Jake hatte sich wieder seinen Schuhen zugewandt, und er warf wiederholt die Haare zurück, um zu sehen, was er da reinigte.

»Du wirst hier draußen sterben, weißt du«, sagte Agnes ruhig. »Und dann müssen sie deine Leiche suchen und das, was noch davon übrig ist, durch die Luft abtransportieren.«

Die Zwillinge prusteten laut. »Wow«, sagten sie wie aus einem Munde.

Agnes wedelte mit den Händen vor den Augen, als wäre sie blind. »Wegen deinen Haaren.«

Jake nickte ernsthaft. »Wir sterben alle.« Er schleuderte seinen Pony zur Seite. »Irgendwann.«

Celeste ließ sich theatralisch rückwärts in den Abendsand fallen. Patty machte es ihr prompt nach.

Den Kopf schief gelegt, sah Agnes sie von der Seite an. »Haben die sich wehgetan?«, fragte sie Jake.

»Du bist echt ulkig«, sagte Celeste von unten. Sie stützte sich auf einen Ellbogen und grinste kurz, bevor ihr Gesicht wieder seinen offenbar normalen missmutigen Ausdruck annahm. »Du musst uns verraten, was hier abgeht.« Sie warf vernichtende Blicke auf die Bäume, den Fluss, die vorbeiflatternden Fledermäuse, Agnes' schmutzige Mokassins. »Ich meine, Scheiße, was ist das hier?«

»Die Wildnis.«

»Und? Was *ist* das?«

Agnes sah Jake an. »Die Wildnis«, sagte sie.

Celestes Augen kreiselten wild in den Höhlen herum, und sie warf sich wieder in den Sand.

Die Zwillinge sahen in den Himmel, und Agnes ging weg. Die Zwillinge machten sie müde.

»So viel besser sind die Sterne hier gar nicht«, hörte sie Celeste meckern.

»Das habe ich auch gerade gedacht«, sagte Patty.

»Ich meine, was soll das Ganze?«

»Genau.«

Agnes sah sich noch einmal zu Jake um, der sie weiterhin beobachtete. Sie spürte, wie krumm ihr Rücken unter seinem Blick geworden war, also streckte sie ihn durch. Sie empfand den Drang, Jake zu schlagen, und deshalb rannte sie so schnell sie konnte dorthin, wo die Erwachsenen, zu denen sie gehörte, Fleisch verarbeiteten.

AM NÄCHSTEN MORGEN MACHTEN sie sich daran, die Schuppen einzureißen, die die Neulinge gebaut hatten. Die Holzbretter waren gefährlich durch rostige Nägel, feine Splitter und Schimmel.

Agnes arbeitete allein an einem kleinen Schuppen. Er bestand aus den Latten alter Apfelkisten. Die Wände waren schmutzige, aufgebrochene Bilder idyllischer Apfelplantagen. Sandkrebse hüpften auf dem Sandboden herum. Immer, wenn Agnes ein Brett herauszog, stiegen Staub und Partikel in einer Wolke auf, die sie einhüllte. Sie hielt sich den Mund zu, aber es half nichts. Nach ein paar Latten taumelte sie nach draußen, weil ihr gesamter Körper sich in einem Hustenanfall schüttelte. Vornübergebeugt, mit tränenden Augen beschwor sie eine alte Erinnerung herauf, und ihr Magen zog sich vor Grauen zusammen. Sie sah sich in ihrem kleinen Kinderzimmer, zusammengekrümmt in ihrem rosa Bett, in die rosa Bettwäsche hustend, bis ein roter Sprühregen kam, beleuchtet vom Schein der nächtlichen Lichter der Stadt. Sie sah ihre Mutter auftauchen, sie auf den Arm nehmen und mit ihr in den Flur rennen, mehrere Treppen hinunter in eine andere Wohnung. Die war karg und roch nach Desinfektionsmittel. Sie gehörte einer Privatärztin, die ihre Mutter für Notfälle bezahlte. Fast kein Arzt nahm noch Notfälle an, weil es keine Notfälle mehr gab. Wegen der Überbevölkerung wurden Notfälle mehr oder minder als Schicksal betrachtet.

Als ihre Mutter sie damals auf der Liege der Ärztin absetzte, sah Agnes Blut auf der Bluse ihrer Mutter. Keinen Klecks oder Streifen. Nein, es sah aus, als hätte ihr Gesicht sich dort in Blut abgedrückt – ein kleines Augenloch, eine helle Wange und ein klaffender Mund. Jetzt manchmal, wenn sie durch den Wald lief, entdeckte sie einen Farbfleck irgendwo, Flechten auf einem Baumstamm oder einen Stein, der aus grünem Gras ragte, und dachte an dieses halbe Gesicht, ihr Gesicht. Es war die Totenmaske eines Todes, den sie überlistet hatte. Sie sah diese Maske an vielen Stellen, auf vielen Dingen. In anderen Farben. Das grüne Blut von Bäumen. Blaues Blut von Wasser. Schwebende weiße Blütenblätter. Was auch immer diesen Dingen Leben einhauchte, was auch immer der Kern war, der sie unergründlich machte.

Als sie ihre Mutter wiedergesehen hatte, war es der nächste Morgen, und der Fleck war nicht mehr da gewesen. Eine neue Bluse. Sauber, pfirsichfarben. Agnes erinnerte sich, wütend gewesen zu sein, dass ihre Mutter das Zeichen eines solchen Moments einfach ablegte.

Aber es war nicht zum ersten Mal passiert, dieses Hasten zur Ärztin. Und es passierte nicht zum letzten Mal.

»Sie entwickelt eine Toleranz«, hatte sie damals die Ärztin über ihr Medikament sagen hören.

»Was können Sie dagegen tun?«, fragte ihre Mutter.

»Nichts. Das ist jetzt eben so. Außer, sie hätte andere Luft zum Atmen.« Die Ärztin verstummte. Dann hatte sie ein verbittertes Geräusch ausgestoßen, weil es ein absurder Gedanke war. Andere Luft zum Atmen.

Jetzt richtete Agnes sich auf, nahm einen tiefen, sorgsamen Atemzug anderer Luft und bemerkte Dolores. Das Mädchen versteckte sich halb hinter einer der schiefen Hütten, einer Ecke von Holzkistenteilen, auf der *Königs-* stand.

Debra hustete mehrmals schwach in ihre Hand, ein Nachahmen von Agnes' Anfall. Agnes überlegte, ob Dolores ihr Mitgefühl zum Ausdruck zu bringen versuchte. Vielleicht war es ihr geheimer Handschlag. Ja, sehr wahrscheinlich war sie auch krank gewesen. Sie wirkte, als wäre sie es noch vor Kurzem gewesen. Sie war dünn, ihre Haare stumpf, die Haut bleich. Dunkle Ringe unter den Augen. Sie benahm sich so verhalten und vorsichtig, als könnte eine unbedachte Bewegung einen schmerzhaften Hustenkrampf auslösen. An all das erinnerte Agnes sich irgendwo in ihrem eigenen Körper.

»Hallo«, sagte Agnes. Dolores' Augen wurden groß und hell, als wäre sie perplex, gesehen zu werden. »Wie geht's dir?«

Dolores schluckte hörbar, trat aber hinter dem Schuppen hervor und ging bedächtig zu Agnes.

»Warum gibt es nicht mehr Kinder wie dich und deinen Bruder in der Gruppe?«, fragte Agnes.

Wieder riss Dolores die Augen auf, als ihr eine echte Frage gestellt wurde. Sie zuckte übertrieben die Achseln, als flehte sie Agnes an, ihr zu glauben. Sie wusste es nicht.

Jetzt setzte sie sich hin und rollte Agnes einen kleinen Gummiball vor die Füße. Sie forderte Agnes mit einer Geste auf, ihn zurückzurollen.

»Es gab eins«, sagte Dolores.

»Ach so«, sagte Agnes.

»Wie viele Jahre bist du?«

»Weiß ich nicht«, sagte Agnes.

»Ehrlich?«

»Ehrlich. Ich könnte dreißig sein. Aber wahrscheinlich bin ich viel jünger. Wie alt bist du?«

»Ich bin mehr als drei.«

»Das ist schön.«

»Gibt es hier Blumen?«

»Es gibt hier viele Blumen, aber nur in bestimmten Jahreszeiten.«

»Was für eine Jahreszeit ist gerade?«

»Herbst.«

»Gibt es jetzt Blumen?«

»Eigentlich nicht.«

Dolores' Augen waren groß, und ihre kleinen Lippen waren nachdenklich nach vorn geschoben.

Sie hatte Glück, hier zu sein. Hier zu sein und gesund zu werden. Agnes stellte sich vor, dass sie das tief drinnen möglicherweise wusste. Ganz kurz sah sie ein Bild vor ihrem geistigen Auge von einer kleinen, kranken, unkontrolliert Blut spuckenden Dolores, so wie Agnes selbst früher. Es war ein schreckliches und schauriges Bild, und sie verdrängte es hastig. Sich an sich selbst in diesem Zustand zu erinnern war okay, aber es schien ihr grausam, es jemand anderen durchmachen zu lassen, und wenn nur in ihrer Fantasie.

Zu Anfang war Agnes eins von fünf Kindern im Wildnis-Staat gewesen. Schwester und Bruder waren noch hier, aber Ali war schnell gestorben. Vielleicht zu krank, um ein so physisches Leben auszuhalten. Hier gab es andere Gefahren. Die Erwachsenen mussten das verstanden haben.

Sie wusste noch, wie Flors Mutter Maria entschieden hatte, dass es ein Fehler gewesen war zu kommen. Maria hatte Angst bekommen, nachdem der Erste gestorben war und ein Bär ihr Lager geplündert hatte. Niemand wurde verletzt, doch der Bär wollte einfach nicht mehr gehen, machte es sich gemütlich und schiss auf ihre Betten und fraß ihren ganzen Proviant auf. Zwei Tage lang mussten sie ohne Nahrung auskommen, während sie ihn belauerten, auf eine Gelegenheit warteten, ihn zu töten. Während sie sich an das Leben in der Wildnis gewöhnten, gab es so einige hungrige Tage. Am nächsten Posten marschierte Maria zum Tresen und sagte zu dem Ranger: »Ich gebe auf.«

»Aufgeben? Was denn aufgeben?«

»Keine Ahnung. Ich verzichte auf meine Wildnis-Staatsbürgerschaft.«

»Gute Frau, wovon zum Henker reden Sie überhaupt?«

»Ich will nach Hause.«

»Na gut. Dann gehen Sie nach Hause.«

Sie starrte ihn fassungslos an. »Wie denn?«

Er holte einen Zettel hervor. »Busfahrplan. Wenn Sie wissen, wann Sie loswollen, rufen wir Ihnen ein Taxi.« Zu dem Zeitpunkt waren sie seit ungefähr einem Monat da.

Im nächsten Frühling hatte Debra am Posten einen Brief von Maria bekommen. Die kleine Flor war gestorben.

»Tja, sie hätte auch hier sterben können.« Debra hatte bemüht die Achseln gezuckt. Es gab keine Garantien.

Jetzt lächelte Agnes, und Dolores musterte sie einen Moment lang ernsthaft und erwiderte das Lächeln dann unschlüssig. Agnes war bei ihrer Ankunft etwas älter gewesen als Dolores. Sie konnte sich nicht vorstellen, wie es war, hier drei Jahre alt zu sein. Sie wollte etwas sagen, um diese Unschlüssigkeit aus Dolores' Miene zu vertreiben.

»Dolores«, blaffte da Linda, und die Kleine rannte zu ihrer Mutter. Linda beäugte Agnes mit Neugier und Misstrauen, während ihre Tochter sich unter ihren Arm quetschte, den sichersten Ort, wie ein Küken unter dem Flügel. Agnes erinnerte sich daran, selbst so klein gewesen zu sein, so leicht ein Gefühl von Sicherheit zu erlangen. Sie war zwar froh, jetzt erwachsen zu sein. Aber dieses Gefühl von Sicherheit vermisste sie. Es war endgültig aus ihrem Leben verschwunden.

Ihr wurde bewusst, dass sie bei den vielen neuen Gesichtern um sich herum das ihrer Mutter nicht mehr vor sich gesehen hatte, seit sie den dunklen Wald betreten hatten. Davor war sie jeden Tag mitten aus einem Traum vom Gesicht ihrer Mutter aufgewacht. Nicht Bea im Ganzen; nur ihr Gesicht, das über allem schwebte, was der Traum darstellte oder erzählte. In einem Traum, in dem ein Kojotenrudel ihr Lager überfiel, war das Gesicht ihrer Mutter der über dem Gemetzel leuchtende Mond. In einem Traum, in dem sie wilde Zwiebeln unter ihrem Kissen fand, tauchte das Gesicht ihrer Mutter auf der perlmuttfarbenen Schale einer kleinen weißen Knolle auf. Ihre Mutter war das Gesicht einer Eule, die Agnes beim Froschfangen mit Val aufschreckte. Nein, das musste echt gewesen sein, kein Traum. Sie hatten Frösche und Schnecken zum Abendessen gesucht. Und ihre Mutter hatte sie verärgert von oben beobachtet. Agnes hätte schwören können, das schreckliche Gesicht ihrer Mutter gesehen zu haben. Ihre wütende Mutter, immer noch wütend auf sie.

Celeste schlurfte auf Agnes zu, ihre Körperhaltung schien das reine Grauen auszudrücken.

»Mpf«, machte sie und musterte Agnes erwartungsvoll.

»Mpf?«, fragte Agnes.

»Mpf«, sagte Celeste etwas nachdrücklicher, während sie gleichzeitig den Blick über die zerstörten Baracken schweifen ließ. »Das ist so blöd«, stellte sie klar.

»Warum?«

Celeste zog einen Schmollmund. »Ich vermisse mein Häuschen.«

»In der Stadt?«

Celeste verdrehte die Augen. »Nein, hier. Es hatte ein Fensterchen mit geblümtem Vorhang. Und einen glatten Fußboden, auf dem ich getanzt habe, und es hat nach Rosen gerochen.«

»Du lügst«, sagte Agnes. »Nichts riecht hier nach Rosen.« Sie konnte sich nicht erinnern, wann sie zuletzt eine Rose gerochen hatte. Man roch nur Salzwasser und Fäulnis und Tanne.

Celeste schüttelte den Kopf. »Ich tu so, als ob, du Doofie.«

Agnes nickte, obwohl sie nicht sicher war, worin der Unterschied zwischen Tun, als ob, und Lügen bestand.

»Woher sollte ich denn Vorhänge haben?«, fragte Celeste. »Außerdem gibt es im Umkreis von einer Million

Kilometern nichts Glattes. Aber dann fühle ich mich besser.«

»Warum musst du dich besser fühlen?«

»Weil ich traurig bin.«

»Warum?«

»Weil ich nicht hier sein will.«

»Ach so.« Betroffen sah Agnes zu Boden, ihr kreiste wild etwas durch den Kopf. Etwas, das sie nicht ganz fassen konnte. Ein Gefühl. Was für eins? Es war beinahe greifbar ...

»Ich war auch traurig«, platzte sie heraus, fast atemlos.

»Wann?« Celeste kniff die Augen zu Schlitzen zusammen, bereit, sich zu rächen, falls sie lächerlich gemacht werden sollte.

»Am Anfang hier.«

Celeste betrachtete die Ameisen, die über Agnes' schmutzige Mokassins marschierten, die Flecke auf ihrem Kittel, wo sie sich immer die Hände abwischte. Ihre harten, erdverschmierten Arme. Den Dreck unter ihren Nägeln. »*Du* warst traurig.« Es klang skeptisch.

»Ja«, sagte Agnes langsam. Die Erinnerung fügte sich nach all den Jahren wieder zusammen. Sie hatte nicht herkommen wollen. Sie wollte ihre Freundinnen nicht verlassen. Egal, wie viel Blut sie hustete. Sie wollte ihr rosa Bett nicht verlassen. Das Bett, das ihre Mutter jeden Morgen machte, sodass es aussah wie in einer Zeitschrift. Sie verstand nicht richtig, wohin sie gingen oder was sie dort erwartete. Doch daran, wie ihre Mutter die Schultern straffte, wie sie ihren Rücken durchzudrücken versuchte, um stärker zu wirken, erriet Agnes, dass es ein brutaler Ort war. Dass es dort Gefahren gab.

Dass ihre Mutter Angst hatte. Und sie sah sich in ihrem kleinen, aber behaglichen Heim um und fragte sich: Warum? Warum sollten sie von einem bekannten Ort an einen fremden ziehen? Um die Zeit musste sie vier gewesen sein, knapp fünf. Sie trug Socken mit Spitzenbündchen, genau wie Dolores, und auch Zöpfe, genau wie Dolores. Ihre Mutter flocht ihr die Haare, wenn sie noch feucht vom Baden am Vorabend waren. Nach Scharmützeln mit ihrem Kissen beim Träumen standen sie immer in alle Richtungen ab. Agnes ging in den Kindergarten im Keller ihres Wohnhauses. Dort machte sie Mittagsschlaf und bekam Geschichten vorgelesen. Sie teilte sich Safttüten mit ihren Freundinnen. Wie hießen sie? Das wusste sie nicht mehr. Vielleicht wüsste sie es noch, wenn ihre Mutter die Namen ausgesprochen hätte, seit sie die Stadt verlassen hatten. Ihr aus Agnes' Leben erzählt hätte. Doch ihre Mutter erzählte nur Geschichten von ihrer eigenen Mutter und ihrer Oma, der Mutter ihrer Mutter, oder von sich und Agnes. Die Egozentrik ihrer Mutter machte Agnes wütend. Dann allerdings fiel ihr ein, dass ihre Mutter keine Geschichten über sie und ihre Freundinnen kennen konnte. Denn das waren Agnes' persönliche Erinnerungen. Dass sie ihren Saft versprühten, um Regenbogen auf dem Beton zu machen, dass sie sich beim Vorlesen gegenseitig in den Haaren herumspielten. Sie hatte die Namen der Mädchen vergessen, mit denen sie diese Momente erlebt hatte. Das erste und letzte Mal, dass sie auf sich selbst gestellt gewesen war, bis jetzt.

Da kam ihr ein Gedanke.

»Niemand wollte so richtig hier sein«, sagte sie zu Celeste. »Aber wir mussten ja.«

»Niemand?«

»Na ja, Carl wahrscheinlich schon.«

»Welcher ist Carl?«

Agnes zeigte auf ihn. Er war gerade damit beschäftigt, Larven aus den Zwischenräumen der vermoderten Bretter der eingerissenen Schuppen zu zupfen und sich in den Mund zu stecken.

»Ja, klar«, sagte Celeste. »Das kann ich mir vorstellen.«

»Er ist nicht komisch oder so was.« Agnes hatte das Gefühl, Carl in Schutz nehmen zu müssen, als sie ihn jetzt durch die Augen des anderen Mädchens sah, zum ersten Mal seine Schmutzigkeit wahrnahm, seinen Geruch, die verfilzten Haare, den Übereifer in seinem Blick. »Er gehört einfach hierher.«

»Wie du?«

Agnes errötete vor Stolz und etwas Beschämung. »Wie ich. Wie ich *jetzt*.« Sie sprach mit bedächtiger Überraschung, unsicher, ob die Sätze wirklich von ihr stammten. »Am Anfang musste meine Mutter mir jeden Tag die Haare kämmen, weil ich nicht wollte, dass sie durcheinander sind.« Sie zeigte auf ihren fast kahlen Schädel. »Ich bin in weißen Klamotten aus dem Bus ausgestiegen.« Sie zog eine Grimasse bei der Erinnerung an die Helligkeit ihrer Kleidung in der blendenden Sonne. Sie blinzelte. Es war, als beobachtete sie ein anderes kleines Mädchen, eine nette Fremde. »Meine Fingernägel waren lackiert. Und zwar rosa. Rosa war meine Lieblingsfarbe.« Agnes fing an zu lachen, dann lachte sie lauter, und schließlich fiel Celeste mit ein, und am Strand drehten sich einige zu ihnen um, vor allem Patty. Sie hörten auf zu lachen.

Celeste beugte sich vor und flüsterte: »Ich hab Nagellack dabei.«

Agnes bekam ein flaues Gefühl im Magen. Sie wollte die Farbe sehen, eine Farbe, die nicht von der Erde stammte, und gleichzeitig wollte sie mit etwas so Unechtem nichts zu tun haben, etwas so aus der Welt ihrer Mutter. Einer toten Welt.

»Es wäre superwitzig, ihn an dir zu sehen.« Celeste beäugte Agnes' schmutzige Fingernägel.

»Ich glaube, der würde stören«, sagte Agnes. Konnte sie mit lackierten Fingernägeln jagen? Mit den Händen essen? Sehnen zu starken Kordeln flechten? Würde der Lack je von allein abblättern oder müsste sie ihn abkauen? Würde sie ihn abzukauen versuchen und von seinem Nährwert abhängig werden und sterben, wenn er weg war? Ihr Herz klopfte wie wild.

»Er ist rosa«, sagte Celeste.

Als Agnes gerade den Mund aufmachte, um abzulehnen, sagte Celeste: »Komm mit«, und Agnes folgte ihr.

Celeste stapfte an der Gemeinschaft und den Neulingen vorbei, und Patty lief auf einmal neben ihnen her, eine Kameradschaft ohne Worte. Schweigend betraten sie den Wald, überschritten die Grenze, auf deren einer Seite es grell und sonnig und auf deren anderer feucht und dunkel war.

Celeste zählte: »Eins, zwei, drei, vier ...« Bei zehn drehte sie sich nach links. »Eins, zwei, drei, vier ...« Bis zehn. Sie schwenkte nach rechts. »Eins, zwei, drei, vier ...« Bis zehn. Sie blieb stehen. Ein von Moos bewachsener Felsbrocken. Sie hob das nasse grüne Moos als zusammenhängendes Kissen ab und legte eine Kerbe im Stein frei.

Aus der Kerbe strömte ein neonrosa Schimmern wie ein Strahlenkranz.

Celeste hielt das Fläschchen behutsam wie ein Vogelküken, streichelte es, führte es den anderen Mädchen vor wie in einem Werbespot. »Er heißt Neon Dreamlife«, raunte sie, und Patty stöhnte.

»Es ist Glitzer drin, aber den sieht man erst auf den Nägeln.«

»Mach meine«, sagte Patty. Celeste schraubte den Deckel ab, und sie alle hielten ihre Nasen dicht über den Hals und atmeten ein.

Patty hustete. »Traumhaft.«

Agnes lief das Wasser im Mund zusammen. Sie wollte das giftige Rosa trinken. Es in der Kehle spüren.

Celeste streckte die Handfläche aus, und Patty legte ihre Finger darauf.

Langsam strich Celeste den Pinsel über jeden Nagel, einmal, zweimal, dreimal, säuberlich, sorgfältig. Patty erschauerte. Ihre Augen waren zugekniffen, in Vorfreude auf eine Überraschung.

»Nicht anfassen«, sagte Celeste schließlich. Patty schlug die Augen auf.

Alle Mädchen beugten sich zu der Hand hinunter. Patty wackelte mit den Fingern. Agnes konnte sich nicht erinnern, je eine so satte Farbe gesehen zu haben. Blumen, ja. Aber echte Blumen waren staubbedeckt oder vom grellen Licht ausgeblichen. Vielleicht hatten, dachte sie, nach einem Frühlingsregen, als die Sonne durch die Wolken brach, einmal ein paar Veilchen lila gefunkelt, und das war ein solcher Schock für ihre Augen gewesen wie Pattys Nägel jetzt. Manchmal war der Sonnenuntergang schreiend bunt. Oder wenn sie Wild ausnahmen, den Magen im Ganzen herauszogen und die roten und blauen Adern wie auf einem Anatomieschaubild aus einem alten Schulbuch ihrer Oma aussahen. Jenes Blau war leuchtend und rein. Dieses Rosa aber, das schmerzte in den Augen. Dieses Rosa machte sie geizig. Sie erinnerte sich an die Zeitschrift ihrer Mutter und die kräftigen Farben ihrer Inneneinrichtungen. Trotz der Hochglanzseiten blieben die Bilder aber unzugänglich, fern. Fotos von Orten, die sie nie im echten Leben sähe. Unberührbar. Agnes streckte die Hand aus.

»Nicht anfassen! Noch nicht trocken!«, kreischte Celeste.

Hastig zuckte Agnes zurück. Blut stieg ihr in die Wangen. Sie legte die Hände darauf. Sie wusste, dass das Rosa ihrer Wangen nicht so hübsch wie das Rosa auf Pattys Nägeln war.

Patty blies darauf, als wären es Geburtstagskerzen.

»Mach meine«, sagte Agnes.

»Ich bin nicht sicher, ob er bei dir hält.« Celeste betrachtete ihre Finger. »Die sind so schmutzig.«

Agnes spuckte sich in die Hand und wischte sich die Nägel ab.

Celeste tat, als müsste sie sich übergeben. »Du bist ekelhaft«, sagte sie und streckte ihre Handfläche aus.

Agnes legte ihre Finger darauf.

»Ich mach erst mal nur einen. Einen Testnagel. Ich will keinen guten Lack verschwenden, wenn er doch nicht hält.«

»Bitte«, wimmerte Agnes.

»Willst du jetzt Nagellack oder nicht?«

»Ja.«

»Welchen?«

Agnes betrachtete ihre vernarbten Hände, ihre schartigen Nägel, den Dreck darunter. Sie wackelte mit dem kleinen Finger. »Den hier.« Es musste der sein, den sie am wenigsten brauchte. Der blieb länger sauber, dachte sie. Der Lack blätterte nicht so leicht ab. Vielleicht nie. Sie steckte ihn in den Mund und versuchte, den Nagel mit der Zunge zu reinigen. Dann wischte sie ihn sich am Kittel ab.

Sie schloss die Augen.

Der Pinsel war weich. Kitzelte. Die Flüssigkeit war zuerst kalt. Als würde sie den Finger in das Eiswasser eines Winterflusses halten. Ein Schauer jagte ihr über den Rücken. Auf einmal verschloss sich der Fingernagel, straffte sich, hörte zu atmen auf. Agnes spürte, dass er keine Luft bekam. Beinahe hätte sie gequietscht, wäre aufgesprungen und weggerannt. Es war furchtbar.

»Okay«, sagte Celeste. »Mach mal so.«

Agnes öffnete die Augen, sah Celeste auf ihre Nägel blasen und senkte den Blick.

In dem Rosa fing sich Licht, das sie in dem dunklen Wald bisher gar nicht wahrgenommen hatte. Es wirkte, als bewegte es sich auf ihrem Nagel, atmete mehr und mehr Farbe in sich ein. Sie sah die Glitzerpünktchen. Nicht zu viele. Genau richtig. Es war lebendig, perfekt.

Celeste schraubte den Deckel wieder zu.

»Machst du dir deine nicht?«

»Ich warte auf eine besondere Gelegenheit.«

»Was für besondere Gelegenheiten soll es denn hier geben?«, fragte Patty.

»Irgendwas bestimmt. Heiratet hier niemand? Oder schmeißt Partys? Meine Mutter gibt für ihr Leben gern Partys.«

»Warum seid ihr hier?«, fragte Agnes.

»Warum bist du hier?«, entgegnete Celeste mit zusammengekniffenen Augen, wieder misstrauisch.

»Ich war krank.«

»Das sagen alle.«

Agnes sah wieder ihr blutbeflecktes Kissen vor sich, die Spritzer, die man nie ganz herauswaschen konnte. »Nein, ich erinnere mich daran. Es war so. Ich war krank.«

»Dann hat deine Mutter dich also hergebracht, um dich zu retten?«

Agnes stockte der Atem. So hatte sie das noch nicht betrachtet. Ihr Gesicht brannte, wenn sie auch nicht sicher war, warum. »Kann sein.« Aber diese Geschichte mochte sie nicht. »Und Glen.«

»Wer ist Glen?«

»Mein Papa.«

»Warum nennst du ihn Glen?«

»Er ist nicht mein richtiger Vater.«

»Ja, du siehst auch nicht aus wie er«, sagte Patty.

»Du benimmst dich auch nicht wie er«, sagte Celeste.

»Er ist ein großartiger Anführer.« Agnes' Brust schwoll bei dem Gedanken an, dass jemand wie er ihr Vater sein könnte.

Die Zwillinge brachen in Gelächter aus.

»Du bist echt zum Schreien«, sagte Celeste.

»Er hat uns hergebracht«, sagte Agnes verwirrt.

»Du hast doch gesagt, das war deine Mutter.«

»Sie beide.«

»So einfach war es bestimmt nicht.« Celeste verzog das Gesicht. »Meine Mutter macht nie was, wenn es ihr nicht in den Kram passt.«

»Ich weiß nicht. Meine Mutter war hier ziemlich unglücklich, glaube ich. Deshalb ist sie weggegangen.«

»Ich dachte, sie ist weg, weil ihre Mutter gestorben ist.«

Agnes blinzelte. »Ja, stimmt.«

Celeste sah sie durchdringend an. »Du musst so zehn Jahre sein, richtig?«

»Ich bin viel älter«, sagte Agnes.

»Elf vielleicht.«

»Ich weiß nicht, wie alt ich bin.«

»Macht nichts.« Celeste warf den Arm um Agnes. »Du bist elf. Hab ich beschlossen.« Agnes wusste nicht, ob sie Celeste mochte. Aber sie mochte das Gefühl von Celestes weichem fleischigen Arm um ihre Schultern.

Celeste gab Patty den Nagellack, die ihn zurück in die Kerbe bettete wie ein Baby zum Mittagsschlaf, das Moos sorgsam wieder festklopfte und sich dann mit den glitzernd feuchten Händen das Gesicht tätschelte. »Tau ist super für die Haut«, sagte sie.

Sie trotteten aus dem Wald heraus und blinzelten in der grellen Sonne, die sich auf dem Wasser spiegelte. Agnes roch den Rauch eines Feuers, das gerade angezündet wurde. Ihr Magen knurrte. Sie versteckte ihren wunderschön lackierten Fingernagel in der Faust.

AM NÄCHSTEN MORGEN ORGANISIERTE Carl einen Tag der Arbeitsteilung. Er ließ Stationen für alle Hauptaufgaben der Gemeinschaft aufbauen, und die Neulinge besuchten sie nacheinander und lernten, was tagtäglich von ihnen erwartet wurde. In ihren Mienen war etwas Vorfreude zu lesen, hauptsächlich allerdings

Angst, denn fast alle Tätigkeiten waren mit Schmutz und Gestank verbunden, und vielleicht hatten sie Sorgen, sie nicht gut ausführen zu können. Sie sahen Debra dabei zu, wie sie den steifen Sehnenfaden durch das feste Leder stach, um neue Mokassins zu nähen. Sie streckte ihre Hände aus, damit die Neulinge ihre Hornhaut betasten konnten. Die Hände der Gruppe, die die Sehnen präparierte, rochen so lange nach Tierinnereien, bis es verflogen war, was eigentlich nie passierte, bevor neue hergestellt werden mussten. Die Ledergerber schwitzten und husteten im Qualm. Die Räucherer husteten und schwitzten im Räucherzelt. Und falls das Tragen von Gepäck attraktiver wirkte als diese Handwerke, merkten die Neulinge schnell, dass diejenigen, die am häufigsten das Gusseisen und die Büchertasche trugen, morgens beim Aufstehen steif und krumm waren.

»Warum tragt ihr diese ganzen Wälzer rum? Habt ihr die nicht inzwischen alle gelesen?«, fragte Patricia.

»Doch«, antwortete Dr. Harold, der gerade unterschiedliche Methoden demonstrierte, die Büchertasche zu tragen.

»Und warum behaltet ihr sie dann?«

»Damit wir sie noch mal lesen können«, sagte Debra in einer Knappheit, die normalerweise für Dr. Harold reserviert war. Er bemerkte es und grinste sie kurz an. Er trug die Tasche oft, weil Debra Bücher mochte.

»Es ist gut, unsere Geschichte dabeizuhaben«, sagte Glen mit einem Nicken.

»Warum?« Patricia zog die Nase kraus.

Glen lächelte. Er öffnete den Mund, schloss ihn. Erneut lächelte er. Agnes merkte, dass er die Antwort nicht kannte. Das hatte noch nie jemand gefragt.

Schließlich sprang Carl ein. »Geschichte ist was Gutes, oder etwa nicht?« Sie behandelten es wie eine rhetorische Frage. Niemand antwortete.

»Und was ist mit dem Riesentopf da?«, fragte Linda. »Mir ist schleierhaft, warum es das wert sein soll, so was Schweres mitzuschleppen.« Ächzend vor Anstrengung versuchte sie, ihn hochzuheben, aber er rührte sich nicht vom Fleck. Linda war klein. Fast so klein wie Agnes.

»Der ist es wert«, sagte die Gemeinschaft fast wie aus einem Mund, und Frank errötete.

Die Neulinge murmelten vor sich hin, sie hatten begriffen, dass die Aufgabe des Topfträgers wichtig war. Niemand allerdings wollte Dr. Harold mit der unhandlichen Büchertasche auf dem Arm ansehen.

Carl klatschte in die Hände. »Also gut, jetzt Jagen.«

Die Neulinge reihten sich zu einer Schlange auf. Am Strand hatte Carl eine Zielscheibe aufgebaut. Einen mit einem Fell bespannten Holzstapel.

Es gab zwei funktionierende Bogen, also probierten die Neulinge es nacheinander. Die Pfeile flogen in die unterschiedlichsten Richtungen, keiner kam dem Ziel auch nur nahe. Dabei war es ein einfaches Ziel. Agnes hätte es treffen können, ohne die Sehne allzu weit zurückzuziehen. Nicht einmal die Frauen mit ihren kleinen, geschickten Händen waren zu gebrauchen. Nicht einmal Jake, stellte Agnes enttäuscht fest. Vielleicht konnte sie es ihm beibringen.

»Mit Gewehren können wir es besser«, sagte Frank mit einer Grimasse. Sein Pfeil flog Richtung Wasser.

»Gewehre sind hier auf Dauer nichts.«

»Ach nein?«

»Die Kugeln gehen schnell aus«, sagte Val schnippisch.

»Können wir nicht einfach nachbestellen?«

»Wir bestellen hier nichts«, sagte Val.

»Die Zustellung ist unberechenbar.« Glen kicherte.

Agnes wusste, dass er das als lockere Bemerkung gemeint hatte, aber mehrere der erwachsenen Neulinge verdrehten die Augen. Vielleicht dachten sie, dass Glen sie auslachte. Oder dass er ein Trottel war. Die Zwillinge und Jake starrten ihn mit offenem Mund an.

»Es ist so: Wir alle müssen was gut können, um zu überleben«, sagte Carl. »Manche von uns werden das ein oder andere besser können als der Rest. Das macht nichts. Solange jeder einen Beitrag leistet. Trotzdem hilft es, wenn wir alle theoretisch alles können.«

Die Neulinge nickten. Es war klar, dass sie Carl mehr als jeden anderen mochten. Jetzt schon verließen sie sich darauf, dass er Antworten hatte.

Er fuhr fort. »Auch wenn nur wenige regelmäßig für die Gemeinschaft jagen werden, müssen wir uns alle mit Pfeil und Bogen vertraut machen. Wie habt ihr trainiert, bevor ihr herkamt?«

»Trainiert?«, flüsterte Helen.

»Ja, trainiert. Ihr wusstet ja alle, nehme ich doch an, dass Bogenschießen hier die Norm ist. Und wenn ihr nur ein Buch darüber gelesen habt, was auch immer.«

Carl sah sich um. Alle schwiegen.

Er klatschte in die Hände. »Na gut. Ist auch egal. Wenn ich mit euch fertig bin, braucht ihr keine Gewehre mehr.«

Carl beugte sich zu Pattys Mutter herunter. »Du warst noch mal?«

»Patricia.«

Er sah Patty an. »Und du heißt auch Patricia?«

Pattys Mutter öffnete den Mund, aber Patty schrie: »Ich bin einfach nur Patty! Und sie ist einfach nur meine Mama!«

»Krieg dich ein«, zischte Patricia. Sie holte tief Luft und atmete sie mit einem langen *Pfffff* wieder aus. »Nennt mich doch einfach alle Pattys Mama.« Sie stieß ein schallendes Lachen aus, das gar nicht wie Lachen klang.

»Von mir aus, Pattys Mama, du hast dich doch bestimmt irgendwie vorbereitet, oder?« Carl zwinkerte.

»Ich hab ein paar Bücher gelesen.« Triumphierend reckte Pattys Mama das Kinn.

Patty wieherte los. »Stimmt doch gar nicht.«

Carl wandte sich an das trotzige, dünne Mädchen. »Und du, Fräulein, was hast du gemacht?«

»Nichts. Ich bin ein Kind.«

Celeste prustete. »Du bist ein Fräulein.«

Patty und Celeste lachten und lachten.

»Ruhe!« Carls Augen flackerten auf. Sofort verstummten die Zwillinge und wechselten verächtliche Blicke. Aber Agnes sah sie auch erröten.

»Zeigt mir eure Hände«, verlangte er.

Sie streckten sie aus.

Carl nahm sie nacheinander in beide Hände, drückte, pikste, drehte hin und her, umschloss dann die Unterarme der Mädchen und klatschte ihnen schließlich auf die Finger.

»Aua«, sagte sie simultan.

Er quetschte ihre Arme. Brummelte vor sich hin. Zog an ihren Fingern und bohrte den Daumen in ihre Handflächen.

»Ich glaube, wir haben hier zwei Naturtalente«, sagte er. Pattys Eltern und Celestes Mutter applaudierten. Die Neulinge strafften die Schultern, als freuten sie sich, dass einer von ihnen Carl beeindruckt hatte.

»Meint ihr Fräulein, ihr könnt die Zielscheibe treffen?«

Sie verzogen böse das Gesicht.

»Ich glaube schon.« Carl wartete darauf, dass sie sprachen. Er war im Lehrermodus, wobei Agnes sich vorstellen konnte, dass er nicht an pubertierende Mädchen gewöhnt war.

»Was meint ihr?«

Celeste verdrehte wütend die Augen.

»Sag uns einfach, wie es geht«, murmelte Patty.

Carl reichte jeder einen Bogen.

Die ersten Pfeile, die sie abschossen, landeten vor ihren Füßen.

»Das ist doch blöd«, sagte Patty.

Carl gab ihnen neue Pfeile, und Celeste stampfte protestierend mit dem Fuß auf. »Mama!«

Ihre Mutter hatte eine knurrige Stimme, heiser, als stellte Schreien einen großen Teil ihres Lebens dar. »Celeste, mach einfach mit, verdammte Scheiße.«

Celestes Pfeil flog viel zu weit nach rechts, genau wie Pattys.

»Noch mal«, sagte Carl.

»Nein«, schrie Celeste, rasend wie ein in einer Falle gefangenes Tier. So schrill, dass Agnes' Ohren knackten. Aber trotz Protest spannte sie die Sehne parallel zu Patty. Agnes war fasziniert, dass die beiden so wütend und so gelangweilt gleichzeitig wirken konnten.

Die Zwillinge ließen ihre Pfeile losschnellen, ohne groß hinzusehen. Dennoch flogen sie mitten in das Herz der Zielscheibe. Sie spalteten sich fast gegenseitig. Daraufhin verschwand Celestes Wut, und sie war wieder die reine Langeweile.

Agnes glaubte, die beiden waren möglicherweise die schönsten Menschen, die sie je gesehen hatte. Der Zorn der Zwillinge war unvermittelt und grenzenlos. Er war wüst und unlogisch, und sie kannte nicht genügend Wörter, um das Gefühl zu beschreiben, das er in ihr weckte. Aber sie wusste, dass er mächtig war. Und sie wusste, dass sie irgendwo in sich ebenfalls über diese Macht verfügte. Sie überlegte, wann sie jemals Tiere mit so unerwarteter Wildheit beobachtet hatte, und war nicht sicher, ob überhaupt. Denn während Tiere aus nachvollziehbaren Gründen wild wurden, durchschaute sie nicht so ganz, woher die Emotionen der Zwillinge stammten.

»Noch mal«, sagte Carl.

Dieses Mal schrie Celeste nicht. Sie verdrehte nur die Augen und spannte die Sehne, genau wie Patty. Den Dreh herauszuhaben, hatte sie beruhigt. Beide stießen ein Seufzen aus, das Agnes bisher nur bei sterbenden Tieren erlebt hatte. Sie trafen genau ins Schwarze.

»Wie habt ihr so gut zielen gelernt?«, fragte Carl.

»Vom Rattenschießen mit Steinschleudern«, sagte Celeste.

»Ihr habt Ratten gesehen?« Agnes war verblüfft. »In der Stadt?« Sie hatte dort nie ein Tier gesehen.

»Du hast wahrscheinlich in einer schickeren Gegend gewohnt als wir«, versetzte Patty.

»Aber ich wusste nicht mal, dass es überhaupt noch Ratten in der Stadt gibt.«

»Oh, dann hast du definitiv in einer schickeren Gegend gewohnt als wir«, sagte Celeste, und die Zwillinge brüllten vor Lachen.

Carl schüttelte den Kopf. »Das erklärt gar nichts. Steinschleudern, da braucht man völlig andere Muskeln.«

Patty meinte: »Tja, es waren ziemlich große Steinschleudern.« Stolz reckte sie das Kinn, genau wie ihre Mutter vorher.

Er wandte sich an Celeste.

»Es waren ziemlich große Ratten«, sagte die, ohne eine Miene zu verziehen.

Carl gluckste. Entzückt klatschte er in die Hände. »Ist ja auch egal! Zeit zum Jagen!«

Vertraulich legte er die Arme um die Zwillinge, und sofort tauchten sie unter ihm weg und kamen wieder zusammen wie Magnete.

Eine Zeit lang, nachdem sie im Wald verschwunden waren, hörte Agnes lautes Gelächter, manchmal Schreie. Obwohl sie wusste, dass sie von den Zwillingen stammten, waren die Geräusche ihr unheimlich.

Gegen Abend kehrten die beiden Mädchen und Carl mit einer Hirschkuh und einem Kalb zurück. Mit Sicherheit hatte das eine Tier sich geweigert, das andere zu verlassen, und so waren beide umgekommen. Das Kälbchen hatte Carl sich um die Schultern gelegt, die rosa Zunge baumelte leicht hin und her. Der Hals der Kuh war aufgerissen, wahrscheinlich von einer rauen Pfeilspitze. Und einer ihrer Hinterläufe war verdreht. Es sah aus, als hätten die Mädchen sie niedergerungen, weil sie von dem Pfeil nur betäubt gewesen war.

Carl warf das Kalb an die Stelle, wo es ausgenommen werden sollte, und lief dann mit großen Augen auf die am Feuer Sitzenden zu. Auf seinem Hemd waren rote Spritzer; in seinem Bart Blutklümpchen. »Die haben das arme Tier praktisch totgeprügelt«, sagte er.

»Und du hast sie gelassen?«, schimpfte Debra.

»Sie müssen lernen.« Er verzog den Mund zu einem Grinsen. Er hatte es genossen.

Mit vielen Pausen schleiften die Zwillinge die Hirschkuh ächzend zu den Messern. Das vergossene Blut hinterließ eine Spur vom Wald bis an den Strand. Die restlichen Tage, die sie in diesem Lager verbrachten, ließ sich kein einziges Tier blicken. Blut war ein Warnsignal, was die Zwillinge noch nicht wussten.

DA SIE NICHT AM VERGIFTETEN FLUSS bleiben konnten, entschieden sie sich, den gleichen Weg zurückzugehen. Eigentlich entschied Carl. Eigentlich entschied Carl mit Unterstützung der Neulinge. Gegen Ende ihrer Zeit am Fluss war klar, dass die Neulinge Carl offiziell als Anführer betrachteten, obwohl die ursprüngliche Gemeinschaft nie einen offiziellen Anführer gehabt hatte. Jetzt doch.

Agnes nahm an der Besprechung am Lagerfeuer teil, als Einzige der jungen Leute. Es überraschte sie, weil sie fand, Celeste, Patty und Jake sollten auch dabei sein. Aber die Neulinge musterten sie skeptisch, als sie sich in den Kreis setzte. Erst als Carl sich neben ihr niederließ, veränderten sich ihre Mienen. Sie zogen die Augenbrauen hoch und nickten vor sich hin. Carl hatte Agnes' Anwesenheit legitimiert. Wusste er das? Hatte er es deshalb getan? Ihr Bein zuckte.

»Also«, begann Glen, weil er die Besprechungen immer begann. Er hatte am meisten Erfahrung wegen all seiner Besprechungen an der Universität. »Wir brauchen einen Plan für die nächsten Schritte. Vorher müssen wir aber noch erklären, wie wir hier Entscheidungen treffen.« Er übergab an Debra, die das Konsensprinzip erläuterte.

Als sie fertig war, nickten die Neulinge langsam. Dann verzogen sich ihre Gesichter, als hätten sie etwas leicht Widerliches gegessen.

»Das klingt schwierig«, sagte Linda.

»Ist es auch«, sagte Carl.

»Also, vielleicht zu schwierig«, meinte Frank.

Beipflichtend sah Carl sich im Kreis um. Glen machte Anstalten zu sprechen, doch Carl kam ihm zuvor. »Ja, ich finde, du hast recht, Frank. Es ist einfach zu schwierig bei einer so großen Gruppe.«

Genau das hatte auch Frank gesagt, trotzdem nickte Frank.

»Außerdem entscheiden wir nicht immer nach dem Konsensprinzip«, sagte Carl aufmunternd.

»Doch«, sagte Debra.

»Nein, wisst ihr noch, als ich vorgeschlagen habe, einen Tag von der Route abzuweichen, um Wasser zu suchen?«

»Ja, und das war, weil wir alle zugestimmt haben«, sagte Debra.

Val schaltete sich ein. »Das hast du nicht mehr richtig im Kopf, Debra, glaube ich.«

»Oh doch, das habe ich ganz prima im Kopf.« Debra sah hilfesuchend Glen an.

»Hör mal, Carl«, sagte der. »Mehr Leute bedeuten nicht, dass wir nicht mehr als Gruppe entscheiden müssen.«

»Das hatten wir schon oft, und es hat wunderbar geklappt«, murmelte Debra. Sie liebte das Konsensprinzip.

»Hey.« Carl hob die Hände. »Mir geht es nur um die Interessen unserer Gemeinschaft. Unserer *neuen* Gemeinschaft«, sagte er mit Blick auf die Neulinge. »Ich glaube, jetzt wo wir zusätzliche Mitglieder haben, sollten wir *als Gruppe* beschließen, wie Entscheidungen getroffen werden. In *dieser* Gruppe. Nicht in der alten. Vielleicht sehen die Neulinge die Logik im Konsens nicht. Bei mir war das jedenfalls immer so.«

»Bei mir auch«, sagte Val.

»Du magst den Konsens nicht, weil du das Kommando haben willst«, fauchte Debra.

»Tja, ich glaube, ich mag ihn auch nicht«, sagte Frank. »Er kommt mir nicht sonderlich repräsentativ vor.«

Die Neulinge nickten.

»Er ist total repräsentativ«, rief Debra.

»Nur«, fragte Helen, »was, wenn wir abstimmen und alle in eine Richtung abstimmen und ich das nicht will? Aber ich sehe mich im Kreis um, und alle sind echt sauer auf mich, also schließe ich mich an?«

»Das passiert nicht«, sagte Debra.

»Moment mal, Debra.« Val wandte sich an Helen. »Mir ist das schon passiert.«

Helen fasste sich an den Hals und sah Val mit feuchten, mitfühlenden Augen an.

»Dabei wird mir gerade bewusst«, sagte Frank, »dass ich lieber meine eigene Stimme hätte, die gezählt wird, und am Ende das Ergebnis akzeptiere, egal, wie es ausfällt.«

Carl nickte. »Sieht aus, als hätten die Neulinge gern eine neue Entscheidungsmethode.«

Val klatschte in die Hände. »Stimmen wir ab.« Der Rest der Gemeinschaft protestierte kurz. Doch man konnte nicht viel tun. Gegen Carl und Val und die Neulinge waren sie, stellte Agnes fest, in der Unterzahl.

»Das ist eine Mehrheit«, verkündete Carl.

»Aber wir brauchen Konsens, um das Konsensprinzip abzuwählen«, sagte Debra.

»Geht's noch?«, fragte Carl.

»Aber ...«

»Konsens war mal. Ende.«

»Darf ich was ansprechen, was mir aufgefallen ist?« Dabei sah Frank direkt Carl an.

»Bitte«, antwortete der gütig.

»Es ist ziemlich viel Aufwand, andauernd die Zuständigkeiten zu wechseln. Wir sind ja jetzt schon ein Weilchen bei euch, aber ich bin immer noch unsicher, wer was macht. Euer System könnte meiner Ansicht nach mal aktualisiert werden.«

»Ich bin ganz Ohr«, sagte Carl eifrig.

»Ich dachte mir, von jetzt an sollten wir« – Frank deutete auf die Neulinge – »uns um das Kochen und die Essenszuteilung kümmern. Das ist für uns Anfänger das Einfachste. So müssen wir nicht jeden Tag neu entscheiden, was ja doch ziemlich umständlich ist.«

Carl nickte. »Ja, ziemlich umständlich.«

»Wir wechseln nicht jeden Tag«, sagte Debra. »Wir haben ein System für die Arbeitsteilung. Das ist sehr einfach.« Ihr Gesicht war vor Ungläubigkeit verzerrt.

»Aber das System erfordert eine Abstimmung. Entscheidungen«, sagte Frank. »Das ist aufwendig im Vergleich dazu zu wissen, dass ich jeden Morgen Frühstück mache.«

»Es ist aufwendig«, sagte Carl.

»Ja, ich fand es immer zu aufwendig«, sagte Val.

»Aber wir machen es schon ewig so, und es funktioniert«, widersprach Debra.

»Tja«, sagte Carl. »Vielleicht wird es Zeit, mal was anderes zu probieren. Wir müssen hier draußen flexibel sein, Debra.«

»Stimmen wir ab«, sagte Val.

Die alten Mitglieder der Gemeinschaft waren in der Minderzahl.

»Sieht so aus, als würden in Zukunft die Neulinge das Essen kochen und verteilen«, stellte Carl fest. »Das wird echt eine große Hilfe sein.« Er wandte sich an Frank. »Ich bin so froh, dass du das Thema aufgebracht hast.«

Frank strahlte. »Darf ich dann noch eine letzte Sache ansprechen?«

»Nur zu.«

»Können wir bitte nicht mehr die Neulinge genannt werden? Ich meine, gehören wir nicht zur Gemeinschaft?«

Carl lachte. »Na ja, eins nach dem anderen.«

»Was heißt das?« Franks Miene verdüsterte sich vor Wut.

»Ich finde es wichtig, nicht zu vergessen, dass wir in gewisser Weise Älteste sind. Lehrer. Und ihr lernt noch.

Meiner Meinung nach brauchen wir eine Unterscheidung, bis wir alle auf Augenhöhe sind. Also heißt ihr weiter die Neulinge. Und wir sind die Originale. Nein, wir sind die Originalisten! Und zusammen werden wir *eine* Gemeinschaft sein.« Carl drückte die Hände aneinander und verbeugte sich.

»Aber irgendwann heißen wir nicht mehr Neulinge?«, fragte Frank.

»Warten wir's ab.«

»Mit Verlaub, Carl«, sagte Juan. »Die Originalisten? Sollten wir nicht darüber reden, bevor wir über so was wie einen Namen entscheiden?«

»Nö.« Grinsend lehnte Carl sich zurück, den Kopf in die verschränkten Finger gelehnt. Juan blinzelte überrascht. »Also, ich fand, das war eine sehr produktive Besprechung, ihr nicht?«

Die Stirn gerunzelt, wollte Frank offenbar etwas sagen, aber Pattys Mama quetschte ihm den Arm und schüttelte den Kopf.

Val kicherte.

Agnes sah sich im Kreis um. Die Originalisten starrten Carl und die Neulinge mit offenem Mund an. Frank wirkte zwar etwas verärgert, alles in allem aber machten die Neulinge einen zufriedenen Eindruck. Glen schien flüchtig betrachtet beinahe erheitert. Doch diese Miene hatte Agnes schon einmal gesehen, nach dem Verschwinden ihrer Mutter. Es war nicht Erstaunen oder gar reine Resignation, auch wenn beides mitschwang. Damals hatte Agnes den Gesichtsausdruck nicht deuten können, jetzt allerdings, im Kontext, war er unmissverständlich, obwohl Glen versuchte, ein Lächeln aufzusetzen. Er hatte Angst.

DIE ORIGINALISTEN WAREN NOCH NIE schnell vorangekommen, da sie eine große Gruppe mit schwerem Gepäck und Kindern waren; dennoch wurde ihr Tempo von den Neulingen erheblich gebremst. Diese neue, größere Gemeinschaft hinterließ einen zertrampelten Wald, und die Originalisten fragten sich, ob die Gruppe jetzt als Ganzes zur Verantwortung gezogen wurde. Oder würden die Ranger die Neulinge für eindeutige Neulingen-Verstöße bestrafen? Als die Originalisten neu waren, waren sie heftig bestraft worden. Bußgelder, Androhung von Ausweisung. Würde man die Neulinge genauso behandeln?

In der Mittagspause warfen die Neulinge sich der Länge nach ins Moos, ächzend. Die Zwillinge und Jake lehnten sich an Bäume, während die Originalisten und die kleinen Kinder hockten, die Arme um die Knie verschränkt, bereit aufzuspringen, falls nötig.

Agnes musterte alle prüfend, als wären sie ein fremdes Hirschrudel. Sie wollte wissen, welches Männchen der Einzelgänger war. Welches Weibchen das dominante? Wer würde um Territorium und Autorität wetteifern? Wer zuerst sterben?

Frank war ein großer, stämmiger Mann mit weichen Händen und Füßen, die leicht Blasen bildeten. Entweder hatte er sich selbst zum Anführer der Neulinge ernannt, oder er war es zufällig geworden. Agnes bemerkte, dass er stockte, bevor er Entscheidungen traf. Er sah sich um. Er war unsicher und überfordert. Und er ärgerte sich schnell.

Als Anführerin wäre Linda geeigneter gewesen, die streng über ihre Kinder Joven und Dolores herrschte. Aber sie hatte alle Hände voll zu tun. Wann immer die

Gruppe anhielt, seufzte sie und setzte sich schwerfällig. Jovens Bürstenschnitt wuchs sicherlich bald zu einem Wuschelkopf heraus, und Dolores zunehmend verfilztes und zerzaustes Haar war früher etwas Besonderes gewesen, das konnte Agnes sehen. Wahrscheinlich hatte ihre Mutter es jeden Abend gebürstet. Jetzt nicht mehr. Joven und Dolores blühten hier sicherlich auf, aber Linda war zu müde, um anzuführen. Schade, dachte Agnes.

Joven und Dolores beobachteten Schwester und Bruder, die sie umgekehrt ebenfalls beobachteten. Schwester und Bruder waren etwas älter als Joven, aber nicht viel. Vielleicht freundeten sie sich an. Agnes hoffte, sie mochten Kiefernzapfen, weil sie es leid war, dass er ihr auf Schritt und Tritt folgte.

Celestes Mutter Helen war an allen Männern im Lager interessiert. Sie band sich die langen Haare in einem Tuch zurück. Sie raffte ihren langen Rock, um die braunen Beine zu zeigen. Sie waren fleischig auf die Art, wie Beine es in der Stadt gewesen waren, wirkten hier aber deplatziert. Helens Beine machten Agnes hungrig, und vielleicht machten sie Carl auch hungrig, denn er betrachtete sie häufig.

Agnes' Wangen wurden warm. Sie schreckte auf. Ihr gegenüber am Lagerfeuer wackelte Jake mit den Augenbrauen und ruckelte mit dem Kopf leicht nach links. Als Agnes seiner Aufforderung folgte, sah sie auch Debra versonnen Helens Beine betrachten und dabei mit einem tastenden Finger über ihr Schlüsselbein streichen. Agnes wandte den Blick wieder Jake zu, und der zuckte die Achseln. Kaum merklich neigte sie den Kopf nach rechts, wo Dr. Harold saß, denn obwohl sie sein

Gesicht nicht sah, wusste sie, dass er Debra anstarrte. Jake riss die Augen auf und grinste verblüfft. Bis jetzt hatte Agnes bei ihm noch nie ein richtiges Lachen gesehen. Nur süffisant verzogene Lippen, ein Stirnrunzeln oder eine nachdenkliche Miene. Er hatte eine breite Lücke zwischen den gelben Schneidezähnen, und seine Zunge war rosa wie die Nase einer Feldmaus. Sein Grinsen reduzierte sich zu einem Lächeln, das seine Augen weicher machte, und er sah sie quer durch den Kreis an und schüttelte leicht den Kopf und lächelte weiter, als wäre er wirklich glücklich und könnte es nicht unterdrücken. So etwas hatte Agnes noch nicht oft in ihrem Leben gesehen. Bei allem, was sie hier hatten, erkannte sie, hatten sie nicht oft Freude. Nicht diese Art. Sie wollte es sich tief einprägen, falls sie es nie wieder erlebte.

Jetzt wandte sie die Aufmerksamkeit wieder Helen und ihren Beinen zu. Helen war nicht hilflos. Aber sie war ungeduldig. Und das konnte hier gefährlich werden. Was war mit Pattys Mama? Sie wirkte nervös und unbeherrscht. Vermutlich war sie fähig zu dummen Fehlern. Vielleicht starb sie als Erste. Oder eines der Kinder. Aber diesen Gedanken fand sie traurig, und sie schwor sich, Dolores und Joven zu beschützen. Wenn nicht die Kinder, wer dann? Agnes überlegte, ob Jake ihr Spiel schrecklich fände. War es komisch, über so etwas nachzudenken? Celeste, Patty oder Jake passierte sicherlich nichts. Sie waren zu stark und schlau unter ihrer spöttischen Miene. Agnes' Einschätzung nach war Linda unantastbar. Frank vielleicht. Er konnte durchaus listig sein. Das hatte sie bei der Besprechung gesehen, wenn sie sich auch vorstellen konnte, dass es mehr an Carls Einfluss als an Franks Initiative gelegen hatte. Ja, er war ein unvorbereiteter Mensch, nicht nur hier in einer neuen Umgebung, sondern womöglich in jeder Situation. Seine eigentliche Schwäche allerdings, befand Agnes, war, dass er das nicht wusste. Agnes beobachtete ihn. Er streckte die Hand nach etwas vor sich aus. Ein Frosch hüpfte hoch. Und Frank machte ebenfalls einen Satz, obwohl er selbst den Frosch gepikst hatte. Lachend warf Frank den Kopf zurück und stupste Pattys Mama mit dem Ellbogen an, die ihre Augen schloss und wartete, dass der Moment vorbei war. Mal abgesehen davon, dass der Frosch eine giftige Art gewesen war. Frank erschrak über Dinge, die er selbst in Gang gesetzt hatte. Ja, dachte Agnes, Frank starb wohl als Erster.

NACH MEHREREN TAGEN sonnenlosen Wanderns durch den feuchten Wald standen sie unvermittelt in einem lichteren, offenen Wald aus Kiefern mit orangefarbener Rinde. Sie hoben die Arme und Hände, um den Druck der unverschleierten Sonne auf ihre Augen zu lindern. Hinter Fingern und geballten Fäusten spähten sie vorsichtig hinaus, um sich an den neu erkennbaren Tag zu gewöhnen.

Obwohl die Bäume mal dichter, mal weniger dicht standen und ihre Stämme von Orange zu Weiß und wieder zu Orange wechselten, blieb es kühl, luftig und trocken, und aus unerfindlichen Gründen war weit und breit kein nutzbares Lebewesen zu sehen. Bald brauchten sie Verpflegung. Also wanderten sie mehrere Tage weiter und lagerten nur kurz, schliefen hauptsächlich unter freiem Himmel, aßen Dörrfleisch, kochten minimal.

Nach einer Weile führte der Wald sie zu einem Grat weit oberhalb eines Tals. Der bröckelige Hang war einhundert Bäume hoch oder sogar mehr. Das Tal war dunstig und gedämpft, als wäre der Morgenhimmel auf die Erde gefallen. Knapp unter sich entdeckte Agnes auf einer Felsnase ein Fleckchen Rot. Ein Funkeln, etwas Glänzendes, zumindest war es einmal glänzend gewesen. Etwas, in dem sich das Licht spiegelte wie in sonst nichts Natürlichem. Etwas aus Plastik. Die Neulinge bemerkten es nicht. Sie waren Plastik noch nicht entwöhnt genug. Daher empfanden sie es nicht als beachtenswert. Sämtliche Originalisten dagegen rissen sofort den Kopf herum, als sie auf den Grat traten.

Es dauerte einen Moment, bis sie das Leuchten von blondem Fell sahen. Das matte Braun von altem Blut und den dunklen Hohlraum eines großen Gelenks wie der Hüfte. Eine Leiche. Eine menschliche Leiche mit einem roten Plastikponcho und strohblonden Haaren, büschelig wie das aufgeschreckte Fell am Hinterteil eines Hirschs. Eine intakte Leiche, bis auf die Rillen im Becken, wo irgendjemand Nahrung gesucht hatte. War es ein Angriff gewesen, oder hatte ein Aasfresser sich an diesem mysteriösen Menschen gütlich getan? Die Felsnase, auf der die Leiche lag, ragte in die Luft hinaus. Vorsichtig stiegen Carl und Jake über Felsbrocken, um sie zu bergen.

Der Mann war von Natur aus bleich gewesen, einzelne Hautstellen waren braun und verschorft von einem offenbar heftigen Sonnenbrand. Immer noch auf seinem Kopf saß ein grüner Hut mit einer breiten Schürze, die den Nacken bedeckte. Darunter war die Haut weich und kühl. Agnes drückte die Finger auf ihre Gummiartigkeit. Der Tote trug Cargo-Shorts und eine Bauchtasche. Die Hose war von der Sonne ausgebleicht und die Tasche von einem kleineren, aber aggressiven Tier aufgebissen worden. Einem Dachs vielleicht. Was auch immer sich darin befunden hatte – Nahrung, Dörrfleisch vielleicht –, war jetzt nicht mehr da.

Sie inspizierten die Leiche, achteten auf alle Details, die sie zuordnen konnten. Seine Wanderschuhe, den einen weißen Socken und den blutigen. Seinen buschigen Schnurrbart und die kurzen, ungleichmäßigen Stoppeln am Kinn. Um den Hals war immer noch ordentlich ein Tuch gebunden. Dort hing auch ein Spektiv. Er sah aus wie jemand, der Vögel beobachten wollte, und die Originalisten überlegten, ob er vielleicht ein ihnen noch unbekannter Ranger war, der ein bisschen Freizeit genießen wollte. Aber dieser blasse Nacken. Kein blasser Ranger konnte so hell bleiben. Und der Sonnenbrand. Kein blasser Ranger würde einen Sonnenbrand so ausarten lassen. Die Hose konnte noch Dienstkleidung sein, nicht aber die Schuhe. Kein Ranger trug Schuhe. Sie hatten Stiefel. Und diese Bauchtasche. Diese Bauchtasche.

Carl drehte sich zu den Neulingen um. »Ihr hattet doch gesagt, ihr seid nicht mehr.«

»Sind wir auch nicht«, sagte Frank. »Der gehört nicht zu uns.«

»Zu wem gehört er denn dann?«, fragte Val in dem vorwurfsvollen Tonfall, den Carl angeschlagen hatte.

Die Neulinge zuckten die Achseln. Sie waren noch zu frisch, um Vermutungen anzustellen.

Die Originalisten sahen einander an, dann wieder den Toten. Ein Tölpel. Ein Nichtskönner. Heillos überfordert und trotzdem hier draußen. Weit hier draußen. Wie konnte so jemand es durch den Eingang zur Wildnis schaffen? So weit kommen? Wo war sein Gepäck? Gab es ein Lager? Gab es noch mehr von seiner Sorte?

Debra sagte: »Wahrscheinlich war er bei einem Ranger zu Besuch und hat sich verlaufen. Ein Verwandter oder so.«

»Oder ...« Linda verstummte wieder. Sie sah sich um, räusperte sich. »Also, ich weiß auch nicht. Ich bin ja erst kurz hier. Aber gibt es noch andere Gruppen?«

»Wie meinst du das?«

»Andere Gruppen wie euch. Wie uns. Die hier draußen leben.«

»Natürlich nicht«, sagte Carl. Aber er wirkte verwirrt. Mit schief gelegtem Kopf betrachtete er die Leiche und biss sich auf die Lippe, was Agnes bei ihm noch nie gesehen hatte.

Val sprang ihm rüde bei. »Was für eine blöde Frage«, sagte sie, und ein wütender Spuckespritzer landete auf der Wange des Toten.

Linda schnaubte und sah sich um, vielleicht auf der Suche nach einem Blick, aber alle anderen waren wie gebannt, nickten vor sich hin, einen neuen Gedanken im Kopf.

SIE LIESSEN DIE LEICHE LIEGEN, liefen den Grat entlang, bis sie eine Stelle fanden, die sanft ins Tiefland abfiel, und schlugen am Fuße des hochaufragenden Bergrückens ihr Lager auf. Erst unten erkannten sie, dass es sich um den Winterkamm handelte, den sie so getauft hatten, weil er immer von Schnee bestäubt wirkte, egal welche Jahreszeit. Aber es schien unmöglich, dass es wirklich der Winterkamm war. Sie waren doch so weit entfernt gewesen. Hatten sie zufällig neue Furchen gefunden, eine Abkürzung? Oder war die Wildnis kompakter, als sie gedacht hatten? Die Originalisten legten den Kopf in den Nacken, um das stellenweise mit üppigem, angenehmem Grün bewachsene weiße Gestein zu betrachten. Für einige von ihnen kam es einem Gefühl von Nostalgie, von Heimat am nächsten. Den Winterkamm zu sehen bedeutete, dass ihr wunderschönes verborgenes, nahe dem Mittelposten gelegenes Tal nicht allzu weit entfernt war. Wo sie ein paar Jahre zuvor fast eine ganze Jahreszeit gelagert hatten, bevor sie das Konzept von Dauerwanderschaft verinnerlicht hatten. Von den Rangern von dort verjagt zu werden, hatte sich angefühlt, wie aus einer Heimat vertrieben zu werden. Dieses Tal, in dem sie zu einer Art Familie geworden waren. Mit dem trägen Fluss, mit den perfekt schützenden Steilhängen, mit der Höhle, in der Agnes gern gespielt und in der ihre Mutter ihre geheimen Schätze aufbewahrt hatte, mit der versteckten Kuhle, wo ihre Schwester geboren worden war.

Die Köpfe immer noch gen Bergrücken gereckt, bildeten sie einen Kreis.

Carl sagte: »Uns geht das Essen aus. Wir werden eine große Jagd veranstalten müssen. Um alles zu verarbeiten, bleiben wir ein paar Tage hier, mal abgesehen davon, dass wir neue Taschen nähen müssen, um das Ganze zu transportieren. Also schlagt das Lager vernünftig auf.«

Agnes hockte sich neben das Feuer und legte Kiefernnadeln zu Formen, fragte sich, ob solches Herumschieben die Kiefernnadeln ärgerte, weil sie vielleicht ihre eigenen Formen bevorzugten. Carl kam zu ihr.

»Glaubst du nicht, dass es am Ende der Wiese da Hirsche geben müsste?«, fragte er.

»Doch, bestimmt«, sagte Agnes.

»Gut. Dann geh die dominante Kuh auskundschaften.«

»Ist gut.«

Agnes lief in die Wiese. Sie wusste, dass die Hirsche dort sein mussten, weil der Wind in diese Richtung wehte und sie sich gern in Windrichtung von Fressfeinden aufhielten, was heute die Gemeinschaft war.

»Hallo.«

Sie blieb stehen.

Jake kam angetrabt. »Darf ich mit?«

»Warum?«

»Damit ich mir von dir abschauen kann, wie alles geht. Ich muss lernen. Was hast du vor?«

»Die Hirsche auskundschaften.«

»Warum?«

»Um die dominante Kuh zu finden.«

»Warum?«

Agnes schnaufte laut. »*Warum?* Was soll das denn heißen?«

»Das soll heißen, warum.« Jake warf die Haare zurück. »Ich hab keine Ahnung von dem ganzen Zeug.«

Agnes seufzte. »Komm mit.«

Sie liefen, bis Agnes ein Rudel entdeckte. Dann gingen sie noch fünfzig Meter weiter, und Agnes zeigte auf den Boden und ging auf die Knie. Jake hockte sich neben sie. Schließlich krochen sie noch einmal fünfzig Meter vorwärts und hielten an.

Reglos beobachtete sie das Rudel mit dem Fernrohr. Sie achtete auf die Fellzeichnung der größten Weibchen. Es gab zwei, die ihrer Meinung nach das dominante sein konnten. Ihre Breite. Die Form des Mauls. Agnes strich mit der Hand mehrmals über das Gras, was ein unnatürliches Geräusch erzeugte, aber kein beunruhigendes. Die Hirsche hoben die Köpfe. Drehten die Ohren hin und her. Alle hatten reagiert. Also wartete Agnes noch ein Weilchen, dann klatschte sie. Das Weibchen mit den höchsten weißen Fesseln riss das Maul zu ihnen herum, hielt kurz inne und schnaubte dann, und alle Hirsche rannten über die Wiese davon.

»Alles klar.« Agnes stand auf.

»Was ist klar?«

»Wir können zurück.«

»Weißt du, welches das dominante ist?«

»Ja.«

»Welches denn?«

»Weißt du es nicht?«

»Nein.«

Agnes pfiff. Es gab noch viel zu tun. »Das geschnaubt hat. Das war das dominante Weibchen.«

»Und was machst du mit der Information?«

»Wenn wir sie zuerst schießen, sind die anderen leichter zu jagen. Sie ist die Anführerin. Ohne sie können sie sich nicht so gut schützen.«

»Das ist traurig.«

»Nein, stimmt nicht.«

»Aber was ist mit den Jungen?«

»Ohne das dominante Weibchen sind die noch leichter zu erwischen.«

Jake verzog das Gesicht. »Nein.«

»Die sind sehr nützlich. Das Fell geht ganz leicht ab.«

»Hör bitte auf.«

»Sie sind gut zum Üben für die Kinder. Du solltest an einem üben.«

»Niemals.«

»An irgendeinem musst du üben.«

»Ist das legal?«

»Warum denn nicht?« Agnes blieb stehen. Sie wusste, dass manches hier verboten war, aber die Evolution für sich zu nutzen, konnte doch wohl nicht dazugehören. »Das ist Evolution.«

»Aber man darf nichts anpflanzen und keine Häuser bauen.«

»Und?«

»Na, ist das nicht auch irgendwie evolutionär?«

»Das ist nicht das Gleiche.«

»Ach nein?«

»Nein.« Das sagte sie mit Bestimmtheit, war sich aber nicht sicher. Sie musste Glen fragen. Sie hasste es, ihn fragen zu müssen. Lieber wüsste sie einfach. Aber Jakes Fragen überrumpelten sie. Vor gar nicht allzu langer Zeit hatten alle in der Gruppe im Prinzip das Gleiche gewusst und waren sich über das meiste einig gewesen. Jetzt nicht mehr. Es war ermüdend. Sie benahmen sich so anders als Agnes, die Zwillinge und Jake. Sie stellten so andere Fragen, bemerkten so andere Dinge. Für sie war nicht selbstverständlich, was für Agnes selbstverständlich war. Es machte Agnes neugierig, ärgerte sie aber auch. Es ärgerte sie, dass die drei anders waren. Dadurch fühlte sie selbst sich anders. Sie wusste, dass man sie da, wo Jake und die Zwillinge herkamen, seltsam fände. Dennoch kam sie auch von dort.

Sie wechselte das Thema. »Sind die Zwillinge wirklich Zwillinge?«

»Nein. Soweit ich weiß, haben sie sich erst im Bus kennengelernt.«

»Kommt Patty von Patricia?«

»Nein, sie heißt einfach nur Patty.«

»Ist das ein normaler Name?« Agnes kannte eigentlich nur die Namen der Originalisten, die der Ranger und die Namen, die in ihren Büchern vorkamen, Namen von früher, Namen aus Märchen. Sie klangen vornehm. Aber Patty war so *Patty*. Und Patty war kein Name wie Val, eine Abkürzung von etwas Klangvollerem. *Valeria* war ein Lied, das sie singen konnte. Der Spitzname ihrer Mutter kam von Beatrice. *Beatrice* war ein Name, bei dem Agnes der Atem stockte. Aber es gab keinen Grund für sie, ihn auszusprechen. Und den gab es auch in Zukunft nie mehr, jetzt, wo sie weg, tot, abgehakt war. Agnes wünschte, sie könnte sich an die Namen ihrer Freundinnen aus der Stadt erinnern.

»Nein, das ist kein normaler Name«, sagte Jake.

»Hmm.«

»Am Anfang hießen beide Celeste, und ein paar Tage lang liefen sie unter Celeste 1 und Celeste 2. Dann *blaue Celeste*, wegen ihren Haaren, und *Nur Celeste*. Dann hat Nur Celeste verkündet, dass sie ab jetzt Patty heißt. Also sind sie jetzt Celeste und Patty.«

»Warum denn Patty?«

»Ich schätze mal, dass sie schon immer Patty heißen wollte.«

»Aber sie wird so sauer, wenn man sie Patricia nennt.«

»Weil ihr Name Patty ist.« Jake zuckte die Achseln. »Wärest du nicht sauer, wenn man dich anders nennen würde, Agnestia oder so was?«

»So heiße ich doch nicht.«

»Eben.«

Jake warf sich den Pony aus dem Gesicht. Agnes beobachtete, wie er zurückrutschte. Sie tastete in der Tasche nach etwas, um ihn abzuschneiden, aber ihr Messer war im Lager.

Auf dem Heimweg stießen sie im Gras auf eine Klapperschlange, und ehe Agnes Jake warnen konnte, schnappte sie nach ihm. Aber er hatte bereits einen kleinen Bogen um die Schlange gemacht. Er war nicht erschrocken, hatte sich nichts anmerken lassen oder auch nur gefragt: *Was ist das für ein Geräusch?* Obwohl das zu erwarten gewesen wäre, da er noch so neu war. Er behielt sein Tempo bei und redete weiter von der Legende von der Privatzone, wie er es nannte, was Agnes ausgeblendet hatte, sobald sie das erste verräterische Rasseln der Schlange gehört hatte. Irgendwie hatte er das Tier bemerkt und ihm Raum genug gegeben, um selbst unbesorgt bleiben zu können, auch wenn es nicht genug Raum für die Schlange gewesen war, um nicht nervös zu werden. Agnes vermutete, dass, wenn sie ihm den Puls fühlen würde, er gleichmäßig wäre, seine Haut kühl. Den Rest des Wegs und des Tages dachte sie über diese Erkenntnis nach und schlief später mit Bildern von aggressiven Habichten, einem brunftigen Elch, auf Bäumen lauernden Pumas ein. Ihre bedrohlichen Gesichter gegenüber Jakes Gelassenheit. Jemandem, der neu in der Wildnis war, verlangte es viel ab, sich nicht von den ganzen Eindrücken einschüchtern zu lassen. Aber viel *was*?

MEHRERE NÄCHTE LAGERTEN SIE unterhalb des Winterkamms, jagten, füllten Vorräte auf, sammelten Pinyon-Nüsse von den Bäumen, deren Äste vor Zapfen tief herabhingen, häuteten Wild und machten das Fleisch haltbar. Das Räucherzelt war in Betrieb, und jeder hatte eine Aufgabe, begleitet von einem Neuling, der ihm auf Schritt und Tritt folgte und alles zu lernen versuchte. Die Geschäftigkeit eines Dorfs im Schatten des Kamms. Es war so vertraut.

Eines Morgens kamen zwei Pick-ups ins Lager. Einer wurde von Ranger Bob gesteuert. In dem anderen saßen zwei der Gemeinschaft unbekannte Ranger. Sie stiegen zögerlich aus und unterhielten sich leise miteinander. Ranger Bob blieb in seinem Wagen.

Agnes winkte ihm und ging auf den Pick-up zu. Ihre Mutter hatte Ranger Bob immer gemocht, und sie auch. Noch nie hatte sie ihn außerhalb eines Postens gesehen. Doch als sie noch ein Stück entfernt war, schüttelte er den Kopf und verscheuchte sie. Er nahm sich ein Klemmbrett und einen Stift und beobachtete eingehend seine beiden Kollegen. Agnes blieb stehen, zog aber ein böses Gesicht und hoffte, er bemerkte es. Sie wollte etwas Süßes.

Die Ranger kontrollierten die Anwesenheit mit einer neuen Liste, einer, auf der die Neulinge aufgeführt waren. Als Beas Name aufgerufen wurde, folgte Stille. Die Ranger sahen sich ärgerlich um. Dann sagte einer: »Ach, das ist die Deserteurin.«

Sie berieten sich.

»Warum steht sie dann auf der Liste?«

»Keine Ahnung, die hat Bob uns gegeben.«

»Sollen wir sie ausstreichen?«

»Nein, das dürfen wir nicht. Bob hat die Liste erstellt, also ...«

»Also lassen wir den Namen drauf und kennzeichnen sie als abwesend?«

»Da fragst du den Falschen.«

»Tja, du bist derjenige, der gesagt hat, nicht durchstreichen, also bist du meiner Ansicht nach genau der Richtige.«

»Warum fragen wir nicht Bob?«

»Willst du rausfliegen?«

»Hey, Meg, kannst du dich mal beruhigen?«

Einen Moment lang starrten sie einander an und atmeten schwer. Dann wich langsam die Wut aus ihren Mienen. Schließlich lachten sie.

»Okay, Leute«, sagte die Frau namens Meg wieder an die Gruppe gerichtet. »Ihr wisst, warum wir hier sind, oder?«

»Ihr müsst mal weiterziehen«, sagte der andere Ranger.

Sie spazierten herum und zeigten auf das abgeknickte, versengte Gras unter dem Räucherzelt, die zu volle Toilettengrube. »Ihr wisst, dass ihr eine neue buddeln müsst, wenn sie halb voll ist«, sagte Rangerin Meg und stocherte mit einem Stock darin. Sie behaupteten, es seien zu viele Pinyon-Nüsse geerntet worden.

»Das muss hier alles weg.« Der andere Ranger beschrieb einen Kreis in der Luft, der all ihre Habseligkeiten und sie selbst mit einschließen sollte.

»Und vergesst bloß nicht, den Mikromüll aufzusammeln, weil ich nämlich eine ganze Menge davon sehe«, sagte Rangerin Meg und deutete auf einen Flecken saubere Erde.

»Sollen wir zum Mittelposten?«, fragte Glen.

Die beiden schüttelten den Kopf. »Nein. Dieses Mal geht ihr zum Oberen Mittelposten.«

Die Ranger wandten sich zum Gehen.

»Moment«, sagte Glen. »Was wissen Sie über die Sessel unten am Fluss, wo wir diese Neuzugänge abgeholt haben?«

»Was für Sessel?«

»Na ja, alte Sessel, Sofas. Alles im Kreis aufgestellt, als hätte es dort ein Treffen gegeben.«

»Vor Kurzem erst«, warf Val ein.

Die beiden Ranger sahen einander an. Durchdringend. Der Mann murmelte mit verkrampften Bauchrednerlippen: »Sollen wir Bob holen?«

Rangerin Meg schüttelte den Kopf. Sie drehte sich zur Gemeinschaft um. »Keine Ahnung, wovon ihr redet. Und deshalb brauchen wir uns keine Gedanken darüber zu machen.«

»Na gut, und was ist mit der Leiche oben auf dem Winterkamm, wisst ihr davon?« Val war aufgebracht.

Carl stieß sie mit dem Ellbogen an.

Die Ranger versuchten, unauffällig einen Blick zu wechseln.

»Keine Ahnung, wovon ihr redet«, sagte Rangerin Meg noch einmal, aber ihre Stimme klang schrill und aufgeregt.

»Eine Leiche? Wo genau, sagt ihr?«, fragte der andere Ranger. Sein Tonfall war aufgesetzt neugierig.

Wieder stupste Carl Val, damit sie den Mund hielt.

»Auf dem Winterkamm«, sagte Carl beiläufig. Er stach mit einem Finger in die Luft über sich. »Da oben. Wir dachten uns, dass er vielleicht bei einem Ranger zu Besuch war. Er war für hier nicht passend gekleidet.«

Rangerin Meg und ihr Kollege wirkten unbehaglich. »Ach ja«, sagte sie. »Das muss Brads Onkel gewesen sein.«

»Was?«, fragte der andere Ranger.

»Du weißt schon, Brads Onkel«, zischte Meg.

»Brads ...«

»Verstanden«, sagte Rangerin Meg. »Wir kümmern uns drum. Armer Brad. Sonst noch was?«

Originalisten und Neulinge schüttelten vorsichtig den Kopf.

Während die beiden Ranger zu ihrem Pick-up zurückgingen, um ihre Formulare auszufüllen, wandte Agnes sich wieder Ranger Bob zu.

Jetzt lächelte er und winkte sie zu sich. Aber als er sie von Nahem sah, verwandelte sich seine freundliche Miene in ein Stirnrunzeln.

Er öffnete das Fenster.

»Geht's dir gut?«

»Ja«, sagte sie.

»Ganz sicher?«

»Ja. Warum?«

Er zuckte mit den Schultern. »Du bist dünn.«

Sie sah an sich herab. So sah sie immer aus. Sie drehte sich zur Gemeinschaft um. Die Neulinge waren noch dick, und die Originalisten waren noch dünn, wie es immer gewesen war. Aber sie entdeckte Glen zusammengesunken auf einem Baumstamm. Er wirkte am allerdünnsten. Seit Kurzem hatte er einen schrecklichen, bellenden Husten, und jetzt erst fiel ihr auf, wie krank er aussah. Agnes sagte: »Glen, der ist echt dünn. Ich glaube, er ist krank. Er hustet so viel. Können Sie ihm helfen?«

Ranger Bob sah sich um. Senkte die Stimme. »Du weißt, dass das nicht geht, Süße.«

Sie stieg auf das Trittbrett seines Pick-ups und spähte hinein. Sie wollte etwas Süßes von ihm. Einmal hatte er ihr eine Banane geschenkt. Ein anderes Mal einen Apfel.

»Du siehst sehr hungrig aus.«

Sie riss die Augen auf, streckte die Zunge heraus, hielt die Hände wie Pfötchen und bettelte wie ein Welpe. »Hast du nicht was für mich?«

»Im Ernst. Bist du sicher, dass es dir gut geht?«, fragte er noch einmal. Seine Ruhe gab ihr das Gefühl, dass er Zeit schinden wollte.

Sie schlug mit den Händen auf die Tür. »Ich will was haben«, sagte sie streng.

Er kicherte. »Also, einen gesunden Eindruck machst du jedenfalls.« Er holte zwei grüne Lollis aus seiner Jackentasche. »Ich hab dir deine Lieblingssorte mitgebracht. Aber verrat es keinem. Steck sie in deinen Beutel. Ich wünschte, ich hätte mehr.«

Als sie die Lutscher einpackte, knisterte das Plastik. Es war so laut. »Pst«, machte sie. Sie betrachtete sie unten in ihrem Beutel, so unnatürlich grün. Es waren Lollis, das wusste sie, aber sie konnte sich nicht erinnern, wann sie je einen gegessen hatte. Warum glaubte Bob, es wäre ihre Lieblingssorte? »Was machst du hier?«

»Patrouille.«

»Ich dachte, du bleibst immer am Mittelposten.«

Er lachte. »Tja, ich hab einen neuen Job. Ich bilde den Nachwuchs aus.« Mit dem Kopf deutete er auf die Ranger, die nervös durch diverse Zettel blätterten. »Jetzt bin ich viel unterwegs.«

»Vermisst du den Mittelposten?«

»Tja, der ist jetzt geschlossen.«

»Für immer?«

»Da bin ich nicht sicher. Ich hoffe nicht. Wenn ich mal ehrlich bin, ist es mir an sich lieber, einfach im Posten zu sitzen, aber das hier ist auch ein guter Job. So bekomme ich mehr zu sehen. Und ich kann meine Rechnungen davon bezahlen.« Er zuckte die Achseln.

»Was für Rechnungen muss ein Ranger bezahlen?«

»Stinknormale. Jeder kriegt Rechnungen.«

»Ich nicht.«

»Du bist ein Kind.«

Agnes warf sich in die Brust. »Ich führe die anderen.«

Ranger Bob riss überrascht die Augen auf; dann wurde er sehr ernst und salutierte ihr.

»Das musst du nicht«, sagte sie verlegen.

»Ich glaube, ich versuche bald mal, mit deiner Mama zu sprechen. Soll ich ihr was von dir ausrichten?«

Sie blinzelte. »Wie willst du denn mit ihr sprechen?«

»Ich werde sie anrufen. Telefonieren. Ich möchte ihr erzählen, dass ich dich und Glen gesehen habe.«

»Aber sie ist tot.«

Er sah sie bestürzt an, lächelte dann aber. »Süße, es geht ihr gut. Sie ist nur in der Stadt. Das weißt du doch.«

Agnes umklammerte den Türgriff. Auf einmal hatte sie das Gefühl, sie könnte abstürzen. Selbstverständlich wusste sie tief drinnen, dass ihre Mutter nicht tot war.

Sie kam ihr nur tot vor. Was Agnes nicht fassen konnte, war, dass sie möglicherweise so leicht erreichbar war. Ein Telefon. Wäre Agnes in der Nähe eines Telefons gewesen, wäre ihr die Entfernung vielleicht nicht so groß erschienen. Aber sie lebte in der Wildnis. Ihre Mutter rannte in der Stadt herum und nahm Anrufe von Ranger Bob entgegen.

»Sprichst du oft mit ihr?«

»Nein, aber ein paarmal habe ich schon.«

»Warum?«

»Sie hat mich gebeten, auf dich aufzupassen. Hast du denn mit ihr geredet?«

Agnes runzelte die Stirn. »Natürlich nicht.«

»Nicht mal am Posten? Die waren angewiesen, dich bei ihr anrufen zu lassen.«

Vor Agnes' Augen verschwamm alles. Sie starrte auf Ranger Bobs Fingerknöchelhaare an der Hand auf dem Lenkrad. Sie konnte sich nicht erinnern, wann sie zuletzt an einem Posten gewesen waren. Oder ob sie überhaupt schon einmal in ihrem Leben telefoniert hatte. Sie schüttelte den Kopf.

»Ach so. Tja.« Er wusste offenbar nicht, was er sagen sollte.

»Wie geht es ihr?«, fragte Agnes. Ihr Tonfall blieb gleichmäßig, wie bei einem Erwachsenen.

»Ganz gut. Sie vermisst dich wie verrückt.«

Agnes lachte wie ein Erwachsener, wie Val oft, theatralisch, zynisch. »Ha, ha. Sehr witzig.«

»Das stimmt wirklich.«

Jetzt war ihr Lachen echt. Eine neue Bitterkeit, die herausbrach. »Kann sein.« Sie ging in die Hocke, um mit der Erde zu spielen, aber ihr Körper schmerzte, als wäre sie gealtert und so wie Dr. Harold geworden, der immer morgens seine steifen Knie verfluchte.

»Na, ich werde ihr sagen, dass ich dich gesehen habe. Dich und Glen.«

»Wenn du willst.« Agnes sah nicht auf.

Er ließ den Motor an.

»Wer ist Brad?«, fragte sie.

»Brad?«

»Ranger Brad? War sein Onkel nicht zu Besuch?«

Immer noch besorgt zog er die Augenbrauen zusammen. »Es gibt keinen Ranger Brad. Ist das eins von deinen Fantasiespielen?«

»Ja. Ich hab die Kojoten über ihn reden hören.« Sie grinste, und er lachte. Sie hatte eine aufgehellte Stimmung zur Schau gestellt, also lockerten sich seine Schultern.

»Aha. Brads Onkel muss wohl ein Freund von ihnen sein. Richte Carl aus, er soll dir heute Abend eine Extraportion geben. Sag, Bob hat es befohlen.«

Sie nickte. Das würde sie niemals tun. Sie bekam genau die gleiche Menge wie alle anderen. Da war sie ganz sicher.

Spätabends, als die meisten der Originalisten und Neulinge schon schliefen, huschten Suchscheinwerfer hoch über den Winterkamm, umkreiste sie das Brummen eines Hubschraubers. Die Lichter eines Pick-ups strichen über den Grat, wo er an tief hängende Wolken stieß. Vom Lager der Gemeinschaft aus sah es aus wie eine lautlose Invasion.

Nur Agnes und Jake sahen das Licht. Sie sahen es, weil sie länger aufblieben als alle anderen, und das seit dem Neumond. Sie saßen dann nebeneinander, meistens schweigend. Starrten ins Feuer und überlegten, was der andere wohl gerade dachte.

Jetzt beobachteten sie eine Weile lang neugierig die Scheinwerfer.

»Was ist das? Sind das Aliens?«, fragte Jake.

»Ranger.«

Sie zündeten Stöcke im Feuer an und gingen damit weg von der Gemeinschaft, tasteten sich im Halbdunklen durch das Gras. Mit den brennenden Enden ihrer Stöcke schrieben sie Wörter in die Luft, malten mit der Glut geheime Botschaften für die Invasoren über sich.

Agnes schrieb: *Lügner und Feiglinge.* Und *Hallo, Brads Onkel.*

Jake schrieb: *Arschlöcher.*

Die Wörter brannten sich in ihren Blick, sodass sie sie immer wieder auf ihren Augenlidern lasen, wenn sie blinzelten.

»Die sind so blöd«, sagte Jake auf dem Rückweg zum Feuer.

»Warum?«

»Hätten sie tagsüber nach der Leiche gesucht, hätten wir sie wahrscheinlich gar nicht bemerkt. Bestimmt nicht die Scheinwerfer. Vielleicht hätten wir sie gehört.«

»Hmm«, machte Agnes. Es war ein sonniger Tag gewesen. Sie hätte die Sonne auf dem Metall der Autos funkeln sehen. Sie hätte den Hubschrauber aus kilometerweiter Entfernung gehört. Heute, bei den tief hängenden Wolken, war eine gute Nacht für einen Versuch. Hätten die Wolken den Kamm eingehüllt, wovon die Ranger ausgegangen sein mussten, wären ihre Scheinwerfer kaum zu erkennen gewesen. Die Wolken hätten auch die Geräusche des Hubschraubers gedämpft und unter Umständen wie Wildpferde klingen lassen, die in der Nähe, aber außer Sichtweite vorbeirannten. Oder wie einen seltsamen Käfer, der in der Nähe knackte. Es war einfach Pech für die Ranger, dass die Wolken vorübergehend eine Lücke bildeten, die groß genug für die gesamte Suchmannschaft und die Gruppe darunter war und in der klaren, kühlen Luft ein Fenster zum Sternenhimmel bildete. Eine Nachtaktion bedeutete, dass sie gut geplant hatten, aber die Natur arbeitete gegen sie, wie so häufig. Und sie und Jake arbeiteten ebenfalls gegen sie, indem sie wach waren. Noch einmal brummelte sie »hmm« und ließ Jake seine Theorie weiterentwickeln. Ihr gefiel, dass er seine neue Welt zu begreifen versuchte, auch wenn er sich irrte. Bald einmal wollte sie ihm die Ranger erklären. Dass sie viel klüger waren, als es manchmal den Eindruck hatte, und auch viel mächtiger. Und dass sie, obwohl sie versucht hatten, heimlich nach der Leiche zu suchen, eigentlich gar nichts vor der Gemeinschaft verstecken mussten. Letzten Endes spielte die Gemeinschaft keine Rolle. Sie hatte, Agnes' Einschätzung nach, keine Macht. Ihre Mutter hatte sich um ein gutes Verhältnis zu allen Rangern bemüht, aber soweit Agnes es beurteilen konnte, war Bob der einzig Vertrauenswürdige. All das musste Jake jetzt noch nicht wissen. Es waren Dinge, die sie selbst erst allmählich verstand, und sie hatte ihre Welt vorher lieber gemocht. Sein Irrtum ließ ihn unschuldig erscheinen, und das weckte in ihr einen Beschützerinstinkt.

Sie liefen langsam zum Feuer, und Agnes schob ihre verhornte Hand in seine weiche und hörte, wie es ihm vor heimlichem Entzücken kurz den Atem verschlug, glaubte sogar, das Zusammenziehen der Muskeln zu einem Anflug von Lächeln zu hören, weil sie so gute Ohren hatte. So gingen sie bis zum Rande des Lagers, dann zogen sie ihre Hände weg und liefen allein zu ihren eigenen Betten, Agnes neben Glens schnarchendem Umriss und Jake neben Frank, wenn auch nicht in dessen Familienbett. Jake schlief abseits, sah Agnes, was sie traurig machte, dass er ein bisschen allein sein musste. Sie hatte ihn noch nie nach seiner Familie gefragt, wurde ihr bewusst. Sollte sie? Sie beobachtete, wie Jake in die Hocke ging, seine Felldecke zurückschlug und in der Schwärze des Bodens verschwand, gerade als das Feuer qualmend erlosch.

SIE PACKTEN DEN GESAMTEN VORMITTAG. Das Räucherzelt wurde zerlegt. Das Trockengestell abgebaut. Die Einzelteile wurden in ihre Lederbeutel eingerollt und an den Bündeln der zuständigen Träger befestigt, was an jenem Tag Pattys Mama und Linda waren. »Feuerprobe«, sagte Linda, als sie ihr schweres Gepäck hochhob. Pattys Mama geriet unter dem Gewicht ins Taumeln, überrascht, dass Agnes es ihr aufgesetzt hatte, als wöge es weit weniger. Räucherfleisch wurde herumgereicht. Die kostbaren Knochen zum Abschaben von Tierhäuten. Päckchen von geräucherten Knochen. Überzählige Knochen wurden vergraben. Gegerbte Felle wurden auf Rücken ausgebreitet, weil es noch dauerte, bis sie fertig waren. Jeder der Fellträger roch nichts als den schweren und fauligen Duft des zum Gerben verwendeten Gehirns, als er unter der stetig scheinenden Sonne durch das blühende Beifuß-Gelände wanderte.

Nach ein paar Tagen glaubte Agnes, die Überreste eines Pfads zu erkennen, als sie sich ihrem vertrauten Tal näherten. Kaum wahrnehmbar, aber sie sah ihn. Es konnte auch ein Wildwechsel sein, doch irgendetwas verriet ihr, dass der aufgeweichte Boden von ihren eigenen Lederschuhen stammte, oder von ihren Gummisohlen vor so langer Zeit.

Sie kannte diese Gegend gut, wenn sie die anderen auch noch nie durchgeführt hatte. Die sanfte Steigung links, zu der Höhle hin, in der ihre Mutter, Glen und sie sich aufgehalten hatten. Die geheimen Gräser rechts, wo ihre Schwester beinahe auf die Welt gekommen wäre. Im Gehen spähte Agnes dorthin, erinnerte sich daran, wie ihre Mutter sich in der Hocke gewiegt hatte, mit gesenktem Kopf, und an jenen eigenartigen Moment, als sie ein glitzerndes Etwas hochgehoben und geküsst hatte. Von ihrem Ausguck aus hatte Agnes ihre Mutter lange knien sehen. Gefühlt stundenlang war sie vollkommen regungslos geblieben. Schließlich war ihre Mutter aufgestanden, hatte nach einem Kojoten getreten und war gegangen, und Agnes war zurück zu der Höhle gerannt, in der Glen einen Mittagsschlaf hielt.

Madelines Platz war weich mit frischen Gräsern gepolstert, und das brachte Agnes auf den Gedanken, dass vielleicht bald ein Jahrestag kam, aber der wievielte, hatte sie keine Ahnung. Niemand hier besaß noch ein Zeitgefühl. An sich war es Agnes relativ gleichgültig, jetzt allerdings erschien es ihr traurig, dass niemand für ihre kleine Schwester mitzählte. So hatte sie noch nie über die Toten gedacht. Doch als sie die Gruppe in das Tal führte, sah sie es als eine trostlose Leere, einen Ort, an dem bis zu diesem Moment nichts gewesen war, obwohl sie wusste, dass er eigentlich voll von allem war.

Obwohl ihre Mutter ihr den Namen des Mädchens nicht verraten hatte, hatte Agnes sie und Glen ihn untereinander benutzen hören, wenn sie heimlich nachts unter der Decke flüsterten. Sie erinnerte sich, dass ihre Mutter sich nach ihrer Rückkehr in die Höhle an jenem Tag hingehockt und gewaschen, dass sie Agnes und Glen beim Spielen zugesehen, aber nicht teilgenommen hatte, dass sie sich in ihr Kissen gekuschelt hatte, mit ausdruckslosem Gesicht. Ihre Mutter war, so schien es Agnes damals, fort, auch wenn ihr Körper noch da war. Und etwas später führte sie ihre Familie zurück ins Lager wie an einem ganz normalen Tag, und hätte Agnes es nicht besser gewusst, hätte sie nicht geahnt, dass gerade etwas Schlimmes passiert war. Tagelang behielt ihre Mutter einen Schutzschild um sich, der es Agnes unmöglich machte, sie anzufassen, bis sie schliefen, wenn sie sich an ihren Knöchel krallte. Sie brauchte die Nähe ihrer Mutter, weil sie ihre Schwester vermisste, obwohl das Mädchen nie echt gewesen war. Agnes wollte um Trost bitten, wusste aber nicht, wie. Sie fragte sich, ob sie ihre Mutter trösten sollte. Doch ihre Mutter war eine Mauer, und Agnes nahm an, dass ihre Mutter nichts von ihr brauchte. Sie brauchte nie etwas. Deshalb entschied Agnes, dass es Madeline war, die etwas Trost brauchen könnte. Also schlich sie sich in der folgenden Nacht zu ihrem Grab, um ihr Gesellschaft zu leisten.

Es war kaum etwas übrig. Unter einem Strauch entdeckte Agnes einige dünne Knochen. Sie nahm einen in die Hand und bog ihn zwischen Daumen und Zeigefinger. Er war weich. Er glitzerte vor Feuchtigkeit im

Mondlicht. Agnes empfand ein sehnsüchtiges Ziehen. Sie wollte etwas. Ein Andenken. Um irgendwie eine Verbindung zu Madeline herzustellen. Aber nicht die Knochen. Die konnten noch gefressen werden und nützlich sein. Sie hob eines der breiten grünen Blätter auf, die ihre Mutter über den Leichnam gelegt hatte. Sie hielt es sich an die Nase, um daran zu riechen, aber es blieb hängen, denn die Spitze war klebrig. Im schwarzen Licht der Nacht konnte Agnes sehen, dass es mit zähflüssigem Blut beschmiert war. Sie spürte es auf Nase und Wangen. Sie wischte es nicht ab. Es kribbelte leicht, als die restliche Feuchtigkeit aus dem Blut verdunstete und ihre Schwester blieb. Sie strich sich noch mehr aufs Gesicht. Beim Trocknen straffte sich ihre Haut, sodass es schwierig war, die Stirn zu runzeln, zu lächeln, zu reden. Wie früher, wenn sie und ihre Mutter sich an Regentagen Matsch aufs Gesicht gerieben hatten. »Wir sind in einem Wellnessbad«, hatte ihre Mutter dann gerufen. Agnes hatte nicht gewusst, was ein Wellnessbad war, aber sie hatte es immer geliebt, wenn ihre Mutter lachte.

Agnes hatte die Blutmaske noch auf dem Rückweg ins Lager getragen, sie aber mit Spucke abgewischt, damit ihre Mutter und Glen sie nicht sahen. Wie seltsam, so etwas getan zu haben. Sie hätte nicht sagen können, warum.

Lange hatte sie nicht an das Mädchen gedacht. Sie hatte nicht gewusst, was sie denken sollte. Jetzt aber spürte sie wieder eine tiefe Einsamkeit für Madeline, die wahrscheinlich keine Ahnung hatte, wie lange es her war, dass sie nicht überlebt hatte. Wie traurig, an diesem Ort nie am Leben gewesen zu sein.

Agnes blieb stehen und sah sich nach Glen um, plötzlich wollte sie seine Hand halten. Aber er war weit hinter der Gruppe zurück, schleppte sich langsam voran, und sein Husten störte die Stille des Tages in seinem eigenen Takt. Er wollte überhaupt nicht mehr neben ihr laufen. Sie wusste, dass er Angst hatte, sie aufzuhalten. Er wusste, dass sie gern an der Spitze ging. Es schmerzte ihn sichtlich, Nein zu ihr zu sagen, deshalb fragte sie ihn nicht mehr. Sie beobachtete, wie er die Landschaft absuchte. Auch er wusste, wo sie waren. Agnes ging weiter. Sie wanderten ab und auf und ab und auf zu ihrer ersten Heimat mit dem sich träge schlängelnden Fluss, in ihr wunderschönes verborgenes Tal.

Ihr altes Lager war üppig und überwuchert, wie es vor ihrer Ankunft gewesen war. Bevor sie gewisse Gräser zertrampelt oder zu viele trockene Beifußzweige zum Gerben gesammelt hatten. Es sah wirklich besser ohne sie dort aus, dachte Agnes. Ein Bedauern wallte in ihr auf, dass sie zurückgekehrt waren. Doch dann machte ihr Magen einen Satz und wurde warm, weil es so guttat, wieder da zu sein.

Sie hatte das Werkzeug getragen, daher brachte sie es zu dem natürlichen Steinkreis und baute den Arbeitsbereich auf. Glen legte ihr gemeinsames Bettzeug dorthin, wo immer alle geschlafen hatten. Der Kreis musste dieses Mal vergrößert werden, wegen der Neulinge. Ein paar von ihnen stellten sich zu ihm. Frank, Pattys Mama und Linda. Dann kamen Carl und Val, und alle sprachen mit Glen. *Armer Glen,* dachte Agnes. Er war so klein und dünn im Vergleich zu den anderen. So gebeugt, während sie so gerade standen. Aus dem Kreis hörte sie sein bellendes Husten. Es war, als könnte seine Lunge sich nie von der überschüssigen Feuchtigkeit des klammen Walds befreien. Im Schlaf drehte Agnes ihn sanft auf die Seite. Was ihre Mutter früher für sie getan hatte, als sie noch krank war. Oder sie schob ihm ihren Beutel unter den Kopf, damit er höher lag und der Schleim sich nicht ansammeln konnte. Wenn sie wanderten, ging es ihm meistens gut. Die Bewegung half. Am schlimmsten war es abends, wenn er sich hinlegte. Dann röchelte er, als ertränke er an seinen eigenen nassen Atemzügen.

Worüber reden die?, fragte sich Agnes jetzt. Sie baute das Räucherzelt auf. Ohne Konsensprinzip war schwer zu erraten, wann Entscheidungen getroffen wurden. Früher wusste sie, dass debattiert wurde, wenn alle Erwachsenen sich zusammenstellten. Jetzt konnte jedes Erwachsenengrüppchen gerade irgendetwas besprechen. Wenn Carl beteiligt war, wurde vielleicht eine Entscheidung getroffen. Als Agnes sich umdrehte, stapfte Glen gerade weg, seine Felle über der Schulter. Carl und Val steckten neben dem Schlafkreis die Köpfe zusammen, unterhielten sich leise. Sahen Glen nach.

Agnes sprang zu ihnen. »Warum geht Glen mit seinem Bettzeug weg? Wo will er denn hin?«

»Er schläft woanders, weg vom Lager, bis es ihm besser geht«, sagte Carl fröhlich.

»Was? Warum?«

»Er hat Angst, dass er die anderen beim Schlafen stört. Mit seinem Husten. Ich meine, das hört ja gar nicht mehr auf. Ziemlich nervig. Er hat freiwillig angeboten, woanders zu schlafen. Bis es ihm besser geht.«

»Aber er darf nicht da draußen schlafen. Wenn überhaupt, sollte er näher am Feuer bleiben. Damit ihm warm ist.«

»Dann würde man ihn ja trotzdem noch hören.« Carls freundlicher Tonfall verwandelte sich in einen direkteren.

»Warum ziehen dann nicht alle anderen um?«

Carl und Val schnaubten. »Ach, komm schon, Agnes«, sagte Val.

»Das ist ein absurder Vorschlag. Wir alle sollen umziehen, damit Glen es bequem hat?« Carl lachte.

»Hör auf.« Agnes stampfte mit dem Fuß auf.

Val machte eine strenge Miene. »Aber, aber, du weißt, dass wir ihm sowieso schon einen Gefallen tun. Er sollte dankbar sein.«

»Was meinst du damit?«

»Herzchen, er ist sehr krank. Wenn es jemand anders wäre, hätten wir denjenigen schon zurückgelassen. Er hält uns auf.«

»Nein, stimmt nicht. Das sind die Neulinge.«

»Doch, es ist Glen«, blaffte Carl.

»Hey«, sagte Val leise zu Carl. Sie streckte eine Hand aus, als wollte sie ihn zum Schweigen bringen. Aber stattdessen legte sie sie auf Agnes' Schulter.

Agnes spürte ihre Lippe zittern. *Nein, nein, nein.* Sie ballte die Fäuste, um ihre Gefühle unter Kontrolle zu bekommen. Holte tief Luft. »Aber ...«

»Aber das tun wir ihm nicht an«, sagte Val. »Das tun wir dir nicht an.«

»Ihr habt ihn weggeschickt«, sagte Agnes kaum hörbar.

»Es war seine Idee«, zischte Carl. »Er hat es angeboten. Frag ihn doch selbst. Oder noch besser, leg dich zu ihm, wenn du unbedingt willst.« Er wandte sich zum Gehen.

Agnes blinzelte. Daran hatte sie noch gar nicht gedacht. Das Feuer war so warm, und im Lager waren alle anderen. Warum sollte jemand dort draußen schlafen? *Er wird mich niemals lassen,* sagte sie sich. *Wer lässt dich* irgendwas *machen?,* sagte eine innere Stimme. *Mach, was du willst.*

»Von mir aus.« Sie hob ihre Felle auf.

Carl drehte sich lachend um. »Ach, super. Dann bis heute Nacht, wenn du zurückgerannt kommst.«

»Du glaubst nicht, dass ich tapfer bin?«

»Du bist ein Kind. Deine Tapferkeit hat Grenzen.«

Val zog betont die Augenbrauen hoch.

»Was denn?«, rief Carl. »Sie hatte immer die Gruppe um sich. Wer weiß, wie sie sich allein schlägt.«

Agnes marschierte los. »Ich bin nicht allein. Ich habe Glen.«

»Genau. Der ist ein toller Schutz.«

Wieder stampfte Agnes auf und brüllte: »Ist er auch!« Und dann bebte ihre Stimme, und ihre Augen wurden feucht. Sie folgte Glen. Hinter sich hörte sie Val Carl schimpfen: »Und du lässt sie einfach gehen?«

»Sie muss es lernen«, schimpfte er zurück.

Glen hatte den Weg zu Madelines Platz eingeschlagen, war aber noch nicht weit gekommen, als er Pause machte. Mitten im Beifuß saß er vornübergebeugt, sein Bettzeug neben sich auf dem Boden. Er wirkte so müde. Sie hob seine Felle auf, und er ächzte.

»Was machst du denn?«, fragte er.

»Ich trage deine Sachen.« Agnes warf sich seine Felle über die andere Schulter. Sie hingen fast bis auf den Boden.

»Nein, ich meinte, was machst du hier? Mit deinem Bettzeug.«

»Unserem Bettzeug.«

»Das habe ich dir dagelassen.«

»Tja, ich komme mit. Wo willst du hin?«

»Nein, nein, Schätzchen, lass du dein Bett bei den anderen. Geh zurück.«

»Nein, ich bleibe bei dir.«

»Agnes, das ist mein Ernst. Du musst zurück. Das ist nicht gut für dich.«

»Doch.«

»Agnes, das geht nicht.«

Agnes schleuderte die Felle auf den Boden. »Sag mir nicht, was geht und was nicht«, schrie sie. Sie hielt die kleinen Fäuste geballt und dachte, sie würde Glen vielleicht schlagen, wenn sie ihn nicht so lieben würde. Obwohl sie die Gemeinschaft hierhergeführt hatte, vom Vergifteten Fluss, durch die gesamte Wildnis eigentlich, obwohl sie wusste, dass sie sich für die Gruppe unersetzlich gemacht hatte, fühlte sie sich in diesem Moment hilflos. Sie schämte sich, als sie daran dachte, dass sie Ranger Bob um Hilfe gebeten und er abgelehnt hatte. Dass sie seitdem nur versucht hatte, Glen das Schlafen zu erleichtern. Mehr nicht. Es ging ihm kein bisschen besser, und sie wusste nicht, wie sie ihn gesund machen konnte. Wie konnte sie nicht wissen, wie Glen zu helfen war, wenn sie doch sonst so viel konnte?

Sie spürte Glens Arm um ihre Schulter. Erst jetzt merkte sie, dass sie heftig in ihre Fäuste weinte. Weiße Sterne zerbarsten vor ihren Augen.

»Schsch.« Er streichelte ihr über die Haare. »Ist ja schon gut.« Seine Stimme war ruhig und klar, nicht heiser wie gerade noch und die ganze Zeit davor. Mit ihrem vor Tränen verschwommenen Blick ähnelte er dem starken

Mann, der sie alle hergebracht hatte. Gerader Rücken, der kräftige Arm auf ihrer Schulter, voller Muskeln. »Wir suchen uns eine richtig gute Stelle.« Er küsste sie auf den Kopf und hob ihr Bettzeug so mühelos auf, als wöge es nicht mehr als ein Blatt. Aber Agnes sah ihn wackeln, als er sich aufrichtete. Wusste, dass ihm das alles abverlangte. Er bot auf, was er nur konnte, um sich um sie zu kümmern, obwohl in Wirklichkeit er es war, um den man sich kümmern musste. Es beschämte sie, wie gut sie sich dabei fühlte. Wimmernd ließ sie sich von ihm wegführen. »Ich weiß genau das Passende für uns«, sagte er und kletterte über die Felsen zu ihrer Höhle hinauf.

ALS DIE SONNE ALLMÄHLICH UNTERGING, zündeten sie ein kleines Feuer an. Sie lagen auf dem Rücken unter den Fellen, die Arme hinter dem Kopf, nach Sternschnuppen Ausschau haltend. Wenn ihnen etwas einfiel, sagten sie es. Hauptsächlich schwiegen sie.

Jake hatte ihnen zusammen eine Schale Abendessen gebracht. Er war ein Weilchen bei ihnen sitzen geblieben.

Als er gegangen war, griff Agnes in ihren Beutel. »Ich hab da was.« Sie holte die beiden grünen Lollis heraus.

Glens Augen flackerten auf wie Glut im Wind. »Oooh.«

Sorgsam wickelten sie das Zellophan ab, falteten es und steckten es in Agnes' Beutel. »Es wäre schlecht, wenn der Wind die wegweht«, sagte sie sehr ernsthaft.

»Auf drei.«

»Eins.«

»Zwei.«

Sie steckten sich die grünen Lutscher in den Mund.

Agnes verzog das Gesicht. Sie konnte sich nicht erinnern, jemals so einen Geschmack erlebt zu haben. Als hätte man Honigwabe und Hagebutte gleichzeitig im Mund. Holzäpfel. Die hatten sie vor ein paar Jahren einmal gefunden. Speichel strömte in Agnes' Mund, ihre Zunge kräuselte sich an den Seiten. Sie wollte ausspucken. Aber sie spürte auch eine Süße in der Kehle. Sie sah Glen an. Er hatte die Augen geschlossen, seine Mundwinkel grinsten, als er den Lolli aus dem Mund zog und wieder hineinsteckte und dabei »Mmmmh« machte.

»Schmeckt er dir?«, fragte sie.

Langsam holte er den Lutscher heraus, die Augen immer noch geschlossen. »Großartig.«

»Ich weiß ja nicht.«

Seine Lider schnellten hoch. »Ehrlich? Früher hast du Lollis geliebt. Wobei du scharf auf Orange warst.«

»Echt?«

»Oh ja. Deine Mutter hat immer ganze Tüten gekauft und die orangen rausgesucht und in einer Schublade aufbewahrt. Einen pro Woche hast du gekriegt. Du bist jedes Mal ausgeflippt.«

»Das weiß ich nicht mehr.«

»Du warst noch klein.«

»Aber ich erinnere mich an vieles.«

»Tja, das war nur eine Winzigkeit.« Er zuckte die Achseln.

»Was hat sie mit den anderen gemacht?«

»Die hat sie den Kindern im Haus geschenkt.« Er kicherte. »Wir selbst haben auch viele gegessen.«

»Welche mochte sie am liebsten?«

»Grün. Die mochte sie, weil es nicht der Geschmack von irgendwas ist. Es ist einfach nur ein Geschmack.«

»Es ist nichts Bestimmtes?«

»Wahrscheinlich soll es Apfel sein, ist es aber nicht.«

»Ich finde, es ist wie Holzapfel.«

»Das hast du geschmeckt?«

»Ja.«

»Könnte gut sein. Willst du deinen Lolli noch?«

»Nein.«

»Darf ich ihn haben?«

Agnes war schon dabei, ihn ihm zu geben.

Sie fragte: »Sie hat anderen Kindern Lollis geschenkt?«

»Ja, sie hat ihnen alles Mögliche gegeben. Klamotten, aus denen du rausgewachsen warst. Oder Spielzeug, das du nicht wolltest. Es gab nicht viele Kinder im Haus. Und nur ein paar, die kleiner waren als du. Erinnerst du dich an sie?«

»Nein.« Agnes konnte sich kein Haus dieser Größe mit nur wenigen Kindern darin vorstellen. Und immer noch hatte sie kein Bild von ihnen im Kopf. »Kanntest du die?«

»Aber ja. Die Nachbarn. Ihr wart alle befreundet. Andauernd seid ihr zusammen durch die Flure gerannt. Besonders während der Ausgangssperre. Es hatte alle genervt. Aber die Eltern fanden es lustig. Wir haben uns immer in jemandes Wohnung getroffen und getrunken. Das war natürlich, bevor du krank wurdest. Du und die anderen.« Er trommelte sich mit den Fingern ans Kinn. »Ich glaube, sie hießen Wei und Miguel und Sarah.« Er lachte. »Wow. Nicht zu fassen, dass ich das noch weiß.«

»Ich kann mich nicht an sie erinnern«, sagte Agnes wieder. Wenn sie allerdings ehrlich war, entstand vor ihrem geistigen Auge ein Bild von den Neonlampen und dem Betonboden des Flurs. Von einer immer näher kommenden Wand, dem Lärm von Keuchen und Kreischen. Dann ein neuer Blick oder das andere Ende des Flurs, auf das sie zurannte. Sie hörte Erwachsenengelächter hinter einer Tür. Eiswürfel an Glas. Ihre Wangen taten weh. Ihre Augen waren feucht. Sie grinste. Ein Türschloss klickte. Jemand trat in den Flur, und Agnes prallte gegen ihn. Nein. Sprang ihn an. Auf den Arm. Wurde hochgehoben. Die Augen glänzten. Das lächelnde Gesicht ihrer Mutter. Etwas Scharfes in ihrem Atem. Die Tür einen Spalt geöffnet und Geräusche aus dem Inneren, jetzt laut und ausgelassen.

»Also gut, alle ins Bett«, sagte ihre Mutter. Agnes und die Kinder buhten. Die Erwachsenen in der Wohnung buhten. Ihre Mutter taumelte theatralisch zurück, Agnes auf dem Arm, die ihre Hände um ihren Nacken schlang, die Beine um ihren Bauch klammerte.

»Wieso bin ich hier die Böse?«, rief ihre Mutter. Agnes vergrub das Gesicht an ihrem Hals. Sie konnte ihre Hitze riechen – es war immer heiß in dem Gebäude; keines der Fenster konnte geöffnet werden. Sie roch, was auch immer die Erwachsenen getrunken hatten. Dann roch Agnes Glen, weil er aufgetaucht war und so tat, als äße er ihre Nase auf. Schließlich erinnerte sie sich nur noch an das Gefühl von Schlafen. Von Wärme, kühlem Bettzeug, den trockenen Lippen ihrer Mutter. »Gute Nacht, mein Liebling.«

Eine Sternschnuppe zog einen blauen Strich über ihnen.

Wie schrecklich es gewesen sein musste, dachte Agnes, so ein schönes Leben zu verlassen.

NACH EINER MORGENDLICHEN JAGD schabten Agnes und andere Originalisten die Felle ab und wuschen und spannten sie am Feuer, während die Neulinge die Gegend erkundeten.

Val erschien neben Agnes und setzte sich.

»Wie geht's, Kleine?«

»Gut.«

»Freunde?« Val streckte die Hand aus.

Agnes schüttelte sie. »Freunde.«

Val streichelte Agnes den Kopf. »Deine Haare sehen übrigens absurd aus.« In ihrer Stimme schwang ein *Ts*. Aber sie klang auch sanft. Sie versuchte, nett zu sein, auf die Art, wie Val nett sein konnte.

Agnes fasste sich an den Kopf. Die nach allen Richtungen herauswachsenden Haare riefen in ihr eine Szene aus einer alten Tiersendung wach, die in ihrem Gedächtnis hing wie ein Bild im Nebel. Von einem pubertierenden Löwen mit einer pubertierenden Mähne. Einem, der am Rande des Rudels herumschlich, nicht bereit, das Alphamännchen herauszufordern. Noch nicht.

»Du wirst dich entscheiden müssen, ob du dir ein bisschen Selbstachtung erhalten willst und sie wieder abschneidest, oder ob du albern aussehen willst, während sie dir bis zum Po wachsen.« Vals Augenbrauen, so gewölbt und schwarz, dass sie aufgemalt aussahen, wackelten. »Es sieht wirklich so albern aus«, sagte sie lächelnd.

»Schneid sie mir bitte ab.«

»Okay.« Val klatschte in die Hände. »Du wirst verwegen aussehen.«

»Ich möchte aussehen wie ein junger Löwe, der bereit ist, Anführer zu werden.«

»Na gut, klar, das klingt verwegen.«

Val kniete sich hin, und Agnes setzte sich mit dem Rücken zu ihr und zog das Hemd aus.

Während Val Büschel für Büschel abschnitt, schloss Agnes die Augen.

Die Strähnen schwebten im Wind fort wie Löwenzahnschirmchen.

»Wünsch dir was«, sagte Val.

»Hab ich.«

»Was denn?«

»Wenn ich es dir sage, geht es nicht in Erfüllung.«

»Ach, Herzchen, es geht sowieso nicht in Erfüllung. Was war es?«

»Ich hab mir gewünscht, dass meine Mutter nicht leiden musste«, sagte Agnes. Das hatte sie sich gar nicht gewünscht, dachte aber, es ließe sie edel klingen.

»Tja, das ist sehr selbstlos von dir. Aber beim nächsten Mal wünsch dir was für dich.«

»Aber du hast gesagt, es geht nicht in Erfüllung.«

»Wenn du dir was für andere wünschst, wirst du es nie erfahren. Wenn du dir was für dich selbst wünschst, weißt du es wenigstens. Verstehst du meine Logik?«

»Ja. Was hast du dir gewünscht?«

»Ein Baby.«

»So toll sind Babys nicht.«

»Da hast du recht.«

»Warum dann?« Agnes hörte das flüsternde Schnippsen der Schere hinter ihrem Ohr.

»Weil ich eins will. Und ich hasse es, wenn ich nicht kriege, was ich will.«

Agnes dachte an Vals Leben, oder das, was sie davon wusste. Sie mochte Val. Viel mehr als viele andere. Sie hatte Val nie als eine betrachtet, die nicht bekam, was sie wollte. Aber vermutlich hatte sie eigentlich keine Ahnung, was Val alles wollte. Und wenn es ein Baby war, dann hatte sie es jedenfalls nicht, obwohl sie es probiert hatte. Immer wieder. Jeder wusste das.

»Alles klar, du bist fertig, meine Liebe. Sieht gut aus, ohne mich selbst loben zu wollen.«

Val hielt ihre Hand vor Agnes, als wäre sie ein Spiegel. »Schau mal.«

Agnes starrte auf die Hornhaut an Vals Fingern und berührte ihre Haare. Sie girrte, ein Laut, den sie irgendwie noch von den Frauen kannte, die einander vor Bürogebäuden mit gezierten Küsschen begrüßt hatten. »Traumhaft«, zwitscherte sie. Sie tat, als trüge sie Lippenstift und lächelte, wie sie sich vorstellte, dass man mit Lippenstift lächelte. Die Lippen voll, klebrig, schwer zu bewegen, voller Matsch. Sie fand es lustig, sich an so seltsame Bilder erinnern zu können, die nichts mit ihrem täglichen Leben zu tun hatten, und zwar nie wieder. Fantasiefrauen in einer unglaubhaften Welt. Sie kicherte, wie sie sie hatte kichern sehen, die Finger auf dem Schlüsselbein, das Kinn gereckt.

»Du bist zum Schreien, du Spinnerin.« Val gab Agnes einen schnellen Kuss auf den geschorenen Kopf und hüpfte davon, um beim Kochen zu helfen. Agnes entschied, dass ein Bad gut wäre, um die Haare abzuspülen, und ein Bad wäre auch gut für Glen.

Er saß auf einem Baumstamm und schnitzte ein Holzstück zu einem Haken, die Hände übersät von kleinen blutenden Wunden. Agnes stand eine Zeit lang neben ihm, bis er aufsah, und als er den Kopf hob, war es eine bedächtige, steife, schmerzhafte Bewegung. Er lächelte.

»*Qué bonita.*« Er fasste sich an die eigenen Haare, um zu zeigen, was er meinte.

»Danke, Glen.«

Er zupfte ihr ein einzelnes Haar vom Kleid. »Wünsch dir was«, sagte er.

»Hab ich schon.«

»Dann wünsche ich mir was.« Er schloss die Augen, hielt sich das Haar an die Lippen und küsste es, bevor er es fortblies.

Dann blinzelte er in die hinter Agnes stehende Sonne.

»Willst du mit mir schwimmen gehen?«

Den Kopf schüttelnd sagte er lautlos *Nein*, immer noch lächelnd und blinzelnd. Er ergriff eine ihrer Hände und schwenkte sie hin und her. »So stolz auf dich, mein Mädchen.« Seine Stimme war wieder heiser und verlor sich am Ende zu einem Flüstern.

»Danke, Glen.«

Er ließ sie los und wandte sich wieder dem Schnitzen zu, und sie blieb noch einen Moment stehen, weil sie ihn umstimmen wollte, aber nicht wusste, wie.

Alle, selbst die Kleinsten der Neulinge, waren im Lager beschäftigt, dennoch ging Agnes zum Fluss. Sie wusste, dass sie wichtige Arbeit vernachlässigte. Das Gefühl von Verantwortungslosigkeit kribbelte in ihrem Bauch, sodass sie sich wieder wie ein Kind vorkam, ohne Sorgen oder Pflichten, und insgeheim genoss sie es.

Mit den Zehen im kalten Wasser dachte sie an die Waschpartys mit ihrer Mutter, wenn sie die besonderen Lappen im Fluss wuschen, die sie früher hatten. Es waren nur Streifen aus alten Baumwoll-T-Shirts, umfunktioniert von Debra. Aber sie hatten zu den letzten Überresten der Stadt gehört, die sie täglich verwendeten. Agnes war noch viel kleiner gewesen, weshalb ihre Mutter manchmal nervös wurde, wenn sie zu tief ins Wasser ging. Aber jetzt konnte Agnes schwimmen. An einer tieferen Stelle des trägen Flusses tauchte sie ganz unter und rubbelte sich lose Haare von Kopf, Schultern, Brust.

Sie drehte sich auf den Rücken, paddelte mit den Händen, um unter der Oberfläche zu bleiben, und öffnete die Augen, sodass sie das Blau des Himmels durch das Wasser sehen konnte, die abgeschwächten Strahlen der Sonne. An anderen Stellen floss dieser Fluss schneller und wurde gefährlich. Wenn sie sich überhaupt nicht bewegte, spürte sie den Sog sogar hier schon. Sanft und schwach, doch ein unverkennbares Ziehen. Hätte sie gestanden oder sich gewaschen oder auch nur aufrecht Wasser getreten, hätte sie es nicht bemerkt. Wenn sie sich ganz locker machte, konnte sie ziemlich schnell stromabwärts treiben. Aber wo sie sich befand, glitt der Fluss vor und zurück, wie eine kalte Schlange. Und es bestand keine Gefahr, soweit sie beurteilen konnte.

Sie musste wieder an Ranger Bob denken. Wie er sie angesehen hatte, nachdem er ihr die Lollis geschenkt hatte. An das tiefe, sorgenvolle V, das die Haut zwischen seinen Augen gebildet hatte. An diesen Blick erinnerte sie sich von ihrem allerersten Tag. Die Fahrt war anstrengend gewesen. Ihre Mutter war erschöpft. Ihr Gesicht war fleckig und vom Weinen von roten Adern wie Spinnweben durchzogen. An ihrem letzten Tag zu Hause hatten Agnes' Mutter und Oma sich gestritten.

»Du darfst nicht gehen«, hatte ihre Oma gesagt.

Ihre Mutter war durcheinander und bedrückt. Aber vor allem befremdet. »Ich muss. Warum machst du es mir noch schwerer?«

»Weil es so dumm ist.« Ihre Oma knautschte die Fäuste und das Gesicht zusammen wie in den Zeichentrickfilmen, wo Qualm aus jemandes Ohren kam, wenn er wütend war. Ihre Oma war sehr wütend.

»Es ist nicht dumm, Mama. Es ist wichtig. Ist Agnes dir denn egal?«

Die Augen ihrer Oma wurden groß, und sie blinzelte Agnes an, als sähe sie sie zum ersten Mal. Ihre Wut ließ nach, und sie lächelte. Als sie aber die Arme nach ihr ausstreckte und Agnes auf sie zuging, schob ihre Mutter sie mit kräftigem Arm hinter sich. Da heulte ihre Oma auf.

Beim Anblick der Tränen zog sich Agnes' Brustkorb zusammen. Ihre Kehle schnürte sich zu, ihre Augen wurden feucht, und sie hörte ihre Mutter böse werden. Auf einmal schleuderte ihre Mutter ein Glas an die Wand.

»Sag mir nicht, was ich zu tun habe«, schrie sie. Und Agnes' Oma schrie: »Aber ich hab solche Angst.« Agnes duckte sich unter dem Arm ihrer Mutter weg und schlich sich langsam zu ihrem Zimmer, um nicht bemerkt zu werden.

Das war gar nicht nötig. Keine der beiden Frauen nahm Notiz von ihrem Verschwinden. Obwohl sie behaupteten, um sie zu streiten, hatten sie vergessen, dass sie da war. Sie schluchzten einander jetzt an, gespickt mit hysterischen Worten. Noch nie hatte Agnes so etwas erlebt. Inzwischen kannte sie natürlich die Zwillinge, und die benahmen sich ganz ähnlich. Jetzt konnte sie es bestaunen. Damals aber, erinnerte sie sich, damals hatte sie Angst gehabt.

An jenem Abend hatte Agnes langsam die Klinke losgelassen, damit das Schloss nur leise klickte. Damit der Schmerz in den Stimmen durch die Barriere der Tür gedämpft wurde. Sie lief durch ihr Zimmer und berührte die Dinge, die ihr gehörten, horchte, ob sie ihr etwas zu sagen hatten. Sie tippte ans Fenster und wartete auf eine Antwort. Sie steckte den Kopf in den Kissenbezug und spannte ihn über dem Gesicht und atmete durch das Baumwollgewebe. So legte sie sich aufs Bett, den Kopf in dem Bezug. Und so schlief sie ein. Sie wachte davon auf, dass ihre Mutter Sachen aus ihren Schubladen zerrte.

»Was machst du da?«, murmelte sie unter ihrem Kissenbezug.

»Ah, schön, du lebst«, sagte ihre Mutter, abgelenkt davon, dass sie einen Rucksack mit Agnes' warmer Kleidung packte. Ihre Stimme klang zermürbt, brüchig. Ihre Augen waren blutunterlaufen. Sie hatte nicht geschlafen. Sie trug ein riesiges T-Shirt, das Agnes noch nie gesehen hatte, und dicke, bis zum Knie hochgezogene Strümpfe. Ihre Haare waren im Nacken zu einem Seitenschwanz gebunden. Sie sah aus wie eine unglückliche Erwachsene, die als früher einmal glückliches Kind verkleidet war. »Schätzchen, kannst du dir bitte zwei Sachen aussuchen, die dir am wichtigsten sind? Die du ohne Probleme länger tragen kannst?«

»Warum?«

»Weil wir weggehen. Und es könnte sein, dass du deine anderen Sachen eine Weile nicht hast.«

Agnes nickte feierlich. »Ist Oma weg?«

»Ja, sie ist weg. Bring mir die zwei Sachen in mein Zimmer, okay?« Hastig küsste ihre Mutter sie auf die Stirn.

Agnes entschied sich für ihr Stoffeinhorn und die Schmetterlingskette. Die Kette verlor sie in den ersten Monaten in der Wildnis.

»Ach, die haben wir schon überall gesucht. Wie haben Sie die gefunden?«, rief ihre Mutter, als ein Ranger die Entdeckung meldete.

»Wir finden alles«, sagte der Ranger. Seine steinerne Miene würgte das Lächeln ihrer Mutter ab. Er weigerte sich, ihr die Kette zurückzugeben. Sie werde als Beweismittel aufbewahrt.

»Beweis für was?«, hatte ihre Mutter gefragt.

»Für euer Nichtbefolgen von Vorschriften.«

Das war in Agnes' Erinnerung die früheste Begegnung mit einem Ranger außer Ranger Bob, der sie am Tag ihrer Aufnahme betreut hatte.

Sie dachte an ihre Mutter in der Stadt, Oma zuliebe, obwohl Oma tot war. Agnes verstand es nicht. Sie hatte ihre Oma auch geliebt. *Aber ich lebe.*

Unterhalb der Strömung spürte Agnes eine Störung vom Ufer her und hob erschrocken den Kopf.

Patty und Celeste wateten nackt und x-beinig in den Fluss.

»Du Faulpelz«, trällerte Celeste. »Dich so vor der Arbeit zu drücken.«

Agnes' Herz brannte vor Scham. »Ich hab mich noch nie gedrückt.« Sie sank bis zur Nase ins Wasser und warf einen bekümmerten Blick zum Lager.

»Ach.« Celeste runzelte die Stirn. »Ich dachte, du wärst so krass drauf. Solltest du öfter machen.«

»Igitt, ich musste schnitzen«, sagte Patty. »Und jetzt hab ich lauter Splitter.« Sie wackelte mit den geschwollenen roten Fingern. Es sah schlimm aus, wahrscheinlich musste Patty sich von Dr. Harold behandeln lassen.

»Wenigstens musstest du nicht das tote Zeug anfassen wie ich.« Celeste verzog angeekelt das Gesicht.

»Du liebst doch totes Zeug«, sagte Agnes, und Celeste verdrehte die Augen.

Die Mädchen ließen sich auf dem Rücken treiben und beobachteten ein paar kugelförmige Wolken, die über den Himmel schossen. Der Wind stand aber hoch, und um sie herum bewegte sich nichts.

»Das Tal hier ist ziemlich okay.« Celestes Stimme klang etwas wehmütig.

»Es ist die erste Stelle, an die ich mich erinnere«, sagte Agnes.

»War es die erste, an der ihr wart?«

»Eine der ersten, ja. Von hier ist es nicht weit zu dem Posten, an dem wir reingekommen sind.«

»Wir waren noch an keinem Posten«, jammerte Patty.

»Ist nichts Besonderes.«

»Aber da gibt es Süßigkeiten!«

»Nur an manchen. Die meisten Automaten sind leer. Wasser gibt es. Das ist so ungefähr das Beste.«

»Und gut aussehende Ranger?«, fragte Patty.

»Die Ranger sind alt«, sagte Agnes. Sie und Celeste lachten über Patty.

»Mir kommen sie nicht so alt vor«, sagte Patty leise.

»An die Ranger solltest du keinen Gedanken verschwenden«, meinte Celeste.

»Warum sagst du das?«, fragte Agnes. Sie war überrascht, dass Celeste so schnell zu dieser Schussfolgerung gelangt war. »Ja, kann schon sein.«

»Kann schon sein«, äffte Patty sie grundlos nach.

Sie ließen sich weiter treiben. Agnes lauschte dem Flattern der Vögel und dem gelegentlichen Plätschern einer Hand im Wasser.

Sie hatte das Gefühl zu dösen, wusste aber nicht, ob man im Wasser einschlafen konnte. Als sie die Zwillinge kreischen hörte, reagierte sie nur langsam, als schwämme sie in Honig. Mit den Armen rudernd stand sie auf und sah sich um. Sie konnte keine Bedrohung erkennen. Die Zwillinge hockten bis zum Hals im Wasser. Dann bemerkte Agnes, dass sie beim Schreien grinsten. Sie rieb sich die Augen und sah noch einmal genauer hin.

Am Ufer stand Jake, die Arme ratlos herunterhängend, den Mund offen. Er versuchte, etwas zu sagen, konnte aber die, wie Agnes jetzt begriff, entzückten Schreie nicht übertönen.

»Jake! Wir sind nackt!«, quiekte Celeste.

Die Mädchen drehten sich zu Agnes um.

»Runter!«, brüllte Patty mit zugekniffenen Augen.

»Warum?«, fragte Agnes.

»Weil du nackt bist!«

»Na und?«

Die Zwillinge lachten hysterisch, sodass ihnen Wasser in den Mund strömte. Sie sahen aus, als ertränken sie.

Die Hände in die knochigen Hüften gestemmt wandte Agnes sich an Jake: »Stört es dich?«

»Nein.« Er sah angestrengt auf den Boden.

»Seht ihr?«, sagte Agnes zu den immer noch bis zu den Schultern untergetauchten Zwillingen. Patty und Celeste kicherten überdreht, wie Debra. Wie Val immer noch manchmal. Ihre Gesichter waren vor Lachen völlig verzerrt.

»Du bist so was von komisch«, schrien die Zwillinge wie aus einem Mund. Und Agnes empfand einen Eifersuchtsstich. Sie sagte nie genau gleichzeitig dasselbe wie ein anderer Mensch. Es schien ihr unmöglich. *Wie macht man das?,* wollte sie fragen, aber jetzt starrten die beiden ihren Körper an, und sie fühlte sich unerwünscht.

»Ich gehe jetzt.« Sie ging auf Jake zu, und er trat vom Ufer zurück, als hätte er Angst, drehte sich um und lief mit gesenktem Kopf im Kreis.

Agnes zog sich ihr Kleid über. »Komm mit«, sagte sie zu Jake.

Er folgte ihr flussabwärts. »Du hast dir die Haare geschnitten«, sagte Jake zum Boden.

»Ja.«

»Wieso?«

»Weil es kindisch aussah, wie ein Löwenbaby.«

»Wie sehen Löwenbabys aus?«

»Wie pelzige Babys.«

»Aha.«

»Was denn?«

»Na ja, ich mochte deine Haare. Ich fand sie cool. Strubbelig.« Er lächelte. »Ich meine, jetzt sind sie auch cool.«

Agnes spürte eine Röte aufsteigen, die sie hastig in Wut umwandelte. »Und ich finde deine Haare blöd.«

»Warum?« Seine Stimme war hoch und traurig.

»Dein Pony. Du bringst dich noch um.«

»Mit meinem Pony?«

»Er hängt dir in die Augen. Irgendwann stolperst du über einen Stein. Oder ein Puma greift dich von oben an. Oder du schmeißt dir die Haare zu fest nach hinten und brichst dir selbst das Genick.« Sie verstummte, leicht außer Atem.

»Klingt, als hättest du viel über meine Haare nachgedacht.«

»Darüber, dass du dich damit noch umbringst, ja, stimmt.«

»Das nehme ich mal als Kompliment. Weil es heißt, dass du an mich denkst.«

Wieder wurde ihr Hals heiß, ihre Wangen. »Nur, weil du neu bist. Deine Haare sind doof und werden dich eines Tages das Leben kosten, und jemand muss dir das sagen.«

»Finden andere das auch?«

»Na ja, es ist ja nicht so, als würde ich andauernd über deine Haare reden«, fauchte Agnes. »Aber bestimmt weiß es jeder außer dir.«

Jake nickte. »Würdest du sie mir schneiden?«

Sie stellte sich vor, diesen albernen weichen Pony anzufassen, wenn sie versuchte, ihn gerade abzuschneiden, damit Jake noch wie Jake aussah. Agnes stellte fest, dass sie den Atem anhielt. Sie stieß ihn langsam aus.

Jake beobachtete sie, als könnte er ihre Gedanken von ihrem Gesicht ablesen. Aber als sie stumm blieb, erstarb sein Lächeln. »Du musst ja nicht«, stammelte er.

»Doch, doch, ich will.«

»Ist gut.« Er wirkte unsicher.

»Ich will echt. Ich will echt, echt.«

»Okay.« Jetzt sah er fröhlicher aus.

Agnes rannte los und rief über die Schulter: »Warte hier!« Er wartete.

Den ganzen Weg zu Val, um die Schere zu holen, grinste Agnes. Mit klopfendem Herzen kehrte sie zu Jake zurück.

Sie atmete mehrmals tief durch. »Wie willst du sie haben?«

»Wie deine?«

»Aber ich dachte, wir schneiden nur den Pony?«

»Mach, was du willst. Ich vertraue dir.«

Agnes betrachtete ihn nervös. Sie stellte sich vor, seinen ganzen Kopf so nah an der Haut anzufassen. Seine Ohren nach vorn zu klappen wie Val bei ihr, um ihn nicht zu verletzen. Ihm genau auf den Nacken zu sehen, ihm auf den Hals zu atmen, sodass er es spürte und etwas Neues über sie wusste.

»Erst mal nur den Pony«, sagte sie.

Mit den Händen schöpfte sie Wasser aus dem Fluss und befeuchtete seine Haare damit. Sie zog den Pony glatt, und die Spitzen kringelten sich unter seinem Kinn. Da er saß und sie stand, musste sie sich bücken. Sie hob sein Kinn an, aber dabei teilte sich der Pony und rutschte auf beide Seiten seines Ohrs. Sie hörte die Zwillinge flussaufwärts laut im Wasser planschen. Jake ließ Agnes nicht aus den Augen.

Sie probierte es im Schneidersitz vor ihm. Aber so war sie zu weit weg. Also ging sie auf die Knie, sodass ihre Knie seine berührten, und beugte sich vor und erkannte, dass ihr Gesicht zum Schneiden sehr nah an seinem sein musste. Als sie den Kopf zurückzog, geriet sie ins Wanken, als würde sie gleich auf die Seite fallen, und er legte ihr eine Hand auf die Hüfte, um sie zu stützen, und ließ sie noch lange, nachdem sie sich wieder gefangen hatte, liegen. Seine Berührung war leicht und zaghaft, dennoch wärmte sie Agnes durch ihr Kleid hindurch.

Sie hielt den Atem an, und nur wenn sie unbedingt musste, stieß sie ihn langsam aus dem Mundwinkel aus, um Jake nicht mit der kalten Luft aus ihren Lungen im Gesicht zu treffen.

So genau wusste sie nicht, wie man solche Haare schnitt. Was war ein Pony überhaupt?

Sie zog die Strähnen straff, machte kleine Schnipser. Jake richtete die Augen zur Seite, den Mund in einer Mischung aus Lächeln und Anspannung, als konzentrierte er sich auf etwas. Als die ersten Haarbüschel zu Boden rieselten, wollte Agnes sie sich in die Tasche stecken. Sie wollte sie auf ihrem Gesicht ausbreiten, wenn sie trocken waren.

Sie wollte nicht fertig werden. Und als sie es war, sagte sie: »Oh nein«, weil er jetzt seine Hand wegziehen musste und dieser Moment für immer vorbei war.

»Was denn?«

Agnes versuchte, ihre Enttäuschung zu übertünchen. »Das war wohl nichts. Du siehst komisch aus.«

»Inwiefern komisch?«

»Mir war nicht klar, dass deine Haare hochstehen würden, wenn ich sie so kurz schneide.« Sie sahen aus wie ein Mooskissen.

Er betastete sie, und Agnes spürte kalte Luft an der Stelle, an der seine Hand gelegen hatte. Sie erschauerte.

»Ich glaube, das geht schon so.« Er lächelte. »Danke.« Er stand auf und half ihr auf die Füße. Ein paar Strähnchen wehten von seiner Brust hoch und schwebten davon.

»Wünsch dir was«, sagte Agnes.

»Das ist Kinderkram. Wünsch du dir was, schenk ich dir.«

Er wandte sich zum Gehen.

»Musst du nicht ins Wasser, um dir die Haare abzuwaschen?«, platzte Agnes heraus.

»Nee, nicht nötig.«

»Okay.«

»Noch mal Danke.« Er warf sich die Haare zurück, die Haare, die nicht mehr da waren, und rannte los.

»Hör damit auf«, flüsterte Agnes ihm hinterher.

Sie nahm den Umweg zur Höhle, statt durchs Lager zu gehen. Sie wollte nicht gesehen und zum Arbeiten aufgefordert werden. Heute wollte sie nicht arbeiten. Sie überlegte, ob sie sich schon jemals so gefühlt hatte. Warum hatte sie heute den Wunsch, abseits von allen anderen zu sein? Sie spürte eine ungewohnte Beklemmung in der Brust, und als sie in der Höhle ankam, ließ sie sich auf den Boden fallen.

Wie hatte Jake weglaufen können nach einem Moment, den sie als groß, als schwer empfunden hatte, so als hätte jemand Dutzende von Elchpelzen auf sie getürmt? Unter dem Gewicht ihrer Gefühle hatte sie kaum die Arme heben können. Hatte er es nicht gespürt? War das möglich? Mehr als möglich, dachte sie. Was, wenn es sogar sehr wahrscheinlich war? Sie rief sich das entzückte Geräusch ins Gedächtnis, als sie seine Hand genommen hatte, das warme Kribbeln ihrer Hüfte, wo seine Hand gelegen hatte, nur deutete sie jetzt alles anders und fragte sich, ob sie sich getäuscht hatte. Vielleicht war es freundlich, geschwisterlich gemeint gewesen. Die Hitze, die sie gespürt hatte, war ihre eigene Verlegenheit gewesen und kein Funke zwischen ihnen. Sein angehaltener Atem war Erschrecken gewesen. Unbehagen. Noch nicht mal geschwisterlich, vielleicht hasste er sie. Vielleicht ekelte sie ihn an.

Sie schrak auf, als etwas an ihrem Bein entlangstrich, und entdeckte ein freches Eichhörnchen, das einen Fleck auf ihrem Kleid anknabberte. Vor lauter Grübeln hatte sie es nicht einmal bemerkt.

»Schluss damit«, sagte sie laut. Sich mit Jake zu beschäftigen, war gefährlich geworden. Wegen ihrer Gefühle könnten sie verstümmelt oder umgebracht werden.

»Was, wenn du ein Puma wärst?«, sagte sie zu dem Eichhörnchen. »Dann wäre ich jetzt tot.«

Das Tierchen piepste sie an, pflichtete ihr bei, dass sie einen Fehler gemacht hatte. *Ja,* keckerte es, *besser nicht an den Jungen denken.*

»Danke«, sagte Agnes. »Ich höre schon auf.« Sie wischte die Hände aneinander ab. »Abgehakt.« Sie seufzte.

Sie stand auf, klopfte sich die Beine ab und ging in die Höhle, ganz nach hinten, wo ihre Mutter das Kissen und die Zeitschrift versteckt hatte, die ja nicht mehr da waren.

Die Beklommenheit kroch aus ihrer Brust in die Kehle hinauf. Vermutlich hatte es etwas damit zu tun, an einem vertrauten Ort zu sein, wenn es solche Vertrautheit eigentlich nicht mehr geben sollte. Nicht für die

Gemeinschaft. Nicht in diesem Leben. War das nicht unter anderem Sinn und Zweck des Ganzen? Ihr Heimatgefühl abzutöten? Damit sie sich überall zu Hause fühlten? Oder nirgendwo? War das das Gleiche?

An der Stelle, an der sie vorher gehockt hatte, entdeckte Agnes einen rostroten Punkt auf dem Boden. Sie sah sich um, bückte sich danach und spürte etwas in ihrem Inneren sich lockern. Sie trat zur Seite und sah einen neuen Tropfen auf der Erde. Als sie die Innenseite ihres Beins anfasste, blieb ein kleiner Fleck desselben Rostrots auf ihrer Hand kleben. Sie legte die Zunge daran. Eisen, Metall, Winter. Blut. Sie ging in die Hocke und zog das Kleid hoch, um den Boden zwischen ihren Füßen beobachten zu können. Rote Tröpfchen fielen langsam herunter. *Tropf, tropf.* Wie verstreichende Zeit. Die Ränder der Punkte zerfaserten auf der Erde. Mit einem leichten, feuchten Kitzeln lösten sich die Tropfen aus ihr. Einer. Zwei. Drei. Bis zehn. Und dann hörte es auf.

Sie wusste, was das war. Sie freute sich darauf, es Val zu erzählen. Schämte sich etwas, mit Glen darüber zu sprechen. Sie fragte sich, ob es ein besonderes Ritual gab, das sie sich für einen solchen Anlass ausgedacht hatten. Natürlich bekamen Frauen in der Gemeinschaft ihre Periode, aber sie war die Erste, die sie zum *ersten* Mal hier bekam. Sie fühlte sich wild. Nützlich. Echt. Grinsend spürte sie eine Blase in ihrem Brustkorb, die sie für Aufregung hielt. Aber als sie aufstieg und in ihrer Kehle platzte, blieb Einsamkeit übrig.

Als sie an ihrem Kleid herabsah, bemerkte sie ein paar Haare. Lange, dunkle. Sie mussten aus Jakes Pony stammen. Sorgsam zupfte Agnes sie ab, hielt sie zusammen wie die Spitze eines sehr feinen Pinsels und strich sich damit über die Wange. Ganz sachte fuhr sie damit auf ihren Hals hinunter, eine Berührung, die so leicht war, dass Agnes sich stark konzentrieren musste, um sie überhaupt zu spüren, aber bei dieser Konzentration beschleunigte sich ihr Puls. Unten im Lager konnte sie verschwommen Jakes Gestalt am Feuer erkennen. Sie strich mit seinen Haaren über ihre Lippen und lächelte. Sie roch daran. Die Haare rochen nach nichts. Sie wickelte die Zunge darum. Sie schmeckten nach nichts. Sie steckte sie sich in den Mund. Zerkaute sie. Dann sammelte sie Spucke und schluckte sie.

EIN NEUER WIND WAR EINGETROFFEN und lud die Luft auf, machte sie lebendig und schneidend. An jenem Morgen entzündete die Gemeinschaft ein etwas größeres Feuer und holte ihre Felle von den Betten. Bald würden die Tiere sich in die Gebirgsausläufer zurückziehen, und sie würden folgen, sich in den Senken aufhalten, bis die Schneeschmelze die Pegel der Flüsse anhob.

Sie waren schon zu lange in diesem Lager. Im Tal zu bleiben, war zu einfach. Es gab genug Wild. Der Fluss war nah. Manche empfanden es immer noch als Heimat. Sie schoben die Planung ihrer nächsten Wanderung auf, bis sie eine Gestalt auf sich zukommen sahen. Da sie annahmen, es handelte sich um einen Ranger, der sie wegschicken wollte, stöhnten einige, und alle starrten wieder ins Feuer, aßen weiter ihre Grütze.

Doch als die Gestalt sich näherte, erkannten sie, dass es kein Ranger war. Zu klein. Ohne Uniform. Kein Pick-up.

Sowohl die Originalisten als auch die Neulinge fassten an die Stellen, wo sie Messer oder Steine aufbewahrten, was auch immer sie als Waffe zu ihrem Schutz bei sich trugen.

Bald darauf konnten sie sehen, dass es eine Frau mittleren Alters war, weich um die Mitte herum, mit einem praktischen Haarschnitt unter einem breitkrempigen Hut und festen Wanderschuhen, wie ein Ranger sie tragen würde. Wie jemand sie tragen würde, der wusste, was für Märsche in der Wildnis erforderlich waren. Genau das Gegenteil des Schuhwerks, mit dem die Neulinge angekommen waren.

Das Gesicht der Fremden lag im Schatten ihres Huts, aber sie lief schnell durch Sträucher und Felsen, als würde sie das Gelände kennen.

»Ist das eine von euch?«, flüsterte Carl Frank zu.

»Nein.«

»Dann muss es eine Neue sein. Warum hat uns niemand gesagt, dass jemand kommt?«

Franz zuckte die Achseln. »Frag mich nicht.«

Carl erhob sich, um die Fremde zu begrüßen, die Hand am Messer.

Agnes schlich sich voraus zu einem Felsen. Sie spürte den Drang, näher heranzugehen. Sie beobachtete die Fremde. Ihr Puls beschleunigte sich. Ihr Hals kribbelte.

Endlich erreichte die Frau den Rand des Lagers, das Gesicht immer noch unter der Krempe verborgen. Sie ging auf Carl zu, der sich ihr bis dahin zügig genähert hatte, plötzlich aber verunsichert langsamer wurde.

Da schob die Frau sich den Hut aus dem Gesicht, und man konnte sie erkennen. Alles verstummte. Selbst die Vögel verstummten. Die Hirsche schnaubten, stampften auf und sprangen fort.

»Bitte, nicht so überschwänglich«, sagte Bea, die Hände in den Hüften. Sie lachte mit einem bösen Grinsen, ein Lachen, wie sie es noch nie von ihr gehört hatten. Ihr Atem wurde in der kalten Morgenluft zu Rauch.

FÜNFTER TEIL

Freund oder Feind

AN JENEM ERSTEN TAG BEOBACHTETE Agnes ihre Mutter aus den Tiefen eines Traums. Sie zu sehen war manchmal so grell wie ein Albtraum.

Bea war auf das Lager zugelaufen wie eine gefährliche Fremde. Wie eine Rangerin. Lachend und unfreundlich. Rücken und Hals gestrafft. Im Begriff, Verstöße aufzuzählen, Drohungen auszusprechen. Ihr Atem qualmte aus ihrem Mund, als wäre sie ein wütendes Wintertier. Aber Agnes hatte sie früher als alle anderen erkannt. Als ihre Hände noch auf den Messern oder Steinen lagen, war Agnes in Deckung gegangen, hatte versucht, sich unsichtbar zu machen.

Carl begrüßte sie als Erster.

»Na, seht mal, wer da ist«, flötete er und umarmte sie länger als nötig, lachte in ihr Ohr, neigte sich dann eigenartig mit ihr zur Seite, als tanzten sie.

Ihre Mutter zog die Augenbrauen zusammen. »Bin ich hier richtig?«, fragte sie über seine Schulter hinweg.

»Ja. Alles ist jetzt anders.«

»Kann man wohl sagen«, murmelte sie, als sie sich ihm entzog und sich umsah. Die anderen traten allmählich näher. Neugierige Gesichter musterten sie.

Ihre Mutter zog den Kopf ein und senkte die Stimme,

als wollte sie ein Geheimnis verraten, und auf gewisse Art war es so. Agnes konnte sie nicht hören.

»Von der Warteliste.« Carl machte eine Geste zum Lager. »Wir haben uns verdoppelt!«

»Viele Mäuler zu stopfen.«

»Das schaffen wir schon.« Er nahm Beas Hand.

Wieder zog ihre Mutter die Augenbrauen zusammen. Sie sah sich suchend nach etwas um, anfangs beiläufig, dann hektisch, als hätte sie Angst, es nicht zu finden. Endlich fiel ihr Blick auf Agnes. Verschiedenste Emotionen blitzten in ihrer Miene auf. Sie zerfielen rasch zu Missbilligung. Verwandelten sich danach in ein tränenfeuchtes Lächeln. Doch Agnes sah nur die Missbilligung, die Hand ihrer Mutter, die geistesabwesend die von Carl knetete, während sie Agnes betrachtete.

Wie von einem Magneten angezogen glitt sie auf Agnes zu.

»Hey, du siehst super aus«, rief Carl ihr nach und leckte sich die Lippen. Er sah halb verhungert aus.

Agnes erstarrte auf dem Felsen, auf dem sie hockte, wünschte sich inständig, zu dem Stein zu werden, oder steinartig, eine Steinmauer. Steinern im Angesicht dieses Menschen. Obwohl ihr Herz heftig pochte und ihr Tränen in die Augen stiegen, als hätte sie etwas Bitteres und Saures, Unreifes gegessen. *Stell dich tot,* befahl sie sich.

Auf einmal spürte sie eine Hand auf der Schulter und merkte, dass Val neben ihr stand. Vielleicht hatte sie die ganze Zeit dort gestanden, Carl und ihre Mutter beobachtet, vielleicht so bestürzt wie Agnes gerade. Agnes sah zu ihr auf. Ihre Miene war verzerrt, sicherlich enttäuscht, Bea wieder vor sich zu sehen. Val war sich ihrer

Gefühle viel bewusster. Agnes versuchte, eine ähnlich deutliche Enttäuschung in sich zu wecken, schaffte es aber nicht.

Einen halben Meter vor Agnes blieb ihre Mutter abrupt stehen, das Gesicht eine Maske aus Emotionen, von denen Agnes keine verstand. Ihre Mutter streckte nicht die Hand nach ihr aus. Agnes' Steinhaftigkeit hielt sie auf Abstand. Agnes zitterte auf ihrem einsamen Fels, die Knie an sich gezogen, die Zehen eingekrallt.

Schließlich räusperte ihre Mutter sich, und sofort öffnete Agnes sich für das, was sie nach so langer Zeit sagen würde.

»Warum ist meine Tochter so dünn?«, blaffte sie Val an.

Agnes blinzelte. *Sie spricht nicht mal mit mir.*

Val drückte Agnes' Schulter fest. »Sie war schon immer dünn.«

Bea sah sich unter all den gaffenden neuen Menschen um. Ihr Gesichtsausdruck war vorwurfsvoll, ihre Augen aber feucht. »Sie ist dünner als alle anderen hier«, krächzte sie.

»War mir gar nicht aufgefallen«, sagte Val.

Mit dem Fingerknöchel hob Bea Agnes' Kinn an. »Warum bist du so dünn? Kriegst du nicht genug zu essen?«

Ihre Stimme peitschte Agnes' Ohren. Ihre Berührung fühlte sich an wie eine Ohrfeige.

Agnes senkte den Kopf wieder. Sie war verlegen. Ängstlich. Wütend. Sie kniff den Mund zusammen.

»Was zum Henker ist hier los, Carl?«, fragte Bea jetzt und ging von Agnes weg.

»Mach dich mal locker, verdammte Scheiße«, brummelte Carl, jetzt ohne die Wärme seiner ersten Begrüßung. »Du klingst wie eine Irre. Agnes geht's gut.«

Mit gedämpfter Stimme, als wäre es vertraulich, was es nicht war, sagte ihre Mutter: »Wenn du ihr Essen vorenthalten hast, kannst du was erleben. Wo ist Glen? Wehe, er ist auch abgemagert. Du Arschloch, Carl.«

Agnes sah an sich herab. Sie fand, dass sie normal aussah. Wie immer. Ihr Magen knurrte wie immer. War das nicht bei jedem so? Sie zupfte ihr Kleid hoch und ließ es zurückfallen.

Carl packte ihre Mutter am Arm, beugte sich dicht zu ihr und zischte ihr etwas ins Ohr, einen Finger an ihrem Hals, als wäre er die Spitze eines schärferen Gegenstands. Bea schnappte nach Luft und wich vor Carl zurück, Abscheu, aber auch Traurigkeit in der Miene. Sie sah Carl nach, als er wegging, ein leichtes Zittern in der Hand. Immer noch wurde sie beobachtet, von all den neuen Augen. Agnes fiel auf, dass die Originalisten taten, als wären sie beschäftigt, die Ohren gespitzt, die Köpfe gesenkt, mehr oder weniger wie Agnes selbst. Die Neulinge dagegen passten genau auf, starrten Carl und ihre Mutter ungeniert mit halb offenem Mund an.

Bea richtete sich auf und drehte sich wieder zu Agnes um. Ihr Gesicht war blutlos. Langsam ging sie auf sie zu. Holte sorgsam Luft, als wäre sie außer Atem. »Aber sieh dich nur an«, sagte sie schließlich mit hoher Stimme. »Du bist erwachsen geworden. Da bin ich mal ganz kurz weg, und du wirst mir erwachsen.«

Trotz vorgetäuschter Nettigkeit hörte Agnes einen Vorwurf heraus.

»Du musst wohl ...«, begann Agnes zögerlich. Sie bemühte sich um eine gleichmäßige Stimme, aber sie klang stockend, als finge sie gleich zu weinen an. Ihre Kehle wurde heiß, und jeden Moment konnte sie ins Stottern geraten, und das wollte sie nicht. »Du musst wohl länger weg gewesen sein, Bea«, murmelte sie, und das Zittern ließ etwas nach, als sie ihre Mutter zusammenzucken sah. Selbst Val holte geräuschvoll Luft. Oder unterdrückte sie ein Lachen?

Ihre Mutter fing sich. »Ich glaube, mir ist Mama immer noch lieber.« Jetzt lächelte sie wieder. »Außerdem, so lang war es ja auch wieder nicht, oder?« Sie richtete den Blick nacheinander auf Agnes und Val, dann hinter sich, ob jemand zusah.

Alle sahen zu.

Val sagte: »Doch, sehr lang.«

»Nein.« Bea klang nachdrücklich und gereizt. »So lange nicht.«

Agnes aber wusste, dass es unmittelbar, nachdem ihre Mutter gegangen war, geschneit hatte, dass dann alles geblüht hatte, die Gräser im Sommer vertrocknet waren, das Laub sich verfärbt hatte und jetzt wieder der Duft von Schnee in der Luft lag. Es war, was man früher ein Jahr genannt hatte, und so lange war ihre Mutter fort gewesen. Das würde Bea natürlich niemals zugeben. Eher behauptete sie, dass dem Wetter nicht zu trauen war. Agnes öffnete den Mund zum Sprechen, doch der Blick ihrer Mutter veranlasste sie, ihn wieder zu schließen. Ein Streit war nicht zu haben. Die Emotionen des Wiedersehens waren bereits aufgeflackert. Falls ihre Mutter ein schlechtes Gewissen hatte, hatte Agnes es verpasst. Und jetzt war es eine Erinnerung.

»Und deine Haare«, sagte ihre Mutter. »Was ist mit deinen wunderschönen Haaren passiert?« Sie strich mit einer Hand über Agnes' Kopf.

Agnes zog ihn weg.

»Okay, das reicht.« Ihre Mutter schnippte mit den Fingern. Und Agnes hielt ihr widerwillig den Kopf zur Begutachtung hin.

»Wer hat sie dir geschnitten?«

Agnes zuckte die Achseln.

»Tja.« Bea umfasste ihren Hinterkopf. »Wenigstens ist dein Schädel schön rund. Ich hab dich immer brav in der Wiege umgedreht. Einen so schönen runden Schädel sieht man nicht alle Tage. Offenbar war ich doch eine gute Mutter, was?« Lachend sah sie Val an, die ein falsches, säuerliches Grinsen aufsetzte. »Also«, sagte Bea, »ich finde deine Haare ganz toll in kurz. Passt super zu dir.«

»Ich lasse sie mir wachsen«, sagte Agnes halblaut, zupfte sich den Dreck zwischen den Zehen heraus und rollte ihn zwischen den Fingern zu einem Kügelchen.

Ihre Mutter trat einen Schritt vor. »Komm her«, befahl sie und schlang die Arme um ihre Tochter, zog sie so langsam von ihrem Felsen, dass Agnes die Beine ausklappte und auf den Boden stellte. Den Dreck aus ihren Zehenzwischenräumen klebte Agnes an die Hüfte ihrer Mutter, als sie die Hände leicht an sie drückte. Sie brachte ihr so etwas wie Zuneigung entgegen, eine eingeübte Version davon. Es fühlte sich an wie das, was ihre Mutter oft ihr entgegenbrachte. Dann entwand Agnes sich der Umarmung und setzte sich zurück auf den Stein, als wäre sie immer ein Teil davon gewesen. Die Arme legte sie auf die Knie, den Kopf stützte sie gelangweilt darauf. Sie beobachtete das Feuer. Ihr war schwindlig. Sie hoffte inständig, ihre Mutter würde aufhören.

»Was machst du wieder hier?«, sagte Val, mehr Vorwurf als Interesse.

»Das frage ich mich auch gerade. Wo ist Glen?« Das war an niemanden im Speziellen gerichtet. Sie wusste, wo Glen war.

Unvermittelt griff Bea nach Agnes' Arm, und sie rutschte von dem Felsen. Ihre Knie waren weich. Noch nie hatte sie sich so wackelig gefühlt, so umgeworfen.

Ihre Mutter lief schnurstracks Richtung Höhle. Es wirkte so natürlich, als hätten sie und Glen dieses Treffen vor langer Zeit geplant. Ihre Mutter hatte einen speziellen Sinn für Glen, als hätte sie ihn erschnüffelt. Hätte ihre Mutter noch einen speziellen Sinn für Agnes gehabt, wenn sie diejenige in der Höhle gewesen wäre? Agnes dachte an ihre aufgebrachte Miene, als sie unter den neuen und alten Gesichtern unten im Lager nach dem von Agnes gesucht hatte. Dass sie nicht mit ihr, sondern mit Val gesprochen hatte. Wie dumm sie sich im Herzen gefühlt hatte. Wie albern es war, irgendetwas zu wollen oder zu empfinden. Doch sie hielt ihren Gedankengang an und spulte zurück, dachte erneut an den Moment, als ihre Blicke sich begegnet waren. Und hatte es da nicht eine kurze Ruhe gegeben, als der Tumult für sie beide zum Stillstand gekommen war? *Wenn ich einfach nur das festhalten könnte.* Es war ein Gedanke, eine Sehnsucht, die ihr half, das Gleichgewicht zu finden, wieder in den Tritt zu kommen. Ein Gedanke, der ihren Arm und ihre Schulter entspannte und ihr ermöglichte, die Hand in die ihrer Mutter zu stecken.

GLEN LAG BÄUCHLINGS AUF EINEM FELL im Höhleneingang, einen Arm über dem Kopf. Er sah aus wie ein Haufen weggeworfener Äste. Wieder empfand Agnes einen Stich. Sie hatte erst zwei Nächte dort geschlafen, als er darauf bestand, dass sie ins Lager zurückkehrte. Er wollte nicht, dass sie ausgestoßen wurde. Am gestrigen Tag hatte sie ihn nicht besucht. Es war zu viel zu tun gewesen. Ohne sie hatte er aber keine Gesellschaft. Aus dem Augenwinkel musterte Agnes das Gesicht ihrer Mutter, um die Emotion darin zu deuten. Leistete sie Glen ab jetzt Gesellschaft? Wollte er das überhaupt? Agnes erinnerte sich nicht daran, ihn je wütend erlebt zu haben, nachdem ihre Mutter gegangen war. Sie wappnete sich dafür, wie sich das äußern könnte.

Ihre Mutter stupste Glen mit dem Zeh in die Achsel, und er hob den Arm und spähte zu ihr auf.

»Du bist wieder da«, krächzte er.

»Ich bin wieder da.«

»Ich hab den Jubel gehört.«

Beide lachten.

Agnes runzelte die Stirn. Es hatte keinen Jubel gegeben. Sie sah von einem zum anderen, ihre Augen hüpften hin und her wie Grillen. Das hier war nicht, was sie erwartet hatte.

»Entschuldige, dass ich nicht aufgestanden bin.« Glen drehte sich um.

»Macht nichts«, sagte ihre Mutter.

»Ich bin geschwächt.«

»Ich weiß.«

»Du warst lange weg.«

»Ich weiß.«

Er schwieg kurz. »Ist schon okay«, sagte er, und Agnes wusste, dass er das ernst meinte.

Sie blinzelte überrascht. Warum war er nicht wütend? Ihre Mutter hatte sich nicht einmal entschuldigt.

Glen setzte sich etwas auf und lehnte sich an einen Stein. »Ich hab nicht damit gerechnet, dass du zurückkommst.«

»Wäre ich auch beinahe nicht.« Sie schielte nach Agnes, sah ihr aber nicht in die Augen.

»Ich wünschte, du wärest nicht«, sagte Glen. Darüber erschrak Agnes. Und über seinen Tonfall. Er klang traurig.

Jetzt rutschte Glen auf dem Fell zur Seite, und ihre Mutter legte sich neben ihn.

»Ach, du armer Mann«, sagte sie. »Von dir ist ja gar nichts mehr übrig.«

Sie zog ein weiteres Fell als Decke über sie beide, und obwohl er versuchte, sie wegzuschieben, ließ Bea nicht locker, also fügte er sich. So blieben sie liegen, ganz still. Scheinbar hatten sie vergessen, dass Agnes da war. Sie kauerte sich zu ihren Füßen.

Die Augen ihrer Mutter waren offen und wachsam. Sie glänzten, funkelten im Licht, während sie Glens abgemagerten Körper betrachtete. Dann schloss sie sie, und beide lagen da wie schlafend. Sie waren so friedvoll. Agnes hatte nicht erwartet, sie jemals wieder so zu sehen. Ihre Eltern zusammen kurz vor dem Einschlafen. Agnes' Fuß begann zu wippen. Sie sehnte sich danach, sich zu ihnen zu legen, fühlte sich aber seltsam unerwünscht.

Nach ein paar Minuten kroch sie am Fußende unter das Fell. Sie rollte sich zusammen, tastete nach dem Knöchel ihrer Mutter und umschloss ihn. Ihre Mutter zog den Fuß weg. Das nahm Agnes als Beweis dafür, dass sie tatsächlich störte und wollte sich schon zurückziehen. Doch da war der Fuß ihrer Mutter wieder da und schob sich unter Agnes' Seite. Und Agnes hielt den Knöchel ganz fest, damit Bea ihn nicht wieder wegnehmen konnte.

Glen seufzte. »Es hat sich einiges verändert.«

»Das sehe ich.«

»Nein, noch mehr.«

Agnes hielt den Atem an, um das Mehr zu hören. Glen hob den Kopf leicht an, als wollte er zu ihr hinunterspähen. Schnell machte sie die Augen zu.

Ihre Mutter räusperte sich und wechselte das Thema. »Willst du mich nicht fragen, warum ich gegangen bin?«

»Das weiß ich doch. Deine Mutter ist gestorben«, sagte er leiser.

Ein paar Minuten lang blieb Bea stumm.

»Aber als deine Mutter gestorben ist, bist du nicht gegangen«, sagte sie endlich.

»Ich mochte meine Mutter nicht.«

»Ich mochte deine Mutter auch nicht.«

Sie lachten.

»Geht es dir besser?«, fragte Glen.

»Nein.« Sie seufzte. »Wie läuft es jetzt hier?«

»Nicht gut. Wie läuft es in der Stadt?«

»Nicht gut.«

Wieder lachten sie.

Agnes fand nichts von alledem lustig.

»Hat Carl das Kommando?«

»Im Prinzip ja.«

»Und damit sind alle einverstanden?« Die Stimme ihrer Mutter klang vorwurfsvoll.

»Na ja, nein. Aber ausreichend. Die Neulinge haben sich sofort um ihn geschart.«

»Verstehe.« Sie machte eine Pause. »Du solltest noch das Kommando haben«, sagte sie.

»Das hatte ich doch nie, Bea. Wir haben alle zusammen entschieden.« Er machte den Eindruck, keine Lust mehr zum Reden zu haben.

»Es war nie echter Konsens.«

»Doch.« Glen wurde überraschend laut.

»Wir haben diskutiert. Du hast einen Gedanken formuliert, und wir haben dir zugestimmt.«

»Das stimmt nicht.«

»Es stimmt fast. Und es hat funktioniert.«

»Tja, jetzt treffen Glen und seine Leute die Entscheidungen.«

»Zum Beispiel, dir und Agnes nichts zu essen zu geben. Oder auch den anderen, soweit ich das beurteilen kann. Wie ist es dazu gekommen?«

»Ein paar von den Neulingen haben die Essensausgabe übernommen.«

»Und sie geben euch weniger?«

»Darauf deutet nichts hin.«

»Aber ...«

»Sie kümmern sich eben vorrangig um ihre eigenen Leute. Das läuft wahrscheinlich unbewusst ab. Sie wissen gar nicht, dass sie es machen. Ich meine, sie sind alle sehr nett. Eine nette Gruppe«, sagte er, und Bea kicherte.

»Immer musst du das Positive sehen. Es ist völlig ausgeschlossen, dass sie nicht merken, was sie da tun.«

»Na, du musst es ja wissen.« Sein Tonfall war scharf. Er war erschöpft und durcheinander und tief drinnen vielleicht auch wütend. Agnes kam sich dumm vor, weil sie es vorher nicht gesehen hatte.

Sie hörte ihre Mutter schnell atmen, als wäre sie im Begriff, eine trotzige Erklärung abzugeben, den ganzen Körper angespannt, um ihr Argument durchzupeitschen. Doch dann stieß sie die ganze Luft in einem langen Zug aus.

Wieder schwiegen sie.

Schließlich spürte Agnes ihre Mutter an Glen heranrutschen. Leise sagte sie: »Also, soll ich sie loswerden?«

Glen gluckste.

»Und damit meine ich, sie umbringen?«

Glen brach in Gelächter aus, das zu bellendem Husten führte. Als Agnes ihre Mutter ansah, grinste die vor sich hin und genoss Glens Fröhlichkeit. So hatte Agnes ihn nicht mehr lachen hören, seit ihre Mutter gegangen war. Nein, schon länger. Eigentlich, erkannte sie, seit Madeline.

Er kam wieder zu Atem und drückte ihre Mutter. »Ich hab dich vermisst.«

»Ich dich auch.« Ihre Mutter kuschelte sich noch enger an ihn, wobei ihr Fuß etwas von Agnes wegrutschte. Agnes hielt ihn fest.

»Was kann ich tun?« Die Stimme ihrer Mutter klang schwach. Wie die von Agnes früher. Als sie noch in der Stadt lebte. Als es so viel gab, was stärker als sie war. So vieles, was sie nicht kontrollieren konnte. Als sie noch nicht begriffen hatte, dass sie überhaupt Kontrolle hatte.

»Vertrag dich«, sagte er. »Vertrag dich einfach.«

Agnes hörte sie einander küssen.

»Ich komme mir wie ein Idiot vor, dich hergebracht zu haben«, sagte Glen. »Euch beide.«

»Du weißt, was sonst passiert wäre.«

»Es war einfach so dumm von mir, das nicht kommen zu sehen. Ich dachte, eine Gruppe von Menschen, die hier sein wollte, würde schon austüfteln, wie man gemeinsam hier lebt.«

»Sollen wir uns vom Rest der Gemeinschaft trennen?«

»Ich glaube, es ist sicherer, mit den anderen zusammenzubleiben, als ein potenzieller Feind zu werden.«

Ihre Mutter nickte.

»Außerdem verstößt es gegen das Handbuch, sich aufzuspalten.«

»Und das Handbuch wollen wir nicht verärgern.«

»Bea.«

»Sorry.«

Die beiden schmiegten sich aneinander. Und dann spürte Agnes Glen erschlaffen, als er allmählich einschlief. Ihre Mutter allerdings blieb wach. Agnes wusste, dass sie beide Glens Atmung überwachten.

Vögel riefen feierlich ihre Freunde im Gesträuch irgendwo bei ihren Füßen. Eine dunkle Wolke hing quer über dem Himmel wie ein Trampelpfad.

»Warum bist du wieder hier?«, flüsterte Agnes, selbst nicht sicher, ob es mehr eine Beschwerde oder eine Frage war.

Die halblaute Antwort ihrer Mutter strich über das Fell zu ihr hinunter, über Glens schmale Gestalt. »Weil du und Glen mich braucht.«

Agnes wurde wütend. Kurz hatte sie das Gefühl, dass die Abwesenheit ihre Mutter durchschaubar gemacht hatte. Sie gab Agnes nicht mehr solche Rätsel auf. »Stimmt nicht«, zischte sie.

»Und warum bin ich dann wieder hier, Agnes?«

»Weil du *uns* brauchst.« Agnes bemühte sich um so viel Selbstsicherheit, wie sie brauchte, um überzeugend zu klingen.

»Das stimmt auch«, entgegnete ihre Mutter ausdruckslos. Mehr sagte sie nicht.

Vor Überraschung fiel Agnes darauf nichts ein. Selbst wenn sie recht hatte, brachte es ihr keine Erleichterung. Die Gedankengänge ihrer Mutter zu kennen, hieß nicht, sie zu verstehen. Wenn ihre Mutter sie tatsächlich brauchte, wusste Agnes immer noch nicht, wie sich dieses Brauchen anfühlte. Sie steckte sich die Hände zwischen die Knie und rollte sich noch enger zusammen, um ihre eigene Wärme zu erzeugen.

AGNES FAND IHRE MUTTER IM LAGER, wo sie die morgendlichen Tätigkeiten so aufmerksam beobachtete, als müsste sie sie neu lernen. An jenem Tag waren überwiegend Neulinge eingeteilt, die ihre Aufgaben seltsamerweise immer noch nicht sonderlich gut beherrschten. Offenbar wussten sie nicht, wie sie Bea einsetzen sollten, daher stand sie, während chaotisch Grütze ausgeteilt oder später planlos der Küchenbereich aufgeräumt wurde, einfach nur daneben, die Arme verschränkt, die Stirn gerunzelt. Agnes hatte den Eindruck, dass ihre Mutter weniger lernte als begutachtete.

Als das Essen verstaut war, Schüsseln gespült, Holz nachgelegt und das Feuer geschürt, stand Frank auf, wischte sich die Hände an der Jeans ab, da er noch eine Jeans besaß, wenn sie auch mittlerweile überall mit Elchfellstückchen geflickt war, und lief zu Agnes' Mutter.

»Hallo.« Er streckte ihr seine Hand entgegen.

»Hallo«, sagte ihre Mutter.

»Ich bin Frank.«

»Hallo Frank.«

Erwartungsvoll lächelte er sie an. Als sie ihm nicht im Gegenzug ihren Namen nannte, nickte er Agnes zu. Zögerlich erwiderte sie den Gruß und trat langsam neben die beiden.

Frank sah sie freundlich an. »Hallo Agnes.«

»Hallo.«

Zu Bea sagte er: »Du musst also Agnes' Mutter sein?«

»Genau.«

»Und du bist zurück aus der Privatzone?«

»Wie bitte?«

»Du hast dich entschieden zurückzukommen?«

»Ja. Aus der Stadt.«

»Ach so.« Frank runzelte die Stirn. »Ich dachte, du wärst in der Privatzone.«

»Ich weiß nicht, warum du das dachtest, aber ich war in der Stadt.«

»Das hat jemand gesagt. Dass du mit einem Ranger in die Privatzone durchgebrannt bist und dort eine Familie gegründet hast.«

»Das ist absurd. Meine Familie ist doch hier.« Sie kniff Agnes in die Schulter und zog sie an sich.

Frank zeigte mit dem Finger auf Agnes. »Ich dachte, du hättest mir das erzählt.«

»Nein. Ich habe gesagt, sie ist tot.«

Ihre Mutter zuckte zusammen. Sie sah es.

Frank beäugte sie nervös. »Tja, ich weiß nicht mehr, wer was gesagt hat. Ist auch eigentlich egal, oder?« Er lachte. »Aber ich kann mir vorstellen, dass du stolz auf das Mädchen hier bist. Am Anfang dachte ich, sie wäre die Anführerin dieser Gemeinschaft.«

»Wie interessant. Wie stolz genau, stellst du dir vor, bin ich denn?«

»Na ja.« Seine Augen huschten zwischen Agnes und ihrer Mutter hin und her. »Verdammt stolz, würde ich mal sagen.«

Alle drei nickten und schwiegen, als warteten sie darauf, dass ihre Mutter sagte, sie sei stolz. Aber Agnes wusste, dass sie das nicht machen würde. Ihre Mutter ließ sich nicht gern sagen, was sie zu fühlen hatte. Und Agnes merkte ihr an, dass sie die Neulinge nicht mochte. Nach einer Weile verließ ihre Mutter wortlos das Lager. Ging zurück zu Glen. Agnes stand mit hängenden Armen da, verletzt, dass sie nicht aufgefordert worden war mitzukommen. Und zögerlich, Glen selbst zu besuchen, obwohl sie in der Hinsicht noch nie zögerlich gewesen war.

Als ihre Mutter zurückkehrte, verbrachte sie den restlichen Tag damit, jeden zu begrüßen. Agnes hatte sie noch nie so umgänglich erlebt. Mit den Originalisten umarmte sie sich und tuschelte. Zuerst Juan. Sie lachten und unterhielten sich verschwörerisch. »Erzähl mir alles«, hörte Agnes ihn flüstern. Dann kam Debra, die ihre Mutter so lange an sich drückte und nicht losließ, bis sie fertig war. Bea umarmte sogar Dr. Harold. Niemand schien etwas dagegen zu haben, dass sie gegangen war. Außer Val, stellte Agnes fest. *Aber das liegt daran, dass Val mich beschützen will,* dachte sie. Auf Val ging ihre Mutter nicht zu, und Val tat, als bemerkte sie nicht, dass Bea jeden ansprach. Mehrmals ging ihre Mutter an jenem Tag zu Carl, als fielen ihr immer wieder Sachen ein, die sie ihm erzählen wollte. Sie legte ihm die Hand auf die Schulter, erzählte etwas, und dann lachten sie oder wurden ernst. Es machte den Eindruck, als hätten sie sehr Wichtiges zu besprechen, obwohl sie noch nie vorher Wichtiges zu besprechen gehabt hatten. Agnes sah, dass Val sie dabei beobachtete. Val machte den ganzen Tag ein düsteres Gesicht.

Wenn ihre Mutter zu einem der Neulinge ging, lächelte sie unentwegt. Sie war liebenswürdig und bescheiden. Sie beugte sich vor und fasste den Neuling am Arm. Sie unterhielt sich noch einmal mit Frank und brachte ihn innerhalb von Sekunden zum Lachen.

Als schließlich alle begrüßt, besänftigt, beschwatzt, bezirzt waren, zog ihre Mutter sich an den Rand des Geschehens zurück und beobachtete. Wenn sie bei einer Arbeit half, gab sie nicht den Ton an, behielt ihre Meinung für sich, sagte nicht viel. Sah nur zu. Sie erforschte, wie die Gemeinschaft sich in ihrer Abwesenheit entwickelt hatte.

Agnes ließ sie dabei nicht aus den Augen. Sie wollte wissen, was ihre Mutter sah, um zu verstehen, was sie dachte. Sie hielt Ausschau nach dem, was ihrer Mutter an den anderen nach ihrer Abwesenheit oder auf den ersten Blick auffallen würde.

So sah Agnes, dass Frank groß und breit, aber schwach war. Seine Haut war runzlig und hing über den Hosenbund, als hätte er gerade ein Kind geboren. Ein früher einmal wohlgenährter Mann. Ein bierbäuchiger Mann. Seine Fingerspitzen waren fleckig und zerkratzt und verschorft, wie es bei ihnen allen gewesen war, als sie hier ankamen. Noch nicht gewöhnt an die Rauheit von Rinde und Steinen, von Nussschalen, wilden Nahrungspflanzen. Aber während die Hände der anderen Neulinge mittlerweile gut verhornt waren, rissen seine immer noch auf. Er arbeitete nicht so schwer wie alle anderen, obwohl er immer gerade etwas zu machen schien. Aber Carl hörte auf ihn, und das hieß etwas.

Agnes bemerkte, dass Pattys Mama nicht froh darüber war, wie viel Zeit Patty mit Celeste verbrachte. Und auch nicht froh darüber war, wie viel Zeit Frank mit Carl verbrachte. Sie machte sich immer irgendwie im Lager zu schaffen. Sie tat beschäftigt, um zu verbergen, dass sie sich einsam, gelangweilt und möglicherweise zurückgestoßen fühlte. Agnes sah auch, dass Joven und Dolores mehr bei Jake als bei ihrer Mutter Linda waren, die hauptsächlich bei Carl war, wenn Carl nicht gerade bei Val oder Frank war. Oder bei Helen, stellte Agnes fest.

Ihn, Carl, beobachtete ihre Mutter sehr eingehend. Carl und seine ergrauten Schläfen, die Agnes bisher noch gar nicht aufgefallen waren. Sie entdeckte, dass Debra kaum merklich humpelte, und kam sich dumm vor, diese Dinge bisher übersehen zu haben.

Sie sah, dass Val Carls riesige Hirschlederjacke trug, als versteckte – oder schützte – sie ihren Bauch. Das machte sie immer, wenn sie schwanger zu sein hoffte, was häufig vorkam. Sie wünschte sich so sehr ein Kind. Aber sie hatte gerade erst ihre Periode gehabt. Das gehörte zu den Dingen, die man in einer Gemeinschaft wie dieser nicht geheim halten konnte.

Val tat ihr leid, weil sie befürchtete, dass sie bis zu ihrem letzten Atemzug ihre finstere Miene behalten musste, falls ihr dieser eine Wunsch nicht erfüllt wurde.

Obwohl Val in Carls Jacke klein aussah, wirkte sie eigentlich gesund, beinahe rundlich. Daraufhin erst fiel

Agnes auf, wie schmal die Originalisten alle waren. Die Neulinge sahen aus, als hätten sie noch Reste von ihrem Stadtfett behalten. Und Carl und Val wirkten stämmig und gesund. Aber die anderen Originalisten waren mager, Schatten ihrer selbst. Der Dünnste war Glen.

Als sie ihre Mutter Glen betrachten sah, brach Agnes das Herz. Erst jetzt nahm sie wahr, dass die Neulinge Glen überwiegend mieden, der zum Essen ins Lager gekommen war, mit gelassener Miene in der Schlange stand. Seine Beine waren unnatürlich gebeugt. Seine Rippen zeichneten sich auf seinem krummen Rücken ab. Das alles unterschied sich nicht so stark von den anderen, und nur das hatte Agnes gesehen. Was sie nun aber zum ersten Mal sah, und was ihre Mutter sicherlich bemerkt hatte, war, dass er taumelte. Seine Trittsicherheit war verschwunden. Er lief schlechter als die Neulinge, die nicht an Steine und Wurzeln gewöhnt waren, an die natürlichen Unebenheiten des Bodens im Gegensatz zu den glatten Betonflächen und geraden Straßen der Stadt. Es war ein großer Unterschied. Glens Füße schienen die Beschaffenheit der Erde vergessen zu haben. Von so etwas konnte man sich nur schwer wieder erholen.

AM ABEND SETZTE SICH BEA nach dem Essen zur Gemeinschaft ans Feuer. Das war die Tageszeit, wenn jeder sich entspannen durfte. Die Zeit, wenn Geschichten erzählt oder in Erinnerungen geschwelgt wurde. Bea kannte diese Tradition. Sie wusste, dass die anderen Fragen an sie hatten. Agnes vermutete, dass sie es deshalb so lange aufgeschoben hatte. Seit drei Tagen war sie zurück. Als Bea sich setzte, entstand ein Raunen. Carl verkündete: »Unsere Geschichtenerzählerin ist da.« Es wurde sogar vereinzelt geklatscht. Bea errötete, selbst im Feuerschein erkennbar. Sie sprach leise, und die Gemeinschaft beugte sich vor.

Vier Laster und ein Frachtflugzeug hatte sie genommen, um in die Stadt zu kommen. Als Allererstes hatte sie geduscht, bis das zugeteilte Wasser ausging. Dann, vierundzwanzig Stunden später, duschte sie wieder, bis das Wasser ausging. Im Anschluss stopfte sie sich mit Spaghetti und Chips voll. Danach war ihr mehrere Tage schlecht. Und dann hatte sie mehrere weitere Tage lang Angst, das Haus zu verlassen. Die Stadt war laut und hell, die Sonne spiegelte sich auf jeder Oberfläche. Bea zog alle Vorhänge zu und blieb tagelang im Bett. Die Menschen am Feuer schlossen die Augen, malten sich aus, das ebenfalls zu tun. Als sie endlich den Mut aufgebracht habe, habe sie die Wohnung verlassen und sich um ein paar Dinge gekümmert, sagte Bea und verzog das Gesicht bei der Erinnerung, sodass Agnes wusste, sie meinte die Angelegenheiten ihrer Oma. Und schließlich sei sie auf Entdeckungstour gegangen.

»Was hast du gesehen?«, fragten sie.

»Ein paar wunderschöne Sonnenuntergänge wegen dem Smog. Es gibt noch mehr Smog als vorher. Die Gebäude wirken höher, was ich nicht für möglich gehalten hatte, und das Glas und der Stahl reflektieren diese Sonnenuntergänge wirklich hübsch.«

»Was noch?«

»Es gab so viel unterschiedliches Gemüse auf dem Markt, so bunte Farben. Das hätte ich mir ewig ansehen können.«

»Was hast du gegessen?«

»Na ja …« Sie stockte verlegen. »Die Schlangen waren unglaublich lang, und oft waren die frischesten Sachen schon weg, wenn ich endlich im Laden war. Man musste früh am Morgen gehen. Also habe ich hauptsächlich Kartoffeln und grüne Paprika gegessen.« Sie sah ihre Enttäuschung. »Ein paarmal habe ich es aber geschafft, tolles Obst und Gemüse zu kaufen.« Ihre Miene erhellte sich.

»Und?«

»Es war gut.« Die Blicke der Umsitzenden stachelten sie an. »Äußerlich perfekt.« Sie schüttelte den Kopf. »Aber nicht wie in meiner Erinnerung. Hübsche Farben, wenig Geschmack. Die wilden Zwiebeln hier sind im Vergleich dazu fantastisch.«

Die anderen rutschten unbehaglich herum.

»Und was hast du sonst noch gesehen?«, fragte Debra etwas gereizt.

»Ich war in einem Laden für Kochgeschirr, und alle Töpfe und Pfannen waren so schön und sauber.«

Sie warteten.

»Und?«

Sie dachte nach, die anderen schwiegen weiter. »Offen gestanden«, sagte Bea etwas niedergeschlagen, »habe ich hauptsächlich schreckliche Sachen gesehen.«

Die Neulinge nickten. Die Originalisten fragten: »Andere schreckliche Sachen oder die gleichen wie vorher?«

»Die gleichen, aber schlimmer.«

Sie erzählte, es gebe mehr Müll auf den Straßen. Der Smog hänge tief wie dichter Nebel. Vor jedem Geschäft stünden Schlangen. Es brächen Streitereien über Dinge wie Brokkoli aus.

Noch mehr Menschen quetschten sich in die bestehenden Häuser, weil es keinen Platz für neue gebe. »Außerdem gibt es keinen Sand mehr für Beton.«

»Was?«

Bea zuckte die Achseln. »Ja, ich weiß auch nicht. Das habe ich eben gehört.«

Auf ihrer Etage seien in jeder Wohnung mittlerweile offenbar mehrere Familien untergebracht statt nur einer. Trotzdem seien mehrere Kinder in ihrem Haus gestorben. Dabei sah sie Agnes mit feuchten Augen an. Agnes bekam ein flaues Gefühl im Magen, als sie sich an die Namen ihrer Freundinnen zu erinnern versuchte. Glen wusste sie noch, warum sie nicht? Sie waren jetzt tot. Agnes nicht.

Bea sagte, es lebten mehr Leute auf der Straße als früher, sie wisse aber nicht, wo sie sich während der nächtlichen Ausgangssperre aufhielten.

»Unterirdisch«, sagte Frank sachlich. Pattys Mama machte eine abwehrende Geste. »Lass sie erzählen«, blaffte sie. Pattys Mama war trunken von Beas Informationen. Als liebte sie die Stadt mit all ihren Mängeln insgeheim.

»Außerhalb der Stadtgrenzen gibt es Lager. Ich glaube, da gehen sie hin. Wie sie allerdings an den Kontrollpunkten vorbeikommen, weiß ich nicht.«

»Unterirdisch«, flüsterte Frank aus dem Mundwinkel, von seiner Frau abgewandt.

»Die Bäume, diese paar in der Stadt verstreuten, eingezäunten Bäume? Alle tot. Jemand hat sie gesprengt. Irgendeine konterkulturelle Gruppe.« Wieder nickten die Neulinge.

»Gangs«, raunte Frank.

»Inzwischen gibt es überall Gewalt, nicht mehr nur in bestimmten kleinen Gebieten. Ich hatte Angst, wenn ich draußen war. Es wird an deiner Tür geklingelt, und du darfst nicht aufmachen. Weil es gefährlich ist.« Auch das nahmen die Neulinge ungerührt auf. Sie schienen das alles zu kennen. Bea hatte die Stadt erlebt, die sie verlassen hatten. Sie hatte ihnen nicht viel Neues zu erzählen, dennoch hatten sie offenbar auf anderes gehofft.

Bea verstummte, und alle, besonders die Originalisten, wirkten enttäuscht. So hatten sie sich neue Berichte aus der Stadt nicht erhofft.

Vor gar nicht so langer Zeit, erinnerte Agnes sich, erzählten sie einander Geschichten *über* ihre Mutter. Darin hieß sie die Deserteurin. Die Erzählungen handelten von den vielen Leben, die Bea möglicherweise gerade führte. Balladen nannte die Gemeinschaft sie, und manche nahmen abenteuerliche Wendungen, wie es bei Geschichten eben so war. Manche endeten damit, dass Bea einer neuen Regierung vorstand und die Gebäude in der Stadt einreißen ließ, wobei sie sich nie entscheiden konnten, wo die Menschen danach wohnen sollten. Das war auch nicht die Aufgabe von Lagerfeuergeschichten. Kürzlich, nach der Jahreszeit in den Bergen, hatte Juan sich eine Ballade ausgedacht, in der Bea am Ende die Grenzen des Wildnis-Staats für andere öffnete.

»Aber«, hatte Pattys Mama gesagt, »das wollen wir ja gar nicht. Oder?«

Alle sahen sich im Kreis um und schüttelten die Köpfe. Niemand wollte mehr Bewohner hier haben. Den Neulingen missfiel die Vorstellung am meisten.

»Wenn man mehr Leute reinlässt, sieht es bald aus wie in der Stadt«, sagte Frank.

An dem Punkt hatte Linda übernommen, und in ihrer Geschichte war Bea wohlbehalten zurück in der Stadt, wo sie in den Außenbezirken ein Rudel Ratten gefunden hatte und ihre Anführerin war. Sie war verheiratet und wieder schwanger, dieses Mal mit einem Wurf Ratten mit Menschenhänden. Sie und ihre Rattenbande waren Widerständler mit dem Ziel, die Regierung umzustürzen.

»Was ist eine Regierung?«, hatte Kiefernzapfen gefragt. Niemand hatte ihm geantwortet.

Anfangs, als die Abwesenheit ihrer Mutter noch frisch und schmerzlich war, hatte Agnes die Geschichten gehasst. Sie ließ sie nicht an sich heran. Im Laufe der Zeit hörte sie doch zu und überlegte, etwas beizusteuern, stellte aber fest, dass sie nichts zu sagen hatte. Es war ihr unmöglich, sich vorzustellen, was ihre Mutter in der Stadt machte. Die Stadt musste sich verändert haben. Mit Sicherheit hatte ihre Mutter sich verändert. Und daher schien es ausgeschlossen, dass Bea tatsächlich dort war.

Das war der Zeitpunkt gewesen, als Agnes eine neue Variante von Balladen einführte.

»Ihr wisst schon, dass sie es gar nicht in die Stadt geschafft hat, oder?«, hatte sie eines Abends am Feuer gesagt.

Es blieb einen Moment lang still.

Dann nickte Debra langsam. »Ich habe gehört, dass sie im Brachland umgekommen ist.«

»Ich hörte, sie wurde verhaftet und schuftet jetzt in den Minen«, sagte Linda.

Die Szenarien überschlugen sich.

»Weil sie Gemüse so vermisst hat, arbeitet sie in den Treibhäusern.«

»Sie darf die Stadt nicht betreten und versteckt sich in den Raffinerien.«

»Sie schlägt sich an der Neuen Küste durch.«

»Sie arbeitet in der FLEISCH®-Produktion.«

»Sie ist zur Seeflotte gegangen.«

»Sie ist in der Privatzone«, schlug Val vor.

Einige der Neulinge machten »Oooooh«. Sie glaubten, dass die Privatzone wirklich existierte, und Agnes wusste, wenn sie eine Wahl hätten, wären sie lieber dort als in der Wildnis.

Aber Carl sagte: »Ach, komm schon, Val. Die gibt es doch gar nicht.«

Wenn es sie allerdings gäbe, würden alle sich so hintergangen fühlen. Und das wusste Val.

»Sie ist in der Agrarzone und trinkt Milch«, sagte Juan.

Alle seufzten sehnsüchtig beim Gedanken an Milch.

»Sie sitzt auf dem Hügel da drüben«, sagte Agnes. »Und beobachtet uns.«

Tief drinnen hielten sie alle das für die glaubwürdigste Geschichte.

An dem Abend waren sie in ihre Betten gekrochen und hatten an die Deserteurin gedacht, die über sie wachte. Manche hatten sich eingebildet, sie wäre tot, weil die Vorstellung von ihr als Geist weniger unheimlich war als die einer Stalkerin. Genau das hatte Agnes erreichen wollen. Dass auch andere ihre Mutter für tot hielten. Sie hatte es sattgehabt, die Einzige zu sein, die das glaubte.

Jetzt am Feuer wirkte ihre Mutter müde, ausgelaugt. Ihre Schultern waren gebeugt, als hätte das Erzählen von der Stadt ihre Kräfte überbeansprucht. »Wollt ihr sonst noch was wissen?«, fragte sie bemüht beflissen. Sie versuchte zu beeindrucken, das merkte Agnes ihr an. Sie war jetzt der Neuling, zumindest kam sie sich vielleicht so vor. Agnes vermutete, dass ihr das Gefühl nicht behagte.

Juan räusperte sich. »Gut, dann wissen wir also, dass die Stadt schrecklich ist.« Er sah sich um, und alle nickten. Manche verdrehten die Augen. Ihre Mutter senkte den Kopf, als wäre es ihr peinlich. Sie war immer die beste Geschichtenerzählerin gewesen. Doch diese Geschichte erwies sich als schwer zu erzählen. Aufmunternd fuhr Juan fort: »Was ich aber wissen will, ist ...« Er machte eine Kunstpause. »Hast du Milch getrunken?«

Es wurde verschämt gekichert. Sie wollten positive Erinnerungen, keine Warnungen. Agnes' Mutter lachte, beinahe entzückt, als hätte sie eine Aufgabe gefunden. Und mit wieder lebhafter Miene sagte sie: »Habe ich Milch getrunken? *Habe ich Milch getrunken!*«

Agnes stand auf und ging.

Endlich hatte ihre Mutter die Gruppe in ihren Bann gezogen. Sie war in Fahrt gekommen. Agnes hörte die Gemeinschaft staunen und glucksen und ihre Mutter auf diese seltsame Art lachen. Sie musste jetzt alles frei erfinden. Oder diese Dinge stimmten und sie hatte sich die schlimmen nur ausgedacht. Wie konnte solch ein schrecklicher Ort so viele Menschen froh machen?

Agnes rollte sich am Fußende des Betts zusammen und bibberte. Glen schlief immer noch in der Höhle.

Agnes konnte die Felle nicht selbst anwärmen. Deshalb war es hier draußen schön, eine Familie zu haben.

Sie starrte in den Himmel, noch lange hellwach, und betrachtete Nachtvögel und die wandernden Sterne. Schließlich hörte sie die Ersten ins Bett gehen, das Gespräch am Feuer zu einem Murmeln verebben.

Ihre Mutter kam geräuschlos an. Sie deckte sich mit einem Fell zu, zog die Knie an, hielt die Füße von ihrer Tochter fern.

Agnes schnaubte.

Halblaut sagte ihre Mutter: »Warum kommst du nicht nach oben und schläfst, wo es wirklich warm ist?«

»Weil ich hier unten schlafe.« Dann ergänzte sie: »Und vielleicht kommt Glen noch.«

»Nein«, sagte ihre Mutter, und plötzlich packte sie Agnes an Arm und Bein, zerrte sie hoch und drückte sie an ihren Bauch. Ihr Kinn bohrte sich in Agnes' Kopf.

»Hat's Spaß gemacht, mich den ganzen Tag zu beobachten?«, fragte ihre Mutter süßlich. Agnes wand sich. »Du musst nicht ununterbrochen aufpassen. Ich haue nicht ab.«

Agnes erschlaffte wie ein Beutetier. Sie war gar nicht auf die Idee gekommen, dass sie ihre Mutter aus Angst, sie könnte weggehen, nicht aus den Augen ließ. Sie traute ihr einfach nicht.

»Ich weiß, dass du sauer auf mich bist. Aber eines Tages bist du das nicht mehr.« Ihre Mutter sprach ruhig, als hypnotisierte sie Agnes. Unsanft rubbelte sie ihr über die kurzen Haare. Und Agnes spürte einen Stich, die Erinnerung an einen tröstlichen Schmerz, wenn ihre Mutter ihr im elektrischen Licht ihrer Wohnung die Nester aus den langen Haaren kämmte.

»Es tut mir leid, dass ich gegangen bin«, sagte sie. »Aber jetzt bin ich wieder hier. Ich hatte meine Gründe. Okay?« Ihre Mutter wärmte das Bett schnell; die Hitze taute Agnes auf, und sie kuschelte sich an ihre Mutter. Dieses Gefühl hatte sie vermisst. Es war, als hätte sie gerade etwas Schweres abgestellt, was sie viele Kilometer getragen hatte. Ihre Muskeln brannten, als sie sich lockerten.

Agnes fühlte sich wieder sehr klein. Ganz früher, erinnerte sie sich dunkel, hatte, wenn sie richtig krank war, aber auch in anderen Momenten, nichts anderes geholfen, als sich zu ihrer Mutter ins Bett zu legen. Um irgendetwas über die Welt zu lernen, über das Leben oder über sie, hatte Agnes sich an sie schmiegen müssen.

Jetzt stieß sie ein so langes erleichtertes Seufzen aus, dass es klagend klang. »Hast du wirklich viel Milch getrunken?«, fragte sie.

»Manchmal muss man den Leuten geben, was sie wollen.«

Agnes runzelte die Stirn, und ihre Mutter musste es am Arm gespürt haben, denn sie sagte: »Ein bisschen habe ich getrunken, Schätzchen. Sie ist zu teuer, um sie ständig zu trinken.«

»Beschreib sie.«

»Kalt, cremig. Wie frisches Quellwasser und Tierfett. Sie überzieht den ganzen Mund. Und wenn man Durst hat, ist sie besser als Wasser. Wenn sie kalt ist.«

»Ich erinnere mich.«

»Ja? Aber weißt du auch noch, dass sie nach dem Schlucken schlecht schmeckt? So ungefähr eine Minute später ist sie schon alt im Mund. Ekelhaft.«

»War das immer so?«

»Ich glaube, dass unser Geschmack sich verändert hat. Nur kann ich das den anderen nicht sagen. Ich möchte nicht allen den Spaß an Milch verderben.«

»Aber jetzt vermissen alle sie immer noch.«

»Es ist besser, was zu vermissen, was man nicht haben kann, als zu glauben, dass es nichts zu vermissen gibt.«

»Und warum hast du es dann mir erzählt?« Agnes hatte Milch früher geliebt.

»Weil du damit umgehen kannst.«

Agnes errötete. Sie wusste, dass das ein Kompliment war. Sie rutschte noch näher. »Was hast du ihnen sonst noch nicht erzählt?«

»Willst du das wirklich wissen?«

Agnes nickte eifrig.

Ihre Mutter erzählte ihr, dass es Tiere in der Stadt gab. Nicht nur die Ratten, die es früher in manchen Teilen gegeben hatte, sondern andere Arten. Niemand sah sie, weil sie nachts herauskamen, nach der Sperrstunde. Aber Bea hatte nach der Sperrstunde die Wohnung verlassen und war allein auf den leeren Straßen gewesen, zwischen den Türmen aus Stahl und Glas und Stein, und sie hatte ihre Augen im Dunkeln gesehen, hatte sie vorbeihuschen hören. Ratten natürlich, aber auch Waschbären, Opossums, Schlangen, Kojoten. Kurz vor dem Ende der Ausgangssperre suchten sie wieder ihre Verstecke auf. Bea erzählte Agnes, die Sterne seien sogar schöner als hier. Was sie früher nicht gewusst habe, weil sie nie während der Ausgangssperre draußen gewesen sei, wenn der Strom in der Stadt abgeschaltet werde. Aber mitten in der Nacht habe der Smog sich verzogen, und sie habe den Staub von Galaxien gesehen.

»Heißt das, wir gehen zurück?«, fragte Agnes. Vielleicht war ihre Mutter so lange dort geblieben, weil sie ihre unvermeidliche Rückkehr vorbereitet hatte. Sie hatte eigentlich nie in der Wildnis sein wollen. Das wusste Agnes.

Aber ihre Mutter wurde streng, scharf. »Nein«, fauchte sie. »Wir können nie mehr zurück.«

»Warum nicht?«

»Es gibt da nichts für uns. Für niemanden. Und immer mehr Leute erkennen das jetzt.«

»Wie die Neulinge?«

Ihre Mutter stieß ein leises Grunzen aus. »Ich wette, wir kriegen noch deutlich mehr Neulinge, je länger wir hier sind. Aber eins verspreche ich dir: Egal, was passiert, wir gehen nicht in die Stadt zurück.«

»Und was, wenn wir hier wegmüssen?« Agnes schluckte hörbar. Es war eine Möglichkeit, die sie bisher noch nicht in Betracht gezogen hatte. Doch ihre Mutter hatte die Außenwelt mit sich zurückgebracht. Und das beeinflusste Agnes' Blick auf ihre Zukunft.

»Müssen wir nicht.«

»Was, wenn doch? Wo sollen wir sonst hin?«

Ihre Mutter zögerte, senkte die Stimme. »Ich würde uns in die Privatzone bringen.«

Agnes wartete darauf, dass ihre Mutter lachte. Bea hasste Verschwörungstheorien, und die Legende von der Privatzone war die größte, die sie kannte. Früher hatte sie immer gesagt, dass man daran nur glaubte, wenn man alle Hoffnung verloren hatte. Das hatte sie abfällig gemeint. Von den Zwillingen und Jake hatte Agnes viel mehr über die Privatzone gehört. Ihre Eltern, die erwachsenen Neulinge, glaubten alle daran. Jake und die Zwillinge aber nicht. Sie waren in diese Welt geboren, wie sie war. Sie glaubten nicht, dass es eine geheime Alternative geben könnte. Warum sollte es?

»Aber«, sagte Agnes vorsichtig, »die Privatzone ist doch nicht echt.«

Ihre Mutter flüsterte ihr ins Ohr. »Das dachte ich früher auch. Aber da ist noch was, das ich den anderen nicht erzählt habe.« Sie deutete mit dem Kopf Richtung Feuer. »Es gibt sie doch. Und ich weiß, wo sie liegt.«

»Wo denn?« Agnes kam es vor, als spräche sie mit einem Kind, das ihr seine Fantasiewelt schilderte.

»Ganz in der Nähe. Man muss den Landzipfel mit den Minen durchqueren, dann ist man schon drin, in einer Ecke. Angeblich ist es ein riesiges Gebiet.«

»Hast du probiert hinzukommen?« Agnes war sicher, dass es so gewesen sein musste. Wenn ihre Mutter so lange an einem so furchtbaren Ort wie der Stadt gewesen war, dann doch bestimmt, weil sie versucht hatte, einen zu finden, der Besseres verhieß.

»Nein, natürlich nicht. Ich wollte zurück zu dir.«

»Du musst es probiert haben. Deshalb warst du so lange weg.«

»So lange war ich gar nicht weg«, beharrte ihre Mutter, als könnte sie die wahre Dauer ihrer Abwesenheit einfach nicht akzeptieren.

»Doch, warst du!«

»Agnes.« Der Tonfall ihrer Mutter war warnend.

»Hast du mich nicht vermisst?«, durchbrach Agnes die von ihr selbst errichtete Mauer.

»Natürlich habe ich dich vermisst.«

Abrupt setzte Agnes sich auf. »Wie konntest du dann?« Ein Gedanke, einer, den sie noch nie gehabt hatte, drückte sich zwischen ihre Augen wie ein kalter Finger. *Ich wäre mitgekommen.* Die ganze Zeit hatte Agnes sich nur gefragt, warum ihre Mutter gegangen war, aber nie, warum ihre Mutter sie nicht bei der Hand genommen hatte. Warum sie nicht gesagt hatte, *Komm, komm*, und statt *vor* Agnes, *mit* ihr geflohen war. Bisher hatte Agnes gar nicht daran gedacht, sich selbst in die Möglichkeiten dieses Lebens mit einzuschließen, weil ihre Mutter nicht daran gedacht hatte. Hatte sie überhaupt gedacht?

Ihre Mutter zog sie zurück zu sich unter die Decke. »Komm wieder her«, zischte sie und drückte Agnes fest, besitzergreifend. »Ich liebe dich mehr, als du verstehen kannst. Ich würde alles für dich tun. Du gehörst mir«, knurrte sie und beanspruchte Agnes damit als Geschöpf, das nicht ohne sie existieren konnte, wieder für sich.

Agnes wurde steif, entzog ihre Arme, ihr ganzes Ich und kroch wieder hinunter in ihre Ecke, wo sie sich zusammenrollte. Sie wollte die aggressiven Liebesbekundungen ihrer Mutter nicht. Sie wollte, dass ihr über den Rücken gestreichelt wurde, über die Wangen. Sie wollte, dass an ihrem Hals gemurmelt wurde. Ihre Hand sanft gehalten wurde. Sie wollte keine Fragen stellen müssen. Sie wollte verwirrt sein. Sie wollte Geständnisse, die sie nicht einfordern musste. Sie hasste die stürmische Liebe ihrer Mutter. Denn stürmische Liebe war nie von Dauer. Stürmische Liebe jetzt hieß, dass später keine Liebe mehr da war, oder zumindest es sich so anfühlen würde. Agnes wollte eine sanftmütige Mutter, eine, die sie jeden Tag genau gleich liebte. Sie dachte, *sanftmütige Mütter laufen nicht weg.*

Bea versuchte nicht, sie mit Gewalt wieder an sich zu ziehen. Sondern sie beobachtete Agnes kurz und schloss dann ihre leuchtenden Tieraugen.

Agnes hasste es, dass ihr Kopf sie nicht zurück zu ihrer Mutter kriechen lassen wollte. Sie nicht ohne Vorbehalte oder Bedenken oder Groll in ihre Arme laufen lassen wollte. Sie die Staubwolke nicht vergessen lassen wollte, in der ihre Mutter verschwunden war. Und doch fröstelte sie immer noch in ihrer Abwesenheit. Würden die Launen ihrer Mutter je unerheblich werden? Agnes schlief ein zum tiefen Ausatmen ihrer Mutter und ihrem eigenen eindringlich pochenden Herzen.

AM MORGEN WACHTE AGNES im Schatten auf. Die Zwillinge standen zwischen ihr und der Sonne, einen missbilligenden Ausdruck auf dem Gesicht. Ihre Mutter war nicht zu entdecken.

»Komm mit«, sagten die Zwillinge.

Agnes reckte sich, stand auf und ging stumm neben ihnen her.

»Wir haben was entschieden«, sagte Celeste, als sie am Rande des Lagers ankamen.

»Genau«, sagte Patty. »Wir haben entschieden, dass mit deiner Mutter echt ernsthaft was nicht stimmt.«

»Du hast gesagt, sie ist tot«, sagte Celeste. »Warum ist sie das nicht?«

»Ich dachte es«, sagte Agnes.

»Lügst du?«

»Nein«, rief Agnes. »Ich dachte das wirklich.«

»Und bist du froh, dass sie es nicht ist?«, wollte Patty wissen.

Agnes dachte an das Gespräch am gestrigen Abend; dass sie sich in den Armen ihrer Mutter entspannt hatte, dass eine einzelne Berührung Trost bringen und ihr Fehlen Schmerz auslösen konnte. Wie kalt ihr gewesen war, als sie allein aufwachte. In der ganzen Zeit ohne ihre Mutter hatte sie keine solche Leere empfunden. Agnes hatte sich selbst warm gehalten. Es war, als spürte sie die Abwesenheit ihrer Mutter am stärksten, wenn sie nah genug zum Anfassen war.

Jetzt zuckte sie die Achseln. »Kann sein. Weiß nicht.« Sie blieb stehen. Die Zwillinge blieben stehen. »Würden eure Mütter euch jemals verlassen?«, fragte Agnes.

Patty schüttelte den Kopf, und Agnes glaubte ihr.

»Auf keinen Fall«, sagte Celeste. »Aber nicht unbedingt, weil sie mich liebt. Sie hat zu viel Angst. Sie kann es nicht ausstehen, was allein zu machen. Die kann nicht mal allein zum Kacken gehen.«

»Echt?«

»Ja. Tagsüber muss ich mit.«

»Und wenn du nicht da bist?«

»Vielleicht sucht sie sich jemand anderen, aber ehrlich gesagt glaube ich, dass sie einhält. Und nachts ...« Sie stockte. »Das sollte ich nicht erzählen.«

»Was denn?«

»Sie pinkelt direkt hinter ihr Bett.«

»Im Schlafkreis?«

»Ja. Sie weckt mich, damit ich Wache halte, und dann wickelt sie ein Fell um sich und hockt sich hin. Total lächerlich.«

»Wie eklig«, heulte Patty.

»Wurde sie schon mal erwischt?«

»Einmal. Sie hat sich wieder hingelegt, und jemand hat gesagt: ›Ts, ts, ungezogene Helen.‹«

»Wer war das?«

Celeste verdrehte die Augen. »Carl, wer denn sonst.«

»Igitt«, hauchte Patty und trat näher zu Celeste.

»Hat er morgens was gesagt?«

»Ach, wahrscheinlich. Bestimmt hat meine Mutter ihn gevögelt, und dann war alles gut.«

»Was?«, kreischten Agnes und Patty.

»Aber ja. Die sind voll am Ficken.«

»Carl?«, fragte Agnes.

»Carl vögelt im Prinzip jeden.«

»Meine Mama nicht«, sagte Patty.

Celeste sah Agnes mit hochgezogenen Augenbrauen an. Schweigend liefen sie weiter.

Agnes spürte eine Hand auf der Schulter, und da war Celeste, dicht an ihrem Ohr. »Sie muss ihre Gründe gehabt haben.« Sie zuckte die Achseln. »Stimmt's?«

Agnes zuckte ebenfalls die Achseln. »Ja, muss sie wohl.«

Die Zwillinge führten Agnes zu einer Stelle, die sie das Fleckchen nannten, eine kleine Senke mit weichem frischem Gras und einem hübschen Blick. Es war Madelines Platz, aber das wussten die Zwillinge nicht, und Agnes sagte es ihnen auch nicht. Sie hätten sich geekelt und wären nie wieder dorthin gegangen. Und Agnes dachte, dass Madeline vielleicht gern Gesellschaft hatte.

Jake war schon da, an einen Felsen gelehnt, das Hasenfellkissen, das Agnes ihm genäht hatte, unter dem Kopf. Darüber musste sie lächeln. Kissen waren absurd hier draußen, er aber in gewisser Weise auch. Seine schwarze Jeans war am Saum völlig zerfetzt. So war sie allerdings schon gewesen, als Agnes ihn zum ersten Mal sah. Es war nicht aus Not. Es war ein Stil. Seine knöchelhohen Leinenturnschuhe waren immer noch ordentlich umgeklappt, die Gummisohle weiß, obwohl er seit vielen, vielen, vielen Jahreszeiten darin herumlief. Sein Pony wuchs schnell nach. Bald musste Agnes ihm einen weiteren Haarschnitt anbieten. Sie errötete.

Eigentlich durften sie Pelze nicht für entbehrliche Gegenstände verwenden. Nur für Wärmendes. Mützen und Handschuhfutter und dergleichen. Oder um sie sich an den kältesten Tagen um den Hals oder die Nieren zu wickeln. Den Hasen hatte Agnes gefangen, weil er schwerfällig gewesen war, zitternd unter einem Strauch gesessen hatte. Allein. Sie hatte einen Satz gemacht und ihn an den Ohren erwischt, als er beim Fliehen im Gestrüpp hängen blieb. Er war noch zu jung gewesen, um zu wissen, wie man entkam. Agnes hasste es, Tiere auf diese Art zu fangen. Es war unfair. Eigentlich konnte sie besser jagen, und ihrer Meinung nach verdienten die Tiere eine Chance, besser Tier zu sein. Außerdem verstieß es gegen die Vorschriften, Jungtiere zu erbeuten. Doch dieser Hase war offenbar von seiner Mutter und dem restlichen Wurf verlassen worden. In dem Moment schien Agnes ein schneller Genickbruch weniger grausam als das, was er sonst zu erleiden hätte.

Sie hätte den Pelz der Gemeinschaft spenden müssen, das Fleisch ebenfalls. Aber sie hatte beides behalten. Jake hatte sie eingeschärft, das Kissen zu verstecken. Es war schön, ein Geheimnis mit ihm zu haben. Es war auch schön, mit ihm gegen die Vorschriften zu verstoßen. Also holte er es nur heraus, wenn er nicht im

Lager war. Nur im Beisein von Agnes und den Zwillingen. Das Kissen war weich, und sie sah ihm gern dabei zu, wie er es sich an die Wange hielt oder abwesend streichelte, während er ihr von etwas Interessantem erzählte, das er an jenem Tag erlebt hatte, oder wenn er in Erinnerungen an die Stadt schwelgen wollte, weil er von allen Neulingen sie am meisten zu vermissen schien.

Sie setzten sich im Kreis hin, und Jake wühlte in seiner Tasche. Er holte einen Lederbeutel heraus, band ihn auf und gab ihn Patty. »Jeder nur eins«, ermahnte er alle.

Patty fischte ein Stück Hasen-Dörrfleisch heraus und reichte den Beutel an Celeste weiter.

Sie spähte hinein. »Du hast dir das größte genommen«, brummelte sie. Ärgerlich suchte sie sich ein Stück aus und gab den Beutel Agnes. Als er wieder bei Jake ankam, zählte er den Rest.

»Noch vier«, sagte er, nachdem er sich ein Stück genommen hatte. »Wir sollten mehr machen.«

Der schwerfällige Hase war der erste gewesen. Mittlerweile hatten sie zwei weitere gefangen, das Fleisch getrocknet und die Felle gegerbt. Jetzt hatten auch die Zwillinge jeweils ein Kissen. Aber sie bewahrten ihre geheimen Kissen an einem geheimen Ort auf.

»Wer will nach der Falle sehen?«, fragte Jake, während sie bedächtig ihr Fleisch kauten.

Celeste sagte: »Ich.« Sie stand auf und verschwand in das dichte Gebüsch, wo sie die Schlagfalle ausgelegt hatten, die Agnes aus ein paar Zweigen und einem flachen Stein gebaut hatte.

Ein paar Minuten später hörten sie Rascheln und Schritte.

»War was drin?«, rief Agnes.

»War wo was drin?«

Alle rissen die Köpfe herum.

Bea tauchte auf. »War wo was drin?«, wiederholte sie stirnrunzelnd, den Blick durchdringend auf Agnes gerichtet, als würde sie die Antwort bereits kennen.

Agnes murmelte: »Nirgendwo.«

»Was macht ihr hier?«, fragte ihre Mutter, die Stimme eine furchterregende Mischung aus Ruhe und Empörung.

Agnes' Mund wurde trocken. Bea sah sich um, den Mund wütend und bekümmert zugleich verzogen. Agnes folgte ihrem Blick und sah, was ihre Mutter sah. Jakes absurde Schuhe. Patty, die an den Flicken ihrer Hose zupfte, wodurch sie viel früher ersetzt werden mussten, als wenn man sie einfach in Ruhe gelassen hätte. Wie nah Agnes bei Jake saß. Dass ihre gespreizten Knie einander berührten. Hastig zog Agnes ihre an sich, schlang die Arme darum und wiegte sich hin und her. Sie klemmte die Lippen nach innen. Agnes sah, wie ihre Mutter erkannte, dass sie es sich genau an Madelines Platz gemütlich gemacht hatten. Genauso gut hätte Agnes auf einem Haufen abgenagter und gebleichter Knochen sitzen können. Sie kam sich vor wie ein Unmensch.

»Antworte mir«, sagte ihre Mutter.

»Nichts.«

Beas Hand zitterte, als sie sich damit über die Stirn wischte und die Augen massierte. Erneut ließ sie den Blick schweifen, bis er an Jake hängen blieb. »Was ist das?«

»Ein Kissen«, sagte er.

»Wo hast du das her?«

Er deutete mit dem Kinn auf Agnes.

»Ich hab es für ihn gemacht«, sagte sie.

»Wir benutzen Pelze nicht für Kissen, das weißt du.«

»Es war ja nur einer«, log Agnes.

»Er kann normale Felle benutzen wie jeder andere auch. Wenn du ihm einen Gefallen tun willst, zeigst du ihm, wie man ein Fell so faltet, dass es *wie* ein Kissen ist.«

»Du hast ein Kissen«, sagte Agnes.

»Ich hatte eins«, verbesserte ihre Mutter. »Jetzt nicht mehr. Und es wurde nicht auf Kosten der Gemeinschaft hergestellt.«

»Es war was drin!« Celeste hüpfte aus dem Gebüsch, einen Hasen an den Ohren haltend. Er zuckte mit den Beinen, als sie ihn wie eine Verlängerung ihres Arms hin und her schwang. Sein Becken war offenbar zertrümmert, aber er lebte noch. Als Celeste Bea bemerkte, blieb sie stehen. Sie sah den Hasen an. Er stieß einen klagenden Ruf zu allen Hasenfreunden aus, die ihn vielleicht hören konnten.

Prüfend betrachtete ihre Mutter Celeste, das Tier, Agnes, ihre Nähe zu Jake und Pattys Versuch, unauffällig Dörrfleisch zu kauen.

»Das Kissen ist das Eine«, sagte sie. »Aber ehrlich, Agnes. Auf eigene Faust jagen? Der Gemeinschaft Nahrung vorenthalten? Das geht gar nicht.«

»Dir ist die Gemeinschaft doch total egal«, fauchte Agnes und stand auf. »Du trinkst deine Milch, du verstößt gegen die Ausgangssperre. Wir waren besser dran, als wir dachten, dass du tot bist.«

Irgendwo war ein erschrockenes Keuchen zu hören. Agnes war nicht sicher, woher es kam, und wäre nicht überrascht gewesen, wenn es ihrer eigenen trockenen Kehle entschlüpft wäre.

Die Augenbrauen ihrer Mutter hoben sich überrascht. Sie ohrfeigte Agnes.

Die Vögel in den Büschen waren still und stumm. Jake war aufgesprungen, hielt aber Abstand.

Ihre Mutter schäumte vor Wut. »Du glaubst, weil du unsere Wanderungen anführst, wärst du erwachsen. Erwachsene befolgen die Vorschriften oder stellen sich den Konsequenzen. Du wirst immer noch von allem abgeschirmt. Ich werde dich nicht immer beschützen können, Agnes.«

Celeste schnaubte. »Wann hast du sie denn je beschützt? Ich hab davon jedenfalls noch nichts bemerkt.«

»Und wer zum Henker bist du überhaupt?«, blaffte Bea.

Celeste klappte den Mund zu. Sie wirkte Jahre jünger, als sie war, wie ein Kind kurz vor dem Losheulen. Mit Nachdruck brach sie dem Hasen das Genick, als versuchte sie, sich wieder eine Position zu erobern.

»Man kann sich hier draußen echte Schwierigkeiten einhandeln, Agnes«, sagte ihre Mutter. »Das ist kein Spiel.«

»Das weiß ich.«

»Wirklich?« Besorgnis flammte in Beas Miene auf, wurde aber rasch von Wut verdrängt. Worüber war sie so wütend? Bea beäugte den Hasen einen Sekundenbruchteil, bevor sie ihn Celeste aus der Hand riss, sodass das Mädchen nur noch Fellklümpchen in den Fingern hielt.

»Dieses Tier gehört euch nicht.« Bea schüttelte Blutströpfchen aus dem schlaffen Maul des Hasen auf die

Zwillinge und Jake. »Es gehört allen. Und du …« Sie wandte sich an Agnes und zeigte auf den Boden. »Dieser Platz gehört dir auch nicht.«

Ein gespenstisches Gefühl entstand in Agnes' Magengrube. Etwas Vertrautes, aber in Spinnweben Gehülltes. Sie stampfte mit dem Fuß auf. Ballte die Fäuste. »Ich hasse dich«, sagte sie, und jedes Wort war wie ein Stein, der ihr von der Zunge rollte und vor die Füße ihrer Mutter fiel.

Ganz flüchtig verriet ihre Mutter sich, ließ verzweifelter die Schultern hängen, als Agnes je bei irgendjemandem erlebt hatte. Ihre Blicke trafen sich kurz. In dem ihrer Mutter lag eine Frage, eine, die so hilflos war wie ihre Körperhaltung, so bedürftig und sehnsuchtsvoll. Dann, wie bei einer Sonnenfinsternis, wurde diese verletzliche Miene verdrängt von einer harten, einschüchternden, lieblosen.

Bea drehte sich um und schleuderte ihr neues, seltsames Lachen über die Schulter. »Natürlich hasst du mich«, rief sie. »Ich bin deine Mutter.« Mit dem an ihren Oberschenkel klatschenden Hasen, Blutspritzer hinter sich herziehend, verschwand sie im Gestrüpp. Sie wurde wieder unberührbar.

ALS AGNES SICH AN JENEM ABEND dem Bett näherte, lag Glen steif unter der Decke. Ihre Mutter neben ihm. Ihre Zeigefinger waren miteinander verschränkt, ansonsten berührten sie sich am gesamten Körper nicht. Sie starrten in den Himmel wie gelähmt, komatös, tot. Aber als Agnes vor ihnen stehen blieb, lächelte Glen mit großer Mühe, die Augen rot umrändert. Das Lächeln ihrer Mutter war verkniffen und abweisend. Dennoch, Glen und ihre Mutter rutschten auseinander, um Platz für Agnes zwischen sich zu machen. Sie verstand nicht.

»Komm, leg dich heute Nacht hierher«, sagte Glen.

Bea war fast ganz aus dem Bett gerückt. *Wahrscheinlich, um so weit weg von mir wie möglich zu sein,* dachte Agnes.

Sie legte sich zwischen die beiden. Ihre Mutter und Glen hielten sich über ihr an den Händen. Bea war zappelig, zupfte an Glens Fingern, als wäre sie mit den Gedanken woanders oder nervös. Agnes fragte sich, ob es etwas mit dem zu tun hatte, was sie zu ihr gesagt hatte. Das hatte sie noch nie zuvor gesagt. Eigentlich hasste sie ihre Mutter nicht. Trotzdem hatte Bea es mit einem Lachen abgetan. Sie schien damit gerechnet zu haben.

Agnes drehte sich halb zu ihrer Mutter um. Sie erinnerte sich, wie oft sie in den Morgenstunden zu ihrer Mutter ins Zimmer getapst war. Damals wachte Agnes zu früh auf, noch bevor die Sonne auch nur den Himmel erhellte, aber ihr Körper, ihr Kopf ließen sie einfach nicht wieder einschlafen. Ihre Mutter lag immer auf der Seite. Immer offen für sie, selbst im Schlaf. Agnes kuschelte sich an sie, und automatisch schlang ihre Mutter den Arm um sie. Und so hatte Agnes wieder eindösen können, bis der Wecker klingelte.

Jetzt rutschte sie näher zu ihrer Mutter, doch die wandte sich ab. Ihr Körper war angespannt, eine Barriere, eine Mauer. Glen versuchte, Agnes zurückzuziehen, sie aber fasste ihre Mutter an der Schulter, um sie wieder zu sich umzudrehen.

»Entschuldige, Mama«, flüsterte sie, wollte sich an sie schmiegen, an ihren Hals, ihre weiche Wange.

Da rollte Bea sich weg und sprang auf, sprang auf die Füße. Lautlos wie ein Tier.

Agnes setzte sich hin. Glen versuchte, sie wieder nach unten zu drücken.

»Weiterschlafen«, sang er besorgt.

Sie riss nur ihren Arm weg.

Ihre Mutter schlich sich quer durch den Kreis. Vor Carl und Vals Bett blieb sie stehen, dann kroch sie zu ihnen unter das Fell. Der Feuerschein flackerte über sie hinweg. Neugierige Augen beobachteten sie. Einen Moment später ein verwirrtes Stöhnen, und dann kullerte eine immer noch schlafende Val unter der Decke hervor auf die kalte Erde. Desorientiert griff sie in die Luft, dann wurde sie richtig wach und streckte den Arm nach ihnen aus, nach Carl unter der Decke. Aber Bea tauchte wieder auf, holte aus und schlug Val mit der Faust ins Gesicht. Agnes hörte einen Knochen brechen. Hörte Vals Schmerzensschrei. Hörte das leise Schnaufen der Gemeinschaft im Kreis. Val hielt sich die Nase, aber Bea zerrte ihre Hand weg und versetzte ihr noch einen Schlag. Und noch einen. Val kreischte und heulte, dann drehte sie sich röchelnd zur Seite. Sie krümmte sich, atmete pfeifend durch ihre zertrümmerte Nase.

Agnes sah ihre Mutter Val mit dem Fuß vom Bett wegschieben, weiter hinaus in den schwachen Schein des Halbmonds.

Unter der Decke, wo ihre Mutter jetzt bei Carl lag, war ein Rangeln zu erkennen, ein Ringkampf; dann hörte Agnes unverkennbare Geräusche. Tiergeräusche. Sah, was sie unzählige Male in der Wildnis erlebt hatte, aber nicht mit dem Bild vor sich in Einklang bringen konnte. Ihre Mutter hockte auf Carl, ritt ihn wie ein Pferd. Dieser normale Akt des Lebens, den Agnes entschlüsselt zu haben glaubte, wurde wieder merkwürdig. Die anderen im Kreis beobachteten das Schauspiel ungeniert. Brüllend vor Wut kroch Val weg, griff noch nach Dr. Harolds Felldecke und zog sie mit. Er ließ sie ihr.

Endlich überwand Agnes ihren Schock und sprang auf. Um ihre Mutter aufzuhalten. Eine Erklärung zu verlangen. Sie zu bestrafen. Val zu trösten. Carl wehzutun. Sie wusste nicht, welche Empfindung die stärkste war. Im Aufstehen jedoch spürte sie eine Hand am Arm, die sie unsanft nach unten zog. Es war Glen.

»Bleib hier.«

»Aber ...«

»Bleib hier«, zischte er. Sein Griff fühlte sich an wie eine Fessel.

»Lass mich ...«

Ehe sie ein weiteres Wort sagen konnte, hielt er ihr den Mund zu. Sie spürte ihn erschauern, überwältigt von einer Empfindung. Wut. Trauer. Agnes wusste es nicht. Sie hatte ihn von beidem noch nie überwältigt erlebt.

»Ist schon okay.« Seine Stimme kam tief aus seiner Kehle.

Agnes dachte an den Streit mit ihrer Mutter vorher. An Beas niedergeschlagene Körperhaltung vor diesem wissenden Lachen. Den Rest des Tages hatte Agnes nicht mit ihr gesprochen. Beim Abendessen hatte ihre Mutter Abstand gehalten. Mit jedem geplaudert, all den Leuten, an die sie sonst keinen Gedanken verschwendete. Bea hatte den Kopf in den Nacken geworfen und über etwas gelacht, was Dr. Harold gesagt hatte. Ausgerechnet Dr. Harold. Danach hatte ihre Mutter sich mit ihrer Ration neben Carl gesetzt. Sie hatten seltsam die Köpfe zusammengesteckt, eindringlich miteinander geflüstert während der normalerweise lockeren Essensunterhaltung. Ihr Gespräch hatte ernst gewirkt, manchmal hitzig. So, so, so eng.

Agnes schüttelte den Kopf, um das Bild loszuwerden, es auf den Boden zu schütteln. Ihr war schlecht.

»Glen, das ist meine Schuld.«

»Nein.«

»Wir haben uns gestritten.«

»Es ist nicht deine Schuld«, sagte Glen. »Das kannst du jetzt noch nicht verstehen, aber ich verspreche dir, dass es nicht deine Schuld ist.«

Sie hatte es so satt, nicht zu verstehen. Solange sie nicht wusste, wie die Welt funktionierte, fühlte sie sich ihr entfremdet.

Mehr sagte Glen nicht. Er kniff die Augen zu und begann zu summen. Er beugte sich zu ihr vor und summte ihr ins Ohr, und sie fühlte sich von einem Lied erfüllt, das ihr vertraut war, obwohl es keines von denen war, die Debra oder Juan am Feuer sangen. Auch keins, das Patty, Celeste und Jake ihr beschrieben hatten, wenn sie von der Musik sprachen, die sie vermissten. Es war eins, an das sie sich aus Kindertagen erinnerte. Als sie krank gewesen war. Ein Lied, das unter ihrer geschlossenen Tür hereingeschwebt war. Ein Lied, das Glen und ihre Mutter gehört hatten, wenn sie zusammen eine Flasche Wein leer tranken. Wenn das Klirren von Besteck auf Tellern für Agnes geklungen hatte wie eine schwache, den Beginn von etwas verkündende Glocke.

Glen summte es ihr in das eine Ohr und legte seine warme Hand auf das andere. Und sie fühlte sich in ihr Bett zurückversetzt, auf die Matratze, die eine kleine Kuhle hatte, weil Agnes so viel von ihrem kurzen Leben darauf gelegen hatte, damals an einem Ort, an dem es ihr mehr als nur nicht gut gegangen, an dem sie aber, dachte sie, glücklich gewesen war.

Sie kniff ebenfalls die Augen zu, und in ihren Wimpern sammelten sich heiße Tränen.

An diesem Tag, nach der Ohrfeige, nach dem Hasen, hatte Jake Agnes gefragt, wie ihre Mutter hieß.

»Warum willst du das wissen?« Ein Funken Angst war in Agnes aufgeflammt. Sie wollte nicht an ihre Mutter denken.

»Weil mir aufgefallen ist, dass keiner, also keiner von uns Neuen, meine ich, sie beim Namen nennt. Wir nennen sie alle nur deine Mutter. *Agnes' Mutter.*«

»Dann bleibt dabei«, hatte Agnes wütend gesagt, ohne zu glauben, dass es etwas bedeuten könnte.

Jetzt, sogar mit geschlossenen Augen und zugehaltenen Ohren, nahm Agnes die Anspannung um das Feuer wahr. Die Reglosigkeit gespitzter Ohren, die dem fesselnden Rhythmus zweier Körper lauschten und Carls lautem »Bea« und einem Geräusch, das von ihrer Mutter stammen musste, einem Grunzen, das klang wie durch zusammengebissene Zähne ausgestoßen. Denn keiner wollte versäumen, wenn sich etwas Großes ereignete, wenn seine Welt sich von Grund auf veränderte. Selbst die Hirsche, die etwas abseits des Lagers taufeuchtes Gras kauten, horchten. Sie riefen nach ihren Jungen, ihren Partnern, um sich zu vergewissern, dass sie da und in Sicherheit waren. Dann schnaubten sie in die dunkle Nacht hinein *Freund oder Feind? Freund oder Feind?*, um die Unerwünschten abzuschrecken. Agnes war sicher, in der Ferne die Wölfe zurückheulen zu hören. *Feind.*

Die Neulinge hatten diese aus der Wüste gekommene Fremde Agnes' Mutter genannt, weil sie sich so hatte vorstellen lassen.

Jetzt kannten sie ihren Namen.

SECHSTER TEIL

In die Caldera

SIE WARTETEN DARAUF, dass die Sammler mit den geernteten Pinyon-Nüssen aus den Bergen zurückkehrten, als ein einzelner Ranger zu Pferde auftauchte.

Seit drei Wintern hatten sie keinen Ranger mehr gesehen. Vielleicht vier. Obwohl Agnes sich sogar noch daran erinnerte, dass Winter zu zählen das Gleiche war wie Jahre zu zählen, war sie nicht mehr sicher, wie viele vergangen waren. Alles hatte sich verändert, seit Bea und Carl die Anführer geworden waren. Die Winter waren milder. Die Brandsaison länger. Wasser wurde immer schwieriger zu finden. Sie verbrachten weniger Zeit in den Bergen. Nach ihrer letzten großen Wanderung hatten Bea und Carl sich geweigert, quer über die Landkarte zu ziehen wie zuvor. Vielmehr beschränkten sie den Radius der Gemeinschaft jetzt auf einen ausgedehnten, von niedrigen Bergketten umgebenen Kessel. Der Kessel war ganz angenehm. Es gab, was sie brauchten. Schön im engeren Sinne war er nicht, dennoch fühlten sie sich dort sehr wohl. Sie landeten zwei Mal an derselben Stelle. Drei Mal. Fünf Mal. Sie blieben. Sobald sie den Talkessel gefunden hatten, zogen sie nur noch im Kreis darum herum, ohne ihn je richtig zu verlassen.

Manchmal allerdings waren zeitaufwendige Exkursionen erforderlich, um in den Gegenden zu sammeln oder zu jagen, zu denen sie früher einfach gewandert wären. Wenn Sammler im Vor- und Hochgebirge Pinyon-Nüsse ernteten, bedeutete das lange Aufenthalte an einem Ort für den Rest der Gemeinschaft, bis die Gruppe zurückgekehrt war. Das Gleiche galt für die Jäger, die je nach Jahreszeit dem Wild in ebenjene Regionen folgen mussten. Somit lagerten sie sehr viel länger an ein und derselben Stelle. Bei einer Gemeinschaftssitzung wurde sogar erwogen, ein Räucherhaus zu bauen, das robuster war. Stabiler. Auch wenn sie vermieden, von dauerhaft zu sprechen, war genau das gemeint. Niemand sagte: *Das geht nicht.* Oder: *Das sollten wir nicht.* Oder gar: *Das verstößt absolut gegen die Vorschriften.* Sie diskutierten einfach darüber, als wäre das Errichten von festen Gebäuden normal für eine nomadische Gruppe in diesem Wildnis-Staat, in dem es strikt verboten war, Spuren zu hinterlassen.

Sie machten die Große Wanderung V dafür verantwortlich.

Die Große Wanderung V war hart und strapaziös gewesen. Härter und strapaziöser als die Großen Wanderungen III und IV, die um Welten härter und strapaziöser als die Erste Große Wanderung oder die Große Wanderung II gewesen waren. Die Große Wanderung V fühlte sich an wie ein Gewaltmarsch. Die Ranger waren wie Kohlen unter ihren Füßen, ihre Hitze unerträglich. Wann immer sie sich blicken ließen, musste die Gemeinschaft überstürzt aufbrechen. Und es kam ihnen so vor, als tauchten die Ranger auf, sobald sie eine kurze Atempause einlegten. Ihre Vorräte schrumpften, und ihnen wurden nur wenige Aufenthalte an Flüssen gestattet, die gerade ausreichten, um zu jagen und das Fleisch zu verarbeiten. Also jagten sie ihre tägliche Nahrung und kauten Dörrfleisch und aßen Pemmikan und hofften, dass Bettzeug, Felle und Kleidung noch hielten, und wenn nicht, trugen sie sie zerfetzt.

Auf jener Wanderung war ein Neulings-Baby gestorben. Seit geraumer Zeit das erste Baby, das geboren worden war. Auch der erste Tod überhaupt seit geraumer Zeit. Es war ein überraschend schwieriger Verlust gewesen für eine Gruppe, die an Verluste gewöhnt war. Linda, die nicht einmal ein weiteres Kind gewollt hatte, hatte tagelang geweint.

Aber was sonst gab es an diesem Punkt über das Wandern zu sagen? Es dauerte so lange, wie es eben dauerte. Es war so schwierig wie das Gelände, mehr nicht. Das Wetter wechselte. Obwohl sie Neues sahen, waren es nur Abwandlungen dessen, was sie auf vergangenen Wanderungen erlebt hatten. Hügel, die sich zu bewegen schienen, unterschieden sich nur von früheren Hügeln, weil sie sich aus unerfindlichen Gründen schneller zu bewegen schienen. Und in Wirklichkeit hatte sich natürlich keiner dieser Hügel je bewegt. Ihre Kuppen wirkten spitzer, mehr wie Hörner als die Zungen früherer Hügel auf früheren Wanderungen. Trotzdem waren es alles Hügel. Und die Gemeinschaft geriet trotzdem noch leicht außer Atem, wenn sie sie bestieg, nach all der Zeit.

Nicht, dass sie ermüdet oder gelangweilt von ihrer Umgebung gewesen wären. Diese Gleichförmigkeit war ein Privileg. Sich einen festen Rhythmus anzugewöhnen. Ein und denselben Platz viel zu lange zu genießen und von nichts zu überrascht zu sein. Ein feuchter

Wald mit tief hängenden Zweigen blieb immer angenehm, selbst wenn man nicht mehr über die Salamander erschrak, die man unter jedem modrigen Baumstumpf fand. Immer noch schöpften sie den glitschigen Laich aus jeder Pfütze, auf die sie stießen. Nicht, weil es so spannend war, sondern weil sie konnten. Und weil sie Hunger hatten. Waren sie je wirklich Abenteurer gewesen?

Wenn die Unbarmherzigkeit der Großen Wanderung V etwas Positives gehabt hatte, dann dass sie an einem ruhigen, friedlichen Ort gelandet waren. Einem, den aufzusuchen die Ranger offenbar kein Interesse verspürten. Oder vielleicht, hofften sie, hatten die Ranger andere Sorgen. Glen machte sich manchmal laut Gedanken über die Studie. In ihrem dritten Winter in und um den Talkessel, ungestört von Rangern oder Anweisungen, fragte er sich, was es bedeutete, dass sie nicht zum Ausfüllen von Fragebogen und für Blutabnahmen und ärztliche Untersuchungen einbestellt wurden. Den anderen allerdings ging es nicht so. Niemandem fehlte die Studie.

»Ich hab nicht gesagt, dass sie mir fehlt«, entgegnete Glen dann, mehr aber nicht.

Val war endlich schwanger geworden, nach dem letzten Schneefall. Und sie war schon rund und rotwangig und schaukelig wie eine Eichel, als jener Ranger allein zu Pferde auftauchte. Er hatte mehr etwas von einer Erscheinung als von einem Menschen. Es war so lange her, er konnte unmöglich real sein. Er stellte sich nicht vor.

»Ihr müsst weiter«, brummelte er von seiner gefleckten Stute herunter. »Ihr seid schon zu lange hier.«

»Und Sie waren zu lange *nicht hier*«, sagte Bea.

»Wir haben viel um die Ohren«, sagte er ausdruckslos. Er schloss die Augen, als erinnerte er sich an einen Albtraum, und seufzte. »Wir arbeiten, wisst ihr. Ist kein einfacher Job. Also lasst mich das bitte schnell erledigen.« Erschöpft legte er Daumen und Zeigefinger auf seinen Nasenrücken. »Ihr seid zu lange hier. Zeit weiterzuziehen.«

»Wieso das Pferd?«, fragte Bea.

»Bitte nicht das Thema wechseln.«

Bea machte Rehaugen. »Was denn? Ich möchte es wissen. Ich liebe Pferde.« Sie kraulte die Stute unter dem Maul, und die schnaubte zufrieden.

»Die Forschung hat gezeigt, dass Pick-ups zu tiefgreifende Schäden am Ökosystem anrichten.«

»Dazu habt ihr Forschung gebraucht?«

Der Ranger sah sie böse an. »Natürlich nicht. Nur das Ausmaß der Schäden kannten wir noch nicht. Autos hinterlassen eine Superspur.« Sein Gesicht war schmerzlich verzerrt, als dächte er an all die Superspuren, die er in der Umwelt hinterlassen hatte. »Deshalb sind wir jetzt mit Pferden unterwegs.« Unbeholfen stieg er aus dem Sattel.

»Das ist eine große Veränderung«, sagte Bea.

»Viele große Veränderungen unter der neuen Regierung.«

»Welche Regierung ist das jetzt?«, fragte Carl.

Darüber lachten alle Erwachsenen, besonders die Neulinge. Während sie sich amüsierten, zog der Ranger die Augenbrauen zusammen und machte sich Notizen.

Als er damit fertig war, sagte er: »Macht euch auf die Socken.«

»Wir müssen auf unsere Sammler warten«, entgegnete Bea.

»Wo sind die?«

»In den Bergen.«

»Warum seid ihr nicht alle da?«

»Weil wir hier sind.«

Mit einer ärgerlichen Geste klappte er sein Notizbuch wieder auf. »Ihr solltet gemeinsam sammeln«, stieß er durch zusammengebissene Zähne aus und schrieb wutentbrannt ihre Vergehen auf. »Es wird nicht gewartet. Ihr seid Nomaden. Ihr dürft nirgendwo einfach warten. Erstens mal müsst ihr zusammenbleiben, zweitens immer in Bewegung und drittens alles unterwegs erledigen.« Seine abgezählten Finger bildeten eine Pistole.

»Wir müssen aber anhalten, um zu jagen und sammeln und zu verarbeiten«, sagte Bea.

»Außerdem sind selbst Nomaden irgendwann sesshaft geworden«, sagte Carl. Ein eigentlich für ihn sehr untypischer Satz, aber er hatte sich in dem Jahr den Knöchel verdreht, was das Wandern etwas weniger angenehm für ihn machte.

In dem Moment entdeckte der Ranger die Räucherhütte. Angewidert schüttelte er den Kopf. »Ihr seid mir vielleicht ein Volk.« Er lief um das Häuschen herum, klappte den Deckel auf, fotografierte es, machte sich weitere Notizen. Dann holte er eine Feldflasche aus der Gesäßtasche und eine Schachtel Streichhölzer aus dem Rucksack, verschüttete die Flüssigkeit aus der Flasche über der Hütte und warf ein Streichholz hinein. Sie fing Feuer.

Die Räucherhütte zu bauen, hatte einen ganzen Sommer gedauert. Sie hatten Holz aus den Gebirgsausläufern ins Lager geschleppt. Noch nie hatten sie so anstrengende Arbeit verrichtet. Nicht einmal in der Zeit, als sie gefühlt jahrelang am Stück gewandert waren. Dauerhaftigkeit zu schaffen, war mit viel mehr Aufwand verbunden als Wandern, hatte sich gezeigt. Jetzt sahen sie die Hütte abbrennen. Sie konnten nichts tun. Es war definitiv gegen die Vorschriften gewesen.

»Haben Sie keine Angst, dass das Feuer um sich greift?« Beas Stimme bebte vor Zorn und vielleicht ein wenig vor Trauer.

»Nicht sonderlich. Mein Pferd ist schnell.« Er zwinkerte Bea zu.

Sie spuckte ihm vor die Füße.

»Pass bloß auf.« Er grinste spöttisch. Umständlich und unter einigem Fluchen stieg er wieder auf sein Pferd. Mit dem Kopf auf die Räucherhütte deutend rief er noch: »Keine Spuren!«, als er davongaloppierte.

An dem Tag hatte die Gemeinschaft ihre Wasservorräte noch nicht aufgefüllt, also erstickten sie das Feuer mit ein paar Fellen von ihren Betten. Sie mussten würgen, als Leder und Haare verschmorten und qualmten.

Am nächsten Tag schickten sie die Jäger in die Berge, um Fleischnachschub zu holen.

Sie hatten Angst, dass sie durch eine neue Wanderung ihren Anspruch auf das Land aufgäben, obwohl sie keinen Anspruch auf das Land hatten. Also brachen sie das Lager nicht ab. Sie blieben, wo sie waren, gegen jede Logik. Ihr Instinkt befahl es ihnen.

DA DIE JÄGER AUF DER JAGD und die Sammler noch beim Sammeln waren, halfen Agnes und Glen Debra und Jake beim Nähen. Schwester und Bruder und Kiefernzapfen waren ebenfalls dabei, machten aber nur Knoten in die Sehnen und wurden von Debra geschimpft.

An ein und derselben Stelle zu lagern, hatte zu mehr Nahrung, mehr Wachstum und Körperumfang und einem Bedarf an neuer Kleidung geführt. Vor allem für Agnes. Vielleicht war sie wirklich zu dünn gewesen, wie ihre Mutter sagte, jetzt aber federten ihre Wangen zurück, wenn sie hineinpikte, wackelten unter ihren Fingerspitzen. Sie war kein reines Knochensortiment mehr. Jetzt hatte sie Formen, wenn auch nicht sehr ausgeprägte. Sie war nicht sicher, ob sonst jemand es bemerkte, sie aber schon. Wenn sie sich hinlegte, fühlte sich alles anders an. Ihr Körper traf anders auf dem Boden auf. Größer war sie auch. Beinahe so groß wie Val. Wenn sie einander gegenüberstanden, sah sie genau auf Vals Nase. Trotzdem war sie noch eine der Kleinsten der Gemeinschaft. Viel kleiner als ihre Mutter, die so groß wie die Männer war.

Agnes sah Glen dabei zu, wie er langsam Sehnenstränge von einem getrockneten Hirschmuskel abzog. Er hatte wieder Fleisch am Kinn, und das bebte, als seine Finger sich auf und ab bewegten. Als ersten Tagesordnungspunkt, nachdem sie sich damals neben Carl zur Anführerin gemacht hatte, führte Bea Glen wieder in die Gemeinschaft ein. Die Köche durften seine Rationen nicht mehr kürzen, auch nicht die der anderen Originalisten. Sie behaupteten, das sei nie der Fall gewesen, aber die Originalisten nahmen in der auf diese Anordnung folgenden Jahreszeit unbestreitbar zu. Glens

Rationen wurden sogar eine Zeit lang aufgebessert, bis er wieder fülliger wurde, kräftiger und sicherer auf den Beinen. Es wurde vorgeschrieben, dass Glen mindestens einmal pro Tag von jemandem außer Agnes angesprochen wurde. Jeder war einmal dran. Für die Originalisten war es kein großes Problem, da sie ihn so lange kannten; obwohl es unbehaglich sein konnte, wenn Carl mit finsterer Miene danebenstand. Wenn sie sich nicht mit Glen abgaben, bekam wiederum Bea die finstere Miene. Manchmal war es nicht leicht, Originalist zu sein.

Für die Neulinge war es schon schwieriger. Sie mussten sich wirklich Mühe geben, Glen als Mitglied der Gemeinschaft zu betrachten. Er hielt sich immer am Rand auf oder lief ganz am Schluss. Dass Agnes so viel bei ihm war und ihm Essen brachte und die Wunden säuberte, die er sich beim Stolpern und Stürzen zuzog, zeigte ihnen, dass er in gewisser Weise dazugehörte, doch sie glaubten nie so richtig daran, dass er der Pionier der Gruppe war, dass er diese Gemeinschaft im Wildnis-Staat gegründet hatte. Für sie war das Carl, und Carl korrigierte sie nie. Selbst als man es ihnen erklärt hatte, zogen sie es schlichtweg vor, Carl dafür zu halten. Carl war stark, entschlossen, unfreundlich, wenn es sein musste. Sie mochten ihn einfach lieber. Carls Geschichte, wie sie ihnen von Carl erzählt wurde, war die bessere Geschichte.

Doch Carl, stellte sich heraus, hatte keinen Masterplan für seine Führungsrolle. Kein Programm, kein Konzept. Er hatte einfach nur Anführer sein und bei allem mitreden wollen. Sobald er sich das gesichert hatte, freute er sich daran, der Vollstrecker zu sein.

Bea hielt das Heft in der Hand. Wobei sie alles andere als eine destruktive Anführerin war, sondern die Gemeinschaft die Vorschriften noch strenger einhalten ließ als vorher. »Wir werden den Rangern keinen Anlass geben, an uns zu denken«, sagte sie gern. »Unser Ideal ist, dass sie uns vergessen.« Jede Vorschrift des Handbuchs wurde haarklein befolgt. Bis zum Talkessel.

Die Sonne brannte auf ihre gebeugten Köpfe. Agnes spürte, dass ihre Beine heiß wurden. Sie lagen vor ihr ausgestreckt. Vorsorglich legte sie Glen ein Tuch auf den Kopf, damit er nicht sonnenmüde wurde.

Agnes steckte sich Sehnen zum Aufweichen in den Mund, während sie Jake beim Nähen zusah. Er machte eine Hirschfell-Patchworkdecke. Seine Finger waren weiß von der Kraft, die er brauchte, um die Knochennadel und den Sehnenfaden durchzuziehen. Mittlerweile waren seine Hände vollständig verhornt. Wenn er Agnes berührte, waren seine Fingerkuppen so rau wie getrocknete Samenhülsen. Er sagte, er könne sie kaum spüren. Deshalb strich er manchmal mit der Wange, der Nasenspitze, der Innenseite seines Handgelenks über ihre Haut. Etwas Empfindlicherem. Er war ihr Partner fürs Leben. Sie hatten sich entschieden. Sie wollten eine Familie gründen und ihre Jungen aufziehen, und wenn ihre Jungen in einem Alter waren, in dem sie für sich selbst sorgen konnten, wollten Jake und Agnes sie fortschicken, damit sie sich eigenes Territorium zum Erkunden suchten. Und danach bekämen sie weitere Junge.

»An was für ein Alter dachtest du denn?«, hatte Jake gefragt.

»Wahrscheinlich so um die sechs«, sagte Agnes.

Jake erbleichte. »Was?«

»Bist du anderer Meinung?« Sie ließ sein Schweigen auf sich wirken, musterte seine ungläubige Miene. »Wahrscheinlich würde ich mich überreden lassen, bis sieben oder acht zu warten.«

»Agnes, das ist viel zu jung.«

Jetzt war sie ungläubig. »Bären machen das mit zwei. Warum können unsere Kinder das nicht?«

»Weil wir keine Bären sind.«

»Unsere Kinder werden besser als Bären sein!« Obwohl sie sich fragte, ob wirklich irgendjemand besser als Bären sein konnte.

»Warst du nicht ungefähr sechs, als du hierherkamst?«

»Fünf. Glaube ich. Weiß nicht mehr genau.«

»Denk doch mal an die Zeit. Hättest du ganz auf dich gestellt sein wollen? Deine eigene Nahrung suchen, dich gegen Raubtiere verteidigen? Du mit fünf oder sechs? Allein?«

Natürlich war sie, als sie in der Wildnis ankam, zu nichts zu gebrauchen gewesen. Aber das hatte daran gelegen, dass sie aus der Stadt war. Sie hatte Betten und saubere Teller gekannt. Sie hatte Toiletten gekannt. Sie hatte die Raubtiere in der Stadt gekannt, doch das war eine andere Art von Raubtieren gewesen und eine andere Art von Gefahr. Sie hatte Zeit gebraucht, um sich anzupassen und zu lernen. Dennoch hatte sie ihrer Einschätzung nach im folgenden Frühling schon die Kenntnisse und Fertigkeiten entwickelt, um die Gemeinschaft anzuführen, wenn man sie damals gelassen hätte. Da hatte sie schon fast alles über das Leben hier gewusst, was sie jetzt wusste. Wovon sie nicht viel verstanden hatte, waren Menschen gewesen, und daran hatte sich kaum etwas geändert. Überleben hingegen –

davon verstand sie etwas. Es hatte zu den ersten Dingen hier gehört, die sie begriffen hatte. Was sonst gab es letztlich? Jagd, Fleischverarbeitung, Spurensuche, Wasserquellen, Kleidung und sichere Schlafplätze, Wetter, die unterschiedlichen Gaben und Bedrohungen von Flora und Fauna. Allein sein in einer Gewitternacht. Allein sein, wenn man wusste, dass eine Großkatze in der Nähe war. Allein sein, wenn man Schritte hörte und nicht wusste, zu wem oder was sie gehörten. Diese Dinge waren in jedem Alter schwierig. Aber Sechsjährige besaßen Logik. Sie konnten sich aus Angst herausdenken, falls es sein musste. Falls sie allein gelassen wurden. Agnes' Mutter war gegangen, als sie vielleicht zehn gewesen war. Oder elf? Zwölf? Wenn das sehr hart gewesen war, dann nicht, weil sie nicht darauf vorbereitet gewesen war, sich selbst durchzuschlagen. Selbst wenn die gesamte Gemeinschaft sie verlassen hätte, wäre sie zwar traurig gewesen, hätte aber überleben können. Was spielte Alter für eine Rolle?

»Ich weiß ja nicht«, sagte sie. Jake sah sie immer noch zweifelnd an. »Wieso, was dachtest du denn?«

»Sechzehn? Siebzehn? Oder was auch immer juristisch zulässig ist.«

»Juristisch? Was ist das?«

Jake ließ hilflos den Kopf hängen. Agnes spürte ihr Blut in Wallung geraten. Ihre Kinder sollten nicht verhätschelt werden. Sie wusste nicht, wie alt sie selbst jetzt war. Vielleicht war sie vierzehn oder fünfzehn oder neunundfünfzig. Manchmal kam sie sich älter als alle anderen vor. Schon lange führte sie jetzt ihre Wanderungen an. Und sie war bisher gut in der Lage gewesen, allein zu überleben, vielen Dank. Sie war tapfer. Sie war geschickt. Sie war eine aufmerksame Beobachterin. Sie konnte auf sich selbst aufpassen. Und sie würde auf Jake aufpassen. Und ein Baby. Und jeden, der sonst noch mitkam. Bis sie sie nicht mehr brauchten.

»Lassen wir das Thema«, hatte Jake gesagt, der möglicherweise ahnte, dass Agnes sich Argumente zurechtlegte.

Agnes hatte eingewilligt. Sie brauchten kein *Erziehungskonzept*, wie Jake es nannte, weil Agnes jeden Monat blutete.

Die Zwillinge sagten, sie müsse richtigen Sex haben, um schwanger zu werden, und was sie mit Jake treibe, sei keiner. Agnes wusste, dass es kein richtiger Sex war, wusste aber nicht, wie sie es dazu machen sollte. Jake war der Meinung, sie seien zu jung. Er war der Meinung, das Wandern sei zu hart, um jetzt Kinder zu bekommen. Das Wetter sei zu unberechenbar. Es war ihm peinlich, es Glen erzählen zu müssen. Er hatte Angst vor ihrer Mutter. Sei ein Neugeborenes nicht eine Last für die Gemeinschaft? Eigentlich habe es doch keine Eile.

»Aber du möchtest Junge, oder?«, fragte Agnes dann.

Woraufhin Jake die Augen verdrehte. »Ich nenne sie Kinder, und ja, ich möchte gern welche.«

»Weil es so klingt, als wärst du dir nicht sicher.«

»Doch, bin ich.«

»Na gut, also.« Dann griff sie in der Regel nach seiner Hose, und er hielt ihre Handgelenke fest.

»Bitte, Agnes. Du bist zu aggressiv.«

Das überforderte Agnes immer, weil sie nicht wusste, wie sie sonst sein sollte. Sie versuchte, die Hand langsamer nach seiner Hose auszustrecken, in der Hoffnung, dass das weniger offensiv wirkte. Er wich ihr trotzdem aus.

Sie hatte höflich gefragt. Sie hatte logische Argumente vorgebracht. Sie hatte ihm die Statistiken unterbreitet, die sie kannte, über die Notwendigkeit, die Bevölkerung im Wildnis-Staat zu vergrößern. Um ihre Ansprüche hier geltend zu machen. Sie konnte sich nicht vorstellen, dass ein Elch so umständlich war, wenn es um die Paarung ging. Einmal hatte sie sogar probiert, ihn auszutricksen, indem sie behauptete, der Ameisenhügel, neben dem sie saßen, gehöre zu einer seltenen, giftigen Art, und sie müssten sich schnell ausziehen, um sicherzugehen, dass sie keine Ameisen am Körper hätten. Aber als er mit rotem Kopf über ihre Nacktheit vor ihr stand, in vollem Vertrauen darauf, dass sie ihn nur hatte beschützen wollen, hatte sie sich geschämt. Sie war gegangen und hatte vor sich hingemurmelt, er solle sich anziehen. Beim letzten Mal, als sie allein gewesen waren, hatte sie beschlossen, direkt zu sein. Sie hatte sich umgedreht, ihr Kleid hochgezogen und ihr Gesäß an ihn gedrückt, und sie waren beide umgefallen.

Er rollte von ihr weg. »Ich hab Nein gesagt.«

Frustriert ballte sie die Fäuste

Er grinste. »Willst du mich hauen?«

»Nein.« Sie versteckte die Hände hinter dem Rücken, um so zu tun, als wären sie gar nicht geballt gewesen.

»Wir können andere Sachen machen.«

»Okay.« Sie hatte ihn an eine kleine Lichtung zwischen Beifußsträuchern geführt, und dort hatten sie sich angezogen aneinander gerieben. Es war nicht, dass ihr das keinen Spaß machte. Sie mochte es, mit Jake zu keuchen und zu ringen. Sie kicherten und quietschten wie spielende Wiesel, und hinterher waren sie immer entspannt und sanft, als trieben sie auf einem trägen Fluss. Nur sah Agnes nicht ganz ein, wozu das gut sein sollte. Sie hatte Bedürfnisse. Und die wurden dadurch nicht befriedigt.

Langsam zog Agnes die aufgeweichte Sehne aus dem Mund, und Jake errötete, obwohl er gar nicht den Eindruck gemacht hatte, als beobachtete er sie. Da hörte sie den Pfiff der Sammler. Lange und kurze Töne auf einem geschnitzten Knochen.

Unmittelbar gefolgt vom Signal der Jäger, geblasen auf einem von Carl bearbeiteten gerillten, hellen Horn eines Steinschafs.

Agnes sprang auf und drückte Jake die Sehne in die Hand. »Die hab ich echt gut hingekriegt.«

»Das will ich hoffen.« Er lächelte schüchtern seine Finger an, in denen die von ihrer Spucke glänzende Sehne lag.

Die Sammler und Jäger kamen an, und Agnes sah die Ohren von vier Hasen auf und ab hüpfen. Über Juans Schultern lag ein Hirsch. Etwas vor ihnen lief Joven mit seinen Hirschen, wahrscheinlich, damit der Geruch des toten sie nicht erschreckte.

Jovens Hirsche waren eine Mutter und ihr Junges, die sich vor Kurzem vorsichtig dem Lager im Talkessel genähert hatten. Vermutlich hatten sie Schutz vor Fressfeinden gesucht und hofften, die Gemeinschaft wäre keiner. Eines Morgens ging Joven zu ihnen und fütterte sie mit Pinyon-Nüssen. Obwohl ihm das verboten worden war, gehorchte er nicht, vielleicht wollte er auch einfach die Vorschrift nicht einhalten. Er war jung. Er war ein Neuling. Er hatte andere Vorstellungen.

Die Erwachsenen hielten eine lange Sitzung über Joven und die wilden Hirsche ab, für und gegen den Regelverstoß. Einige argumentierten, sie könnten als Nahrungsvorrat für Notzeiten dienen. Die Hirsche machten Joven glücklich, und normalerweise war er ein so ernsthafter kleiner Junge. Andere hingegen sagten einfach: »Wir dürfen keine Tiere domestizieren. Auch nicht aus Versehen. Da kriegen wir einen Riesenärger.« – »Aber die lungern doch sowieso schon hier rum«, wandten die Befürworter ein. »Ab wann gehören sie uns?« – »Wenn wir sie füttern.« – »Na ja, sie wurden ja schon gefüttert, also gehören sie uns.« Das Pro-Lager jubelte, und das Kontra-Lager buhte, und es wurde so laut und aufgebracht, dass Carl und Bea eine Entscheidung treffen mussten. Sie beschlossen, dass die Hirsche bleiben durften.

»Unser erster Versuch mit Tierhaltung«, sagten sie und setzten fröhliche Mienen auf.

»Dazu sind wir nicht hier«, sagte Debra, die Wortführerin des Kontra-Lagers. »Das ist ein ganz schlechter Präzedenzfall, Leute.« Sie schüttelte den Kopf.

»Tja«, meinte Carl. »An sich müssten wir auch diesen Kessel ab und zu verlassen, also wenn du dich an die Vorschriften halten willst, bitte, nur zu.«

»Ach sei still, Carl«, sagte Debra und trat wütend auf ihn zu. Aber Frank stellte sich dazwischen. Er war imposant. Aus unerfindlichen Gründen wurde er immer massiger, je länger er da war, statt abzumagern wie fast alle anderen. Debra wich zurück. Wobei sie recht hatte. Domestizierung verstieß klar gegen die Vorschriften. Selbst Agnes hatte das gelesen. Es war Regel Nummer zwei auf der zweiten Seite des Handbuchs.

Seitdem folgten die Hirsche Joven auf Schritt und Tritt, während sie zu allen anderen argwöhnisch Abstand hielten. Wenn er schlief, ruhten ihre schlanken Hälse auf seiner Brust.

Jetzt führte Joven die Tiere zum Schlafkreis, wo sie Beifuß knabberten, sich neben sein Bett legten und neugierig die Felldecken mit der Nase anstupsten.

Die Gemeinschaft machte sich daran, die Jagdbeute zu verarbeiten. Linda zündete das Feuer in der Räucherhütte an. Sie hatten sie wieder geflickt, und sie funktionierte fast genauso gut wie vorher. Andere häuteten die Hasen. Carl und die Zwillinge waren mit dem Hirsch beschäftigt. Carl hatte die Kraft, um das Gewicht zu stemmen, die Zwillinge dagegen besaßen die Geschicklichkeit, um sauber zu häuten und auszunehmen und zu zerlegen. Einen Hirsch verarbeiten konnte jeder, aber ihre Felle waren makellos und ihre Schnitte bildschön.

Gegen Mitternacht hing das erste Fleisch in der Räucherhütte. Felle waren abgeschabt, eingeweicht und gedehnt worden, solange die Sonne noch schien. Geschnitten wurde bei Feuerschein. Dann bildeten alle eine Kette, um die Streifen zur Hütte weiterzureichen.

Schließlich fielen sie ins Bett, wo die kleineren Kinder bereits schliefen.

Im ersten Morgengrauen, nach nur wenigen Stunden Schlaf, ritten fünf Ranger ins Lager. Der vom letzten Mal war nicht dabei. Sie waren anders gekleidet. Kein Ranger-Grün mehr. Jetzt trugen sie Wasserblau. Gebügelte weiße Tücher waren um ihren Hals gebunden. Nur an ihren Dienstmarken konnte man erkennen, dass sie Ranger waren, wobei die Gemeinschaft ein paar von ihnen von früher kannte.

Die Ranger hatten Gewehre über die Schulter geschlungen. Und als sie von den Pferden sprangen, hielten sie die Waffen im Anschlag.

»Was ist hier los?« Carl streckte sich und rieb sich die Augen. Wegen eines Gähnens war er schwer verständlich.

»Wir sind hier, um euch weiterzuschicken«, sagte einer der Männer. Wahrscheinlich war er der Chef. Sein Pferd war das größte, und er trug einen anderen Hut.

»Nein, ich meinte, was ist mit euren Klamotten? Die sind neu.«

»Stimmt genau.« Der Chef-Ranger reckte den Kopf höher. Offenbar gefiel ihm seine neue Erscheinung, die Gestärktheit der Kleidung. Auch seine Stiefel waren neu.

»Ihr seht aus wie eine Armee.«

»Wir haben ein neues Mandat.«

»Ach ja, und was für eins?«

Die Ranger wechselten lange, vielsagende Blicke. Der Chef sprach. »Das ist geheim.«

»Warum?«

»Weil es geheim ist.«

»Nein, warum habt ihr ein neues Mandat?«

»Es gibt eine neue Regierung.«

»Das ging aber schnell«, sagte Carl.

Die Gemeinschaft lachte.

»Werd nicht frech«, sagte der Chef-Ranger. »Ihr müsst weiterziehen. Wie euch gesagt wurde. Wiederholt.«

»Eigentlich nur ein Mal.«

»Einmal ist mehr als genug. Ach du Scheiße.« Seine Schultern sackten ab, als er Jovens Hirsche bei ihm auf dem Bett liegen sah. »Was ist das denn?«

»Was?«, fragte Bea. Die Hirsche standen auf ihren dünnen Beinen auf und blieben bei Joven, der sich aufsetzte und die Augen rieb. Alle blinzelten die Ranger an.

Der Chef zeigte auf die Tiere. »Die da.«

»Ach, nur zwei Hirsche«, sagte Bea.

»Die scheinen sich ja bei euch verdammt wohlzufühlen.«

»Wir wollten sie gerade wegscheuchen.«

»Das dürft ihr nicht.«

»Was? Sie wegscheuchen?«

»Lass den Quatsch. Ihr dürft keine Hirsche bei euch rumlaufen haben wie Hunde.«

Die Tiere spitzten die Ohren, als wüssten sie, dass über sie gesprochen wurde.

Als ein bärtiger Ranger auf sie zurannte, senkten sie nur die Köpfe.

Die Uniformierten sahen Carl an.

»Ist einfach so passiert.« Carl zuckte die Achseln.

Die Hirschkuh beugte sich tief zu Joven herunter und stupste ihm mit dem Maul an die Faust, bis er sie öffnete. Dann leckte sie ihm die Handfläche.

»Das machen sie wegen dem Salz«, erklärte Joven mit seiner leisen, hohen Stimme, die Samthaare im Sonnenlicht leuchtend.

Der Chef-Ranger schüttelte den Kopf. Er zog eine Pistole aus dem Holster. »Ihr wisst, dass ich die abschießen muss.« Er wandte sich an Carl. »Außer, ihr wollt das selbst erledigen. Bist du der Anführer hier?«

Carl machte ein böses Gesicht.

Bea machte einen Schritt nach vorn. »Nein, ich.«

»Die sind nicht mehr wild. Das bringt die anderen auf dumme Ideen.« Er spannte den Hahn. Die Hirsche sahen ruhig auf die Waffe in seiner Hand, in der Hoffnung, es wäre etwas zu essen. Ihre großen Augen bebten, die Ohren zuckten, nahmen all die Natur um sich herum auf, all die Zeichen und Signale. Für Agnes wirkte es, als lächelten sie.

»Jovencito, ven acá rápido, rápido«, zischte Linda und winkte ihn drängend zu sich.

Der Chef-Ranger ging mit ein paar schnellen Schritten zu den Hirschen und schoss dem Hirschjungen eine Kugel in den Kopf, dann der Kuh, und beide Tiere sanken zu Boden und zitterten, spritzten Erde auf, grunzten und wimmerten und wurden dann reglos.

Joven blieb ganz still, versuchte, seinen Schock wegzublinzeln. Lautlose Tränen fielen. Die Hirsche waren neben ihn gestürzt. Ein zarter Hals lag quer über seinem Knöchel. Er hatte Blut auf der Brust und über dem Auge. Es sammelte sich auf seinem Bett. Linda rannte zu ihm.

Der Chef-Ranger warf einen triumphierenden Blick auf den Jungen. »Der Kleine muss Hirsche ja echt gern mögen.«

Carl wollte sich auf ihn stürzen, aber Bea stellte sich dazwischen.

Der Chef sah sich zu seinen Männern um. »Das ist Diebesgut, also müssen wir die wohl konfiszieren.« Er ließ den Zeigefinger kreisen, und die vier anderen Ranger hoben die Tiere auf und warfen sie auf die Rücken der Pferde. Die Hirsche hingen schlaff herunter, mit roten, baumelnden Zungen, Blut aus den Einschusslöchern blubbernd wie aus einer Quelle. Die Pferde wieherten nervös. Ihnen gefiel das Gewicht von Tod nicht auf ihrem Rücken. Doch die Ranger stiegen noch nicht auf. Sie drehten sich wieder zu der Gemeinschaft um, die Gewehre vor der Brust.

Der Chef-Ranger sagte: »Also?«

»Also was?«, fragte Bea.

»Worauf wartet ihr?«

»Eine Entschuldigung?«

Die Ranger lachten, und Bea lachte herablassend mit.

»Da könnt ihr lange warten«, sagte der Chef.

»Dann vielleicht Anweisungen.«

»Fangt an zu packen.«

»Jetzt sofort?«

»Ja.«

»Wollen Sie einfach dastehen und zusehen?«

»Ach nein, wir helfen schon ein bisschen.« Er grinste. Seine Kollegen gingen zu der Räucherhütte, der ausgebesserten und funktionierenden und gerade in Benutzung befindlichen Räucherhütte, und zündeten sie erneut an. Dann stiegen alle auf ihre Pferde und ritten davon.

Mithilfe mehrerer weiterer Felle löschte die Gemeinschaft die Flammen. Sie inspizierten, was noch zu retten war. Sie räumten das Lager auf und machten Frühstück und starrten stumm ins Feuer, während die Kinder, ohne Joven, um sie herum brüllten und sich balgten. Niemand machte Anstalten zu packen. Im Gegenteil, am nächsten Tag schickten sie die Jäger für ein, zwei Nächte zurück in die Berge, um die Felle zu ersetzen, die sie gerade zum Löschen geopfert hatten, und das Fleisch, das sie in der brennenden Räucherhütte verloren hatten.

Zwei Morgen später hörten sie ein stetiges maschinelles Surren, als der Wind im Talkessel auffrischte. Aus einigem Abstand raste im Tiefflug ein Hubschrauber auf sie zu. Bald schon spuckten sie Staub aus und hielten sich Augen und Ohren zu. Der Hubschrauber blieb über ihnen stehen. Ein krächzendes Megafon brüllte los.

»Ihnen wurde befohlen, dieses Lager sofort zu räumen.«

»Dürfen wir nicht mal vorher schlafen?«, rief Carl nach oben.

»Ihnen wurde befohlen, dieses Lager sofort zu räumen.«

»Ah, es ist kein echter Hubschrauber«, sagte Frank. »Zu klein. Vielleicht eine Drohne.«

»Für eine Drohne ist es zu groß«, sagte Carl.

»Aber für einen Hubschrauber zu klein.«

»Vielleicht sind Drohnen jetzt größer.«

»Oder Hubschrauber kleiner.«

»Es ist einfach nur ein beschissenes Ranger-Spielzeug«, sagte Val.

Es folgte ein lautes Geräusch – ein krachendes, klirrendes, knirschendes, kreischendes Geräusch –, und alle hielten sich wieder die Ohren zu.

Sämtliche Vögel flogen aus den Büschen auf. Die Kinder weinten.

»Ihnen wurde befohlen, dieses Lager sofort zu räumen«, übertönte die Stimme den Maschinenlärm.

Sie sahen einander an.

Schließlich seufzte Bea hörbar und brüllte: »Tja, scheint, als wäre es Zeit, uns von unserem hübschen Talkessel zu verabschieden.«

Alle nickten. Mit in die Ohren gesteckten Fingern trotteten sie zu ihren Sachen. Sie waren lange am selben Ort gewesen. Sie wussten nicht mehr, wie alles am besten zu packen war. Sie hatten zu viele Dinge angesammelt. Wie hatten sie so viel ansammeln können? Wie hatten sie überhaupt etwas außer Essensvorräten ansammeln können? Zwei Tage brauchten sie zum Packen. Bis dahin waren auch die Jäger zurückgekehrt. Ihre Beute konnte nur für Aasfresser ausgelegt werden. Zum Häuten, Ausnehmen, Zerlegen, Einweichen, Spannen, Räuchern und Trocknen blieb keine Zeit. Eine totale Verschwendung. Sie liefen herum und suchten nach Mikroabfall, und die gesamte Zeit schwebte der, wie sie ihn jetzt nannten, Metallvogel über ihnen, befahl ihnen kreischend aufzubrechen, flog nur ein paarmal weg, um, nahmen sie an, betankt oder aufgeladen zu werden, wobei sie keine Ahnung hatten, wo.

Als sie schließlich fertig waren, stellten sie sich unter den Metallvogel und sahen hinauf, die Augen mit der Hand abgeschirmt.

»Und jetzt?«, rief Bea.

Ein gelbes Lämpchen blinkte an seinem Bauch. »Warten Sie auf Anweisungen«, leierte er, schoss davon und ließ sie mit einem Phantomkreischen in den Ohren stehen. Sie setzten sich auf ihre Lederbeutel und warteten. Später an jenem Tag tauchte am Horizont eine kleine, aber sich schnell bewegende Staubwolke auf. Sie hörten das Wiehern von Pferden und Klappern von Hufen. Es waren die fünf Ranger, in ihren nach wie vor sauberen und gestärkten Uniformen. Der Chef übergab Bea wortlos einen Umschlag.

Darin befand sich eine neue Anordnung. *Wir richten einen neuen Posten ein! Wandern Sie in die Caldera zur großen Eröffnungsfeier!* In die Ecken waren mit der Hand Luftballons gemalt.

»Ihr schmeißt eine Party?«, fragte Bea.

Der Chef-Ranger zuckte die Achseln. »Klar, warum nicht? Wie oft eröffnen wir schon einen neuen Posten?«

»Warum ladet ihr uns ein?«

Er grinste so breit, dass man alle Zähne sah. »Tja, weil der Posten für euch ist.«

»Findet die Party an einem bestimmten Tag statt?«

»Nein, die fängt einfach an, wenn ihr da seid.«

»Also haltet ihr euch extra bereit?«

»Ja, was dagegen?« Er hatte genug von dem Gespräch.

»Habt ihr eine Ahnung, wie lange es dauert, dahin zu kommen?«

»Ich würde wahrscheinlich ungefähr sechs Wochen brauchen, wenn ich mich einigermaßen ranhalte. Ihr?« Er kicherte. »Sechs Monate. Minimum.« Seine Kollegen hinter ihm lachten laut.

Die Erwachsenen nickten, aber Agnes konnte sich darunter nichts vorstellen. »Wie viele Monde sind das?«

Der Chef-Ranger prustete. »Viele. Ich hab noch nie was so Langsames erlebt wie eure Karawane.«

Bea verdrehte die Augen. »Ja, ja, ist ja gut. Wir haben einiges mitzuschleppen.«

»Dann solltet ihr euch vielleicht mal ein bisschen einschränken. Richtige Nomaden hatten bestimmt nicht so viel Besitz.«

»Wir sind richtige Nomaden.«

Wieder lachten die Ranger herzhaft.

Bea verschränkte die Arme. »Außerdem haben wir Kinder dabei, und die halten uns auf.«

Agnes' Gesicht brannte. Sie stampfte mit dem Fuß auf. »Das stimmt doch gar nicht! Ich bin diejenige, die auf euch warten muss.« Sie spürte Tränen aufsteigen. Sie war eine gute Anführerin.

»Von dir rede ich nicht«, fauchte ihre Mutter. »Ich rede von den Kindern.«

Das verschlug Agnes die Sprache. Sie hatte nicht gewusst, dass ihre Mutter sie für mehr als nur ein Kind hielt. Sie dachte, für Bea wäre sie nur das seltsame Mädchen, das sie in einer Höhle nachahmte. Ihre Mutter behandelte sie herablassend und lobte ihre Fähigkeiten dann wieder überschwänglich. Sie wirkte selten froh darüber, dass Agnes anführte, mischte sich aber nie ein. Ursprünglich war es ja Carls Idee gewesen, in Abwesenheit ihrer Mutter. Andererseits konnte Bea sich jedem gegenüber herablassend verhalten. Von ihr so behandelt zu werden, hieß also vielleicht, dass sie Agnes als ebenbürtig betrachtete.

Bea beäugte den Chef-Ranger skeptisch. »Auf unserer Karte ist die Caldera nicht vernünftig eingezeichnet, nicht so, dass man sich daran orientieren kann.« Sie sah in den Umschlag. »Gibt es eine neue?«

»Ihr kriegt eine Karte, wenn ihr eine braucht«, sagte er, richtete ohne jede Vorwarnung sein Gewehr in die Ferne und schoss. Das Geräusch flog von ihnen fort, quer durch den Talkessel, blieb nirgendwo hängen, schüttelte trockene Äste und scheuchte die noch verbliebenen Käfer, Wühlmäuse, Vögel auf.

Dann trieben die fünf Ranger auf ihren Pferden die Gemeinschaft zusammen wie Vieh. »Los, los, los«, brüllten sie.

Erschrocken stolperte Bea an der Spitze der Gemeinschaft durch den Talkessel. Sie wollte Agnes nicht die Führungsposition überlassen, sondern blieb immer einen Schritt vor ihr, egal, wie schnell Agnes ging.

Ungefähr den halben Herbst lang bewachten die Ranger sie auf dem Weg aus ihrem angenehmen Talkessel. Bei Sonnenuntergang verschwanden sie und tauchten morgens wieder auf, um die Gemeinschaft in Bewegung zu halten. Sie trieben sie zurück in die hoch gelegene Wüste, wo sie so viele Jahre verbracht hatten. Sie eskortierten sie mitten in das Beifußmeer und zogen dabei schlechte Lagerplätze besseren vor. Sie schleusten sie an guten Wasserquellen vorbei, boten ihnen nur dünne Rinnsale an oder stehende Tümpel. Auf der Route, die sie wählten, war Wild knapp. Genau wie Schatten. Es war schwer vorstellbar, dass sie nicht absichtlich grausam waren. Der Chef-Ranger hatte die Angewohnheit, den ganzen Tag auf seinem Pferd zu pfeifen, während die Gemeinschaft sich weiterschleppte.

Mittlerweile befanden sie sich weit von dem Talkessel entfernt. Zurück auf dem ödesten Wüstenplateau, wo sie kein Verlangen spürten zu trödeln. Eines Abends ritten die Ranger weg und ließen sich am nächsten Morgen nicht blicken. Auch nicht am Morgen danach. Sie hinterließen eine neue Karte und kehrten nicht zurück. Ihre Aufgabe war erledigt.

DIE ORIGINALISTEN HATTEN DIE CALDERA bei ihrer Ankunft gesehen. Am ersten Tag. Nicht, weil sie so nah beim Mittelposten lag – wobei sie auch nicht weit weg war –, sondern weil sie so hoch und in ihrer Höhe einsam war. Sie hockte gedrungen am Horizont, ein Kegel, weiß im Winter und grün im Frühling, die oberste Spitze abgebrochen, wodurch ein Auffangbecken für alles Mögliche entstanden war. Weit dahinter lag das erste Gebirge, das sie je erforscht hatten. Das Gebirge war ein düsterer Brocken am Horizont. Die Caldera stand für sich.

Agnes erinnerte sich daran als weiße Mütze auf dem kahlen, sonnenverbrannten Kopf der Hochwüste. Der endlosen Wüste mit ihrer rötlichen Erde und ihrem Kampferduft nach dem Regen. Mit ihren vereinzelt emporgereckten Beifußsträuchern und Gräsern.

»Stellt sie euch vor wie eine Schneeballpyramide«, erklärten sie den Neulingen, die sie noch nie gesehen hatten.

»Wie einen nicht bunten, im Sand feststeckenden Drachen.«

»Wie ein dreieckiges Marmorbeistelltischchen.«

»Ein Pizzastück mit abgebissener Spitze.«

»Pizza«, murmelte Patty.

Doch das Einzige, was die Originalisten eigentlich wirklich über die Caldera wussten, war, dass sie tabu war.

Auf ihren bisherigen Landkarten war ein schwarzer Kreis statt der Caldera eingezeichnet gewesen. Und schwarze Kreise bedeuteten *Betreten verboten*.

Auf der neuen Karte prangte die Caldera oben in der Mitte, als weißes Dreieck mit einer roten Flagge im konkaven Gipfel. Um sie herum waren lauter unordentliche, krakelige Dreiecke gemalt, die Bäume darstellten.

»Standen auf den Karten früher nicht mal echte Informationen?«, schimpfte Val, die Arme um ihren kugeligen Bauch geschlungen.

»Fang nicht wieder damit an«, sagte Bea.

»Es ist ja nur, dass sie nie stimmen. Wer ist bei denen der Scheißkartograf, ein Kleinkind?«

»Es sind alle Infos drauf, die wir brauchen. Wasserstellen, Topografie auch, und alle Landschaftstypen sind farbig gekennzeichnet. Was brauchen wir mehr?«

»Und was ist das da?« Val wedelte mit der Hand über einen Streifen zwischen ihrem Standort und der Caldera. Er hatte die Farbe des Pergaments, auf das die Karte gedruckt war.

»Das ist« – Bea schielte nach der Legende – »nichts Wichtiges.«

Val schnaubte. »Ich wette mit dir um zehn Nüsse, dass es uns ziemlich wichtig vorkommen wird, wenn wir mittendrin stecken.«

»Was hast du für ein Problem?«

»Was hast du für eins? Du stehst so auf die Karte. Hast du die selber gezeichnet oder was?«

»Ach, komm schon, Val«, sagte Carl. »Jetzt bist du einfach blöd.«

»Nein, ihr seid blöd!« Vals Haltung war abwehrend, bedrohlich sogar. Dann presste sie die Lippen zusammen und trommelte mit den Fingernägeln auf ihren Bauch, als wollte sie sich ablenken. Carl verdrehte die Augen. Deshalb tätschelte Agnes ihr den Rücken, und Val drückte ihr schniefend die Hand. Val war nicht sie selbst. Oder besser gesagt war sie eine extreme Version ihrer selbst.

»Wir müssen Wasser finden«, sagte Bea. »Gutes Wasser.« Sie zeigte auf der Karte auf alle blauen Stellen zwischen ihnen und der Caldera. »Ich glaube, wir sollten dahin.« Sie stach mit dem Finger auf einen großen blauen Klecks, der ein paar Tageswanderungen entfernt schien. »Dieser Strich hier müsste ein Fluss sein. Der liegt ungefähr auf der Hälfte der Strecke. Hoffentlich ist er nicht ausgetrocknet.«

»Na ja, immerhin haben wir in der Caldera auf jeden Fall Wasser«, sagte Dr. Harold.

»Wir brauchen aber vorher welches, Harold«, sagte Debra.

»Das weiß ich auch, Debra.« Er lächelte aggressiv.

»Sind wir sicher, dass es überhaupt einen See in der Caldera gibt? Die Karte zeigt den obersten Teil nicht«, meinte Frank.

»Da sind zwei Seen«, murmelte Bea, während sie Entfernungen mit gespreizten Fingern abmaß.

»Woher weißt du das?«, fragte Carl.

Bea sah auf. »Ach, das hat Bob mir erzählt. Einen guten und einen schlechten. Und der gute taugt zum Trinken und Schwimmen.«

Debra quiekte. »Schwimmen!«

»Wann hat er dir das gesagt?«, wollte Carl wissen.

»Ach Gottchen.« Bea stand auf und streckte die Knie durch. »Bei der Aufnahme? An unserem ersten Tag«, übersetzte sie für die Neulinge. »Wir konnten sie am Horizont sehen. Ich hab ihn danach gefragt.«

»Und daran erinnerst du dich noch?«

»Machst du Witze? Daran denke ich ununterbrochen.«

»Ich kann nicht fassen, dass du mir nichts von den Seen erzählt hast«, sagte Debra vorwurfsvoll.

»Debra, dann wärst du noch am selben Tag weggerannt.«

»Stimmt, da hast du recht.« Sie lachten. Debra liebte Seen und war unglücklich, dass sie nie etwas anderes als flache Flüsse und trübe Quellen fanden.

Agnes studierte über die Schulter ihrer Mutter die Karte. Für sie war klar ersichtlich, dass diese Seen, die ihre Mutter suchen wollte, inzwischen keine mehr waren. Das verrieten ihre Umrisslinien. Sie waren dicker und blauer als das Innere, als wären sie als Grenze zwischen unterschiedlichen Zeiten gemeint, zwischen damals und jetzt. Das Gleiche sah Agnes bei den Natronseen, obwohl die hellblau eingezeichnet waren. Um dieses Hellblau herum war ebenfalls eine andersfarbige Umrisslinie. Eine dunkelblaue. Eine durstig blaue. Die Linie zwischen damals und jetzt. Oder zwischen dem, was sie zu finden hofften, und dem, was sie finden würden.

Allmählich betrachtete Agnes die Karte eher als Geschichte denn als Wahrheit. Etwas, das sich ihren jeweiligen Bedürfnissen entsprechend veränderte. Nichts, nach dem sie ihr Leben ausrichten sollten. Sie war eher Vorschlag als Anweisung. Sie mussten ihr nicht folgen. War den anderen das nicht klar? Agnes sah sich nach der Sonne am Himmel um und drehte sich einmal im Kreis, musterte jeden Geländeabschnitt vor sich. Sie konnte die in jeder Richtung liegenden Plätze benennen, an denen sie gewesen waren. Wenn sie diese mit der Karte abglich, stimmte es immer. Sie alle hatten doch Sinnesorgane. Warum also hielten sie sich immer noch an eine Karte, mit der sie sich genauso oft verliefen wie zurechtfanden?

Weil man es ihnen befohlen hatte. Weil im Handbuch stand, dass sie sich immer an der Karte zu orientieren hatten. Deshalb. Weil die Posten auf der Karte eingezeichnet waren, und die Posten waren wichtig. Aber Agnes konnte den Standort der Posten in jedem einzelnen Geländeabschnitt nennen. Konnten das nicht alle? Selbst den des neuen Caldera-Postens. Wenn er sich dort oben befand, wusste sie, wie man hinkam. Nein, die Karte war nutzlos, und vor allem war sie eine Gefahr für die Gemeinschaft. Sie war die Hand der Zivilisation, die sie einfach nicht loslassen wollten.

»Wir sollten einfach den Tieren folgen«, unterbrach Agnes.

»Was?«, fragte ihre Mutter.

»Wenn wir den Tieren folgen, zeigen sie uns Wasser.«

Ihre Mutter lächelte. »Das ist eine gute Idee, Schätzchen.« Sie tätschelte Agnes den Kopf. »Aber wir haben hier einen vernünftigen Plan, an den wir uns halten werden. Ich hab ein richtig gutes Gefühl dabei.«

SIE HATTEN DAMIT GERECHNET, nur einige Tage bis zu dem See zu brauchen, aber als der Mond von halb zu voll angewachsen war, hatten sie ihn immer noch nicht erreicht. Den Fluss fanden sie und folgten ihm einen Tag lang, allerdings war er überwiegend ausgetrocknet. Sie rationierten das Wasser. Agnes schlug noch einmal vor, die Tiere zu beobachten, und ihre Mutter wollte nichts davon hören.

Sie müssten ganz in der Nähe sein, sagte sie.

Das waren sie auch. Genauer gesagt, stellten sie bald fest, waren sie genau neben dem See. Wanderten schon mehrere Kilometer daran entlang. Es war ein riesiger See, beziehungsweise war er das früher einmal gewesen. Jetzt war es nur ehemaliger Seegrund. Ein See, der vermutlich seit Generationen keiner mehr war. Gefüllt mit nichts als hohen, sich wiegenden gelblichen Gräsern. Ein Grassee. Auf der Karte hatte er ein durstlöschendes, leuchtendes Blau.

»Sag ich doch, die Karten stimmen nie«, rief Val.

»Ach, halt die Klappe, Val«, herrschte Bea sie an. »Der Fluss stimmte!« Nervös kaute sie auf den Fingern.

»Dann laufen wir wohl einfach weiter zum nächsten See auf der Karte, oder, Bea?«, sagte Carl.

»Ich kapiere nicht, warum hier nichts ist«, sprach sie halblaut vor sich hin.

»Die Karte ist alt«, sagte Dr. Harold.

»Aber so sollte es nicht sein.«

»Und wie sollte es sein?«, fragte Glen sanft.

Bea blinzelte ihn an, ein besorgter Blick. »Es hieß, hier ist Wasser.«

»Und das war falsch«, sagte Val verwegen.

»Lass mich nachdenken«, fauchte Bea. Dann atmete sie lang und tief ein. »Es muss auf dieser Route Wasser geben. Wir brauchen welches.« Sie klang kleinlaut. »Übernachten wir heute hier.« Die Gemeinschaft schlug ein schnelles Lager auf. Feuer konnte man nicht machen. Nicht in diesem ausgedörrten Grasmeer. Also aßen sie Dörrfleisch. Sie rollten Betten aus. Die meisten waren zu beschäftigt, um zu bemerken, dass Bea murmelte: »Ich gehe ein bisschen spazieren« und in das hohe Gras lief. Agnes allerdings bemerkte es. Sie wartete kurz ab, schlich sich weg und fand die Spur ihrer Mutter, das kaum merklich zerdrückte, zertretene Gras, das sie hinterlassen hatte.

Bea umkreiste das Seebecken in einem weiten Bogen, aber nachdem Agnes eine ganze Weile blind durch das hohe Gras gelaufen war, entdeckte sie in der Ferne einen alles überragenden Baum und nicht weit vor sich eine Lichtung. Unauffällig schob sie sich bis an den Rand und spähte zwischen den dicken Halmen hindurch.

Ihre Mutter stand vor dem Baum und hielt etwas in der Hand, das sie prüfend betrachtete. Dann wühlte sie in ihrem Beutel und holte den kleinen Block und Bleistift heraus, die sie aus der Stadt mitgebracht hatte. Sie schrieb hastig etwas auf, riss den Zettel ab, zerknüllte ihn und stopfte ihn in ein Loch im Baumstamm. Sie trat einen Schritt zurück und sah in die Äste hinauf, als erwöge sie hinaufzuklettern. Schließlich drehte sie sich um und ging zurück zu den Gräsern, in denen Agnes sich versteckte.

»Du kannst jetzt rauskommen, Agnes«, rief sie.

Errötend trat Agnes ins Freie.

»Du kannst mich einfach fragen, weißt du.«

»Aber du wirst es mir nicht sagen.«

»Tja, fragen kannst du trotzdem.« Ihre Mutter grinste schief.

»Was machst du da?«

»Einen alten Eichhörnchenfreund grüßen.«

»Mama.«

»Agnes.«

»Was läuft hier?«

»Nichts, und das ist die Wahrheit. Manchmal lasse ich gern was zurück. Man weiß nie, wer oder was es finden wird. Das ist eine der Sachen, die mich hier draußen bei Verstand halten.«

Agnes wusste, dass sie mit ihren Fragen nicht weiterkam, und war wütend über die Spielchen ihrer Mutter.

Bea bemerkte es. »Wenn es was zu wissen gibt, sage ich dir Bescheid.« Sie kniff Agnes in die Wange. »Werd mir nicht zu schnell erwachsen.« Als Agnes ihre Hand wegschlug, lachte Bea. Sie hatte gewusst, dass Agnes das nur noch wütender machen würde, und genau deshalb hatte sie es getan.

Jetzt legte sie ihr eine Hand auf die Schulter und drückte sie, und so liefen sie zusammen durch die Gräser zurück. Bea versuchte, die Geste mütterlich wirken zu lassen, aber Agnes spürte, dass sie eskortiert wurde.

In jener Nacht teilte ihre Mutter sich ein Bett mit ihr, und wann immer Agnes sich regte und verstohlen nachsah, ob ihre Mutter schlief, waren Beas Augen auf sie gerichtet, leuchtend bernsteinfarben und wachsam. »Schlaf, Agnes«, sagte sie dann, ein Singsang-Befehl. Irgendwann fiel Agnes in einen frustrierten Schlaf, und es hätte sie nicht überrascht, wenn ihre Mutter die ganze Nacht wach geblieben wäre, nur um sie daran zu hindern, suchen zu gehen, was sie versteckt hatte.

Als Agnes aufwachte, war es schon spät. Sie fühlte sich kraftlos. Steif. Die Wasserrationierung machte sich bemerkbar. Sie versuchte, die aufgehende Sonne abzuschirmen, die ihr offenbar unbedingt genau in die Augen und nur die Augen scheinen wollte.

Im Lager herrschte Trägheit. Alle waren lustlos, ausgetrocknet. Als sie gepackt hatten, stellten sie sich zu einem schlaffen Kreis zusammen. Die Stellen, an denen sie geschlafen hatten, waren flach, und es kam ihnen vor, als wären sie auf allen Seiten von einem Graszaun eingesperrt.

Bea sagte sachlich: »Ich hab gestern ein bisschen dieses Seengebiet ausgekundschaftet.«

»Und?«, fragte Carl.

»Ich glaube, das ist eine Sackgasse. Deshalb bin ich dafür zu machen, was Agnes vorgeschlagen hat.« Sie wandte sich ihrer Tochter zu. »Den Tieren folgen.« Bea lächelte sie mit glänzenden Augen an. Agnes spürte ihr Herz flattern, hin und her gerissen zwischen Stolz und

Abscheu, Liebe und Wut. Ihre Mutter log die Gemeinschaft an. Aber sie gab auch Agnes das Kommando. Agnes erwiderte das Lächeln tief aus dem Inneren. Sie konnte sich nicht dagegen wehren, obwohl ihr Magen dabei schmerzte. Es ärgerte sie, wie leicht es ihr fiel, ihre Mutter zu lieben. Wie schwer es war, empört zu bleiben, wenn ihre Mutter sie verletzt hatte. Sie würde ihre Mutter immer lieben. Selbst wenn die es nicht verdiente. Das erfüllte Agnes mit Scham und auch mit Sehnsucht. Sie zwang ihr Lächeln, sich wieder in ihr Inneres zurückzuziehen. Daraufhin zog sich auch das ihrer Mutter zurück.

AGNES HATTE DIE TIERFÄHRTEN schon Tage vor allen anderen wahrgenommen. Seit mehreren Sonnenuntergängen waren sie für ihre Augen deutlich in die Gleichförmigkeit des Beifußmeers eingeprägt. Sie sah die zerknickten Äste und erkannte vor sich einen imaginären Pfad zwischen den abgebrochenen Spitzen. Solche Wege führten in alle Richtungen. Einer kreuzte sich mit dem anderen, und während sie weiterwanderte, vereinten sie sich nach und nach zu einer breiten Allee, über die Hunderte von Lebewesen gestapft waren.

Als sie auf die erste Ansammlung von Tieren stießen, blieb Agnes stehen, stützte die Hände in die Hüften und sagte: »Seht ihr?«

Einen Tag vorher war ein Gewitter durchgezogen, hatte auf der Hochebene einen kurzen Regen über ihnen ausgekippt. Etwas von dem Wasser hatten sie in Bechern und Hüten einsammeln können, in der hohlen

Hand oder mit dem offenen Mund. Doch die Erde saugte es rasch auf, und so schnell, wie es geregnet hatte, war der Boden wieder trocken.

Hier allerdings hatte eine Senke viel von diesem Gewitterguss gespeichert. Es schien eine verlässliche Wasserquelle, gut besucht, gründlich zertrampelt. Es war kaum noch Gebüsch übrig.

Die Tiere waren von dem Wasser träge geworden. Elche lagen auf dem von ihren nassen Bäuchen abgekühlten Boden. Büffel standen im Wasser und schlugen mit dem Schwanz. Vögel hüpften fröhlich in der Luft über ihnen auf und ab, dankbar für die aufsteigende Feuchtigkeit. Hasen putzten sich hinter den Ohren. Es war ganz still, abgesehen von dem regelmäßigen Zwitschern und Piepsen der Wächter-Tiere, die nach Fressfeinden Ausschau hielten.

Die Gemeinschaft schlug ihr Lager in einigem Abstand zu der Senke auf, damit nicht allzu viel zertrampelt wurde. Schweigend kochten sie und breiteten ihre Betten aus, um die friedliche Ruhe des Wasserlochs in der Dämmerung nicht zu stören. Sie hörten das Knacken von Fledermäusen und das Surren von Insektenbeinen. Die größeren Tiere murmelten einander leise zu. Und gerade, als alles sich schlafen gelegt zu haben schien, kam kurz ein wilder Lärm auf. Elche brüllten; Büffel schnaubten. Enten quakten. Die kleinen Nager quiekten, und weit entfernte Wölfe heulten. Es war, als wünschten sich alle eine gute Nacht. Es war ein seltsames Gefühl, nicht mehr allein zu sein.

Als die Senke sich langsam in Schlamm verwandelte und die Tiere sich wieder in Bewegung setzten, brach auch die Gemeinschaft ihr Lager ab. Auf diese Weise blieben sie versorgt, zogen mit den Tieren von Wasserloch zu Wasserloch.

Seit dem Grassee war Val immer runder und atemloser geworden. Sie hielt unentwegt die Arme um den Bauch geschlungen, als müsste sie alles in sich festhalten. Mitten im Gespräch verstummte sie, weil ihr Körper sich verkrampfte, als die ersten Vorwehen einsetzten. Sie machte abwechselnd ein finsteres und ein fröhliches Gesicht, dass es endlich so weit war.

An ihrem dritten Wasserloch brachte sie Baby Silberreiher inmitten der Tiere zur Welt. Eigentlich hieß er Silberreiher, aber Val nannte ihn Baby Silberreiher, als wollte sie sichergehen, dass niemand ihn mit einem der milchweißen Vögel verwechselte, die durch den Matsch staksten. Die Geburt verlief schnell und unkompliziert, und darüber wirkte Val sehr zufrieden. Baby Silberreiher wurde gewaschen und in ein neues Ledertragetuch gewickelt, das Debra für ihn genäht hatte. Das ganze Lager wuselte um die beiden herum, damit sie es bequem hatten, aber bald beruhigte sich alles wieder, und es war ein Tag wie jeder andere. Nur mit einer neuen Stimme. Einer lauten, durchdringenden.

Agnes fiel auf, dass die Tiere an jenem Wasserloch sehr interessiert an dem neuen Klang aus ihrem Lager waren. Weibchen, Mütter näherten sich, schnupperten, aufgeregt und wachsam. Sie ließen die Ohren kreiseln. Baby Silberreiher klang wie ihre Jungen. Klagend und bedürftig und fordernd. Agnes wusste, dass sie helfen wollten. Val zeigen wollten, wie der Säugling zu beruhigen war. Wie zu füttern. Wie zu beschützen. Sie nahmen an, dass Baby Silberreiher einer von ihnen war, und Agnes spürte dabei einen leichten Eifersuchtsstich.

Doch wenn sie an der Spitze der Gemeinschaft lief, war Agnes stolz darauf, sie anzuführen, als eines von vielen Lebewesen auf Wanderung. Einfach Geschöpfe, die Wasser suchten, wie alle Geschöpfe es mussten. Nicht, dass sie nicht schon immer so empfunden hätte, hier draußen in der Wildnis. Nämlich, dass sie ein Tier unter vielen war. Neu war das Ausmaß dessen, was sie jetzt sehen konnte. So gewaltig. Sie sahen häufig Tiere: ein Hirschrudel, balzende Falken, Wölfe. Die Elchherde war die größte Tiergruppe, der sie je begegnet waren, abgesehen von Vogelschwärmen. Aber Vogelschwärme hatten nicht solch abgetretene Hufe wie die Elche, solch verschwitztes Fell.

Wenn Agnes über die weite Ebene blickte und all die Tiere gemeinsam, mit denselben Bedürfnissen in dieselbe Richtung ziehen sah, fühlte sie sich diesem Ort zugehöriger, als sie es bisher empfunden hatte. Ihr war nicht bewusst gewesen, dass sie sich ausgeschlossen gefühlt hatte. Offenbar war es aber auf eine gewisse unerklärliche Art so gewesen. Es hatte mit ihrer Abhängigkeit von Wasserhähnen zu tun. Von den Landkarten. Mit der Pflicht, sich bei den Rangern zu melden. Nie lebten sie ganz auf sich gestellt. Nicht wie diese Tiere jeden Tag. Erst jetzt. Und sie, Agnes, führte ihre Gruppe an. Sie dachte an ein Gespräch, das sie ganz am Anfang mit Jake geführt hatte, als er fragte, wie lange sie glaubte, dass sie bleiben werde. Da er gerade erst angekommen und durcheinander war, hatte er keine Ahnung gehabt, dass der Wildnis-Staat für immer war. Agnes hingegen war nie auf die Idee gekommen wegzugehen. Als sie die Stadt verließen, hatte ihre Mutter es nicht als Ausflug oder Abenteuer oder in irgendeiner Weise Vorübergehendes bezeichnet. Sie hatte gesagt: »Das ist unsere neue Heimat.« Bei dem Gedanken, hier wegzugehen, stockte Agnes der Atem. Sie fühlte sich wieder wie das kleine Mädchen, apathisch und hustend, bis das Taschentuch rot war. Unfähig, auf die Welt einzuwirken. Doch dieses kleine Mädchen war sie nicht mehr, das neugierig aus der Ferne beobachtete, hinter ihrer Mutter oder Glen versteckt. Das zaghaft die Hand nach einer feuchten Hirschnase ausstreckte, ein frisches Spinnennetz durchbrach, sich überrascht Tau und Seide aus dem Gesicht wischte. Jetzt war sie Rudelführerin. Die Spitze des V. Das dominante Weibchen. Sie war ein Teil von allem. Alles hing von ihr ab.

Agnes stürmte voraus. Val rief ihr nach, sie möge warten. Glen krächzte, sie solle langsamer laufen. Ihre Mutter befahl ihr anzuhalten. Aber Agnes juchzte und rannte noch schneller. Sie erschreckte die Hirsche, die vor ihr flohen. Die Gänse über ihr wurden kleiner, weil sie vor solchem Überschwang zurückwichen, höher aufstiegen. Das hier war der letzte Atemzug dieses kleinen Mädchens. Agnes grinste. Sie schlug ein Rad, jubelte erneut. Hätte sie etwas zum Graben in der Hand gehabt, sie hätte ihr jüngeres Ich tief in der Erde vergraben. Stattdessen machte sie schmatzende Geräusche und tat, als wühlte sie in ihren Eingeweiden. Dann stellte sie übertrieben pantomimisch dar, wie sie etwas aus sich herauszog, das Herz dieses kleinen Mädchens, und es mit einem letzten Jauchzer hinauf zu den Gänsen schleuderte, und sie schrien und drehten wieder bei und ließen einen Kotregen niedergehen.

Dann wartete Agnes auf die anderen.

JE NÄHER SIE den Gebirgsausläufern kamen, desto grüner und weicher wurde die Welt. Das Gewicht der Luft veränderte sich. Es lag wieder Wasser in jedem Atemzug, und sie hofften, es bald schon sauber aus kleinen Quellen und Bächen sprudeln zu sehen. Sie fanden einzelne Pinyon-Kiefern und sammelten die Nüsse auf, um sie später zu verarbeiten. Kiefernzapfen bat darum, den Beutel tragen zu dürfen. »Wegen meinem Namen«, sagte er. Er schleppte ihn mit einer Ernsthaftigkeit, die Agnes zum Lachen brachte, nicht sehr nett, wie sie begriff, als ihr auffiel, dass andere über Kiefernzapfens Konzentriertheit lächelten. Schließlich kamen die Gipfel der Berge in Sicht, und die Gemeinschaft bog ab. Sie ließen die ziehenden Tierherden hinter sich. Die Wasserlöcher. Die Kameradschaft. Die Sicherheit der Gruppe.

Glen war wieder gebrechlich, heiser, schwach geworden. Er humpelte vom normalen Gehen statt von einer echten Verletzung. Er verbarg es, so gut er konnte. Nachts hustete er, und morgens verzog er bei jedem vorsichtigen Schritt das Gesicht, als schmerzte ihn schon die kleinste Bewegung. Die Gemeinschaft hatte jetzt Wasser, aber die vorherige Rationierung hatte Glen ziemlich zugesetzt.

An einem der Abende, kurz nach dem letzten Wasserloch, hatte Agnes ihn in der Dämmerung mit einer einzelnen Decke weggehen sehen. Sie hatte sich ihm anschließen wollen, aber er hatte es ihr verboten. Mittlerweile deutete sie Glens körperliche Schwankungen, wie andere Leute das Wetter anhand von Zeichen am Himmel vorhersagten. Ein Hof um den Mond hieß Regen. Wenn Glen verschwand, passierte etwas Schlimmes.

Bea brauchte ein paar Nächte, um zu merken, dass Glen wieder außerhalb des Lagers schlief. Dass es so lange dauerte, verstärkte Agnes' Überzeugung, dass sie nicht nur eine schlechte Mutter, sondern auch eine schlechte Ehefrau war. *Als hätte ich dafür noch Bestätigung gebraucht,* dachte Agnes.

»Warum hast du mir nicht Bescheid gesagt?«, raunte ihre Mutter, während sie Abfall ins Feuer warf.

»Ich dachte, es ist dir egal.«

»Das ist es natürlich nicht«, gab Bea in einem angespannten Flüstern zurück. »Weißt du, warum er das macht?«

»Vielleicht stirbt er«, sagte Agnes.

Das Gesicht ihrer Mutter wurde feuerrot. »Was hast du gerade gesagt?«

Agnes schluckte. »Vielleicht stirbt er«, wiederholte sie leiser, verängstigt. Sie sagte das, weil sie glaubte, dass es stimmen konnte. So verhielten sich viele Tiere vor ihrem Tod. Agnes wollte ihre Erklärungen vorbringen. Doch Bea sah sie mit verzerrter Miene an, nicht vor Wut, sondern vor Angst, und sie beugte sich vor, als wollte sie Agnes ohrfeigen. Agnes krümmte sich, darauf gefasst, die Hand ihrer Mutter auf der Wange zu spüren. Aber es passierte nichts. Als Agnes ein Auge aufschlug, steuerte ihre Mutter in gerader Linie Glen an wie eine Magnetnadel den Nordpol. Sie kam nicht zurück, bevor Agnes schlafen ging. Und sie war nicht da, als Agnes in der silbrigen Morgendämmerung aufwachte.

Agnes fand die beiden zusammengekuschelt gerade so weit entfernt, dass das Licht des Lagerfeuers als Leuchten am Horizont zu sehen war, nicht als flackernde Flammen. Sie hockte sich nur eine Baumlänge von ihnen entfernt auf den Boden, aber falls sie sie bemerkten, ließen sie sich nichts anmerken. Sie verhielten sich, als wären sie allein, ungestört, nicht unter freiem Himmel.

Glen lag zurückgelehnt auf seinen Sachen. Sein Bart war stellenweise grau und bedeckte seine, wie Agnes wusste, eingefallenen Wangen. Er wirkte wie ein Fellstück, das zu klein und zu abgenutzt war, um viel damit anzufangen.

Bea saß über ihn gebeugt, fast geräkelt. Neben ihr stand eine Holzschale, in der Hand hielt sie einen Lappen. Den tunkte sie in die Schale und strich mit dem nassen Lappen über Glens Brustkorb.

Er seufzte, und seine Schultern fielen zur Seite, als hätte er sie von seinem Brustbein abgelöst. Er legte den Kopf in den Nacken.

Verblüfft beobachtete Agnes die zwei. Wie konnte er sich in ihren Händen entspannen, nachdem sie erst verschwunden war und ihn dann für Carl verlassen hatte? Wie konnte er ihre Liebe annehmen? Um eine Bedeutung zu haben, musste Zärtlichkeit von etwas anderem begleitet werden, etwas wie Treue.

Seit Bea sich Carl angeschlossen hatte, achtete sie darauf, dass man sich um Glen kümmerte. Allerdings kümmerte sie sich nicht selbst, soweit Agnes es beurteilen konnte. Bis jetzt hatte Bea Abstand gehalten. Falls sie Glen überhaupt im Blick behielt, dann aus der Ferne. Vielleicht hatte die Distanziertheit ihrer Mutter den Eindruck vermittelt, ihre Liebe für Glen wäre vorbei. Jetzt, hier, sah man deutlich, dass das nicht stimmte. Manchmal zweifelte Agnes die Motive ihrer Mutter an, unterstellte, dass sie insgeheim zusätzliche Wünsche hegte. Doch an der Art, wie Bea Glen zärtlich auf die

Wangen küsste, auf die Schläfen, die geschlossenen Augenlider, die Stirn, an der Art, wie er selig und traurig lächelte, war nichts zweideutig; und als sie ihn auf den Mund küsste, reckte sein Körper sich ihr entgegen. Er liebte sie. Und ihre Mutter ihn offenbar ebenfalls. Agnes dachte an die lange Zeit ohne ihre Mutter zurück, nachdem sie sie im Stich gelassen hatte. Sie konnte sich nicht an einen Moment erinnern, in dem Glen Wut hatte erkennen lassen. Als wäre er sicher gewesen, dass sie aus Notwendigkeit gehandelt hatte und er ihr daher keinen Vorwurf machen durfte.

Aus dem Schatten betrachtete sie Bea in Glens Armen, ihren Kopf auf seinen knochigen, sich mit jedem Atemzug leicht anhebenden Rippen. Sie hatten beide die Augen geschlossen, aber sie schliefen nicht. Agnes spürte eine Wärme in der Brust und erinnerte sich daran, dass sie jahrelang so geschlafen hatten. Ihre Mutter und Glen in den Armen des anderen und Agnes zu ihren Füßen. Sie jetzt so zusammen zu sehen, machte Agnes traurig. Sie wollte wieder mit in diesem Familienbett liegen, diejenige sein, mit der die beiden zärtliche Momente teilen wollten. Vermissten sie Agnes jetzt gerade? Vermissten sie den Griff ihrer Hände um ihren Knöchel?

DIE GEMEINSCHAFT BLIEB ein paar Nächte an Ort und Stelle und verarbeitete die Fasane, die die Jäger aufgescheucht hatten.

Jetzt, wo Glen sich abseits hielt, legte Bea sich abends zu Agnes. Doch ihre Mutter rollte sich zu fest zusammen, absichtlich, dachte Agnes, sodass Agnes die ganze Nacht keine Ruhe fand und fror. So wollte sie nicht mehr schlafen. Eines Abends verließ Agnes die Wärme des Feuers, um Glen zu suchen.

Es sah aus, als hätte auch er ein Feuer angezündet. Dann stellte sie fest, dass das, was sie zu erkennen glaubte – ein Schimmern am Horizont, eine dünne schwarze Rauchschlange, die in den dunkelblauen Dämmerungshimmel hinaufglitt –, viel, viel weiter weg war und gar nicht unbedingt überhaupt ein Feuer sein musste. Vielleicht war es ein Überbleibsel des Sonnenuntergangs. Der Rauch nur eine Illusion.

»Hallo, Schätzchen«, hörte sie Glen sagen.

»Woher wusstest du, dass ich es bin?«

»Das merke ich am Klang deiner Schritte.«

Agnes war stolz auf Glen, weil er sie erkannt hatte, und gleichzeitig beschämt, dass sie so leicht entdeckt worden war.

»Keine Angst.« Er spürte ihre Enttäuschung. Als sie näher kam, konnte sie ihn lächeln sehen. »Ich kenne nur deine Schritte. Und das einfach, weil ich so oft danach horche. Niemand sonst hätte dich gehört.«

»Gut.« Sie ging neben ihm in die Hocke. »Kannst du zurück ins Lager kommen?«

»Ich würde lieber hierbleiben.«

»Mir ist nachts kalt.«

»Schläft deine Mutter nicht bei dir? Das hat sie gesagt.«

»Schon, aber sie hält mich nicht warm. Sie mag nicht, wenn ich sie anfasse.«

»Doch, natürlich.«

»Nein, sie zieht den Fuß weg.«

»Vielleicht schläft sie einfach nur.«

»Nein, sie ist wach. Sie macht das absichtlich.«

»Agnes, das fällt mir schwer zu glauben.«

»Es ist aber so. Sie will nicht bei mir sein. Sie mag mich nicht.« Agnes spürte einen Druck in ihrer Brust entstehen, als müsste sie gleich husten. Ihre Augen tränten.

»Deine Mutter liebt dich sehr. Alles, was sie tut, ist für dich.«

»Das stimmt nicht.«

»Es stimmt überwiegend.«

»Viel macht sie für sich selbst.«

»Du nicht?«

Diese Entgegnung hielt Agnes für unfair. Sie war niemandes Mutter. Das sagte sie aber nicht. »Du nicht.«

»Doch, ich auch.«

»Nein, und ganz bestimmt würdest du es nicht, wenn du eigene Kinder hättest.«

»Ach.« Glen runzelte die Stirn.

»Was denn?«

»Ich dachte, ich hätte ein eigenes Kind. So ein komisches kleines Mädchen, das manchmal Blödsinn redet. Zum Beispiel, dass sein Vater keine Kinder hat.«

»Du weißt schon, was ich meine. Du bist nicht mein richtiger Vater.«

»So fühle ich mich aber«, sagte er.

»Ich weiß. Ich hab nur gerade an Madeline gedacht.«

Glen sah aus wie geohrfeigt. »Oh.«

»Entschuldige.«

»Nein, schon gut. Es ist schön, ihren Namen zu hören. Ich wusste nicht, dass du ihn kennst.«

»Ja.«

»Hat deine Mutter ihn dir gesagt?«

»Nein.«

»Du hast ihn gehört.«

»Ja.«

Glen lächelte. »Du hörst alles, oder?«

Agnes grinste und verneigte stolz den Kopf. »Das ist meine Aufgabe.«

»Nein.« Wieder runzelte er die Stirn. »Deine Aufgabe ist, jung zu sein.«

»Entschuldige, dass ich ihren Namen gesagt habe.«

Er kicherte. »Du darfst ihn gern sagen. Es ist schön, ihn zu hören, das war ernst gemeint. Ich rede nur nicht über sie, weil sie nicht hier ist. Du schon. Und du bist mein Mädchen. Aber wenn sie hier wäre, würde ich Madeline behandeln, wie ich dich behandle. Wie deine Mutter dich behandelt.«

»Hmmm«, machte Agnes. Sie war nicht überzeugt.

Vor ihnen blitzte ein bernsteinfarbenes Augenpaar dicht über dem Boden auf.

»Maus oder Maulwurf, Unhold oder Kobold?«, fragte Glen.

»Kobold.«

»Dachte ich auch. Zisch ab, Kobold«, sagte er, und das Tier huschte weg. Glen hustete. »Manchmal habe ich ein schlechtes Gewissen, dich hierzubehalten. Vielleicht hätten wir gehen sollen, als du gesund warst.«

»Lass das«, sagte Agnes nachdrücklich.

»Wie bitte?«

Agnes wollte noch weitersprechen, aber als sie den Mund öffnete, schnürte ihr ein aufsteigendes Gefühl die Kehle zu. Sie betrachtete den schwarzen Himmel, die fast unsichtbare Linie des Horizonts. Sie lauschte dem Knacken der Fledermäuse, die ihre Umgebung sondierten und Agnes orteten. Die Brise kühlte ihre Haut nach einem so heißen Tag ab. Hier allein neben Glen, ihrem Vater, unter freiem Himmel zwischen den Tieren und der Gemeinschaft. Wer wäre sie überhaupt jetzt, wenn sie nicht hergekommen wären?

»Ich möchte nie weg«, sagte sie.

Glen zog sie an sich und küsste sie auf die Stirn. »Das weiß ich.«

»Kommst du bitte mit zurück ins Lager? Ich bin nachts einsam.«

»Aber deine Mutter.«

»Die wird bei Carl schlafen. Da will sie sowieso lieber sein.« Agnes verzog leicht das Gesicht, weil sie so etwas zu Glen gesagt hatte. Es war grausam.

Aber er lachte, ein hohes, leeres Lachen. »Ach, Agnes. Was du alles über deine Mutter nicht weißt, könnte eine ganze Schlucht füllen.«

»Ich weiß mehr, als du denkst.«

»Ja?«

»Ich weiß, dass sie glaubt, sie beschützt uns.«

»Aber?«, fragte Glen.

»Mich muss sie nicht beschützen. Und dich auch nicht. Selbst wenn wir Hilfe bräuchten, gibt es andere Methoden.«

»Deine Mutter weiß, was sie tut. Und ich weiß, was sie tut. Wir sind ein Team.«

»Wie kannst du das sagen, wenn sie bei Carl ist?«

Jetzt sprach Glen langsam und eindringlich. »Ich weiß, was sie tut«, sagte er erneut, um es wahr zu machen. »Sie weiß, was sie tut. Wir sind ein Team.«

Agnes sah ihn an. »Du bist dumm«, sagte sie leise. Obwohl sie wusste, dass das nicht nett war, fiel ihr nicht ein, wie sie es sonst formulieren sollte.

Glen blinzelte. Agnes glaubte, dass seine Augen kurz feucht wurden, aber ihnen entging nichts. »Kann sein«, sagte er.

Sie schwiegen. Ein Kaninchenkauz füllte die Pause. Eine Wolke sauste vor den Mond. Agnes fröstelte.

Glen streckte sich theatralisch und klopfte sich auf die Oberschenkel. »Aber«, sagte er laut und mit erzwungener Fröhlichkeit, »um deine Frage zu beantworten: Ja, ich werde zurück in den Schlafkreis kommen. Hier draußen kriege ich furchtbar kalte Füße.«

Agnes lächelte. Sie half ihm auf und bemerkte, dass seine Knie zitterten. Aber er fing sich allein wieder. Sie hob sein Bettzeug auf, und sie gingen los. Agnes fühlte sich, als wäre sie das jüngste Mitglied einer Herde und er das älteste, das wichtigste. Sie wusste, dass ihn sonst niemand so sah, dennoch war sie an seiner Seite stolz. Ihrer Meinung nach brauchte er nicht der Anführer zu sein, um immer noch wichtig zu sein, auch wenn sie begriff, dass eine Herde nicht so funktionierte. Sie warf sich seine Felle über die Schulter, um die Hand frei zu haben und in seine zu stecken.

Sie lächelte im Gehen und behielt das Lächeln sogar noch, als sie bemerkte, dass ihre Mutter sie beide beobachtete, die Miene verkniffen und missbilligend. Als sie das Lager erreichten, stand Bea auf und ging zu dem Bett, das sie sich mit Agnes teilte. Genau, als Agnes und Glen an dem Platz ihrer Familie im Kreis ankamen, hob sie ihr eigenes Fell auf. Mit einem knappen Lächeln sah sie Agnes an. Agnes versuchte, es zu erwidern, um ihre Mutter zu verspotten. Doch stattdessen glaubte Agnes, Fröhlichkeit in den Augen ihrer Mutter zu entdecken.

Ihre Mutter begrüßte Glen nicht. Sie ging zu Carl und legte ihr Fell zu seinen.

Agnes hob den Blick und stellte zu ihrer Überraschung fest, dass Glen ihrer Mutter nicht nachsah. Sondern er lächelte Agnes an. Er kniff sie in die Wange.

»Zeit zum Schlafen. Ready, Freddy?«, fragte er.

»Ich heiße nicht Freddy.«

»Nein?« Er kratzte sich am Kopf. »Dabei hätte ich schwören können …« Das hatte er früher immer gesagt, wenn sie aus der Wohnung gehen wollten. Damals vor so langer Zeit, als sie ein kleines Mädchen war und er der Freund ihrer Mutter und sie im Begriff standen, in die raue, überfüllte Welt außerhalb ihres gemütlichen Heims zu treten.

ABENDS, WÄHREND DIE GEMEINSCHAFT aß und der Horizont die Sonne verschlang, stellten sich Agnes' Nackenhaare auf. Sie sah sich im Feuerkreis um und stellte fest, dass die meisten anderen reglos, wachsam horchten. Alle Köpfe schnellten zu einem einzelnen Knacken herum.

Sie spähten in die wachsende Dämmerung. Agnes entdeckte den Schatten eines Mannes mit vorgebeugten Schultern. Es wirkte, als steckten seine Hände in den Hosentaschen. Aber die Einzelheiten gingen in dem trüben Licht und dem Gebüsch verloren.

»Wer zum Henker bist du?«, brüllte Carl.

Der Schatten zuckte zusammen und duckte sich. In seinen Haaren fingen sich die feuerroten Strahlen der Sonne.

»Verpiss dich«, rief Carl.

Der Schatten sprang davon und sah sich dabei alle paar Schritte um, das traurige Weiß seiner Augen leuchtete, die Zunge hing aus dem Mund.

»Er braucht Wasser«, sagte Debra.

»Wir brauchen Wasser«, sagte Carl.

»Wir haben Wasser.« Debra sah Bea an.

Bea sagte: »Kein Wasser.«

Die Gemeinschaft tat, als wandte sie ihre Aufmerksamkeit wieder den züngelnden Flammen zu. Die Hände ließen sie auf ihren primitiven Waffen liegen.

»Juan und ich halten bis zum Morgen Wache«, sagte Carl. Der Schatten zog sich zurück und wurde in jener Nacht nicht mehr wahrgenommen.

Am nächsten Tag war die Gemeinschaft nervös, alle unterbrachen ständig ihre Tätigkeit, um am Horizont nach der Rückkehr des verstohlen herumschleichenden Schattens Ausschau zu halten.

Am Abend kam er. Dieses Mal näher heran und einem Mann ähnlicher. Einem Mann mit einem räudigen Bart, wie man ihn sonst an Leichen fand. Wie an dem Toten auf dem Winterkamm mit seinem toten Bart. *Brads Onkel.* Agnes verzog höhnisch den Mund. Dieser Mann vor ihnen trug karierte Baumwollshorts und Stadtschuhe mit dünnen Sohlen. Einen Wasserschlauch schräg um den Oberkörper, schlaff, leer. Er kniete sich hin. Er streckte die Hände aus, mit den Innenflächen nach oben. Sein Blick war gesenkt und abgewandt.

»Er braucht Wasser«, sagte Debra.

»Wir brauchen Wasser«, sagte Carl.

»Wir haben Wasser«, sagte Debra. Wieder sah sie Bea an.

Bea seufzte. Sie wedelte knapp mit der Hand. »Gib ihm einen Becher Wasser.«

Carl schlug sich mit der Faust auf den Oberschenkel, die Lippen straff und blutlos. Aber er stand auf und hob einen Holzbecher auf, der auf der Erde lag. Ohne ihn abzuputzen, füllte er ihn mit Wasser und trug ihn weg vom Feuer, nicht auf den Mann zu, sondern weit rechts von ihm, damit er kriechen musste, um ihn sich zu holen.

Die Gemeinschaft sah wieder ins Feuer. Man hörte ein Rascheln, ein angestrengtes Ächzen. Man hörte ein Schlürfen, ein Keuchen, ein Husten. Dann hörte man nichts mehr. Als sie sich schlafen legten, nahmen sie an, dass auch er sich schlafen legte, genau, wo er das Wasser getrunken hatte. In jener Nacht patrouillierten Frank und Linda.

Ganz früh am Morgen wachten sie von einem Kreischen auf. Es kam von Debra. Sie stand aufrecht, ein Fell um sich geklammert. Der Mann mit den karierten Shorts lag in ihrem Bett, zusammengerollt wie eine Kellerassel. Seine Augen waren aufgerissen und seine Muskeln fluchtbereit angespannt, obwohl er sich nicht rührte.

»Okay, das reicht«, sagte Carl. »Steh auf.«

»Entschuldigung«, murmelte der Mann in seine Hände.

»Aufstehen.«

»Krieg ich ein bisschen Suppe?«

»Aufstehen.«

»Ich kann gut arbeiten.«

Carl zerrte den Mann unter den Achseln hoch, und einen Moment lang blieb er zusammengekrümmt, die Beine an die Brust gezogen, der gesamte Körper über der Erde schwebend. Dann ließ er langsam die Füße sinken, und sie sahen, dass er sehr groß war, sehnig. Carl musterte ihn abschätzend. Er konnte entweder sehr stark oder sehr schwach sein.

»Los.« Carl eskortierte den Mann hinaus ins Gestrüpp.

Als Carl auf dem Absatz kehrtmachte, streckte der Mann in den karierten Shorts die Hand nach ihm aus. Es war eine flehentliche Bewegung, eine der Verzweiflung, des Kummers sogar. Das konnten sie alle sehen. Aber Carl fasste es als Aggression auf, und er packte den Mann am Arm. Beide schlugen nach dem Gesicht des anderen. Ihre Finger waren gekrümmt, aber ihre Handgelenke knickten ein und machten jede Bewegung wirkungslos. Die Gemeinschaft hatte Carl noch nie kämpfen sehen. Wie sich erwies, konnte er es nicht sonderlich gut.

Die Männer wirbelten im Kreis herum, ihre Füße schlurften über den Boden, als tanzten sie. Sie schlugen nacheinander, um nicht selbst geschlagen zu werden. Schließlich gelang Carl ein Hieb mitten in das Gesicht des Fremden, und der sank auf ein Knie und hielt sich die Nase. Carl trat ihm den Fuß weg, und der Mann fiel auf die Seite, die Hände vor dem Gesicht, die Knie wieder angezogen. Er blieb liegen.

Carl kehrte ins Lager zurück, und die Gemeinschaft widmete sich ihrem Tagesgeschäft.

Sie spülten das Frühstücksgeschirr ab. Sie erledigten kleinere Aufgaben, räumten auf, als erwarteten sie Gäste. Sie wendeten das Fleisch in der Räucherhütte, spannten Felle. Die Sammler gingen in kleinen Gruppen sammeln. Sie gaben sich alle Mühe, sich von der Anwesenheit des Mannes abzulenken. Aber in ihrer Nervosität machten sie ihre Arbeit schlecht. Sie schabten ein Loch in eins der Felle. Fleisch fiel ins Räucherfeuer. Eine Portion Pinyon-Nüsse wurde ruiniert.

Während des Abendessens kroch der Mann näher, die Zunge wieder aus dem Mund hängend, schmutzverkrustet. Carl ging zu ihm, fasste ihn am Kragen seines Fleece-Pullis und schleifte seinen schlaffen, langen Körper wieder aus dem Lager hinaus.

Er hockte sich ins Gebüsch, genau da, wo er am Morgen hingefallen war. Er zupfte Blätter ab und kaute sie langsam. Sie waren nicht nahrhaft und würden ihn krank machen. Als sie einschliefen, hörten sie ihn fortkriechen. Kurz darauf ertönte das nasse Plätschern von Durchfall auf der Erde, das Wimmern des Mannes.

Am Morgen wachte Debra wieder neben dem Mann auf, und Carl schubste ihn ins Gestrüpp und prügelte sich wieder mit ihm. Sie vollführten den gleichen Tanz wie am Vortag, aber viel kürzer. Nach nur wenigen Drehungen auf ihrem staubigen Tanzboden versetzte Carl dem Fremden einen Schlag, und der Mann kippte um.

Dieses Spiel wiederholte sich die folgenden beiden Tage. Debra begann, bei Juan zu schlafen. Morgens wurde der Mann in Debras Bett gefunden, genüsslich in der wohligen Wärme ausgebreitet. Und Carl schleppte ihn aus dem Lager.

Am dritten Abend sagte Debra am Feuer: »Ich hab ihm gestern Reste gebracht.«

»Das ist verboten«, sagte Dr. Harold ärgerlich.

»Mir egal«, sagte Debra. »Und heute mache ich es auch wieder.«

»Warum?«, fragte Bea.

»Weil ich mein Bett zurückwill.« Juan sah sie böse an, und sie sah ihn ebenso böse an. »Er tritt im Schlaf.«

»Sie klaut die Decke«, sagte er. Beide rieben sich die müden Augen.

»Er wird nicht von allein gehen«, krächzte Glen. »Vielleicht sollten wir diskutieren, was zu tun ist?«

»Lasst mich das regeln«, sagte Carl. Damit war das Gespräch beendet.

Als alle sich zu ihren Schlaflagern zurückzogen, lief Carl zu dem auf dem Boden kauernden Mann und trat ihn. Er versuchte, sich flach auf den Boden zu pressen, während Carl ihn mit Tritten in den Bauch hochhob.

»Bleib unten«, forderte Carl, obwohl klar war, dass der Mann nicht die Absicht hatte, sich zu wehren. Carl drehte ihn mit dem Fuß auf den Rücken und setzte sich rittlings auf ihn. Er zerrte seinen Kopf an den Haaren hoch und versetzte ihm vier Schläge ins Gesicht. Als er die Haare losließ, fiel der Kopf des Mannes auf den Boden zurück, als gehörte er dorthin. Carl beugte sich zu ihm herab, in Tuschel-Distanz, und blieb so, während alle anderen den Atem anhielten. Dann marschierte Carl ins Lager zurück und kroch in sein Bett, wo Bea wartete.

Am Morgen zündete der Mann unbeholfen ein Feuer an. Seine Lippen waren prall und lila. Die Wangen aufgebläht wie die eines Hamsters.

Die Frühstücksmannschaft übernahm, und der Mann sah aufmerksam zu, machte sich ohne Papier Notizen. Als alle sich zum Essen um das Feuer herum setzten, setzte auch er sich. Und als jeder eine Schale Wildreis bekam, bekam er auch eine.

»Das hier ist Adam«, sagte Carl.

»Hallo Adam«, sagten alle.

Adam versuchte zu lächeln, aber sein geschwollenes Gesicht verriet keine Emotion.

»Erzähl uns ein bisschen von dir, Adam«, sagte Debra.

Und daraufhin hörten sie, dass es noch andere Menschen im Wildnis-Staat gab. Dass sie schon seit geraumer Zeit da waren. Und dass noch mehr auf dem Weg waren.

Mit vor Wut bebendem Kinn erklärte Carl sie, wer auch immer sie sein mochten, zu Eindringlingen. Aber Adam sagte, sie hätten bereits einen Namen. Sie nannten sich selbst die Rebellen.

SCHWESTER UND BRUDER und Kiefernzapfen erwachten aus Albträumen, in denen sie mit verbundenen Augen in die violette Nacht zu den schmutzigen Verschlägen der Rebellen verschleppt wurden. Sie stellten sich darunter eine Art wilder Menschen vor, von denen die Erwachsenen wussten, dass es sie nicht gab. Wilde Menschen, die mit Erde beschmiert waren, denen Tierblut aus dem Mund tropfte. Die so waren, wie die Städter sich vielleicht immer die Mitglieder der Gemeinschaft vorgestellt hatten. Doch wahrscheinlich sahen diese Rebellen aus wie Adam. Ihre Stadtkleidung war schmutzig und zerfetzt, aber es war immer noch Stadtkleidung. Ihre Haare waren zu lang, wuchsen aber immer noch aus dem letzten professionellen Schnitt heraus. Ihre Schuhsohlen brachen, aber es waren Gummisohlen. Sie hatten noch Jeans. Sie hatten noch unzerbrochene Brillen. Sie sahen von der Wildnis übel zugerichtet aus, nicht mit ihr im Einklang. Für die Erwachsenen stellte sich die Frage: Adam wirkte ja einigermaßen harmlos, aber waren die anderen es auch?

Laut Adam war die Stadt jetzt überhaupt nicht mehr mit der zu vergleichen, die die Gemeinschaft gekannt hatte, und deshalb flüchteten die Leute, nahmen einen so riskanten Weg auf sich, um sich am letzten Ort zu verstecken, den es noch gab. Der letzten Wildnis. Wann immer die Neulinge zu einem wissenden Nicken ansetzten, da sie ja bis dahin über die aktuellsten Stadtinformationen verfügt hatten, zeigte Adam mit dem Finger auf sie und blaffte: »Nein, ihr habt keine Ahnung. Ihr habt keine Ahnung.«

Er erzählte tagelang. Eines Abends dann verstummte er. Sie dachten, es könnte Spaß machen, ein neues Publikum zu haben, das ihre Geschichten noch nicht kannte, die Geschichten über die Anfänge, die Balladen, die sie aus ihren Erlebnissen gedichtet hatten. Also trug Juan sie vor, schlich dabei um den Kreis herum, zog mit funkelnden Augen Grimassen, untermalte mit flatternden Händen. In der Stadt habe er in einer Amateur-Theatergruppe mitgespielt, erklärte er, was ihnen neu war.

An jenem ersten Abend saß Adam höflich da, am zweiten geistesabwesend. Am dritten reckte er den Daumen und kippte ihn nach unten. »Buh«, sagte er, als Juan gerade eine tückische Jagd schilderte. Juan erstarrte.

»Wie bitte?«, sagte Bea.

»Ich sagte buh.« Adam streckte die Zunge heraus. »Eure Geschichten sind zum Einpennen. Und überhaupt, ihr seid ja sooo arm.« Er rieb sich die Augen mit den Fäusten. »Schluchz. Ihr wollt es schwer gehabt haben? Das war doch gar nichts! Ihr seid einfach reinspaziert. Ich möchte wetten, sie haben euch mit einer Frachtmaschine eingeflogen.«

Die Gemeinschaft schwieg, weil das stimmte.

»Für euch stand das Tor zur Wildnis sperrangelweit offen. Euch wurde praktisch ein roter Teppich ausgerollt. Ihr wollt was Krasses hören – ich geb euch krass. Wir mussten aus der Stadt fliehen. Für uns gab es kein Frachtflugzeug. Wir mussten zu Fuß kommen. Wir haben Lkw-Fahrer bestochen, wenn wir überhaupt das Glück hatten, einem zu begegnen. Es hat Monate und Abermonate gedauert. Immer haben wir uns den Behörden entzogen. Also die, die es geschafft haben jedenfalls. Und es gibt genug, die es nicht geschafft haben, okay. Okay?« Das brüllte er, und sie erschraken, und einige nickten brav. »Aber wir sind seit Jahren hier, und ihr habt noch nicht mal Verdacht geschöpft. Wir alle wissen, wer ihr seid. Wir haben eure nackten Ärsche beim Scheißen gesehen. Und ihr hattet keinen blassen Schimmer, dass es uns gibt.«

Die Gemeinschaft war wie vor den Kopf geschlagen.

Carl grätschte in die Schwachstelle. »Jahre? Und warum sind deine Klamotten dann noch so neu?«

»Ich hab nicht behauptet, dass ich seit Jahren hier bin. Wir. Die Rebellen.«

»Wie hast du denn den Anschluss zu denen gekriegt, wenn wir sie noch nie gesehen haben?«

»Offenbar bin ich ein besserer Entdecker als ihr.«

Das ärgerte Carl. »Ich glaube, du bist ein ehemaliger Ranger, der gefeuert wurde und durchgedreht ist und nicht gehen wollte.«

»Nein, ich bin ein Rebell. Ich gehöre zum Team. Wir befolgen keine Vorschriften. Wir stellen unsere eigenen auf.« Adam streckte den Arm seitlich aus und spannte den Bizeps an. Seine Muskeln bebten angestrengt. Er machte immer noch einen gefährlich unterernährten Eindruck. Es war schwer zu beurteilen, ob er ihnen Märchen erzählte oder die Wahrheit.

»Wir müssen es ausbaden, wenn ihr euch nicht an die Vorschriften haltet«, beschwerte sich Carl. »Wir kriegen die Schuld.«

Wieder rieb Adam sich die Augen. »Ach, heul doch. Sei du mal rund um die Uhr auf der Flucht.«

»Wir müssen nicht flüchten«, sagte Carl. »Weil wir nämlich hier sein dürfen.«

Adam fletschte die Zähne, Eifersucht brach sich Bahn.

Da mischte Bea sich ein. »Und das ist eine gute Unterscheidung. Wir dürfen hier sein. Du nicht. Wir sollten einfach auf der Stelle die Ranger anrufen und Bescheid geben, dass wir einen Rebellen bei uns haben. Genau das sollten wir.«

Zum ersten Mal wirkte Adam bestürzt, nicht überheblich. »Ihr habt ein Telefon?«

»Natürlich.« Bea lachte laut. Sie hatten kein Telefon.

Adam erbleichte. »Bitte nicht.« Er kroch auf den Knien zu Bea. »Bitte. Ich kann nicht zurück. Ich spreche auch nicht mehr von den Rebellen. Ich bin ganz brav. Versprochen.«

Mit Adam vor sich auf der Erde kauernd, fiel es schwer, die Drohung aufrechtzuerhalten. Bea nickte.

Debra sah sie vorwurfsvoll an, als Adam zitternd aufstand und sich unter einem Baum schlafen legte.

»Das war so gemein, Bea«, schimpfte sie.

Debra folgte Adam, um ihn zu trösten, nahm Agnes an. Sie musste ihm auch verraten haben, dass es keine Telefone gab, denn ab da hieß es tagelang nur noch *Rebellen hier* und *Rebellen dort*. Zeitweise klang es, als wäre Adam der größte Fan der Rebellen und nicht unbedingt selbst einer.

Danach waren Debra und Adam unzertrennlich, was Dr. Harold sehr aufbrachte.

»Ich kapiere nicht, warum wir diesen ... diesen Flüchtling bei uns dulden«, murmelte Dr. Harold, wann immer sich jemand in Hörweite befand.

»Ach, hör doch auf«, zischte Debra. »Er hat genauso viel Recht, hier zu sein, wie wir.«

»Das ist ganz klar falsch«, konterte Dr. Harold. »Er hat null Recht. Und wir das volle. Wir haben die offizielle Genehmigung.«

»Es ist ein freies Land.«

Juan schnaubte. »Nein, ist es nicht, Debra.« Er war immer noch verärgert, weil er das Bett mit ihr hatte teilen müssen.

»Es verstößt gegen die Vorschriften«, sagte Dr. Harold ruhig.

»Seit wann fährst du so auf die Vorschriften ab?«, fauchte Debra.

Dr. Harolds Kinnlade fiel herunter. »Ich war schon immer für die Vorschriften«, sagte er, sichtlich verletzt. »Wusstest du das etwa nicht?«

Debra zuckte die Achseln, gereizt, zerstreut. »Adam«, brüllte sie, und seine Hand schnellte hoch, wo er im Schlafkreis lag, und sie legte sich zu ihm.

Niedergeschlagen starrte Dr. Harold auf den Boden. Pattys Mama tätschelte ihm den Arm.

Es war schwer zu entscheiden, was mit Adam passieren sollte. Sie brachten ihm ein paar Handgriffe im Lager bei. Er arbeitete ganz gut, aber nicht toll. Zu viel wollten sie ihm nicht zeigen, weil alles, was sie im Laufe der Jahre gelernt hatten, nun wertvoll erschien. Es war Wissen, das sie ihrem Gefühl nach schützen sollten.

Also schlachteten sie, gerbten, flickten und stopften, schossen Pfeile ab, schälten Wildreis, ernteten Pinyon-Nüsse, filterten Wasser, immer mit dem Rücken zu ihm. Debra zeigte ihm, wie man mit Sehnen nähte, obwohl sie es ihr verboten hatten, abgesehen davon aber glaubten sie, ihre Fähigkeiten und Geheimnisse für sich zu behalten. Sie wussten nicht, ob er ein Feind war. Sie wussten nur, dass er nicht ihr Freund war.

Dennoch fand Adam Dinge heraus, die er, wenn es nach ihnen gegangen wäre, nicht erfahren hätte.

»Warum seid ihr auf dem Weg zur Caldera?«, fragte er, als er sich eines Abends im Halbdunkel herumdrückte. Carl und Bea legten gerade ihre für die nächsten Tage geplante Route dar.

»Weil man uns das gesagt hat«, antwortete Bea.

»Hmmm«, machte er.

Sie debattierten weiter, aber im Flüsterton.

»Warum hat man euch das gesagt?«, unterbrach er erneut. Er kniff die Augen zu. »Ich meine, wisst ihr das überhaupt?«

»Natürlich. Da findet eine Party statt.«

»Eine Party?«, johlte Adam.

»Ja, es gibt einen neuen Posten auf der Caldera, und das feiern sie.«

»Das Einzige, was es auf der Caldera gibt, ist ihre Lodge, und das ist ihr besonderer Treffpunkt. Glaubt mir, zu einer Party, die die Ranger in der Lodge schmeißen, wärt ihr nicht eingeladen. Die hassen euch.«

»Nein, stimmt nicht.« Bea setzte sich etwas gerader hin. »Sie geben die Party *für* uns.«

»Hmmm«, machte er noch einmal und strich sich dabei über das Kinn. »Und ich dachte, du wärst die Schlaue.«

»Halt dich bloß zurück«, blaffte Carl.

Adam hob die Hände. »Hey, ich sag ja nur, ich würde mich nicht auf das verlassen, was die Ranger sagen. Vor allem nicht, wenn sie mich zu einer Party einladen. Was haben sie vor, wenn ihr ankommt, euch über dem offenen Feuer rösten?«

Bea verdrehte die Augen. »Sei kein Idiot. Wir kennen die Ranger schon lange. Ja, einige sind Arschlöcher. Sogar viele. Aber nicht alle. Wir haben eine Beziehung.«

Wieder johlte Adam, wobei er für sich behielt, was er so lustig fand.

»Tja«, sagte Helen. »Ich kann es kaum erwarten. Ich brauche eine gute Party.«

»Ich wollte die Caldera schon immer sehen«, meinte Dr. Harold. »Vorher durften wir nicht hin.«

Adams Blick hüpfte über ihre Gesichter. »Erstaunlich, dass ihr einfach geht, wo man euch hinschickt, und meidet, was man euch verbietet. *Jawoll, zu Befehl.* Ich meine, herzukommen hat Kreativität erfordert, das muss man euch lassen. Aber mal ehrlich, habt ihr euch nicht weiterentwickelt? Was ist aus dem freien Willen geworden? Hast du, Carl, darüber nicht mal in einem deiner dämlichen Interviews vor Ewigkeiten gesprochen?«

»Willst du jemals wieder was essen?«, drohte Carl.

Erneut hielt Adam die Hände hoch. »Ich wollte dir nicht zu nahe treten.« Obwohl genau das eindeutig seine Absicht gewesen war. Debra kicherte als Einzige.

Adam machte es sich am Feuer bequem, die Füße auf dem Gusseisen, ein Stöckchen zwischen den Zähnen. »Ich weiß nur, dass ich an eurer Stelle nicht hingehen würde.« Er zuckte die Achseln.

Bea funkelte ihn an. »Tja, dich hat auch niemand gefragt, ob du mitwillst«, sagte sie sachlich. »Du kannst hin, wo du möchtest. Aber wir gehen zur Caldera. Und zwar morgen früh.«

Adam grinste süffisant. »Ein einstimmiger Beschluss, wie ich sehe.«

»Dieses Gespräch ist beendet«, sagte Carl. »Du kannst da draußen schlafen.« Er deutete in die Dunkelheit. »Bei Glen.«

»Du kannst bei mir schlafen, Adam«, sagte Debra mit einem verächtlichen Blick auf Carl.

Agnes musterte Carl. Seine Miene war verzerrt vor Zorn. Sie sah ihre Mutter an und stellte fest, dass auch sie wütend war, wenn auch auf völlig andere Weise.

Als Agnes einschlief, konnte sie das barsche, ärgerliche Flüstern der beiden hören.

DIE GEMEINSCHAFT erwachte von einem Schrei. Debra. Sie stand neben ihrem Bett, ein Fell um sich gewickelt. Ihr Blick war starr auf die Decken zu ihren Füßen gerichtet. Dort schlief normalerweise Adam, aber jetzt war das Bett leer, und auf den Fellen schwamm eine Blutlache.

Carl bückte sich und tauchte einen Finger hinein. Er schnüffelte daran. Leckte etwas ab. Verzog das Gesicht. »Das ist Hasenblut.«

»Woher weißt du das?«, fragte Debra.

»Man schmeckt den Hasen raus.« Er machte eine einladende Geste. »Probiert selbst.«

Einige folgten seiner Aufforderung. Sie nickten.

Es war Hasenblut.

»Was für ein Amateur«, schnaubte Carl. »Dachte er, wir probieren das Blut nicht?«

Das Lager war durchwühlt worden. Ein Beutel Fleisch fehlte, etwas Näh- und Flickmaterial, zwei frisch gegerbte Felle und das Gusseisen.

»Dieser Drecksack«, sagte Frank.

»Na, der muss ja Hilfe gehabt haben«, sagte Carl. »Das Gusseisen kann er nicht allein tragen.«

Debra schniefte. »Er ist stärker, als du denkst.«

»Warum verteidigst du ihn?«, fragte Carl.

Debra zerknautschte das Gesicht. »Weiß ich nicht«, rief sie und warf sich auf ihr Bett, mitten in das Blut.

Alle rückten im Kreis dichter zusammen. Manche glaubten, er hätte allein gehandelt und eine gewaltsame Entführung inszeniert. Manche glaubten, er musste sich wieder mit den Rebellen in Verbindung gesetzt haben, die ihm dann geholfen hatten. Vielleicht war es auch von Anfang an ein Hinterhalt gewesen. Er war eingeschleust worden. Ein Maulwurf. Egal was, er war außerdem ein Gauner.

Agnes' Einschätzung nach war er gerade kräftig genug, um die Sachen allein zu tragen. Deshalb hatte er nur einen Beutel Fleisch mitgenommen. Eine Gruppe hätte mehr gestohlen.

Sie suchten nach Hinweisen darauf, in welche Richtung das Gusseisen geschleppt worden war. Es wurden Spuren gefunden wie zerbrochene Äste und ein Fußabdruck, etwas abgeschabte Rinde und ein verlorenes Stück Trockenfleisch, alles am Waldrand, zur Caldera hin.

»Also wissen wir, in welche Richtung er gegangen ist«, sagte Helen.

»Oder sie gegangen sind«, raunte Pattys Mama.

»Ich finde, wir sollten versuchen, ihn einzuholen«, sagte Carl. »Mit dem schweren Topf kommt er nicht schnell voran.« Seine Faust zuckte, öffnete und schloss sich, als sähe er Adam genau vor sich.

Wieder füllten sich Debras Augen mit Tränen. »Tu ihm nicht weh.«

Agnes konnte sich nicht erinnern, Debra je weinen gesehen zu haben, nicht einmal, als ihre Frau ganz am Anfang gegangen war. Oder als Caroline gestorben war. Sie hatte Debra nicht für fähig dazu gehalten. Agnes ging neben der auf dem Boden liegenden Debra in die Hocke und legte ihr die Hand auf den Rücken. »Tut mir leid, Debra.«

»Bloß kein Mitleid mit der«, sagte Bea. »Das ist alles ihre Schuld.«

»Meine?«, kreischte Debra zwischen ihren Schluchzern. »Du hast ihm doch gesagt, dass er nicht mit auf die Caldera darf.«

»Und du wolltest ihm unbedingt Wasser geben.«

»Aber du warst diejenige, die es erlaubt hat«, sagte Debra. »Du bist die Anführerin. Nein zu sagen, ist dein Job. Also ist es deine Schuld«, schrie sie.

Agnes konnte sich ebenfalls nicht erinnern, Debra jemals schreien gehört zu haben. Der Tag erwies sich als interessant für Debra.

Bea ballte die Fäuste. Sie sah aus, als stemmte sich eine Armee von Worten gegen ihre zusammengebissenen Zähne. Doch sie drängte sie alle zurück und sagte schließlich: »Wir müssen ihn verfolgen. Der Topf ist zu viel wert für uns. In dem Beutel war viel Fleisch. Und der Pemmikan ist unersetzlich, wenn es Winter wird. Ach, verdammte Scheiße, Debra, jetzt hör schon auf zu heulen.«

SIE PACKTEN RASCH und marschierten in die Aschenkegel-Landschaft.

Der Wald dehnte sich vor ihnen aus. Er war dicht, aber nicht dunstig, wie er vom Rand aus gewirkt hatte. Zwischen den hohen Bäumen sausten Vögel von Krone zu Krone, und alle Geräusche hatten ein Echo, obwohl es keinen klaren Grund dafür gab. Nach ein paar Tagen konnte Agnes durch Lücken in der Vegetation etwas erkennen, das wie Dünen aussah. Um die Caldera verstreute Aschenkegel. Ihre Spitzen waren sandig und kahl, ihre Hänge mit dürren Tannen gesprenkelt. Einst waren sie blubbernde Mini-Krater gewesen, jetzt aber längst erloschen.

Die Gemeinschaft hatte sich beeilt, immer nur kurz Rast gemacht, wenige Stunden geschlafen, im Gehen Dörrfleisch gegessen. Carl ging voran. Er war wie ein Wolf mit Fleischgeruch in der Nase. Manchmal mussten die Kinder rennen, um mitzuhalten. Ihre Kolonne zog sich tief in den Wald hinein. Glen allerdings war derjenige, der wirklich Mühe hatte. Nach ein paar Tagen hatte er gerade erst das Lager erreicht, als sie schon wieder aufbrachen. Er stand nicht mit ihnen auf. Er saß über seine Knie gebeugt, schüttelte den Kopf, würgte. Agnes stellte sich neben ihn. Carl trampelte bereits außer Sichtweite einen Pfad.

»Mama«, rief Agnes. Ihre Mutter tauchte schnell wieder auf und sah Glen. Sie wirkte, als bräche sie gleich zusammen, bellte dann aber wütend: »Bleibt, wo ihr seid, wir schlagen ein Lager auf.« Sie ließ ihren Beutel fallen und rannte nach vorn zu Carl.

Alle stellten ihr Gepäck ab und standen herum. Ein paar Neulinge schielten ärgerlich nach Glen, auch einige der Originalisten. Sie hatten früher schon Leute zurückgelassen. Doch das hier war Glen. Und das war etwas anderes, dachte Agnes. Oder?

Ihre Mutter blieb lange weg. Das Lager war aufgeschlagen, ein Mittelding, da die Gemeinschaft nicht wusste, wie viel Zeit sie hier verbringen sollte. Es gab eine Feuerstelle, aber nur ganz einfache Betten, ein Kreis aus jeweils einem Pelz pro Familie.

Agnes hörte sie, bevor sie sie sah. Eine anschwellende Kakofonie aus zwei wütenden Stimmen. Als Bea den Berg hinunterkam, blitzten ihre Augen, das Kinn war vorgeschoben. Sie ließ sich am Feuer neben Glen auf den Boden fallen. Die beiden waren nah genug nebeneinander, um sich zu berühren, aber Bea berührte ihn nicht. Stattdessen kaute sie auf ihren Fingerknöcheln. Carl folgte ihr, jede Bewegung strahlte Zorn aus. Ein wandelnder Streit. Dennoch blieb er stumm.

Debra meldete sich als Erste zu Wort. »Wie lange bleiben wir?«

»Bis wir alle erholt sind und weiterlaufen können«, sagte Bea ausdruckslos.

Carl tigerte vor einer Gruppe kümmerlicher Bäume auf und ab. Hin und wieder blieb er stehen und streckte einen Arm aus, als wollte er etwas sagen. Doch er schwieg. Klemmte den Arm wieder an den Körper und tigerte weiter. Niemand sprach, und niemand wollte jemand anderen ansehen. Schließlich nahm Carl sein Fell mit in den Wald. Agnes rechnete damit, dass Val ihm mit

Baby Silberreiher folgen würde, aber sie blieb. Sie schien kaum bemerkt zu haben, dass er nicht mehr da war.

Die Anspannung im Lager ließ etwas nach. Bea stieß ein langes gequältes Seufzen aus. Debra reichte einen Beutel Dörrfleisch herum.

Agnes setzte sich neben ihre Mutter. »Was hast du zu Carl gesagt?«

»Dass wir immer nur so stark sind wie unser schwächstes Mitglied.«

»Und was hat er darauf gesagt?«

Sie schüttelte den Kopf. »Glen braucht einfach nur Schlaf. Morgen geht's ihm wieder gut. Und ich werde vorangehen, sodass wir ein gesundes Tempo halten können.«

»Ich könnte auch vorangehen«, sagte Agnes.

Ihre Mutter sah sie an. Sie wirkte müde, besorgt. »Nein, ich will dich nicht da vorn haben. Falls wir auf irgendwas stoßen.«

In dem Moment prallte das Heulen von Baby Silberreiher von den Baumstämmen ab, und Agnes zuckte zusammen.

Ihre Mutter lachte. »Wenn du das schon schlimm findest. Das ist gar nichts im Vergleich zu dir. Deinetwegen sind die Nachbarn in ein anderes Stockwerk gezogen.«

»Nein, sind sie nicht.« Ein Grinsen schlich sich auf Agnes' Gesicht.

»Oh doch. Du warst so laut. Was für ein Krawall. Aber du hattest keine Koliken wie Silberreiher. Du hast einfach gern geschrien. Meistens warst du fröhlich. Deshalb hat es mich nicht gestört.«

Agnes lauschte dem Baby und versuchte vergeblich, sich vorzustellen, dass sie selbst so klein gewesen war. Sie war jetzt so viel älter, so weit von ihrer Kindheit entfernt, dass sie sich kein Bild vor ihr geistiges Auge rufen konnte. Errötend schlang sie sich die Arme um den Bauch. Es war zu lange her, dass sie zuletzt geblutet hatte, und sie fragte sich, ob sie schwanger war. Bei dem Gedanken musste sie kurz lächeln. Noch wollte sie niemandem von ihrem Verdacht erzählen. Es schien ihr ein Geheimnis, das sie für sich behalten sollte. Zumindest eine Weile lang. Sie hatte Jake endlich dazu überredet, richtigen Sex zu haben. Sein Gesicht war rosenrot gewesen und seine Stimme so leise, dass sie andauernd »Was?« hatte fragen müssen. »Ich liebe dich«, hatte er an ihrem Hals gemurmelt. Ob das so stimmte, wusste sie nicht. Aber sie wusste, dass sie, als er sich angespannt hatte und ganz reglos geworden war, die Augen nach oben verdreht, zum ersten Mal das Leben eines anderen in sich gehabt hatte.

»Warum hast du's gemacht?«

»Was gemacht?«

»Mich bekommen? Ein Baby bekommen?« Agnes wusste nicht, ob sie das schon jemals gefragt hatte. Als ihre Mutter sie ansah, als wäre das ein Thema, das sie emotional sehr berührte, eines, über das sie nicht gern redete, war Agnes sicher, dass nicht.

Mehrmals öffnete und schloss Bea den Mund. »Ich weiß nicht, wie ich das beantworten soll.«

Agnes versuchte zu helfen. »Na ja, wahrscheinlich, weil du gern Mutter sein wolltest?« Das klang doch einigermaßen einfach, dachte sie.

Bea lächelte. Ihre Augen wurden feucht, und sie fasste Agnes an die Wange, als wischte sie Schmutz ab.

»So was in der Art.« Dann lachte sie, weil sie die Verärgerung über eine schlechte Antwort über Agnes' Miene huschen sah. Daraufhin verwandelte Agnes' Stirnrunzeln sich in ein Grinsen. Wenn sie ihre Mutter zum Lachen brachte, musste sie immer grinsen.

»Große Antwort, bitte«, trällerte Agnes und griff mit einer ihrer kleinen Hände nach einer Franse am Kleid ihrer Mutter. Bea spielte mit der Nachbarfranse, und ihre Finger verschränkten sich.

»Die kleine Antwort ist, dass ich Mutter sein wollte.«

»Okay.«

»Die große Antwort ist wohl, dass ich *meine* Mutter sein wollte. Ihr Leben führen. Das Leben, von dem ich wusste, dass es funktioniert. In dem das mit dem Kind und allem anderen vernünftig klappt. Es war nicht unbedingt das Leben, das ich mir wünschte. Ich ging einfach davon aus, dass es so laufen würde. Ich war wohl nicht sehr abenteuerlustig.«

»Und lief es auch so?«

»Oh nein, überhaupt nicht.«

»Warum?«

»Tja, meine Mutter hatte mich ja schon großgezogen. Und ich wusste, dass alles gut gegangen war. Aber als ich dich bekam, erkannte ich, dass nichts sicher war. Wir standen zusammen ganz am Anfang, und es konnte alles Mögliche passieren. Jetzt erscheint das so offensichtlich, aber aus unerfindlichen Gründen war es damals ein Schock für mich. Als du krank wurdest, konnte ich es erst nicht glauben. Ich weiß noch, dass ich dachte: *Das dürfte nicht sein.* Also bekam ich Angst. Natürlich war nicht alles immer unheimlich, aber als du klein warst, hatte ich oft Angst.«

Agnes brauchte nicht zu hören, dass es sowohl schön als auch nicht schön war, ein Kind zu haben. Es stand Bea immer ins Gesicht geschrieben.

Nervös fragte sie: »Ob ich wohl mal Kinder kriege?« Sie hoffte, es in einem beiläufigen Tonfall gesagt zu haben, einem, der nicht verriet, warum sie es gefragt hatte.

Bea lächelte. »Wenn du möchtest, dann ja.«

»Glaubst du, ich könnte das gut?«

»Ich glaube, du könntest das super.«

»Wird es wehtun?« Agnes war nicht sicher, was sie sich vorstellen sollte, malte sich aber aus, dass es sich in der Dunkelheit des dichten Waldes oder auf einer streng riechenden Playa abspielen, dass ihr Schmerz Vögel zum Krächzen und Wegfliegen veranlassen würde. Sie hatte einige der Frauen gebären hören, und es schien furchtbar. Doch sie erinnerte sich auch, heimlich ihre Mutter beobachtet zu haben, als sie Madelines kleinen Körper zur Welt brachte. Ihre Mutter hatte nicht den Eindruck gemacht, große Schmerzen zu haben, sondern war weitgehend stumm geblieben, bis alles vorbei gewesen war und sie die Fäuste geballt und geschrien hatte.

»Wehtun wird es mit Sicherheit«, sagte Bea. »Aber die Wehen dauern nicht ewig. Das ist nur der allererste Teil. Zum Muttersein gehört so viel mehr.«

»Zum Beispiel?«

Bea gluckste. »Zum Beispiel. Zum Beispiel.« Sie zog Agnes fest an sich. Agnes wand sich, konnte sich aber nicht befreien. Sie hustete und röchelte, gab ihre Unzufriedenheit durch Ächzen zu verstehen. Das brachte Bea noch stärker zum Lachen, sie presste Agnes an sich, wiegte sie hin und her, als wäre sie wieder ein Baby. In den Armen ihrer Mutter fühlte Agnes sich immer so viel jünger. Ihre Beine lagen gespreizt auf dem Schoß ihrer Mutter, ihre Arme klemmten nutzlos wie Puppenarme an ihrer Seite. Und so ergab sie sich dem Wiegen und der heftigen Liebe ihrer Mutter und schlief fast, fast, fast ein.

Agnes erwachte warm und glücklich, weil sie alle, Glen und Bea und Agnes, zusammengekuschelt am Feuer geschlafen hatten. Es war das erste Mal seit der Rückkehr ihrer Mutter, dass sie im Schlaf als Familie zusammen gewesen waren. Oder überhaupt etwas als Familie gemacht hatten. Die Sonnenstrahlen spalteten sich auf ihrem Weg zum Boden zwischen den Baumstämmen. Der Rest des Lagers schien noch zu schlafen. Agnes beobachtete ein Rotkehlchen, das auf sie zusauste, als hätte es ihr etwas Dringendes mitzuteilen. Dann hielt es an. Dann sauste es weiter. Dann hielt es an. Schließlich flog das Rotkehlchen weg, und ein Schatten verdeckte die Sonne, sodass sie fröstelte. Sie sah blinzelnd auf. Carls Gesicht starrte auf sie drei herab. Er sprach nicht. Er weckte ihre Mutter und Glen nicht auf. Sie lagen immer noch eng verschlungen da, Beas Kopf auf ihren gefalteten Händen an Glens Brust, ihre Schulter auf seinem Bauch, sein dünner Körper schützend um sie herumgekrümmt. Carl verharrte nur kurz und schlich dann weiter, mit seinen hellen Augen alles wahrnehmend.

NACH DREI TAGEN LIEF GLEN wieder rüstig, lebhaft herum. Zum Frühstück stellte er sich in der Schlange an und aß eine ganze Schale Grütze. Er half beim Aufräumen, obwohl das nicht seine Aufgabe war. Und dann suchte er nach Mikromüll, obwohl sie nicht packten. Er hatte ein sehr merkwürdiges Lächeln auf den Lippen, fand Agnes. Er wirkte gelassen. Die Ruhepause schien

Wunder gewirkt zu haben. Agnes war aufgefallen, dass ihre Mutter ihn in den vergangenen Tagen beobachtet hatte, zufrieden. Als bewunderte sie ihre eigene Leistung.

Nach dem Frühstück berief Carl am Feuer eine Versammlung ein.

»Wir haben uns ausgeruht, jetzt wird es Zeit weiterzuziehen. Das Gute ist, dass Adam mit dem Gusseisen nicht weit gekommen sein kann. Aber er könnte seinen Kurs geändert haben. Ich möchte mehrere Grüppchen in unterschiedliche Richtungen zur Spurensuche losschicken. Kurz nach Sonnenhöchststand treffen wir uns wieder hier. Dann schaffen wir immer noch ein bisschen Strecke heute. Linda, Juan und Helen, ihr geht Richtung Sonnenuntergang. Pattys Mama, Dr. Harold und Jake, Richtung Sonnenaufgang. Und Frank, Glen und ich steigen auf den Berg. Alle anderen bleiben bei Val und Bea.«

»Moment«, sagte Bea verwirrt. »Glen sollte hierbleiben. Ich kann an seiner Stelle gehen.«

»Bea, ich möchte aber«, sagte Glen mit diesem merkwürdigen Lächeln. »Ich bin der Grund, warum wir Adams Spur verloren haben. Ich möchte uns helfen, sie wiederzufinden.«

Bea kniff die Augen zusammen. »Nein. Das ist keine gute Idee. Du solltest hier warten.«

Alle sahen die beiden an.

»Doch, Bea, ich möchte meinen Beitrag leisten. Carl hat recht.«

Die Augen ihrer Mutter funkelten Carl an. »Was soll das heißen, Carl hat recht? Was hat er gesagt?« In ihrer Miene lag echte Panik, während Carl ruhig und gelangweilt wirkte.

»Ich darf mich nicht einfach hängen lassen. Dazu bin ich nicht hier.«

»Du bist hier, weil das Leben unserer Tochter davon abhing, schon vergessen? Und weil du gern Höhlenmensch spielst.«

Glen verzog das Gesicht. »Das ist nicht nett, Bea.«

»Mir egal. Du gehst nicht mit. Ich gehe.«

Carl sagte: »Ich will nicht, dass du mitkommst, Bea. Wir brauchen hier eine Anführerin. Wir können die Kinder nicht mit Val allein lassen, nicht böse gemeint, und mit Glen, von dem du behauptest, dass er zu schwach zum Laufen ist. Wir wissen nicht, wer sich hier rumtreibt. Außerdem wird er noch tagelang wandern, also kann er genauso gut gleich damit anfangen.«

»Bea«, sagte Glen. »Ich muss das machen.«

»Vielleicht solltest du zur Abwechslung mal auf Glen hören«, sagte Carl. »Er versteht, dass wir beweglich bleiben müssen. Flexibel. Sonst überleben wir niemals.«

Bea sah Carl durchdringend an. Als sie sich wieder Glen zuwandte, wirkte sie den Tränen nah. Doch sie lachte auf ihre herablassende Art. »Tja, wenn das so ist, dass Glen gehen will, kann ich ihn kaum davon abhalten, oder?«

Glen legte seine Wange an die von Agnes. »Bis dann, Schätzchen.« Er drückte ihrer Mutter die Hand und schien sie nicht loslassen zu wollen, statt seines merkwürdigen Lächelns hingen seine Mundwinkel jetzt bedrückt herab.

Bea war dem Anschein nach damit beschäftigt, diese ganzen Informationen zu verarbeiten, zu sortieren, was echt war und was nicht. Carl und Glen schielten beide nach Beas Hand, die die von Glen hielt, rangen um Neutralität. Agnes entdeckte ein tiefes Misstrauen in den

Augen ihrer Mutter. Offene Besorgnis. Es brachte ihren Herzschlag kurz aus dem Takt. Ihr wurde bewusst, dass sie die beiden zum ersten Mal öffentlich miteinander sprechen sah, seit Bea zurückgekehrt war. Selbst als sie alle zusammen am Feuer geschlafen hatten, hatten sie nicht miteinander geredet. Nach dem Aufwachen war ihre Mutter schweigend gegangen, und Agnes hatte ihren Platz eingenommen, um Glen warm zu halten, ihm Gesellschaft zu leisten.

Glen ließ zuerst los, aber er musste seine Hand mit Gewalt aus der ihrer Mutter befreien, so verzweifelt war ihr Griff.

ALLE ANDEREN WAREN BEREITS ZURÜCK, als Carl und Frank allein vom Berg kamen. Carl hatte sich einen Fuchs mit schlaffer rosa Zunge um den Hals gelegt. Er blieb vor Bea stehen. »Es war ein Unfall, ehrlich«, sagte er, die Miene ausdruckslos, den Blick abgewandt. »Ich wollte ihn mitnehmen, aber er hat darauf bestanden, dass ich ihn zurücklasse.« Mit dem Kopf deutete er in die Richtung, aus der er gekommen war. »Ungefähr drei Kilometer da hoch.«

Carl kniete sich hin, zückte sein Messer und machte sich ans Häuten des Fuchses, dessen Augen so tot waren, dass sie wie zwei X aussahen.

Ohne ein Wort hastete Bea los. Agnes folgte ihr mit mehreren Schritten Abstand, still, unsicher, ob ihre Mutter sie überhaupt bemerkte. Sie hatte Mühe mitzuhalten. Sie konnte sich nicht erinnern, wann sie ihre Mutter zuletzt so schnell gehen erlebt hatte. Agnes blieb stehen. Doch, sie erinnerte sich.

Als ihre Mutter jetzt schnurstracks, zielstrebig den Berg hinauflief, sah Agnes sie vor ihrem geistigen Auge zu jenem Laster laufen, über den Fahrer klettern und verschwinden. Doch dieses Mal gab es niemanden, mit dem sie fliehen konnte. Nichts, wohin sie fliehen konnte. Das wiederholte Agnes in ihrem Kopf wie einen Vogelruf. Sie rannte ein Stück, um ihrer Mutter in sicherem Abstand zu folgen, wie sie es so oft tat.

Im Wald rief Bea nach Glen, und nach einer Weile hörte Agnes ihn erwidern: »Ach, hallo«, mit einem zwiespältigen Achselzucken in der Stimme. Noch einmal sagte er »Hallo«, damit Bea ihn fand. Und als sie ihn erreichte und vor ihm stand, die Hände vor dem Gesicht, lächelte er, und sein Tonfall wurde liebevoll und niedergeschlagen. »Ach, hallo.« Er sah sie traurig an.

Bea brach in Tränen aus.

Agnes erstarrte.

»Oh nein, oh nein, oh nein.« Bea fiel auf die Knie. »Was hast du gemacht?« Sie nahm sein Gesicht in beide Hände.

»Ich bin hingefallen.«

Sein Bein war an der Hüfte verdreht. Das Knie zeigte fast nach hinten. An der Schläfe hatte er eine klaffende fleischrosa Wunde. Agnes schob sich näher, bis sie neben den beiden stand. In Glens Ohr sammelte sich Blut.

»Du musst solche Schmerzen haben«, sagte Bea.

»Grauenhafte.«

»Aber du bist so ruhig«, sagte Agnes.

»Ich freue mich, euch beide zu sehen.« Als er wieder lächelte, entdeckte Agnes die Tränenspuren auf seinem schmutzigen Gesicht. Mittlerweile getrocknet. Seine Augen waberten. Er hatte einen Schock.

»Carl sagt, es war ein Unfall. War es ein Unfall?«, fragte Bea.

Glen zuckte die Achseln. »Ja.« Er sah erst Bea an, dann Agnes. »Es war ein Unfall.«

Niemand sprach davon, ihn zurück ins Lager zu bringen. Man konnte nichts tun. Das wussten sie alle.

Glen seufzte. »Wir hätten wohl doch in die Privatzone gehen sollen«, sagte er zu Bea.

Bea legte ihren Kopf an seine Brust. »Ach, Glen.« Ihre Stimme brach.

Glen leckte sich den Finger und rieb über Beas Wange.

»Du siehst lächerlich aus«, sagte er.

Bea lachte unter Tränen.

Aber Glen meinte: »Nein, im Ernst. Du siehst albern aus. Das hier ist albern. Die ganze Sache. Geh nach Hause.« Es war, als wäre er gerade erst klarsichtig und mit einer Gewissheit aus einem Traum erwacht.

Bea setzte sich auf. »Was meinst du mit nach Hause?«

»Ich meine nach Hause. Das ist doch alles Quatsch. Das Ziel ist erreicht, Agnes ist gesund. Du brauchst eigentlich doch nicht mehr so zu leben, oder? Also geh nach Hause.«

Bea stand auf. Sie verschränkte die Arme vor ihrer Hirschlederkleidung, als wäre sie ihr peinlich. Einen Moment lang schien sie nicht weiterzuwissen. Dann trat sie Erde nach ihm.

Kichernd griff er nach ihrem Knöchel. Er massierte ihn mit dem Daumen. »Da haben wir's wieder, wütend werden auf einen absolut vernünftigen Vorschlag. Meine wütende Bea.«

»Nein«, sagte sie.

»Immer so wütend«, fuhr er fort und schob die Hand auf ihre Wade hoch. »Das mochte ich als Erstes an dir. Du hast Sachen erledigt gekriegt. Wirklich wahr. Ich meine, sieh sie dir an.« Er zeigte auf Agnes. »Jetzt geh nach Hause.«

»Es gibt kein Zuhause«, sagte Bea mit erneut brechender Stimme.

»Und da haben wir's schon wieder. Natürlich gibt es das.«

Jetzt trat sie ihn richtig, und er krümmte sich. »Ich hatte Pläne für uns, und sie hätten funktioniert.«

Instinktiv machte Agnes einen Schritt nach vorn, um Glen zu schützen, aber ihm schien es nichts auszumachen.

»Sorry, dass ich alles kaputtgemacht habe«, sagte er und strich ihr die Wade hinauf über den sehnigen Muskel, staubig und verdreckt. »Ich liebe dich, wütende Bea. Bitte bring Agnes nach Hause.«

»Sag mir nicht, was ich tun soll.«

»Es ist vorbei.«

»Du weißt nicht, wie es in der Stadt ist.«

»Ich weiß, dass es schlimm ist. Es war immer schlimm, und wir sind klargekommen. Geh nach Hause. Überleg, was als Nächstes kommen soll. Du hattest recht, das hier war von Anfang an Blödsinn.«

»Das habe ich nie gesagt.«

»Doch, natürlich. Andauernd. Und du hattest recht.«

»Sag das nicht.«

»Tu es für Agnes. Sie ist jetzt stark. Auf diese Art braucht sie von dir nicht mehr beschützt zu werden.«

»Erklär mir meine Tochter nicht.«

Sein Lächeln sackte in den Mundwinkeln herab. Er ließ ihr Bein los, wischte es ab. Der Muskel bebte. Stöhnend drehte Glen sich auf die Seite und rollte sich zusammen, so weit er konnte. Das kaputte Bein schleifte hinterher.

Agnes' Mutter stand über Glen und starrte seinen Rücken an, das abgetragene Hirschleder, mit dem er bekleidet und das an manchen Stellen durchgewetzt war, weil niemand ihm ein neues Lederhemd gegeben hatte oder ein Fell, um sich etwas zu nähen. Er war kein guter Jäger, und wenn er doch einmal etwas erwischte, behielt er so etwas Gutes wie das Fell nie für sich. Agnes dachte an die vielen Hosen, die er für sie aus den Häuten von ihm gejagter Hirsche genäht hatte. Jeder gab ihr Kleidungsstücke oder Lederabfälle. Allen Kindern. Daher hatte Agnes bisher nicht bemerkt, dass Glen seine kärgliche Ausbeute mit ihr teilte, auch wenn das bedeutete, dass ihm nichts blieb.

»Du hättest mehr tun sollen«, warf Bea ihm vor, die Stimme erstickt vor Wut und Verzweiflung. Sie stellte den Fuß auf dieses abgetragene Leder und schubste Glens schlaffen Körper.

»Bitte nicht mehr treten.« Er krümmte sich noch stärker zusammen, hielt die Hände vor den Kopf, als rechnete er mit Schlägen. »Vielleicht ist dir ja aufgefallen, dass es mir nicht so gut geht.«

Bea stieß ihn erneut an.

Da holte Agnes mit ihrem schmalen Bein aus und trat ihrer Mutter gegen das Schienbein.

»Hey«, riefen sowohl Glen als auch Bea.

Überraschend streng blaffte er: »Tritt deine Mutter nicht.«

Agnes liefen Tränen aus den Augen. »Aber sie tritt dich doch.«

»Sie darf das. Du nicht. Hörst du mich?«

Agnes konnte sich nicht erinnern, dass Glen ihr gegenüber je laut geworden war. In ihrem Kopf drehte sich alles. Ihr wurde heiß, sie bekam keine Luft. Sie kniff die Augen zu. *Zähl bis zehn,* dachte sie. *Dann verstehst du es.* Sie zählte bis zehn, schlug die Augen auf.

Glens Hand lag auf ihrem Fuß, mit seinem düsteren Lächeln sah er sie an. »Hey, ich hab dich lieb.« Agnes wusste, dass ihre Augen jetzt feucht waren, aber sie spürte die Tränen nicht.

Wimmernd zog Bea sich ihren Mantel aus, den sie gerade erst vor dem Ende des letzten Schnees genäht hatte, warm, flauschig, immer noch nach Rauch und Tier riechend, und breitete ihn über Glen.

»Danke.« Er zog den Ärmel an sich heran und steckte sich den Saum in den Mund. Ächzend biss er zu. Es war ein dunkles, aggressives Geräusch.

Danach sah er Agnes wieder an. »Ich hab nachgedacht.« Seine Stimme war von dem Mantel etwas gedämpft. »Vielleicht solltest du in die Schule gehen?«

Bea fühlte seine Stirn. »Hast du Fieber?«

»Es wäre mir eben lieber.«

»Ihr habt gereimt.« Agnes grinste ihn schief an.

Glen hustete, zitterte. Kuschelte sich in den Mantel.

Agnes' Kehle schnürte sich zu, sie schämte sich, etwas so Unbekümmertes gesagt zu haben. Ihr Herz wurde schwer wie ein Felsbrocken.

Aber dann machte Glen »Ha-ha-ha«, in seinem neuen, achselzuckenden Tonfall, fast drollig, und unfassbarerweise lachten sie alle. Ihre Mutter und Glen laut prustend, bis noch mehr Tränen aus ihren Augen rannen.

Das Gelächter verstummte, und Glens Grinsen verschwand langsam von seinem Gesicht. Agnes beobachtete jedes Zucken, weil es das letzte Grinsen war, das sie je an ihm sähe. Sie spürte, dass er dabei war, sie zu verlassen. Sie musterte ihre Mutter. Merkte sie es auch?

»Schsch«, machte Bea, obwohl niemand einen Laut von sich gab. Als wollte sie jedes weitere Reden unterbinden, oder vielleicht versuchte sie auch, sie zu trösten. Die Hand auf Glens Wange gelegt, sagte sie: »Agnes, ich glaube, es wird Zeit für dich zurückzugehen.«

»Warum?« Ihre Stimme war schrill, außer Kontrolle.

»Darum.«

»Gehst du auch zurück?«

»Nein. Ich bleibe noch ein Weilchen.«

»Ich will nicht weg.« Agnes fiel neben Glen auf die Knie. Er lächelte sie immer noch an, traurig, gequält, aber fest. Sie ballte die Hände im Schoß.

»Agnes«, sagte Bea. »Ich möchte, dass du zurückgehst und allen Bescheid gibst, dass wir hier sind. Bitte bleibt dort, bis ich zurück bin. Sag den anderen, sie sollen nicht aufbrechen. Sag Carl, er soll nicht aufbrechen.«

»Nein. Bitte.«

»Agnes, geh ins Lager zurück.«

Glen tätschelte ihren Fuß. »Ist schon gut. Wir können uns jetzt verabschieden.«

Agnes konnte sich nicht bewegen. Sie wusste, dass sie Glen nie wiedersah, und das war schlimm genug. Aber sie konnte sich ebenfalls nicht darauf verlassen, ihre Mutter wiederzusehen.

»Agnes«, wiederholte ihre Mutter mit Bestimmtheit.

Agnes legte sich die Finger an die Lippen und kaute auf den Spitzen.

Sanft nahm Glen sie ihr aus dem Mund und drückte sie. »Sie kommt zurück, versprochen.«

Aus dem Gesicht ihrer Mutter wich sämtliches Blut, während Agnes errötete, bloßgestellt und nackt. Erkannt.

Was sollten sie ohne Glen als Übersetzer machen?

Agnes beugte sich vor und küsste Glen auf die Stirn.

»Meine geliebte Tochter«, sagte er. Seine Lippen waren trocken, und sein Lächeln verschwand in seiner Haut, aber die Augen waren feucht und strahlten sie an. »Ich könnte nicht stolzer auf dich sein.«

Bea legte Agnes eine Hand auf die Schulter, zog sie wieder auf die Füße, drehte sie um und schob sie mit ausgestrecktem Arm energisch Richtung Lager.

Agnes ging langsam los. Dann blieb sie stehen.

»Agnes«, warnte ihre Mutter.

Also machte sie ein paar Schritte, hielt alle paar Meter an, bis ihre Mutter ihr befahl weiterzulaufen. Als keine Befehle mehr kamen, vielleicht weil die Sicht auf Agnes versperrt war oder einfach, weil die beiden mit ihr fertig waren, blieb sie stehen und lauschte.

Die Stimmen ihrer Eltern waren leise, unverständlich bis auf das ein oder andere Wort. *Bitte. Nie. Bald.* Es war genau wie damals, wenn sie als kleines Mädchen in ihrem kleinen Zimmer in ihrem kleinen rosa Bett lag und lauschte, wie die beiden in der Küche die Erwachsenen waren, sich eine Mahlzeit kochten, die sie nicht mit ihr teilten, eine viel aufwendigere Mahlzeit, als sie bekommen hatte. Das Klirren von Gläsern und das dumpfere Absetzen einer Weinflasche. Musik im Hintergrund, das Lachen fröhlich oder die Stimmen besorgt, wenn sie über etwas Wichtiges sprachen. Während Agnes in die Dunkelheit ihres Zimmers starrte, in die nach der Ausgangssperre dunkle Stadt, fügte sie all das im Kopf zusammen, ohne es zu sehen. Sie hatte sich immer geborgen gefühlt.

Jetzt war es weniger, *was* Glen und Bea sagten. Genau wie als Kind konnte Agnes dem Inhalt nicht folgen. Es war mehr das Gefühl, das, was in ihrem Tonfall mitschwang. Ein Trost, eine Leichtigkeit. Es war derselbe Tonfall wie damals. Er war vertraut. Was Menschen füreinander empfanden, verriet immer ihre Stimme. Wie sie miteinander sprachen, wenn sie sich allein glaubten.

Agnes kehrte ins Lager zurück und legte sich, ohne auf die Dunkelheit zu warten, auf die Felle, die sie früher einmal mit ihren Eltern geteilt hatte. Jake kam zu ihr unter die Decke. Er wollte sie im Arm halten, aber sie schob ihn weg. Das hier war das Bett ihrer Familie. Jake kroch zu ihr zurück, als wüsste er besser, was Agnes brauchte, als sie selbst, also trat sie nach ihm. Überrascht jaulte er auf und rutschte weg. Halb wach fröstelte Agnes vor sich hin, bis die Sonne unterging und wieder aufging. Am Morgen brachte Jake ihr Essen, das sie nicht antastete. Die Ameisen machten sich über die Schale her, und Agnes dachte an all das Essen, das Glen ihr gegeben hatte. Das er nicht selbst gegessen hatte, weshalb er immer schwächer geworden und gestorben war. Und daran, dass sie es mit Freuden angenommen hatte, gedankenlos, weil sie das Kind war und Erwachsene sich Kindern gegenüber eben so verhielten. Sie hatte geglaubt, sie könnte auf ihren Wanderungen einen

Teil seines Gepäcks tragen und mehr müsste sie nicht tun, um ihm zu helfen, ihn zu beschützen. Er hatte so viel mehr gebraucht.

Am nächsten Tag, als alle sich gerade zur Abendessensausgabe anstellten, trat ihre Mutter aus der Dunkelheit zurück ins Lager. Sie trug ihren Mantel. Ein Streifen von Glens Blut zog sich quer über den linken Ärmel, wie hingemalt.

Sie ging nicht zuerst zu Agnes. Sondern zu Carl. Er legte ihr die Hand auf die Schulter, und sie schüttelte sie ab. Sie wechselten ein paar Worte, anfangs ernst, sogar wütend, leise. Dann nur noch ruhig. Und schließlich lachten sie. Bea warf dabei den Kopf in den Nacken, als wäre sie ganz unbeschwert. Agnes sah zornige Sterne vor den Augen.

Nach dem Essen kam Bea endlich am Feuer auf Agnes zu. Sie legte die Arme um sie und küsste sie auf die Stirn.

»Glen hat dich so geliebt«, sagte sie.

Agnes stand stocksteif da, als wäre ihre Mutter ein Raubtier und sie die Beute. Sie wollte weglaufen. Sie wollte die Arme um den Hals ihrer Mutter schlingen und schluchzen. Sie rührte keinen Muskel.

Bea drückte sie noch fester. »Agnes, wenn du weinen möchtest, ist das okay.«

Agnes murmelte: »Okay.«

Ihre Mutter legte ihr die Hände auf die Schultern und musterte sie eingehend, aber Agnes wandte den Blick ab. Beobachtete die braunen Käfer, die aus den Scheiten krochen, auf der Flucht vor dem Feuer, das vermutlich gerade ihr Heim verwüstete. Sah vor ihrem geistigen Auge ihre Mutter mit Carl lachen. Sah sie zu jenem Laster rennen. Erinnerte sich daran, auf all den Wanderungen, die sie ohne Bea hatten machen müssen, Glens Hand zu halten.

Ihre Mutter sagte: »Ich hole mein Bettzeug, und wir legen uns wieder zusammen. Das wäre doch schön. Möchtest du das?«

»Nein. Ich komme allein klar.«

»Bist du sicher?«

Bea klang enttäuscht, deshalb machte Agnes' Herz einen Satz und sank dann wieder herab. »Ja.«

»Ist gut«, sagte ihre Mutter und versuchte erneut, sie zu umarmen.

»Ist er tot?«, fragte Agnes, die Augen immer noch starr auf den Boden gerichtet. Natürlich war er das. Aber sie wollte es von ihrer Mutter hören.

»Ja.«

»Musstest du ihn töten, oder ist er von allein gestorben?« Agnes' Lippen waren straff, verkniffen; ihr Magen rebellierte. Ihre Stimme blieb gleichmäßig.

Bei der Frage geriet Bea leicht ins Schwanken. Sie sah aus, als könnte sie ins Feuer stürzen. »Agnes«, keuchte sie. Dann jedoch stieß sie erstickt hervor: »Er ist gestorben.«

»Hast du das Ritual ausgeführt? Hast du auf die Bussarde gewartet? Und die Kojoten?« Agnes wollte sie bestürmen wie ein Orkan. Sie wollte unerbittlich sein.

Jetzt erst begegnete sie dem Blick ihrer Mutter. Sie wollte sehen, welchen Schaden sie angerichtet hatte. Wollte sie so verletzt sehen, wie Agnes verletzt worden war. Wie Glen verletzt worden war.

Die Miene ihrer Mutter war eine dunkle Wolke. Ihre Augen waren blutunterlaufen, und die Haut um ihre Augen herum war rot geschwollen, als wäre sie verprügelt worden. Ihr Gesicht war fast sauber gewaschen vor mittlerweile getrockneten Tränen. Sie wirkte, als hätte sie geweint, und zwar heftig, tagelang. Wie hatte sie dann mit Carl lachen können? Agnes bekam keine Luft. Geriet in Panik. Sie hatte eine neue Härte zwischen ihnen entstehen lassen, wo, wie sie jetzt begriff, vorher einfach nur Trauer gewesen war. Etwas, das sie miteinander hätten teilen können. Agnes empfand Scham, einen Impuls, auf die Knie zu fallen, auszumerzen, was sie gerade gesagt hatte. Doch sie konnte es nicht ungeschehen machen. Es war zu spät. Warum musste ihre Mutter immer unbedingt so viele verschiedene Menschen gleichzeitig sein, wenn Agnes nur den einen brauchte? Die Miene ihrer Mutter war in Aufruhr, sogar mit sich selbst uneins. Bea sah aus wie ein Hirsch, dem Agnes gerade die Kehle aufschlitzen wollte. Diese Verzweiflung, gepaart mit Fluchtbereitschaft. In solchen Momenten musste man den Hirsch festhalten, Druck auf die Beine ausüben. Denn Flucht war sein letztes Mittel.

Ihre Mutter drehte sich zum Feuer um, stand jetzt Schulter an Schulter mit ihrer Tochter. Ohne sie anzusehen sagte sie: »Es gibt Dinge, die du nicht verstehst. Das glaubst du zwar; aber du verstehst sie nicht. Ich hoffe, du wirst es nie müssen.«

Zum ersten Mal glaubte Agnes, dass ihre Mutter damit recht hatte. Sie betrachtete ihr Profil im Feuerschein. Es war schaurig.

»Ich liebe dich«, sagte Bea gepresst. »Und ich weiß, dass du mich liebst.«

Agnes' Augen füllten sich mit heißen, reumütigen Tränen. Sie streckte die Hand aus, aber ihre Mutter zuckte wütend zurück, und Agnes erstarrte.

Ganz langsam sprach Bea weiter, im kältesten Tonfall, den Agnes je bei ihr erlebt hatte. »Aber wenn dir nicht gefällt, was du siehst, Agnes Day …« Ihre Mutter spuckte ins Feuer. Es zischte in den glühenden Kohlen. »Dann halt dir besser die Scheißaugen zu.«

Alles Licht der Nacht war ausgelöscht.

Ihre Mutter wandte sich von ihr ab und legte sich zu Carl ins Bett.

ES WAR EINDEUTIG, wann sie oben in der Caldera angekommen waren, weil der Wind ihnen nicht mehr in den Rücken wehte, sondern ins Gesicht. Das Gelände wirkte flach, aber nur, weil sie sich so lange auf einer Bergflanke aufgehalten hatten. Schon lange hatten sie keine Aussicht mehr gehabt. Hier oben aber, an der höchsten Stelle weit und breit, konnten sie sehen, woher sie gekommen waren. Sie sahen das gesamte Auf und Ab ihrer Wanderungen in den letzten Jahreszeiten. Die Erhebung hatte breite, immer stärker ansteigende Ausläufer. Jetzt sahen sie, wie viele Aschenkegel aus der bewaldeten Landschaft ragten. Manche waren am Gipfel kahl. Andere waren Mini-Vulkane, tiefschwarze Krater, fast bis oben hin mit Bäumen bewachsen.

Etwas weiter entfernt entdeckten sie Rauchwolken, der Horizont war in alle Richtungen dunstig. Brände im Beifußmeer. Brände in den Bergen. Die Luft war versengt. Sie ließ die Caldera aussehen wie ein altes Foto von einem Ort, den es nicht mehr gab.

Richtung Mitte wanderten sie wieder bergab. Sie liefen in die eigentliche Caldera, den Kessel des Vulkans. Seine Wunde. Es war gespenstisch ruhig, als lebte dort nichts. Anders als jede andere Landschaft, in der sie gewesen waren, karg und üppig zugleich.

Um eine Kurve herum tauchten die Seen auf. Einer schwarz, einer blau. Je näher sie kamen, desto stärker veränderte sich das Schwarz zu einem trüben Tiefgrün, und das Blau wurde weiß wie der wolkenverhangene Himmel darüber.

Die Seen waren gesäumt von hohen Kiefern, mit den grünsten Nadeln, die Agnes seit Langem gesehen hatte, und rostorangen Stämmen. Gesunde Bäume. Nicht so durstige wie unterwegs. Sie wurden gewässert von den Seen und der Schneeschmelze. Solch leuchtende Farben in einer von Lava vernarbten Landschaft. Die schwarzen Ströme waren wie nach den Seen greifende Glasfinger. An anderen Stellen waren diese Finger rau, die Kanten scharf, gerötet und tückisch. Steile Bimswände umgaben die Seen und den Rand der Caldera. Zwischen den Wasserflächen lag ein Strom, der erhärtet war, während er wirbelnd herabfloss, wie ein Hurrikan um sein eigenes Auge.

»Wir gehen in diesen Seen schwimmen«, sagte Debra in einem ehrfürchtigen Flüstern. »Mir egal, wie kalt sie sind.«

Sie beschleunigten ihre Schritte.

Der Boden knirschte unter ihren Füßen, und dieses Geräusch prallte von den Seiten des Kessels ab. Sie liefen lieber über die erhärtete Lava als durch die Bäume, obwohl es unter den Wipfeln licht war. Tot sogar. Der Pfad gut erkennbar. Aber sie wollten eine klare Sicht. Sie wussten nicht, wer sonst noch da war. Wahrscheinlich waren sie allein. So fühlte es sich jedenfalls an. Adams Spur hatten sie nicht mehr gefunden. Dennoch war auch möglich, dass er in der Nähe lauerte. Und vielleicht noch andere Eindringlinge bei sich hatte.

Über ihren Köpfen segelten Raubvögel, aber Agnes hörte keine Singvögel oder Insekten, kein vorsichtiges Keckern von Eichhörnchen. Irgendetwas Lebendiges musste es hier doch geben. Und wenn nur als Futter der am Himmel kreisenden Räuber. Dann beobachtete sie einen großen Adler, der herabstieß, die Klauen ins Wasser tauchte und mit einem ziemlich großen Fisch wieder aufstieg. Irgendwann einmal mussten die Seen gut gefüllt gewesen sein.

»Endlich mal vernünftig fischen«, sagte Carl.

Sie stiegen weiter hinab und fanden ein Gebäude, das der Caldera-Posten sein sollte. Er war verrammelt, und das offenbar seit einer ganzen Weile. Er wirkte baufällig, einige Fenster waren mit Brettern vernagelt. Er erinnerte Agnes an etwas, das sie vielleicht vor langer Zeit in einem Buch oder einer Zeitschrift gesehen hatte. Eine Blockhütte. An einem Bergsee. Ein großer Raum mit großen, drei Stockwerke hohen Fenstern. In zwei zu den Seiten abgehenden Flügeln befanden sich vermutlich Gästezimmer. Ein Vergnügungsbau. Es war eindeutig die Lodge der Ranger.

Halbherzig probierten sie die Türen, aber keiner wollte eigentlich so richtig hineingehen. Es wehte eine Brise; auf der Wasseroberfläche glitzerte die Sonne. Vor dem Haus war ein Streifen Sandstrand. Spektakuläre Felswände ragten zu beiden Seiten auf. Es war wunderschön. Ihr vorheriges Unbehagen verflüchtigte sich, als sie ihr Lager am Ufer aufschlugen. Carl schickte die Kinder Stöcke sammeln, aus denen er Angelruten basteln wollte. Er holte einen künstlichen Köder und eine Schnur aus der Tasche, die er seit ihrer Ankunft dort aufbewahrte. Möglicherweise war es das Einzige, was seit dem Anfang überlebt hatte. Außer dem Handbuch. Und einigen Büchern und Messern.

In jener Nacht schliefen sie in einem Halbkreis um das Feuer am Seeufer. Die Sterne wirkten näher als je zuvor. Sie funkelten riesig und baumelten am Himmel wie Lampen. Der Wind wehte den Geruch der Brände fort. Der Nebel löste sich auf. Zum ersten Mal bemerkten sie den schweren Geruch von Wasser und heißem, unter dem Abendhimmel abkühlendem Fels. Sie hatten den Bauch voll mit über offener Flamme gegrilltem Fisch. Ihre Finger waren klebrig vom Fischöl. Sie zupften sich Schuppen aus den Zähnen und verbrannten die Gräten im Feuer.

Am Morgen wachten sie auf und standen unschlüssig herum. Es war noch genug Fisch für Frühstück, Mittag- und Abendessen übrig. Das Lager war aufgebaut, Feuerholz reichlich gesammelt.

»Gibt es was, das wir tun sollten?«, fragte Dr. Harold.

»Was machen wir normalerweise?«, fragte Linda.

»Jagen, Häuten, Gerben, Räuchern, Nähen, Sammeln«, sagte Carl.

»Aber es ist momentan nichts angefangen, und wir haben genug«, sagte Linda. »Also haben wir ...«

»Den Morgen frei?«, fragte Debra.

Ehe jemand antworten konnte, rannte Debra schon zum See und zog sich im Laufen das Kleid über den Kopf.

Linda und Dr. Harold folgten ihr. Dann Val mit Silberreiher und Carl. Dann Frank und Pattys Mama. Bald waren alle ausgezogen und im Wasser.

Nur die Erwachsenen hatten ordentlich schwimmen gelernt. Die anderen hatten es sich an den tieferen Stellen der Flüsse selbst beigebracht. Ein- oder zweimal in sehr langsamen Abschnitten eines der seltenen breiten Ströme.

Die Kinder planschten in Ufernähe herum. Die Halbwüchsigen paddelten träge hinaus, bis sie gerade noch stehen konnten. Die Erwachsenen machten glatte Züge und tauchten unter, schlugen mit den Füßen wie mit einem Fischschwanz.

Ihre Mutter hatte Agnes im ersten Fluss, an dem sie gelagert hatten, das Schwimmen beigebracht. Und davor, noch in der Stadt, hatte sie Agnes in der Badewanne üben lassen, die Luft anzuhalten. Wenn Agnes prustend und wild um sich schlagend auftauchte, wartete ihre Mutter mit einem Handtuch, um ihr das Gesicht abzutrocknen.

»Siehst du«, sagte sie dann. »Du hast Panik gekriegt, aber alles war gut. Wasser tut dir nichts, wenn du weißt, wie du dich darin zu verhalten hast.«

In den Flüssen in jenen Anfangstagen hielt ihre Mutter sie um den Bauch fest und ließ Agnes das Gesicht in die schwache Strömung halten. Zuerst fuchtelte Agnes mit den Armen, dann beruhigte sie sich und begann zu paddeln, und Beas Arme blieben die ganze Zeit um sie geschlungen.

Agnes hatte gesehen, wie Debra Kiefernzapfen das Schwimmen beigebracht hatte. Und Schwester und Bruder hatten es von Juan gelernt. Alle, indem sie beinahe ertranken. Sie lernten schnell. Aber dafür mochten sie Wasser jetzt nicht. Sie hielten sich alle dicht am Ufer und gingen nur bis zum Nabel hinein.

Agnes paddelte zu Jake und den Zwillingen. Sie hüpften im Kreis auf Zehenspitzen, sahen abwechselnd in den Himmel und das klare Wasser.

Ihre Zehen strichen durch den Sand. Das Wasser fühlte sich ölig an, aber als Agnes eine Hand heraushob, rutschte es glatt ab und hinterließ nichts als ihre kalte, straffe Haut. Keinen Schlick. Keinen Schleim. Sauber. Sie schwamm ein paar Züge bis dahin, wo der Grund abfiel, tauchte den Kopf ein und spähte hinab. Weit, weit, weit unter ihr sahen die Dünen aus, als verschöben sie sich mit jedem Tritt ihrer Füße. Über ihr erhob sich ein Steilhang so senkrecht, wie es ein Hang konnte, um noch als solcher betrachtet zu werden.

Etwas weiter auf dem See entdeckte Agnes ihre Mutter beim Purzelbäumeschlagen. Nur der Kopf, dann die Wölbung des Rückens, der Po, schließlich verschränkte Knöchel und Füße. Es war nicht elegant. Es sah nach Spaß aus. Ihre Mutter wirkte wie das kleine Mädchen, das sie wahrscheinlich gewesen war, als sie zum letzten Mal Purzelbäume im Wasser schlug. Prustend tauchte sie auf und grinste breit.

Einmal, noch in der Stadt, hatte sich ihre Mutter nach einer der Atemübungen zu Agnes in die Wanne gesetzt.

»Okay, mach mir nach«, hatte ihre Mutter gesagt und im Schneidersitz den Rücken sehr gerade durchgedrückt. »Das haben wir gemacht, als ich ein Kind war. Es ist albern. Aber lustig. Ich weiß nicht, ob es in der Wanne genauso lustig sein wird. Aber probieren wir's.«

»Okay«, sagte Agnes in ihrer hohen, dünnen Stimme. Ihre Mutter wirkte riesig in der Wanne. Es war so viel mehr an ihr dran. So viel mehr Haut, so viel mehr Gesicht und Bein. So viel mehr Haar. Agnes erinnerte sich, das Gefühl gehabt zu haben, dass zehn Agnesse in ihre Mutter passen würden. Und dann fiel ihr wieder ein, dass sie von dort gekommen war. Dass sie dort gelebt, im Bauch ihrer Mutter Wasser geatmet hatte.

»Stell dir einfach vor, wir wären unter Wasser«, sagte Bea. »Unsere Haare schwimmen um uns rum.« Ihre Mutter zauste sich durch die Haare, sodass sie wild und wie im Wasser treibend aussahen. Dann rubbelte sie Agnes ebenfalls über den Kopf.

»Stell dir vor, wir halten die Luft an.« Ihre Mutter blähte die Wangen und riss die Augen auf. »Und dann halt die eine Hand so.« Sie drehte die Innenfläche nach oben. »Und die andere so.« Sie kniff alle Finger außer dem kleinen zusammen, den sie abspreizte. »Als würdest du eine Teetasse halten«, sagte sie. »Und jetzt trinkst du deinen Tee so.« Sie hob die zusammengekniffenen Finger an die gespitzten Lippen. »Unterwasser-Tee.« Ihre Mutter tat, als nippte sie an einer Tasse, das Badewasser reichte ihr dabei gerade eben an die Hüfte.

Es war ein absurdes Spiel, weil keiner von ihnen beiden wirklich unter Wasser war. Sie mussten kichern, und Agnes' Miene – sie versuchte nur, ihre Mutter zu imitieren – brachte Bea zum Lachen, bis sie Tränen in den Augen hatte.

Bei der Erinnerung an eine so unbeschwerte gemeinsame Zeit lächelte Agnes und schwamm zögerlich zu Bea hinüber.

Als sie bei ihr ankam, hörte Bea auf mit den Purzelbäumen. Sie beäugte Agnes misstrauisch. Seit Glen hatte Agnes sie gemieden. Sie dachte, ihre Mutter hätte das ebenfalls. Agnes hatte nicht gewusst, was sie sagen sollte, damit es wieder besser wurde. Damit ihr verziehen wurde.

Also hatte sie gar nichts gesagt. Gerade aber hatte es sie zum ersten Mal seit Langem glücklich gemacht, an ihre Mutter zu denken. Das musste sie nutzen.

»Möchtest du Tee trinken?«, fragte sie schüchtern.

Ihre Mutter spuckte Wasser aus dem Mund wie aus einem Springbrunnen. Sie grinste erleichtert. »Und ob ich will«, sagte sie. »Weißt du noch, wie es geht?«

»Ich glaube schon.« Agnes hielt die eine Hand hoch, kniff die Finger der anderen zusammen und spitzte die Lippen, während sie hektisch Wasser trat.

Ihre Mutter lachte. »Im Schneidersitz.«

Agnes zog die Beine an. Sie kippte, ging unter, lachte. Um sich wieder aufzurichten, ruderte sie mit den Händen.

»Okay, und jetzt probier es unter Wasser.«

Agnes ließ sich unter die Oberfläche sinken.

Ihre Mutter tauchte ebenfalls ab und beobachtete Agnes dabei, wie sie angestrengt versuchte, sich mit der Teetasse in der Hand aufrecht zu halten. Lächelnd zeigte sie nach unten, unten, unten und tauchte noch tiefer hinab. Agnes holte kurz Luft und folgte ihrer Mutter.

Das Gewicht des Wassers um sie herum half Agnes, sich zu stabilisieren, und hin und wieder gelang es ihr, einen Moment ohne Mithilfe ihrer Arme unten zu bleiben und ihre Teetasse an die Lippen zu heben.

Bei ihrer Mutter wirkte es mühelos. Ihre Hand glitt auf und ab. Die Wangen waren nicht aufgebläht, sondern sie behielt die ganze Luft tief in ihrem Inneren. Ihre Augen waren glasig wie das Wasser um sie herum. Sie sah aus, als säße sie zu Hause am Tisch. Außer ihren Haaren. Ihre Haare kringelten sich wie Beifußäste. Sie war schöner als die Meerjungfrauen in dem Märchen aus Agnes' verlorenem Lieblingsbuch.

Agnes sah zum Grund hinab. Die kleinen Sandhügel waren unbewegt. Sie bemerkte, dass alles ganz ruhig und leise war. Sie hörte nur ein Pochen. Ihren eigenen Herzschlag. Am Hals ihrer Mutter pulsierte eine Ader. Mit jedem Klopfen an Beas Hals hörte sie ein Klopfen in ihren Ohren. Das einzige Geräusch unter Wasser war das gemeinsame Schlagen ihrer Herzen, das Strömen ihres Bluts. Und dann, als ihre Mutter lachte, quollen die Luftblasen aus ihrem Mund, als wären sie ihr Leben selbst, das entfloh. Agnes wollte all diese Blasen einfangen und verschlucken, um sie für immer zu behalten.

Sie empfand eine traurige Sehnsucht nach ihrer Mutter, als wäre sie weit weg, unerreichbar. Im Wasser sah Bea aus, als säße sie hinter einer Glasscheibe. Agnes streckte die Hand nach ihr aus, aber sie war gerade außerhalb ihrer Reichweite. Als sie es erneut versuchte, wich ihre Mutter ihr aus und lächelte. Sie hielt es für ein Spiel. Deshalb schüttelte Agnes den Kopf, nein, und reckte beklommen beide Arme, um ihr zu zeigen, wie sehr sie sie brauchte, und endlich erwischte sie eine schwebende Strähne ihrer Mutter und zog daran.

Ihre Mutter machte eine Grimasse, und ein Stöhnen voller Blasen entwich ihr, als sie Agnes' Finger von ihren Haaren löste. Sie sah Agnes böse an. Plötzlich jedoch wurde ihre Miene panisch, sie riss Agnes an sich, schlang den Arm um ihren Bauch und schwamm mit ihr zur Oberfläche.

Agnes spuckte und hustete und begriff, dass sie unter Wasser zu atmen versucht hatte. Sie hatte es gar nicht bemerkt, so fixiert war sie auf ihre Mutter gewesen. Ihr war zumute, als hätte sie geschlafen. Der Beweis, dass es kein Traum gewesen war, war alles um sie herum. Das Wasser. Die Felsen. Die Arme ihrer Mutter, die sie zurück zum Ufer hievten. Benommen sah sie sich um. Die auf dem Basalt, dem schwarz-weißen Obsidian funkelnde Sonne. Die wächsernen Kiefernnadelhäufchen. Es war, als glitzerte die gesamte Caldera.

Celeste, Patty und Jake sahen zu, wie sie an Land gebracht wurde.

»Toll gemacht, Agnes«, sagte Celeste. »Echt guter Stil.« Die Zwillinge kicherten.

Agnes kümmerte es nicht. Sie ließ sich ziehen, schwerelos im Wasser, den Kopf sicher über der Oberfläche, den Körper kühl, die Arme ihrer Mutter um sich, wie in den Flüssen jener Anfangstage, als sie noch die kleine Tochter war, die gerade erst dem Baby entwachsen war. Sie fühlte sich wieder wie ein Säugling, ließ Arme und Beine baumeln und blubberte an der Wasseroberfläche.

Bea brachte Agnes ans Feuer und legte ihr ihren Mantel um. Alle anderen waren noch im See. Agnes hörte ihre Stimmen von den Calderawänden widerhallen, sie klangen so weit entfernt wie Geister.

»Genug geschwommen für heute«, sagte ihre Mutter.

»Okay.«

Die Augenbrauen ihrer Mutter schnellten hoch. »Okay? Na dann, okay.«

Bea hatte mit Widerworten gerechnet, aber Agnes wollte nicht mehr streiten. Sie ließ sich von ihrer Mutter umsorgen, während sie zusammengesunken ins Feuer starrte. Es erinnerte sie ans Kranksein. Zu spüren, wie diese Wärme um sie herumhuschte, ihr Decken um die Schultern legte, ihr die Haare aus den Augen strich. Ihr

Speichel oder Schleim abwischte, Blut, wenn sie gehustet hatte. Zu spüren, dass ihre Hand gehalten wurde, wenn sie irgendwo zwischen Wachheit und Schlaf schwebte. Krank zu sein, war furchtbar gewesen, aber umsorgt zu werden war schön. Sie vermisste es. Sie wusste, dass ihre Mutter sie immer noch andauernd umsorgte. Nur fand es jetzt hinter den Kulissen statt. Es war geheim. Es war strategisch. Es war nicht das Gleiche.

Viele aus der Gemeinschaft ließen sich jetzt treiben. Die Arme ausgestreckt, die Köpfe wippend. Sie sahen aus, als schliefen sie. Die Sonne glitt auf ihrem täglichen Pfad über den Himmel. Wie fühlte es sich an, jeden Tag denselben Weg zu gehen?

Agnes lehnte den Kopf an die vom Wasser noch kühle Schulter ihrer Mutter.

»Müssen wir jetzt hier weg?«, fragte Agnes. Es auszusprechen zog ihr den Brustkorb zusammen.

»Warum fragst du das?«

»Ich hab überlegt, ob die Studie jetzt ohne Glen vorbei ist.« Sie spürte ihre Mutter unter ihrem Kopf erstarren.

Bea seufzte. »Die Studie kann auch ohne Glen weitergehen.«

Agnes schämte sich, seinen Namen gesagt zu haben. Er war erst seit Kurzem tot, aber es kam ihr vor wie Jahre. Und doch war es gleichzeitig, als wäre er gar nicht richtig fort. Er hielt sich nur abseits, um den Schlaf der anderen nicht durch sein Husten zu stören. Sie schwankte zwischen Trauer über seine Abwesenheit und Vorfreude auf seine Rückkehr. Es war ein hoffnungsvolles Gefühl, das sie nicht verlieren wollte. Agnes und ihre Mutter schwiegen wieder. Glen war etwas, das sie gemeinsam hatten. Agnes dachte, dass sie das vielleicht ärgerte, dass sie beide vorziehen würden, ihn für sich selbst zu haben.

Sie beobachtete eine Libelle, die das Seeufer abflog, auf der Suche nach kleinen Käfern. Agnes war sicher, das schnelle Flattern ihrer dünnen Flügel hören zu können, weil sie sicher war, alles hören zu können. Sie hatte geglaubt, einen Herzschlag in ihrem Bauch hören zu können, und Jake horchen lassen. »Das ist nur dein Magen«, hatte er gesagt. »Nein«, sagte sie. »Da ist noch was.« Doch bald danach hatte sie geblutet, heftig. Sie war enttäuscht, vor allem aber war ihr peinlich, von ihrem Körper im Stich gelassen zu werden. Sie berichtete Jake knapp von der vermutlichen Fehlgeburt und beantwortete seine Fragen ausweichend, bis er keine weiteren stellte. Er wollte verstehen, wie es ihr ging. Aber das wusste sie selbst nicht. Sie begriff nicht, warum sie um einen Blutklumpen weinte, der letzten Endes doch noch kein Herz gehabt hatte. Sie hatte die glitschige Masse mit den Fingern danach durchsucht. Es war nichts da gewesen. Gern hätte sie ihrer Mutter davon erzählt, schämte sich aber. Ihre Mutter hatte Madeline verloren, deren Herzschlag Agnes gehört hatte. Ihre Mutter hatte Agnes' Ohr auf ihren Bauch gelegt und gesagt: »Pssst.« Und da war er gewesen. Wie der eines verängstigten Hasen. Madeline war ein ganzes, richtiges Baby gewesen, nur nicht komplett ausgewachsen. Agnes hatte herzloses Blut zur Welt gebracht. Also verschwieg sie ihrer Mutter den Verlust, genau wie die Schwangerschaft selbst.

Wonach sie allerdings seltsamerweise ihre Mutter gern gefragt hätte, war nicht, wie es war, ein unfertiges Baby zu verlieren, sondern nach den Sorgen, die Agnes sich gemacht hatte, bevor sie blutete und sogar danach noch. Dass ihr Baby leiden müsste oder gelitten hatte, irgendwie. Es war ein vages, aber überwältigendes Gefühl, das sie in unterschiedlichen Momenten umfangen hatte. Wenn sie sich schlafen legte. Wenn sie eine Art Stromstoß spürte und wusste, dass ihr Körper und das Baby kommunizierten. Selbst als sie nicht mehr schwanger war, kribbelte es wie Ameisen in ihrem Bauch vor Sorge. Alles fühlte sich jetzt anders an. Weil Glen nicht mehr da war. Aber es war mehr als das. Sie spürte es, doch ihr fehlten die Worte dafür. Was, wenn für sie bereits ein Ende geschrieben war? Das alles konnte sie ihre Mutter allerdings nicht fragen. Es erschien ihr übermäßig menschlich. Vernunft und Sorge und Vorbereitung. Es passte nicht zu ihr. Als wäre sie von dem Kind schon verändert worden, obwohl sie einander nie kennenlernen würden.

Im flachen Wasser spielten die Kinder und Jugendlichen Fangen. Die Erwachsenen gesellten sich zu ihnen. Ihr Kreischen und Schreien hallte von den Felsen wider, und es klang, als riefen neue Entdecker aus dem Wald, überall um den Gipfel herum.

»Stimmt es, was Adam gesagt hat?«, fragte Agnes. »Dass Leute in den Wildnis-Staat strömen?«

»Ich denke mal, dass es extrem übertrieben, aber vielleicht was Wahres dran ist.«

»Heißt das, wir müssen hier weg?«

»Agnes, warum bist du so fixiert auf das Thema?«

»Weil ich nicht zurück in die Stadt will.«

»Warum hast du Angst, dass wir müssen?«

Agnes zuckte die Achseln. »Alles ist jetzt anders.«

Ihre Mutter forderte sie nicht auf, das zu erläutern. »Versuch, dir keine Sorgen zu machen. Außerdem muss es nicht das Ende der Welt sein, hier wegzugehen.« Bea machte eine Pause und strich sich über die verfilzten Haare, als überlegte sie, was sie als Nächstes sagte. »Uns bleibt noch die Privatzone.«

»Das wieder!« Agnes setzte sich auf. Wut stieg in ihr hoch. »Das ist wohl der große Plan, den du ausheckst. Und du weißt schon genau, wie es laufen soll, oder?«

Ihre Mutter schniefte. »Wenn du es wissen willst, ja.«

»Okay, und wie willst du uns da hinbringen?«

»Ich kenne jemanden«, sagte Bea.

»Und das Geld?«

Bea wirkte überrascht. »Was weißt du davon?«

»Ich weiß, dass man Geld braucht. Das haben die Neulinge mir erzählt.«

»Tja.« Ihre Mutter blinzelte. »Das Geld haben wir.«

»Für alle?«

Bea zuckte die Achseln. »Das müssten wir sehen. Aber für uns auf jeden Fall.«

Das hieß Nein, wusste Agnes. Und ihre Mutter hatte einen Plan, die anderen früher oder später zurückzulassen. Das war kein Schock für sie. Es war das Leben in der Wildnis. Und es war auch kein Schock, dass ihre Mutter offenbar kein Problem damit hatte, diese Entscheidung zu treffen. Was Agnes mehr erschütterte, war, dass ihre Mutter sich rein auf Vertrauensbasis auf so etwas einließ.

»Wer ist dieser Jemand?«

»So ein Mann.«

»Wie lange kennst du ihn schon?«

»Eine Weile.«

»Wann hast du ihn kennengelernt?«

Ihre Mutter dachte nach. »Ungefähr um die Zeit, als wir die Stadt verlassen haben.«

»Ist er vertrauenswürdig?«

»Agnes«, sagte Bea scharf. »Natürlich. Glaubst du, ich würde mich auf jemanden einlassen, dem ich nicht traue?«

Doch für Agnes stellte es sich so dar, dass ein Mann bereit war, ihre Mutter an einen Ort zu bringen, der nicht existierte, wenn sie ihm ihr ganzes Geld gab. Und das klang nicht vertrauenswürdig.

»Wie heißt er?«

»Schätzchen, mach dir keine Gedanken«, sagte ihre Mutter.

»Mama.«

»Das werde ich dir nicht sagen.«

»Wusste Glen davon?«

Ihre Mutter verzog das Gesicht. »Er wusste genug.«

Agnes fühlte sich verraten. Ihre Mutter plante, sie von hier wegzubringen, ohne sie überhaupt danach zu fragen, was sie wollte. »Aber mir gefällt es hier.«

»Wir können nicht ewig hier bleiben.«

»Warum nicht?«

»Ach, Agnes, es geht einfach nicht.« Ihre Mutter sagte das, als wäre es der naheliegendste Gedanke überhaupt.

»Das hat mir niemand gesagt«, fauchte sie, um das Zittern ihrer Stimme zu übertönen. Sie schluckte herunter, was sie empfand, und rieb sich fest über das Gesicht, um die Tränen und ihre eigene Angst zurückzudrängen.

Ihre Mutter lenkte ein und bemühte sich, die Stimmung zu entspannen. »Hör mal, wahrscheinlich müssen wir nicht weg. Ich möchte nur nicht, dass du dich von Sorgen stressen lässt. Was auch immer passiert, ich habe einen Plan für uns. Vertrau mir bitte. Die Privatzone ist für uns eine echte Option. Ich verspreche dir, dass ich uns dorthin bringen kann. Es wäre ein gutes Leben.«

»Ich mag dieses Leben hier.«

»Ich auch«, sagte Bea. »Es ist ja nur Plan B.« Aber Agnes glaubte ihr nicht.

ZWEI TAGE, NACHDEM SIE die Caldera erreicht, das Lager aufgeschlagen, Stunden im Wasser verbracht und sich den Bauch mit Fisch vollgeschlagen hatten, hörten sie nach dem Frühstück von Weitem das Knirschen von Schritten von den Felswänden widerhallen. Es klang wie eine ganze Armee, ein großer und schwerfüßiger Trupp, aber sie hatten gelernt, dass Schall sich in der Caldera verstärkte. Also waren sie wachsam, wenn auch nicht sonderlich ängstlich. Als die Schritte lauter wurden, nahmen alle sich Stöcke und Messer, Pfeile und Bogen, große Steine, was auch immer greifbar war. Zusammen bewegten sie sich auf das Geräusch zu, die Waffen in Bereitschaft.

Mehrere Ranger traten im Gänsemarsch aus dem Wald. Und hinter der Gemeinschaft ertönte das *Tut, tut* einer Hupe. Als sie sich erschrocken umdrehten, sahen sie einen Transporter hinter der Lodge vorfahren. Ranger Bob sprang heraus und grüßte fröhlich.

Bea lachte. »Wie habt ihr denn den hier raufgekriegt?«, rief sie ihm zu, als weitere Ranger aus dem Wagen ausstiegen.

»Ganz normal«, sagte Ranger Bob. »Auf der anderen Seite gibt es eine Zufahrtsstraße.« Und Agnes sah einige seiner Kollegen bei dieser Enthüllung grinsen und wurde daran erinnert, dass dies für manche von ihnen ein Spiel war. Sie beobachtete Ranger Bob, neugierig, welche Position er dabei einnahm. Er lächelte nur sein Ranger-Bob-Lächeln.

Sie versammelten sich am Strand, und es hatte die Atmosphäre eines Familientreffens von entfremdeten Verwandten. Ranger Bob schüttelte den Mitgliedern der Gemeinschaft die Hand, die von der Geste verwirrt wirkten. Er tätschelte Agnes den Kopf und sagte: »Und last, but not least«, während er sich nach einem weiteren umsah. Da er ihn nicht fand, runzelte er die Stirn und legte Agnes den Arm um die Schulter. Er war so groß wie Glen. Etwas stämmiger, aber ungefähr im gleichen Alter. Er drückte ihr die Schulter. Es war ein angenehmes Gefühl.

»Es hieß doch, hier gibt es eine Neueröffnung«, sagte Bea.

»Ist ja auch alles neu. Du hättest es vorher sehen sollen.«

»Aber alles ist verrammelt«, sagte Juan.

»Das machen wir, damit niemand sich daran zu schaffen macht.«

»Wer sollte das denn tun?«

Die Ranger wechselten Blicke. »Setzen wir uns doch rein und unterhalten uns. Nur die Anführer.« Carl und Bea traten vor.

»Warum nur die Anführer?«, fragte Debra.

»Weil ein paar Entscheidungen getroffen werden müssen.«

Agnes machte ebenfalls einen Schritt nach vorn. »Ich bin eine Anführerin.«

»Dass du manchmal an der Spitze gehst, macht dich noch nicht zu einer richtigen Anführerin«, sagte Carl.

»Für mich schon«, sagte Debra.

Und Val: »Für mich auch.«

»Wenn Entscheidungen getroffen werden, soll Agnes dabei sein«, meinte Celeste. »Ich will, dass eine von uns dabei ist.«

»Was meinst du mit *eine von uns*?«

»Ein Kind.«

Carl sagte: »Ich dachte, ihr wärt keine Kinder.«

»Wir haben andere Werte als ihr, deshalb ist das ein Moment, in dem ich mal nicht mit den Erwachsenen in einen Topf geworfen werden will.«

Mit einem Schnauben setzte Bea sich in Bewegung. Carl folgte, genau wie Agnes. Als sie in das Haus eintrat, fiel ihr ein Karton voller Blöcke mit Bleistiften auf, genau wie ihre Mutter einen besaß. Sie ließ heimlich einen mitgehen. Am Tisch warteten neue Ranger. Niemand begrüßte Agnes. Sie suchte sich einen Platz und saß das verwirrte Schweigen der Ranger aus.

»Schon gut.« Bea deutete mit der Hand auf Agnes. »Sie darf dabei sein.« Dennoch schüttelte ihre Mutter den Kopf.

Zu beiden Seiten der Tür stand jeweils ein Ranger, die Hände vor dem Gürtel verschränkt, die Beine breit. *Sie bewachen den Ausgang,* dachte Agnes. Ein weiterer hatte sich im hinteren Teil des Flurs aufgebaut und zusätzlich einer bei dem großen Fenster mit Blick auf den See. Agnes konnte ihre Gemeinschaft dort draußen sehen. Debra und Kiefernzapfen schwammen, andere kochten.

Jake und die Zwillinge drückten sich in einem Gebüsch in der Nähe des Fensters herum, neugierig, vielleicht zu Agnes' Schutz, bis zwei Ranger sie zurück ins Lager eskortierten.

Ranger Bob saß am Kopfende des Tisches und gab ein paar Erklärungen ab über den Brand, den sie gerochen hatten, und ein Wolfsrudel, das in die Gegend gezogen war. »Falls ihr das Glück habt, einen zu entdecken.« Er lächelte wie üblich viel und sprach mit freundlicher Stimme. Neben ihm allerdings saß jemand, der die Zähne fest zusammengebissen hatte und häufig die Augen verdrehte. Er wurde als Ranger Bobs Chef vorgestellt und hatte einen Streifen mehr auf der Uniform. Nur einen, was aber offenbar einen großen Unterschied ausmachte. Ranger Bob sah ihn häufig an. Ganz offensichtlich wollte er den Mann zufriedenstellen, und es war nicht klar, ob ihm das gelang.

Ranger Bob machte eine Pause und räusperte sich. »Also, und diese Info ist wichtig. Die Studie ist abgeschlossen.«

Carl und Bea blinzelten dümmlich wie Hirsche.

»Was bedeutet das für uns?«, fragte Carl.

»Tja.« Ranger Bob lächelte wieder. »Es bedeutet, dass ihr nach Hause müsst.«

»Nach Hause ...«

»In die Stadt.«

»Was?« Der Tonfall ihrer Mutter klang scharf und wütend. Obwohl sie Agnes gerade erst mitgeteilt hatte, dass sie einen Alternativplan für eine solche Situation hatte, schien sie völlig überrumpelt.

»Moment noch«, sagte Ranger Bob. »Unter Umständen können wir euch eine andere Möglichkeit anbieten.

Dafür bräuchten wir allerdings eine Gegenleistung von euch.« Er schielte nach seinem Chef. »Seit ein paar Jahren kämpfen wir gegen eine Plage. Die wir euch eigentlich verschweigen wollten. Um der Studie willen. Aber soweit ich hörte, wisst ihr mittlerweile Bescheid, dass sich einige Eindringlinge in unserer Mitte befinden.« Carl grinste, offenbar zufrieden, dass Bob diesen Begriff verwendete, und zog dann schnell wieder finster die Augenbrauen zusammen, als wollte er seine Freude verbergen.

Bea machte ein überraschtes Gesicht und wollte gerade Erschrockenheit zum Ausdruck bringen. Doch Ranger Bob hielt eine Hand hoch. »Spar dir das, Bea. Wir wissen von Adam.« Jetzt wirkte Bea wirklich überrascht, als dächte sie, *woher*?

Ranger Bob erzählte die gleiche Geschichte, die auch Adam erzählt hatte, nur klang sie dieses Mal viel echter und plausibler. Eine Gruppe von Leuten – wie groß, wusste niemand genau – wohnte seit mehreren Jahren in der Wildnis. Wahrscheinlich waren sie von der Seite der Minen her eingedrungen, möglicherweise auch an anderen Stellen. Menschen, die aus der Stadt verschwunden waren, die aus der Stadt vertrieben worden waren oder dort nicht überleben konnten, überlebten jetzt hier. Anfangs war man sich uneins gewesen, ob man es glauben sollte. Manche Ranger hielten es für möglich. Andere schlossen es kategorisch aus. Ranger Bob senkte verlegen den Kopf. Für ihn war es unvorstellbar gewesen. Nach und nach sammelten sie Beweise. Bewegungskameras im Wald zeichneten Videos von verschwommenen Gestalten auf, die hinter Bäumen hervorhuschten, weit entfernt von den Orten, an denen die Gemeinschaft sich gerade aufhalten musste. Mittlerweile gab es genug Beweise dafür, dass diese Leute nicht nur hier waren, sondern das schon seit geraumer Zeit. Und es waren viele.

»Und was hat das mit uns zu tun?«, fragte Carl.

»Wir möchten, dass ihr uns helft. Wir waren bisher nicht in der Lage, diese Gruppe zu infiltrieren. Ihr schafft das vielleicht, glauben wir.«

»Was müssen wir tun?«

»Was ihr schon immer tut«, sagte Ranger Bob. »Wandern, jagen, leben. Aber an einer vorgegebenen Stelle. Wir haben den Quadranten ausgemacht, in dem sich unserer Einschätzung nach die meisten verstecken. Dort bringen wir euch hin. Und ich werde mich anschließen, mich als einer von euch ausgeben. Ich habe einen Tracker dabei und benachrichtige die Zentrale, wenn sie gefunden sind.«

»Und wenn wir mitmachen, dürfen wir bleiben?«

Ranger Bob lächelte. »Nein, nicht so ganz. Natürlich dürft ihr bleiben, während ihr Kontakt aufnehmt. Aber sobald wir die Eindringlinge abgefangen und zusammengetrieben haben, besorgen wir euch eine Zugangsgenehmigung für die Privatzone.«

Carl lachte. »Leck mich, Bob.«

»Ich weiß, es ist nicht der Wildnis-Staat, aber …«

»Ein Scheißdreck, das ist es. Es gibt keine Privatzone.«

»Doch, das kann ich euch versichern. Und wenn ihr uns helft, dürft ihr dort den Rest eures Lebens verbringen und müsst nie wieder in die Stadt zurück.«

Carl wollte wütend aufstehen, doch Bea hielt ihn am Arm fest. Sie flüsterte ihm hastig etwas ins Ohr, woraufhin er sich zurück auf seinen Stuhl fallen ließ.

»Was, wenn wir keinen Kontakt zu ihnen kriegen?«, fragte Bea. »Was, wenn wir es versuchen, und es nicht klappt? Dürfen wir dann trotzdem in die Privatzone?«

Ranger Bob und sein Chef sahen einander mit hochgezogenen Augenbrauen an. Ranger Bob wandte sich freundlich an Bea. »Wir haben keinen Zweifel, dass ihr sie findet.«

»Aber wir sind ihnen nie begegnet«, sagte Bea. »Adam kam ja zu *uns*. Warum glaubt ihr, dass wir sie jetzt finden können?«

»Ihr habt den Toten gefunden«, blaffte der Chef. Sein Blick wanderte von einem zum anderen, zutiefst misstrauisch.

»Das war einer?«

»Ja.«

»Na ja, der war tot. Er konnte sich nicht verstecken.«

Der Chef knallte mit dem Rücken an die Stuhllehne. Agnes verstand nicht, was ihn so aufbrachte. Er wedelte mit der Hand, als wollte er Ranger Bob auffordern: *Mach schon weiter.*

»Wir wissen, dass sie sich mit euch treffen wollen«, sagte Ranger Bob.

»Sie wollen unsere Sachen klauen«, sagte Carl.

»Sehr wahrscheinlich.«

»Woher wisst ihr das?«

»Wir haben Informationen.«

»Was für Informationen? Woher?«

»Das ist geheim.«

Bea schnaubte. »Ach, komm schon.« Aber Bob hielt eine Hand hoch, und sie verstummte sofort.

»Das ist eine wichtige Operation. Wir müssen diese Eindringlinge ausfindig machen. Um eine klare Botschaft an jeden zu senden, der es für eine gute Idee hält, in ihre Fußstapfen zu treten.«

»Und diese Botschaft lautet: *Bleibt bloß draußen*«, klärte Bea.

»Genau.«

Agnes sah aus dem Fenster. Da war ihre Gemeinschaft und hinter ihr das weite Ökosystem der Caldera. Sie waren winzige Pünktchen. Und die Caldera war ein winziges Pünktchen auf der Landkarte. Sie hatten mehrere Jahreszeiten gebraucht, um aus dem Talkessel hierherzukommen, den zu erreichen sie ebenfalls mehrere Jahreszeiten gekostet hatte.

»Aber es ist doch reichlich Platz«, sagte Agnes.

»Wie meinst du das?«, fragte Ranger Bob.

»Ich meine, es ist eine große Wildnis. Was macht es schon, wenn ein paar Leute bleiben?«

»Der Wildnis-Staat verändert sich. Er hat ein neues Mandat. Hier darf niemand sein.«

Agnes lachte abfällig auf. »Wie kann man eine Wildnis ohne irgendwelche Menschen haben?«

Der Chef antwortete. »Die Studie hat eindeutig gezeigt, dass man keine Wildnis *mit* Menschen haben kann.«

Das erschien Agnes lächerlich. »Ihr wüsstet doch nicht mal, dass wir da sind, wenn wir uns verstecken würden. Ihr würdet keine Spur von uns finden.«

Der Chef grinste höhnisch. »Oh doch, wenn ihr euch versteckt, jagen wir euch und treiben euch zusammen.«

Ehe sie noch mehr sagen konnte, zischte ihre Mutter: »Sei still, Agnes.«

Carl meinte: »Ich hätte eine Frage. Warum nehmen wir nicht einfach den Tracker mit und drücken auf den Knopf, wenn wir die gefunden haben?« Er wirkte niedergeschlagen. Das Leben, wie sie es kannten, war vorbei, und zu allem Überfluss mussten sie noch mit den Rangern kooperieren?

Ranger Bob und der Chef sahen einander an, unschlüssig, was sie antworten sollten. Dann lächelte Ranger Bob. »Wir trauen euch nicht.« Er zuckte die Achseln. »Sorry.«

Agnes wappnete sich dafür, dass Carl wütend wurde, sich bevormundet fühlte. Doch er dachte nach und entgegnete überraschenderweise: »Von mir aus.« Dann fügte er hinzu: »Solange wir immer noch das Sagen haben.«

Bob hob die Hände, als Geste sachter Unterwerfung. »Selbstverständlich. Ich bin nur für den Knopf da.« Er grinste. »Und für ein bisschen Abenteuer. Ich hab nichts dagegen, die Uniform mal auszuziehen.« Der Chef verdrehte die Augen, den Mund missbilligend verzogen, aber Bob ließ sich nicht beirren.

»Und was, wenn wir nicht helfen?«

»Tja, wir hoffen sehr, dass doch.«

»Aber was, wenn nicht?«

»Wie gesagt, die Studie ist vorbei«, sagte der Chef. »Ihr füllt ein paar Formulare aus. Und dann geht's ab nach Hause. In die Stadt.« Er verschränkte die Arme. »Morgen.«

»Es ist ein guter Deal«, sagte Ranger Bob in einem besänftigenden, schmeichelnden Tonfall, dem gleichen Tonfall, den Agnes bei dünnen, bedürftigen, hungrigen Hasen anschlug, wenn sie sie bemerkt hatten, aber noch nicht weggelaufen waren. Er sah Bea an und lächelte, bis er nicht mehr lächeln konnte. Dann erschlaffte seine Miene, er runzelte ganz kurz die Stirn, und Agnes stellte fest, wie müde sie alle aussahen. Wie schmutzig und zerknittert ihre Uniformen waren, wie schief die Zungen ihrer Stiefel, die Hemdzipfel aus der Hose hingen. Wo sie normalerweise so amtlich wirkten, stolz und sauber.

Bea wandte sich Carl zu und sah ihm lange in die Augen. Schließlich drehte sie sich zum Fenster um und betrachtete die Gemeinschaft draußen, die ihre Zeit in der Caldera genoss und sich entspannte, stellte sich vielleicht vor, wie schön es wäre, sich dauerhaft zu entspannen. Stellte sich vielleicht alle in einem Bus in die Stadt vor, weinend. Agnes konnte nicht entschlüsseln, was genau sie dachte. Dennoch war sie erstaunt, als ihre Mutter sagte: »Okay. Wir machen es. Wir helfen.« Sie nickte Carl zu, und er erwiderte das Nicken missmutig. Nach Agnes' Meinung fragte sie nicht. Niemand fragte danach. Und Agnes gab sie nicht von sich aus preis. Sie hatte genug gehört.

Alle standen auf und stellten sich in unterschiedliche Ecken. Der Chef schielte nach Ranger Bob, eindeutig unzufrieden. Vielleicht hatte er sie einfach nur herauswerfen wollen, und Ranger Bob war es gelungen, ihnen etwas Zeit zu verschaffen. Agnes beobachtete den Chef, als er die Türen überprüfte, den Wache haltenden Rangern ins Ohr flüsterte, Blicke auf ihre Mutter, Carl, Ranger Bob und auch Agnes warf. Seine Augen hatten die Farbe des Himmels, wenn er leuchtete. Die Farbe von nichts. Sie nahm an, dass Ranger Bob ihm vertraute, weil er sein Chef war und Menschen ihrem Chef vermutlich vertrauten. Und sie wusste, dass ihre Mutter ihm traute, weil sie Ranger Bob traute. Aber Agnes vertraute diesem Mann nicht. Überhaupt nicht.

AM FEUER GAB BEA DIE NEUIGKEITEN an die Gemeinschaft weiter, als handelte es sich einfach um eine weitere Anweisung. Als hätten sie Glück, dass sie etwas länger bleiben durften. Und danach ein friedliches, entspanntes Leben in der Privatzone führen, was für ein Geschenk.

»Also zwingen sie uns, ihnen diese armen Leute auszuliefern?«, fragte Debra böse.

»Diese Eindringlinge, Debra«, blaffte Carl.

»Entweder das, oder wir werden nach Hause geschickt«, sagte Bea. »Und zwar morgen.« Das hatte sie schon mehrfach wiederholt, weil es sich als Kernpunkt der Ankündigung einprägen sollte. Ihr betrübtes Gesicht erkannte Agnes als vorgetäuscht, und sie begriff, dass das irgendwie zum Plan ihrer Mutter gehören musste. Aber wie, konnte sie sich nicht erklären.

»Also hatten wir eine Wahl?« Vals Stimme klang schrill, und sie lachte kurz und schrecklich. »Und das habt ihr für uns alle gewählt?«, fragte sie Carl angewidert.

»Es ist ein guter Deal«, sagte er mit derselben schmeichelnden Stimme wie vorher Ranger Bob.

Val schüttelte den Kopf. Traurig wandte sie sich an Agnes. »Du auch, Agnes?«

Agnes sah an allen vorbei auf die Felsen, suchte einen Ankerpunkt, etwas zum Festhalten. Sie spürte den Blick ihrer Mutter auf sich. »Nein.«

»Agnes«, sagte Bea warnend.

Agnes sah ihr in die Augen. »Ich bleibe hier. Ich werde bleiben und verschwinden. Genau wie die Eindringlinge.«

Beas Mundwinkel sackten herab, aber es war Carl, der böse zischte: »Einen Teufel wirst du tun. Die Entscheidung hast du nicht zu treffen.«

Celeste beachtete ihn gar nicht. »Wir könnten nicht alles, was wir brauchen würden, tragen«, überlegte sie, weil sie schon wusste, dass ihre Anzahl deutlich verringert wäre.

»Das meiste müssten wir zurücklassen. Die Bücher könnten wir nicht mitnehmen. Die Küche nicht. Das Handbuch brauchen wir nicht. Das Gusseisen ist schon weg. Wir dürften nur was zum Wärmen einpacken. Ein bisschen Essen, Wasser. Messer. Waffen. Nur, was man auf dem Rücken tragen kann.«

»Aber wir brauchen die Sachen«, sagte Juan. Agnes wusste, dass er hauptsächlich an seine Farben dachte.

»Wir fangen noch mal von vorn an«, sagte Agnes. »Keine Schüsseln und Betten und Klamotten. Nur das absolut Nötigste. Wenn wir ein besseres Versteck gefunden haben, können wir uns suchen, was auch immer wir brauchen. Das haben wir schon mal gemacht. Als wir neu hier waren. Das schaffen wir wieder.«

Ihre Mutter sah sie an, als wäre sie geohrfeigt worden.

Wieder bellte Carl: »Wir teilen uns nicht auf. Wir bleiben zusammen, sonst funktioniert es nicht.«

»Sag ihr nicht, was sie zu tun hat«, brüllte Debra und rutschte dichter an Agnes heran. »Und mir sagst du auch nicht, was ich zu tun habe, Carl.«

»Doch. Ich bin der Anführer. Und deshalb darf ich dir sagen, dass ihr nicht schlau seid. Wenn ein paar von uns abhauen, sind wir alle am Arsch. Die werden uns niemals trauen, dass wir Kontakt zu den Eindringlingen herstellen, wenn die Hälfte von uns selbst zu Eindringlingen wird. Die schicken uns in die Stadt zurück. Uns alle.« Carls Stimme brach, und Agnes lief ein

Schauer über den Rücken. »Wenn ihr abhaut, versaut ihr uns diese Chance auf was Besseres.«

»Nicht unbedingt«, sagte Val, wenn auch mit weicherer Stimme jetzt. Sie biss sich auf die Lippe.

»Ach, bitte, Val.« Carl verzog verächtlich den Mund. »Setz doch mal dein kleines Gehirn ein.«

»Du Scheißkerl«, sagte Val, und dann wachte Silberreiher in seinem Tragetuch auf, schreiend, hungrig. »Verdammt noch mal«, knurrte sie, steckte die Hand in das Tuch und legte ihn an ihre Brust. Als sie sich wieder aufrichtete, strömten ihr Tränen über das Gesicht. »Ach, Scheiße«, schrie sie in ihre Hand, während Silberreiher nuckelte.

Carl hatte recht, begriff Agnes, und sie vermutete, dass es Val ebenso ging. Die Ranger würden niemals die belohnen, die blieben. Sie würden nur zur Kenntnis nehmen, wer fehlte. Und würden alle anderen bestrafen. Sie spürte eine Hand auf ihrem Arm und riss ihn zurück, weil sie glaubte, die Hand sollte sie festhalten. Aber es war Jake. Er strich zu ihrer Hand hinunter und ergriff sie.

»Du hasst es doch, die Vorschriften zu befolgen«, warf Val Carl heulend vor.

»Ich werde nicht weglaufen und mich verstecken wie ein Verbrecher. Ich habe das Recht, hier zu sein.« Er reckte das Kinn. »Weglaufen ist feige.«

Val lachte. Und dann lachte sie noch mehr, unter strömenden Tränen und heftig bebenden Schultern, bis Baby Silberreiher von ihrer Brustwarze geschüttelt wurde und wieder schrie.

»Ich kapiere ehrlich nicht, was so witzig ist«, schniefte Carl und sah sich in der Runde um. »Was ihr da vorhabt, reitet uns alle rein.«

»Du darfst den Rangern nicht trauen, Carl«, flehte Val. »Das weißt du doch. Die kümmern sich nur um sich selbst. Warum glaubst du, die werden dich nicht mit einkassieren, wenn sie die Eindringlinge zusammentreiben?«

»Ich traue ihnen mehr als irgendwelchen Leuten, die ungebeten hier aufgetaucht sind und alles für uns kaputtmachen.« Spucke schäumte in seinen Mundwinkeln, und Agnes verstand. Carl war enttäuscht. Ihm war etwas Besonderes geschenkt und jetzt wieder weggenommen worden, und er brauchte einen Schuldigen. Val nickte und machte einen Schritt auf Agnes zu. Agnes bemerkte, dass die einzelnen Mitglieder der Gemeinschaft ihre Position wechselten. Die Leute schoben sich dichter an sie oder ihre Mutter heran. Stumm trafen sie eine Entscheidung über den Rest ihres Lebens.

Agnes sah ihre Mutter an, die merkwürdig still geblieben war. Beas Miene war ausdruckslos. Im Geiste war sie mit komplizierten Kalkulationen beschäftigt.

Frank sagte: »Also, meiner Meinung nach fällt es nicht schwer, ihnen das mit der Privatzone abzukaufen. Wir alle haben die Bilder gesehen.«

»*Wir* nicht«, sagte Agnes. »Die ursprüngliche Gemeinschaft. Als wir die Stadt verlassen haben, waren wir sicher, dass die Privatzone ein Märchen ist, das sich Verrückte ausgedacht haben. Und jetzt sollen wir glauben, dass es sie wirklich gibt und wir sogar darin wohnen dürfen? Warum sollten ausgerechnet wir dürfen? Was haben wir getan, außer andere zu verraten, die das Gleiche wollen wie wir? Nämlich hier sein. Wir können alle abhauen, zusammen. Wir wissen, wie man sich versteckt.«

Celeste stand hinter Agnes, murmelte »Patty« und wedelte mit der Hand. Pattys Eltern waren bei Bea und zischten Patty zu, sich ihnen anzuschließen. Die arme Patty in der Mitte. Die erwachsenen Neulinge hatten von Anfang an in die Privatzone gewollt. Dieser Deal mit den Rangern musste ihnen wie ein Wunder erscheinen, und das wollten sie sich auf keinen Fall entgehen lassen. Aber die jüngeren Neulinge empfanden völlig anders in Bezug auf ihre Zukunft, wie es bei jungen Menschen häufig ist.

»Ich gehe nicht zurück«, sagte Carl. »Deine Mutter hat mir alles über die Stadt erzählt, was ich wissen muss. Und jetzt über die Privatzone.« Agnes stellte fest, dass er nur sie ansprach. Sein Blick war unbewegt, wenn auch seine Stimme bebte. »Wir müssen uns in der Sache einig sein.«

»Ach, auf einmal brauchst du eine einstimmige Entscheidung? Du brauchst Konsens!« Debra lachte. »Das ist großartig.«

»Halt die Klappe, Debra«, sagte er.

»Leck mich, Carl. Du hast die Grenzen deiner Macht erreicht.«

»Darauf würde ich an deiner Stelle nicht wetten.« Carl hielt Debra den Finger ins Gesicht.

Was als Nächstes geschah, dauerte Sekunden, dennoch kam es Agnes vor, als wäre die Sonne mehrfach aufgegangen und untergegangen, und hinterher war sie erschöpft, ausgehungert, unerfüllt, ernüchtert, aber klar im Kopf.

Carl drehte sich schnell wie ein Hase zum Haus um und schrie: »Ranger!«

Und genauso schnell riss Jake ihn zu Boden. Vor den weit aufgerissenen Augen aller anderen trat Jake, drahtig und verzweifelt, Carl aufs Knie und hob seinen Fuß hoch. Carl brüllte und zappelte, um sich zu entwinden, aber er war festgeklemmt. Agnes sah Jake an, dass der Instinkt in ihm die Oberhand gewann, und wusste, dass er kurz davorstand, sein Gewicht zu verlagern und sich zu drehen, wodurch er Carl das Bein irreparabel bräche. Ein gebrochenes Bein würde ihn wehrlos machen. Er würde nicht überleben. Die Ranger würden ihn dort sterben lassen. Oder vielleicht, wenn er Glück hatte, hätten sie Mitleid mit ihm und würden ihn in die Stadt fahren. War das auch ein Todesurteil?

Carl keuchte, hechelte. »Bitte, bitte.«

»Hör auf«, schrie Agnes.

Jake erstarrte und hob den Kopf.

»Du bringst ihn um.«

»Na und?« Er machte ein böses Gesicht.

Agnes dachte an Glen. An sein Achselzucken und sein verdrehtes Bein und daran, dass er sie sogar in dem Moment noch beschützt hatte. Sie schüttelte den Kopf. »Mach das nicht.«

Wütend und beschämt ließ Jake Carls Bein fallen und stand auf. Er konnte nicht in die Gesichter um sich herum sehen. Er rannte nur Richtung Wald und rief dabei: »Agnes, komm, schnell!«

Jetzt erst bemerkte Agnes, dass einige schon losgelaufen waren. Linda, Dolores und Joven hatten sich an Ausrüstung aufgeladen, was sie konnten, und hasteten mit vollen Armen zu den bewaldeten Hängen. Patty wurde von Celeste Richtung Bäume gezerrt, heulend, den Arm nach ihren Eltern ausgestreckt, während ihre Beine mit ihrer Freundin flohen. Helen und Frank und Pattys Mama schrien nach ihren Töchtern, aber sie folgten ihnen nicht. Als die Zwillinge sich ihre Beutel um die Schulter geschlungen hatten, drehten sie sich nicht mehr um. Debra hatte sich mit Kiefernzapfen aus dem Staub gemacht, aber Schwester und Bruder duckten sich hinter Juan, der geschockt neben Bea stand. Val ging mit Silberreiher ganz ruhig los, nicht ängstlich oder panisch. Das Baby war an ihre Seite gebunden und trank, und Val wollte es nicht durchrütteln.

Agnes wusste, dass auch sie in Bewegung war, spürte es aber nicht. Sie hatte das Gefühl festzusitzen, sich nicht rühren zu können. Ihre schweigende Mutter wirkte ebenfalls, als säße sie fest, ihre Miene brodelte wie ein Gewitterhimmel, während Carl sich hinter ihr auf dem Boden wälzte, vielleicht schon unheilbar verletzt. Bea hielt leere Handflächen hoch, die Schultern gleichzeitig angespannt und gebeugt, wie die Rundung eines Felsens. Ihr Mund zuckte, als würde sie ihn am liebsten öffnen und ebenfalls *Ranger* brüllen, damit Agnes eingefangen wurde. Beas Hand flatterte, und Agnes bildete sich ein, dass sie sie ausstreckte, um sie bei sich zu behalten, oder vielleicht einfach nur, um sich zu verabschieden. Agnes machte einen zaghaften Schritt zurück, beobachtete all diese Emotionen, die ihre Mutter nicht aus sich herausließ. Nur wenige Mitglieder der Gemeinschaft waren noch da. Wer sich zur Flucht entschieden hatte, war geflohen.

Agnes sah sich selbst in den Augen der Verbliebenen. Sie war zu wild, ein unkontrollierbares und zutiefst egoistisches Wesen, und obwohl ihnen das in der Vergangenheit gute Dienste geleistet hatte, schien ihr Überlebensinstinkt sie jetzt anzuekeln. Erneut sah sie ihre Mutter an und empfand eine sie fast zu Boden reißende

Sehnsucht, sich an sie zu schmiegen. Nicht unter Fellen um das Lagerfeuer, nicht mit der Hand um ihren kalten Knöchel. Sie wollte sich in ihren Schoß schmiegen, in ihrem eigenen kleinen Bett oder in dem größeren Bett ihrer Mutter, auf dem Sofa, den Blick aus dem Fenster auf den weißen Himmel gerichtet, ihr Leben in jener Stadtwohnung führend, weil sie nie ein Leben woanders gekannt hatten. Wenn sie nicht hierhergekommen wäre, wenn sie nichts anderes gekannt hätte, könnte sie dann nicht mit dem glücklich sein, was sie früher gehabt hatten?

»Mama«, sagte Agnes und ging noch einen Schritt zurück.

Die Lippen ihrer Mutter verzogen sich zu einem dünnen Strich, und sie trat drängend auf Agnes zu, reckte die Arme.

Agnes rannte los.

AGNES ERREICHTE EINE NACKTE FELSNASE und sah hinunter, wütend und verwirrt, weil sie schreckliche Angst hatte, den Kontakt zu den anderen verloren zu haben. Wo war Jake? Dolores mit ihrer Mutter und ihrem Bruder? Die Zwillinge? Val mit Silberreiher? Wie hatte sich alles so schnell verändern können? Der dichte Aschenkegel-Wald umklammerte die Caldera wie ein Parasit. Und jenseits davon entdeckte sie zwei Lichter, die sich quer durch die Wüste auf sie zubewegten. Ein Fahrzeug. Ein großes. Da legte sich eine Hand auf ihren Mund.

»Sie dürfen dich nicht hören«, zischte ihre Mutter ihr ins Ohr. Agnes spürte eine Welle der Erleichterung, bis Bea sie zwischen die Bäume zerrte.

Agnes versuchte, sich zu wehren. »Mama«, raunte sie.

»Nicht sprechen.«

»Mama«, schrie Agnes, und ihre Mutter blieb vor Schreck stehen.

»Willst du unbedingt geschnappt werden?«

»Wo willst du hin?«, flüsterte Agnes.

»Wir müssen zum östlichen Ausläufer der Caldera.«

»Warum?« Agnes' Stimme bebte. Sie war desorientiert und wütend über die Hand ihrer Mutter, die ihren Arm wie eine Fessel umschloss.

»Wir treffen uns mit Bob.«

»Auf keinen Fall. Ich gehe nicht zu einem Ranger.«

»Wir müssen. Es ist alles geplant.«

»Was soll das heißen, alles geplant?«

»In die Privatzone zu kommen. Wir wollten uns ja nah der Grenze absetzen lassen, bevor wir abhauen, aber dank dir müssen wir uns jetzt heimlich in einen Laster schleichen. Den weiten Weg von hier aus machen. Angenehm wird es mit Sicherheit nicht. Aber ich glaube nicht, dass sie uns erwischen werden.«

»Wovon redest du?«

»Meinem Plan!« Ihre Mutter ballte die Fäuste. »Dem Plan, den ich mit Bob hatte. Er wollte uns über die Grenze in die Privatzone bringen.« Sie zog die Augenbrauen zusammen. »Schau mich nicht so an. Es war ein guter Plan, Agnes.«

»Und deshalb sind wir in der Caldera? Um uns mit Bob zu treffen?«

»Ja, damit er einen Grund hat, uns schnell zur Grenze zu schaffen.«

»Aber warum?«

»Weil sie uns in die Stadt zurückschicken wollten!«

»Also gibt es keine Eindringlinge, die gesucht werden müssen?«

Bea riss die Augen auf. »Das hab ich nicht gesagt. Es gibt hier schon Eindringlinge. Die, von denen Adam uns erzählt hat. Die Rebellen. Wir sehen sie nicht, aber sie uns.«

»Also gehörte Adam nicht zum Plan?«

»Oh nein, Adam war eine Überraschung. Aber eine hilfreiche.«

»Hast du Bob von Adam erzählt?«

»Musste ich.«

»Aber wie? Wir waren seit Jahren an keinem Posten.«

»Wir hinterlassen einander Zettel.«

»Wo?«

»In Bäumen«, murmelte ihre Mutter.

Der Grassee. Agnes erinnerte sich, dass ihre Mutter etwas in einen Baumstamm gesteckt hatte. Es war für Bob gewesen. »Seit wann?«

»Seit ich wieder hier bin. Seitdem kommunizieren wir.« Ihre Mutter ließ keine Scham, keine Verstohlenheit erkennen. Sie wirkte wieder unergründlich kompliziert und mysteriös. Ganz kurz. Und dann verängstigt.

»Warum sollte er so was Riskantes für uns tun?«

»Weil wir befreundet sind.«

»Mama.«

»Er möchte auch dort leben. Es geht nicht nur um die Studie. Der ganze Wildnis-Staat hat ein Ende. Bob muss irgendwohin.«

»Also will er mit uns mit?«

»Was anderes gibt es nicht«, sagte Bea ungeduldig.

»Ist er nicht verheiratet?«

»Seit wann bist du so altmodisch?«

»Ist er verheiratet?«

»Nein. Nicht mehr. Und das ist auch völlig egal.« Ihre Mutter errötete. »Der Plan ist gut. Ein wasserdichter Plan. Du musst mit mir kommen.«

»Jetzt sofort?«

»Jetzt sofort!«

Agnes erkannte, dass das, was die anderen bei ihrer Mutter für Stärke und Führungsqualitäten gehalten hatten, vielleicht einfach nur Verzweiflung war, ein manischer Selbsterhaltungstrieb. Sie wusste nicht, ob dazwischen ein Unterschied bestand. Sollte es nicht so sein?

»Ich gehe nicht mit.«

»Agnes. Du wirst geschnappt. Und zurückgeschickt. Oder Schlimmeres.«

»Ich bleibe hier.«

»Wozu? Mit wem? Die anderen sind in alle Himmelsrichtungen zerstreut.«

»Wir können sie finden, so wie du mich.« Agnes stieß den Versammlungsruf aus. Ihre Mutter schlug ihr die Hand auf den Mund.

»Ich hab dich nicht gefunden, Agnes. Ich bin deiner Spur gefolgt. Ziemlich leicht, möchte ich hinzufügen. Und die Ranger schaffen das auch.«

Panisch überlegte Agnes. »Aber die Privatzone gibt es nicht.«

»Doch, natürlich.«

»Woher weißt du das?«

»Bob hat es mir gesagt.«

»Woher weiß er es?«

»Er war da!«

»Hat er das gesagt?«

»Na ja, er kennt Leute, die da waren. Scheiße, ich weiß es auch nicht, Agnes. Ich weiß nur, dass wir dahin müssen.« In Beas gedämpfter Stimme schwang Hysterie.

Agnes knirschte mit den Zähnen. Was für ein absurder Plan. Wie konnte sie, Agnes, etwas so zweifelsfrei wissen, während ihre Mutter aus vollem Herzen das Gegenteil glaubte? Sie versuchte, bedächtig zu sprechen. »Ich weiß, dass du mich zu beschützen versuchst, aber die Stadt ist genau, wo wir landen, wenn wir zu ihm gehen. Die brauchen uns als Lockvögel. Es gibt keine andere

Belohnung für uns als genau diesen Ort hier. Die Privatzone existiert nicht. Er lügt dich an.«

»Das würde er nicht tun«, sagte Bea, und es war so eine schlichte Überzeugung. Es war das Einzige, woran man glauben konnte. Wahrscheinlich glaubte Bea das schon lange. Wahrscheinlich hinterließ sie seit Jahren Zettel in Bäumen, in Vorausplanung für den Moment, in dem sie einen anderen Weg finden musste, um Agnes zu retten, sich selbst zu retten. Wahrscheinlich glaubte sie, keine andere Wahl zu haben.

Agnes hörte einen Ruf. Sie lauschte, wartete. Hörte ihn erneut. »Siehst du, das ist einer von uns. Wir müssen uns versammeln.«

»Kommt nicht infrage.« Wieder fasste Bea nach ihrem Arm. Und wieder entzog sich Agnes.

»Ich gehe nicht mit!«, schrie Agnes. »Ich bin hier zu Hause.«

»Hör auf damit!« Verzweifelt schüttelte ihre Mutter sie an den Schultern. »Niemand ist hier zu Hause.« Sie wirkte entnervt, als hätte Agnes etwas Grundsätzliches über die Welt nicht begriffen. »Du kannst dich nicht ewig verstecken.«

Agnes machte sich von ihr los. Tränen stiegen ihr in die Augen. Natürlich konnte sie sich ewig verstecken, dachte sie entrüstet. Sie kannte diese Gegend besser als die anderen. Sie würde nicht erwischt. Es kränkte sie, dass ihre Mutter das dachte.

»Warum soll ich mit dir irgendwohin gehen? Du hast mich verlassen.«

»Das schon wieder?«, sagte ihre Mutter gereizt. »Warum kannst du nicht sehen, dass ich sonst immer hier war? Warum besteht unsere ganze Beziehung nur daraus?«

»Weil du mich allein gelassen hast.«

»Du warst nicht allein.«

»Ich musste ohne dich in der Wildnis bleiben.«

»Du liebst die Wildnis.«

»Mütter machen so was nicht.«

»Tja, diese Mutter schon.« Die Worte kamen so schnell, dass sie erstickt klangen. »Wie willst du damit umgehen? Diese Mutter liebt dich. Diese Mutter ist gegangen. Diese Mutter ist zurückgekommen. Und dieser Mutter wird das nie verziehen werden.«

»Genau.«

»Ja, ich weiß. Das brauchst du mir nicht zu sagen.«

Ihre Mutter sank zu Boden, als wären ihre Beine nur Erde, krümelige Ameisenhaufen. Sie spreizte die Knie, legte die Hände zusammen, wie um sie fesseln zu lassen, als hätte sie gerade jegliche Zukunft aufgegeben. Genau das Gleiche tat Agnes. Auf genau dieselbe Weise. Wie ein Schatten.

»Ich weiß, dass ich dich verletzt habe«, sagte Bea. »Das wollte ich nicht. Niemals. Mein ganzes Leben lang wollte ich das nicht. Und trotzdem hab ich es getan. Es tut mir leid.«

»Du hättest das nicht machen dürfen.«

»Hab ich aber.«

»Du sollst sagen, dass du es nicht hättest machen dürfen.«

»Kann ich nicht.«

»Warum nicht?«

»Weil es nicht wahr wäre. Es war wichtig für mich. Es mag nicht gut für uns gewesen sein, aber es war, glaube ich, gut für dich. Es hat uns an diesen Punkt geführt. Und jetzt haben wir eine Chance.« Sie schüttelte den

Kopf. »Ich hab dich nie belogen, Agnes, und ich werde jetzt nicht damit anfangen.«

»Ich wünschte, du würdest.«

Bea blinzelte. Überrascht. »Das meinst du nicht so.«

»Doch«, sagte Agnes mit hysterisch hoher Stimme, die Fäuste geballt.

»Ich hätte es nicht machen dürfen«, sagte ihre Mutter rasch, um Agnes zu geben, was sie wollte. »Ich hätte dich nicht verlassen dürfen. Es war ein Fehler. Ich hab alles kaputt gemacht.«

Natürlich hatte ihre Mutter sie früher schon belogen, das wussten sie beide, dennoch hatte sie mit dieser Lüge recht gehabt; diese Lüge fiel Agnes vor die Füße wie ein totes Tier. Es war ein schrecklicher Gedanke, dass alles umsonst gewesen war. Obwohl die Miene ihrer Mutter verriet, dass sie sich manchmal ebenfalls wünschte, nie weggegangen zu sein, spielte es keine Rolle. Sie war gegangen. Und letzten Endes war alles gut geworden. Niemand war gestorben. Diese Mutter war gegangen. Diese Mutter war zurückgekommen. Diese Mutter liebte sie. Obwohl die Lüge sich furchtbar angefühlt hatte, fühlte die Wahrheit sich noch schlimmer an. Man konnte nichts anderes tun, als Zeit verstreichen zu lassen.

»Ich liebe dich ja, Mama«, flüsterte sie.

Bea wimmerte. Ihr Gesicht verzog sich, als brächen sich sämtliche Empfindungen, die sie je gehabt hatte, darin Bahn.

Sie beugte sich vor und umschlang Agnes, küsste sie auf das Gesicht und den Kopf, schmiegte sich an ihren Hals wie früher, als Agnes noch ein Kind war. »War es falsch von mir? Hätte ich dich nicht herbringen dürfen?« Jetzt weinte Bea.

»Doch, Mama, ich gehöre hierher.«

»Genau das meine ich«, schluchzte sie. »Wenn wir weggehen, wie wirst du dann leben?«

»Aber ich gehe nicht weg.«

»Du kannst nicht bleiben.« Ein Knurren durchdrang ihr Schluchzen.

»Ich gehe nicht weg.«

»Es ist das einzig Vernünftige.« Die Wut ihrer Mutter brodelte mittlerweile.

»Ich gehe nirgendwohin.« Auch Agnes erhob die Stimme, ballte die Hände noch fester zusammen.

»Das ist Selbstmord.«

»Mama, ich komme nicht mit.«

Beas Augen flackerten. »Doch.«

Sie packte Agnes am Arm, ihre Hand war wie eine Kralle. Ihre Stimme ein gequälter Schrei.

Aber Agnes fasste ihre Mutter an der Kehle und drückte sie zu Boden. Obwohl Bea röchelte, ließ sie Agnes nicht los. Agnes schlug ihr mit der Faust aufs Auge, und das gesamte Gesicht ihrer Mutter verzog sich zu schmerzhaftem Erstaunen. Sofort rötete sich das Auge und schwoll an, und es lief Speichel aus ihrem Mundwinkel, aber Agnes musste sie noch einmal schlagen, bevor Bea sie losließ.

»Oh nein«, keuchte Bea mühsam. Dann öffnete sie den Mund weit und bebte vor manischem, atemlosem Gelächter.

Agnes nahm die Hand von ihrer Kehle.

Während ihre Mutter Atem schöpfte, sah sie Agnes mit erschrockenen, glänzenden Augen an. »Oh nein«, sagte sie wieder und stieß dann ein schrilles Lachen aus, das Agnes vorher nur bei ihrer Großmutter gehört hatte.

Agnes stand auf.

»Oh nein«, wiederholte ihre Mutter, und unter dem Gelächter stieg ein Heulen auf. Ein tiefes Geräusch, das aus ihrem Bauch zu kommen schien. »Oh nein, oh nein, oh nein.«

Agnes wandte sich ab.

»Mein Baby.« Rotz und Tränen spritzten von ihrem Gesicht. »Oh mein Baby. Mein kleines Mädchen.« Sie rang die Hände. »Ich hoffe, du kannst bleiben.«

Agnes lief in den Wald, weg von der Felsnase. Weg von ihrer Mutter.

»Was für ein Wunder du doch bist«, hörte sie ihre Mutter sagen, nicht zu ihr, sondern zu der Luft, der Erde, dem Himmel, dem Wald, sich selbst. »Siehst du? Sieh sie dir an.« Als vertraute sie sich einem Freund an. »Sieh dir dieses Wunder an. Ich war eben doch eine gute Mutter.«

Brachte sie ein letztes Argument vor? Nein. In Beas Stimme lag etwas anderes. Vielleicht war das ihre Art, sich zu verabschieden. Oder, dachte Agnes, sie begriff erst jetzt allmählich, dass es wahr sein könnte.

Verstohlen sah Agnes sich um. Ihre Mutter hatte sich vorgebeugt, kauerte wie ein Tier, presste sich die gekrümmten Finger ans Herz, beobachtete sie. Schluchzte. Und lächelte. Mehr noch als das. Strahlte.

Agnes empfand sowohl Erleichterung als auch Wut. Sie fühlte sich respektiert, frei. Und allein, allein, allein.

Durch die Bäume erkannte Agnes die durchbrochene Linie des Horizonts, wo die Sonne unterging. Das Tageslicht wurde ausgesperrt, als würden Vorhänge zugezogen.

SIEBTER TEIL

Die Treibjagd

DIE NACHT VERBRACHTE AGNES auf einem Baum. Von dort aus beobachtete sie ihre Mutter, die wie betäubt dasaß, dann mühsam aufstand, sich humpelnd auf die Suche nach Bob machte und schließlich zwischen den Bäumen verschwand. Agnes hörte ein Surren. Ein Helikopter oder eine Drohne. Ein Suchscheinwerfer schweifte über die Caldera. Es gab keinen Deal für die verbliebenen Mitglieder der Gemeinschaft, da war Agnes sicher. Sie waren entweder geflohen oder mussten in den Bus einsteigen. Was, wenn sie alle sich hier versteckten? Abgesehen von den Überwachungsgeräten war der Wald aber still. Die Tiere, die dort lebten, horchten. Überlegten, was sie als Nächstes tun sollten.

Am Morgen kletterte Agnes herunter, um die anderen zu suchen. Sie stieß einige ihrer Rufe aus, den eines schnatternden Eichhörnchens, gefolgt von einem verärgerten Eichelhäher; ein Kojoten-Jaulen nach dem vorwurfsvollen Schrei eines Falken. Nach einer Weile hörte sie einen Rückruf. Im Laufe der Tage, vielleicht Wochen, fand sie die Zwillinge, Val mit Silberreiher, Linda mit Dolores und Joven, Debra und Kiefernzapfen, und Dr. Harold, der in letzter Minute losgerannt war. Schließlich fand sie, zum Glück, Jake.

Als Gruppe wanderten sie tiefer in den Aschenkegel-Wald, versuchten, gänzlich zu verschwinden. Sie wussten, wie man lauschte. Sie wussten, wie man sich versteckte. Paarweise verteilten sie sich quer durch den Wald, statt alle zusammenzubleiben, immer in Rufweite von ein oder zwei anderen. Auf diese Weise wurden sie, falls sie doch auf Ranger stießen, nicht alle auf einmal eingefangen. Sie schlugen kein gemeinsames Lager auf, für den Fall, dass die Ranger sie im Schlaf überfielen. Nur alle paar Tage versammelten sie sich, wenn die Schatten der Bäume am längsten waren, einfach, um zusammen zu sein.

Manchmal fehlte dann jemand. Zuerst war es Dr. Harold. Sie hofften, dass er sich entschieden hatte, allein weiterzuziehen, weil er sich dadurch bessere Chancen ausrechnete. Als Linda und Dolores verschwanden und nur Joven dem Versammlungsruf folgte, war er schwer verstört und sprach tagelang kein Wort. Irgendwann erzählte er ihnen dann, dass es die Ranger gewesen waren. Er war ein paar Bäume weiter gewesen, weil er gerade ein Eichhörnchen jagte. Er hatte sich in eine Vertiefung in einem Baumstumpf gequetscht und sich erst nach mehreren Tagen wieder aus seinem Versteck getraut. Im Laufe mehrerer Jahreszeiten verringerte sich ihre Zahl weiter, während sie immer mehr Abstand zwischen sich und die Caldera brachten.

Was geschah, war, dass Menschen aus dem Nichts auftauchten, zaghaft und ängstlich. Sie kamen aus ihrem Versteck. Jemand, der die Rufe der Gemeinschaft belauscht, herausgefiltert, gelernt hatte und das Risiko einging, sich zu erkennen zu geben, im Tausch gegen Gesellschaft, gegen Sicherheit. *Freund? Freund? Freund?* Es waren Eindringlinge. Sie waren auf der Suche nach den Rebellen.

Manche waren allein, obwohl sie in der Regel nicht so gestartet waren. Andere gehörten zu noch intakten Grüppchen, die sich zu Fuß, durch Bestechung und Bezahlung von der Stadt aus durchgeschlagen und sich von den Minen her in die Wildnis eingeschlichen hatten. Sie alle hatten Spuren im Wald gefunden, verlassene Lagerfeuer, nach dem Ausweiden liegen gelassene Hirschhufe und Eingeweide, in Bäumen steckende Beile. Kleine Hinweise auf die Anwesenheit anderer. Manche trugen schäbige Kleidung aus Hirschhäuten, die schlampig abgeschabt waren, noch Fleischreste aufwiesen und nach Verwesung stanken. Andere hatten neue Stiefel, neue Wanderstöcke, neues Geschirr und neue Schlafsäcke, wie die Gemeinschaft sie zu Anfang besessen hatte. Ein Paar, das sie aufnahmen, glaubte, seit über einem Jahr in der Wildnis zu sein. Einige andere hatten immer noch funktionierende Armbanduhren. Sie waren ziemlich sicher, das Datum zu kennen. Männer, Frauen und Kinder. Großeltern, Alleinerziehende, die einen kranken Ehepartner zurückgelassen hatten. Oder einen Ehepartner, der sich geweigert hatte mitzukommen. Oder dem von dem Plan gar nichts verraten worden war. Sie alle seien aus der Stadt geflohen, sagten sie, weil sie keine andere Wahl gehabt hätten. Jetzt waren sie versprengt und hungrig. Die Ranger verfolgten sie unerbittlich. Sie hatten gehört, dass die Rebellen seit Jahren unentdeckt in der Wildnis lebten und sich zurechtgefunden und irgendwie der Ergreifung entzogen hatten. Sie wollten ihre Hilfe, um ebenfalls zu verschwinden.

Wenn sie auf die Gemeinschaft trafen, flüsterten diese armen Seelen hoffnungsvoll: »Seid ihr die Rebellen?«

Dann legte Agnes ihnen eine Hand auf die Schulter. »Nein. Aber wir können das auch. Wir können euch helfen.«

Jeden Tag schwärmten sie in einer schier endlosen Reihe aus, trennten sich und kamen bei Bedarf wieder zusammen, wie ein V ziehender Gänse. Gelegentlich hätte Agnes, wenn sie durch den Wald oder über die Ebene lief, schwören können, dass es in der Wildnis mittlerweile vor Menschen wimmelte.

AGNES KAUERTE BEI SONNENUNTERGANG im Gebüsch und horchte nach den Rufen ihrer Gruppe, als sie das unverkennbare Geräusch von etwas eigenartig Lebendigem auf einem Baum in der Nähe hörte. Irgendwie hatten sie es zurück über das Gebirge auf die andere Seite geschafft, durch das Beifußmeer bis in den Talkessel, den die Ranger, wie sie hofften, immer noch ungern betraten.

Sie schlich sich näher, Baum für Baum, lautlos, so wie sie es gelernt hatte. Hinter einer dürren Erle verborgen, blieb sie stehen und sah einen Stamm beben, wie Stämme von Natur aus nicht bebten. Dann fiel ein sehr kleines Mädchen auf den Boden und landete wie eine Katze auf Händen und Füßen, gekleidet in ein langes Hirschlederhemd, Schlamm auf dem Gesicht und Grashalme in den verfilzten Haaren. Das Mädchen öffnete den Mund weit, wie zum Schreien oder Jaulen, gab aber keinen Ton von sich. Einen Moment später spitzte es ein Ohr und rannte dann stumm in diese Richtung los. Es konnte nicht älter als vier sein.

Agnes stieß ihren Ruf aus. Sie horchte. Rief erneut. Das Wäldchen blieb einen Moment lang still. Dann hörte sie eine zögerliche Antwort.

Zusammengesunken saß eine Frau in Tierhäuten unter einem Baum, auf dem Arm ein ausgemergeltes Mädchen in einer mit Urin und Kot befleckten Jeans. Die Augen der Frau waren bläulich umrandet. Ihre Lippen ausgedörrt. Die beiden waren offenbar tot. Das kleinere Mädchen aber, dasjenige, das Agnes gesehen hatte, kauerte vor ihnen wie eine Wächterin. Es war sehr aufmerksam, und nachdem es Agnes kurz beobachtet hatte, sprang es auf und kletterte auf den Baum, unter dem die Toten saßen.

»Hallo«, sagte Agnes, als das Mädchen sich auf einen Ast setzte, der auf Agnes zuragte.

»Hallo«, fiepste das Mädchen.

»Dein Kleid gefällt mir.«

»Gracias.«

»Ist das deine Mutter?«

»Ja.«

Agnes lächelte freundlich.

»Und meine Schwester«, flüsterte das Mädchen.

Agnes nickte. »Weißt du, wie lange du schon hier bist?«

Das Mädchen zuckte die Achseln.

»Weißt du, wie alt du bist?«

Wieder zuckte es die Achseln.

»Das macht nichts. Ist ganz egal. Bist du jetzt allein?«

Das Mädchen nickte, seine Augen wurden groß und kurz feucht, als gestattete es sich, die Situation so zu sehen, wie sie war. Dann setzte es sich blitzschnell rittlings auf den Ast und schlug sich auf die Brust. Es öffnete wieder den Mund und sah aus, als kreischte es, wie vorher schon, gab aber kein Geräusch von sich. Selbst lautlos war die ungezügelte Emotion in dem Kind offensichtlich, natürlich. Es betrachtete Agnes und legte sich den Finger auf die Lippen. »Still«, sagte es, mit Sicherheit eine Mutter nachahmend, die verzweifelt versucht hatte, ein wildes und ungestümes Mädchen versteckt zu halten.

Agnes' Nackenhaare stellten sich auf. Sie legte den Kopf schief. Das Mädchen ebenfalls. Beide hatten sie etwas gehört.

Agnes lächelte. »Ich habe viele Freunde hier. Auch Kinder in deinem Alter. Und wir leben hier. Möchtest du sie gern kennenlernen?«

Das Mädchen glitt von dem Baum wie ein kleiner Bach. Seine Füße waren schmutzig und ledrig, keine Schuhe oder Socken zu entdecken. Es stellte sich neben die Leichen, ohne sie anzusehen.

»Komm schnell.« Agnes streckte die Hand aus. Das Mädchen ergriff sie, aber sobald es bei Agnes war, kletterte es ihr auf den Arm und schmiegte den Kopf an ihren Hals.

Den Rest der Nacht trug Agnes das Mädchen. Hin und wieder schlief es an ihrer Schulter ein. Mehrmals schrie es im Schlaf auf. Es nässte sich ein, und Agnes spürte die Flüssigkeit an ihrem eigenen Bein herablaufen. Aber Agnes lief weiter, trug das zitternde Mädchen, das endlich verängstigt und müde sein durfte, und rief in der stillen Nachtluft nach ihren Gefährten. Und als sie nicht mehr laufen konnte, legte sie sich mit dem Mädchen schlafen.

Als sie morgens erwachte, war das Gesicht des Mädchens nur Zentimeter von ihrem entfernt.

»Wie heißt du?«, fragte das Mädchen zaghaft.

»Agnes. Und du?«

Das Mädchen musterte sie mit seinen verschreckten und wissenden Augen. »Fernanda.«

»Wie hübsch.«

»Fernanda heißt *Abenteurerin*. Das hat meine *Mamá* mir gesagt.«

»Ein sehr schöner Name.«

»Aber du kannst auch einfach Fern zu mir sagen.«

»Das gefällt mir.«

Das Mädchen kniff die Augen zusammen. »Ich suche nach was ganz Geheimem und Besonderem. Kann ich dir trauen?«

»Aber natürlich.«

Fern zog eine Landkarte aus einem Stück Stoff hervor, das sie unter dem Hemd um ihren Oberkörper gewickelt hatte. *»Aquí es donde guardo todo«,* raunte sie und strich die Karte für Agnes glatt. Sie hatte sie selbst gemalt, offenbar auf einen alten Busfahrplan. Es gab umgedrehte W als Berge, Seen aus blauen U und V. Wälder aus grünen Kreisen auf dicken braunen Strichen. Es war eine Karte von keinem Ort, hätte aber von jedem Ort sein können.

Fern zeigte auf ein großes, fettes X. »Da ist es.«

»Und was ist da?«

Fern sah mit Silbermondaugen zu ihr auf. »Alles gut«, sagte sie ehrfürchtig.

»Na dann.« Agnes grinste. »Suchen wir danach.« Sie stand auf und nahm die Hand des Mädchens. Im Gehen plapperte Fern nervös weiter, und Agnes machte *hmmm* und horchte nach Gefahren im Gebüsch.

Sie wanderten wieder nachts und riefen dabei nach den anderen. Endlich, in einem offenen Tal, hörten sie eine Reaktion. In einer verlassenen Kojotenhöhle fanden sie einige von Agnes' Gefährten. Das Weiß ihrer Augen schimmerte von dem Sternenlicht, das so weit hinunter in die Erde reichte. Jake und ein Junge, den sie gefunden hatten und der sagte, er heiße Ei. Val und Silberreiher. Debra und Kiefernzapfen. Die Zwillinge kümmerten sich nun um Joven und ein fremdes Kind. Es gab andere, die sich nicht allzu weit weg versteckten. Jeder hatte jetzt ein Kind bei sich. Die Kinder waren unterwegs aufgetaucht, allein durch die Wildnis streifend, irgendwie länger überlebend als die Betreuer, von denen sie hergebracht worden waren.

Agnes war erleichtert, sie alle zu sehen, konnte aber den Gedanken nicht abschütteln, dass sie ein schreckliches Leben führten. Im Vergleich dazu, wie es ihnen vor gar nicht so langer Zeit ergangen war, schien ihr das eine furchtbare Lebensweise. Dann fielen ihr Ferns Mutter und Schwester im Wald ein. Wenigstens waren Agnes und die anderen hier nicht tot. Sie waren zusammen.

Sie wanderten durch die Wildnis, taten, als suchten sie nach dem Ort auf Ferns Karte, dem allerletzten Zufluchtsort, den sie sich im Laufe der Zeit noch vorstellen konnten. In Wirklichkeit allerdings versuchten sie nur, die Ranger zu meiden. Sie begegneten weiteren Menschen. Leuten mit Informationen; Informationen über andere, Informationen über Regierungswechsel, Informationen über Ranger-Sichtungen. Leuten, die lebensrettende Nahrung und Wasser anboten, die ihre Verstecke teilten. Leute, die wahrscheinlich früher oder später eingefangen wurden oder Schlimmeres. Es gab so viele Menschen in der Wildnis.

Die Ranger waren wie jagende Pumas, die nie zu ermüden schienen. In den alten Zeiten, vor der Treibjagd, hatten die Ranger auf Agnes offiziell gewirkt, am längeren Hebel, wenn auch etwas glücklos. Sie verbrachten die eine Hälfte ihrer Zeit in der Wildnis und die andere an einem Schreibtisch am Posten. Jetzt aber war es, als ritten sie ihre Pferde im Windschatten der Geflohenen. Angestachelt wie Raubtiere. Immer auf ihren Fersen, unbeirrbar. Die Originalisten, die Neulinge, diese Eindringlinge, Menschen, die diese gänzlich neue Gemeinschaft bildeten, Flüchtlinge in der Wildnis, waren nur Hirsche in einem Rudel, denen nichts anderes übrigblieb, als immer weiterzuziehen. Ihnen ginge der Lebenswille aus, ehe ihnen das Land ausginge, von dem sie sich ernährten. Die Ranger hatten sie mit Vorschriften regiert. Der Stumpfsinn der Formalitäten und Bürokratie hatte verborgen, was für erbarmungslose Jäger sie waren.

Irgendwann konnte die neue Gemeinschaft nicht mehr zusammenbleiben, nicht einmal über den Wald verteilt, durch Rufe verbunden, nur für kurze Momente vereint. Sie mussten sich ganz und gar trennen. Sie entschieden, dass es Zweiergrüppchen sein mussten. Ein Erwachsener und ein Kind. Jeder brauche einen Buddy, sagten sie zu den Kindern. Sie versuchten, es nach Spaß klingen zu lassen.

»Es ist wie Verstecken spielen«, erklärte Agnes den Kindern, die jedes neben seinem Buddy standen, während ihre Buddys sich nervös nach jedem Geräusch umdrehten. »Wir verstecken uns jetzt alle, und hinterher suchen wir einander.«

Kiefernzapfen wirkte skeptisch. Er hatte sich zu einem pedantischen Jungen entwickelt, der Vorschriften liebte. »Aber bei Verstecken sucht nur einer nach allen«, sagte er tadelnd.

»Tja«, sagte Agnes. »In diesem Spiel suchen wir uns gegenseitig.«

»Oder wir könnten einfach zusammenbleiben«, sagte Fern.

»Das geht nicht.«

»Warum nicht?«

»Das gehört nicht mit zum Spiel.«

»Aber zusammenbleiben klingt lustiger.«

Agnes schnürte sich die Kehle zu. »Es ist zu gefährlich.«

Fern beugte sich zu Agnes vor und flüsterte laut: »Du hast doch gesagt, es ist ein Spiel.«

»Ich habe gelogen.« Agnes streichelte Fern die Wange. »Das mache ich nie wieder, versprochen.«

Jeder Erwachsene bekam etwas Proviant, ein Fell oder Wasser, irgendetwas Hilfreiches, aber keiner hatte alles, was er brauchte. Das wenige, was sie mitnahmen, schnallten sie sich eng um den Körper, um leichter laufen zu können.

Agnes sah Jake an, der eine Hand auf die Schulter von Ei gelegt hatte. Sie musste daran denken, dass sie früher geglaubt hatte, Kinder könnten mit der richtigen Unterweisung in diesem Alter schon allein in der Wildnis überleben. Ei weinte immer noch jede Nacht. Dann wiederum betrachtete sie Fern, die den Großteil ihres Lebens hier verbracht hatte. Könnte sie es? Wenn sie müsste? *Das ist unerheblich,* dachte Agnes, *weil ich sie niemals allein lassen würde.* Das war es, was Jake in jenem Gespräch begriffen hatte, und sie nicht. Sie lächelte ihn an.

»Ich werde dich finden«, sagte Agnes.

Die anderen Erwachsenen rannten mit ihren Kindern los.

Jake nickte und zog Agnes an sich. Sie waren Partner fürs Leben. Sie hatten einander ausgewählt. Jake küsste sie auf die Stirn. Da hörten sie ein Knacken aus der Richtung, aus der sie gekommen waren. Etwas Großes. Vielleicht ein Bär. Vielleicht ein Puma. *Schön wär's.* Beide schreckten auf, als wären sie in den Armen des anderen in einen Traum versunken gewesen. Als wären vielleicht Tage vergangen. Doch sobald sie das Geräusch hörten, packte jeder von ihnen die Hand seines Kindes und lief ohne ein weiteres Wort los.

ALS DAS LAUB SICH GELB FÄRBTE in den zerklüfteten Hügeln eines, wie sie entdeckt hatten, Küstengebirges, begegneten Agnes und Fern zwei Frauen, die Rebellen zu sein behaupteten, ihnen Essen und Wasser gaben und sich einen feuerlosen, sternenlosen Abend lang mit ihnen unterhielten. Sie waren Klatschmäuler und wussten Neuigkeiten über viele der Ranger, die Agnes vor langer Zeit gekannt hatte, und über diese neue seltsame Region nahe der Grenze des Wildnis-Staats, wo die Gebäude nur ein oder zwei Stockwerke hoch und umgeben von grünem Gras und Blumen waren. Sie plauderten von neuen Regierungsmitgliedern, Leuten, von denen Agnes noch nie gehört hatte. Leuten, die möglicherweise nie existiert hatten. Wobei es keine Rolle spielte, was sie erzählten. Seit dem letzten Schnee hatte Agnes niemanden außer Fern zu Gesicht bekommen. Es machte einfach Spaß, neue Geschichten zu hören.

»Woher um alles in der Welt wisst ihr das alles?«, fragte Agnes.

»Wir reden mit jedem«, sagte die Frau mit den grünen Augen.

»Aber es ist doch niemand hier!« Agnes kicherte vorsichtig. Ferns Kopf lag auf ihrem Schoß, der Atem des schlafenden Mädchens klang wie Wind in den Bäumen.

Die Frauen sahen einander mit offenem Mund an. »Niemand hier? Meine Liebe, alles, was Rang und Namen hat, ist hier. Die werden dir nur nicht verraten, wer sie sind.«

»Wir sind hier zwei ehemaligen Präsidenten über den Weg gelaufen!«

»Und diesem berühmten Schauspieler. Wie heißt der noch? Der aus den Actionfilmen. Aber der war eine Katastrophe. Ich kann mir nicht vorstellen, dass er überlebt hat.« Sie schnalzten mit der Zunge.

»Ach, und erst neulich haben wir eine tolle Frau getroffen. Sie lebt schon seit vielen, vielen Jahren hier. Hat hier ihr Kind großgezogen. Sie war eine Anführerin einer der ursprünglichen Gemeinschaften. Als sie uns von ihren Abenteuern erzählt hat, fiel uns irgendwann auf, dass wir ihre Geschichte schon kannten. Es war die Ballade von Beatrice. Die Frau war Beatrice persönlich.«

Erstickt stieß Agnes hervor: »Nein, das kann nicht sein.«

»Doch«, rief die Frau. »Sie wusste alles Mögliche, was Beatrice wissen muss.« Sie rasselte Fakten über Agnes' Mutter herunter, die jeder hätte kennen können, dennoch pochte Agnes' Herz wie wild.

»Wo habt ihr sie gesehen?«, fauchte Agnes, und die Frauen erschraken über ihren Tonfall. Sie sahen einander an und führten ein stummes, aber ausgiebiges Gespräch.

»Es ist schon spät, Liebes«, sagte die grünäugige Frau.

»Wir gehen jetzt schlafen.« Die andere musterte Agnes argwöhnisch.

»Nein, bitte, wo habt ihr sie gesehen?«, ließ Agnes nicht locker.

»Na ja, so lange ist es nicht her.« Die Frau täuschte ein Gähnen vor. »Also ist sie vielleicht noch ganz in der Nähe.«

Und obwohl Agnes wusste, dass es unmöglich war, malte sie sich ihre Mutter auf einem Baum über sich aus, im Begriff, herunterzuspringen und sie fortzutragen. Agnes' Wangen wurden feucht, und sie wusste, dieses Mal würde sie mit ihrer Mutter mitgehen.

GANZ UNTEN IN IHREM BEUTEL fand sie das Blöckchen mit dem kleinen Bleistift in der Metallspirale, wie ihre Mutter immer eines dabeigehabt hatte. Sie schrieb eine Nachricht, halb in Piktogrammen und halb in Buchstaben, weil sie von ihrer Mutter zwar Schreiben gelernt, aber nie Grund gehabt hatte, es zu üben. Sie rollte den Zettel auf und steckte ihn in ein Astloch eines Baums, neben dem sie geschlafen hatten. Sie wollte, dass ihre Mutter sie finden konnte. Nur für den Fall, dass sie nach ihr suchte. Überall in dem sanften Gebirge, das sie und Fern durchwanderten, hinterließ Agnes Zettel. Sie spitzte ihren Minibleistift an Steinen. Sie schrieb ihrer Mutter Nachrichten, bis ihr das Papier ausging. Und dann hinterließ sie Gegenstände, die ihre Mutter als von ihr platziert erkennen würde. Laub, Eicheln, zusammengeknotete Kiefernnadeln.

Sie wollte von ihrer Mutter gefunden werden.

Doch stattdessen wurde sie von Ranger Bob gefunden.

Eines sonnigen Morgens auf einer Landspitze, nach einer nebligen, windigen Nacht, erwachte Agnes unter einem Schatten, wo kein Schatten sein durfte.

»Aufgestanden, Agnes.«

Sie blinzelte mit einem Auge und sah Ranger Bob über sich aufragen. Sein Schnauzbartmund war mitfühlend verzogen.

Agnes hörte Pferdehufe im Gras tänzeln, Hinweis auf die Anwesenheit von noch weiteren Rangern. Sie tastete neben sich nach Fern, aber sie war nicht da. Hastig sprang Agnes auf.

»Nicht abhauen«, warnte Bob. Er trug eine neue Uniform. Diese war leuchtend rot, mit Abzeichen auf beiden Ärmeln. Eine dicke Weste über seiner Brust leuchtete in der Sonne unnatürlich wie Plastik. Er hatte zwei Pistolen, eine auf jeder Seite, und auf einer lag seine Hand. Sie funkelte im hellen Licht, zusammen mit seinem Ehering. Sein Hut und seine Abzeichen waren anders als die seiner Kollegen, die sich zurückhielten, wachsam, auf seine Anweisungen wartend. »Die Zeit zum Spielen ist leider vorbei.«

»Hast du jetzt das Kommando?«

»Ich habe schon seit einer ganzen Weile das Kommando.« Ranger Bob richtete sich fast unmerklich auf. Aber Agnes bemerkte seinen Stolz. »Mir wäre es lieb, wenn das hier reibungslos abläuft«, sagte er. »Ich mochte dich immer gern.«

Agnes hörte ein Rascheln hinter sich.

Fern hopste aus dem Gebüsch und schrie dabei: »Agnes, Agnes, das ist die Stelle! Ich glaube, es ist die richtige Stelle!«

Die Ranger zückten ihre Waffen.

»Nein!«, brüllte Agnes und riss die Hände hoch.

Fern blieb stehen, die Augen groß und feucht wie Teiche. Sie hielt einen Hasen an den Ohren, und er zappelte mit den zerzausten Beinen. Bob pfiff durch die Zähne und machte eine beschwichtigende Geste. Die Ranger senkten die Pistolen.

»Wer ist das?«, fragte Bob mit weicherer Stimme, um die Kleine nicht zu erschrecken.

Agnes winkte Fern zu sich und legte den Arm um sie.

»Das ist meine Tochter.«

Ranger Bob lächelte. »Ist ja nett.«

Agnes drückte Fern fester an sich.

Ranger Bob nahm die Hand von seiner Pistole und hielt Plastikringe hoch, die an seinem Gürtel gehangen hatten. Er legte sie Agnes um die Handgelenke und klappte sie zu. »Ich glaube, du bist die Letzte der Gemeinschaft.«

»Das möchte ich bezweifeln«, sagte Agnes.

»Doch, ich bin ziemlich sicher, dass wir alle haben. Es war ganz einfach, als ihr euch erst mal aufgeteilt hattet.«

»Ach ja?«

»Ja. Wahrscheinlich hättet ihr zusammenbleiben sollen.«

»Warum?«

»Weil sie ohne dich als Anführerin leichte Beute waren.« Er fasste Agnes sanft am Ellbogen. »Deiner Tochter lege ich keine Handschellen an. Ich will ihr keine Angst einjagen. Aber du musst dafür sorgen, dass sie sich benimmt.« Er lächelte sie an, wie Ranger Bob sie immer angelächelt hatte. Dann riss er sie vorwärts.

Ranger Bob ging einen Schritt vor ihnen und schleifte sie hinter sich her wie Wildpferde an einem neuen harten Zaum. Agnes umklammerte Ferns Hand verzweifelt und glühend heiß. Hatte sie versagt? Hätte sie mehr tun können? Was, wenn sie alle aufgefordert hätte, mit ihrer Mutter mitzugehen? In die Privatzone? Wären sie dann in Sicherheit? Wären sie zusammen?

Sie blieb stehen. »Wo ist meine Mutter?«

»Weiß ich nicht.«

»Als ich sie das letzte Mal gesehen habe, war sie auf der Suche nach dir. Sie sagte, du hättest ihr versprochen, sie in die Privatzone zu bringen. Hast du?«

Ranger Bobs Schnurrbart zuckte, seine Miene verdunkelte sich. »Herzchen, es gibt keine Privatzone.«

»Aber die Abmachung, die ihr hattet. Ihr beide hattet doch angeblich einen Plan. Und du hast gesagt, du bringst uns hin. Hast du nicht gesagt, dass du uns hinbringst?«

Er hielt ebenfalls an, und seine Schultern verkrampften sich. »Menschen sagen so einiges. Das heißt nicht, dass es auch dazu kommt. Deine Mutter und ich ...« Er machte eine Pause. »Wir haben viel zueinander gesagt.« Er wirkte, als wollte er vielleicht noch mehr erzählen, blieb aber stumm.

Endlich setzte Agnes sich eine klare Vorstellung von dem zusammen, was die beiden zueinander gesagt hatten und warum. Ihre Mutter hatte gesagt, was nötig war, damit er ihr half, ihrer Tochter half, ihrer Familie half. Und Ranger Bob hatte gesagt, wonach ihm zumute war, weil er konnte.

Agnes bekam eine Gänsehaut.

EPILOG

OFFIZIELL DAUERTE DIE TREIBJAGD drei Monate, doch eine kleine Gruppe von Wildnis-Flüchtlingen entzog sich der Festnahme noch drei Jahre lang. Das machten die Ranger nicht öffentlich. Sie suchten weiter und waren nicht nett, als alle gefunden wurden. Aber das ist eine andere Geschichte.

Während der Treibjagd wurden annähernd zweitausend Unbefugte gefunden und aus dem Wildnis-Staat entfernt. Es hätten nie mehr als zwanzig sein dürfen.

Dieses Geschichtsereignis wurde Die große Treibjagd genannt. Während einer unerwartet progressiven und kurzen Phase hieß es Amoklauf der Ranger. Und eines Tages, wenn wir, die wir in der Wildnis lebten – die wir vor den Jägern flohen, um dort bleiben zu können –, alle tot sind, wird sicherlich überhaupt niemand mehr davon wissen.

Mir wurde gesagt, dass ich dreizehn Jahre durchgehalten habe, die letzten drei davon auf der Flucht. Als ich schließlich gefunden wurde, hatte ich Fern in meiner Obhut. Ein kleines Mädchen, das nie etwas anderes als den Sternenhimmel kannte, mit dem auch ich aufgewachsen bin. Das nur die Wärme von Elchfell kannte und die Freude der seltenen Strandpflaumen, die Wonne, durch eine Wiese mit wildem Schnittlauch zu laufen, den frischen und bitteren Duft in der Nase. Wenn ich ein wenig für sie abpflückte und es ihr in den Mund steckte, verzog sie das Gesicht, widerwillig und auch wissend. Alle natürlichen Dinge werden von einem menschlichen Wesen irgendwo im Inneren gewusst und verstanden. Es waren gute Jahre, auf der Flucht mit Fern. Ich betrachtete sie als meine Tochter, obwohl sie mich Agnes nannte.

Als ich in der Wildnis ankam, lockte das ungewohnte Treiben von zwanzig Menschen Präriehunde aus ihren Höhlen. Hirsche rissen den Kopf aus den Gräsern. Falken flogen enge Kreise über unseren Köpfen. Nichts machte Geräusche. Obwohl ich damals noch klein war, habe ich das nie vergessen.

Als wir die Wildnis verließen, war es eigentlich keine Wildnis mehr. Von der Ladefläche des Ranger-Pick-ups aus sahen wir das Tal in Sicht kommen, in dem ich die ersten Jahre verbracht hatte. Das Tal mit meiner Familienhöhle. Das dem Mittelposten am nächsten lag. Über dem die Caldera aufragte. Das Tal, das ich als meine erste Heimat empfunden hatte. Madelines Tal. Gelbes Band flatterte im Wind, grenzte Bodenrechtecke ab, so weit das Auge reichte. Manche Rechtecke waren aufgegraben. Auf vielen standen Häuser in unterschiedlichen Bauzuständen.

»Was ist das?«, fragte Fern.

»Das sind Häuser.«

»Was sind Häuser?«

»Gebäude, in denen Menschen wohnen.«

»Wie in der Stadt?« Fern hatte nur von der Stadt mit ihren Wolkenkratzern gehört. Wer weiß, was sie sich darunter vorstellte.

»Nein, solche findet man in der Stadt nicht. In diesen werden nur wenige Menschen wohnen. Vielleicht sogar nur einer.«

»Hast du in einem Haus gewohnt?«

»Nein, ich hab in der Stadt gewohnt.«

»Und woher kennst du die dann?«

»Ich hab sie in Zeitschriften gesehen.«

»Wer wird da wohnen?«

»Wichtige Leute.«

Ferns Augen wurden groß. »Werden wir in so einem wohnen?«

»Nein, *cariño*, diese Häuser sind nicht für uns gedacht.«

Wir fuhren an einem gedrungenen Bau vorbei. Ein perfektes Rechteck mit großen Fenstern zu beiden Seiten einer breiten Tür, über der *Grundschule im Verborgenen Tal* stand. Es war niemand zu sehen. Vielleicht war noch niemand da. Oder vielleicht war gerade einer dieser Feiertage, an denen Familien ins Auto stiegen, um die Grenzstraße entlangzufahren. Wir kamen an einem Ortszentrum vorbei, eine Hauptstraße mit einem kleinen Lebensmittelladen und anderen Geschäften, einem Park und einem Spielplatz, auch an der *Bücherei im Verborgenen Tal*, kurz vor der Abzweigung, die aus dem Ort heraus in die Wildnis führte. Alles war entsprechend eines sagenumwobenen Bauplans davon angelegt, wie es vor langer Zeit einmal gewesen war. Dies war also das neue Mandat des Wildnis-Staats. Letzten Endes gab es eben doch eine Privatzone.

Die Straße war sauber und schwarz asphaltiert. Ein gelber Mittelstreifen frisch aufgemalt. Am Ende jener Straße befanden sich ein Tor und ein Stacheldraht, wie wir ihn am anderen Ufer des vergifteten Flusses gesehen hatten. Als wir uns zu dem Tor umdrehten, das schon wieder zuglitt, sahen wir die Caldera weiß und schroff über den Dächern des Orts aufragen.

IN DEM WIEDEREINGLIEDERUNGSPROZESS am Stadtrand, in dem Fern und ich untergebracht sind, erkenne ich niemanden, obwohl wir angeblich alle in der Wildnis aufgegriffen wurden. Einmal habe ich einen Jungen gesehen, der vielleicht Silberreiher hätte sein können, allerdings war er ein Kleinkind, und in den Jahren dazwischen hat sich so viel verändert. Ich fand, er sah Carl und Val ähnlich, aber er sprach kaum, und seine Hände zitterten, als er die Holzklötzchen aufhob, die aufeinanderzustapeln er entschlossen schien. Er machte nicht den Eindruck, sich an mich zu erinnern, als ich mich vor ihn hinkniete. Eine ältere Frau betreute ihn. Ich fragte sie nach Val, doch sie schüttelte nur den Kopf. Nein. Auf all meine Fragen antwortete die Frau mit Nein, selbst wenn sie sich widersprachen. *Ist sie hier? Nein. Wurde sie eingefangen? Nein. Ist sie tot? Nein.* Ich war mir nicht sicher, ob die Frau Val überhaupt kannte oder der Junge überhaupt Baby Silberreiher war. Also ließ ich die Frau und den Jungen ab da in Ruhe.

»Gibt es noch einen Unterbringungskomplex?«, fragte ich eine Wächterin, nachdem ich meinen erforscht und mich nach Jake, Val, Celeste und den anderen erkundigt hatte, denen wir auf der Flucht begegnet waren. Die Wächterin schüttelte mürrisch den Kopf. Alle, die aufgegriffen wurden, seien hier.

Es ist nicht so, dass ich der Frau glaubte, ich wusste mir nur nicht zu erklären, warum meine Gefährten nicht hier waren. Tief drinnen spürte ich, dass sie irgendwo sein mussten, noch am Leben. Zumindest einige. Zumindest Jake. Ich spürte ihn. Spürte ihn. Doch was nützt dieses Gefühl, wenn er nicht bei mir ist?

Andere Wildnis-Flüchtlinge in dem Komplex beteuern, dass sie ebenfalls Menschen vermissen. Und sie beteuern, dass diese Menschen am Leben sind. Die Leute behaupten steif und fest, von anderen Wiedereingliederungskomplexen an anderen Stellen in der Stadt gehört zu haben, weit entfernt voneinander entlang der Stadtgrenze. Was bedeutet, wir sind alle hier; wir sind nur nicht zusammen. Manche macht das wütend. Manche schöpfen Hoffnung daraus. Aber wer kann sagen, ob es überhaupt stimmt?

Ich habe nach meiner Mutter gesucht, sie aber nicht gefunden. Sie muss von unserer Gefangennahme gehört haben, weil eine Zeit lang über uns berichtet wurde, aber sie hat sich nicht gemeldet. Ich weiß nicht, ob sie es herausgeschafft hat. Ich stelle mir gern vor, dass mit meiner Mutter, die von allen aus der Gemeinschaft noch das beste Verhältnis zu den Rangern hatte, vielleicht etwas gnädiger verfahren wurde.

Fast alles habe ich in jener Wildnis verloren. Fast alle. Ich verlor Jake. Zweimal blutete ich spät und stark, und auch das empfand ich als Verluste. Selbst Kiefernzapfen fehlt mir gelegentlich. Diese wilde Fern, dieses Mädchen, das ich meine Tochter nenne, war in der Wildnis die Tochter einer anderen. Sie verlor ihre Mutter, ihre Schwester und landete bei mir. Jeden Tag war ich mit Verlust konfrontiert, aber meine Mutter ist es, die ich manchmal am stärksten vermisse.

JETZT SIND ES NUR NOCH MEINE FERN UND ICH. Sie ist wahrscheinlich ungefähr sieben Jahre alt, so zottelig wie ein Kojotenwelpe und auch so neugierig. Als sie klein und wir in der Wildnis auf der Flucht waren, hatte sie manchmal keine Lust zu laufen. Dann sprang sie einfach auf allen vieren, schneller, als wir anderen aufrecht gingen. Einmal trafen wir an einem Flüsschen auf einen Kojoten, und das Tier, überzeugt von ihrer Hund-heit, hüpfte jaulend um sie herum.

Hier in der Stadt betrachtet sie all den Beton, den Trubel, den Verfall mit Interesse. Wissbegierig spaziert sie herum, als wäre es einfach eine andere Wildnis, die es zu erkunden gilt. Eine andere Stelle auf der Landkarte, die wir noch nicht aufgeklappt haben. Etwas, in das sie sich eingliedern muss. Sie nennt es ihre Neue Wildnis. »Deine ist es auch«, sagt sie zu mir. Aber ich weiß, dass das nicht stimmt.

Sie hat ihre schlechten Nächte, Träume von ihrer Mutter, ihrer Schwester. Träume von all den Botschaften, die sie als Kind von den Kojoten hörte, den Wölfen, Elchen, Elstern, Fröschen, Grillen und Schlangen. Hier ist die Botschaft unübersetzbar. Sie ist ein allgegenwärtiges Zischen, Gurgeln, Summen und dann ein Schrei. Sie kommt von den Raffinerien her. Aber Fern lauscht ihr konzentriert, als ob sie eines Tages verstehen wird, was sie bedeutet.

»Irgendwas muss es heißen, Agnes«, sagt sie. »Es ist ein Geräusch.«

Folgendes habe ich entdeckt. In den Zaun unseres Wiedereingliederungskomplexes ist an seinem äußersten Punkt, wo er im Neunziggradwinkel auf einen anderen Zaun trifft, ein Loch geschnitten. Wir quetschen uns durch dieses Loch, und dann sind wir in einem Sumpf. Der Sumpf grenzt an die Raffinerien. Er nimmt die Hitze der Maschinen in sich auf, und nachts dampft er in der kalten Luft. Nachts herrscht, genau wie meine Mutter sagte, Leben im Sumpf. Tagsüber könnte man glauben, er wäre tot. Aber das ist so, weil die Geschöpfe darin wissen, dass sie selten sind, und Seltenes ist nie von Dauer. Wir steigen durch den Zaun und warten, bis die Sirenen zur Ausgangssperre kreischen und die Sonne endlich untergeht, und dann, ganz leise, quakt ein Frosch. Ruft eine Stockente.

Eines Tages wird jemand, der dieses Loch dort nicht haben möchte, es finden. Er wird es verschließen, und der Weg nach drinnen wird versperrt sein. Der Zaun ist hoch, oben mit Stacheln bewehrt und steht unter Strom. Ich spare Geld für einen Seitenschneider, damit ich, wenn es so weit ist, ein neues Loch machen kann, und wenn das geflickt ist, schneide ich wieder eines.

Der Boden unter dem Zaunloch ist ausgetreten. Ich weiß, dass andere herkommen. Manchmal nachts, wenn wir uns mit einem Ochsenfrosch zurufen, höre ich sogar ein Rascheln, von dem ich weiß, dass es von einem Menschen stammt. Dann lege ich Fern die Hand auf den Mund, weil sie selbst während der Treibjagd nie richtig gelernt hat, Angst vor dem zu haben, was sie nicht sieht. Aber ich habe gelernt. Ich weiß es besser. Es ist gefährlich, sich an einem Ort zu erkennen zu geben, an dem man nicht sein darf. Wir müssen uns immer verstecken. Doch auch wenn wir uns verstecken, ahne ich, dass die Menschen, die nachts hier sind, aus denselben Gründen wie wir kommen. Um der Welt, wie wir sie jetzt kennen, zu entfliehen. Um die Welt zu erleben, wie sie früher war.

Ich bringe meine Fern hierher, knapse ihr etwas von ihrem Schlaf ab, weil ich möchte, dass sie sich an das erinnert, was sie zu Beginn ihres Lebens kannte. Was ich meine gesamte Kindheit kannte. Neulich Nacht, als ich sie zu wecken versuchte, rieb sie sich müde die Augen, quengelte und trat um sich. Sie wollte nicht gehen. Sie zog sich die Decke über den Kopf. Letzten Endes überredete ich sie aufzustehen, aber ich habe Angst vor dem Tag, an dem ich das nicht schaffe. An dem sie sich sträubt. An dem sie anders als ich wird. Was werden wir gemeinsam haben, wenn wir das nicht mehr gemeinsam haben? Werden wir uns nur noch fremd sein? In solchen Momenten möchte ich sie packen, zu fest drücken, ihr ins Ohr knurren, sie nie wieder loslassen. Aber sie entwindet sich immer, ungerührt oder vielleicht sogar mit einem kurzen Augenverdrehen. Sie weiß, dass sie alles hat, was ich ihr geben kann. In solchen Momenten denke ich an meine Mutter. Sie war jemand, der nie tat, was ich von ihr erwartete. Wenn sie mich ansah, verstand ich nicht, was es bedeutete. Ihr Blick war durchdringend, der Mund verzogen. Als schmerzte es sie irgendwie, mich anzusehen. Ich begriff nicht, bis ich mich um diese kleine Fern kümmern durfte und sie betrachtete und alles sah, was vorher gewesen war, und alles, was danach kommt, und die ganze mögliche Schrecklichkeit und zuverlässige Schönheit, und es war unerträglich für mich. Ich wandte den Blick ab, verängstigt, angewidert, überwältigt von Liebe, dem Weinen und dem Lachen nah, und endlich, endlich, endlich begann ich, meine Mutter zu kennen.

MANCHMAL ERZÄHLE ICH FERN Geschichten. Geschichten, mit denen ich aufgewachsen bin. Von unserer Heimat in der Wildnis.

Ich erzähle eine Geschichte, die ich mir ausgedacht habe, und am Ende fragt sie, wie ich sie nenne.

»Wie ich sie nenne?«

»Ja, du musst der Geschichte einen Namen geben. Meine Mutter hat ihren Geschichten immer Namen gegeben. Die Fabel von Wolf und Wiesel zum Beispiel.«

»Verstehe.«

»Also, wie heißt deine Geschichte?«

»Es ist die Ballade von Fernanda.«

Fern errötet. »Oh nein«, sagt sie verlegen. »Die Geschichte ist nicht so gut wie die anderen.«

»Das wird sie sein.«

Ich erzähle ihr diese Geschichte und die anderen mit all ihren Widersprüchen und Wirrnissen, weil diese Widersprüche und Wirrnisse sie wahr machen. Manchmal hab ich das Gefühl, als wäre es der einzige Instinkt, der mir geblieben ist. Ich weiß nicht, wie ich eine Tochter anders erziehen sollte. So hat meine Mutter mich erzogen.

EIN PAAR MONATE NACH unserer Rückkehr in die Stadt ging ich in einen kleinen Baumarkt. Der Verkäufer beäugte mich. Ich konnte unmöglich reich genug sein, um etwas zu kaufen, in meiner gestreiften Wiedereingliederungskleidung. Ich ging zu den Lack-Musterkarten und suchte all die Farben heraus, an die ich mich aus meinem alten Leben erinnerte, meinem wilderen Leben. Diese Muster nahm ich mir heraus, die satten

Farbrechtecke, mit einer Nummer und einem Namen in der Ecke. Ich nahm sie alle und steckte sie mir in die Tasche und rannte mit weitem Vorsprung vor dem Verkäufer aus dem Laden.

Zu Hause verbrachte ich eine schlaflose Nacht damit, alle Kärtchen zu einem Mosaik an die Wand zu kleben, die Rechtecke und Schattierungen so anzuordnen, wie ich mich an sie erinnerte. Mit dem Blick von oben über ein Fleckchen grüne Gräser auf den Gebirgsklecks am Horizont zu. Vielleicht an einem regnerischen Tag, wenn alle Farben über ihre Kanten hinaus verschwammen. Es war ein hübscher und stiller und abgeschiedener Platz. Ein Platz, den man nie verlassen wollte.

Als Fern aufwachte, rieb sie sich zweimal die Augen und sagte: »Die Stelle kenne ich«, ein friedliches Lächeln auf dem Gesicht, die Stimme voll von Schlaf und Staunen.

ANMERKUNG DER AUTORIN

Dies ist eine erfundene, in der Zukunft angesiedelte Geschichte, und jegliche Parallelen zur echten Welt oder echten Menschen sind rein zufällig. Allerdings habe ich echte Orte und Regionen besucht, echte Traditionen, Ernährungskulturen und Techniken von Stammesgemeinschaften wie auch von frühen primitiven Kulturen recherchiert, um Material zur Schaffung dieser fiktiven Welt zu sammeln. In dem Zusammenhang möchte ich die nördlichen Paiute, Shoshonen, Ute, Klamath, Modoc, Molala, Bannock und Washoe erwähnen, deren Stammesgebiete mir als Inspiration für die Gegenden dienten, an denen meine Figuren lebten und wanderten.

DANKSAGUNG

Danke: Josie Sigler Sibara für die Verantwortlichkeit. Hilary Leichter, Amanda Goldblatt und Jorge Just fürs unermüdliche Lesen. Aric Knuth, Jessamine Chan, Heather Monley, Xuan Juliana Wang, Dennis Norris und John McManus fürs Einarbeiten in Teile oder das Ganze und ausgezeichnete Gedanken. Aziza Murray, Ben Parzybok und Kat Rondina für Playa-Faxen. Berkley Carnine für hilfreiche Fragen. Seth Fishman und Terry Karten für viel, viel aufmerksames Lesen und unendliche Unterstützung. NELP für so vieles, aber vor allem den Posttisch. Ein besonderer Dank geht an Summer Lake Hot Springs, wo das Wasser in Wirklichkeit nicht zu heiß ist.

Ebenfalls dankbar bin ich dem National Endowment for the Arts, PLAYA Summer Lake, dem Sitka Center for Art and Ecology, Grass Mountain und Frank und Jane Boyden, der Ucross Foundation, dem Caldera Arts Center, der Sewanee Writers' Conference, Yaddo und der MacDowell Colony für finanzielle Unterstützung, Zeit und Platz.

Die Recherche für dieses Buch war allgemein und weitreichend, aber erste Anregungen stammten aus *Oregon Archaeology* von Melvin C. Aikens, Thomas J. Connolly und Dennis L. Jenkins. Sarah Green und Fred Swanson vom United States Forest Service führten die Wanderung, auf der die Idee für dieses Buch entstand. Alan Weismans Bücher halfen mir, mir eine zukünftige Welt auszumalen. Und die Online-Fundgrube von Kennern und Anhängern primitiven Lebens machte die Recherche von Hirngerbung und anderen Wildnis-Techniken überraschend einfach.